CLIVE CUSSLER
& BOYD MORRISON

Der Colossus-Code

Autoren

Clive Cussler konnte bereits dreißig aufeinanderfolgende »New-York-Times«-Bestseller landen, seit er 1973 seinen ersten Helden Dirk Pitt erfand, und ist auch auf der deutschen Spiegel-Bestsellerliste ein Dauergast. 1979 gründete er die reale NUMA, um das maritime Erbe durch die Entdeckung, Erforschung und Konservierung von Schiffswracks zu bewahren. Er lebt in der Wüste von Arizona und in den Bergen Colorados.

Boyd Morrison arbeitete als Ingenieur für die NASA und Microsoft, bevor er sich ganz den Schreiben widmete. Außerdem ist er professioneller Schauspieler und Jeopardy!-Meister. Er lebt mit seiner Frau in Seattle.

Die *Juan-Cabrillo-Romane*:

1. Der goldene Buddha
2. Der Todesschrein
3. Todesfracht
4. Schlangenjagd
5. Seuchenschiff
6. Kaperfahrt
7. Teuflischer Sog
8. Killerwelle
9. Tarnfahrt
10. Piranha
11. Schattenfracht
12. Im Auge des Taifuns
13. Der Colossus-Code

Weitere Bände in Vorbereitung

Clive Cussler
& Boyd Morrison

Der Colossus-Code

Ein Juan-Cabrillo-Roman

Deutsch von
Michael Kubiak

blanvalet

Die englische Originalausgabe erschien 2017 unter dem Titel »Shadow Tyrants (Juan Cabrillo 13)« bei G. P. Putnam's Sons, New York.

FSC
www.fsc.org
MIX
Papier aus verantwortungsvollen Quellen
FSC® C014496

Verlagsgruppe Random House FSC® N001967

1. Auflage

Redaktion: Jörn Rauser
Umschlaggestaltung: © Johannes Wiebel | punchdesign,
unter Verwendung von Motiven von Shutterstock.com
(Sascha Hahn; Zastolskiy Victor; Peter Wollinga;
TigerStock's; SilvanBachmann; Pla2na)
HK · Herstellung: sam
Satz: Uhl + Massopust, Aalen
Druck und Einband: GGP Media GmbH, Pößneck
Printed in Germany
ISBN: 978-3-7341-0781-8

www.blanvalet.de

HANDELNDE PERSONEN

DER KALINGA-KRIEG

Ashoka der Schreckliche Kaiser des Maurya-Reichs.

Kathar General und Heerführer Ashokas des Schrecklichen.

Vit Ashokas jüngerer Bruder.

DIE CORPORATION

Juan Cabrillo Chairman der Corporation und Kapitän der *Oregon*.

Max Hanley Präsident der Corporation, Juans Stellvertreter und Chefingenieur der *Oregon*.

Linda Ross Vizepräsidentin des operativen Geschäfts der Corporation und Veteranin der U.S. Navy.

Eddie Seng Direktor der Abteilung für landgestützte Operationen der Corporation und ehemaliger CIA-Agent.

Eric Stone Leitender Steuermann der *Oregon* und Veteran der U.S. Navy.

Mark »Murph« Murphy Leitender Waffensystemoffizier der *Oregon* und ehemaliger Waffenkonstrukteur des U.S.-Militärs.

Franklin »Linc« Lincoln Agent der Corporation und ehemaliger U.S. Navy SEAL.

Marion MacDougal »MacD« Lawless Agent der Corporation und ehemaliger U.S. Army Ranger.

Raven Malloy Agentin der Corporation und ehemalige Ermittlerin der U.S. Army Military Police.

George »Gomez« Adams Hubschrauber- und Drohnenpilot der *Oregon*.

Hali Kasim Leitender Funk- und Kommunikationsoffizier der *Oregon*.

Dr. Julia Huxley Chefärztin an Bord der *Oregon*.

Kevin Nixon Chef des Magic Shop (»Zauberladens«) an Bord der *Oregon*.

Maurice Chefsteward der *Oregon*.

Chuck »Tiny« Gunderson Leitender Starrflügelflugzeugpilot der Corporation.

DIE NEUN NAMENLOSEN UND DEREN MITARBEITER

Romir Mallik Firmenchef von Orbital Ocean und Nachfahre eines Namenlosen; Bewahrer der Buchrolle der Kosmogonie der Gesammelten Enzyklopädie des Wissens.

Xavier Carlton Firmenchef von Unlimited News International und Nachfahre eines Namenlosen; Bewahrer der Buchrolle der Propaganda und Beeinflussung der Gesammelten Enzyklopädie des Wissens.

Jason Wakefield Firmenchef von Vedor Telecom und Nachfahre eines Namenlosen; Bewahrer der Buchrolle der Kommunikation der Gesammelten Enzyklopädie des Wissens.

Lionel Gupta Firmenchef von OreDyne Systems und Nachfahre eines Namenlosen; Bewahrer der Buchrolle der Alchemie der Gesammelten Enzyklopädie des Wissens.

Melissa Valentine Gründerin einer Internet-Search-Firma und Nachfahrin eines Namenlosen; Bewahrerin der Buchrolle der Geheimnisse des Lichts der Gesammelten Enzyklopädie des Wissens.

Daniel Saidon Firmenchef von Saidon Heavy Industries und Nachfahre eines Namenlosen; Bewahrer der Buchrolle der Geophysik und Schwerkraftlehre der Gesammelten Enzyklopädie des Wissens.

Pedro Neves Chef eines Biotechkonzerns und Nachfahre eines Namenlosen; Bewahrer der Buchrolle der Krankheiten und Gebrechen der Gesammelten Enzyklopädie des Wissens.

Boris Volanski Chef eines privaten Sicherheitsdienstes und Nachfahre eines Namenlosen; Bewahrer der Buchrolle der Physiologie der Gesammelten Enzyklopädie des Wissens.

Hans Schultz Schweizer Bankier und Nachfahre eines Namenlosen; Bewahrer der Buchrolle der Soziologie der Gesammelten Enzyklopädie des Wissens.

Asad Torkan Schwager von Romir Mallik.

Rasul Torkan Asad Torkans Zwillingsbruder.

Natalie Taylor Assistentin Xavier Carltons.

INSASSEN DES VERMISSTEN AIRBUS A380

Lyla Dhawan Chefin der technologischen Abteilung von Singular Solutions.

Adam Carlton Sohn Xavier Carltons.

CENTRAL INTELLIGENCE AGENCY

Langston Overholt IV. Hochrangiger Beamter der CIA und Juan Cabrillos ehemaliger Vorgesetzter und Kontaktmann für alle Angelegenheiten, die die Corporation betreffen.

DIEGO-GARCIA-ZWISCHENFALL

Keith Tao Kapitän der *Triton Star* und Anführer des Hijackertrupps.

Major Jay Petkunas B-1B-Bomber-Pilot.

Captain Hank Larsson B-1B-Bomber-Pilot.

Lieutenant Colonel Barbara Goodman Air Force Commander und für den Betrieb des Global Positioning Systems (GPS) zuständig.

Sergeant Joseph Brandt Kommunikationsoffizier der Militärbasis Camp Thunder Cove und in seiner Freizeit Hobbyfunker.

JHOOTHA ISLAND

Fyodor Yudin Oberaufseher und Gefangenenwärter in der geheimen Anlage auf Jhootha Island.

COLOSSUS

Chen Min Leitender Wissenschaftler des Colossus-Projekts.

INDIEN

General Arnav Ghosh Chef des Amtes für Waffenbeschaffung des indischen Militärs.

Kiara Jain Schauspielerin und prominenter Bollywoodstar.

Gautam Puri Kiara Jains Freund.

Prisha Naidu Bollywoodschauspielerin und Freundin von Kiara Jain.

Samar Naidu Prisha Naidus Ehemann.

Prolog

KÖNIGREICH KALINGA
INDISCHER SUBKONTINENT

261 v. Chr.

Der Gestank von Rauch und verbranntem Fleisch schwängerte die Luft. Die Armee hatte ihr Hauptlager auf der anderen Seite der zerstörten Stadt aufgeschlagen. Einzig die Geräusche des ruhelosen Hufescharrens der Pferde der Imperialen Garde und das Knattern des kaiserlichen Löwenbanners waren im Wind zu hören.

»Wie viele Tote?«, fragte Maurya-Kaiser Ashoka der Schreckliche seinen leitenden General, Kathar, der auf einem ebenholzfarbenen Hengst saß, der sich von Ashokas strahlend weißem Ross abhob und ihren Rangunterschied weithin sichtbar machte.

»Es ist ein grandioser Sieg, Exzellenz«, sagte Kathar. »Während des gesamten Feldzugs haben wir nur zehntausend Männer verloren.«

Seit einer Woche, die er durch das Land ritt, über das er herrschte, hatte Ashoka nichts als Tod und Zerstörung gesehen. Nun, da sie auf den Gipfel des dicht bewaldeten Hügels gelangten und auf die Überreste von Tosali, der Hauptstadt Kalingas, hinabblickten, erkannte er schließlich das wahre Ausmaß der Folgen des von ihm angezettelten Krieges, um das letzte Königreich auf dem Subkontinent zu zerschlagen, das sich noch weigerte, seine

Herrschaft anzuerkennen. Die gesamte Stadt war niedergebrannt worden, und die einst fruchtbaren und wohlbestellten Felder waren nun mit Leichen übersät, soweit das Auge reichte.

Dass seine Armee zehntausend Gefallene zu beklagen hatte, bedeutete, dass jeder siebte Soldat im Kampf getötet oder verwundet worden war. Doch trotz der schweren Verluste war sie noch immer die bedeutendste Streitmacht südlich des Himalaja, möglicherweise sogar der ganzen Welt. Keine Armee konnte sich ihm widersetzen. Aber das war nicht das, was ihn in diesem Augenblick bewegte.

Ashoka wandte sich von dem bluttriefenden Schlachtfeld ab und sah seinen General an. »Ich meine, wie viele haben wir getötet?«

Kathar lächelte mit grausamem Stolz und ohne eine Spur von Reue wegen der nahezu vollständigen barbarischen Vernichtung eines ganzen Volksstamms. »Meine Offiziere berichten mir, dass wir einhunderttausend kalingische Soldaten ausgelöscht haben. Keiner wurde verschont. Die gleiche Anzahl von Bürgern wurde während der Plünderungen nach den Schlachten getötet oder verschleppt. Damit haben wir der Welt eine Lektion erteilt. Nun wird niemand mehr das Wagnis eingehen, sich uns zu widersetzen.«

Ashoka erwiderte das Lächeln nicht. Anstatt auf seinen großen Triumph stolz zu sein, empfand er eine tiefe Scham, die schon seit Tagen wie eine eiternde Wunde in seinem Innern gärte. Da sie nicht gewillt waren, sich ihm zu unterwerfen, hatten sich die Bürger von Kalinga bis auf den letzten Mann, die letzte Frau und das letzte Kind gewehrt. Man hatte ihm berichtet, ganze Dörfer hätten es vorgezogen, freiwillig in den Tod zu gehen, um sich nicht den Misshandlungen durch seine randalierende Armee auszusetzen.

Sein Imperium erstreckte sich jetzt von Persien bis zum Gangesdelta. Den Ritt hatte er geplant, um sich einen Überblick über seine monumentalen Erfolge zu verschaffen. Doch was ursprünglich ein Triumphzug hätte sein sollen, hatte sich in einen Leidensweg der Schande verwandelt. Es war eine einzige sich ständig wiederholende Demonstration seiner Bösartigkeit und Verruchtheit, und sie veränderte seine Sicht auf die Welt grundlegend. Ashoka schwor sich, nicht zuzulassen, dass diese Grausamkeiten das einzige Vermächtnis sein würden, das er der Welt hinterließ.

Er verdiente den Titel Ashoka der Schreckliche. Er hatte grässliche Dinge getan, um seine Herrschaft als Kaiser zu sichern. Er hatte neunundneunzig seiner einhundert Halbbrüder getötet oder töten lassen, um zu verhindern, dass sie ihn stürzten. Allein seinen jüngeren Bruder Vit, der sein einziger Vertrauter und Berater war, hatte er verschont. Er hatte ein Gefängnis geschaffen – Ashokas Hölle –, in dessen Verliesen seine Kritiker und Widersacher auf jede erdenkliche Weise unbarmherzig gefoltert wurden. Kein Insasse hatte das Gefängnis jemals wieder lebend verlassen.

Aber all das verblasste im Vergleich mit dem Leid, das er während seines Ritts in der vorangegangenen Woche gesehen hatte. Diese Menschen waren keine Verräter und Verbrecher gewesen. Die Toten und Gefallenen von Kalinga waren untadelige tapfere Soldaten, die für ihre Nation und deren unschuldige Bürger kämpften, die sich nichts anderes wünschten, als ein Leben in Frieden und Eintracht führen zu können.

Vit und seine Streitmacht sollten an diesem Tag in der

Hauptstadt von Kalinga mit Ashoka zusammentreffen, um ihm über die jüngste Entwicklung in den restlichen Landesteilen Bericht zu erstatten. Aber was er bisher gesehen hatte, reichte aus, um ihn umzustimmen und zu dem Entschluss zu bringen, auf weitere Eroberungen zu verzichten und stattdessen die nicht immer angenehmen Lebensbedingungen seiner Untertanen zu verbessern.

Ein Rascheln im Unterholz des Waldes ganz in ihrer Nähe veranlasste seine Leibwächter, ihre Schwerter zu ziehen. Ashoka sah sich suchend um und entdeckte eine junge Frau – verschmutzt und in zerfetzte Kleidung gehüllt –, die aus dem Wald hervortrat. Tränen rannen ihr über die Wangen, als sie das Ausmaß der Vernichtung betrachtete, die ihr Volk heimgesucht hatte. Dann wandte sie sich um und entdeckte den Kaiser und seine Männer. Sie humpelte auf die Gruppe der Krieger und ihren Anführer zu.

»Lösch dieses Ungeziefer aus«, sagte Kathar beiläufig zu einem Soldaten.

Der Wächter hob sein Schwert und machte Anstalten, sich der Frau zu nähern und sie mit einem tödlichen Hieb aufzuhalten.

»Runter mit den Waffen«, befahl Ashoka. »Steckt sie weg! Das gilt für jeden von euch!«

Die Soldaten führten seinen Befehl augenblicklich aus und schoben die Schwerter in die Scheiden an ihren Gürteln.

Kathar musterte seinen Kaiser aus schmalen Augenschlitzen. »Exzellenz?«, fragte er irritiert.

»Niemand wird dieser Frau ein Haar krümmen.«

Sie schleppte sich mit unsicheren Schritten weiter und blieb leicht schwankend, aber ohne ein Anzeichen von Furcht vor den Reitern stehen. Was Ashoka in ihrer

Miene sah, war eine Mischung aus Traurigkeit und Trotz. Ihr Blick erfasste das Banner mit dem kaiserlichen Löwen und wanderte weiter zum Anführer des Reitertrupps.

»Seid Ihr Kaiser Ashoka der Schreckliche? Seid Ihr der Schlächter, der meinem Volk alles dies angetan hat?« Sie deutete mit einer matten und zitternden Armbewegung auf die Verwüstung am Fuß des Berges unter ihnen.

»Wie kannst du dich erdreisten, Seine Exzellenz, deinen Kaiser, derart respektlos anzusprechen!«, rief Kathar erbost. »Du wirst …«

Ashoka hob gebieterisch eine Hand und musterte seinen General streng. »Schweig! Ich möchte hören, was sie zu sagen hat.« Er wandte sich zu der Frau um. »Ich bin Ashoka. Bist du eine Bewohnerin dieser Stadt?«

Sie nickte. »Tosali war mein Zuhause.«

»Bist du allein?«

»Wenn einer dies wissen müsste, dann Ihr. Eure Armeen haben meinen Vater, meinen Ehemann und meine drei Brüder in der Schlacht ermordet.«

Zornig erhob Kathar die Stimme. »Niemand hat sie ermordet! Sie mussten sterben, weil sie sich weigerten, unser großzügiges Angebot anzunehmen, sich kampflos geschlagen zu geben und fortan als Untertanen des Maurya-Reichs weiterzuleben! Sie waren nicht mehr als lästiges Ungeziefer, das vom Antlitz der Erde getilgt …«

»Genug!« Ashoka überraschte seine Leibwächter, indem er sich aus dem Sattel gleiten ließ. Augenblicklich umringten sie ihn und die Frau, während er auf sie zuging.

Ashoka ergriff ihre Hand. »Ist von deiner Familie niemand mehr übrig?«

Sie schüttelte den Kopf. »Mein einziger Sohn wurde krank und starb, und meine Schwestern und meine beiden Töchter wurden geschändet, ehe man sie in die Sklaverei verschleppte. Ich konnte fliehen und streifte durch die Wälder … in der Hoffnung, Angehörige meines Volks zu finden. Aber es ist niemand mehr am Leben. Ich bin als Einzige noch übrig.« Die Frau sank auf die Knie und umklammerte die Hand des Kaisers. »Ich flehe Euch an, tötet mich!«

»Warum sollte ich das tun? Du bist keine Gefahr für mich oder meine Männer.«

»Ihr habt mir alles genommen. Ich habe nichts mehr, für das es sich lohnen würde zu leben. Wenn ich nicht vorher Hungers sterbe, werde ich das gleiche Schicksal erleiden wie die anderen Frauen.«

»Ich gebe dir als Herrscher des Maurya-Reichs mein Wort, dass dir kein weiteres Ungemach droht …«

Ehe Ashoka den Satz beenden konnte, zog Kathar sein Schwert und veranlasste den Kaiser rückwärtszuspringen, da er aus dem Augenwinkel das Blitzen der Schwertklinge gesehen hatte, und durchtrennte den Hals der Frau. Ein gurgelnder Laut, gefolgt von einem Blutschwall, drang über ihre Lippen, und sie starb mit einem Ausdruck der Ruhe und des Friedens auf ihren Gesichtszügen.

Ashoka spürte eine warme Flüssigkeit an seinem Hals. Er berührte die Stelle und ertastete einen Schnitt in seiner Haut. Als er die Hand wegzog, sah er, dass seine Fingerspitzen blutrot glänzten. Die Wunde war nicht tief, aber allein die Tatsache, dass sie in seinem Hals klaffte, erschreckte ihn. Hätte er nicht so schnell reagiert, so wäre er vom selben Schwerthieb getötet worden, der auch die Frau niedergestreckt hatte.

Das Schwert des Generals war nun auf Ashokas Brustkorb gerichtet. Die Leibwächter des Kaisers hatten bereits ihre Schwerter gezückt und waren bereit, ihn zu verteidigen. Sie erkannten jedoch, dass jede Aktion ihrerseits den Tod ihres geliebten Anführers zur Folge hätte.

»Kathar! Du hättest mich beinahe geköpft!«

Kathar lächelte und zuckte die Achseln. »Ich habe unterschätzt, wie schnell Ihr zu reagieren vermögt, Exzellenz.«

»Willst du damit … sagen, dass du uns beide töten *wolltest?*«

»Sie war nicht allzu hässlich anzuschauen, aber dort, wo sie herkommt, gibt es viele von ihrer Sorte. Ihr hingegen …« Kathar schüttelte missbilligend den Kopf. »Ich musste plötzlich erkennen, wie sehr Euch dieser Krieg verändert hat. Ihr strebt nicht länger danach, Euer Reich zu vergrößern. Ihr seid schwach geworden.«

Einer der Leibwächter kam einen Schritt näher, aber Kathar drückte die Spitze seiner Schwertklinge gegen Ashokas Brust, um den Mann auf Abstand zu halten.

»Sollte einer von euch versuchen, mich zu berühren, werde ich euern ach so geliebten Herrscher mit meinem Schwert durchbohren.«

»Wenn du das tust«, sagte Ashoka, »wirst du tot sein, ehe der erste Tropfen deines Blutes in der Erde versickert.«

»Schon möglich. Aber dann wäre ich als Held des Kaiserreichs gefallen.«

Aus dem Wald konnte Ashoka das Trommeln von Pferdehufen hören, die sich zügig näherten. Dies musste sein Bruder Vit mit seiner Truppe Bogenschützen sein. Wenn Ashoka es schaffte, Kathar nur noch für einen kurzen Augenblick abzulenken und hinzuhalten, würden ihn Vits Krieger niedermachen, ehe er mit seinem Schwert zustoßen könnte.

»Erkennst du nicht, dass all die Eroberungen und Unterwerfungen ein nutzloses Unterfangen sind?«, fragte Ashoka. »Welchen Sinn hat es, wenn wir mehr Land hinzugewinnen und nicht gleichzeitig das Leben unserer alten wie neuen Untertanen verbessern?«

»Es sind allein die Siege, die Eroberungen, die dafür sorgen, dass unsere Namen niemals vergessen werden und am Ende in die Ewigkeit eingehen«, erwiderte Kathar. Die Macht, die er gerade jetzt in seinen Händen hielt, erzeugte ein fanatisches Funkeln in seinen Augen. »Alexander der Große stellte die mächtigste Armee der Geschichte auf, wurde niemals in einer Schlacht besiegt und herrschte über das größte Reich, das die Welt je gesehen hatte. Die Menschen werden seinen Namen so lange im Munde führen, bis die Welt in der Unendlichkeit vergeht.«

Ashoka nickte ruhig. »Und dann starb er mit dreiunddreißig Jahren, und sein Reich wurde im Verlauf zahlreicher Bürgerkriege vollständig zerschlagen. Begreifst du nicht, dass es auch noch einen anderen Weg gibt?«

»Soll das dieser Buddhismus sein, von dem Ihr ständig faselt?«, fragte Kathar spöttisch. »Reine Zeitverschwendung. Mit unseren Armeen wären euch noch weit größere Eroberungen möglich gewesen. Ihr hättet über die ganze bekannte Welt herrschen können. Ich lasse nicht zu, dass Ihr diese Möglichkeit ungenutzt aus der Hand gebt. Erst unter meiner Herrschaft wird Maurya zu seiner wahren Größe aufsteigen. Man wird mich Kathar den Glorreichen nennen. Mein Name wird in die Geschichte eingehen, und er wird in alle Ewigkeit heller leuchten als der Name Alexanders.«

Ashoka drehte sich zu seiner treuen Leibwache um. Keiner der Männer würde Kathar davonkommen lassen, wenn er ihn zu töten versuchte.

»Was macht dich so sicher, dass du diesen Augenblick

überleben wirst?«, fragte Ashoka gelassen. Ihm war keinerlei Unruhe anzumerken.

Kathar hatte für diese Frage nur ein herablassendes Lächeln übrig. Pferde brachen aus dem Wald hervor, aber sie gehörten nicht zu der Truppe, die von Ashokas Bruder Vit angeführt wurde. Auf ihnen saßen die treuesten Soldaten Kathars, und es waren zweimal so viele wie seine Leibwache. Sie umzingelten Ashokas Männer, die nun hoffnungslos in der Unterzahl waren.

»Ich tat dies nicht etwa, weil mir der Sinn nach einer Abwechslung stand«, sagte Kathar. »Ich habe einen solchen Schritt schon seit Wochen geplant und musste nur noch den geeigneten Ort finden, um Euch und Eure Männer in einen Hinterhalt zu locken. Wenn ich mit Euerm Leichnam von diesem Ritt zurückkehre, werde ich Euren Untertanen berichten, dass Ihr von rebellischen kalingischen Verrätern überfallen wurdet. Wen sonst werden sie als neuen Führer anerkennen als Euern stets loyalen General, der diesen grandiosen, aber tragischen Sieg für das Kaiserreich errungen hat?«

»Mein Bruder wird mich rächen.«

»Er wird es gewiss versuchen. Aber er ist genauso schwach wie Ihr. Wenn ich Euch bezwingen kann, werde ich nicht die geringste Mühe haben, auch ihn aus dem Weg zu räumen.«

Kathar wandte sich an einen der Reitersoldaten, in dem Ashoka einen seiner besten Kavallerieoffiziere erkannte.

»Hast du sie gefunden?«, fragte Kathar.

Der Offizier nickte und nahm eine Tasche von der Schulter. Er klappte sie auf und zog eine Buchrolle heraus, die er hoch über seinen Kopf hielt, damit alle Soldaten sie sehen konnten.

»Alle neun«, sagte der Offizier.

Als Ashoka eine der neun Buchrollen erkannte, die zusammen die Gesammelte Enzyklopädie des Wissens bildeten, die von den bedeutendsten Geistern seines Reichs zusammengetragen worden war, durchfuhr ihn ein eisiger Schreck. Die Tatsache, dass diese Buchrollen jetzt den Weg an diesen Ort gefunden hatten, konnte nur bedeuten, dass der Bibliothekar nicht mehr am Leben war und Kathar inzwischen über alle Mittel verfügte, die er brauchte, um die absolute Macht ausüben zu können.

Kathar richtete den Blick wieder auf Ashoka und lächelte triumphierend. »Vielleicht begreift Ihr jetzt, dass ich Euch vorhin mit Absicht verfehlt habe, um meinen Männern Zeit zu geben hierherzukommen. Ich ließ Euch am Leben, bis ich sicher sein konnte, dass sich die Buchrollen in meinen Händen befinden. Da dies nun der Fall ist, werdet Ihr nicht mehr benötigt. Die Dynastie der Maurya ist beendet. Hier und jetzt.«

Kathar holte mit dem Schwert zum tödlichen Streich aus, während seine Soldaten sich anschickten, die Imperiale Garde anzugreifen.

Doch Ashoka hatte nicht vor, es ihm leicht zu machen. Er duckte sich und warf sich zur Seite, als die Schwertklinge herabzuckte und seine Schulter traf. Die Lederrüstung nahm dem Treffer die Wucht, aber die Klinge schnitt tief in seinen Muskel.

Er ignorierte den Schmerz, raffte sich auf, um zu fliehen, aber Kathar befand sich im Vorteil. Er nahm die höhere Position ein und war auf seinem Pferd viel schneller als sein Gegner. Der General holte erneut mit dem Schwert aus, in den Augen den Blutrausch eines Wahnsinnigen.

In all dem Lärm aufeinanderprallender Schwerter, schnaubender Pferde und im Augenblick des Todes aufschreiender Männer vernahm Ashoka das unverwechselbare Pfeifen eines vorbeisirrenden Pfeils. Er durchbohrte Kathars Hand, und der General stieß einen heiseren Schrei aus, während er sein Schwert fallen ließ.

Das Gesicht vor rasender Wut verzerrt, zog Kathar sich die Pfeilspitze mit einem Ruck aus der Hand und schaute in die Richtung, aus der das Geschoss gekommen war. Ashoka folgte seinem Blick und gewahrte Vit und seine Bogenschützen, die in vollem Galopp auf sie zukamen, die Langbögen im Anschlag und einen Pfeil nach dem anderen abschießend. Schon von der ersten Salve wurde ein Viertel von Kathars Männern aus den Sätteln gefegt.

Als er erkannte, dass seine Niederlage nicht mehr abzuwenden war, riss Kathar sein Pferd herum und lenkte es auf den Kavallerieoffizier zu, der die Ledertasche in der Hand hielt. Er entwand sie seinem Griff und rief: »Sorge dafür, dass mich niemand verfolgt.« Dann gab er seinem Pferd die Sporen und trieb es in gestrecktem Galopp in den Wald.

Ashoka wollte ihn nicht so einfach entkommen lassen, nicht mit den Buchrollen des Wissens. Solange Kathar über sie verfügte, wäre er eine direkte Bedrohung für das von Ashoka geplante neue Zeitalter der Nation.

Ashoka schwang sich auf sein Pferd und zog mit dem unversehrten Arm sein Schwert. Trotz der Warnrufe seines Bruders, sich in Sicherheit zurückzuziehen, verfolgte er den Verräter.

Kathar war gewiss der bessere Schwertkämpfer, aber Ashoka war ein überlegener Reiter. Anstatt einen möglichst geraden und hindernisfreien Weg durch den Wald zu wählen, auf dem er das Tempo seines Pferdes hätte nutzen können, um seinem Verfolger zu entkommen, wand sich Kathar mit seinem Pferd durch dichte Baumgruppen, um mögliche Verfolger abzuschütteln.

Doch Ashoka ließ sich nicht täuschen. Er konnte Kathars Spur anhand abgebrochener Äste und zertrampelten Dickichts genau verfolgen und nahm dabei jede mögliche Abkürzung, um den Abstand zu dem Flüchtenden zu verringern.

Schließlich konnte er das gelegentliche Blinken der silbernen Schnallen von Kathars Rüstung zwischen den Bäumen wahrnehmen. Ashoka wich auf eine schmale Schneise aus, die parallel zu Kathars Fluchtweg verlief, und kam seinem abtrünnigen General mit jedem Schritt näher.

Kathar erkannte schnell, dass er verfolgt wurde, und zog seinen Dolch. In seiner Verzweiflung schleuderte er ihn auf Ashoka, verfehlte ihn jedoch, und der Dolch bohrte sich in einen Baumstamm, der sich zwischen ihnen befand.

Ashoka erkannte seine Chance, dirigierte das Pferd in eine quer verlaufende Schneise und gelangte bald schon neben Kathar. Er erhob sein Schwert und schlug mit aller Kraft zu.

Die Klinge raste singend durch die Luft und traf ins Leere.

Kathar war aus dem Sattel gesprungen, um dem mörderischen Hieb auszuweichen, und prallte gegen einen Baumstamm. Er wurde zurückgeschleudert, kam zu Fall und landete auf dem Rücken. Die Tasche sprang auf, und die Buchrollen verteilten sich auf dem Waldboden.

Ashoka wendete sein Reittier und stieg aus dem Sattel. Das Schwert abwehrbereit halb erhoben, näherte er sich dem General, der sich auf die Knie aufgerichtet hatte und sich vor Schmerzen krümmte.

Ashoka wusste, dass dies eine List war. Er machte einen großen Bogen, bis er sich hinter Kathar befand, und drückte die Schwertspitze gegen den Nacken des Generals.

»Weg mit dem Messer.«

Kathar hörte auf, sich zu krümmen, und lachte heiser. Das Messer, das er in der unversehrten Hand versteckt hatte, fiel mit einem dumpfen Laut auf den Waldboden.

»Und jetzt steh auf.«

Kathar kam auf die Füße und drehte sich um.

»Ihr werdet mich nicht töten«, sagte er mit einem hinterhältigen Grinsen.

»Warum nicht?«

»Wegen dieses buddhistischen Glaubens, zu dem Ihr, wie Ihr immer wieder erzählt, die gesamte Nation bekehren wollt. Und dieser Glaube verbietet das Töten. Ich weiß es. Denn ich habe es selbst seit vielen Wochen hören müssen. Aus Eurem Mund.«

»Du hast recht«, gab Ashoka zu. »Ich habe darüber nachgedacht, meinen Untertanen zu befehlen, die Lehren des Buddha anzunehmen und in Zukunft nach seinen Regeln zu leben. Dein Verrat bestätigt mir, dass dies der einzige richtige Weg ist. Zu töten hat nur weiteres Töten zur Folge. Hättest du deinen Willen bekommen, wären Terror und Tod die Grundfesten deiner Herrschaft.«

»Ihr wisst genau, dass dies der einzige Weg ist, um eine Dynastie aufzubauen und zu erhalten.«

Ashoka schüttelte den Kopf. »Es gibt noch einen anderen. Und diesen Weg werden wir einschlagen, solange ich lebe und herrsche.«

Galoppierende Hufe näherten sich, und Ashoka sah zu seiner Erleichterung, dass Vit, ein hervorragender Fährtenleser, ihrer Spur gefolgt war. Er brachte sein Pferd neben ihnen zum Stehen.

»Geht es dir gut, Bruder?«, fragte Vit besorgt.

Ashoka nickte. »Aber es wäre gewiss nicht der Fall, wenn du nicht zur rechten Zeit erschienen wärest. Sammle jetzt die Buchrollen auf.«

Vit stieg von seinem Pferd und begann, die Pergamentrollen zusammenzusuchen, um sie wieder sicher in der Tasche zu verstauen.

»Dieser wandelnde Abschaum muss den Bibliothekar ermordet haben, um diese Rollen in die Hände zu bekommen«, sagte Vit. »Wer wird der neue Bibliothekar sein? Nenn mir seinen Namen, und ich bringe die Buchrollen zu ihm.« Er verschloss die Tasche, hängte sie sich über die Schulter und trat zu seinem Bruder hinüber.

»Ich werde keinen neuen Bibliothekar benennen«, entschied Ashoka. »Kathar hat bewiesen, dass es zu gefährlich ist, die Buchrollen zusammen aufzubewahren. Du, Vit, mach dich auf die Suche nach neun nicht unbekannten, einfachen Männern, die sich in ihrem bisherigen Leben als rechtschaffen und ihrem Herrscher treu erwiesen haben. Jedem von ihnen wird die Aufgabe übertragen, eine der Buchrollen des Wissens aufzubewahren und zu schützen, damit sie niemals zusammen mit den jeweils anderen in die Hand einer einzigen Person fallen kann, die sie benutzen könnte, um die Herrschaft über die Welt an sich zu reißen.«

»So wird es geschehen«, versprach Vit. Dann bedachte er Kathar mit einem abfälligen Blick. »Und was soll mit ihm geschehen?«

Ashoka ging einen Schritt näher an Kathar heran und legte die Schwertklinge auf seinen Nacken. »Zu Beginn der neuen Ära werde ich als Erstes anordnen, dass der Name dieses Verräters aus sämtlichen Schriftrollen, Bildern und Zeichnungen getilgt wird. Jeder, der seinen

Namen noch einmal nennt, soll aus dem Land verbannt werden.« Er betrachtete Kathar mit einem Ausdruck aufrichtigen Mitleids. »Am Ende dieses Frühlings einer neuen Zeit wird sich niemand mehr an deinen Namen erinnern. Die Geschichte wird dich für immer vergessen und über dich hinweggehen. Es wird sein, als hätte es dich nie gegeben.«

Zum ersten Mal bekam Kathars überheblicher Gesichtsausdruck einen Riss, ehe er einen halbherzigen Versuch machte, Siegesgewissheit zu signalisieren. »Aber ich bin noch immer hier. Meine Anhänger sind zahlreich, und meine Soldaten sind loyal. Sie werden sich gegen Euch erheben und mich aus Eurem Kerker befreien.«

»Nein, das werden sie nicht.« Ashoka hob das Schwert.

Kathar starrte ihn entgeistert an. Es war das einzige Mal, dass der General sich anmerken ließ, dass er Angst hatte. »Aber die Lehren des Buddha! Sie verbieten zu töten!«

»Da hast du recht«, sagte Ashoka. »Von diesem Augenblick an, so verfüge ich, darf kein lebendes Wesen, ob Mensch oder Tier, zur Strafe oder als Opfergabe getötet werden. Und von jetzt an ist es meine Aufgabe und meine Pflicht, dafür Sorge zu tragen, dass du, der keinen Namen hat, der Letzte seist.«

Ashokas Schwertstreich, der nach diesen Worten erfolgte, markierte den Beginn eines neuen Zeitalters.

1

ARABISCHES MEER

Gegenwart, vor achtzehn Monaten

»Verraten Sie es niemandem«, flüsterte Adam Carlton, während er über die Schulter blickte, um sich zu vergewissern, dass niemand in der Nähe war und sie belauschte. »Ich darf Sie eigentlich nicht dort hinunter mitnehmen.«

Lyla Dhawan wusste, dass sein dramatisches Getue reine Show war. Sie waren in dem mit Prunk überladenen Salon mit Mahagonitischen und Gucci-Ledersofas im Heck des Flugzeugs vollkommen allein. Obgleich der mit zwei Passagierdecks ausgestattete Airbus A380 gigantisch war und mehr als achthundert Passagieren Platz bot, wenn er als Linienflugzeug ausgelegt war, transportierte diese Maschine momentan doch weniger als einhundert Personen. Die meisten von ihnen hielten sich in den vorn gelegenen, luxuriös eingerichteten Bars auf, wo sie sich an gratis ausgeschenktem erlesenem Champagner laben und ihren Appetit mit sündhaft teurem Kaviar stillen konnten.

Lyla Dhawan konnte sich noch immer nicht erklären, weshalb sie zu den wenigen Glücklichen gehörte, die in Xavier Carltons Privatjet eingeladen worden waren, aber sie hatte bereitwillig diese – in ihrem Leben sicherlich einmalige – Gelegenheit ergriffen, eine solche Erfahrung zu machen. Die ständigen Avancen von einem der Söhne des Milliardärs abwehren zu müssen bewirkte, dass sie beinahe schon bereute, es sich im letzten Moment nicht doch noch anders überlegt zu haben. Andererseits musste sie sich eingestehen, dass sein Angebot verführerisch war.

»Sie meinen, wir können hinuntergehen und den Frachtraum besichtigen?«, fragte sie.

Adam Carlton nickte, trank den letzten Schluck des einhundert Jahre alten Scotchs in seinem Glas, lehnte sich zu ihr hinüber und schnurrte regelrecht in seinem britisch gefärbten amerikanischen Englisch: »Haben Sie jemals mit eigenen Augen einen Bugatti Chiron in natura gesehen?«

Die Alkoholfahne, die seinem Mund entstieg, löste bei Lyla beinahe ein krampfhaftes Würgen aus. Sie ertrug es aber tapfer und schüttelte den Kopf.

»Er ist das schnellste Auto der Welt«, erklärte Carlton. »Er war schon drei Millionen Dollar wert, bevor ich die massivgoldenen Zierleisten zusätzlich anbringen ließ. Ich habe ihn aus London mitgenommen, um auszuprobieren, was er auf den Pisten in der Wüste leistet. Natürlich kann ich mit Ihnen jetzt keine Probefahrt unternehmen, aber Sie dürfen sich hineinsetzen und seine Aura ausgiebig auf sich einwirken lassen. Das Leder ist weicher als alles, was Sie je gefühlt haben.«

Sie schaffte es, nicht die Augen zu verdrehen. Autos und alles, was damit zu tun hatte, waren Lyla vollkommen gleichgültig, und seine ständigen Prahlereien gingen ihr mehr und mehr auf die Nerven. Aber sie wusste nicht, wann sich ihr wieder die Gelegenheit bieten würde, einen Blick in den Frachtraum eines Airbus A380 werfen zu können. Sie war selbst ausgebildete Flugzeugpilotin und hatte in San José, Kalifornien, bisher mehr als sechshundert Flugstunden in zweimotorigen Propellermaschinen absolviert, daher war die Chance, den Frachtraum dieses Riesenjets betreten zu dürfen, so etwas wie ein Backstagepass für Disneyland. Das Einzige, was sie zögern ließ, das Angebot anzunehmen, war die wenig reizvolle Aussicht, mit diesem Typen für einige Zeit ganz allein zu sein.

»Ein verführerisches Angebot«, sagte Lyla diplomatisch. »Vielleicht haben ein paar der anderen Gäste ebenfalls Interesse, einen Blick hineinzuwerfen.«

Nicht dass sie ihn nicht abwehren könnte, falls er handgreiflich würde. Er war ziemlich klein von Wuchs und ganz eindeutig vollkommen außer Form, während sie größer war als er und dank ihres regelmäßigen Cross-Fit-Trainings im Kreuzheben zweihundert Pfund zur Hochstrecke brachte. Ihre größere Sorge war, dass sie ihn beleidigen und mögliche zukünftige Vertragsabschlüsse mit der Firma seines Vaters gefährden konnte.

Wie alle anderen Passagiere, die an diesem extravaganten Meet-and-Greet-Trip teilnahmen, war auch Lyla leitende Angestellte einer Computerfirma und gerade unterwegs nach Dubai, wo die TechNext-Verkaufsausstellung stattfand. Als Cheftechnikerin der Abteilung Singular Solutions nahm sie an der Convention teil, um potenziellen Kunden überall auf der Welt die von ihrer Firma entwickelte revolutionäre Mustererkennungssoftware vorzustellen. Bisher hatte sie Lieferverträge mit einem Gesamtvolumen von fünfzig Millionen abschließen können, aber Carltons riesiger Medienkonzern Unlimited News International war in der Lage, diesen Betrag mit einer einzigen Unterschrift noch einmal glatt zu verdoppeln.

Als Lyla Dhawan den Vorschlag machte, andere Interessenten für die Besichtigungstour zu erwärmen, zog Adam Carlton eine beleidigte Schnute und lehnte sich zurück.

»Wenn Sie sich meinen Wagen nicht ansehen wollen, dann sagen Sie es doch einfach«, schmollte er.

»Nein, es interessiert mich wirklich«, beteuerte Lyla mit einem Lächeln. Sie stand auf und strich den knappen Rock ihres schwarzen Cocktailkleides glatt. »Schnell! Wir sollten uns beeilen, ehe jemand auf die Idee kommt, dass ich zu einem privaten Rundgang eingeladen wurde.«

Carlton grinste verschwörerisch und sprang beinahe auf die Füße. »Ich verspreche Ihnen, Sie werden es nicht bereuen. Der Chiron ist fast genauso schön wie Sie.«

»Gehen Sie vor.«

Er führte sie zu einem winzig kleinen Aufzug, und sie zwängten sich beide in die Kabine. Carlton genoss es sichtlich und lächelte sie selig an, während sich die Kabine langsam abwärtsbewegte.

»Sind Sie Amerikanerin?«, erkundigte er sich.

»In Kalifornien geboren und auch dort aufgewachsen. Meine Eltern stammen aus Neu-Delhi.«

»Ich bin schon des Öfteren in Indien gewesen. Mein Vater hat in der Nähe von Mumbai eine Villa.«

»Ich bin noch gar nicht dazu gekommen, mich bei ihm für die Einladung zu dieser Reise zu bedanken.«

»Unglücklicherweise konnte er nicht daran teilnehmen. Er hatte in Dubai eine dringende Angelegenheit zu erledigen.«

Die Fahrstuhltür glitt auf, und Carlton geleitete sie in einen kleinen Lagerraum, ehe er sie durch eine Tür in den Hauptfrachtraum einließ. Er erstarrte bei dem Anblick, der sich ihm bot.

Das riesige Abteil – Halle hätte viel besser gepasst – war vollkommen leer.

Carlton atmete zweimal pfeifend aus und ein, dann brüllte er: »Wo ist mein Wagen? Ich habe gesehen, wie er gestern ins Flugzeug eingeladen wurde, kurz bevor wir in England gestartet sind! Wenn ich herausbekomme, wer zur Hölle …«

Ohne Vorwarnung kippte das Flugzeug plötzlich in einen Sturzflug ab, sodass Lyla Dhawan und Adam Carlton zur Decke hochschnellten. Etwa drei Meter über dem Boden schwebend, ruderten sie sekundenlang mit den Armen in der Luft herum. Dann ging der Jet genauso ruckartig auf Gegenkurs, und sie sackten ab und wurden vom Frachtraumboden mit brutaler Gewalt aufgefangen.

Lyla landete auf ebenen Metallplatten, aber Carlton hatte nicht so viel Glück. Sein Kopf krachte gegen eine freie Stange, die eigentlich seinen Wagen auf seinem Stellplatz hätte sichern sollen. Lyla raffte sich auf und eilte zu ihm hinüber. Blut sammelte sich um seinen Kopf zu einer Pfütze. Er war bewusstlos, atmete jedoch.

Als sie den kleineren Lagerraum hektisch durchsuchte, fand sie einige Stofftücher, raffte sie zusammen und kehrte in den Frachtraum zurück. Sie bettete Carltons Kopf auf zwei Tücher, die sie zu Kissen zusammengefaltet hatte, ehe sie das dritte Tuch auf die Wunde presste.

Nach Hilfe zu rufen erschien sinnlos. Der Frachtraum war von den Passagierkabinen zu weit entfernt. Niemand hätte dort ihre Rufe gehört. Sie würde Carlton wohl oder übel allein lassen müssen, um medizinische Hilfe für ihn holen zu können.

Sie rannte zum Fahrstuhl zurück und musste eine halbe Ewigkeit warten, bis er von oben herabkam. Die langsame Aufwärtsfahrt war eine einzige Qual.

Als sie das Hauptdeck erreichte, sprintete sie durch den hinteren Salon, am Konferenzsaal vorbei und in die Pianobar, die gespenstisch leer war. Es verschlug ihr den Atem, als sie erkannte weshalb.

Alle Passagiere saßen auf ihren Plätzen und hatten Sauerstoffmasken auf den Gesichtern. Jeder war in sich zusammengesunken und hatte die Augen geschlossen.

Mit einer gewissen Scheu näherte sich Lyla der ihr am nächsten sitzenden Frau, denn sie befürchtete das Schlimmste. Sie legte einen Finger auf den Hals der Frau und atmete wie befreit auf, als sie einen Pulsschlag spürte. Dann machte sie das Gleiche bei zwei anderen Passagieren. Obwohl auch sie wie im Koma erschienen, waren sie doch am Leben.

Sie geriet fast in Panik, als ihr durch den Kopf ging, dass die Situation möglicherweise durch einen explosionsartigen Druckabfall hervorgerufen worden war, was auch eine Erklärung für den abrupten Sturzflug der Maschine hätte sein können.

Aber sie verwarf diese Möglichkeit sehr schnell. In diesem Fall hätte sie nicht nur den eisigen Hauch der eindringenden Außenluft gespürt, selbst wenn der Rumpf der Maschine im Bereich des oberen Passagierdecks einen Riss aufgewiesen hätte, sondern sie hätte ebenfalls nur Sekunden nach dem Erreichen des Hauptdecks das Bewusstsein verloren.

Sie überprüfte die Lage in zwei weiteren Räumen und wurde auch dort mit dem gleichen erschreckenden Szenario konfrontiert: Alle Passagiere und die Mannschaft trugen Sauerstoffmasken und waren vollständig weggetreten.

Lyla kannte sich mit großen Linienmaschinen nicht besonders gut aus. Fliegen war für sie lediglich ein Hobby – ihr einziges. Es bot ihr die Chance, für ein paar Stunden pro Woche den Stress ihres aufreibenden Jobs hinter sich zu lassen und den Luxus auszukosten, dass keine E-Mail sie erreichte. Und was noch besser war, sie brauchte in dieser Zeit ihre Mutter nicht zu ertragen, wenn sie mal wieder anrief, um ihr Vorwürfe zu machen, dass sie mit vorgerückten einunddreißig Jahren noch immer keinen Ehemann gefunden habe.

Sie wusste über alles Bescheid, was bei einer zweimotorigen Cessna Corsair versagen konnte, aber ein solcher Airbus war weitaus komplizierter. Ursache für die augenblickliche Situation könnte auch eine Fehlfunktion im Sauerstoffversorgungssystem gewesen sein. Aber sie hatte nicht die leiseste Idee, wie dieser Defekt hätte aussehen sollen. Eine bessere Frage war, weshalb sie überhaupt Sauerstoffmasken trugen, wenn die Luft im Flugzeug doch offensichtlich atembar war.

Lyla blickte aus einem Fenster und sah nichts außer der Sonne, die durch verstreute Wolken auf die ruhige See unter ihnen schien, aber sie hätten für die Dauer des Fluges über der saudiarabischen Wüste bleiben sollen. Sie befanden sich außerhalb der Reichweite eines herkömmlichen Mobiltelefons, und die Wahrscheinlichkeit, an Bord des A380 ein Satellitentelefon zu finden, war verschwindend gering. Irgendwie musste sie ins Cockpit gelangen. Wenn die Piloten aus demselben Sauerstoffsystem versorgt wurden, waren sie vielleicht ebenfalls bewusstlos. Aber in diesem Fall könnte sie über das Funkgerät einen Mayday-Notruf senden und erhielt vielleicht Hilfe von jemandem auf einer Bodenstation. Sie konnte das Flugzeug unmöglich landen, aber die Kontrollen waren heutzutage derart umfassend automatisiert, dass jemand von der Luftverkehrskontrolle in Dubai in der Lage sein müsste, ihr per Sprechfunk entsprechende Anweisungen zu geben, um die Maschine sicher auf festen Boden herunterzubringen.

Als sie die Cockpittür erreichte, stellte sie fest, dass sie geschlossen und verriegelt war. Sie trommelte mit den Fäusten gegen die Tür, aber niemand reagierte. Sie versuchte verzweifelt, sie mit Gewalt zu öffnen, aber es war eine Sicherheitstür. Seit 9/11 waren alle Linienmaschinen mit stabileren Cockpittüren und vom Pilotensitz fernbedienbaren Schließmechanismen ausgestattet worden, um das Eindringen von Terroristen zu verhindern. Es bedeutete aber auch, dass niemand hineingelangen konnte, wenn die Piloten auf irgendeine Weise ausgeschaltet worden waren, und sei es auch nur durch eine plötzliche Übelkeit.

Lyla untersuchte die Tür. Sie fand eine Zehnertastatur mit einer roten LED-Leuchte daneben und begriff, dass es vielleicht doch eine Möglichkeit gab, ins Cockpit zu kommen. Sie entsann sich, gelesen zu haben, dass es einen Zahlencode gab, den Flugbegleiter benutzen konnten, um sich in medizinischen Notfällen Zugang zum Cockpit zu verschaffen, wenigstens solange die Piloten die entsprechende Elektronik nicht von innen außer Betrieb gesetzt hatten, wie sie es gewöhnlich im Fall eines Terroranschlags taten.

Der Code musste irgendwo in der Nähe bereitliegen, damit alle Flugbegleiter ihn schnell fänden. Sie durchstöberte die Lebensmittelschränke in der vorderen Bordküche und fand dort, was sie suchte: ein Stück Papier mit einer sechsstelligen Zahl darauf. Das Papier klebte an der Innenseite einer Schranktür. Der arabische Text über der Zahl war unlesbar, aber die Zahl musste dem benötigten Code entsprechen.

Lyla gab die Ziffernfolge auf dem Tastenfeld ein, und das rote Licht sprang mit einem Piepton auf Grün um. Sie war überglücklich, als sie die Tür aufstieß.

Ihre Begeisterung erhielt einen bitteren Dämpfer, als

sie den Piloten nach hinten gesunken in seinem Sessel liegen sah. Ein kleines Loch klaffte in seiner Schläfe.

Der Kopilot hingegen war sehr lebendig. Sie zuckte zurück und hob instinktiv die Hände, als er sich umwandte und eine kleine Pistole auf sie richtete.

»Wer sind Sie?«, fragte er.

»Nichts … niemand«, stammelte sie. »Nur eine Passagierin, Lyla Dhawan.«

»Wo kommen Sie her?«

»Ich war mit Adam Carlton im Frachtraum, als wir in das Luftloch gerieten.«

»Wo ist er?«

»Er hat sich den Kopf gestoßen … und ist offenbar schwer verletzt.«

»Wie sind Sie hier hereingekommen?«

»Mit dem Zugangscode. Er war auf einem Stück Papier notiert.«

Er stand aus seinem Sessel auf. »Zeigen Sie mir den Zettel.«

Er hielt sie die ganze Zeit mit der Pistole in Schach, während sie den Schrank in der Bordküche öffnete, an dessen Tür der Zettel klebte. Er riss ihn von der Tür ab, knüllte ihn zusammen und stopfte ihn in seine Hosentasche.

Mit der Pistole dirigierte er sie zurück ins Cockpit. Nachdem er die Tür hinter sich geschlossen hatte, ließ er sich wieder in den Pilotensessel sinken und befahl ihr, sich auf den Notsitz zu setzen.

»Schnallen Sie sich an«, wies er sie an, während er auf die Uhr schaute.

Lyla gab einen erleichterten Seufzer von sich. Es klang wie ein Schluchzen. Er hatte offenbar nicht die Absicht, sie zu töten. Sie schob die Schnallenhälften des Sicherheitsgurts zusammen, bis sie einrasteten.

»Und jetzt setzen Sie die da auf.« Er deutete auf die Sauerstoffmaske, die neben ihr von der Kabinendecke herabhing.

Der Gedanke an die bewusstlosen Passagiere schoss ihr durch den Kopf. »Weshalb?«

Er hob die Pistole und richtete den Lauf auf ihren Kopf. »Tun Sie's einfach.«

Sie hatte keine Wahl. Der tote Pilot war der sichtbare Beweis, dass er nicht zögern würde abzudrücken.

Sie schob sich die Maske übers Gesicht, versuchte jedoch, sie so locker wie möglich aufliegen zu lassen.

Der Kopilot schaute noch einmal auf die Uhr und richtete den Blick dann wieder auf sie. »Nein. Ziehen Sie den Riemen enger.«

Widerstrebend zog sie die Gummibänder stramm. Schon nach wenigen Sekunden spürte sie, wie sie benommen wurde. Irgendein Betäubungsgas musste in den Sauerstoffkreislauf eingespeist worden sein.

»Warum tun Sie das?«, rief sie unter der Maske, aber der Kopilot ignorierte sie.

Er schaute nach rechts, dann beschattete er die Augen mit einer Hand. Nur eine Sekunde später erhellte ein greller Blitz das Innere des Cockpits.

Unmittelbar danach schob der Kopilot den Steuerknüppel nach vorn. Das riesige Flugzeug kippte in einem steilen Sturzflug ab.

Lyla versuchte, ihren Sicherheitsgurt zu lösen, damit sie den Verrückten daran hindern konnte, sie alle zu töten, aber ihre Muskeln waren wie Pudding. Sie spürte ihre Finger nicht, und ihr Geist war vollkommen benebelt. In ihr keimte plötzlich die verzweifelte Hoffnung, dass das Ganze nur ein Alptraum war, aus dem sie gleich erwachen würde. Dass all das gar nicht wirklich geschah.

Dann schaute sie durch die Fenster, während sie aus einer Wolkenbank auftauchten. Vom Himmel war nichts zu sehen. Unter ihr befand sich nur noch der Ozean.

Sie stürzten ab, und es gab nichts, was sie tun konnte, um es zu verhindern. Und dann tauchte sie in eine gnädige Dunkelheit ein.

2

NEAPEL, ITALIEN

Gegenwart

Obgleich der größte Teil der Belegschaft nach Sonnenuntergang Feierabend gemacht und sich auf den Heimweg begeben hatte, waren die weitläufigen Werftanlagen von Moretti Navi noch immer hell erleuchtet. Asad Torkan kauerte in der Nähe des äußeren Zauns in dem abgelegensten Bereich des Betriebs. Die Erkundung seines Einsatzgebietes während der vorangegangenen beiden Tage und Nächte hatte ergeben, dass nirgendwo Kameras installiert waren, die die Grundstücksgrenze überwachten. Die wenigen Wächter machten ihre Runden stets zu den gleichen Uhrzeiten, sodass es ihm keine Probleme bereitete, den günstigsten Zeitpunkt seines Eindringens mit ihren Patrouillengängen abzustimmen.

Er hängte sich seinen Seesack über die Schulter und kletterte geschickt am Zaun empor. Vor dem Rasierklingendraht, aus dem die gekräuselte Krone bestand, schützte er sich mit einer schweren Schweißdecke aus dickem Rindsleder. Als er den Zaun überwunden hatte, faltete er die Decke und versteckte sie zusammen mit dem schwarzen Overall, den er soeben abgestreift hatte, unter einem der Containerstapel, die unweit des Zauns aufgereiht waren. Unter dem Overall kam die Uniform eines Vorarbeiters der Moretti-Navi-Werft zum Vorschein. Er holte einen gelben Schutzhelm aus dem Seesack, setzte ihn auf und schwang sich wieder den Seesack über die Schulter. Dann marschierte er in Richtung der Docks los, als wolle er seinen Arbeitsplatz aufsuchen, um die Spätschicht zu beginnen.

Als Torkan an zwei Hafenarbeitern vorbeiging, die kaum einen zweiten Blick für ihn übrighatten, wusste er, dass er keine Probleme haben würde, sein Ziel unbehelligt zu erreichen. Er war vom Ministerium für Nachrichtenwesen der Republik Iran zum Saboteur ausgebildet worden und hatte bereits erfolgreiche Operationen in Saudi Arabien, Kuwait und Pakistan durchgeführt und jedes Mal den Schauplatz unerkannt wieder verlassen können.

Mit seinen braunen Augen, seinem dunklen Haar, einem ausgeprägten Kinn und der sehnigen Statur eines Langstreckenläufers wurde Torkan fälschlicherweise oft für einen Italiener oder Griechen gehalten, was ihm bei seinen Einsätzen vor allem in europäischen Staaten von großem Nutzen war. Er sprach fließend Englisch wie auch Farsi und Arabisch und verfügte außerdem über solide Grundkenntnisse in mehreren anderen Sprachen, allerdings gehörte Italienisch nicht dazu. Jeder, der ihm in der Werft begegnete, würde einen Landsmann in ihm vermuten. Falls jemand ihn ansprach, würde er behaupten, er sei von einer amerikanischen Firma engagiert worden, um den Bau eines der zahlreichen auf Kiel liegenden Schiffe zu beaufsichtigen.

Das Werftgelände war so weitläufig, dass es zwanzig Minuten dauerte, ehe er sein Ziel in einiger Entfernung ausmachen konnte. Es war ein relativ kleiner Frachter, knapp einhundertdreißig Meter lang, der die letzten Phasen des Fertigstellungsprozesses durchlief, bevor er am nächsten Tag zu seiner Jungfernfahrt in See stechen sollte. Auf den ersten Blick erschien der Neubau wie ein normales Transportschiff, nur dass es über zwei besondere Merkmale verfügte: eine ausladende weiße Satellitenschüssel auf dem Hauptdeck und vier spiralförmige Windturbinen, die wie auf dem Kopf stehende Schneebesen aussahen. Diese Turbinen erzeugten zusätzlichen elektrischen Strom, wenn sich das Schiff auf hoher See befand.

Als sich Torkan dem vermeintlichen Frachter weiter näherte, konnte er seinen Namen – *Colossus 5* – entziffern, der in großen Lettern auf dem Bug prangte. Die anderen Colossus-Schiffe waren bereits auf See unterwegs und nur unter großen Schwierigkeiten zu erreichen, da ihre jeweiligen Positionen streng geheim gehalten wurden, daher musste er dieses Schiff unbedingt manövrierunfähig machen, ehe es seinen Liegeplatz am Werftkai verlassen konnte. Im Vergleich zu den riesigen Passagierkreuzern und Panamax-Containergiganten, die sich in der Nähe im Bau befanden, war das Schiff alles andere als kolossal, aber der Name bezog sich auch gar nicht auf seine Dimensionen. Er betraf eher die Nutzlast in seinem Innern.

Torkan verharrte, als er sich dem Schiff bis auf einhundert Meter genähert hatte, um seine Umgebung genauer zu inspizieren. Im Gegensatz zu den anderen Schiffen in der Werft wurde *Colossus 5* von einer speziellen Barriere abgeschirmt, die weitaus wehrhafter erschien als der Zaun, der das Werftgelände vor Eindringlingen schützte. Wachtposten standen am Tor, waren mit Maschinenpistolen schwer bewaffnet und verrieten durch Haltung und Auftreten, dass sie ehemalige Angehörige des Militärs waren. Außerdem zählte Torkan mindestens ein Dutzend professionelle Sicherheitsspezialisten, die das Deck des

Schiffes und den Kai rund um seinen Liegeplatz sicherten. Torkans Auftrag lautete, die Satellitenschüssel des Schiffes zu zerstören, sodass die *Colossus 5* für einige Wochen im Werfthafen festlag, bis eine Ersatzschüssel installiert werden konnte.

Der Versuch, aufs Schiff zu gelangen, wäre reiner Selbstmord. Zum einen würde ein solches Unternehmen mit Sicherheit fehlschlagen, zum anderen kam es Torkan nicht in den Sinn, überhaupt ein solches Risiko einzugehen. Seit er aus dem Regierungsdienst ausgeschieden war, genoss er die Früchte seiner Zivilkarriere und hatte die Absicht, das auch so lange wie möglich zu tun. Daher kam ein direkter Frontalangriff auf das Schiff auf keinen Fall infrage.

Sein derzeitiges Ziel war nicht die *Colossus 5* selbst. Es war der Ladekran, der auf dem Kai direkt neben dem Schiff in Betrieb war.

So hoch wie ein dreißigstöckiges Gebäude, wenn sein Ausleger senkrecht in die Luft ragte, stand der orangefarbene Kran auf vier Beinen und erschien wie die gigantische modernistische Skulptur einer Giraffe. Ein System aus Seilen, so dick wie ausgewachsene Pythonschlangen, und Umlenkrollen hielt den stählernen Gitterausleger in vertikaler Position, nachdem er sämtliche benötigten Bauteile auf das Schiff geladen hatte und einstweilen nicht mehr gebraucht wurde.

Torkan suchte sich eine Position, in der er von dem Kran vor eventuellen Beobachtern auf dem Schiff abgeschirmt wurde. Die Kranleitern waren für die Wachen auf der *Colossus 5* nur teilweise zu überblicken, aber falls sie ihn bemerken sollten, hoffte er, dass sie ihn für einen regulären Angestellten der Werft hielten, der eine Inspektion des Krans durchführte.

Als er das Ende der Leiter erreichte, ging Torkan an der Steuerkabine des Krans vorbei und betrat den Maschinenraum dahinter, in dem sich – geschützt vor den Unbilden der Witterung – der Motor und die Antriebe für die Rollen und die Seilwinden befanden. Er öffnete den Reißverschluss des Seesacks und holte drei mit Fernzündern präparierte Sprengladungen heraus.

Er befestigte zwei Sprengladungen an den Kabeln, die den Ausleger anhoben und absenkten. Um sicherzugehen, dass der Zusammenbruch des Krans katastrophale Ausmaße haben würde, kletterte er außerdem aufs Dach der Krankabine und deponierte die dritte Sprengladung dort, wo das Gegengewicht des Auslegers mit dem Ausleger verbunden war und dem Kran zusätzliche Stabilität verlieh.

Torkan angelte außerdem eine SIG-Sauer-Pistole aus dem Seesack, schob sie sich unter sein Hemd und ließ den leeren Sack auf dem Dach der Krankabine liegen. Wenn er die Ladungen zündete, wäre er von der Schiffswerft weit entfernt.

Er stieg die Leitern hinunter. Am Fuß des Krans angekommen, wollte er in dem Labyrinth aus Containerstapeln verschwinden, als zwei Werftarbeiter auf ihn aufmerksam wurden. Sie verständigten sich durch einen kurzen Blick miteinander, dann kamen sie auf ihn zu.

»Ehi! Tu!«, rief ihm einer von ihnen zu. *»Cosa stai facendo lassù?«*

Torkan verstand den Italiener zwar nicht, aber er konnte sich denken, dass der Mann ihn fragte, was er auf dem Kran zu suchen hatte. Er machte ein verwirrtes Gesicht und deutete auf seine Brust.

»Meinst du mich?«

Der stämmige Werftarbeiter blieb vor ihm stehen. *»Si, tu. Chi sei?«*

»Tut mir leid«, erwiderte Torkan auf Englisch. »Ich spreche kein Italienisch.«

Der Werftarbeiter runzelte die Stirn. »Sag mal, wer bist du? Warum … du auf Kran? Das mein Job.«

»Oh! Ich wusste nicht, dass heute noch an der *Colossus 5* gearbeitet wird.«

»Nein. Keine Arbeit. Ich bin heute auf einem anderen Kran.«

»Dann ist mir alles klar.«

Eine wortreiche Diskussion auf Italienisch entspann sich zwischen den Werftarbeitern, danach wandte sich der erste Mann wieder an Torkan. »Nichts ist klar. Wer bist du?«

Torkan lächelte sie an. »Ich arbeite für die Schiffseigner. Sie wollten, dass ich mich vergewissere, dass von dem Kran keine Gefahr ausgeht.«

»Gefahr?«

»Du weißt schon, ein Defekt im Motorgehäuse. Es gab während des Ladevorgangs einige Probleme mit den Seilrollen.«

»Gefahr? Defekt? Es gab keinen Defekt.« Er deutete auf den Kran und sagte etwas zu seinem Kollegen. Der junge Mann schwang sich sofort auf die Leiter und stieg auf ihr nach oben.

»Eine zweite Inspektion ist nicht nötig«, sagte Torkan. »Ich kann euch versichern, dass alles vollkommen in Ordnung und sicher ist.«

»Sehr seltsam.« Der Werftarbeiter holte sein Telefon aus der Tasche. »Ich rufe den Manager an.«

»Das ist wirklich nicht nötig«, sagte Torkan. Der junge Werftarbeiter hatte bereits die Hälfte des Weges bis zur Krankabine zurückgelegt.

»Doch, ist nötig. Ich dich hier noch nie gesehen.« Er

begann zu wählen, aber Torkan hob eine Hand, um ihn zu stoppen.

»Warte! Du bringst mich in Schwierigkeiten. Lass mich meinen Boss anrufen, dann kannst du mit ihm reden. Er bestätigt dir, dass ich hierhergeschickt wurde, um alles zu kontrollieren.«

Der Werftarbeiter musterte ihn misstrauisch, nickte dann und steckte das Telefon in die Tasche.

Während Torkan sein eigenes Telefon hervorholte und die Nummer wählte, behielt er den Werftarbeiter im Auge, der zur Krankabine emporstieg. Als er die Tür des Motorgehäuses öffnete, drückte Torkan auf die CALL-Taste.

Die Zünder der Bomben empfingen gleichzeitig dasselbe Mobilfunksignal. Eine mächtige Explosion sprengte das Gehäuse und zerfetzte den Werftarbeiter. Die Seile, die den Kranausleger in der Waagerechten hielten, wurden augenblicklich gekappt, und der Ausleger gab nach und stürzte auf die *Colossus 5* herab.

Der Ausleger war so lang, dass es schien, als erfolge sein Absturz im Zeitlupentempo. Die Wachtposten auf dem Schiff konnten das Geschehen nur entsetzt und tatenlos verfolgen und um ihr Leben rennen, als die Gitterkonstruktion des Auslegers zwischen zwei Masten, auf denen die Windgeneratoren rotierten, aufs Schiffsdeck krachte.

Der zentnerschwere Kranhaken erwischte die Satellitenschüssel voll. Sie zerschellte in einer Wolke aus Glasfasersplittern, die auf das Schiffsdeck herabregneten. Der Explosionsdruck riss den Ausleger aus seiner Verankerung, und die Reste des Gitterwerks mitsamt dem Ankerstück auf der gegenüberliegenden Seite des Kranturms prallten auf den Kai, zertrümmerten das Einlasstor und zerquetschten einen unglücklichen Wachtposten, der sich nicht rechtzeitig hatte retten können. Genau in der Schiffsmitte kam der Ausleger schließlich zur Ruhe.

Eine Alarmglocke ertönte, und Männer brüllten wild durcheinander, während sie vorwärtsstürzten, um mögliche Überlebende aus den Trümmern zu befreien.

Der Werftarbeiter, der mit Torkan gesprochen hatte, starrte fassungslos auf das Chaos, in dem sein Freund ums Leben gekommen war.

»Ich habe euch gewarnt, dass es gefährlich ist«, sagte Torkan und jagte zwei Kugeln in den Brustkorb des Mannes. Dieser brach auf dem Asphalt des Werftkais zusammen und blickte mit einem Ausdruck namenloser Überraschung zu Torkan hoch, ehe er starb. Auf dem Kai und dem Schiffsdeck herrschte ein derartiges Durcheinander, dass die beiden Pistolenschüsse niemandem auffielen und Torkan erlaubten, auch noch den letzten lebenden Zeugen seiner Mission zu beseitigen.

Inmitten des herrschenden Chaos und der allgemeinen Verwirrung tauchte er in den Schatten außerhalb der von den Scheinwerfern erhellten Zone unter und konnte seiner geplanten Fluchtroute über den Zaun des Werftgeländes folgen. Nachdem er das Werftgelände hinter sich gelassen hatte und zu seinem Wagen zurückgekehrt war, führte er ein zweites Telefongespräch.

»Ja?«, meldete sich sofort die Stimme eines Mannes.

»Es ist erledigt«, sagte Torkan. »Das Schiff ist vorläufig stillgelegt.«

»Hervorragende Arbeit. Das wird das Colossus-Projekt um zwei Wochen zurückwerfen. Wann schaffst du es, in Mumbai zu sein?«

Torkan sah auf die Uhr. Nur noch eine Minute bis zum Abschluss der Mission.

»Ich habe meine Bordkarte bereits in der Tasche«, sagte er. »Ich komme um zehn Uhr morgens an.«

»Gut. Ich lasse dich mit einem Hubschrauber zur Startplattform bringen, wenn du dort eintriffst. Aber verspäte dich nicht.«

»Wenn es dazu kommt, dann liegt es wohl kaum an mir, oder?«

»Wenn du meinst, dass sich der Flug bedeutend verzögert, würde ich an deiner Stelle nicht einsteigen«, warnte ihn der Mann am anderen Ende. »Wenn alles nach Plan abläuft, solltest du zusehen, dass du morgen Nachmittag nicht in einem Flugzeug sitzt.«

3

IM WESTLICHEN INDISCHEN OZEAN

Kapitän Keith Tao stieß einen Fluch aus, als er am Horizont die Rauchwolke entdeckte, die einen rötlich leuchtenden Saum hatte, wo sie von der Morgensonne von hinten angestrahlt wurde. Sie befand sich genau auf dem Kurs seines Schiffes, und sie hatten keine Zeit zu vergeuden. Er war gezwungen, sich an einen engen Zeitplan zu halten. Aber anzuhalten, um einem in Not geratenen Schiff Hilfe zu leisten, war laut Seevölkerrecht ein Gesetz, dem in jedem Fall Folge zu leisten war. Wenn sein Frachter dabei beobachtet würde, wie er ein sinkendes Schiff passierte und seinem Schicksal überließ, würden sich daraus Fragen ergeben, die er lieber nicht beantworten wollte.

»Sollen wir das Schiff umfahren?«, fragte der Erste Offizier.

Um zu vermeiden, von Bord des angeschlagenen Schiffes gesichtet zu werden, müssten sie einen Umweg von mindestens zwei Stunden machen, und sie befanden sich aufgrund ihrer verspäteten Abfahrt aus Mozambique längst schon weit außerhalb ihres Zeitplans.

Tao ergriff ein Fernglas und richtete es auf die Rauchwolke am Horizont. Die Umrisse eines Frachtschiffs kamen in Sicht. »Gibt es irgendwelche Hinweise, dass aus dieser Region ein SOS gesendet wurde?«

»Nein, Sir. Ich habe die MarineTraffic-Website aufgerufen, aber dort wurde in einem Umkreis von einhundert Meilen kein anderes Schiff angezeigt.«

Tao hatte eigentlich nichts anderes erwartet. Sie befanden sich mit Absicht weitab von allen bekannten Schifffahrtslinien, und hier, sozusagen mitten im Nirgendwo, einem anderen Schiff zu begegnen bedeutete gewiss nichts Gutes.

Tao ließ das Fernglas sinken. Um halbwegs im Zeitplan zu bleiben, musste er das Risiko eingehen, eventuell gesehen zu werden. »Bleiben Sie auf dem augenblicklichen Kurs.«

»Aye, Captain.«

Nach einer weiteren Stunde war das havarierte Schiff deutlicher zu erkennen, und angesichts seines allgemeinen Zustands war Tao überrascht, dass es sich überhaupt so lange hatte über Wasser halten können.

Der altersschwache Trampdampfer, mehr als einhundertfünfundsechzig Meter lang, sah aus wie eine Zerrspiegelversion seines eigenen Frachters, der *Triton Star*. Das Schiff hatte gut fünfzehn Grad Schlagseite nach Backbord und lag tief im Wasser. Rauchfäden kräuselten sich von mehreren Punkten des Rumpfs, der stellenweise von einem offenbar erst vor Kurzem gelöschten Feuer rußgeschwärzt war, senkrecht in die Luft.

Es lag sicher schon Jahrzehnte zurück, dass das Schiff mit seinen klaren Konturen und dem champagnerkelchförmigen Hecküberhang, ähnlich dem Heck der *Titanic*, durch die Ozeane pflügte. Nun hingegen – selbst wenn man über den Brandschaden hinwegsah – schien es ganz so, als befände es sich auf seiner letzten Fahrt. Die drei Kräne auf dem Vorderschiff und die beiden Kräne hinter den früher einmal weißen Deckaufbauten, die nun mit großen Rostflecken gezeichnet waren, befanden sich in einem derart ramponierten Zustand, als würden sie jeden Augenblick zusammenbrechen. Die Funkantennen waren abgeknickt, als wären sie bei einer Explosion von herumfliegenden Trümmern getroffen worden. Umgekippte Ölfässer und anderes Gerümpel lagen auf einem Deck herum, das von einer an mehreren Stellen geborstenen Kettenreling umgürtet wurde. Das Schiff sah wie eine schwimmende Katastrophe aus, und eine solche musste es während der letzten Stunden auch heimgesucht haben.

Tao hatte Mühe, die verblichenen Lettern seines Namenszugs unterhalb der iranischen Fahne, die an dem Flaggenstock am Schiffsheck flatterte, zu entziffern: *Goreno*.

Nun ergab der Zustand des Schiffes auch einen gewissen Sinn. Dass es unter iranischer Flagge fuhr, deutete auf einen Schwarzmarktschmuggler hin, der die verrufeneren Häfen der Welt ansteuerte, um seine Fracht aufzunehmen. Es erklärte außerdem, weshalb seine Kennung nicht in der Datenbank der MarineTraffic-Website gespeichert war.

»Captain«, sagte der Erste Offizier, »wir fangen einen Hilferuf auf. Er ist sehr schwach.«

»Von der *Goreno*?« Tao blickte zur Kommandobrücke des Havaristen hinüber, konnte jedoch durch die von Sprüngen und Schmutz nahezu vollständig blinden Fenster keine Einzelheiten erkennen.

»Nein, Sir. Sie sagen, sie hätten das Schiff aufgeben müssen.«

Ein Rettungsboot kam in Sicht, als sie den Bug der *Goreno* passierten. Es sah aus, als befände es sich in einem noch schlechteren Zustand als das Schiff, falls eine solche Steigerung überhaupt möglich war. Der gesamte Rumpf war schwarz von Ruß und Brandspuren, und ein Teil des

Schutzdachs war eingedrückt. Außerdem lag es antriebslos im Wasser.

»Legen Sie den Ruf auf den Lautsprecher«, befahl Tao.

Eine verzweifelte Stimme flehte sie in spanisch gefärbtem Englisch aus dem Lautsprecher der Kommandobrücke an. »An das Schiff vor uns, hier spricht Eduardo Barbanegra, Kapitän der *Goreno.* Wir brauchen Ihre Hilfe. Unsere Maschinen sind ausgefallen. Seit drei Tagen sind meine Mannschaft und ich ohne Lebensmittel und Wasser.« Das Signal war schwach. Häufige atmosphärische Störungen machten die Worte stellenweise nur schwer verständlich. Da sie das Notsignal erst jetzt hörten, wurde es wahrscheinlich von einem schwachen Walkie-Talkie mit nur geringer Reichweite gesendet.

»Sollen wir antworten?«, fragte der XO.

Tao dachte einige Sekunden lang nach, dann schüttelte er den Kopf. »So wie es aussieht, sind sie längst nicht mehr am Leben, wenn ein anderes Schiff hier vorbeikommt. Bleiben Sie auf Kurs.«

»Bitte helfen Sie uns!«, rief Barbanegra, als die *Triton Star* ohne eine Reaktion an ihnen vorbeirauschte. »Wenn Sie uns retten, teilen wir mit Ihnen das Gold, das sich noch an Bord der *Goreno* befindet.«

Bei Barbanegras verzweifeltem Versuch, sich zu retten, verdrehte der XO die Augen. Mit einem spöttischen Grinsen richtete Tao sein Fernglas auf das Rettungsboot. Ein Mann mit strähnigem blondem Haar tauchte im Spalt des geborstenen Schutzdachs auf. Seine Kleider waren schmuddelig und teilweise zerfetzt, und sein Gesicht war mit Ruß verschmiert. Er sah erschöpft aus. Seine Lippen waren vom langen Wassermangel rissig, und sein rechtes Auge verschwand unter einer offenbar notdürftig zusammengeflickten schwarzen Klappe.

Aber Taos Blick wurde magisch von etwas angezogen, das er in der Hand hielt und über dem Kopf in die Luft reckte. Es war ein rechteckiger Goldbarren mit mindestens dreißig Zentimetern Kantenlänge.

»Was hat er gesagt? Wie viel Gold haben sie angeblich an Bord?«, fragte Tao, während er den Barren betrachtete, der in der Sonne funkelte.

»Fünfhundert Pfund«, erwiderte der Erste Offizier. »Aber, Sir…«

Tao kannte den aktuellen Goldpreis, da er seit Beginn ihrer Reise darüber nachdachte, wie er den Bonus, den er für diese Fahrt einstrich, am gewinnbringendsten anlegen sollte. Beim derzeitigen Kurs war eine Vierteltonne Gold deutlich über zehn Millionen Dollar wert.

Er legte das Fernglas beiseite und gab das Kommando: »Alle Maschinen stopp!«

Der Erste Offizier starrte ihn ungläubig an. »Captain?«

»Sie haben mich gehört.« Der XO führte den Befehl aus, und das Schiff wurde langsamer.

»Lassen Sie unser Rettungsboot ausbringen. Wir holen sie an Bord.«

»Captain«, sagte der Erste Offizier, nachdem er die Anweisungen weitergegeben hatte, »Sie können doch nicht ernsthaft glauben, dass sie auf der *Goreno* so viel Gold zurückgelassen haben.«

»Das werden wir schon bald genau wissen. Wenn dieser Barren, den er da in der Hand hält, eine Attrappe ist, beseitigen wir sie alle und werfen sie über Bord. Die Haie werden dann den Rest besorgen.«

»Und wenn er echt ist?«

»Dann lassen wir uns erklären, wo das Gold versteckt ist, und holen es von Bord, ehe das Schiff sinkt. Dann erst töten wir sie.«

Mit einem Kopfnicken signalisierte der Erste Offizier seine Zustimmung zu Taos Plan. »Wenn Barbanegra gelogen hat, wird der Zeitverlust nicht allzu groß sein, und der mögliche Profit wäre die Mühe allemal wert gewesen.«

Eine Viertelstunde später kletterten Barbanegra und seine Männer an Bord der *Triton Star*. Tao verließ die Kommandobrücke, um sie in der Messe zu begrüßen.

Als er den Raum betrat, fand er Barbanegra und fünf jämmerlich aussehende Männer vor, die hungrig Wurst- und Käsesandwiches hinunterschlangen und gläserweise Wasser tranken. Als sie an Bord geholt worden waren, hatte man sie durchsucht, ohne dass sie es bemerkten, indem Taos Männer sie abtasteten, während sie ihnen an Deck halfen. Seine Männer hatten sich in der Kantine im Halbkreis um die Schiffbrüchigen aufgebaut, wobei sie ihre Waffen, wie ihnen befohlen worden war, versteckten. Es hätte keinen Sinn gehabt, Barbanegras Misstrauen zu wecken.

Tao ging zu Barbanegra hinüber, der den Goldbarren immer noch in der Hand hielt, und begrüßte ihn. »Ich bin Kapitän Tao«, stellte er sich vor. »Willkommen an Bord.«

Barbanegra, ein hochgewachsener Mann, dessen Kleider wie bei einer Vogelscheuche lose um seinen Körper schlotterten, erhob sich halb und wechselte einen kraftlosen Händedruck mit Tao. »Vielen Dank, dass Sie uns gerettet haben. Wir haben schon gar nicht mehr damit gerechnet, dass Sie anhalten und beidrehen würden.«

»Wir hielten Ihr Schiff anfangs für ein aufgegebenes Wrack. Ihr Funksignal war so schwach, dass wir es beinahe gar nicht wahrgenommen haben. Ist das Ihre gesamte Mannschaft?«

»Die Hälfte. Die anderen haben wir im Feuer verloren.«

»Brauchen Sie medizinische Hilfe?«

»Mit dem Essen und dem Wasser haben wir im Augenblick genug. Wir müssen erst noch eine dringendere Angelegenheit erledigen.« Barbanegra warf einen vielsagenden Blick auf den Goldbarren. »Helfen Sie uns, das restliche Gold zu bergen, ehe unser Schiff untergeht? Wir überlassen Ihnen ein Viertel der gesamten Menge.«

Demnach war Barbanegra trotz allem noch fit genug, um zu verhandeln. Tao war beeindruckt. Eines musste man dem Mann lassen, er hatte Mut.

»Warum sollen wir nicht alles einsacken?«, fragte Tao. »Sie haben das Schiff aufgegeben, und da es unter iranischer Flagge fährt, ist mit hoher Wahrscheinlichkeit anzunehmen, dass Ihre Fracht aus Schmuggelgut besteht. Ich glaube nicht, dass wir uns an Lloyd's of London wenden müssen, um einen Bergungsvertrag auszuhandeln, oder?«

»Das ist richtig«, räumte Barbanegra ein. »Aber die Barren sind auf unserem Schiff sehr gut versteckt, und … das Schiff nimmt übrigens ständig Wasser auf und wird wahrscheinlich schon während der nächsten zwölf Stunden sinken. In diesem Fall wird keiner von uns etwas von dem Gold zu sehen bekommen.«

»Falls es überhaupt Gold ist«, sagte Tao. Er holte ein Klappmesser aus der Hosentasche und kratzte mit der Klingenspitze quer über den Barren und hinterließ in dem weichen Metall eine tiefe goldglänzende Rille. Der Barren bestand offensichtlich nicht aus Blei und einer Goldbeschichtung. Tao hob ihn hoch und schätzte sein Gewicht auf fünfundzwanzig Pfund. Tao hatte Mühe, sich seine Freude über einen solchen Glücksfall nicht anmerken zu lassen.

»Sehen Sie?«, sagte Barbanegra triumphierend. »Der Barren ist echt, wie ich es Ihnen erzählt habe. Und drüben auf der *Goreno* warten noch neunzehn weitere von der Sorte.«

»Wo genau?«

»Haben wir eine Abmachung?«

Langwierig zu verhandeln war vollkommen sinnlos, da diese Männer in spätestens einer Stunde ohnehin nicht mehr am Leben wären, aber Tao musste wenigstens den Eindruck erwecken, als versuchte er, bessere Bedingungen für sich herauszuschlagen.

»Fifty-fifty«, sagte er. »Das ist unser Preis.«

Barbanegra sah die Männer seiner Crew fragend an, die daraufhin mit einem zustimmenden Kopfnicken reagierten.

»Dann sind wir uns einig«, sagte Barbanegra. Er deutete auf einen athletischen Schwarzen. »Das ist Franklin, mein Chefingenieur. Er wird Ihren Männern zeigen, wo die Goldbarren liegen.«

Tao bestimmte ein halbes Dutzend seiner Männer, die Franklin im Rettungsboot begleiten sollten, womit nur noch acht seiner Leute auf der *Triton Star* zurückblieben. So entkräftet wie die Männer der *Goreno*-Mannschaft erschienen, stellten sie ganz sicher keinerlei Bedrohung dar.

»Hatten Sie erst einmal genug zu essen und zu trinken?«, erkundigte sich Tao.

»Ja, vielen Dank«, erwiderte Barbanegra.

»Dann dürfen Sie mich mit Ihren Männern auf die Kommandobrücke begleiten – von wo aus wir die Bergungsaktion genau verfolgen können.«

Tao schickte seinem XO einen verstohlenen Blick. Sein Erster Offizier nickte. Sobald sich das Gold in ihrem Besitz befand, würden sie die Waffen hervorholen. Wenn es dazu kam, wäre es besser, sämtliche Gefangenen an einem Ort unter Kontrolle zu haben.

Als sie die Kommandobrücke betraten, näherte sich das Rettungsboot der *Goreno* und ging wenig später längsseits. Einer von Taos Männern befestigte eine Strickleiter an der Reling des havarierten Schiffes. Franklin und weitere vier von Taos Männern kletterten an Deck der *Goreno*, während ein Mann im Rettungsboot zurückblieb. Franklin gab seinen Begleitern ein Zeichen, zeigte ihnen die Richtung, und sie verschwanden im Deckaufbau.

Auf der Brücke herrschte gespanntes Schweigen, während alle auf einen Funkspruch warteten, der ihnen meldete, dass das Prisenkommando den Goldschatz gefunden habe. Barbanegra, der neben Tao stand, sackte plötzlich auf ein Knie herab. Er war kreideweiß im Gesicht, aber dann hob er beschwichtigend eine Hand und meinte: »Ich bin okay. Mir wurde nur für einen Moment schwarz vor Augen. Das Ganze war wohl ein wenig zu viel für mich. Geben Sie mir eine Minute.«

Tao nickte verständnisvoll und beglückwünschte sich im Stillen, wie einfach alles Weitere für ihn und seine Männer werden würde, dann konzentrierte er sich wieder auf das Geschehen auf der *Goreno*.

Zu seinem namenlosen Schrecken spürte er jedoch nur eine Sekunde später, wie Barbanegra die Mündung eines Pistolenlaufs gegen seine Schläfe drückte. Die anderen vier Männer von der *Goreno* überwältigten seine Brückencrew und befreiten sie von den Waffen, die sie unter den Hemden versteckt im Hosenbund getragen hatten. Es geschah derart blitzschnell, dass nur der Erste Offizier dazu kam, sich zu wehren, aber viel konnte er nicht ausrichten, ehe ihn ein Handkantenschlag in den Nacken zu

Boden streckte. Die anderen Männer reckten nicht weniger schnell die Hände in die Höhe, als sie sahen, dass ihre eigenen Waffen auf sie gerichtet waren.

Während Tao hilflos verfolgte, wie seine Männer mit Kabelbindern gefesselt wurden, stieß er hervor: »Was tun Sie? Was haben Sie vor?«

»Mund halten«, sagte Barbanegra, dessen Akzent sich plötzlich verflüchtigt hatte. Er winkte einem seiner Männer. »MacD, sobald Sie die Kerle angemessen verarztet haben, durchsuchen Sie die *Triton Star* nach weiteren Mannschaftsmitgliedern, die sich bisher noch nicht bemerkbar gemacht haben.«

»Aye, Chairman«, erwiderte der Mann, der auf einmal energiegeladen und hellwach erschien und gar nicht mehr geschwächt und apathisch.

Dann fing der Mann, der Chairman genannt wurde, zu sprechen an, anscheinend aber mit niemand Bestimmtem. »Wir haben hier drüben alles gesichert, Max. Schnappt sie euch.«

Tao waren die Hände auf dem Rücken gefesselt worden, aber er war nicht wie seine restlichen Männer gezwungen worden, sich auf den Boden zu legen. Er wurde Zeuge, wie seine Leute auf der *Goreno* mit hocherhobenen Händen aus dem Deckaufbau herauskamen. Begleitet wurden sie von einem Dutzend Männer und Frauen mit Maschinenpistolen, die sie auf den Mann im Rettungsboot richteten, der kurz darauf ebenfalls gefangen genommen wurde.

»Das war ein guter Job, Leute«, stellte der Chairman zufrieden fest. »Nicht *ein* Schuss ist gefallen.« Er trat einen Schritt von Tao zurück und bückte sich, um sein hochgekrempeltes Hosenbein nach unten zu streifen. In diesem Moment konnte Tao erkennen, dass der Mann, der Chairman genannt wurde, eine Beinprothese mit einem Geheimfach hatte, die er gerade wieder schloss.

Tao starrte den Mann, der sein Schiff so schnell und problemlos gekapert hatte, mit offenem Mund an. »Wer zum Teufel sind Sie?«

»Das ist doch ziemlich offensichtlich, oder?«, sagte der Chairman mit einem breiten Grinsen, während er die Augenklappe abnahm, unter der ein zweites strahlend blaues Auge zum Vorschein kam. »Holzbein? Augenklappe? Ich bitte Sie. Einen Piraten sollten Sie doch auf den ersten Blick erkennen. Vor allem weil Sie selbst ebenfalls im Schmuggelgeschäft tätig sind.«

»Ich… ich weiß nicht, wovon Sie sprechen«, stammelte Tao.

Der Chairman hob seine Pistole und richtete sie auf Taos Stirn. Das Piratengrinsen verflüchtigte sich und wurde durch einen todernsten, drohenden Blick ersetzt.

»Wir wissen genau, welche geheime Fracht Sie an Bord haben«, sagte der Chairman. »Wir wissen nur nicht, wo sie sich befindet, und Ihr Schiff, mit dem Sie unterwegs sind, ist ziemlich groß. Also, Captain Tao, dann erzählen Sie mal – wo haben Sie die chemischen Waffen versteckt?«

4

Rasul Torkan, Asads Zwillingsbruder und ihm wie aus dem Gesicht geschnitten, beobachtete durch das Bullauge seiner Kabine, wie die Mannschaft der *Triton Star* von bewaffneten Männern und Frauen über das Hauptdeck des vermeintlich havarierten Frachters getrieben wurde, und wusste sofort, dass sie es auf ihn abgesehen hatten. Ihm blieben nur noch wenige Minuten, um sich zu verstecken und zu verhindern, dass die Operation mit einem Fiasko endete.

Es gab auf dem Schiff nur einen einzigen Ort, von dem er mit Sicherheit wusste, dass man ihn dort nicht finden würde. Ihn am helllichten Tag aufzusuchen, ohne dabei gesehen zu werden, war ein riskantes Unternehmen, aber er verfügte über die nötigen Fähigkeiten, um das Wagnis mit einiger Aussicht auf Erfolg einzugehen. Angetrieben von ihrem Wettbewerbsgeist, waren Rasul und sein Bruder in den Rängen des iranischen Geheimdienstes aufgestiegen, bis sie zum erlauchten Kreis der Eliteagenten des MOIS zählten. Während Asads Spezialität die Sabotage war, hatte sich Rasul als Attentäter und Auftragsmörder hervorgetan und während seiner Tätigkeit als Agent der Regierung fünfzehn erfolgreiche Tötungsaktionen durchgeführt. Der Bürokratie und Beschränkungen, die ihnen auferlegt wurden, überdrüssig, hatten sie entschieden, aus dem Geheimdienst auszuscheiden und fortan ihren erlernten »Beruf« auf eigene Rechnung auszuüben. Manchmal arbeiteten sie als Team und führten bei anderen Gelegenheiten getrennte – oder, wie in diesem Fall, einander ergänzende – Missionen durch.

An Bord der *Triton Star* war Rasul lediglich ein Passagier. Am Ende würde ihn Tao ans Messer liefern, aber die Hijacker würden seinen Namen nicht auf der Mannschaftsliste finden und daher nicht sofort anfangen, nach ihm zu suchen. Da er sich sein Quartier mit zwei anderen Mannschaftsmitgliedern teilte, räumte er eilends seine Siebensachen in deren Schränke ein. Allzu lange würde er nicht unentdeckt bleiben, aber vielleicht lange genug.

Er schlich zwei Treppen hinunter und hörte polternde Schritte hinter sich, während er durch eine Tür aufs Außendeck gelangte. Gleich neben der Luke ging er in Lauerstellung, um jeden zum Schweigen zu bringen, der ihm folgte, aber die Männer hatten ihn nicht bemerkt und setzten ihren Weg zu den unteren Decks fort.

Sein Ziel war die letzte Containerreihe. Um sie zu erreichen, musste er einen freien Teil des Decks zwischen den Containern und Decksaufbauten überwinden, wo er für jeden, der in diese Richtung blickte, für Sekunden zu sehen wäre. Aber er musste es riskieren. Er duckte sich und bewegte sich im Kriechgang vorwärts, bis er sich im Schatten des Containerstapels befand.

Keine Warnsirenen ertönten, keine lauten Rufe hallten über das Deck. Niemand hatte ihn bemerkt.

Er blieb in Bewegung, bis er den Kühlcontainer am Heck der *Triton Star* erreichte. Er sah vollkommen normal aus, was auch beabsichtigt war. Aus den Frachtpapieren ging hervor, dass der Kühlbehälter – es war der unterste eines Stapels von insgesamt fünf Containern – Orangen, Zitronen und Mandarinen aus Mozambique enthielt, die für den indischen Markt bestimmt waren. Nichts unterschied ihn äußerlich von den tausend anderen Containern an Bord des Frachters. Selbst wenn sie ihn öffneten, würden Zollbeamte in der ersten Hälfte des dreizehn Meter langen Stahlbehälters nichts anderes als Obstkisten vorfinden. Der auf diese Weise getarnte hintere Abschnitt diente jedoch einem vollkommen anderen Zweck.

Rasul riskierte einen Blick um die Ecke des Containers und sah in einiger Entfernung das Heck der *Goreno*. Wie er beobachten konnte, richtete sie sich, so schien es jedenfalls, aktiv aus ihrer Schlagseitenlage auf, wozu ein derart stark beschädigtes Frachtschiff eigentlich nicht hätte in der Lage sein dürfen. Hinzu kam, dass keine Rauchwölkchen mehr von ihrem Rumpf aufstiegen.

Der Plan, nach dem die gewaltlose Übernahme der *Triton Star* abgelaufen war, nötigte ihm widerwillig eine Art Bewunderung ab. Rasul war sich sicher, dass dieser Überfall mehr als ein gewöhnliches Hijacking war. Außerdem befanden sie sich zu weit abseits der Hauptschifffahrtslinien, als dass die Begegnung der beiden Schiffe als rein zufällig betrachtet werden konnte.

Die *Goreno* hatte ihren Kurs mit voller Absicht gekreuzt. Und Rasul kannte ihre Absicht.

Er fuhr mit der Hand an einer der Versteifungsrippen entlang. Sein Finger fand einen versteckten Schalter, drückte auf den winzigen Knopf, und ein Teil der Trennwand hinter den Obstkisten glitt zur Seite. Er schlüpfte durch den Spalt und drückte auf einen zweiten Knopf, um ihn hinter sich zu schließen. Er betätigte einen Schalter, und einige Halogenlampen flammten auf.

Das Innere des Kühlcontainers war umgebaut worden, um als Dekontaminierungskammer benutzt werden zu können. In Augenhöhe an der Wand, die dem Eingang gegenüberlag, befand sich ein roter Knopf ähnlich den Buzzern, wie man sie aus TV-Quizsendungen kennt. Wenn er gedrückt wurde, wechselte die Beleuchtung auf Rot, und Düsen in der Decke versprühten eine konzentrierte Hypochloritlösung, die sämtliche Spuren des Nervenkampfstoffs neutralisierte, so minimal sie auch sein mochten. Sobald der Dekontaminierungsprozess abgeschlossen war, sprang die Beleuchtung auf Grün um, woraufhin Rasul die Kammer durch eine Tür gegenüber dem Eingang verlassen konnte.

Während seines ersten Tages an Bord der *Triton Star* hatte Rasul seinen Seesack in der Kammer deponiert, um den Inhalt vor dem eventuellen Zugriff neugieriger Mannschaftsmitglieder zuverlässig zu schützen. Ihnen wurde lediglich erklärt, dass er ein Passagier war und für die Überfahrt bezahlt hatte. Nur Tao wusste, dass er zwei Frachtcontainer auf der Reise zu ihrem Bestimmungsort begleitete.

Im Gegensatz zu den Gefrierpunkttemperaturen in der anderen Hälfte des Kühlcontainers herrschten dort konstante angenehme einundzwanzig Grad Celsius, erzeugt von einer eigens installierten Klimaanlage. Eine medizinische Filteranlage reinigte die Luft.

Er kniete sich auf den stählernen Boden des Containers, öffnete den Seesack und lud die beiden Waffen, die er für diese Mission seiner Ausrüstung hinzugefügt hatte: eine halbautomatische Glock Kaliber .40 und ein Heckler & Koch G36 Sturmgewehr mit Schalldämpfer.

Außer den Waffen befand sich ein Metallkasten im Seesack. Er klappte ihn auf, und zum Vorschein kam ein zylindrischer Behälter in der Aussparung eines dicken Schaumstoffpolsters. Er hatte die Größe einer Mineralwasserflasche, einen Tragebügel aus Aluminium am oberen Ende, eine kleine Ausgießtülle im Boden und ein Touchpad auf der Vorderseite.

Danach zog Rasul die letzten Ausrüstungsgegenstände aus dem Seesack, die er für seine Mission brauchte.

Sie waren eine Gasmaske, wie sie beim Militär zum Einsatz kam, und ein luftdichter Kampfanzug, bekannt unter der Bezeichnung NBC-Suit aufgrund seiner Fähigkeit, seinen Träger vor nuklearer, biologischer und chemischer Kontamination zu schützen. Er hatte die Wüstenflecktarnung der iranischen Revolutionsgarden.

Rasul überprüfte seine Ausrüstung und vergewisserte sich, dass alles ordnungsgemäß und störungsfrei funktionierte. Es sah so aus, als müsste er es eher benutzen als erwartet.

Er setzte sich auf den Boden und aktivierte in seinem Mobiltelefon die Textverschlüsselungs-App, die das Telefon mit dem WLAN-Signal der *Triton Star* verlinkte.

Wir haben ein Problem, textete er.

Die Antwort folgte umgehend. *Ich hatte bereits vermutet, dass etwas schiefgelaufen ist. Ich hatte bemerkt, dass die Fahrt unterbrochen wurde. Ich wollte mich schon melden, um zu fragen weshalb.*

Dank der GPS-Verfolgung kannte Rasuls Gesprächspartner ihre Position. Das Global Positioning System konnte den Aufenthaltsort jedes Schiffes aufzeichnen, das mit einem Transponder ausgerüstet war.

Ein Schiff hat uns abgefangen, und wir wurden gekapert.

Militär?

Zivil. Ein Frachter namens Goreno.

Vielleicht wissen sie, dass der Nervenkampfstoff an Bord ist.

Sollen wir ihn schon jetzt freisetzen?

Eine Pause entstand. *Nur wenn du außer Reichweite bist.*

Heißt das, die Mission wird abgebrochen? Er wusste bereits, dass die Mission seines Bruders erfolgreich verlaufen war. Aber Rasuls Operation war für ihr Vorhaben genauso wichtig.

Eine weitere Pause folgte, dann: *Nein, vielleicht kann ich das Ziel ändern und trotzdem erreichen, was wir beabsichtigen.*

Wie lauten meine Befehle?, textete Rasul.

Kannst du den Kampfstoff einsetzen, um die Mission wie geplant abzuschließen?

Ihm stand nur eine Einheit zur Verfügung. Er betrachtete den Zylinder. Um beide Schiffe zu kontaminieren, müsste er sie mit dem Giftstoff überschütten, anstatt wie geplant die Dispersionsvorrichtung in der Nähe der Zuluftöffnung der Belüftungsanlage der *Triton Star* zu platzieren, um die gesamte Mannschaft auszulöschen.

Aber es gab keine Möglichkeit, die Dispersionsvorrichtung in ausreichende Höhe zu bringen …

Dann erinnerte sich Rasul an sein Seenotrettungstraining. Die *Triton Star* verfügte über eine Einrichtung, die es ihm ermöglichte, den Nervenkampfstoff in die Luft zu schießen.

Es gibt eine Möglichkeit, erwiderte Rasul.

Gut. In einer Stunde weiß ich, ob wir weitermachen müssen wie geplant. Wenn ja, wirst du die Startsequenz aktivieren. Gib mir Bescheid, sobald du die Mission abgeschlossen hast. Dann schicke ich die Jacht, um dich abzuholen.

Verstanden.

Denk daran, dass niemand Zeuge sein darf, wenn du den Schauplatz verlässt, kam die Antwort. *Du hast, was du brauchst, um alle zu töten.*

5

Juan Cabrillo kam als ein vollkommen neuer Mensch aus dem Büro des Kapitäns auf die Kommandobrücke der *Triton Star*. Verschwunden waren die ausgebeulte, schlotternde Kleidung, die seine athletische Gestalt verhüllte, und auch die Schminke, die ihm das ausgezehrte Aussehen eines Schiffbrüchigen verlieh. Er war nun frisch rasiert und trug ein helles Polohemd und eine schwarze Cargohose. Beides hatte im Rettungsboot bereitgelegen. Die einzigen Merkmale, die er mit seinem Piraten-Alter-Ego Eduardo Barbanegra gemein hatte, waren das blonde Haar, die blauen Augen und der künstliche rechte Unterschenkel – der natürliche hatte ersetzt werden müssen, nachdem er ihn einige Jahre zuvor während eines heftigen Feuergefechts mit einem chinesischen Zerstörer verloren hatte.

Trotz einer ansehnlichen Erfolgsbilanz empfand Cabrillo in speziell diesem Fall einen nicht geringen Stolz darauf, wie glatt sein Team die Operation zur Besetzung der *Triton Star* durchgezogen hatte, zumal die CIA ihnen diese Mission erst zwei Tage zuvor übertragen hatte. Für die Dauer dieser Mission auf *Goreno* umbenannt, war *Oregon* der richtige Name seines Schiffes. Sie lagen gerade im Hafen von Malé auf den Malediven, um Treibstoff nachzutanken und frische Vorräte zu laden, als der Ruf sie erreichte und sie den Indischen Ozean überquerten, um in Position zu gehen und die *Triton Star* abzufangen. Sie waren nicht nur zur richtigen Zeit am richtigen Ort, um den Auftrag zu ergattern, sondern auch das einzige Eliteteam auf der Welt, das ihn mit Aussicht auf Erfolg in Angriff nehmen konnte.

In Kalifornien geboren und praktisch am Strand aufgewachsen, hatte sich Juan Cabrillo eine lebenslange Begeisterung für den Ozean erhalten. Er war der geistige Vater der *Oregon*, eines Spionageschiffes, das unauffällig und dank seiner perfekten Tarnung geradezu unbemerkt überall auf der Welt operieren konnte. In seiner früheren Stellung als führender CIA-Agent hatte er die Notwendigkeit für die Schaffung einer Organisation erkannt, die unbehelligt von den strengen Regeln der amerikanischen Regierungsbürokratie agieren konnte. Er kündigte seinen Job und gründete die Corporation, eine Privatfirma, die Spezialaufträge annahm, für deren Ausführung der Agency die Hände gebunden waren, sei es aus Mangel an organisatorischer oder operativer Fähigkeit oder weil sie im Fall eines Fehlschlags keine plausible Begründung für ihre jeweilige Beteiligung hätte liefern können. Die Missionen waren durch die Bank mit einem hohen Risiko verbunden, und seine Mannschaft, die aus Veteranen militärischer Eliteeinheiten und ehemaligen CIA-Agenten bestand, wurde für ihre Arbeit großzügig honoriert, aber die *Oregon* hatte auch schon einige schmerzliche Verluste zu verzeichnen. Die Corporation war außerdem für Privatfirmen und ausländische Regierungen tätig, sei es, dass sie Ölbohrinseln in gefährlichen Regionen beschützte oder entführte VIPs befreite. Aber ihre Mitglieder waren nicht das, was man im herkömmlichen Sinn unter Söldnern verstand. Jeder auf der *Oregon* war ein amerikanischer Patriot, und Juan Cabrillo, als Chairman der Corporation, achtete darauf, dass ausschließlich Operationen durchgeführt wurden, die den Interessen der Vereinigten

Staaten dienten. Die Inbesitznahme der *Triton Star* gehörte eindeutig in diese Kategorie.

Die einzige Person, die sich in diesem Augenblick auf der Kommandobrücke aufhielt, war Eric Stone, der erfahrene Steuermann der *Oregon*. Seines Zeichens ausgewiesenes technisches Genie und ehemaliger Angehöriger der Navy, der seine Dienstzeit in der Abteilung für technologische Entwicklung abgeleistet hatte, war er eines der jüngsten Mitglieder der *Oregon*-Crew. Er war ein stets zurückhaltend auftretender Computerfreak mit sanften braunen Augen, der seine Freizeit am liebsten mit Videospielen verbrachte und im Umgang mit Frauen eher schüchtern war. Seinen Job führte er absolut zuverlässig und mit akribischer Präzision aus, was sich auch auf seine äußere Erscheinung erstreckte, die gewöhnlich aus schwarzer Hornbrille, einem hellblauen Oxfordhemd und Chinos bestand. Aber als ein Mitglied der von der *Triton Star* »geretteten« Schiffsmannschaft trug er noch immer zerschlissene Jeans und ein schmuddeliges T-Shirt.

Juan grinste ihn an. »Wie ich sehe, gefällt Ihnen der Pennerlook offenbar ganz gut.«

»Tut mir leid, Chairman«, erwiderte Eric, während er seine Brille zurechtrückte und das Gesicht verzog, als er an sich herabschaute. »Ich hatte noch keine Zeit, um mich umzuziehen.«

»Warten Sie lieber nicht zu lange. Sie könnten sich an den Aufzug gewöhnen.«

»Das bezweifle ich doch sehr. Aber ich wollte mir vorher unbedingt die Frachtpapiere ansehen.«

Juan kam zum Computerterminal der Kommandobrücke. Der Bildschirm war mit langen Datenkolonnen gefüllt. »Ist irgendwas Interessantes dabei?«

»Ich denke schon. Angeblich soll die *Triton Star* in

Nacala in Mozambique eintausendzweihundertsiebenundvierzig Container geladen haben, die für Kochi, einen Hafen in Südwestindien, bestimmt sind.«

»Angeblich?«

»Ich habe in der Datenbank eine geheime Ladeliste gefunden«, sagte Eric Stone und rief per Tastendruck eine andere Datei auf dem Bildschirm auf. »Diese Liste enthält eintausendzweihundertneunundvierzig Container.«

»Demnach sind es zwei mehr, wie wir erwartet hatten. Es müsste sich doch auf einen Blick feststellen lassen, welche es sind, oder?«

Eric schüttelte den Kopf. »Ich wünschte, es wäre so einfach. Ich habe die beiden Dateien miteinander verglichen, aber sie haben die Container perfekt getarnt. Ich fürchte, wir müssen sie manuell suchen.«

»Oder Kapitän Tao davon überzeugen, dass es für ihn besser wäre, wenn er uns verrät, um welche Container es sich handelt.«

»Wenn Sie ihn verhören, könnten Sie ihm gleich noch eine andere Frage stellen.«

»Und welche?«, wollte Juan wissen.

»Weshalb sie die Absicht hatten, einen außerplanmäßigen Zwischenstopp einzulegen, bevor sie in Kochi einlaufen.«

»Wissen Sie, wo?«

»Alles, was ich finden konnte, war der Name ›J Island‹. Aber es sieht so aus, als sei damit eine Insel irgendwo im Lakshadweep-Archipel westlich des indischen Festlands gemeint. Ihre Position liegt genau auf dem Kurs der *Triton Star*, dem sie gefolgt ist, ehe sie stoppte, um uns ... ich meine, unser Gold zu retten.«

Der Goldbarren war Teil der Barreserve, die die Corporation an Bord der *Oregon* bereithielt, falls sie gebraucht wurde, um Tauschgeschäfte abzuschließen oder um in kürzester Zeit dringend benötigte Ausrüstungsgegenstände zu beschaffen. Zu der Kriegskasse gehörten auch Bargeld in verschiedenen Währungen im Gesamtwert von mehreren hunderttausend Dollar, eine Handvoll Diamanten nicht nachweisbarer Herkunft und ein paar Dutzend Krügerrands. Aber dies war der einzige Goldbarren. Juan hatte richtigerweise angenommen, dass er ein nützlicher Köder wäre, falls Tao die internationalen Seerechtsvorschriften ignorierte und entschied, sie zu passieren und ihrem vermeintlichen Schicksal zu überlassen.

In diesem Augenblick kam Eddie Seng durch die Außentür herein, auf der Schulter einen voluminösen Seesack. Ebenso wie Juan war der chinesisch-amerikanische Chef der Abteilung für landgestützte Operationen ein ehemaliger CIA-Agent. Während seiner Tätigkeit war er mehrere Jahre lang als Spion in Festland-China aktiv gewesen. Er hatte eine schlanke, sehnige Statur, und sein Bürstenhaarschnitt war kurz genug, um die Anforderungen des Marine Corps zu erfüllen.

»Chairman, wir haben alle Mannschaftsmitglieder auf der *Triton Star* identifiziert und zusammengetrieben. Diejenigen, die sich auf der *Oregon* aufhalten, wurden entwaffnet und sitzen unter strenger Bewachung in der Messe.«

»Ich glaube, dann wird es Zeit, dass Sie und ich uns mit Mr. Tao unterhalten«, sagte Cabrillo, ehe er sich an Eric wandte. »Gute Arbeit, Stoney. Wenn Sie an der *Oregon* längsseits gegangen sind und die Gangway heruntergelassen haben, werfen Sie doch mal einen Blick auf die Dateien. Vielleicht finden Sie die beiden Container und Hinweise auf ihren Bestimmungsort.«

»Aye, Chairman. Ich habe bereits die Dekontaminationsstation in der Nähe der Gangway aufstellen lassen.«

»Bleibt nur zu hoffen, dass wir sie nicht brauchen«, sagte Eddie Seng.

»Vorsicht ist besser als Nachsicht«, sagte Juan. »Oder in diesem Fall: Leben ist besser als sterben.«

Sie verließen die Kommandobrücke und begaben sich in die Messe. Dort fanden sie Tao und acht seiner Männer vor, denen die Hände mit Plastikbändern auf dem Rücken gefesselt worden waren. Auf einem Tisch in der Ecke lagen die Waffen, die man ihnen abgenommen hatte.

Angeführt von Marion MacDougal »MacD« Lawless hielten die bewaffneten Crewmitglieder der *Oregon* sie in Schach. MacD, ehemaliger Army Ranger aus Louisiana, sah mit seiner athletischen Figur, dem kantigen Kinn und den ebenmäßigen Gesichtszügen wie die Hollywoodversion eines Soldaten der Special Forces aus.

»Gab es Probleme, sie herzubringen?«, wollte Juan von ihm wissen.

MacD grinste und antwortete in seinem typischen gedehnten weichen Südstaatenslang, während er mit einem Kopfnicken auf einen der Gefangenen deutete. »Ihr Chefingenieur hatte anfangs keine Lust, sich zu ergeben. Er hat sogar auf mich geschossen – ist es zu glauben? Aber dann konnte ich ihn davon überzeugen, dass es besser sei, sich geschlagen zu geben. Ich habe ihm zwei Kugeln dicht neben die Ohren gesetzt und ihm versprochen, dass die nächste genau in der Mitte zwischen beiden einschlagen würde.«

Der Ingenieur krümmte sich, als MacD seine Story zum Besten gab, als könnte er noch immer die Kugeln im Millimeterabstand an seinem Kopf vorbeipfeifen hören.

»Sieht so aus, als gäbe es keine Schwierigkeiten mehr«,

stellte Juan fest. »Behalten Sie die Kerle im Auge, während Eddie und ich mit dem Kapitän ein kleines Schwätzchen halten.«

Eddie Seng zog Tao auf die Füße hoch und folgte Juan in den angrenzenden Gemeinschaftsraum. Er drückte den Kapitän in einen der Sessel, nahm den Seesack von der Schulter und stellte ihn auf den Boden.

Juan Cabrillo ließ sich Tao gegenüber in einen Sessel sinken und blickte ihm in die Augen. Von dem großspurigen Schiffsführer, den er herausgekehrt hatte, als er glaubte, die Situation unter Kontrolle zu haben, war nicht mehr viel übrig. Tao erschien jetzt so ängstlich wie das sprichwörtliche Kaninchen vor der Schlange.

Juan fixierte ihn noch einige Sekunden länger, dann sagte er: »Wo ist das Nervengift.«

Tao blinzelte heftig, sagte jedoch nichts.

»Ich glaube, er hat Angst vor irgendjemandem«, sagte Eddie.

»Dieser Irgendjemand sollte lieber ich sein«, erwiderte Juan. Er beugte sich zu Tao vor. »Sie kennen mich nicht. Mag sein, dass Sie Angst vor dem haben, was Ihr Arbeitgeber mit Ihnen anstellen wird, wenn Sie reden, aber Sie sollten lieber darüber nachdenken, ob ich nicht zu der Sorte gehöre, die Sie in das mit Haien verseuchte Meer wirft, wenn Sie mir nicht erzählen, was ich hören will.« Er gehörte natürlich nicht zu der Sorte, aber es wäre eine Hilfe, wenn Tao ihm etwas Derartiges zutraute.

Cabrillo lehnte sich zurück und fuhr fort. »Lassen Sie mich erzählen, was ich weiß, und dann können Sie sich revanchieren, indem Sie mir verraten, was Sie wissen. Klingt das fair?«

Ein heftiges Blinzeln auf Seiten Taos. Vielleicht zitterten auch seine Lippen ein wenig.

»Es freut mich, dass Sie mir zustimmen«, sagte Juan. »Es gibt eine amerikanische Regierungsagentur namens National Underwater and Marine Agency, kurz NUMA. Haben Sie schon mal von diesem Verein gehört? Nein? Nun, das macht nichts. Die NUMA hat in internationalen Gewässern in der Nähe von Nowaja Semlja nach einem Schiffswrack getaucht. Und was, glauben Sie, haben sie gefunden?«

»Ich glaube nicht, dass er es weiß«, sagte Eddie.

»Schon möglich, dass er es nicht weiß«, meinte Juan. »Wenn er gewusst hätte, wie gefährlich es war, hätte er wahrscheinlich niemals mit seinen gierigen kleinen Fingern nach diesem Job gegriffen. Es gibt diese Substanz mit dem harmlosen Namen Nowitschok. Eine russische Erfindung. Vielleicht haben Sie noch nie etwas davon gehört, dafür aber möglicherweise von einem VX-Nervenkampfstoff.«

Dies löste eine Reaktion aus. Tao runzelte die Stirn, während Juan Cabrillo mit seiner Erklärung fortfuhr.

»VX galt als die tödlichste Substanz, die der Menschheit bekannt war. Und das war sie auch, bis wir erfuhren, dass Russland seine eigene Version dieses Stoffs entwickelt hatte – Name: Nowitschok. Angeblich soll dies zehnmal tödlicher sein als VX. Während es sich bei VX um ein farb- und geruchloses Gas handelt, wird Nowitschok als feines Pulver in die Luft geblasen. Wenn auch nur ein einziges winziges Partikel mit Ihrer Haut in Berührung kommt, sterben Sie in weniger als einer Minute. Und der Tod ist nicht besonders angenehm. Ihre Muskeln ziehen sich so stark zusammen, dass sie sich regelrecht selbst zerreißen und Sie vollständig lähmen, während sich Ihre Lunge mit Flüssigkeit füllt. Sie ertrinken, ohne auch nur einen Tropfen Wasser gesehen zu haben.«

Schließlich ergriff Tao das Wort. Seine Stimme klang schrill, als er fragte: »Und was hat das alles mit mir zu tun?«

»Erinnern Sie sich an das Schiffswrack, das die NUMA gefunden hat? Es hieß, dass es eine Ladung Nowitschok an Bord hatte, als es versank. Aber die Taucher der NUMA konnten es nirgendwo in dem Wrack finden. Sie verfolgten es bis zu einem verlassenen Lagerhaus in Nacala, Mozambique – ausgerechnet dem Hafen, in dem Sie zuletzt angelegt haben. Ein Attentäter namens Rasul, der den Behörden schon lange bekannt ist, tötete dort zwei Beamte der Polizei von Mozambique, die das Lagerhaus kontrollierten. Ehe sie starben, konnten sie noch per Funk melden, dass sie in dem Lagerhaus drei Container gefunden hätten. Aber nachdem Rasul unbehelligt hatte verschwinden können, war alles, was die Polizei fand, ein einziger leerer Container mit dem Aufkleber FARM MACHINERY. Wir sind uns sicher, dass Sie sich gegen eine entsprechend großzügige Bezahlung bereit erklärt haben, die beiden Container auf die *Triton Star* zu laden, weil ein CIA-Agent Sie zusammen mit Rasul fotografierte, ehe Sie in See stachen. Damit sind Sie der Komplize eines Mörders und gleichzeitig ein Schmuggler, der mit chemischen Waffen handelt, die international geächtet werden.«

Mit mitleidiger Miene schüttelte Eddie Seng den Kopf. »Das klingt wie etwas, worauf die Todesstrafe steht, wenn man damit erwischt wird.«

»In Mozambique sicherlich. Aber ehe Sie dorthin zurückkehren, werden Sie ins Überführungslager auf Diego Garcia gebracht, das nicht allzu weit von hier entfernt liegt. Ich wette, dass die CIA sich über die Möglichkeit freuen würde, Sie zu verhören und Ihr Schiff gründlich zu durchsuchen, ehe Sie in Mozambique vor Gericht gestellt werden.«

Die Insel Diego Garcia, ein geschlossenes Atoll und etwa dreihundertfünfzig Meilen von ihrer augenblicklichen Position entfernt, beherbergte Amerikas abgelegenste Luftwaffen- und Marinebasis und diente als Bereitstellungsraum für Expeditionstruppen der Marine und Langstreckenbomber, die jede Nation des Mittleren Ostens erreichen konnten. Die isolierte Lage der Insel machte sie außerdem zu einem idealen Ort, um Terrorismusverdächtige in einem Internierungslager vor den Augen der Weltöffentlichkeit zu verstecken. Ein Zerstörer mit einem Team von Spezialisten für chemische Kampfmittel und CIA-Agenten an Bord war von der Marinebasis kommend unterwegs, um die *Triton Star* und ihre Mannschaft in Gewahrsam zu nehmen.

»Wir machen das Ganze mit oder ohne Ihre Hilfe«, fuhr Juan Cabrillo fort. »Ich könnte bei der CIA ein gutes Wort einlegen, wenn ...«

Tao nickte heftig. »Ich nehme es an.«

»Was nehmen Sie an?«

»Das Angebot. Ich hatte keine Ahnung von diesem tödlichen Nowitschok-Zeug, und ich möchte nicht ins Gefängnis wandern. Außerdem ist dieser Rasul richtig unheimlich. Er ist ein Killer. Man kann es in seinen Augen sehen. Was wollen Sie wissen?«

Juan schaute zu Eddie, der die Augenbrauen überrascht hochzog. Sie hatten beide angenommen, dass es schwieriger sein würde, den Kapitän zum Reden zu bringen.

»Haben wir eine Abmachung?«, fragte Tao mit flehendem Blick.

»Ich kann Ihnen nicht versprechen, dass Sie vollkommen ungeschoren aus dieser Sache herauskommen, aber es dürfte für Sie um einiges weniger unangenehm werden, wenn Sie umfassend kooperieren.«

»Okay. Das klingt gut. Die Waffen führen wir übrigens nur zu unserem Schutz mit. Wir hatten niemals die Absicht, sie gegen Sie und Ihre Männer einzusetzen. Das schwöre ich hoch und heilig.«

»Natürlich hatten Sie so etwas niemals vor«, sagte Juan. »Und nun zur Sache – wo wollten Sie vor Kochi Zwischenstation machen?«

»Auf Jhootha Island.«

»Ist das der Ort, wohin die Container geliefert werden sollten?«

»Ja.«

»Und wer genau ist der Empfänger?«

»Das weiß ich nicht. Wir laufen den dortigen Hafen einmal im Monat an. Wir machen an einem Pier fest, laden ein oder zwei Container aus, übernehmen neue und legen ab. Niemand von der Mannschaft verlässt während des Zwischenstopps das Schiff, daher weiß ich nicht, was die Leute auf der Insel mit den Containern machen. Ich bin nichts anderes als der Lieferant.«

Juan beugte sich vor. »Aber Sie wissen, welche Container es sind.«

Tao nickte.

»Sie werden sie uns zeigen.«

Juan gab Eddie mit dem Kopf ein Zeichen, und Eddie öffnete den Seesack und holte zwei NBC-Suits mitsamt Schutzmasken aus Beständen der US-Army heraus. Einen Anzug reichte er Juan, der ihn über seine normale Kleidung zog und alle Nähte mit Klebeband abdichtete.

Anschließend zog Eddie seinen eigenen Anzug an, während Juan so lange ihren Gefangenen im Auge behielt.

»Hey, was soll das?«, fragte Tao und sah die beiden Amerikaner mit nervös flackernden Augen an. »Kriege ich keinen Anzug?«

Juan griff in den Seesack und holte einen handelsüblichen orangefarbenen Chemikalienschutzanzug heraus. Das Material war deutlich weniger flexibel, und er war viel weiter geschnitten als die beiden Army-Overalls. Anstelle von Fingerhandschuhen hatte er grobe Fäustlinge.

»Dieses Ding soll ich anziehen?«, beschwerte sich Tao. »Ihre Anzüge gefallen mir besser.«

»Entweder diesen oder keinen.«

Tao streifte ihn unter heftigen Verrenkungen über. »Schützt er mich auch wirklich?«

Eddie sah Juan fragend an und zuckte die Achseln.

»Hoffen Sie, dass er's tut«, sagte Juan zu Tao. »Dies ist nur eine Vorsichtsmaßnahme für den Fall, dass jemand den Transportbehälter mit einer Sprengladung präpariert hat, um uns zu vergasen.«

»Ich sagte Ihnen schon, ich weiß nichts von irgendeiner Ladung Nowitschok. Sehe ich aus, als sei ich verrückt genug, um so etwas auf meinem Schiff zu dulden?«

»Sie klingen fast überzeugend«, sagte Eddie.

»Er weiß, dass er als Haifutter über Bord geht, wenn er nicht die Wahrheit sagt«, meinte Juan.

Tao sagte nichts mehr, während er noch mit dem Anzug kämpfte. Als er sämtliche Öffnungen geschlossen hatte, konnte Juan ein Kichern nicht unterdrücken. Der Kapitän der *Triton Star* sah wie ein wandelnder Verkehrsleitkegel aus. Eddie hingegen schien direkt einem Horrorfilm über eine weltweite tödliche Epidemie entsprungen zu sein.

Juan und Eddie richteten Pistolen auf Tao.

»Gehen Sie voraus«, befahl Juan. »Ich glaube, es ist

offensichtlich, dass wir sofort schießen, falls Sie irgendwelche Dummheiten machen.«

Juan vermutete, dass Tao nickte, aber das war in dem Schutzanzug kaum zu erkennen.

Tao stieg zum Hauptdeck hinauf, wo die strahlende Sonne jeden der Anzüge in eine Sauna verwandelte. Sie marschierten zu einer Reihe von Kühlcontainern auf dem Achterschiff. Dort deutete er auf einen weißen Container. Er war der unterste eines Stapels aus insgesamt fünf Behältern.

»Sind Sie sicher, dass dies einer der gesuchten ist?«, fragte Juan.

Tao nickte. »Der andere steht noch weiter hinten.«

Eddie betrachtete den Schiffskran, der neben dem Containerstapel aufragte, und runzelte die Stirn. »Warum haben Sie den Container nicht als obersten auf den Stapel gesetzt, wenn Sie doch wussten, dass er auf Jhootha Island ausgeladen wird?«

Tao schüttelte mit einer Miene den Kopf, als ob er sich ebenfalls darüber wunderte. »Rasul hat es so gewollt. Und ich stelle grundsätzlich keine Fragen. Ich tue nur das, wofür diese Leute mich bezahlen. Und sie zahlen mir eine ganze Menge.«

Juan nahm sich vor, sofort Erkundigungen einzuziehen, wer diese »Leute« waren, sobald sie das Nowitschok gesichert hätten.

Die Containertür war mit einem schweren Vorhängeschloss abgesperrt. Eddie benutzte einen zusammenfaltbaren Bolzenschneider, um den Bügel zu durchtrennen.

Mit einem Kopfnicken deutete Juan auf die Tür und trat zusammen mit Eddie zur Seite.

»Sie öffnen den Container«, sagte er zu Tao.

»Ich?«

»Wir wissen nicht, was sich in dem Behälter befindet.«

»Ich auch nicht«, protestierte Tao.

Juan verzichtete auf eine Entgegnung. Er hob lediglich die Pistole ein wenig. Eddie hielt seine Stablampe bereit.

Tao legte den Verschlusshebel um, zog die Tür auf und wich stolpernd zurück. Er riss die Augen vor Verblüffung weit auf, als er in den Container hineinblickte.

»Was ist los?«, fragte Juan Cabrillo.

»Es ist nicht meine Schuld!«, beteuerte Tao. »Rasul hat mich angelogen. Er erklärte mir, dies sei der Kühlcontainer, den wir nach Jhootha Island schmuggeln sollten.«

Juan und Eddie näherten sich in geduckter Haltung vorsichtig der offenen Tür, die Pistolen schussbereit im Anschlag. Als sie sehen konnten, was Tao so verblüfft anstarrte, richteten sie sich auf und ließen die Pistolen sinken.

Der gesamte zwölf Meter lange Container war vollkommen leer.

6

Max Hanley nutzte den Vorteil des hohen Standorts auf der Brückennock der *Oregon*, um zu verfolgen, wie sie sich zentimeterweise an die still daliegende *Triton Star* heranschob. Die gefangenen Mannschaftsmitglieder und ihre Wächter beobachteten das Manöver vom Hauptdeck der *Oregon* unter ihm. Kein Lüftchen regte sich, und die gleißende Sonne brannte unbarmherzig vom Himmel herab. Die schmutzige Kommandobrücke, deren Boden von benutzten Kaffeebechern und Zigarettenstummeln bedeckt war, war wie üblich menschenleer. Max war allein, und seine gesamte Aufmerksamkeit galt dem Frachtschiff, das sich an ihrer Backbordseite näherte. Normalerweise war der Versuch zweier Frachtschiffe, auf hoher See miteinander längsseits zu gehen und zu vertäuen, sogar an einem ruhigen Tag extrem gefährlich, aber die *Oregon* war mit den meisten Schiffen nicht zu vergleichen. Genau genommen glich sie keinem anderen Schiff.

Max Hanley sollte dies am besten wissen, da er ihr Chefingenieur und Präsident der Corporation und außerdem Juan Cabrillos bester Freund und rechte Hand war. Während des Vietnamkriegs als Kapitän eines Schnellboots im Einsatz, war er mit seinem rötlich grauen Haarkranz um den kahlen Schädel, den tiefen Lachfalten um die Augen und einer Leibesfülle, um die ihn der Heilige Nikolaus beneidet hätte, das älteste Mannschaftsmitglied. Er war der erste Mitstreiter, den Juan Cabrillo damals rekrutiert hatte, als er die Corporation gründete, weil Max über das technische Know-how und die ausreichende Erfahrung verfügte, um die Baupläne für ein Schiff, das so ungewöhnlich wie die *Oregon* sein sollte, zu erstellen.

Als die Entfernung zwischen beiden Schiffen nur noch etwa zehn Meter betrug, griff Max zu seinem Sprechfunkgerät und schaltete es ein.

»Hörst du mich, Linda? Diesen Abstand möglichst einhalten.«

»Alles klar. Abstand halten«, folgte die Bestätigung. Die *Oregon* stoppte.

»In diesem Abstand fixieren.«

»Abstand fixiert.«

Ab diesem Moment würden die *Oregon* und die *Triton Star* in dieser Distanz zueinander unverändert und für unbegrenzte Zeit verharren. Mehrere Lidar-Sensoren sandten Laserimpulse aus, um den Abstand zwischen den Schiffen zu messen, und schickten entsprechende Befehle an die Druckstrahlruder der *Oregon*, um eventuelle Korrekturen vorzunehmen und sie in Position zu halten.

»Wir sind bereit, die Gangway herunterzulassen«, sagte Max.

»Murph kommt zu dir hinauf, um es dir abzunehmen. Ist er noch nicht eingetroffen?«

Max hörte Schritte hinter sich und drehte sich um. Sein Blick fiel auf Mark Murphy, der gerade eben die Außentreppe heraufgestiegen kam.

»Da kommt er schon«, gab Max über sein Sprechfunkgerät durch.

»Er hat wohl einen Umweg gemacht.«

»Genau, das habe ich«, erwiderte Murph, als er das obere Ende der Treppe erreichte, in einer Hand eine Dose Red Bull, in der anderen ein Tablet. »Ich brauchte ein wenig Nachschub für meinen Stoffwechsel.« Er trank den letzten Schluck des Energiegetränks und warf die leere Dose in die Kommandobrücke, wo sie dem restlichen Müll auf dem Boden eine interessante Farbnuance hinzufügte.

Murphs struppiges dunkles Haar, sein schütterer Skateboarderbart und seine Vorliebe für schwarze Kleidung täuschten über seinen rasiermesserscharfen Intellekt hinweg, der ihm im blutjungen Alter von zwanzig Jahren zu seinem ersten Doktortitel verholfen hatte. Als ehemaliger ziviler Waffenkonstrukteur für das Militär – der nun die Position des Waffenoffiziers der *Oregon* einnahm – war er eins der wenigen Mannschaftsmitglieder, die keine Veteranen der Army oder ehemaligen CIA-Agenten waren. Dass ihm alles Konventionelle verhasst war, demonstrierte er besonders augenfällig mit der Auswahl seiner T-Shirts, die entweder mit dem Namen irgendeiner Heavy-Metal-Band bedruckt waren, von der niemand außer ihm je etwas gehört hatte, oder irgendeine provokante Botschaft verkündeten. Das Motto dieses Tages lautete *Me? Sarcastic? Never.*

»Es gibt noch zahlreiche andere Lebensmittelgruppen außer Koffein, wissen Sie«, sagte Max zu seinem schlaksigen Mannschaftskameraden, der höchstens die Hälfte von dem wog, was Max Hanley auf die Waage brachte.

»Tatsächlich? Nachos, Pizza und Cheeseburger sind dann sicher die drei anderen, oder?« Plötzlich spielte ein Grinsen um Murphs Lippen. »Moment, wahrscheinlich sind sie Ihnen entfallen, weil Doc Huxley Ihnen deren Verzehr verboten hat, nicht wahr?«

Julia Huxley war die Chefärztin der *Oregon* und dafür berüchtigt, Max ständig wegen seiner Essgewohnheiten zu kritisieren. Sie hatte sich zu seinem Verdruss sogar mit dem Chefkoch verbündet, der ihr sofort Meldung machte, wenn das Objekt ihrer Fürsorge versuchte, sich über ihre Diätvorschriften hinwegzusetzen.

»Unsere Frau Doktor will mir einfach nicht glauben, wenn ich sie auf meine guten Gene aufmerksam mache«, sagte er. »Die Hanleys mussten niemals Sport treiben oder sich körperlich übermäßig betätigen, um gesund zu bleiben. Mein Großvater wurde mit einer strengen Diät aus Burritos und Tacos immerhin achtundneunzig Jahre alt.«

Murph lachte. »Jedes Mal wenn Sie diese Story aus der Schublade holen, ist er ein paar Jahre älter. Nicht mehr lange, und er wird hundertvierzig sein, weil er sich ausschließlich von fettem Speck und Tequila ernährt hat.«

Max wischte Murphs gutmütigen Spott mit einer Handbewegung beiseite. »Können Sie mit Ihrer Arbeit anfangen, oder soll ich Ihnen vorher eine gefüllte Peperoni bringen lassen?«

»Ich bin aufgetankt wie eine Rakete vor dem Start. Wir können loslegen.«

Murph tippte auf den Touchscreen seines Tablets, während sein Blick zwischen dem Minicomputer und dem Deck unter ihnen hin und her sprang, um sich zu vergewissern, dass nichts den weiteren Ablauf behindern konnte.

Eine Deckplatte glitt zur Seite, und eine Gangway aus Aluminium stieg senkrecht aus der Öffnung auf. Sobald sie in voller Länge in die Luft ragte, senkte sie sich um neunzig Grad in Richtung der *Triton Star*. Dank ihrer Teleskopfunktion überbrückte sie die Lücke zwischen den Schiffen und kam auf der Reling des anderen Schiffs wieder zur Ruhe. Gleichzeitig faltete sich eine kurze Trittleiter aufs Deck des anderen Schiffs herab.

»Gangway in Position«, meldete Murph.

»Okay, Sie können die Mannschaft der *Triton Star* herüberbringen«, wies Max Hanley die Männer des Prisenkommandos der *Oregon* über Sprechfunk an.

»Verstanden und roger«, lautete die Antwort, und die Gefangenen wurden auf die Gangway dirigiert.

Dann drang Linda Ross' Stimme aus dem Lautsprecher des Sprechfunkgeräts. »Max, nachdem dieser Punkt erledigt ist, haben wir hier unten etwas gefunden, das du und Murph euch ansehen solltet.«

»Nichts lieber als das«, antwortete er. »Wir kommen gleich.« Zu Murph sagte er: »Gehen wir rein.«

Sie stiegen ein paar Treppen hinunter und betraten einen Korridor mit abgewetztem Linoleumfußboden, von Kondenswasser schmierigen Wänden und flackernder Neondeckenbeleuchtung. Sie passierten das Büro des Kapitäns und die benachbarte Toilette. Beides waren die reinsten Drecklöcher und stanken so erbärmlich, dass sie sogar den abgehärtetsten Drittwelt-Hafenmeister dazu gebracht hätten, seine obligatorische Inspektion spätestens an dieser Stelle abzubrechen und diesen Ort des Grauens schnellstens zu verlassen.

Max Hanley öffnete die Tür eines begehbaren Putzschranks, der mit unbenutzten Reinigungsutensilien gefüllt war. Zu seiner Inneneinrichtung gehörte auch ein Spülbecken, das mit einer undefinierbaren Schmiere beschichtet war. Max drehte an den Wasserkränen, als bediente er die Einstellknöpfe eines Kombinationsschlosses, und die Rückwand des Putzschranks glitt nach einem leisen Klicken beiseite und gab den Blick in einen geschmackvoll gestalteten Korridor frei, dessen sich ein Fünfsternehotel nicht hätte schämen müssen.

Ein dicker Teppichboden dämpfte ihre Schritte, als sie den Korridor betraten und Max den Durchgang hinter ihnen schloss. Das weiche Licht der indirekten Deckenbeleuchtung erhellte eine Galerie von Kunstwerken, die die Wände zierten, und von dem ekelerregenden Gestank war hier nichts mehr wahrzunehmen.

Als Nachfahre der Q-Ships des Zweiten Weltkriegs – das waren als harmlose Handelsschiffe getarnte Kriegsschiffe, die U-Boote zu Angriffen animieren sollten, um sie mit ihren versteckten Waffen zu versenken – war die einhundertachtzig Meter lange *Oregon* eigens auf Unsichtbarkeit konstruiert und zog häufig die Flagge eines Schurkenstaats an ihrem Flaggenstock hoch. Von außen betrachtet, erschien sie wie ein Trampdampfer, auf den nur noch der Schiffsfriedhof wartete. Aber hinter dieser Fassade war sie das technisch anspruchsvollste Spionageschiff, das je die Fluten der Ozeane durchpflügt hatte. Als solches verfügte sie über Einrichtungen, Waffen und Fähigkeiten, die sogar die Vorstellungskraft der versiertesten und aufmerksamsten Beobachter sprengten.

Da die *Oregon* ihrer Mannschaft für den größten Teil des Jahres als fester Wohnsitz diente, war die luxuriöse Inneneinrichtung darauf abgestimmt, ihren Passagieren den Aufenthalt so angenehm wie möglich zu gestalten. Den Mannschaftsmitgliedern wurde ein großzügiges zusätzliches Budget zugestanden, um ihre persönlichen Quartiere nach ihren individuellen Wünschen einzurichten. Außerdem standen ihnen umfangreiche Unterhaltungs- und Fitnesseinrichtungen zur Verfügung, und verpflegt wurden sie aus einer Küche, in der ein hochdekorierter Sternekoch mit seinem Team residierte.

Der Einsatzrahmen und die Operationsmöglichkeiten der *Oregon* waren sogar noch beeindruckender. Sie verfügte über genügend Waffensysteme, um es mit jedem Kriegsschiff aufzunehmen, wenn es nicht gerade ein

Schlachtkreuzer war. Dazu gehörten eine 120-mm-Kanone, wie sie im Abrams-Kampfpanzer zum Einsatz kam, französische Exocet-Antischiffsraketen und russische Torpedos vom Typ 53, alles auf dem schwarzen Waffenmarkt erworben, um jegliche Verbindung zur Regierung der Vereinigten Staaten zu verheimlichen.

Ihre Verteidigungssysteme waren genauso respekteinflößend. In den rostigen Ölfässern auf dem Hauptdeck waren ferngesteuerte Kaliber .30 Maschinengewehre zur Abwehr von Enterversuchen verborgen, während hinter verschiebbaren Rumpfplatten drei Gatling Guns lauerten, die mit ihren 20-mm-Wolframstahlprojektilen feindliche Schiffe beharken oder angreifende Raketen zertrümmern konnten. Zusätzlich zu einer Batterie Aster-Flugabwehrraketen führte die *Oregon* ein Metal-Storm-Geschütz mit sich. Es war ausfahrbar am Heck installiert, wo es aus seinen einhundert Läufen elektronisch nachgeführte Munition mit einer Frequenz von einer Million Schuss pro Minute abfeuern konnte und damit die geeignete Waffe war, um schwierig zu ortende Mikrodrohnen auszuschalten.

Zur Durchführung von Infiltrierungsmissionen hielt die *Oregon* in einem riesigen Moonpool Unterseeboote bereit. Durch groß dimensionierte Tore im Kiel des Schiffes konnten diese Boote oder auch Taucher unbemerkt in der Nähe ihrer jeweiligen Operationsziele abgesetzt werden. Für Überwassermissionen bestand die Möglichkeit, kleine Boote wie Zodiacs oder andere von Navy SEALs bevorzugte Schlauchboote mit starrem Boden, RHIBs genannt, von einer Bootsgarage aus durch versteckte Tore in Meeresspiegelhöhe abzusetzen.

Zwei der fünf Deckkräne waren in vollem Umfang funktionsfähig, während die restlichen drei Kräne künstlich gealtert und außer Betrieb gesetzt worden waren, um die Tarnung der *Oregon* als annähernd schrottreif zu perfektionieren. Während mehrere von den Schiffsräumen in den unteren Decks zur Aufbewahrung von Fracht benutzt wurden, um besonders neugierige Hafeninspektoren zu täuschen, enthielten die anderen lebenswichtige Bereiche des Schiffes und waren mit kunstvoll arrangierten Kisten- und Containerstapeln dekoriert, um sie so erscheinen zu lassen, als seien sie bis unters Dach gefüllt. Die Abdeckung des hintersten Frachtraums ließ sich ebenfalls verschieben, um der versenkbaren Landeplattform des Schiffshubschraubers, einem MD-520N, Platz zu machen.

Die Dieselmotoren, die die *Oregon* antrieben, als sie noch Nutzholz aus der Pacific-Northwest-Region transportierte, waren gegen die modernsten und technisch anspruchsvollsten Maschinen der Welt ausgetauscht worden. Zwei magnetohydrodynamische Antriebe, mit flüssigem Helium tiefgekühlt, drückten ionisiertes Meerwasser durch großkalibrige Venturi-Rohre, die sich über die gesamte Länge des Schiffes erstreckten, und beschleunigten es auf Geschwindigkeiten, die für Wasserfahrzeuge dieser Größe bisher als vollkommen unerreichbar galten, und machten sie so wendig wie einen Jetski. Diese Technik versetzte die *Oregon* auch in die Lage, eine sichere Distanz zur *Triton Star* einzuhalten, ohne die Gangway aus ihrer stabilen Position zu verschieben.

Im Magic Shop des Schiffes konnten unter Aufsicht und Anleitung eines Experten für Bühnenrequisiten und Schminktechnik – der Kevin Nixon hieß – alle denkbaren Arten von Tarnhilfen, Verkleidungen und Vorrichtungen zur Erzeugung spektakulärer Tricks und Effekte angefertigt werden. Er hatte Juan Cabrillo und seine Männer überzeugend in bemitleidenswerte Schiffbrüchige verwandelt, die anscheinend tagelang hilflos im Ozean getrieben hatten.

Alles von der Bewaffnung bis zur Navigation des Schiffs wurde vom Operationszentrum gesteuert, weshalb die *Oregon* manövrieren konnte, ohne dass sich auch nur eine einzige Person auf der verwahrlosten Kommandobrücke aufhielt. Tief im Innern der *Oregon* gelegen, war der Raum vor allem geschützt, solange es keine Antischiffsrakete war. HD-Überwachungskameras, die an zahlreichen Punkten des Schiffs installiert waren, lieferten dem Op-Zentrum und seinem Kommandanten einen vollständigen Rundblick auf die See in ihrer näheren und weiteren Umgebung. Außerdem ließen sich die auf beiden Seiten des Schiffes integrierten Ballasttanks füllen oder leeren, um eine bedrohliche Schlagseite zu simulieren, so wie es geschehen war, als sie die *Triton Star* zu ihrer folgenschweren Kursänderung animiert hatten.

Das Hightechdesign des Operationszentrums mit seinen State-of-the-art-Workstations, Touchscreenmonitoren, chromglänzenden Möbeln und seinem übergroßen Sichtschirm erinnerte an die Steuerzentrale eines Raumschiffs, wie man es in Science-Fiction-Filmen häufig sehen konnte. Aus diesem Grund war der Kommandantensessel von Eric und Murph – den eingefleischtesten Science-Fiction-Fans auf dem Schiff – auf den Namen Kirk Chair getauft worden. Die meisten wichtigen Funktionen konnten mit den Kontrollen in den Armlehnen dieses Sessels gesteuert werden.

Als Max Hanley und Mark Murphy im Op-Zentrum eintrafen, saß Linda Ross im Kommandosessel. Abgesehen davon, dass sie bei der Navy gedient hatte und den Posten der Vizedirektorin der Operationsabteilung bekleidete, stand sie Juan Cabrillo und Eric Stone als

Schiffslenkerin der *Oregon* in nichts nach. Obgleich eher klein von Wuchs und mit einer Mädchenstimme gesegnet, nötigte sie der gesamten Mannschaft absolute Hochachtung ab. Aufgrund ihrer zierlichen Gestalt und ihres jugendlichen Aussehens hatte sie sich in der Navy nicht immer des gleichen Respekts erfreuen können. Wie um das Befreitsein von militärischen Vorschriften und Verhaltensregeln zu zelebrieren, veränderte sie in regelmäßigen Abständen Frisur und Haarfarbe. An diesem Tag hatte sie ihr Haar zu einem Pferdeschwanz zusammengerafft und als Farbe ein dunkles Rot gewählt.

Sie erhob sich, um Max den Kommandosessel zu überlassen, aber er bedeutete ihr mit einer Handbewegung, sitzen zu bleiben.

»Was liegt an?«, fragte er.

Sie nickte in Richtung der Kommunikationsworkstation und antwortete: »Hali hat etwas gefunden, von dem er meint, dass Sie es überprüfen sollten.«

Hali Kasim, der libanesisch-amerikanische Kommunikationsoffizier mit Haar, das ständig vom Kopfhörer zerzaust war, hatte eine besondere Gabe, verschlüsselte Funksignale aus dem Nichts aufzufangen. Normalerweise stets mit einem Lächeln auf den Lippen anzutreffen, war seine Miene ernst und besorgt, als er Max und Linda zu sich herüberwinkte.

»Der Chairman hat doch sämtliche Mannschaftsmitglieder der *Triton Star* aufgestöbert, nicht wahr?«

Max Hanley nickte. »Das hat er mir gemeldet.«

»Dann frage ich mich, weshalb ich ein Signal auffange, das mit dem WiFi-Netz der *Triton Star* verlinkt ist und über die Satellitenverbindung übertragen wird.«

Mark Murphy saß am Computerterminal neben ihm und überprüfte den Datenfluss.

»Er hat recht«, sagte Murph. »Sie haben einen blinden Passagier an Bord. Sie benutzen eine Text-App fürs Internet.« Er sah Hali Kasim fragend an. »Konntest du den Text entschlüsseln?«

Hali schüttelte den Kopf. »Das meiste nicht. Die App löscht den Text, sobald er gesendet wurde. Ich habe den letzten Gesprächskontakt erst vor ein paar Minuten aufgefangen, daher ist alles, was vorher gesendet wurde, unwiederbringlich verloren. Ich konnte lediglich den letzten Satz, der gesendet wurde, dekodieren.«

Der Tonfall, in dem er es sagte, wollte Max gar nicht gefallen. »Und wie lautet der Text?«

»Wer immer der Gesprächspartner am anderen Ende war, hat dem unbekannten Empfänger auf der *Triton Star* die Anweisung gegeben: ›Töte sie alle.‹«

7

ARABISCHES MEER

Romir Mallik ging dem Hubschrauber entgegen, der von dem Chhatrapati Shivaji International Airport in Mumbai kommend zur Landung einflog. Er setzte auf dem Landeteller der schwimmenden Raketenabschussrampe von Orbital Ocean auf. Der Huey aus den Sechzigerjahren, ein generalüberholtes Relikt des Vietnamkriegs, hatte kaum die stählerne Plattform berührt, als Asad Torkan die Tür der Kanzel öffnete, heraussprang und auf den indischen Milliardär zueilte, ohne auch nur eine Hand zur Begrüßung auszustrecken. Mallik fand es nach all den Jahren noch immer sonderbar, dass Torkans Mysophobie derart ausgeprägt war, dass er noch nicht einmal seinem Schwager die Hand schütteln konnte.

»Schön, dass deine Maschine keine Verspätung hatte«, sagte Mallik, während er mit Torkan zum Kontrollraum zurückkehrte.

»Nach drei Jahren intensiver Vorbereitung wäre es geradezu eine Schande gewesen, den letzten Akt zu versäumen. Und ich bin mir ziemlich sicher, dass du nicht auf mich gewartet hättest.«

Romir Mallik quittierte diese Feststellung mit einem hinterhältigen Grinsen. »Möglicherweise doch, aber nur dir zuliebe.«

»Und meinem Bruder.«

»Natürlich.«

»Gibt es etwas Neues von Rasul?«

Mallik berichtete ihm von der Kaperung durch die *Goreno* im Indischen Ozean.

Torkan runzelte die Stirn. »Heißt das, sie befinden sich weit entfernt von Jhootha Island?«

»Genau«, bestätigte Mallik. »Man kann nur hoffen, dass der Satellitenstart seine Mission überflüssig macht. Und selbst wenn er weitermachen muss, habe ich ein alternatives Ziel gefunden, mit dem wir das gleiche gewünschte Ergebnis erreichen dürften.«

Asad Torkan ließ sich durch den Kopf gehen, was diese Änderung für seinen Bruder bedeutete, und nickte. »Ich weiß, dass Rasul ganz gut selbst auf sich aufpassen kann. Er hat schon mal schlimmer in der Klemme gesteckt. Außerdem weiß er genau, was auf dem Spiel steht. Je länger wir unser Vorhaben hinauszögern, desto näher kommen die restlichen Neun Namenlosen ihrem Ziel. Sind wir ihnen immer noch ein Stück voraus?«

»Nach dem Angriff auf das fünfte Schiff und den dabei verursachten Schäden verfügen sie nicht mehr über genügend Rechenleistung, um Colossus im vollen Umfang einsetzen und nutzen zu können. Und wenn der Start heute erfolgreich verläuft, werden wir dafür sorgen, dass sie es niemals schaffen werden.«

Asad Torkan war eine der wenigen Personen auf der Welt, die wussten, dass Romir Mallik zu den Neun Namenlosen gehörte. Sie alle konnten ihre Herkunft bis zu den ursprünglichen neun unbekannten Männern zurückverfolgen, die Ashoka in weiser Voraussicht ausgewählt hatte, um die gesammelten Erkenntnisse der physikalischen und gesellschaftlichen Wissenschaften zu bewahren und zu schützen. Diese Erkenntnisse, wenn sie sich weiterhin in den Händen einer einzigen Person befanden, konnten benutzt werden, um die Welt zu beherrschen. Anfangs waren sie tatsächlich namenlos gewesen, keiner hatte vom anderen gewusst. Aber nach dem Untergang des Maurya-Reichs hatten sie Kontakt zueinander aufgenommen, um Ashokas Vermächtnis zu würdigen und die in den von ihnen behüteten Schriftrollen des Wissens enthaltenen Erkenntnisse zu vereinen. Während der ersten Zusammenkunft der Neun kamen sie überein, den Inhalt der Schriftrollen voreinander geheim zu halten, sodass sämtliche Entscheidungen von ihnen als Gruppe getroffen wurden und nicht von einer einzelnen Person.

* * *

Im Laufe der Jahrtausende war das gesammelte Wissen in den Schriftrollen, von denen jeweils eine von einem der Neun Namenlosen gehütet wurde, erweitert und an einen Vertreter der nächsten Generation, der sorgfältig von seinem oder ihrem Vorgänger ausgewählt wurde, weitergegeben worden.

Bis vor zweihundert Jahren waren alle neun ausschließlich indischer Herkunft gewesen. Als jedoch die Engländer ins Land kamen und die Herrschaft übernahmen, war dies der Auslöser für einen Exodus in allen Schichten der Bevölkerung gewesen. Sie kamen nach wie vor zu regelmäßigen Treffen zusammen und erhielten ihre verschworene Gemeinschaft, aber die meisten der Neun waren in andere Länder ausgewandert, um sich dort eine neue Existenz aufzubauen, und die Mehrzahl von ihnen waren nun keine Inder mehr. Malliks Familie war die einzige, die bis in die Gegenwart in Ashokas Heimat geblieben war.

Jeder der Neun hatte ein Vermögen angehäuft oder geerbt, das jeweils mit dem Wissen geschaffen worden war, das man zuvor in ihre Obhut gegeben hatte. Aber sie verfolgten eine andere Mission, als lediglich ihren Reichtum zu mehren. Sie nahmen ihren Auftrag ernst, das ihnen anvertraute jeweilige Wissen zu sichern und zum Nutzen der gesamten Menschheit einzusetzen. Die anderen acht Namenlosen verfolgten einen Plan, der den Namen Colossus trug. Es war ein Projekt, von dem sie annahmen, dass es die Welt vor dem Einfluss unbedeutender Geister bewahrte und sie de facto zu Führern jeder anderen Nation der Erde machte.

Mallik war als einziger von den Neun Namenlosen davon überzeugt, dass Colossus das Ende der Menschheit und somit den Weltuntergang einleiten würde. Und dank des Wissens, das ihm anvertraut worden war, befand er sich in der einzigartigen Position, dieses Vorhaben zu vereiteln.

Ihm war die Schriftrolle der Kosmogonie zugeteilt worden, der Lehre von den Gesetzen des Weltalls und vom Ursprung des Universums. Dank der Kompetenz, die er und seine Vorfahren im Laufe der Generationen auf diesem Gebiet erlangt hatten, besaß Mallik nun die größte und bedeutendste Firma, die private Erdsatelliten sowie die notwendigen Transportmittel entwickelte, um sie in die Umlaufbahn zu bringen. Als einer der reichsten Unternehmer Indiens verwandte er sein Vermögen darauf, seinen Konzern zu vergrößern und seine Produktpalette auszuweiten. Sie reichte mittlerweile von Gebrauchsgütern und Energiegewinnung bis hin zur Erzeugung landwirtschaftlicher Produkte, und zwar alles im Dienst seines neuen Ziels, die menschliche Rasse zu retten.

Als er zu der schwimmenden Startrampe hinüberblickte, die in etwa zwei Meilen Entfernung im Wasser lag, die Rakete aufgerichtet und in ihrem Startgerüst darauf wartend, in nur wenigen Minuten gezündet und auf die Reise geschickt zu werden, wusste Mallik, dass seine Frau, Yasmin, angesichts dessen, was er zu erreichen hoffte, großen Stolz empfinden würde. Sie hatten sich an der Universität kennengelernt, nachdem sie aus dem Iran nach Indien gekommen war, um dort ihr Studium zu absolvieren. Sie war die große Liebe seines Lebens gewesen, bildschön, intelligent, liebenswürdig und einfühlsam. Aber all das war ihm fünf Jahre zuvor brutal entrissen worden.

Auch als sie bereits schwanger war, bestand sie noch darauf, ihre Arbeit als Streiterin für eine regelmäßige medizinische Versorgung von Kindern in Ländern der Dritten Welt fortzusetzen. Während Mallik ihre zahlreichen Reisen in die Kriegsgebiete Afrikas mit gemischten Gefühlen betrachtete, wäre ihm niemals in den Sinn gekommen, sich wegen ihr Sorgen zu machen, als sie anlässlich einer Konferenz nach Frankreich gereist war.

Sein Magen gefror noch immer zu einem eisigen Klumpen, wenn er sich an den Telefonanruf erinnerte, der ihn davon informierte, dass der Hochgeschwindigkeitszug, in dem sie gesessen hatte, entgleist war. Ein winziger Fehler in einer Steuersoftware hatte eine Weiche auf der Strecke verstellt, wie Untersuchungen zur Unglücksursache ergaben. Sie und ihr ungeborenes Kind befanden sich unter den einhundertdreiundvierzig Fahrgästen, die bei dem Unglück ums Leben gekommen waren.

Niemand war deswegen jemals zur Rechenschaft gezogen worden, womit er und die Torkan-Brüder, Yasmins geliebte jüngere Brüder, sich nicht so ohne Weiteres abfinden konnten. Auch wenn Mallik ein Großunternehmer in der Technologieindustrie war und ein Diplom in Computerwissenschaften besaß, machte er das atemberaubende Tempo der technologischen Entwicklung für den Tod seiner Frau und des Sohnes, den er niemals würde aufwachsen sehen können, verantwortlich. Wegen des Unfalls hatte er keine Nachkommen mehr, denen er sein Wissen hätte weitergeben können, obgleich er die Hoffnung in dieser Richtung nicht aufgab. Aber wenn die anderen acht Namenlosen Colossus zum Abschluss brachten, würde er ganz sicher nie mehr Kinder haben. Und die gesamte Menschheit ebenfalls nicht.

Vorläufig hatte Mallik ein höheres Ziel, vielleicht das höchste, erhabenste der gesamten Menschheitsgeschichte. Der Satellit in der Nase dieser Rakete symbolisierte seine Zukunft – und wahrscheinlich nicht nur sie, sondern die Zukunft aller, die noch geboren werden sollten.

Bei dem Gedanken, dass die jahrelangen Ängste und Sorgen wegen des Colossus-Projekts schon bald ein Ende hätten, konnte er einen erleichterten Seufzer nicht unterdrücken. Er klopfte Torkan auf die Schulter, und gemeinsam betraten sie den Kontrollraum.

Der Countdown hatte bereits begonnen und stand bei zwei Minuten vor Lift-off. Mallik hatte das mobile seegestützte Startsystem nicht nur entwickelt und gebaut, um ungünstige Wetterbedingungen meiden zu können und zu gewährleisten, dass seine Satelliten ihre Umlaufbahnen sicher und präzise erreichten, sondern auch um während der Starts neugierige Augen auf Distanz zu halten. Eine indische Fregatte der Nilgiri-Klasse, die von Mallik aus der Mottenkiste geholt worden war, umkreiste sie, um für ihre Sicherheit zu sorgen, falls irgendwelche unautorisierten Schiffe der gesamten Operation zu nahe auf den Pelz rückten.

»Wie ist unser augenblicklicher Status?«, fragte Mallik

den Flugdirektor, einen drahtigen Mann um die fünfzig mit grauen Schläfen, der Kapoor hieß.

»Wir haben keinen Fehler gefunden«, erwiderte der ehemalige Offizier der Indian Air Force knapp. »Alle Systeme arbeiten im grünen Bereich. Wir können wie geplant fortfahren.«

Mallik wechselte ein zufriedenes Lächeln mit Torkan und nickte Kapoor zu.

Als der Countdown die Zehn-Sekunden-Marke erreichte, ging Mallik zum Fenster. Die sterilen Bilder der Überwachungskameras reichten ihm nicht aus. Er musste den Start mit eigenen Augen verfolgen.

»Fünf… vier… Haupttriebwerk zünden…« Weiß glühende Flammen schlugen aus dem wiederverwendbaren Hilfstriebwerk und schleuderten eine riesige Rauchwolke in die Luft.

»…zwei… eins… Lift-off!«

Die Rakete erhob sich langsam von ihrer Startrampe, während die Stützen zurückklappten, als sie aufstieg. Im Kontrollraum brach begeisterter Jubel aus. Ein Chor von Freudenrufen erklang.

Aber es dauerte nur wenige Sekunden, bis Mallik erkannte, dass irgendetwas nicht in Ordnung war. Er hatte jedem Start der vorangegangenen insgesamt neunzehn Raketen beigewohnt und konnte auf Anhieb feststellen, dass dieser Start vollkommen anders verlief.

»Hallo, Flugleitung«, meldete sich einer der Techniker zu Wort. »Ich verzeichne eine kaskadierende Fehlfunktion im Bereich der Treibstoffzufuhr. Wahrscheinlich eine defekte Pumpe.« Mallik wusste, dass er mit einem Desaster rechnen musste. Die Pumpen waren von entscheidender Bedeutung, da sie die Antriebseinheit mit Treibstoff versorgten.

»Können Sie die Störung ausgleichen?«, erkundigte sich der Flugdirektor.

»Ich versuche es.«

Die Rakete beschleunigte nicht auf die gleiche Art wie ihre Vorgängerinnen. Stattdessen brach der aus den Enddüsen der Motoren austretende Feuerstrahl in sich zusammen, und der Steigflug der Rakete wurde abgebremst, bis sie etwa einhundert Meter über der Startrampe verharrte.

Dann begann sie abzusacken.

Der Flugdirektor forderte mit einer Stimme, die sich hektisch überschlug, Informationen über die Triebwerke an, aber es war zu spät. Das Heck der Rakete kam in Kontakt mit der Startrampe und verschwand in einem gigantischen Feuerball. Falls sich jemand in der Nähe der Rampe aufgehalten hatte, musste er von den Flammen verschlungen worden sein.

Mallik fuhr herum und starrte Kapoor an, der knirschend die Zähne zusammenbiss. Im Kontrollraum war es totenstill. Sie blickten sich reglos in die Augen, bis das Kommandoschiff um Sekundenbruchteile verzögert von der Explosionsdruckwelle in ein Schwanken versetzt wurde.

»Untersuchen Sie sofort, was schiefgelaufen ist«, knurrte Mallik heiser.

Kapoor räusperte sich, ehe er mit einem gedämpften »Jawohl, Sir« antwortete.

Torkan, der den Blick nicht von der brennenden Rakete und dem Satelliten lösen konnte, kam zu Mallik herüber und fragte mit gesenkter Stimme: »Was geschieht jetzt?«

»Glücklicherweise habe ich Rückschläge dieser Art immer in meine Überlegungen miteinbezogen«, sagte Mallik, der vor Wut schäumte – darüber, dass er das Ziel so nahe vor Augen gehabt hatte, ehe es ihm im wahrsten Sinne des Wortes ins Gesicht geflogen war. »Darum habe ich etwas in Reserve.«

Torkan hob überrascht die Augenbrauen. »Du hast *noch* einen Satelliten?«

Mallik nickte. »Die Rakete auf unserer zweiten Rampe wird in zehn Tagen startbereit sein. Aber wir können unmöglich das Risiko eingehen, dass die Neun die *Colossus 5* schon eher repariert haben. Wir kommen in drei Tagen zusammen, sodass ich spätestens dann erfahre, in welchem Zustand sie sich befindet. Ich war überzeugt, dass sie keine Ahnung haben, welche Absichten ich verfolge, aber jetzt bezweifle ich, dass diese Explosion ein Unfall war.« Er ließ den Blick über die Personen schweifen, die sich zu diesem Zeitpunkt im Kontrollzentrum aufhielten. Einer der Anwesenden konnte ein Saboteur sein.

»Glaubst du, dass einer der anderen Neun Namenlosen hinter diesem Vorfall steckt?«, fragte Torkan und deutete mit einem Kopfnicken auf die qualmenden Überreste der Startrampe.

»Er oder sie muss vermutet haben, was ich vorhabe. Daher müssen wir den Verdacht auf jemand anderen lenken. Das wird die anderen Namenlosen von meiner Unschuld überzeugen. Zu diesem Zweck schicke ich dich mit einem Auftrag nach Sydney. Aber vorher muss ich den zweiten Teil meines Notfallplans umsetzen.«

»Du meinst die *Triton Star*?«

»Richtig.« Mallik holte sein Smartphone hervor. Während er für Rasul die Nachricht tippte, die Operation fortzusetzen, sagte er zu seinem Flugdirektor: »Bereiten Sie das Vajra-System für den Einsatz vor.«

Kapoor war sichtlich verwirrt. »Aber Sir, dass der Start fehlschlug, hat zur Folge, dass wir kein globales …«

Mallik schnitt ihm das Wort ab. »Ich denke an einen räumlich begrenzten Ort, der weit vom Schuss liegt. Er bietet uns eine gute Gelegenheit, die Wirksamkeit der Vajra-Konstellation auf eine durch leistungsfähige Warnsysteme gesicherte Örtlichkeit zu testen.«

»Wie Sie meinen, Sir. Und an welches Ziel denken Sie?«

»Die amerikanische Militärbasis auf Diego Garcia.«

8

DIEGO GARCIA

Der Flug von der Dyess Air Force Base in Texas war so lang gewesen, dass unterwegs zwei Luftbetankungs-Rendezvous nötig waren. Major Jay Petkunas konnte es kaum erwarten, mit seinem B-1B Lancer Bomber auf festem Boden aufzusetzen. Nach Camp Thunder Cove, der abgeschiedenen Air-Force- und Navy-Basis der Insel, versetzt zu werden wurde überall innerhalb des amerikanischen Militärs als ein absoluter Glücksfall betrachtet, aber acht Stunden Matratzenhorchdienst erschienen ihm in diesem Augenblick verlockender, als sich in der Sonne zu aalen.

Während er die Schwenkflügel des Bombers für die bevorstehende Landung auf geringste Pfeilung stellte, blickte er durch das Seitenfenster hinab auf das U-förmige Korallenatoll. Der schmale Streifen Festland, der die zentrale Lagune von Diego Garcia umgab, hatte eine Gesamtfläche von rund dreißig Quadratkilometern. Ein Dutzend Schiffe der Navy ankerten in dem geschützten Hafen, und die restlichen Bomber seiner Schwadron parkten bereits in Reih und Glied auf einer Seite der viertausend Meter langen Start- und Landebahn. Ihnen gegenüber standen in einer langen Reihe Transport- und Tankflugzeuge.

Sein Kopilot, Captain Hank Larsson, der gegenwärtig die Maschine lenkte, verrenkte sich vergeblich den Hals, um einen Blick auf das Panorama zu werfen, und fragte:

»Wie sehen die Strände aus?« Dies war Perkunas' dritter Flug zu der Insel, Larsson war hingegen zum ersten Mal dort.

»Sind Sie nicht müde?«

»Ich kann im Sand schlafen. Schließlich muss ich noch einiges für meine Sonnenbräune tun.«

Petkunas, der dunkle Haare und olivfarbene Haut hatte, betrachtete seinen hellblonden Kopiloten skeptisch. »Viel Glück dabei. Sie haben hoffentlich einen reichlichen Vorrat an Aloe in Ihrem Gepäck, wenn Sie mit dem Gedanken spielen, Ihre ja fast schon durchsichtige schwedische Haut zu rösten.«

»Ich habe Sonnencreme, um einen Sonnenbrand zu vermeiden.«

»Schützt diese Creme auch vor radioaktiver Strahlung? Denn genau das werden Sie hier brauchen.« Die beiden Waffenoffiziere hinter ihnen brachen in verhaltenes Gelächter aus. Petkunas funkte den Kontrollturm an. »Thunder Cove Tower, hier ist Bats 12 und bittet um Landeerlaubnis. Wir haben einen Vampir an Bord, der ausprobieren möchte, wie er mit Ihrem Sonnenschein zurechtkommt.«

»Bats 12«, antwortete eine Frauenstimme, »die Landebahn gehört Ihnen. Wir haben eine Menge Sonne, um …«

Ihre Stimme brach abrupt ab. Gleichzeitig verdunkelten sich schlagartig sämtliche Instrumententafeln des Bombers. Die Triebwerke stoppten, die Flammensäulen erloschen, und im Cockpit herrschte eine gespenstische Stille.

Die lockere Stimmung verflog augenblicklich, und die Mannschaft schaltete auf ihren routinemäßigen professionellen Modus um.

Petkunas ergriff ohne Eile den Steuerknüppel und meldete: »Ich habe die Maschine.«

Larsson ließ seinen Steuerknüppel los und erwiderte: »Sie haben die Maschine.«

»Funktioniert noch irgendetwas?«

»Wir haben einen kompletten Stromausfall.« Die Männer hinter Petkunas meldeten das Gleiche.

Petkunas versuchte, den Tower zu rufen. »Thunder Cove, hier ist Bats 12. Wir melden einen Luftnotfall. Ich wiederhole, wir melden einen Luftnotfall.«

Keine Antwort. Noch nicht einmal ein atmosphärisches Rauschen.

»Versuchen wir, die Maschinen neu zu starten«, sagte Petkunas, während die antriebslose B-1B im Gleitflug zum Ozean hinabsank.

Sie gingen im Eiltempo die Checkliste durch, aber es war nutzlos. Es schien, als wäre das gesamte Computersystem einem Kurzschluss zum Opfer gefallen.

»Funktioniert überhaupt noch irgendetwas?«, fragte Larsson mit einem Ausdruck von Hilflosigkeit.

Petkunas drückte den Steuerknüppel zur Seite, und der Bomber schwenkte schwerfällig herum.

»Die Hydraulik scheint intakt zu sein«, sagte Petkunas. »Aber auch nur so eben.«

»Ohne Elektronik können wir das Fahrwerk nicht ausfahren.«

Petkunas wusste, was dies bedeutete. Selbst wenn sie es schaffen sollten, mit dem riesigen Bomber zu wenden und ihn zur Rollbahn hinunterzubringen, müssten sie eine Bauchlandung ausführen. Es war zu riskant. Wenn ihm nur ein winziger Fehler unterlief, würden sie unkontrolliert über die Rollbahn rutschen und diesen Höllenritt aller Wahrscheinlichkeit nach nicht überleben.

Petkunas traf eine blitzschnelle Entscheidung.

»Vorbereiten zum Aussteigen«, verkündete er. Sie hatten sich der Insel weit genug genähert, um mit einer schnellen Rettung rechnen zu können.

»Bereit!«, meldeten die Mitglieder seiner Crew kurz nacheinander.

Das Schleudersitzsystem in der B-1B konnte ausschließlich vom Piloten oder von jedem Mannschaftsmitglied ausgelöst werden. Wenn der Pilot am Auslösehebel an einer Seite seines Sitzes zog, wurde das Dach der Kanzel abgesprengt. Danach zündeten die Treibladungen der Sitze in einer vorbestimmten Reihenfolge, sodass die Sitze nicht miteinander kollidierten, wenn sie aus der Kanzel herausgeschossen wurden.

Petkunas wappnete sich für den enormen Beschleunigungsdruck der Auswerfphase und rief: »Aussteigen! Aussteigen! Aussteigen!« Dann zog er am Auslösehebel.

Nichts geschah.

Er versuchte es ein zweites Mal. Mit dem gleichen Ergebnis.

»Mein Sitz funktioniert nicht«, meldete er seinen Schicksalsgefährten. »Ihr müsst selbst am Hebel ziehen … Aussteigen! Aussteigen! Aussteigen!«

Sie befolgten seine Anweisung. Auch diesmal tat sich nichts. Sogar das Kabinendach blieb an Ort und Stelle.

Larsson starrte den Piloten vollkommen perplex an. »Was ist hier los? Haben wir etwa ein paar Gremlins an Bord?«

Petkunas hatte keinerlei Erklärung für das Versagen des Systems, bis er begriff, dass jeder Sitz über einen computergesteuerten Sequenzer verfügte, der genau bestimmte, in welcher Reihenfolge sie, Millisekunden nachdem er seinen Auslösehebel betätigt hatte, aus der Maschine hinausgeschleudert wurden. Er hatte keine Ahnung, wie es dazu gekommen war, aber offenbar war die gesamte Elektronik des Bombers auf einen Schlag ausgefallen.

Dann traf er noch eine weitere spontane Entscheidung.

»Wir landen«, sagte Petkunas und ergriff wieder den Steuerknüppel. »Wir können nur hoffen, dass niemand auf die Schnapsidee kommt, ausgerechnet jetzt auf der Landebahn herumzuspazieren.«

Er verzichtete auf den Versuch, mit dem Tower Verbindung aufzunehmen. Wenn die Elektronik so weit gestört war, dass sich die Schleudersitze nicht auslösen ließen, wäre die Funkanlage wahrscheinlich genauso lahmgelegt.

»Wir kommen herum«, sagte Petkunas, während er sich bemühte, den Bomber in die Kurve zu legen. Er musste um jeden Zentimeter kämpfen, aber schließlich gelang es ihm, mit der B-1B einen weiten Bogen zu fliegen. Er hielt sie auf diesem Kurs, bis die Rollbahn genau vor ihnen lag. Erst richtete er die Maschine aus und drückte dann ihre Nase nach unten.

»Wir sind zu niedrig«, sagte Larsson.

»Das kann ich nicht ändern«, erwiderte Petkunas. »Wir brauchen die Geschwindigkeit, sonst überziehen wir, ehe wir die Insel erreichen. Versuchen Sie, die Landeklappen noch zehn Grad weiter aufzustellen.«

Larsson bewegte den entsprechenden Hebel und schüttelte den Kopf. »Nichts zu machen.«

»Ich schätze, wir müssen es auf die brutale Art durchziehen.«

Der künstliche Horizont und der Höhenmeter funktionierten noch, da sie mechanisch arbeiteten, aber die zahlreichen elektronischen Anzeigeinstrumente blieben weiterhin dunkel, aus diesem Grund würde sich Petkunas ausschließlich auf seine Augen und sein Gefühl verlassen müssen. Wäre diese Situation bei Nacht oder schlechtem Wetter eingetreten, hätte es ihren sicheren Tod bedeutet.

Mit ausgefallenen Triebwerken hätte Petkunas nur einen einzigen Versuch gehabt, eine halbwegs ordentliche Landung auszuführen. Die Rollbahn kam rasend schnell näher, während Larsson ihre jeweilige Flughöhe meldete.

»Fünfhundert Fuß… vierhundert… drei… zwei… einhundert…«

Petkunas zog den Steuerknüppel zu sich, um die Maschine aufzurichten und das Tempo zu drosseln, aber er hatte schon zu lange gewartet. Ein heftiger Ruck lief durch die Maschine, als das Heck auf die Rollbahn krachte.

Der Aufprall ließ den Bomber nach vorne kippen. Sein Bauch schlug mit einer Wucht auf der Piste auf, der den Insassen die Zähne zu lockern drohte, und die Maschine geriet vollkommen außer Kontrolle, während sie über die Rollbahn pflügte. Petkunas konnte nichts anderes tun, als zu beten und die Rutschpartie auszureiten.

Die B-1B begann sich zu drehen, und Petkunas bereitete sich auf den unvermeidlichen Purzelbaum vor, der das Flugzeug auseinanderreißen würde. Die Maschine zog einen dichten Schleier aus Qualm und Funken hinter sich her, während sie über den Betonbelag der Piste ratterte, der den restlichen Treibstoff entzünden würde, sollte einer der Tanks platzen.

Aber letztlich war es diese Drehung, die das Flugzeug vor Schlimmerem bewahrte. Der Bomber geriet auf den Grasstreifen neben der Rollbahn und rutschte darauf weiter, bis er einen Sandstrand überquerte, der ihn zunehmend abbremste, ehe er in den Ozean eintauchte. Meerwasser spritzte auf die Frontscheibe, während der Koloss zum Stehen kam.

Petkunas hatte nicht bemerkt, dass er den Atem angehalten hatte, bis er tief Luft holte, um seine wunderbare Wiedergeburt zu zelebrieren.

»Sind alle okay?«, fragte er seine Leute. Alle drei bejahten im Chor.

Normalerweise verließen sie die Maschine über die Treppe neben dem Frontfahrwerk. Aber dieser Weg war ihnen durch die Bauchlandung versperrt. Und außerdem herrschte noch immer akute Brandgefahr.

Petkunas griff nach oben und aktivierte manuell die Sprengkapseln des Kabinendachs, das daraufhin mit einem lauten Knall aus dem Rahmen sprang.

Er wartete, bis jeder seiner Männer über den Rand geklettert und hinausgesprungen war. Dann folgte er ihnen und landete im Wasser. Triefnass watete er durch die Brandung und kam zu seinen Männern, die nun neben der Maschine standen. Er konnte jetzt erkennen, dass kein Treibstoff aus den Tanks austrat. Außerdem befand sich die Rumpfunterseite in einem bemerkenswert guten Zustand.

»Gute Arbeit, Major«, sagte Larsson und klopfte ihm auf die Schulter.

Petkunas schüttelte den Kopf. »Das ist etwas, das ich niemals wiederholen möchte. Ich sehe einen endlosen Papierkrieg auf uns zukommen.«

»Freuen Sie sich«, sagte Larsson grinsend. »Ich habe es immerhin schon bis an den Strand geschafft.«

Petkunas lachte glucksend. »Dann sollte sich die Feuerwehr lieber beeilen, ihre Sonnencreme herzubringen.«

»Yeah, aber wo bleiben die Burschen eigentlich?«

In diesem Augenblick wurde Petkunas bewusst, dass er keine Sirenen hörte, die das Erscheinen des Katastrophenschutzes ankündigten. Aber er sah zahlreiche Personen, die im Laufschritt auf sie zukamen.

Der Erste, der sie erreichte, war ein Angehöriger des Bodenpersonals.

»Sind Sie alle okay?«, keuchte er, ohne den Blick von dem gestrandeten Flugzeug abzuwenden.

»Uns geht es gut«, antwortete Petkunas. »Gibt es hier keine Feuerwehr?«

»Im Augenblick lässt sich keins der Fahrzeuge in Gang setzen«, sagte der Mann.

»Wie bitte?«, fragte Larsson verblüfft.

»Sind wir etwa nicht die Einzigen, denen der Saft abgedreht wurde?«, fragte Petkunas.

Der Angehörige des Diego-Garcia-Bodenpersonals schüttelte den Kopf. »Sämtliche elektrischen und elektronischen Systeme sind vor ein paar Minuten, während Sie noch in der Luft waren, total ausgefallen. Was ihre technischen Anlagen betrifft, ist die gesamte Insel so gut wie tot.«

9

INDISCHER OZEAN

»Was meinen Sie damit, dass niemand dort ist?«, wollte Max Hanley von Hali Kasim wissen. »Auf der Insel sind mehr als dreitausend Leute stationiert.«

Max saß im Kommandosessel des Operationszentrums, und Linda Ross besetzte die Radarstation. Eric Stone war von der *Triton Star* herübergekommen, um Mark Murphy bei der Suche nach der Quelle des geheimnisvollen Internetdialogs zu helfen. Beide kauerten in diesem Augenblick vor einem Terminal und untersuchten eine Datenflut, die über den Bildschirm wanderte.

Hali war vollkommen perplex. »Ich habe mit Diego Garcia gesprochen und mich nach der voraussichtlichen Ankunftszeit der *USS Gridley* erkundigt, als die Sprechverbindung urplötzlich abbrach.«

»Vielleicht lag es am Satellitenlink. Er könnte manipuliert worden sein«, sagte Linda.

Hali schüttelte den Kopf. »Ich habe alles durchprobiert – Funk, Telefon und Satellit – nichts. Ich habe sogar beim Militär und bei der CIA nachgefragt. Nicht nur wir stehen vor einem Rätsel. Niemand konnte mit ihnen Verbindung aufnehmen. Es ist, als gebe es die Insel gar nicht mehr.«

»Es wäre doch möglich, dass das Elektrizitätswerk dort, sei es durch einen Unfall oder gar Sabotage, außer Betrieb gesetzt wurde«, sagte Eric.

»Eine Störung der Energieversorgung könnte eine Erklärung dafür sein, weshalb wir die Insel nicht erreichen konnten«, erwiderte Hali, »aber es würde nicht erklären, weshalb niemand mit einem der Schiffe Kontakt aufnehmen kann, die dort vor Anker liegen, inklusive der *Gridley*, die angeblich kurz vor dem Auslaufen war. Wie kann es sein, dass sie alle stumm bleiben?«

»Vielleicht war es ein Megatsunami«, meinte Murph, ohne von seinem Computer hochzublicken.

Trotz des unterschwelligen Kicherns in seiner Stimme ging Hali ernsthaft auf Murphs spaßig gemeinte Vermutung ein. »Unmöglich. Das habe ich bereits nachgeprüft. Die Tsunami-Frühwarnzentrale hat während der letzten Stunde keine Erdbeben verzeichnet.«

Eric Stone grinste Murph an. Er hatte den Waffenkonstrukteur seinerzeit für den freien Posten auf der *Oregon* empfohlen, nachdem sie gemeinsam an einem geheimen Raketenprojekt gearbeitet hatten, und auch wenn sie sich in vieler Hinsicht grundlegend voneinander unterschieden, waren sie doch mittlerweile wie Brüder, und zwar mitsamt den Sticheleien, der Revierstreitigkeiten und der Kabbeleien, wie sie zwischen Geschwistern üblich waren.

»Machst du Witze?«, spöttelte Eric lachend. »Ein Tsunami ist viel zu banal. Wie wäre es mit dem Einschlag eines Meteoriten?«

»Oder mit einem Wurmloch?«

»Oder mit Außerirdischen, die alle Bewohner der Insel entführt haben?«

»Oder mit Sharknado?«

»Weshalb, ist eigentlich ohnehin nebensächlich«, sagte Max, gleichermaßen belustigt und genervt von dem, was die beiden jungen Mannschaftsmitglieder soeben zum

Besten gegeben hatten. »Hali, versuchen Sie es weiter. Ich mag keine Zufälle. Vor allem dann nicht, wenn seltsame Nachrichten jemandem befehlen, jeden zu töten. Erik, konnten Sie triangulieren, von wo die Nachrichten gesendet wurden?«

»Von einem Punkt im Achterschiff der *Triton Star*. Genauer ließ es sich nicht bestimmen.«

Murph unterbrach sie. »Wir empfangen soeben eine weitere Nachricht.«

»Wie lautet Sie?«, fragte Max.

Murph schaute zu Max hoch. »Unser geheimnisvoller Gast erhielt gerade einen neuen Text. Er enthält Koordinaten und lautet: ›Start einleiten.‹«

»Start? Welcher Start?«

»Von Orbital Ocean wurde ein Satellitenstart aus dem Arabischen Meer für den jetzigen Zeitpunkt angekündigt«, sagte Eric, »aber das ist über sechshundert Meilen weit entfernt. Ich kann nicht erkennen, dass es irgendetwas mit uns zu tun haben könnte.« Nach einer kurzen Pause fügte Eric hinzu, während er auf dem Bildschirm seines Tablets tippte: »Und keine anderen Satellitenstarts sind irgendwo auf der Welt für heute angesetzt.«

»Vielleicht fordert er den Nachrichtenempfänger auf der *Triton Star* auf, seine Operation zu starten«, sagte Linda.

»Oder irgendjemand soll etwas starten, das gegen uns gerichtet ist.« Max wandte sich an Murph. »Was sagen die Koordinaten?«

»Sie sind auf dem Bildschirm.«

Eine Landkarte erschien auf dem Hauptbildschirm. Sie wurde herangezoomt und hin und her geschoben, bis das Fadenkreuz genau über Diego Garcia stehen blieb.

* * *

Juan ging mit Eddie Seng und Keith Tao gerade zum Heck der *Triton Star*, um den zweiten Container zu inspizieren, als ihn Max' Nachricht erreichte.

»Hast du irgendeine Idee, nach was wir Ausschau halten sollen?«, fragte Juan.

»Die Nachricht enthielt keine genaueren Hinweise«, erwiderte Max. »Meinst du, sie unterhalten sich über das Nowitschok-Nervengift?«

»Es kann auch irgendetwas gewesen sein, das mit einem Angriff auf Diego Garcia koordiniert werden soll.« Juan hatte bereits vom Ausfall des Kommunikationssystems auf der US-Basis gehört und hatte für Zufälle genauso wenig übrig wie Max.

»Ich lasse dich wissen, wenn Murph und Eric das Versteck des blinden Passagiers präzise lokalisieren können.«

»Danke. Bis dahin suchen wir weiter. Halt mich auf dem Laufenden.«

Die beiden Agenten der Corporation, die die restlichen Besatzungsmitglieder der *Triton Star* von der *Oregon* herübergebracht hatten, kamen aus dem Deckaufbau. Jeder der beiden trug zwei FN-P90-Sturmgewehre, eine Waffe im ungewöhnlichen Bullpup-Design, mit dem Patronenmagazin auf der Oberseite und dem Patronenhülsenauswurf am unteren Ende des Griffs, um die Sicht des Schützen nicht zu behindern. Sie gaben die beiden Reservewaffen an Juan und Eddie weiter.

Der erste *Oregon*-Vertreter war ein mit Muskeln bepackter Afroamerikaner mit glatt rasiertem Schädel und der Statur eines Linebackers. Dass er gleichzeitig so leichtfüßig wie ein Kunstturner war, ließen seine geschmeidigen Bewegungen leicht erahnen. Er war in Detroit geboren und hatte bei den Navy SEALs gedient. Sein Name lautete Franklin Lincoln. Linc hatte während des Hijackings die Rolle des Chefingenieurs der *Goreno* übernommen. Als sie der Ruf zu der Mission erreichte, hatte er auf seiner maßgefertigten Harley, die er an Bord der *Oregon* mitführte, die Straßen von Malé, der Hauptstadt der Malediven, unsicher gemacht. Als einer der Gundogs – Max Hanleys Spitzname für das Team, das gewöhnlich die landgestützten Operationen durchführte – konnte Linc für sich in Anspruch nehmen, der beste Scharfschütze der Schiffscrew zu sein.

»Chairman«, berichtete Linc, »die gesamte *Triton-Star*-Mannschaft sitzt in der Messe und wird von MacD bewacht. Sie hätten ihre Gesichter sehen sollen, als Raven mit einer P90 im Anschlag plötzlich vor ihnen stand.«

Linc deutete mit einem Kopfnicken auf die Frau neben ihm. Raven Malloy war erst vor Kurzem zur Mannschaft gestoßen und Mitglied des Teams für landgestützte Operationen. Mit glattem jettschwarzem Haar, karamellfarbener Haut und einer hochgewachsenen athletischen Statur wurde sie fälschlicherweise oft für eine Latina, Südostasiatin oder Araberin gehalten, obwohl sie gebürtige Amerikanerin mit Cherokee- und Siouxblut in den Adern war. Bei Adoptiveltern als typische Army-Tochter aufgewachsen, hatte sie die West-Point-Militärakademie besucht, wo sie Psychologie studierte und Arabisch und Farsi erlernte. Nach Abschluss ihres Studiums diente sie bei der Militärpolizei und erwarb sich den Ruf als hartnäckige Ermittlerin, ehe sie vor der starren Bürokratie kapitulierte und die Army verließ, um sich ihren Lebensunterhalt auf dem privaten Sicherheitssektor zu verdienen. Während einer gemeinsamen Operation mit der Corporation, die gegen kommunistische Rebellen auf den Philippinen gerichtet gewesen war, hatte sie erfolgreich mit dem *Oregon*-Team zusammengearbeitet und sich unter zeitweise schwierigsten Bedingungen bestens bewährt, weshalb Juan Cabrillo ihr einen Job auf seinem Schiff angeboten hatte.

»Ich glaube, sie waren überrascht, überhaupt eine Frau anzutreffen«, sagte Raven. »›Geschockt‹ dürfte das noch bessere Wort sein.« Dann, mit einem Anflug von Genugtuung: »Vielleicht auch ein wenig erschreckt. Wenn nicht sogar eingeschüchtert. Wie er.« Sie richtete den Blick auf Tao, der sie mit weit aufgerissenen Augen anstarrte.

Juan überraschte es nicht im Mindesten, dass sie eine solche Reaktion auslöste. Raven Malloy war eine ausgesprochen attraktive Frau, die einen Mann mit einem Blick fixieren konnte, der eisig genug war, um Lava gefrieren zu lassen.

»Ich kann es kaum erwarten, die ganze Geschichte zu hören«, sagte er, »aber im Augenblick haben wir ein Problem.« Er informierte sie über die abgefangenen Nachrichten, die auf einen unmittelbar bevorstehenden Start hinwiesen.

»Wir übernehmen die Steuerbordseite. Sie beide suchen auf der Backbordseite. Halten Sie Ausschau nach allem, was Ihnen ungewöhnlich erscheint. Da Sie keine Zeit haben, einen NBC-Suit überzuziehen, sollten Sie mich und Eddie rufen, sobald Sie so etwas wie einen Gasbehälter entdecken. Und sich dann schnellstens zurückziehen.«

»Klingt gut«, sagte Raven.

»Das brauchen Sie uns nicht zweimal zu sagen«, fügte Linc hinzu.

Sie gingen nach Steuerbord, während Juan und Eddie mit Tao den Weg nach achtern fortsetzten.

»Wer war das?«, fragte dieser verwundert.

»Ein Freund von uns«, antwortete Eddie.

»Nicht der Mann«, sagte Tao. »Ich meine die Frau. Sie ist ja unglaublich. Ich würde gerne einmal …«

»... sehen, wie leicht es ihr fällt, Ihnen die Kniescheiben zu zertrümmern?«, unterbrach Juan den Schiffskapitän. »Oder hatten Sie die Absicht, etwas Dreisteres zu sagen als dies? Ich hoffe nicht.«

Tao öffnete den Mund, dann schloss er ihn wieder.

»Gut«, sagte Juan. »Also, wer befindet sich auf diesem Schiff, den wir noch nicht gefunden haben? Wir wissen, dass er nicht zur Mannschaft gehört.«

»Schön. Es ist Rasul. Wir haben ihn als Passagier mitgenommen.«

Juan legte Tao eine Hand auf die Schulter und zwang ihn, stehen zu bleiben. »Wo ist er? Rücken Sie damit heraus, oder ich hänge Sie persönlich an einen Angelhaken und lasse Sie über die Reling baumeln.«

»Wir haben sämtliche Kabinen durchsucht«, sagte Eddie Seng. »Dort war er nicht.«

»Dann habe ich keine Ahnung, wo er geblieben ist«, erklärte Tao.

Juan starrte Tao wortlos an, dann drehte er ihn um und stieß ihn vorwärts. »Zeigen Sie uns den zweiten Container, den Rasul angeblich mit aufs Schiff gebracht hat. Wenn dieser Behälter auch leer ist, könnte ich sehr böse werden.«

»Und bedenken Sie eins, Sie wollen ganz sicher nicht erleben, dass er wütend wird«, sagte Eddie.

Als sie vor dem Container standen, öffnete Juan ihn und fand ihn ebenfalls vollkommen leer vor.

»Ich schwöre Ihnen, das wusste ich nicht!«, jammerte Tao, als Juan sich zu ihm umdrehte. Dann entdeckte er doch etwas. »Warten Sie, irgendetwas stimmt hier nicht.« Er starrte auf die Nummer des Containers, die auf der Tür zu lesen war.

Juan folgte seinem Blick. »Was ist?«

Tao deutete auf die mehrstellige Zahl. »Ich erinnere mich, diese Nummer auf der Ladeliste gesehen zu haben, weil am Ende fünfmal die Neun steht. Sie bezeichnet einen leeren Container, der für Indien bestimmt war. Er sollte eigentlich in der letzten Reihe an achtern stehen.«

»Wurden sie vertauscht?«, fragte Eddie.

»Höchstwahrscheinlich. Ich wüsste nicht, was sonst damit geschehen sein sollte. Die Kranführer in den Häfen sind leicht zu bestechen.«

»Zeigen Sie ihn uns«, verlangte Juan.

Sie gingen zur letzten Containerreihe. Tao deutete auf den Kühlcontainer auf der Steuerbordseite. Juan schob den Kapitän der *Triton Star* zur Seite, und Eddie brachte seine P90 in Anschlag, während Juan die Tür aufzog.

Sie entspannten sich, als sie sahen, dass der Container bis zur Decke mit Kisten gefüllt war, die mit *Laranjas/Oranges* beschriftet waren.

»Das Nowitschok könnte irgendwo in diesem Behälter versteckt sein«, sagte Eddie.

»Das wäre möglich«, stimmte Juan ihm zu, ehe er sein Funkgerät einschaltete. »Max, schick so viele Leute wie möglich in NBC-Suits rüber. Wir müssen einen Großcontainer auseinandernehmen.«

Er wollte Tao nach dem Eigentümer des Kühlcontainers fragen, als er sah, wie der Kapitän der *Triton Star* auf etwas starrte, das sich außerhalb des Containers befand, aber vor Juans Blick verborgen war. Tao setzte an, etwas zu sagen, als in seiner Brust drei Schusswunden aufblühten, beigebracht von einer schallgedämpften automatischen Pistole, deren Stakkatofeuer, so leise es auch war, von den Stahlwänden der Containerstapel widerhallte. Juan warf sich an der offenen Tür vorbei aufs Deck, bereit, sofort auf den unbekannten Schützen zu feuern. Er erhaschte einen kurzen Blick auf einen Mann in einem NBC-Anzug mit Wüstenflecktarnung, der sich hinter den Container zurückzog. Juan feuerte eine Salve ab, erzielte jedoch keinen Treffer. Der Schütze war verschwunden.

Eddie Seng beugte sich über Tao, um ihn zu untersuchen, schüttelte jedoch den Kopf, als er die Einschusslöcher sah, aus denen das Blut strömte.

Juan entdeckte eine Öffnung in der Seitenwand des Containers und näherte sich ihr vorsichtig. Als er sie erreichte und hineinsah, blickte er in einen kleinen Raum, den er anhand der Düsen, die aus der Decke ragten, als Dekontaminationskammer identifizierte.

Eddie erschien neben ihm und deutete auf den Boden der Kammer. Dort lag ein offener Aluminiumkoffer mit Schaumstoffpolster, in dessen Mitte ein leerer Schlitz klaffte, der die Konturen eines Gefahrgutbehälters hatte. Neben dem Koffer stand eine leere Reisetasche, in der sich der NBC-Suit befunden haben musste.

Juan nickte und funkte Max Hanley an, während er sich mit Eddie im Schlepptau am Container entlangtastete. »Max, wir haben den Versender der Nachrichten gefunden. Tao hat uns verraten, dass sich Rasul als Passagier auf dem Schiff aufgehalten hat, also muss er der blinde Passagier sein. Er muss sich in einer Dekontaminationszelle versteckt haben. Außerdem trägt er einen NBC-Suit.« Juan wagte einen Blick um die Ecke des Containers und sah die offenen Schotten eines schmalen Laufgangs, der ins Schiffsinnere führte. »Ich glaube, dass er die Absicht hat, das Nowitschok zu verteilen.«

»In der *Triton Star*?«, fragte Max.

»Ja. Eddie und ich sind die Einzigen hier drüben, die einen Schutzanzug tragen, darum solltest du alle anderen so schnell wie möglich auf die *Oregon* zurückholen.« Juan hörte, wie er Hali die entsprechenden Anweisungen erteilte. »Falls Rasul versuchen will, zu euch an Bord zu gelangen, erschießt ihn auf der Stelle.«

»Verstanden.« Nur Sekunden später stiegen die Kaliber .30 Maschinenpistolen aus den Ölfässern hoch, die ihnen als Tarnung dienten, und richteten sich auf ihren Drehlafetten auf die *Triton Star* aus.

»Steht unsere mobile Dekontaminationseinheit in der Nähe der Gangway bereit?«, wollte Juan von Max wissen.

»Sie ist an Ort und Stelle und einsatzbereit.«

»Gut. Könnte sein, dass wir sie benutzen müssen. Eddie und ich folgen ihm.«

Sie eilten im Laufschritt zur Schotttür und verschwanden im Schiffsinnern.

* * *

Rasul Torkan drehte sich mehrmals um, während er durch den Korridor rannte. Erst einmal hatte er seine Verfolger abgehängt. Er war soeben in seinen NBC-Anzug geschlüpft, als er hörte, wie die Containertür geöffnet wurde. Dann rief eine Männerstimme nach Verstärkung, und Rasul wusste, dass er die Kammer schnellstens verlassen musste, ehe sie für ihn zur Falle wurde.

Glücklicherweise hatte er den Nowitschok-Behälter bereits an seinem Gürtel befestigt. Bevor er ihn aktivierte, brauchte er nichts anderes zu tun, als seine Schutzhandschuhe anzuziehen.

Sein Magen erstarrte zu einem Eisklumpen, als er in die Tasche griff und feststellen musste, dass die Handschuhe nicht dort waren.

Der Angriff war so plötzlich erfolgt, dass er keine Zeit gefunden hatte, die Spezialhandschuhe zusammen mit dem Schutzanzug aus der Reisetasche zu holen. Und diese stand jetzt unerreichbar in der Dekontaminationskammer. Er musste sie entweder irgendwie aus der Tasche holen oder einen gleichwertigen Ersatz finden, ehe er seinen Plan mit dem Nervengift ausführen könnte.

Was er außerdem benötigte, war etwas, das jedes Frachtschiff an Bord mitführen musste: ein laut SOLAS vorgeschriebenes Leinenschussgerät. Die Verordnung Safety of Life at Sea bestimmte, dass ein Schiff von der Größe der *Triton Star* mit mindestens vier dieser Einrichtungen ausgerüstet sein musste, mit denen Seile zu havarierten Schiffen hinübergeschossen oder Personen, die über Bord gegangen waren, gerettet werden konnten, selbst wenn sie bereits mehrere hundert Meter vom Schiff entfernt waren.

Während eines seiner mitternächtlichen Ausflüge aufs Hauptdeck hatte Rasul eine der Raketen in ihrem gelben Kunststoffbehälter am Schott direkt unter dem Rettungsboot hängen sehen. Er musste den Deckaufbau verlassen, um sie zu holen, aber das durfte nur einen kurzen Moment dauern.

Als er zu der Treppe kam, über die das Rettungsboot am schnellsten zu erreichen war, hörte er, wie die Mannschaft aus der Messe herausgeholt und aufs Deck getrieben wurde.

»Tempo, Tempo«, rief einer der Wächter. »Zurück aufs andere Schiff!«

Das bedeutete, dass sie sich in die entgegengesetzte Richtung entfernten. Perfekt.

Rasul stieg die Treppe weiter hinauf, sein G36-Sturmgewehr schussbereit im Anschlag. Der Korridor, in den er gelangte, war menschenleer.

Er schlüpfte durch die Schottentür hinaus, und dort hing die Leinenschussrakete. Der Behälter hatte einen

Kunststoffdeckel und einen Griff mit einem Auslöser, der durch einen stählernen Stift gesichert war, wie es bei Handgranaten üblich war.

Rasul nahm den eimerförmigen Behälter vom Haken und öffnete ihn. In seinem Innern stand die Rakete aufrecht und war mit einer dreihundert Meter langen Nylonschnur umwickelt. Das Ende der Leine war mithilfe eines geflochtenen Stahldrahts an der Rakete befestigt, in den er den Karabinerhaken des Nowitschok-Behälters einklinken konnte. Auf der Außenseite des Behälters befand sich sogar eine Bedienungsanleitung, aus der hervorging, wie eine Ersatzrakete eingesetzt werden konnte. Er brauchte nichts anderes zu tun, als das Seil herauszuholen, den Zeitzünder des Nowitschok-Behälters auf einen Zwei-Minuten-Countdown einzustellen und den Behälter an der Rakete zu befestigen.

Danach musste er in die Dekontaminationskammer zurückkehren. Wenn ihm dies gelänge, ohne gesehen zu werden, hätte er genügend Zeit, seine Waffe einsatzbereit zu machen. Sie würden das gesamte Schiff durchkämmen, und niemand käme auf die Idee, dass es ihn ausgerechnet dorthin zurückzog, wo sie ihn aufgestöbert hatten.

Er ging hinter einem Außenschott in Deckung und holte sein Smartphone hervor, schaltete es ein und öffnete eine speziell für seine Mission programmierte Start-App. Nachdem er seinen persönlichen Sicherheitscode eingetippt hatte, konnte er die Koordinaten ändern, die auf dem Display aufgerufen wurden. Er gab den Längen- und den Breitengrad für Diego Garcia ein.

Ziel bestätigt und gespeichert, meldete die App.

Er navigierte weiter zum START-Bildschirm, verschob das Icon, das die Startsequenz vor einer unabsichtlichen

Aktivierung sicherte, und auf dem Telefondisplay erschien ein runder roter Knopf mit der Aufforderung *Jetzt starten.*

Er klickte auf den Knopf und grinste. *Das würde sie lange genug in Atem halten.*

* * *

»Kommen wir dem Chairman nicht zu Hilfe?«, fragte Raven Malloy, während sie im Laufschritt zur Gangway zurückkehrten und die Schüsse hinter ihnen verhallten.

»Befehl ist Befehl«, erwiderte Franklin Lincoln. »Das war doch in der Army ehernes Gesetz.«

»Genau deshalb habe ich den Verein verlassen.«

»Der Chairman sorgt sich um seine Mannschaft mehr als um sich selbst.« Er grinste seine Mitstreiterin an. »Außerdem, sobald wir auf der *Oregon* sind, ziehen wir uns NBC-Anzüge an und erkundigen uns, ob er uns nicht zurückkommen lässt.«

»Das gefällt mir.«

Sie zuckten zusammen, als ganz plötzlich ein lauter Knall ertönte. Es klang nicht eindeutig wie eine Explosion, aber es ähnelte auch keinem Pistolen- oder Gewehrschuss, soweit Linc es beurteilen konnte.

MacD winkte ihnen hektisch. Er deutete nach oben über ihre Köpfe.

Linc blickte rechtzeitig in die Höhe, um einen Behälter zu sehen, der wie ein welkes Laubblatt aufs Deck herabtaumelte.

Er schlang einen Arm um Ravens Taille und wuchtete seine Kollegin in den schmalen Durchgang zwischen zwei Containerstapeln neben ihnen und folgte ihr mit einem Hechtsprung. Der Behälter krachte nur wenige Zentimeter von seinen Füßen entfernt aufs Deck und rutschte über die Bordkante. Dort, wo Linc Sekundenbruchteile zuvor gestanden hatte, war eine tiefe Delle in der Deckplatte zu erkennen.

»Normalerweise mag ich es gar nicht, herumgestoßen zu werden«, sagte Raven, während sie mit einer fließenden Bewegung auf die Füße kam, »aber in diesem Fall mache ich eine Ausnahme. Dafür bin ich dir etwas schuldig.«

Linc erhob sich ebenfalls, und gemeinsam rannten sie zu MacD hinüber, der noch immer in den Himmel starrte.

»So was sieht man nicht alle Tage«, sagte er.

Sie fuhren herum und konnten erkennen, dass Dach und Seitenwände des obersten Containers auf den Stapeln, neben dem sie kurz vorher Deckung gesucht hatten, verschwunden waren, weggesprengt von Explosionsladungen an den Scharnieren.

Auf dem Stapel war nicht anderes mehr zu sehen als der Inhalt des Containers: ein Raketenwerfer, dessen Lauf in einem Winkel von etwa zwanzig Grad aufragte.

Alle duckten sich instinktiv, als ein langer Flammenschweif aus dem Abschussrohr herausleckte und eine Rakete folgte. Als sie sich weit genug vom Schiff entfernt hatte, stürzte die Startstufe ins Meer, Stummelflügel klappten seitlich heraus. Eine weiß glühende Abgaswolke schoss aus dem Endrohr, und sie entfernte sich mit rasant zunehmender Geschwindigkeit in südöstlicher Richtung.

Linc zog eine Augenbraue hoch, ließ den Blick von Raven zu MacD wandern und sagte mit einem Anflug von Sarkasmus: »Ich vermute, dass dies der Start gewesen sein dürfte, von dem die ganze Zeit die Rede war.«

10

Für einen Moment herrschte im Operationszentrum absolute Stille. Alle Anwesenden waren wie gelähmt, Max Hanley eingeschlossen, der mit starrer Miene verfolgte, wie die Rakete in der Ferne verschwand.

Linda Ross hatte vor dem Radar ausgeharrt und nach Anzeichen für die Annäherung eines Flugzeugs oder einer Rakete Ausschau gehalten. Niemand hatte auch nur im Entferntesten mit einem Raketenstart aus einem Container auf der *Triton Star* gerechnet.

»Was für eine Rakete war es?«, wollte Max Hanley von Mark Murphy, dem führenden Waffenexperten der *Oregon*, wissen.

»Ein BrahMos-Marschflugkörper«, antwortete Murph im gleichen Augenblick. »Schneller als der Schall. Aus indischer Produktion.«

Max Hanleys erste Priorität war die Sicherheit des Schiffs. »Sofort Abwehrmaßnahmen einleiten. Zielobjekt mit einer Flugabwehrrakete erfassen und feuern.«

»Aster abgefeuert«, meldete Murph. Der Rumpf der *Oregon* hallte von dem Mündungsknall wider, als die europäische Flugabwehrrakete ihr Abschussrohr verließ und Kurs auf den Marschflugkörper nahm.

»Gatling Guns und Metal Storm werden soeben aktiviert und gehen in Stellung«, fügte Murph hinzu.

Die Aster-Flugabwehrrakete, genau genommen eine Anti-alles-Rakete, war ihre vorrangige Verteidigungswaffe. Aber falls der Marschflugkörper umkehren sollte und der Aster auswich, verfügte die *Oregon* noch über weitere Verteidigungsmittel. Rumpfplatten wurden verschoben, um den Einsatz der drei sechsläufigen Gatling Guns vorzubereiten. Sie feuerten 20-mm-Wolframstahlgeschosse mit einer Frequenz von dreitausend Schuss pro Minute ab. Das Metal-Storm-Geschützsystem fuhr am Schiffsheck aus der Versenkung hoch, um bei Bedarf innerhalb einer Zeitspanne von sechs Millisekunden eine Wand aus fünfhundert elektronisch aktivierten Projektilen abzufeuern.

»Kehrt die Rakete zu uns zurück?«

»Negativ«, antwortete Linda. »Sie folgt einem geraden Kurs, der von uns weg nach Südosten gerichtet ist.«

»Flugzeit bis zum Ziel?«

»Wenn sie nicht den Kurs ändert«, sagte Murph und wandte sich mit besorgter Miene zu Max um, »beträgt die Zeitspanne, um den Marschflugkörper abzufangen, zweiunddreißig Sekunden.«

»Was soll das heißen?«

»Die BrahMos hat zehn Sekunden Vorsprung, und sie ist fast genauso schnell wie die Aster.« Die Kurzstrecken-Flugabwehrrakete war dafür konstruiert, Flugzeuge und Raketen auszuschalten, die sich dem Schiff näherten, und nicht um sie zu verfolgen.

Murph rief auf dem Bildschirm eine Landkarte auf, die den roten Punkt des Marschflugkörpers zeigte, der sich mit Mach 3 von ihnen entfernte und von der Aster gejagt wurde, die mit Mach 3,5 allmählich zu ihm aufholte.

»Wenn wir nicht das Ziel sind«, sagte Max, »wohin fliegt sie?«

»Es könnte ein Schiff sein, das in der Flugrichtung der Rakete unterwegs ist«, sagte Linda. »Allerdings habe ich keins im Sucher.«

»Das Ziel ist kein Schiff«, sagte Eric. »Schauen Sie auf die Karte.«

Eric zoomte heraus und verlängerte eine gepunktete Linie, die dem Kurs der BrahMos folgte. Sie zeigte auf Diego Garcia.

»Hali, nehmen Sie auf irgendeine Weise mit Diego Garcia Verbindung auf und erklären Sie den Leuten dort, dass eine Rakete mit einer Ladung Nervengift in ihre Richtung unterwegs ist.«

Hali Kasim schüttelte den Kopf. »Ich kann dort noch immer niemanden kontaktieren, aber ich versuche es weiter.«

»Zehn Sekunden bis zum Einschlag«, sagte Murph.

Der Abstand zwischen den beiden Punkten – Marschflugkörper und Abwehrrakete – verringerte sich qualvoll langsam. Murph begann mit dem Countdown.

»Fünf… vier… drei…«

Dann hielt er inne. Der Punkt, der die Abwehrrakete darstellte, verschwand.

»Was ist passiert?«, fragte Max.

Murph schlug wütend und enttäuscht zugleich mit der flachen Hand auf die Armaturentafel und wandte sich zu Max um. »Ihr ging der Sprit aus, ehe sie das Zielobjekt erreichte. Und nun haben wir keine Möglichkeit mehr, die BrahMos rechtzeitig abzuschießen.«

»Wie lange wird es dauern, bis sie Diego Garcia erreicht?«

»Neun Minuten«, sagte Eric.

»Mögliche Opferzahl?«

»Wenn diese Rakete nur die Hälfte der als gestohlen gemeldeten Menge Nowitschok mitführt, müssen wir mit einer Katastrophe rechnen.«

»Hali, verbinden Sie mich mit Juan.«

Nach einem kurzen Augenblick sagte Hali Kasim: »Ich habe den Chairman auf dem Lautsprecher.«

»Juan«, sagte Max Hanley, »Rasul Torkan hat gerade einen BrahMos-Marschflugkörper mit Überschallgeschwindigkeit von der *Triton Star* aus gestartet. Wir feuerten eine Aster ab. Konnten aber die BrahMos nicht aus der Luft holen. Du musst Rasul finden und ihn dazu bringen, den Abbruchcode der Rakete zu senden.«

»Leichter gesagt als getan. Wir suchen noch immer nach ihm.«

Max warf einen Blick auf den Timer, den Eric auf dem Hauptbildschirm aufgerufen hatte und der die Sekunden bis zum Einschlag der BrahMos-Rakete herunterzählte.

»Ich will dich nicht allzu sehr drängen, aber wenn ihr Rasul nicht während der nächsten acht Minuten und dreißig Sekunden findet, wird jeder Bewohner Diego Garcias, ganz gleich ob Militär oder Zivilist, sterben.«

* * *

Juan Cabrillo folgte dem Verbindungsgang bis zur nächsten Kreuzung. Eddie Seng bildete die Nachhut und achtete auf das, was hinter ihnen geschah, für den Fall, dass Rasul kehrtmachte und versuchte, in ihren Rücken zu gelangen. Juan blieb stehen und wagte einen Blick um die Ecke, aber Rasul war nirgendwo zu sehen. Ihn während der nächsten acht Minuten in diesem Labyrinth von Korridoren zu finden wäre ein unglaublicher Glücksfall.

»Max«, sprach Juan in sein Ohrhörermikrofon, »wenn wir Rasul nicht schnappen sollten, habe ich einen Reserveplan. Hali soll Langston Overholt anrufen und ihn bitten, sich mit Barbara Goodman beim 50th Space Wing in Colorado Springs in Verbindung zu setzen. Er soll ihr sagen, es gehe um Operation Theseus.«

»Du und deine B- und C-Pläne«, sagte Max, und Juan konnte fast hören, wie er die Augen verdrehte – wegen Juans Neigung, im letzten Moment noch irgendwelche Spontaneinfälle aus dem Hut zu zaubern. »Es ist fast Mitternacht in den Staaten. Wir wecken sie bloß auf und bringen sie um ihren Schlaf.«

»Wie sollen wir Rasul in weniger als acht Minuten in einem fast zweihundert Meter langen Schiff finden?«, wollte Eddie von Juan wissen.

»Er trägt einen NBC-Anzug«, erwiderte Juan, »woraus man schließen kann, dass er die Absicht hat, das Nowitschok, das er mit sich herumträgt, freizusetzen.«

Eddie nickte. »Klar. Er möchte Zeugen beseitigen.«

»Aber wir haben ihm einen Strich durch seinen Plan gemacht. Er hatte nicht mit zwei Schiffen gerechnet.«

»Er will das Nervengift in der Luft verteilen. Vielleicht hatte er von Anfang an einen entsprechenden Plan.«

»Weshalb ergreift er dann die Flucht und versteckt sich im Schiff? Als ich ihn gesehen habe …« Juans Stimme versiegte, als er sich die Schießerei noch einmal ins Gedächtnis rief.

»Was?«, fragte Eddie.

»Ich habe ihn nur für einen winzigen Moment gesehen, aber ich glaube nicht, dass er Handschuhe trug.«

»Ich kann mir nicht vorstellen, dass er sie vergessen hatte.«

»Keine Ahnung«, sagte Juan. »Vielleicht hatte er sie in der Tasche, aber wenn nicht, dann braucht er für sie einen Ersatz.«

»Und das können auf keinen Fall irgendwelche alten Handschuhe sein. Sie müssen zumindest gegen Chemikalien resistent sein.«

»Wie Gummihandschuhe zum Beispiel. Dazu fallen

mir nur zwei Möglichkeiten ein. Eine ist die Messe, wo man vielleicht Gummihandschuhe finden kann, die dort zum Putzen benutzt werden. Die andere Möglichkeit wäre, dass er sich zurückschleicht und sich das Paar holt, das zu Keith Taos Anzug gehört.«

»Sollen wir uns aufteilen?«

»Das dürfte in diesem Fall das Beste sein«, sagte Juan und nickte. Er konnte nicht auf die Uhr schauen, die in seinem Anzug steckte. »Ich glaube, uns stehen nicht mehr als sieben Minuten zur Verfügung.«

»Ich übernehme die Messe«, sagte Eddie Seng.

»Ich halte mich an Tao. Und vergiss nicht, wir brauchen ihn lebend.«

Eddie nickte und startete zur Messe durch.

Während Juan im Laufschritt auf dem Weg zurückkehrte, den er gekommen war, erläuterte er Max per Funkgerät seinen Plan. Max informierte ihn, dass Raven, Linc und MacD im Begriff seien, sich Schutzanzüge überzustreifen, und in Kürze zu ihm hinüberkämen, um ihm bei der Suche zu helfen. Er machte ihn außerdem darauf aufmerksam, dass ihnen nur noch sechseinhalb Minuten Zeit blieben und sie noch immer keinen Kontakt mit Diego Garcia hätten aufnehmen können, um die Basis vor der drohenden Gefahr zu warnen.

Er entschied, einen Bogen zu machen und einen Gang zwischen den Containerstapeln zu benutzen. Wenn Rasul die gleiche Idee gehabt hatte, würde Juan hinter ihn gelangen und könnte ihn überrumpeln.

Als er in den Containergang eintauchte und sich dem Schauplatz der Schießerei näherte, konnte er erkennen, dass die Tür des Containers noch immer offen stand. Ein Stück davon entfernt lag Taos Leiche auf den Deckplatten.

Der Schutzanzug war mit Blut besudelt, aber die Handschuhe waren noch intakt.

Juan ging weiter, die Maschinenpistole im Anschlag, bis er zum Ende der Containerreihe gelangte und einen Blick durch die offene Tür riskierte. Von Rasul nach wie vor keine Spur.

Er war schon im Begriff, seinen Plan als gescheitert zu verwerfen, als er innerhalb des Containers ein metallisches Klirren hörte. Juan blickte um die Türkante und sah Rasul auf die Dekontaminationskammer zukommen. Seine Hände steckten in einem Paar Schutzhandschuhe, die offenbar zu dem Anzug gehörten, den er trug.

Juan hätte sich am liebsten selbst in den Hintern getreten, weil er die Reisetasche nicht inspiziert hatte. Wenn die Handschuhe sich noch darin befunden hatten, dann wäre das der einzige Grund gewesen, weshalb Rasul dorthin zurückgekehrt war.

Rasul trug einen Behälter mit einem raketengetriebenen Leinenschussgerät. Juan wusste sofort, was er damit im Sinn hatte.

»Lassen Sie den Eimer fallen, Rasul!«, rief Juan.

Rasul wirbelte herum und starrte ihn ungläubig an. Juan konnte seinen Gesichtsausdruck erkennen, weil er anstelle einer Schutzbrille, wie Juan sie vor den Augen hatte, eine Vollgesichtsmaske trug.

Er zögerte keinen Moment. Trotz Juans Warnung hielt er den Eimer mit dem Deckel nach oben hoch und streckte die andere Hand nach dem Auslöser aus.

Juan feuerte einen einzigen Schuss in Rasuls Schulter. Er brauchte ihn lebendig und ansprechbar.

Rasul wurde herumgeschleudert und fiel auf den Rücken, aber er betätigte den Auslöser, während er stürzte. Die Rakete schoss an seinem Kopf vorbei und in die Dekontaminationskammer, wo sie zwischen den Wänden hin und her tanzte, bis ihr Treibstoff verbraucht war.

Juan machte ein paar schnelle Schritte. Rasul griff nach der Pistole in seinem Gürtel, aber die Handschuhe behinderten ihn, sodass Juan zuerst bei ihm war und einen Fuß auf sein Handgelenk setzte.

»Wie sende ich den Selbstzerstörungscode an die Rakete?«, fragte Juan und richtete den Lauf seiner Pistole auf Rasul Torkans Gesicht.

»Das Telefon steckt in meiner Tasche«, erwiderte Rasul lächelnd.

Mit dem Fuß weiterhin Rasuls Arm fixierend, bückte sich Juan und zog das Telefon heraus. Er schaltete es ein, und der Startbildschirm fragte nach dem Passwort. Juans Handschuhe konnten auch einen Touchscreen bedienen.

»Wie lautet der Aktivierungscode?«

»Das verrate ich nicht«, erwiderte Rasul mit einem Würgen. Das Lächeln hatte sich verflüchtigt. Seine Lippen färbten sich blau.

Es war das Nowitschok. Das Nervengift war dort in den Anzug eingedrungen, wo Juans Kugel ihn perforiert hatte.

»Sie haben nur noch ein paar Sekunden«, sagte Juan. »Nennen Sie mir das Passwort, oder ich benutze Ihren Daumenabdruck, wenn Sie tot sind.«

Rasul bäumte sich auf und schrie vor Qualen, als das Nowitschok zu wirken begann. Für einen kurzen Moment wand er sich hin und her, dann erstarrte er, aber Juan konnte erkennen, dass seine Augen noch offen standen und er alles sah, was um ihn herum vorging. Sie füllten sich mit Tränen – von den Schmerzen, die er ertragen musste.

Juan riss Rasul die Handschuhe von den Händen und

versuchte, das Smartphone mit den Daumenabdrücken des Attentäters zu entsperren.

Nichts. Selbst wenn ein Abbruchsignal existierte, das mit dem Telefon gesendet werden könnte, würden sie es niemals schaffen, es während der nächsten fünf Minuten zu entschlüsseln.

Damit blieb ihnen nur eine einzige Chance. Juan sprang auf und rannte in Richtung Gangway, um auf die *Oregon* zu gelangen. Wenn er nicht verhindern konnte, dass die Rakete über Diego Garcia explodierte, würde jede Person in der Militärbasis Rasuls grausames Schicksal teilen.

11

Während Juan Cabrillo über das Wetterdeck sprintete, schaltete er sein Ohrhörermikrofon ein.

»Eddie, kehren Sie sofort auf die *Oregon* zurück. Ich habe den Nowitschok-Staub abbekommen und bin damit bedeckt, deshalb gehen Sie zuerst rüber.«

»Schon unterwegs«, sagte Eddie Seng.

»Max«, sagte Juan, »ich komme gleich ins Op-Zentrum. Konntest du Lang schon erreichen?«

Langston Overholt IV. war Juans Chef in der CIA gewesen und durfte trotz seines Alters von mehr als achtzig Jahren noch immer aktiv seinen Dienst versehen, weil er alle Leichen kannte und wusste, wo sie begraben waren, die echten *und* die sprichwörtlichen. Overholt hatte Juan Cabrillo seinerzeit bei der Gründung der Corporation und beim Bau der *Oregon* unterstützt, und bei sämtlichen CIA-Aufträgen, diese Mission eingeschlossen, hatte er seine Hände im Spiel.

»Er ist noch ein bisschen verschlafen und nicht gerade glücklich, dass wir ihn weckten«, erwiderte Max. »Er sprach davon, dass er sich noch von einem Zehnkilometerlauf erholen müsse, den er gestern absolviert hat. Aber jetzt ist er in der Leitung.«

»Und Barbara Goodman?«

»Overholt setzt Himmel und Hölle in Bewegung, um sie zu erreichen und ins Boot zu holen.«

»Das ist gut, weil wir nämlich aus dem Spiel sind, seit wir versucht haben, die BrahMos mit ihrem Abbruchcode zu stoppen.« Er schilderte Max in knappen Worten, was mit Rasul Torkan geschehen war, während er gleichzeitig beobachten konnte, wie Eddie eilig die Gangway überquerte.

Als Eddie im Schiffsinnern und in Sicherheit war, betrat Juan das Zelt mit dem beweglichen Dekontaminationssystem. Er schaltete es ein, und sein Anzug wurde mit einer konzentrierten Hypochloritlösung besprüht, die mit den Nowitschok-Partikeln in den Falten reagierte, sie neutralisierte und unschädlich machte. Neunzig Sekunden später verkündete ein grünes Lichtsignal, dass er sauber war. Juan befreite sich von der Gesichtsmaske und streifte den Anzug ab, ehe er den Weg zum Operationszentrum fortsetzte.

Als er es betrat, erhob sich Max aus dem Kommandosessel und zog auf seinen Platz des diensthabenden Chefingenieurs um.

»Stoney, holen Sie die Gangway ein und bringen Sie uns auf sichere Distanz zur *Triton Star*«, sagte Juan zu Eric, während er sich niederließ. Er wollte vermeiden, dass die *Oregon* mit Spuren von Nowitschok kontaminiert wurde, die der Wind, wenn er ungünstig stand, zu ihnen herübertreiben könnte.

Der große Sichtschirm an der Stirnseite des Raums war mit Overholts zerfurchtem Gesicht ausgefüllt, das die Anwesenden in der Kommandozentrale nicht gerade freundlich musterte. Er trug einen seidenen Bademantel über einem Pyjama, der bis zum Hals zugeknöpft war.

»Ich weiß, dass es sehr wichtig sein muss, Juan«, sagte Overholt mit rollender, heiserer Stimme, »weil Sie die Theseus-Operation schon seit einigen Jahren nicht mehr erwähnt haben.«

»Das ist es auch wirklich«, bestätigte Juan, verzichtete auf weitere Erläuterungen und kam direkt zur Sache.

»Ein Marschflugkörper mit einem mit Nervengift gefüllten Gefechtskopf befindet sich im Anmarsch auf Diego Garcia, und wir kommen mit einer Warnung nicht durch. Laut unseren Berechnungen müsste die Rakete in dreieinhalb Minuten ihr Ziel erreichen.«

Overholt nickte. »Max meinte, es sei eine BrahMos-Rakete. Sind Sie sicher, dass das, was Sie im Sinn haben, funktionieren wird?«

»Nein, aber wir haben keine Zeit und auch keine weiteren Optionen mehr.«

»Chairman«, unterbrach Hali seinen Chef. »Ich habe einen Videolink zu Barbara Goodman.«

»Legen Sie sie auf den Hauptschirm«, verlangte Juan.

Einen Moment später erschien eine Frau in den Fünfzigern mit kurzem braunem Haar und hohen Wangenknochen neben Overholt auf dem Hauptbildschirm. Sie war offenbar hellwach und trug eine korrekt gebügelte Air-Force-Uniform. Das silberne Eichenlaub eines Colonels funkelte auf den Epauletten an ihren Schultern.

»Hallo, Barbara«, begrüßte Juan sie. »Vielen Dank, dass Sie unserem Ruf gefolgt sind. Sind Sie zurzeit in Schriever?« Die Schriever Air Force Base in Colorado Springs beherbergte das 50th Space Wing des Space Commands, das die Kontrolle über das Global Positioning System innehatte. Was er im Hintergrund erkennen konnte, erinnerte ihn an einen Kontrollraum, daher hoffte er, dass sie seine Frage bejahte.

»Schön, Sie wiederzusehen, Juan«, sagte sie mit dem Anflug eines Lächelns. »Ja, ich bin in Schriever. Aber Sie erwischen mich zu einem sehr ungünstigen Zeitpunkt. Seit gut einer Viertelstunde versuchen wir herauszufinden, weshalb die Funkverbindung mit einem unserer Stützpunkte vollständig abgebrochen ist.«

»Sie sprechen sicherlich von Camp Thunder Cove auf Diego Garcia, richtig?«

Barbara Goodmans Unterkiefer sackte herab. »Wie können Sie das wissen?«

»Weil wir nur etwa dreihundertfünfzig Meilen in nordwestlicher Richtung von der Insel entfernt sind. Zurzeit wird sie von einem Marschflugkörper mit einer sehr hässlichen chemischen Waffe im Sprengkopf angesteuert. Wir haben versucht, die Insel zu warnen, aber bis jetzt reagierte niemand auf unseren Funkruf.«

»Ich kann Ihnen nicht helfen. Wir sind genauso ratlos wie Sie. Es gibt nichts, was ich tun könnte.«

»Aber doch, es gibt etwas. Theseus.«

Sie lehnte sich vor und blickte mit gerunzelter Stirn in die Kamera. »Worauf Sie anspielen, unterliegt dem Need-to-know-Prinzip.«

»Glauben Sie mir, hier hat jeder eine Sicherheitsfreigabe und sollte wissen, um was es geht.«

Theseus war der Deckname für eine spezielle Funktion des GPS, die nur wenigen außerhalb des Space Commands bekannt war. Da das Global Positioning System von Staaten überall auf der Welt inklusive ihres jeweiligen Militärs benutzt wurde, war es ihnen möglich, ihre Waffen auf Ziele in den Vereinigten Staaten zu programmieren und sich zu ihrer Navigation des amerikanischen Satellitensystems zu bedienen.

Im Fall eines bewaffneten Konflikts wünschte sich das Militär die Option, falsche GPS-Koordinaten zu senden, um die Waffenlenksysteme anderer Nationen zu täuschen, daher war mit Theseus eine versteckte Zusatzfunktion entwickelt worden, die, von allen anderen Nutzern unbemerkt, aktiviert werden konnte. Und nicht nur das, sondern für eine kurze Zeitspanne war Theseus auch in der Lage, Waffenleitsysteme zu beeinflussen, die GLONASS, das russische GPS-Äquivalent, und NAVIC, dessen indische Version, benutzten. Die Software-Design-Spezifikationen für Theseus und Hinweise auf seine Existenz waren gestohlen worden, als Juan Cabrillo noch bei der CIA beschäftigt war, und er hatte mit Barbara Goodman zusammengearbeitet, um es in amerikanische Obhut zurückzuholen, ehe es in chinesische Hände gelangte.

»Sie müssen Theseus in dieser Region sofort aktivieren«, sagte Juan. Da die Position Diego Garcias im Indischen Ozean extrem abgelegen war, wäre es sehr unwahrscheinlich, dass die kurzzeitige Veränderung des GPS-Signals in einem eng umgrenzten Bereich den Luft- oder Seeverkehr beeinträchtigte. »Lenken Sie die Rakete zu einem Ziel, das mindestens vierzig Meilen weiter im Osten liegt.« Laut den Wetterberichten für diese Region würde die Rakete auf der Leeseite der Insel einschlagen.

»Wie bitte?«, sagte Barbara Goodman entgeistert. »Theseus wurde bisher noch nie praktisch angewendet. Es ist entwickelt worden, um ausschließlich während einer Kriegssituation eingesetzt zu werden.«

Juan erhob sich aus seinem Sessel und ging ein paar Schritte auf den Hauptbildschirm zu. »Barbara, wenn Sie Theseus nicht während der nächsten dreißig Sekunden aktivieren, werden mehr als dreitausend Menschen auf Diego Garcia sterben.«

Als sie zögerte, fügte Juan hinzu: »Mir ist klar, dass dies eine schwere Entscheidung ist, aber Sie kennen mich, Barbara. Ich würde Sie nicht darum bitten, wenn ich mir nicht vollkommen sicher wäre. Hier geht es wirklich um Leben und Tod.«

Barbara Goodman verzog das Gesicht, dann wandte sie

sich nach links und sagte zu jemandem im Off: »Aktivieren Sie Theseus über Diego Garcia … Sie haben richtig verstanden … ich weiß … auf meine Verantwortung … Tun Sie's!«

Sie nannte dann die neuen Koordinaten, die eine Neuberechnung der Zielprogrammierung auslösten und der BrahMos signalisierten, dass sie vom Kurs abgekommen war. Wenn Theseus wie vorgesehen funktionierte, würde der Marschflugkörper augenblicklich auf einen neuen Zielkurs umschwenken.

Barbara Goodman blickte wieder in die Kamera. »Das könnte das Ende meiner Karriere sein. Und das Traurige ist, da die Kommunikation zusammengebrochen ist, können wir noch nicht einmal feststellen, ob alles geklappt hat.«

»Wir werden am Ende erfahren, wenn es nicht funktioniert hat«, erwiderte Juan. Der Marschflugkörper befand sich längst außerhalb ihres Radarbereichs.

Hali Kasim hob eine Hand. »Möglicherweise kann ich in diesem Punkt behilflich sein.«

»Was meinen Sie?«, fragte Juan.

»Ich habe gerade eben auf einer Kurzwellenfrequenz ein Morsesignal aufgefangen. Es ist sehr schwach, aber der Sender meldet, er sei Sergeant der Air Force und auf Diego Garcia stationiert. Er benutze ein altes Funkgerät aus dem Zweiten Weltkrieg, an dem er seit einigen Monaten herumbastele. Er nannte auch seinen Namen: Sergeant Joseph Brandt.«

Barbara Goodman schüttelte ungläubig den Kopf. »Das ist einer der Funker, die wir seit Beginn der Störung zu erreichen versuchen.«

»Hali«, sagte Juan, »antworten Sie ihm, er solle dafür sorgen, dass alle Leute in der Garnison schnellstens geschlossene Räume aufsuchen für den Fall, dass die BrahMos-Rakete über der Insel explodiert.«

»Sind sie dort vor dem Nervengift sicher?«, fragte Barbara Goodman.

»Keine Ahnung«, erwiderte Juan, »aber ich denke, schaden kann es nicht.« Er gab Hali ein Zeichen, den Funkspruch zu senden.

»Aye, Chairman«, sagte Hali.

»Und bitten Sie ihn anschließend, uns Bescheid zu geben, ob er irgendwelche Raketen erkennen kann, die sich der Insel nähern.«

* * *

Da er im Fall seines abgestürzten B-1B Bombers nichts mehr tun konnte, wanderten Major Jay Petkunas und der Rest seiner Mannschaft zwecks einer Abschlussbesprechung direkt zur Air-Force-Befehlszentrale auf Diego Garcia. Allerdings nahm er nicht ernsthaft an, dass sich jemand vordringlich für das interessieren würde, was ihnen zugestoßen war, ehe die Insel ihre vollständige Einsatzbereitschaft wiedererlangt hätte. Eine gespenstische Stille herrschte. Keinerlei Maschinenlärm oder das Geräusch sich nähernder Hilfsfahrzeuge drang zu ihnen und störte das dumpfe Pulsieren der Brandung, das vom Konzert kreischender Seemöwen begleitet wurde.

Sie waren noch etwa sechshundert Meter von der Befehlszentrale entfernt, als sie plötzlich hörten, wie sich ihnen etwas näherte, das von Menschenhand hergestellt sein musste. Ein Motor. Er klang wie ein Diesel-Achtzylinder.

Petkunas drehte sich um und erblickte einen alten Pickup-Truck aus den Neunzehnhundertachtzigern, der mit halsbrecherischem Tempo auf sie zuhielt. Als er schwankend neben ihm zum Stehen kam, sah er, dass sich auf der Ladefläche Piloten und Angehörige des Flugplatzpersonals drängten.

»Sir, Sie müssen sofort einen Schutzbunker aufsuchen«, sagte der Fahrer, ohne zu salutieren.

»Wie bitte?«, fragte Petkunas. Dabei hatte er eben gerade noch gedacht, dass der Irrsinn, der diesen Tag heimgesucht hatte, keine weitere Steigerung mehr erfahren könnte. »Eins müssen Sie mir verraten, wie kommt es, dass Ihr Lastwagen als einziger noch fahrtüchtig ist?«

»Es hängt offenbar mit der Elektronik zusammen. In diesen Wagen wurden keine Mikrochips eingebaut.«

Petkunas schickte Larsson, seinem Kopiloten, einen kurzen Blick. Er bejahte die stumme Frage mit einem Kopfnicken. Das erklärte allerdings, weshalb im Bomber nichts mehr funktioniert hatte, die Schleudersitze eingeschlossen.

»Was meinen Sie damit, wir müssten sofort einen Schutzbunker aufsuchen?«, wollte Larsson wissen.

»Wir werden angegriffen. Tut mir leid, Sir, unsere gesamte Kommunikation ist zusammengebrochen, und ich muss den Kommandanten der Basis über die augenblickliche Lage informieren.«

Ehe Petkunas darum bitten konnte, dass er und seine Crew mitgenommen wurden, hatte sich der Truck wieder in Bewegung gesetzt und entfernte sich mit rasantem Tempo.

»Was für eine wilde Geschichte ist das denn?«, fragte Larsson, während er dem Pick-up verwirrt nachschaute. »Wer greift uns an?«

»Was weiß ich«, erwiderte Petkunas, »aber er meinte es offensichtlich vollkommen ernst. Und der Ausfall der Stromversorgung und der Kommunikation könnte zur

Vorbereitung eines Angriffs gehören. Wir sollten lieber die Beine in die Hand nehmen.«

Petkunas und seine drei Schicksalsgenossen verfielen in Laufschritt. Sie hatten nur wenige Hundert Meter zurückgelegt, als Petkunas etwas entdeckte, das mit rasender Geschwindigkeit dicht über ihren Köpfen dahinschoss.

»Runter!«, brüllte er, und alle vier ließen sich fallen und streckten sich auf dem Asphalt der Landebahn aus.

Nur den Bruchteil einer Sekunde später rollte ein mächtiger Überschallknall über sie hinweg und erschütterte den Untergrund.

Aber es fand keine Explosion statt. Das Pfeifen des kleinen Düsenantriebs wurde vom Wind verschluckt, während er nach Osten verschwand.

Petkunas stand auf und klopfte sich den Staub von seiner Flugkombination. Während die anderen ebenfalls auf die Füße kamen, fragte Larsson: »Was ist hier gerade passiert?«

Petkunas schüttelte ungläubig den Kopf. »Ich habe nicht den leisesten Schimmer.«

* * *

»Chairman«, ergriff Hali Kasim das Wort. »Sergeant Brandt hat mir gerade mitgeteilt, dass der Marschflugkörper Kurs nach Osten genommen hat, nachdem er Diego Garcia überquerte. Wie es scheint, ist er verschwunden.«

Jeder der im Operationszentrum der *Oregon* Anwesenden entspannte sich. Die Gefahr schien gebannt.

»Haben Sie das gehört, Barbara?«, sagte Juan zu Colonel Goodman gewandt. »Sie haben soeben eine ganze Insel gerettet.«

»Das können *Sie* sich an Ihre Fahne heften«, erwiderte sie mit einem erleichterten Lächeln. »Wenn Sie nicht so überzeugend gewesen wären, hätte ich Theseus möglicherweise nicht aktiviert, bevor es zu spät war.«

»Ich würde es noch für einige Zeit im aktiven Zustand belassen, bis wir sicher sein können, dass die Rakete ihren gesamten Treibstoff verbraucht hat. Laut unserer Berechnungen müsste dies in zwei Minuten der Fall sein. Diese Region des Indischen Ozeans ist ziemlich weit vom Schuss, und das Nowitschok wird über dem offenen Meer freigesetzt. Wir haben die Gegend unter die Lupe genommen und kein Schiff gefunden, das sich dorthin verirrt haben könnte.« Sicher, das Nowitschok würde das Meerwasser für einige Zeit kontaminieren, bis es sich verflüchtigt hätte, aber das wäre immer noch besser als die Alternative, an der sie sich um Haaresbreite vorbeigeschlängelt hatten.

»Klingt vernünftig«, sagte Goodman. »Ich würde vorläufig gerne die Verbindung zu Ihrem Funker aufrechterhalten, damit wir weiterhin mit Diego Garcia kommunizieren können. Dann muss ich noch dem Chef des Space Commands erklären, weshalb ich ein streng geheimes Waffensystem ohne seine ausdrückliche Genehmigung eingesetzt habe. Am Ende erwartet mich entweder die Degradierung, oder sie verleihen mir einen Orden.«

»Ich sorge dafür, dass Letzteres der Fall sein wird«, versprach Langston Overholt, der noch immer auf dem Hauptbildschirm zu sehen war.

»Danke, Sir«, sagte Barbara Goodman.

»Hali«, sagte Juan, »Sie können Barbara auf ihren Platz legen. Die Konferenzschaltung war perfekt. Gute Arbeit.«

Als Hali bewusst wurde, dass er plötzlich im Zentrum des allgemeinen Interesses stand, brachte er ein bescheidenes Grinsen zustande. »Danke, Chairman. Freut mich, wenn ich helfen konnte.«

Barbara Goodmans Bild verschwand vom Hauptschirm, den Overholt nun wieder für sich allein hatte.

»Diese Sache ging weit über das hinaus, womit ich gerechnet hatte, als ich Sie mit dieser Mission betraute«, sagte er. »Aber nun wird offensichtlich, dass es um viel mehr geht als abhandengekommenes Nervengift. Während das Militär untersucht, wie die gesamte Elektronik der Insel praktisch aus dem Nichts lahmgelegt werden konnte, wünsche ich, dass Sie herausfinden, weshalb Diego Garcia überhaupt angegriffen wurde.«

Juan nickte. »Ich denke, wir klären zuerst einmal, weshalb Rasul den Auftrag erhalten hat, Tao und die Mannschaft der *Triton Star* zu töten und es dann so aussehen zu lassen, als hätten sie einen Massenmord begangen.«

12

SYDNEY

Jason Wakefield verließ den Wolkenkratzer der Vedor Telecom in der City von Sydney, während er in sein verschlüsseltes Mobiltelefon sprach, das er ausschließlich für Gespräche mit anderen Mitgliedern der Neun Namenlosen benutzte. Als Nutznießer der Schriftrolle der Kommunikation, die seit der Regentschaft Ashokas von Generation zu Generation weitergegeben worden war, hatte er Vedor Communication in Vedor Telecom umgebaut und ein globales Telefon- und Netzwerkimperium geschaffen. Sein Gesprächspartner am anderen Ende war Lionel Gupta, ein kanadischer Nachkomme des ursprünglichen Namenlosen, dem die Schriftrolle der Alchemie anvertraut worden war. Er leitete mittlerweile OreDyne Systems, eine der größten Technologiefirmen der Welt.

»Wollen Sie ernsthaft behaupten«, sagte Gupta in dem höhnischen Tonfall, für den er berüchtigt war, »dass Sie als Besitzer kompletter Telefonnetze überall auf der Welt, inklusive Italien, bisher nicht in der Lage waren herauszufinden, wer die *Colossus 5* in Neapel sabotiert hat? Noch nicht einmal, woher die Telefone stammten, die benutzt wurden, um die Sprengladungen zu zünden?«

Wakefield erhaschte einen kurzen Blick auf sein Abbild auf der verspiegelten Glasscheibe des Seitenfensters seiner Maybach-Limousine, während diese vor dem Eingang des Büroturms ausrollte und anhielt. Sein indischer

Urgroßvater war nach Australien ausgewandert, hatte seinen Namen anglifiziert und die Tochter eines Zeitungsverlegers in New South Wales geheiratet, daher machte er eher einen weißhäutigen als bengalischen Eindruck. Wakefields Erscheinung mit glattem glänzendem schwarzem Haar, dunkel gebräunter Haut und maßgeschneidertem Savile-Row-Anzug war jedem vertraut, der in den Klatschspalten die Meldungen über seine sechs Scheidungen verfolgte, deren jüngste sich soeben im letzten Stadium befand. Während sein Leibwächter für ihn die Tür aufhielt, strich er ein widerspenstiges graues Haar zurück und pflückte ein Staubkörnchen vom Revers seines Sakkos, ehe er in den Mercedes einstieg. Der Leibwächter setzte sich auf den Beifahrersitz, und der Wagen startete und fädelte sich in den fließenden Verkehr ein.

Wie üblich konnte er auf dem Rücksitz das aktuelle Programm der örtlichen Station des Fernsehsenders Unlimited News International verfolgen. Gerade lief der Vorspann der stündlichen Nachrichtensendung. Eine Folge von animierten Grafiken endete mit dem Slogan *You and I and UNI.* Wakefield drehte die Lautstärke herunter und schloss die schalldichte Trennscheibe, bevor er auf Guptas Vorwurf reagierte.

»Seit dem Angriff auf das Schiff sind erst achtundvierzig Stunden vergangen«, sagte Wakefield. Seiner Stimme war deutlich anzuhören, wie sehr er sich über Guptas Ungeduld ärgerte. »Alles, was wir bisher mit Sicherheit wissen, ist, dass eine Sprengladung den Kran zum Umkippen brachte, der die Satellitenschüssel zerstört hat. Außerdem hat Xavier Carlton sein eigenes weltweit vernetztes Nachrichten- und Medienunternehmen und konnte bisher ebenfalls nichts Konkretes ermitteln.«

»Aber nur deshalb, weil UNI wertvolle Zeit damit vergeudet, um über lächerliche Vorfälle wie den Stromausfall auf dieser Insel mitten im Nirgendwo zu berichten.«

»Ich weiß. Ich habe das Programm in diesem Augenblick vor mir auf dem Schirm. Es ist nun mal eine wichtige Nachricht, wenn auf einem der geheimsten militärischen Stützpunkte Amerikas plötzlich das Licht ausgeht. Und was mir daran nicht gefallen will, ist der Zeitpunkt. Erst recht nicht, wenn wir so dicht davorstehen, Colossus abzuschließen.« Während Wakefields Worten flimmerten Archiv- und Satellitenbilder von Diego Garcia über den Bildschirm und illustrierten den Bericht über den rätselhaften Blackout.

»Wollen Sie damit andeuten, dass zwischen beiden Ereignissen eine Verbindung besteht?«, fragte Gupta.

»Eben das müssen wir genau überprüfen, vor allem angesichts der nahezu gleichzeitig stattgefundenen Explosion von Malliks Rakete im Arabischen Meer. Irgendetwas ist da los.«

Gupta schwieg für einen Moment. »Denken Sie an einen Verräter im Kreis der Neun?«

»Wer sonst sollte auf die Idee kommen, die *Colossus 5* auf diese Weise lahmzulegen? Haben Sie selbst nicht auch einen Verdacht in dieser Richtung?«

»Den habe ich allerdings. Deshalb wurde ja auch das Treffen in zwei Tagen anberaumt. Wir müssen in Erfahrung bringen, wer hinter diesen Vorfällen steckt.«

»Und wie sollen wir dabei vorgehen?«, fragte Wakefield.

»Dazu kann ich mich zu diesem Zeitpunkt noch nicht äußern.«

»Wenn Sie glauben, dass diese verschlüsselte Verbindung nicht sicher ist, sollten wir überhaupt nicht miteinander telefonieren.« Dann erst begriff Wakefield, was sein Gesprächspartner meinte, und beugte sich vor. »Moment mal, glauben Sie etwa, dass *ich* der Verräter bin?«

»Immerhin haben Sie hinsichtlich unserer Pläne Bedenken angemeldet.«

»Jeder von uns hat zu irgendeinem Zeitpunkt die Rolle des Advocatus Diaboli übernommen – sogar Sie«, sagte Wakefield. »Und dennoch sind wir alle übereingekommen, dass es sowohl in unserem eigenen als auch im besten Interesse der Menschheit ist, den eingeschlagenen Weg weiter zu verfolgen. Abgesehen davon, wie kann ich eigentlich sicher sein, dass nicht Sie der Verräter sind?«

»Das können Sie nicht. Aber es gibt vielleicht einen Weg festzustellen, wer es ist.«

»Verraten Sie mir, wie.«

»Ich muss damit bis zu unserem Treffen warten«, sagte Gupta. »Bei dieser Gelegenheit können wir dann gemeinsam entscheiden, wie wir weiter verfahren.«

»Wir stehen so dicht vor unserem Ziel, Lionel«, sagte Wakefield, »wir können es uns nicht leisten, dass jemand kalte Füße bekommt.«

»Ich weiß. Das werden wir auch nicht. An der Verwirklichung dieses Ziels haben wir und unsere Vorfahren unser ganzes Leben lang gearbeitet.«

Gupta unterbrach die Verbindung, und Wakefield warf sein Telefon neben sich auf den Rücksitz. Seit er die Nachricht von der beschädigten *Colossus* erhalten hatte, hatte er kaum geschlafen. Glücklicherweise hatte der Sabotageakt das Schiff nicht vollständig zerstört, sonst wären sie auf ihrem Weg in eine bessere Zukunft um Jahre zurückgeworfen worden. Im Augenblick konnten sie nichts anderes tun, als das Schiff schnellstens zu reparieren und wieder einsatzfähig zu machen.

Er schloss die Augen und versuchte sich zu entspannen, während er zu seiner nächsten Verabredung unterwegs war. Er musste eingenickt sein, denn für einen kurzen Augenblick war er vollkommen desorientiert, als er mit Wucht nach vorne geworfen wurde. Er verzichtete regelmäßig darauf, einen Sicherheitsgurt anzulegen, weil er damit seinen Anzug zerknitterte, aber diesmal wünschte er sich, es lieber getan zu haben. Er glaubte, in seiner Nase ein Knirschen zu hören, als sie gegen die Trennscheibe prallte. Blut quoll heraus und tropfte von seinem Kinn herab.

Mit quietschenden Reifen kam der Maybach zum Stehen.

»Runter!«, brüllte sein Leibwächter.

Benommen, verwirrt und mit seinem eigenen Blut besudelt, ignorierte Wakefield die Anweisung. Stattdessen verfolgte er, wie der Kopf des Chauffeurs von einer Kugel zertrümmert wurde, die durch die angeblich schusssichere Windschutzscheibe drang. Der Mann sackte nach vorn auf das Lenkrad, während sein Oberkörper auf dem Knopf der Hupe landete, die nonstop zu heulen begann.

Sein Leibwächter wich mehreren der panzerbrechenden Projektile aus, die die Frontscheibe sauber perforierten, aber die Kugeln drangen nicht bis zu Wakefield durch. Sie wurden von der Trennscheibe gestoppt. Der Leibwächter stieß die Seitentür auf, rollte sich aus dem Wagen und erwiderte das Feuer, wurde jedoch augenblicklich durch drei Kugeln niedergestreckt, die in seinen Oberkörper eindrangen und ihn herumwarfen wie eine Stoffpuppe, ehe er reglos auf dem Asphalt liegen blieb.

Drei Männer mit schwarzen Sturmhauben auf den Köpfen näherten sich dem Wagen. Einer von ihnen hatte einen schweren Bohrer in der Hand, die anderen waren mit Maschinenpistolen bewaffnet.

Wakefield war in heller Panik und vergewisserte sich, dass beide Türen verriegelt waren. Er war kein Kämpfer und führte keine Waffe bei sich, daher griff er nach seinem Telefon. Es lag jedoch nicht mehr auf dem Rücksitz, wo er es deponiert hatte, und so tauchte er ab und tastete suchend auf dem Wagenboden herum.

Als er es fand, verriet ein metallisches Knirschen, dass der Mann mit dem Bohrer bereits dabei war, das Türschloss zu zerstören.

Wakefield wählte 900, die überall in Australien gültige Notrufnummer. »Kommt schon, meldet euch«, murmelte er gehetzt, während das Rufzeichen ertönte.

Außerdem konnte er hören, wie sich die Männer draußen mit lauten Rufen in einer Art Hindidialekt untereinander verständigten.

Im Telefon klickte es, und Wakefield hörte jemanden sagen: »Ärztliche Notfallzentrale. Aus welcher Stadt oder welchem Vorort kommt der Notruf?«

»Keine Ahnung«, antwortete Wakefield und bemühte sich um einen ruhigen Tonfall. Er wusste, dass sein Hilferuf irgendwann im Verlauf einer Nachrichtensendung in Rundfunk oder Fernsehen gesendet würde. »Ich befinde mich irgendwo in der Innenstadt von Sydney. Männer haben meinen Fahrer und meinen Leibwächter erschossen und versuchen in diesem Augenblick, meinen Wagen aufzubrechen.«

Wakefield identifizierte am anderen Ende das gedämpfte Klappern einer Computertastatur. »Wir haben Ihre Position bestimmt, Sir, und die Polizei wurde alarmiert. Wie lautet Ihr Name?«

»Ich heiße Jason …«

Die Tür wurde aufgerissen, und eine massige Hand griff ins Wageninnere und legte sich um seinen Arm. Er wurde herausgezogen, und das Telefon wurde ihm aus der Hand geangelt. Der maskierte Mann mit der Maschinenpistole warf es aufs Straßenpflaster und zerstampfte es mit einem Fuß.

Anscheinend war er der Anführer des Trios, denn er nickte in Richtung eines weißen Kastenwagens und gab den beiden Männern, die Wakefield in die Mitte genommen hatten, im Befehlston knappe Anweisungen.

Wakefield versuchte sich gegen sie zu wehren, aber der Anführer verpasste ihm eine Ohrfeige. Seine Hand traf die lädierte Nase, und ein rasender Schmerz explodierte in Wakefields Kopf. Seine Knie gaben nach, während sie ihn die Straße hinunterschleiften.

Der maskierte Mann zog die Schiebetür des Kastenwagens auf. Wakefield wusste, dass er kämpfen musste, um nicht in den Transporter verfrachtet zu werden – schließlich hatte er im Verlauf eines speziellen Trainings gelernt, wie er sich im Fall einer versuchten Entführung zu verhalten hatte. Aber er war angeschlagen und nahezu blind vor Schmerzen. Von wirkungsvoller Gegenwehr konnte keine Rede sein.

Seine Peiniger machten Anstalten, ihn in den Kastenwagen zu verfrachten, als Wakefield einen lauten Knall hörte. Blut spritzte auf die glänzende weiß lackierte Karosserie des Kleinlasters. Zuerst glaubte er, dass sie auf ihn geschossen hatten und er den Schmerz nicht spürte, weil er unter Schock stand.

Dann sah er die weit aufgerissenen Augen des Anführers der Maskierten. In seiner Brust klaffte ein großes Loch.

Während der Mann zusammenbrach, erklangen zwei weitere Schüsse, und seine Komplizen ließen ihren Gefangenen los und sackten in die Knie.

Wakefield rollte sich schwerfällig auf die Seite und erwartete, ebenfalls erschossen zu werden. Er sah einen anderen Mann auf sich zukommen, der fast genauso elegant gekleidet war wie er selbst, in der Hand eine Pistole, die auf den Boden gerichtet war. Er bückte sich, um den Zustand der drei Maskierten zu überprüfen.

Als er sich wieder aufrichtete, meinte er lapidar: »Sie sind tot.«

»Wer sind Sie?«, fragte Wakefield.

»Asad Torkan«, antwortete sein Retter. »Romir Mallik bat mich, Sie ein wenig im Auge zu behalten. Aus gutem Grund, wie man sieht.«

»Mallik hat Sie geschickt?«

»Er meint, dass unter den Neun Namenlosen ein Verräter ist. Kommen Sie. Wir müssen von hier verschwinden – für den Fall, dass sie Verstärkung mitgebracht haben.«

Torkan reichte ihm ein Taschentuch, dann geleitete er ihn zu seinem silbermetallic lackierten BMW. Er half Wakefield, sich auf den Beifahrersitz zu schlängeln. Dann ging er um den Wagen herum und schwang sich hinters Lenkrad. Sofort legte Torkan den Gang ein und verließ den Schauplatz der versuchten Entführung mit durchdrehenden Reifen. In der Ferne war anschwellendes Sirenengeheul zu hören, das schnell näher kam.

Wakefield lehnte den Kopf zurück und drückte das Taschentuch behutsam auf seine Nase. »Wissen Sie, von wem der Befehl kam, mich zu entführen?«

»Das könnte jeder gewesen sein«, sagte Torkan und tippte mit dem Daumen eine Nummer in sein Smartphone.

»Weshalb sollte jemand so etwas tun wollen?«

Anstatt diese Frage zu beantworten, sprach Torkan in sein Telefon.

»Mr. Mallik, es hat einen Zwischenfall gegeben«, sagte er. »Jemand versuchte, Jason Wakefield zu entführen… Ja, es geht ihm gut… Danke, Sir. Ich habe nur meinen Job gemacht.« Er wandte sich um und lächelte Wakefield an. »Aber wenn es Sie und Ihre Voraussicht nicht gäbe, wäre Mr. Wakefield jetzt so gut wie tot.«

13

INDISCHER OZEAN

Einen Tag nach dem Raketenangriff erreichte die *USS Gridley* die Position der *Oregon* und der *Triton Star*. Ein Team von Spezialisten für gefährliche Kampfstoffe hatte sofort mit der Suche nach verwertbaren Spuren auf dem kontaminierten Schiff begonnen, und die gesamte Mannschaft war den CIA-Agenten auf dem Zerstörer zwecks intensiver Befragung übergeben worden.

Juan Cabrillo saß neben Max Hanley in einem der beiden Rettungsschnellboote der *Oregon*. Eine mattorangefarben leuchtende Sonne sank einem wolkenlosen Horizont entgegen. Max bediente das Ruder und lenkte das Boot von der *Gridley* weg, nachdem Juan einen ganzen Tag lang dem auf das Schiff abkommandierten CIA-Team auf Fragen zu den jüngsten Ereignissen Rede und Antwort gestanden hatte. Um die *Oregon* vor den neugierigen Blicken der Zerstörermannschaft zu verbergen, hielt sie einen Abstand von zehn Meilen zur *Gridley*, während ihre eigene Mannschaft den Farbanstrich erneuerte und ihr Profil dergestalt veränderte, dass niemand auf der *Triton Star* sie wiedererkennen würde, sobald sie in Sicht käme.

Max schüttelte ungläubig den Kopf, als Juan ihm von dem B-1B-Bomber berichtete, der neben der Rollbahn auf Diego Garcia mit der Nase in der Brandung am Strand lag.

»Diese Jungs hatten ein sagenhaftes Glück, dass sie alle

eine solche Bruchlandung überlebt haben«, sagte er mit einem Ausdruck ungläubigen Staunens.

»Ich finde, es klingt, als hätten sie einen besonders guten Piloten im Cockpit gehabt«, erwiderte Juan. »Immerhin konnte er die Maschine nur noch mit Hilfe ihrer Hydraulik in der Luft halten und halbwegs kontrolliert auf festen Boden herunterbringen.«

»Gibt es schon irgendwelche Erkenntnisse darüber, wie und weshalb die Computer plötzlich ausgefallen sind?«

Juan schüttelte den Kopf. »Aber sie nehmen nach und nach ganz von alleine wieder den Dienst auf. Sie wurden nicht irreparabel beschädigt. Den Technikern auf der Insel zufolge sah es so aus, als ob sie kurzzeitig gestört worden seien. Wenn ich es richtig verstanden habe, ist offenbar der Elektronenfluss in den Transistoren unterbrochen worden. Die grundlegenden elektrischen Funktionen wurden nicht in Mitleidenschaft gezogen, lediglich einige Chips haben gestreikt. Dieser Zustand endete, eine Minute bevor die Rakete die Insel erreichte, was als Erklärung dafür dienen könnte, dass die Rakete selbst nicht ebenfalls lahmgelegt wurde. Mittlerweile arbeiten sämtliche Computer auf der Insel und auf den Schiffen im Hafen wieder störungsfrei.« Dann, während er sich halb umdrehte, fügte Juan hinzu: »Vielleicht finden Eric und Murph eine einleuchtende Erklärung.« Die beiden technischen Genies in Cabrillos Schiffscrew hatten vor ihrer Rückkehr zur *Oregon* an den Gesprächen mit den CIA-Vertretern teilgenommen.

»Wie auch immer die Waffe gewirkt haben mag«, sagte Max, »sie hätte die *Oregon* empfindlich treffen können. Alles an Bord ist computergesteuert. Wir wären vollkommen manövrierunfähig gewesen und hätten wie eine tote Ente im Teich gelegen.«

»Das ist mir auch schon durch den Kopf gegangen. Nimm dir die Zeit, um zu überlegen, wie wir unsere Einsatzfähigkeit erhalten können, wenn unsere Computer den Geist aufgeben.«

»Das steht auf meiner Tagesordnung bereits ganz oben. Da wir für Taos Mannschaft nicht mehr Babysitter spielen müssen, habe ich nun mehr Zeit, um mich ausgiebig mit diesem Punkt zu beschäftigen.«

»Die sind jetzt ein Problem der CIA«, sagte Juan, »wie auch die *Triton Star*.«

»Wissen wir etwas über die Herkunft der Rakete?«

»Die CIA nimmt an, dass sie in Einzelteile zerlegt nach Mozambique transportiert wurde. Was in dem Container mit der Aufschrift FARM MACHINERY gefunden wurde, ließ daran keinen Zweifel. Die Seriennummer der Raketenabschussvorrichtung konnte mit einer Rakete in Verbindung gebracht werden, die vermutlich von den Pakistanis gestohlen wurde, aber dafür fehlt bisher jede Bestätigung. Vorläufig stecken die Ermittlungen in dieser Richtung in einer Sackgasse.«

»Damit stehen wir praktisch wieder am Anfang«, sagte Max. »Hat die CIA schon irgendwelche Theorien entwickelt, wer hinter dieser Geschichte stecken könnte?«

»Zum einen haben sie die Iraner im Visier – wegen der Beteiligung Rasuls, dessen vollständigen Namen wir noch immer nicht kennen –, zum anderen die Pakistanis. Sie vermuten entweder ein iranisches Komplott, um die Insel mitsamt der Militärbasis zu zerstören, oder eine Aktion islamischer Terroristen mit dem Ziel, Amerika zu schwächen und weitere Bombenangriffe auf Afghanistan zu verhindern.«

»Aber warum haben sie denn versucht, den Verdacht auf die Mannschaft der *Triton Star* zu lenken? Wären wir nicht an Ort und Stelle gewesen, hätte es ausgesehen, als ob sie die Rakete abgeschossen und anschließend durch einen Unfall oder eine Selbstmordaktion den Tod gefunden hätten.«

»Ich bin ganz deiner Meinung«, sagte Juan. »Außerdem hat bisher noch niemand die Urheberschaft für diesen Angriff für sich beansprucht.«

»Dem größten Teil der Welt ist noch nicht einmal bekannt, dass ein solcher Angriff überhaupt stattgefunden hat. Ich habe die wichtigsten Nachrichtenprogramme verfolgt, und in sämtlichen Meldungen ist davon die Rede, dass es auf der Insel während routinemäßiger Wartungsarbeiten im Kraftwerk zu einem kurzen Stromausfall kam.«

»Das Militär hat sämtliche Zugriffe auf die sozialen Medien, die Telefondienste und das Internet von Diego Garcia aus unterbunden, um den wahren Sachverhalt geheim zu halten. Die Leute, die diesen Angriff organisierten, könnten fast glauben, dass ihre Mission erfolgreich verlaufen sei.«

»Hältst du die CIA-Version für möglich?«, wollte Max Hanley wissen.

»Ich glaube nicht, dass die Iraner dahinterstecken«, erwiderte Juan. »Wenn wir eindeutige Beweise fänden, dass sie für den Zwischenfall verantwortlich waren, würden sie einen Krieg mit den Vereinigten Staaten riskieren.«

»Wie steht es mit Terroristen? Ich denke an ISIS und al-Qaida.«

»Wenn es eine solche Gruppe gewesen wäre, hätte sie sich an jeden noch so unbedeutenden Nachrichtendienst auf der Welt gewandt und damit geprahlt, dem großen, mächtigen Amerika eine empfindliche Niederlage beigebracht zu haben. Nein, ich glaube, dass etwas ganz anderes im Gange ist. Möglicherweise war es eine Art Test.«

Max sah Juan stirnrunzelnd an. »Glaubst du etwa, das Ganze wurde nur deshalb inszeniert, um festzustellen, ob ihre Pseudo-EMP-Waffe funktioniert?«

Juan hielt eine Hand hoch und zählte seine Argumente an den Fingern ab. »Wir haben eine abgelegene Militärbasis. Wir haben ein empfindliches Ziel von hoher strategischer Bedeutung. Vermutlich war es gegen einen solchen Angriff besonders abgesichert. Jemand hat einen Riesenaufwand getrieben, um diese Operation erfolgreich durchzuführen. Das Einzige, wofür ich keine halbwegs logische Begründung finden kann, ist der Zeitpunkt des Angriffs.«

»Der erscheint tatsächlich seltsam«, pflichtete Max Hanley ihm bei. »Sie hätten die Rakete doch starten können, lange bevor wir die *Triton Star* abgefangen haben.«

»Was mich zu der Schlussfolgerung bringt, dass Camp Thunder Cove nicht das ursprüngliche Ziel war. Es muss ein reiner Zufall gewesen sein, dass wir gerade zur Verfügung standen, um die *Triton Star* zu stoppen. Wir wissen immerhin, dass Rasuls geheimnisvoller Kontakt ihm die Koordinaten von Diego Garcia übermittelt hat, nachdem wir das Schiff geentert hatten.«

»Damit steht die Frage im Raum: Was war das ursprüngliche Ziel?«

»Keine Ahnung. Tao erwähnte, dass Rasuls Container an einen Ort namens Jhootha Island transportiert werden sollten. Aber wenn er die Rakete aus einem dieser Container abfeuern und danach die Mannschaft töten wollte, weshalb sollte das Schiff dann noch Kurs auf diese Insel nehmen?«

»Vielleicht wollte er die Rakete von Jhootha Island aus starten.«

»Das wäre eine Möglichkeit.«

»Was ist das für eine Insel? Was gibt es dort?«

»Und was befindet sich in der Nähe? Ich habe Eric und Murph gebeten, diesen Fragen auf den Grund zu gehen. Aber ich denke, wir sollten Kurs auf die Insel nehmen und uns an Ort und Stelle einen genauen Eindruck verschaffen.«

Max schüttelte den Kopf. »Ich finde, das klingt wie ein Schuss in den Ofen.«

»Die CIA war der gleichen Meinung. Hast du noch irgendwelche anderen zündenden Ideen? Ich bin ganz Ohr.«

»Das war keine Kritik«, sagte Max lächelnd. »Deine Ofenschüsse entpuppen sich in den meisten Fällen als echte Volltreffer.«

Als sie sich wieder an Bord der *Oregon* befanden, suchten Max und Juan sofort das Operationszentrum auf, wo Eric und Murph eine hitzige Diskussion führten.

»Was sollten sie ausgerechnet dort zu suchen haben?«, fragte Murph hörbar genervt. »Das ergibt keinen Sinn.«

»Woher soll ich das wissen?«, schoss Eric zurück. »Aber wie Tao ausdrücklich sagte, dorthin waren sie unterwegs.«

»Okay, Freunde«, sagte Juan, während er und Max das Zentrum durchquerten. »Ihr könnt eure Differenzen später in einem eurer Videoduelle beilegen. Geht es um eine bestimmte Insel, über die wir Informationen zusammentragen sollten?«

Eric Stone nickte. »Wir haben Jhootha Island gefunden.«

»Aber es ist höchst unwahrscheinlich, dass ein Schiff von der Größe der *Triton Star* sie regelmäßig anlaufen sollte, um einen Container abzuladen«, sagte Murph.

»Weshalb?«, fragte Juan.

Eric rief auf dem Hauptbildschirm ein Satellitenbild von der Insel auf. Sie war fast kreisrund, mit breiten Sandstränden gesäumt und mit dichtem tropischem Urwald bedeckt. Von Straßen oder menschlichen Ansiedlungen keine Spur.

»Das ist Jhootha Island oder North Sentinel Island – Ersterer ist ihr indischer Name –, zweihundert Meilen von der Westküste Indiens entfernt«, erläuterte Eric. »Auf abendländischen Karten hat sie den Namen Killington Island – nach ihrem Entdecker. Wie man sehen kann, ist sie von Atollen umgeben, und es gibt keine natürlichen Häfen oder Buchten, die einer Jacht ausreichenden Platz bieten würden geschweige denn einem auch nur durchschnittlich großen Containerschiff. Nirgendwo ist so etwas Ähnliches wie eine Kaianlage oder ein Pier zu erkennen.«

»Möglicherweise hat Tao die Container geleert und deren Inhalt auf eine Barkasse umgeladen«, sagte Juan. »Ein kleines Boot hätte keine Probleme, die Insel zu erreichen und an ihrem Strand zu landen.«

»Wenn es so wäre«, sagte Murph, »wüsste ich jedoch keinen Grund, weshalb sie so etwas tun sollten. Jedenfalls nicht, wenn sie damit rechnen müssten, in dem Moment getötet zu werden, wenn sie auch nur einen Fuß auf die Insel setzen.«

»Warum?«, fragte Max. »Wimmelt es dort etwa von Giftschlangen wie auf der Insel Queimada Grande vor der brasilianischen Südostküste?«

Eric schüttelte den Kopf. »Sie ist die Heimat eines Eingeborenenstamms, der vollständig von der modernen Welt abgeschnitten ist und jeden, der die Insel betritt, als feindlichen Eindringling betrachtet.«

»Killington ist dort seinerzeit rein zufällig gelandet und

hat dafür einen Speer in den Bauch bekommen«, sagte Murph. »Aber man benannte die Insel nach ihm, was eigentlich eine nette Geste ist und ihn getröstet haben dürfte, wenn er es erlebt hätte.«

»Wir wussten, dass die Triton Star zu einer Insel namens J Island unterwegs war, weil wir entsprechende Hinweise im Schiffscomputer gefunden haben«, sagte Juan. »Dann nannte uns Tao den vollständigen Namen – Jhootha Island –, ohne von uns dazu gedrängt worden zu sein. Er hatte keinen Grund, uns zu belügen und einen falschen Namen zu nennen, daher neige ich dazu, ihm zu glauben, dass die Insel das Ziel des Frachters war.«

»Ein äußerst seltsames Ziel«, bemerkte Murph. »Die indische Regierung hat Jhootha Island für jeglichen Publikumsverkehr gesperrt. Niemand darf sie ohne amtliche Genehmigung betreten.«

»Was mich erst recht neugierig macht. Damit ist es entschieden. Wir schauen uns dort um«, sagte Juan, während er sich in seinen Kommandosessel sinken ließ. »Natürlich heimlich. Eric, berechnen Sie einen entsprechenden Kurs.«

»Aye, Chairman«, sagte Eric Stone und nahm seinen Platz am Ruder ein.

»Die *National-Geographic*-Typen werden sich vor Neid in den Hintern beißen«, sagte Murph feixend.

»Weshalb? Haben Sie etwa vor, Fotos von den Inselbewohnern zu verkaufen?«, fragte Juan nicht ganz ernsthaft.

»Wenn ich es täte, würde das Magazin wahrscheinlich jeden geforderten Preis zahlen. Laut den Informationen der indischen Regierung ist es mittlerweile schon vierzig Jahre her, dass jemand von einem Besuch auf der Insel lebendig zurückkehrte.«

14

LONDON

Von den Neun Namenlosen war Xavier Carlton der bei Weitem reichste. Sie alle besaßen Privatjets, aber er war Einzige, der über einen eigenen Airbus A380 Großraum-Airliner verfügte. Tatsächlich war es schon sein zweiter. Der erste war achtzehn Monate zuvor verschwunden und trotz intensiver Suche nicht gefunden worden. Lediglich einige wenige Wrackteile waren an den Küsten von Oman und Jemen angeschwemmt worden. Die Versicherungsgesellschaft hatte die Auszahlung der Schadenssumme mit immer neuen Einwänden zu verzögern gewusst, aber er brauchte ihr Geld nicht, um die Maschine zu ersetzen. Er hätte sich gleich fünf der luxuriösen maßgeschneiderten Flugzeuge kaufen können, ohne sein Bankkonto über Gebühr belasten zu müssen.

Als Nachfahren der ursprünglichen Neun Namenlosen, denen das gesammelte Wissen über Manipulation und Beeinflussung anvertraut worden war, hatten Carltons Ahnen in die bedeutendsten europäischen Zeitungsverlage investiert. Mit diesem Kapital als Basis hatte sich seine Familie in anderen Medienbereichen wie Rundfunk und Fernsehen betätigt und schließlich die Möglichkeiten des Internets genutzt, um auf dem Nachrichten- und Unterhaltungsmarkt eine beherrschende Rolle einzunehmen.

Mittlerweile war Unlimited News International, kurz

UNI, einer der einflussreichsten und weitreichendsten Medienkonzerne der Welt. Trotzdem hatten dessen Möglichkeiten Carlton nicht geholfen, den Sabotageakt mit einem der anderen Neun in Verbindung zu bringen.

Die jüngsten Prognosen, was die Dauer der Reparaturen auf der *Colossus 5* betraf, beliefen sich auf den Zeitraum von einer weiteren Woche. Die Satellitenschüssel war vollständig zerstört worden, aber Carlton fand ein identisches Modell, das für eine Internetfirma in Sao Paulo bestimmt war, und erwarb sie für das Dreifache des aktuellen Preises. Sie war gerade auf dem Transportweg, um so schnell wie möglich auf dem Schiff installiert zu werden.

All das wäre gewiss eine gute Nachricht für das Treffen der Neun gewesen, das für den Vormittag des folgenden Tages in Indien angesetzt war. Es wäre die erste Zusammenkunft nach mehr als einem Jahr, an dem sie vollzählig teilnehmen würden. Carlton befand sich bereits in seinem Flugzeug, das auf der Rollbahn in Heathrow bereitstand und auf die Startfreigabe für den Flug nach Mumbai wartete. Was fehlte, war nur noch der Gast, der ihn auf dieser Reise begleiten sollte.

Carlton saß in seinem privaten Büro im Hauptdeck und ging seine Tagesordnungspunkte für die bevorstehende Versammlung durch, als an die Tür geklopft wurde.

»Herein«, sagte er.

Seine persönliche Assistentin, Natalie Taylor, kam ins Zimmer, in den Händen ein vergoldetes Tablett mit einer Teekanne und Tassen. Sie trug eine lange Hose und einen Blazer. Ihre blonde mittellange Frisur berührte kaum ihre Schultern. Sie stellte das Tablett auf den Schreibtisch und sagte: »Mr. Guptas Maschine ist soeben gelandet, er müsste jeden Moment hier sein.«

»Führen Sie ihn herein, sobald er eintrifft.«

Natalie Taylor nickte und verließ das Büro.

Carlton lehnte sich zum Fenster und sah ein schwarzes SUV vor der Gangway anhalten. Ein fettleibiger Mann in den Fünfzigern wälzte sich schwerfällig durch die hintere Wagentür aus dem Fond des Geländefahrzeugs. Carlton schüttelte den Kopf, als er sah, wie sehr Gupta sich hatte gehen lassen. Von Carlton, mit achtundvierzig Jahren drahtig und in Topform, war bekannt, dass er sich einem umfangreichen Fitnesstraining unterzog. Er hatte sich sogar einen Gymnastikraum an Bord seines Jets einbauen lassen, um auch auf Reisen nicht auf sein regelmäßiges Work-out verzichten zu müssen.

Eine Minute später öffnete Natalie Taylor die Tür, und Gupta kam ins Büro. Nach dem Aufstieg über die Treppe schnaufte er wie ein altersschwaches Walross. Natalie Taylor, die noch besser in Form war als ihr Chef, verzog das Gesicht zu einem herablassend amüsierten Grinsen, enthielt sich jedoch jeglichen Kommentars. Carlton erhob sich, um Gupta die Hand zu schütteln, und lud ihn mit einer Handbewegung ein, Platz zu nehmen, was Gupta mit einem dankbaren Kopfnicken tat.

»Tee?«, fragte Carlton.

Gupta nickte abermals. »Mit Milch und drei Würfeln Zucker.«

Taylor füllte zwei Tassen aus der Teekanne und ließ die beiden Männer dann allein.

»Die Medienwelt hat es mit Ihnen schon immer besonders gut gemeint«, stellte Gupta fest, während er an seiner Teetasse nippte und den Blick über die gediegenen Möbel gleiten ließ, von denen viele mit üppigen goldenen Verzierungen versehen waren. Die Polsterbezüge waren aus edelster Seide geschneidert, und die teilweise handgeschnitzte Büroeinrichtung aus indonesischem Teakholz erschien als das Werk eines wahren Künstlers.

»Kommen wir zum Geschäftlichen«, sagte Carlton und trank einen Schluck Tee aus seiner Tasse. »Wir beide hatten einen privilegierten Start ins Leben und haben daraus ein Riesenvermögen erwirtschaftet. Sie besäßen jetzt keinen der bedeutendsten Technologiekonzerne auf dem Planeten, wenn Sie nicht zu den Neun Namenlosen gehört hätten, und ich wäre auch nicht in der Position, in der ich mich zurzeit befinde.«

Gupta zuckte die Achseln. »Schön, wir haben beide Glück gehabt. Ich wüsste nicht, weshalb ich mich dafür entschuldigen sollte.«

»Davon kann auch keine Rede sein. Aber wir haben doch die Verpflichtung, diesen Reichtum für etwas einzusetzen, ihn für ein Ziel arbeiten zu lassen.«

»Genau meine Meinung. Deshalb haben wir uns auch zu dieser Colossus-Initiative zusammengeschlossen.«

»Möglicherweise ist aber nicht jeder damit einverstanden«, sagte Carlton. »Die versuchte Entführung Jason Wakefields gibt Anlass zur Sorge.«

Gupta stellte seine Teetasse ab. »Er kann von Glück reden, dass er den Vorfall lebend überstanden hat. Ist nach wie vor damit zu rechnen, dass er morgen an unserem Treffen teilnehmen wird?«

»Soweit ich weiß ja. Aber bis dahin hält er sich versteckt und lässt sich nirgendwo blicken.«

»Vielleicht sollten wir seinem Beispiel folgen.«

»In meinem Flugzeug sind Sie sicher. Es verfügt über das Modernste an Abwehrtechnik, was auf dem Markt zu finden ist. Außerdem werde ich auf meinen Reisen stets von einem Trupp ehemaliger Angehöriger der Special Forces begleitet.«

»Nur zu schade, dass all diese Schutzmaßnahmen nicht ausgereicht haben, um Ihren Sohn zu retten. Noch einmal mein aufrichtiges Beileid.«

Carlton presste bei Guptas hohler Bekundung seines Mitgefühls die Lippen aufeinander. »Es war ein notwendiges Opfer. Ich hatte gehofft, dass er sich ändern und seiner zügellosen Verschwendungssucht abschwören und meinen Platz im Kreis der Neun Namenlosen übernehmen würde, aber das hatte nun einmal nicht sein sollen. Allerdings habe ich noch vier weitere Söhne, unter denen ich mir meinen Nachfolger aussuchen kann.«

Gupta brachte ein verkniffenes Lächeln zustande. »Natürlich.« Er hielt für einen kurzen Moment inne, dann sagte er: »Sie machen sich offenbar keine großen Sorgen wegen Wakefields Abenteuer in Sydney.«

»Warum sollte ich?« Carlton beugte sich über den Tisch und musterte Gupta eindringlich. »Könnte es sein, dass Sie dahintergesteckt haben?«

»Ganz sicher nicht! Beschuldigen Sie mich etwa …«

Carlton lächelte entwaffnend und winkte mit einer Hand lässig ab. »Entspannen Sie sich. Ich weiß, dass Sie es nicht waren.«

»Woher?«

»Weil ich weiß, wer es gewesen ist… Wissen Sie es auch?«

»Ich hatte bis zum gestrigen Tag Wakefield hinter dem Sabotageattentat auf die *Colossus 5* vermutet. Mehr noch, ich hatte sogar kurz vor dem Überfall auf ihn mit ihm gesprochen – in der Hoffnung, ihn bei einer Lüge zu ertappen. Nun aber kennen Sie die Antworten auf alle Fragen. Wer war oder ist es?«

»Romir Mallik.«

Gupta ließ sich ruckartig zurücksinken, als hätte er

einen Schlag ins Gesicht erhalten. »Mallik? Aber er hat sich doch stets ganz besonders für das Colossus-Projekt begeistert. Wie sicher sind Sie sich?«

»Sicher genug, um vor zwei Tagen eine seiner beiden Trägerraketen direkt nach dem Start zu zerstören, und zwar mitsamt dem von ihr transportierten Satelliten.«

»Was haben Sie getan?«, rief Gupta mit weit aufgerissenen Augen. »Sind Sie verrückt?«

»Ganz und gar nicht.« Carlton stemmte sich aus seinem Sessel hoch und ging zur Tür. »Kommen Sie. Begleiten Sie mich.«

Gupta folgte ihm aus dem Büro hinaus in einen schmalen Korridor. Sie passierten einen Konferenzsaal, gelangten in einen höher gelegenen Salon und stiegen eine breite Treppe zu einem zweiten Salon hinauf, in dessen Mitte ein Stutzflügel stand.

Sie gingen an vier geräumigen Kabinen vorbei, von denen eine Gupta bewohnte. Im Heckabschnitt der Maschine befand sich ein dritter Salon. Dort waren Ledersessel auf drei flachen Stufen aufgereiht, hinter denen sich eine Wendeltreppe in die Höhe schraubte. Eine Tür hinter dieser Treppe trennte diesen Raum von den Mannschaftsquartieren und dem Küchenbereich. Die Wände waren mit einer Kollektion antiker Waffen dekoriert, die von Krummsäbeln und Speeren bis hin zu Armbrüsten und Wurfsternen so gut wie alles enthielt, um einen Gegner im Zweikampf zu bezwingen.

Gupta betrachtete die Waffen eingehend.

»Ich glaube, ich würde mich im Fall eines Streits nur sehr ungern in diesem Raum aufhalten«, stellte er fest.

»Alles ist sicher und unverrückbar an der Wand befestigt«, beruhigte Carlton seinen Gast. »Soweit ich weiß, begeistern Sie sich ebenso für alte Waffen wie ich.«

Gupta nickte. »Aber meine Vorlieben bewegen sich eher in Richtung Schusswaffen.«

Carlton zuckte die Achseln. »An solche Sammlerstücke heranzukommen ist in England nicht ganz einfach.«

Guptas Interesse galt einer mit einer Schneide versehenen Waffe, deren Form einem Et-Zeichen ähnelte, mit einem kurzen Dorn dicht über dem Griff an dem einen und einer zweiköpfigen Axt am anderen Ende, die aus einer scharfen Klinge auf einer Seite und einem gefährlich gekrümmten Haken auf der anderen Seite bestand.

»So etwas habe ich noch nie zuvor gesehen«, gestand Gupta. »Wie wird das genannt?«

»Das ist ein Hunga Munga, ein Wurfeisen, wie es von afrikanischen Eingeborenenstämmen benutzt wurde. Als Angriffswaffe im Zweikampf gegen einen Gegner eingesetzt, entfaltet es, von einem erfahrenen Werfer angewendet, eine erheblich tödlichere Wirkung.« Carlton deutete auf einen der Sessel. »Bitte, setzen Sie sich.«

Während Lionel Gupta in einem Sessel Platz nahm, drückte Carlton auf einen Knopf in der Wand, woraufhin ein großflächiger Monitorschirm von der Decke herabsank. »Sollen wir uns jetzt etwa einen Film ansehen?«, fragte Gupta ungehalten, während er einen prüfenden Blick auf das Display seines Telefons warf. »Was hat das mit Romir Mallik zu tun?«

Carlton verdrehte die Augen. »Ich garantiere Ihnen, dass Sie das, was Sie gleich zu sehen bekommen, sehr interessant finden werden.«

Gupta ließ das Telefon in eine Tasche seines Anzugjacketts gleiten und verschränkte die Arme vor der Brust. Offenbar hatte sich der durch Carltons Anschuldigung ausgelöste Schock verflüchtigt und einer Haltung misstrauischer Skepsis Platz gemacht.

»Ist es möglicherweise ein Video von der Raketenexplosion? Denn das kenne ich bereits. Ihre Sender bringen es seit dem Fehlstart praktisch in einer Endlosschleife.«

»Nein«, sagte Carlton. »Aber ich habe einen Maulwurf innerhalb seines Satellitenprogramms. Auf diese Weise war es mir möglich, die Rakete zu zerstören.«

»Sie haben einen Maulwurf?«, fragte Gupta. »Weshalb machen Sie sich solche Umstände?«

»Seit Monaten muss ich immer wieder neue Rückschläge im Verlauf des Colossus-Programms hinnehmen. Ich denke an Programmierungsfehler, Produktionsausfälle und alle möglichen Verzögerungen in den zeitlichen Abläufen. Nichts, was man einzeln betrachtet als gezielte Sabotage identifizieren würde. Nimmt man jedoch alles zusammen, lässt sich aus all diesen kleinen Problemen eine klar erkennbare Taktik ablesen. Jemand hält die Entwicklung unseres Projekts gezielt auf.«

»Warum haben Sie das nicht während einer Zusammenkunft aller Neun Namenlosen zur Sprache gebracht?«

»Weil ich nicht wusste, wem ich trauen konnte. Jeder von Ihnen hätte hinter dem Sabotageakt stecken können.«

»Und woher wissen Sie, dass dies nicht nur die ganz normalen Probleme sind, wie sie bei jedem umfangreichen technischen Projekt bewältigt werden müssen?«

»Weil ich Colossus gefragt habe. Laut ihren Berechnungen besteht eine sechsundneunzigprozentige Wahrscheinlichkeit, dass sämtliche kleinen Probleme mit voller Absicht ausgelöst wurden.«

Guptas Augen wurden tellergroß. »Das kann ich nicht glauben!«

»Sie können es selbst überprüfen. Sie werden die gleichen Antworten erhalten.«

»Das werde ich tun, wenn wir hier fertig sind. Wurde auch Mallik als Schuldiger genannt?«

»Nein, das konnte Colossus nicht wissen. Und ich konnte mir bis zu dem Attentat auf *Colossus 5* auch nicht sicher sein. Aber als das geschah, wusste ich, dass ich richtiglag und etwas unternehmen musste, um Mallik zum Geschädigten seiner eigenen Aktivitäten zu machen.«

»Aber das beweist noch immer nicht, dass er tatsächlich für alles verantwortlich ist«, protestierte Gupta.

»Doch, das tut es«, widersprach Carlton.

Er zog eine Fernbedienung aus der Hosentasche und startete das Video.

Das lautlose Bild zeigte die *Colossus 5* im Hintergrund, in nächtlicher Festbeleuchtung, im Dock der Moretti-Navi-Werft, die Daniel Saidon gehörte, einem Mitglied der Neun Namenlosen. Im Vordergrund ragte ein Kran in den Nachthimmel, und ein Mann stieg gerade die Leiter herab. Sein Gesicht war aufgrund der großen Entfernung nicht deutlich zu erkennen. Als er das Ende der Leiter erreichte, wurde er von zwei Werftarbeitern angehalten, die lebhaft auf ihn einredeten. Plötzlich wandte sich einer von ihnen um und rannte zum Kran, während die beiden anderen Männer die Unterhaltung fortsetzten.

Nur wenige Sekunden später zuckte ein Blitz, und der Kran kippte um und stürzte auf die *Colossus 5*. Dann brach der Werftarbeiter, der den Fremden angesprochen hatte, zusammen. Der Mann machte kehrt und versteckte eine Pistole unter seinem Arbeitsanzug. Er schaute sich prüfend um und verschwand außer Sicht.

Dann wechselte die Perspektive, und das Bild einer anderen Kamera wurde übertragen. Erneut war das Schiff im Hintergrund zu erkennen, Männer rannten im Vordergrund herum und gestikulierten hektisch mit den Armen. Danach wurde die Sicht für einen kurzen Moment verdeckt, als jemand dicht an der Kamera vorbeiging und ihre Optik verdeckte.

»Bemerkenswert, dass dies der einzige unverstellte Blick auf den Saboteur gewesen sein soll«, stellte Carlton verärgert fest.

Er ließ das Video rückwärtslaufen und betätigte die Pause-Taste, als sich der Mann genau vor der Kamera befand. Sein Gesicht war verschwommen, aber trotzdem einigermaßen deutlich zu erkennen.

Gupta beugte sich vor und starrte verblüfft auf den Bildschirm. »Das ist Asad Torkan.« Er wandte sich zu Carlton um. »Woher haben Sie das? Haben Sie etwa mit einem solchen Angriff auf das Schiff gerechnet?«

»Mir kam es wie der einzige logische Schritt vor, für den Fall, dass wir die *Colossus 5* in See stechen ließen und Mallik dies verhindern wollte, ehe er sein Satellitennetz komplett installiert hatte. Ohne Saidon zu informieren, habe ich veranlasst, sämtliche Kameraaufnahmen aus seiner Werft in Neapel zu kopieren.«

»Soll das heißen, Sie haben Daniel Saidon in seinem eigenen Betrieb ausspioniert?«

»Wie ich bereits andeutete, ich wusste nicht, wem ich noch trauen konnte. Aber es stellte sich heraus, dass der Mann von Romir Mallik kam. Ich glaube, der Beweis, den ich mir beschafft habe, ist eindeutig.«

»Sie haben mich überzeugt«, sagte Gupta und massierte seine Schläfen. »Was für eine Schweinerei. Es war Torkan, der Wakefield gestern gerettet hat.«

»Ein cleverer Schachzug, zugegeben«, meinte Carlton mit einem zufriedenen Grinsen. Gupta war sich offenbar mit ihm einig, dass die Beweise erdrückend waren. »Kein

Zweifel, dass er damit den Verdacht von sich auf einen von uns ablenken wollte.«

»Wir müssen die anderen davon in Kenntnis setzen.«

»Das werden wir tun, und zwar während unseres Treffens. Aber das reicht noch nicht aus. Wir müssen außerdem Malliks Satellitenprojekt zu Fall bringen.«

»Welchen Sinn hat dieses Satellitennetz überhaupt?«, wollte Gupta wissen. »Warum ist es so wichtig?«

»Ich glaube, dass es das Colossus-Projekt gefährden kann, aber mein Maulwurf konnte mir keine weiteren Informationen über seine technischen Möglichkeiten liefern. Um ehrlich zu sein, ich habe den Kontakt zu ihm verloren. Die letzte Nachricht, die er mir geschickt hat, enthielt die Information, dass ein zweiter Satellit in Kürze startbereit sei, um den Platz des von mir zerstörten einzunehmen.«

»Dann müssen wir Mallik um jeden Preis stoppen.«

»Genau«, pflichtete Carlton ihm bei. »Und wir müssen die anderen Mitglieder der Neun überzeugen. Deshalb habe ich Sie gebeten, mich auf diesem Flug zu begleiten. Wir müssen genau planen, wie wir ihn zur Strecke bringen. Morgen werden Sie mir dabei helfen, ihm eine Falle zu stellen.«

15

JHOOTHA ISLAND

Nach einer dreißigstündigen Reise, die allen, die sich an Bord der *Oregon* befanden, ausgiebig Gelegenheit bot, sich auszuruhen und Schlaf nachzuholen, erreichten sie die zwanzig Meilen breite Sperrzone um die verbotene Insel und trafen Vorbereitungen für eine morgendliche Erkundungsaktion. Die indische Regierung überwachte die Region nicht regelmäßig, daher war die Gefahr, einem Patrouillenboot der Küstenwache in die Quere zu kommen, verschwindend gering. Juan Cabrillo wollte jedoch kein Risiko eingehen, indem er die Insel mit einem ihrer an Bord verfügbaren Flugzeuge überquerte, daher entschied er, sich heimlich über den Strand an Land zu schleichen.

Als er sich dem Moonpool der *Oregon* näherte, empfing ihn der vertraute Geruch von Dieselöl und Meerwasser. Die Halle war der größte umschlossene Raum auf dem Schiff, mit einem Portalkran über einem rechteckigen Wasserbecken mit den Ausmaßen eines Olympia-Swimmingpools. Das Wasser im Becken hatte das gleiche Niveau wie der Ozean ringsum, daher bestand keinerlei Gefahr, dass der Raum überflutet wurde. Zwei riesige Tore im Kiel ließen sich nach unten öffnen und zur Seite schwenken, um Boote ungesehen zu Wasser zu lassen und wieder aufzunehmen.

Ein großes Unterseeboot, Nomad genannt und für

Tiefseetauchfahrten konstruiert, hing in seinem Tragegerüst über dem Becken an der Decke.

Sein kleineres Geschwister, das Gator, war bereits für seine Fahrt durch die Kielöffnung in Position gebracht worden, und ein stählernes Klirren und Dröhnen hallte durch den Moonpool, während das Tauchboot einsatzbereit gemacht wurde. Das dreizehn Meter lange Boot verfügte über eine flache Beobachtungskuppel und schmale Fenster auf allen vier Seiten sowie ein Atemrohr dicht dahinter. Das flache Oberdeck ragte kaum aus dem Wasser heraus. Wie ein Alligator war es bei Nacht so gut wie unsichtbar und konnte sich dank seines mit Batterien gespeisten Antriebs vollkommen unbemerkt auf See an fremde Schiffe anschleichen. Es war in der Lage, vollständig abzutauchen, aber auch über Wasser mithilfe seiner starken Dieselmotoren mit beeindruckendem Tempo durch die Wellen zu pflügen.

Während er die Treppe zum Welldeck hinunterstieg, entdeckte Juan zu seiner Überraschung den Helikopter- und Drohnenpiloten George »Gomez« Adams, der eigentlich nicht allzu oft in diesem Bereich des Schiffes anzutreffen war. Seinen Spitznamen hatte er einer heftigen Romanze mit der Ehefrau eines Drogenbosses zu verdanken, die genauso aussah wie Morticia Addams aus der in den Neunzehnhundertsechzigern beliebten Fernsehserie *The Addams Family.* Wegen seines schneidigen guten Aussehens und eines markanten Schnauzbarts, auf den sogar Wyatt Earp hätte stolz sein können, war Gomez in diese Klemme geraten, aus der er sich nur mit Mühe und Not hatte befreien können.

»Ich dachte immer, ihr Himmelsstürmer hättet eine Abneigung gegen längere Aufenthalte unter Wasser«, sagte Juan staunend.

»Nur wenn wir uns in einem Vehikel aufhalten, das eigentlich dauerhaft in der Luft bleiben sollte«, sagte Gomez, der an einer tellergroßen Quadrokopter-Drohne herumhantierte. »Da wir heute eine besonders delikate Aufklärungsoperation durchführen wollen, habe ich es für eine gute Idee gehalten, meine Kollegen zu begleiten. Außerdem brauchen Sie mich während der Operation nicht im Hubschrauber.«

Juan nickte. »Richtig. Auf der Insel gibt es keine Lichtungen, die groß genug wären, um dort eine Landung zu versuchen. Aber was ist, wenn Sie einige der anderen Drohnen auf der *Oregon* in die Luft bringen müssen?«

Gomez bückte sich und hob einen Gegenstand auf, der so groß wie ein Videospiel-Controller war. »Ich habe ein neues Spielzeug. Max hat es für mich eingerichtet. Über den HD-Bildschirm im Gator kann ich damit jede Drohne an Bord der *Oregon* fernsteuern. Dank der Teleskopantenne lässt sich das Gerät sogar einsetzen, wenn wir uns auf Tauchfahrt befinden. Damit können wir den Einsatzbereich unserer Drohnen erheblich ausweiten.« Er deutete mit einer Kopfbewegung auf einen schlanken Metallstab am Heck des Gator, der in diesem Augenblick auf seine volle Länge ausgefahren war.

»Dann freuen wir uns, wenn Sie dabei sind. Hat Max Sie schon mit allen Einzelheiten unserer Mission vertraut gemacht?«

Gomez nickte. »Wir bleiben so unsichtbar wie möglich, weil wir nicht wollen, dass die Eingeborenen etwas von unserer Anwesenheit mitbekommen, stimmts?«

»Richtig. Können sie die Drohnen sehen oder hören?«

»Solange ihre Flughöhe dreißig Meter übersteigt, kriegen sie von dieser Drohne nichts mit. Bei niedriger Geschwindigkeit ist sie flüsterleise. Vorausgesetzt, sie kommen nicht auf die Idee, senkrecht zum Himmel zu blicken und sie dabei zu entdecken, sollten wir uns unbemerkt auf der Insel umschauen können.«

»Der Urwald auf der Insel ist ziemlich dicht. Schaffen Sie es, den Bäumen auszuweichen, während die Kameras senkrecht auf den Erdboden gerichtet sind?«

»Im Steuerprogramm der Drohne haben wir vorhin eine Software installiert, die sie automatisch um jedes Hindernis herumlenkt, das dicker ist als eine Telegrafenleitung.«

»Da wir wohl davon ausgehen können, dass die Eingeborenen bisher keinerlei Kontakt mit der zivilisierten Welt hatten, würde ich meinen, dass Sie sich wegen kreuz und quer gespannter Stromleitungen keine Sorgen machen müssen.«

»Wir haben es höchstens mit ein paar Schlingpflanzen zu tun«, sagte Gomez. »Und mit denen müsste ich eigentlich zurechtkommen. Ich halte auf jeden Fall die Augen offen.«

Juan Cabrillo folgte ihm durch die Luke in die Kabine des Gator. Linda saß bereits an den Kontrollen. Eddie, Linc, Raven und MacD vervollständigten Juans Aufklärungskommando. Er rechnete nicht damit, dass sie bereits bei dieser Gelegenheit an Land gehen würden, aber er wollte auf jede Eventualität vorbereitet sein. Außer Linda und Gomez trugen sie alle Kampfanzüge, und in der Kabine lagen Tauchausrüstungen und eine umfangreiche Kollektion an Waffen für den Fall bereit, dass schon längst irgendwelche unerwünschten Besucher auf der Insel gelandet waren. Sich mit den eingeborenen Bewohnern auf eine Auseinandersetzung einzulassen war strengstens verboten, ganz gleich, was geschah.

Nachdem sie die Startcheckliste durchgegangen waren,

schlossen sie die Einstiegsluke, und die Kabel wurden gelöst. Linda richtete die Nase des Bootes auf den Meeresgrund, und das Gator sank unter der *Oregon* in die Tiefe. Als das Mini-U-Boot ausreichenden Abstand von den Kieltoren gewonnen hatte, lenkte Linda es seitlich vom Schiff weg und wieder aufwärts, bis das Atemrohr durch die Wasseroberfläche stieß und sie vom Batteriebetrieb auf Dieselantrieb umschalten konnte. Die beiden Motoren erwachten mit leisem Brummen zum Leben, und das Landungsteam machte es sich für eine etwa einstündige Fahrt bequem.

Als vor ihnen das schützende Korallenriff erschien, das die Insel umgab, tauchten sie auf, und Gomez startete die Drohne.

Linda ließ das Boot gerade so weit aufsteigen, dass sich die Beobachtungskuppel nur wenige Zentimeter aus dem Wasser wölbte. Das Deck ragte kaum über die Wasseroberfläche. Als die Luke geöffnet wurde, hätte lediglich ein besonders aufmerksamer Beobachter auf der Insel sie sehen können.

Die vier Propeller der Drohne starteten mit einem leisen Summen, und der kleine Flugkörper schoss durch die offene Luke aufwärts. MacD Lawless schloss die Luke wieder, und Linda ließ das Boot absinken, bis nur noch der Schnorchel und die Antenne über Wasser zu sehen waren.

Sie drängten sich um den Bildschirm, während Gomez die Drohne in Richtung Inselmitte lenkte. Sie überquerte die Brandungslinie, wo die Wellen mit lautem Getöse gegen das Korallenriff anstürmten.

»Eigentlich schwer zu glauben, dass irgendjemand dieses Riff überwinden könnte«, sagte Gomez Adams.

»In dem Atoll gibt es nur wenige Lücken«, erklärte

Linda, während sie sich auf den Bildschirm konzentrierte. »Falls wir näher an die Insel heranmüssen, glaube ich, dass wir eine Möglichkeit finden werden, um in den Felsenwall einzudringen, aber es könnte passieren, dass wir auf Grund laufen.«

»Wir sollten zuerst einmal nachschauen, ob es überhaupt Sinn hätte, ein solches Risiko einzugehen«, sagte Juan.

Die Drohne erreichte den Strand, der nur wenige Schritte breit war, ehe er vom dichten Dschungel verschluckt wurde.

»Die Insel ist etwa sechs Kilometer breit, daher dürfte eine systematische Suche einige Zeit in Anspruch nehmen«, sagte Adams. »Ich sehe mir zuerst die Außengrenze an und arbeite mich dann Stück für Stück landeinwärts vor. Übrigens, nach was genau halten wir eigentlich Ausschau?«

»Nach allem, was nicht hierhergehört«, entschied Juan salomonisch.

»Das klingt, als würden wir es erst dann genau wissen, wenn es vor unseren Nasen liegt«, sagte Raven Malloy. »Den Informationen der indischen Regierung zufolge gibt es hier nichts von Wert.«

»Bis auf Abgeschiedenheit und Privatsphäre«, warf Eddie ein.

»Und die findet man in rauen Mengen«, sagte MacD. »Die Insel sieht aus wie das Land, das von der Zeit vergessen wurde.«

»Die Eingeborenen können sich glücklich schätzen, dass es bei ihnen nichts gibt, was irgendeinen Wert für die Außenwelt darstellt«, sagte Juan, »sonst hätte man sie schon vor Jahrzehnten von dort vertrieben.«

Die Drohne begann ihren Rundflug um die Insel. Der

Urwald war so dicht, dass sie immer nur ein paar Schritte weit ins Dickicht blicken konnten, ehe ihnen die Sicht von Laub versperrt wurde.

Als die Drohne die Hälfte des Weges zurückgelegt hatte, entdeckte Juan etwas Auffälliges, daher bat er Gomez, sie in den Schwebeflug gehen zu lassen.

»Was ist das?«, fragte er. »Halten Sie die Drohne in dieser Position, Gomez.«

»Sieht aus wie ein Pfad«, sagte Eddie.

Er hatte recht. Das Unterholz war zertrampelt, und im Sand waren sogar einzelne Fußabdrücke zu erkennen.

Am Rand des Urwalds befand sich eine Ansammlung winziger weißer Objekte.

»Zoomen Sie das mal heran«, sagte Juan und deutete auf den Fund.

Gomez verstellte die Brennweite der hochauflösenden Kamera, bis der maximale Vergrößerungsfaktor erreicht war. Die weißen Objekte waren noch immer winzig klein, aber die Weise, wie sie auf dem Untergrund verstreut waren, kam den Beobachtern vertraut vor.

»Irre ich mich«, fragte Juan Cabrillo, »oder sind das Zigarettenkippen?«

»Meinen Sie, jemand sei an den Strand gekommen, um ein paar Zigaretten zu rauchen?«

»Das bezweifle ich«, sagte Linda. »Im Riff gibt es keine einzige erreichbare Lücke.«

»Außerdem würde ich sagen, dass diese Eingeborenen Schuhe trugen.«

»Ich kann tiefer heruntergehen, um mehr zu erkennen«, bot Gomez an.

»Noch nicht«, sagte Juan. »Für den Fall, dass irgendwelche Leute in der Nähe sind, möchte ich nicht riskieren, dass wir uns bereits verraten, bevor es unbedingt nötig ist. Sollten wir während des Rundflugs nichts anderes finden, kehren wir hierher zurück und folgen dem Pfad in den Dschungel.«

»Aye, Chairman.« Gomez markierte die Koordinaten auf der Landkarte und setzte den Erkundungsflug fort. Ihnen fiel nichts Ungewöhnliches auf, bis die Drohne drei Viertel des Weges zurückgelegt hatte.

»Halten Sie mal an«, verlangte Juan. Etwas an der Anordnung der Pflanzen kam ihm seltsam vor. »Wie würden Sie sich dies dort erklären?«

Raven beugte sich zum Bildschirm vor. »Die Farbe ist die gleiche, aber die Zweige der Bäume sind viel zu starr. Sie müssten sich eigentlich genauso im Wind wiegen wie all die anderen, die wir bisher gesehen haben.«

»Was ist das?«, fragte MacD und deutete auf ein scharfkantiges Objekt, das zwischen den Baumkronen hervorragte. Es musste etwas sein, das von Menschenhand geschaffen worden war.

»Das sollten wir auf jeden Fall genauer unter die Lupe nehmen«, entschied Juan. »Mal sehen, was wir gefunden haben.«

»Ich bin gleich näher dran«, sagte Gomez, und die Drohne nahm Kurs auf ihr Ziel.

Während sie sich dem Fund näherte, wurden die Dimensionen des Objekts offensichtlich. Es war eine große, senkrecht aufragende Metallplatte, die laubgrün lackiert war, um mit dem Urwald ringsum zu verschmelzen und für Satelliten oder Aufklärungsflugzeuge unsichtbar zu sein.

»Gehen Sie runter«, sagte Juan. »Ich möchte mehr sehen.«

Gomez lenkte die Drohne zwischen die Bäume hinab, die, wie sie jetzt erkennen konnten, nicht echt waren. Die

Stämme, von den Laubkronen überdacht, waren in Wirklichkeit Telegrafenmasten.

Der Sensor der Kamera reagierte auf die plötzlich herrschende Dunkelheit und brauchte ein paar Sekunden, um sich auf die neuen Lichtverhältnisse einzustellen. Als sich die Sicht wieder klärte, starrten sie perplex an, was sich ihren Augen plötzlich darbot.

»Ist es wirklich das, wofür ich es halte?«, fragte Linc entgeistert.

Gomez nickte. »Dies, meine Freunde, ist das größte Passagierflugzeug der Welt. Ein zweistöckiger Airbus A380, der dort unten auf einer winzigen Insel im Urwald schlummert.«

Die Tragflächen und der Rumpf des gigantischen Jets streckten sich im Dschungel aus und machten einen vollkommen intakten Eindruck. Mit seiner grünen Farbe verschmolz es nahtlos mit der üppigen Vegetation ringsum, und es sah nicht so aus, als ob es ernsthaft beschädigt wäre.

»Wie konnte die Maschine abstürzen und immer noch so unversehrt aussehen?«, fragte MacD geradezu andächtig.

»Ich glaube nicht, dass sie abgestürzt ist«, sagte Gomez. »Lass mich kurz etwas überprüfen.«

Während die Drohne tiefer sank, sagte Raven: »Ich kann mir zwar nicht vorstellen, weshalb, aber jemand könnte die Maschine hierhertransportiert haben.«

»Das bezweifle ich«, sagte Gomez. »Dieses Flugzeug wiegt leer sechshunderttausend Pfund und über eine Million, wenn es voll beladen ist. Ein gigantischer Kran wäre nötig, um eine solche Last anzuheben. Die indischen Behörden hätten sicherlich bemerkt, wenn ein derart großes Objekt auf die Insel gebracht worden wäre, ganz zu schweigen von dem riesigen Schiff, das man brauchte, um die Maschine hierherzutransportieren.«

Die Drohne sank weiter, bis sie sich unterhalb der Tragflächen befand. Die Kamera richtete sich auf das wuchtige Fahrwerk. Alle vierundzwanzig Reifen waren mit Luft prall gefüllt und trugen das ganze Gewicht des Jets. Die Motoren schienen in einwandfreiem Zustand zu sein, das Schwanzleitwerk war nur ein paar Dutzend Meter vom Strand entfernt.

Gomez umkreiste mit der Drohne das Flugzeug, und Juan konnte erkennen, dass sämtliche Bäume auf der dem Strand abgewandten Seite echt und vollkommen gesund aussahen. Keine Rollbahn war in den Dschungel gerodet worden.

»Wenn dieses Flugzeug nicht per Schiff hierhertransportiert wurde«, sagte Juan, »und nicht an dieser Stelle abgestürzt ist …«

Er sah Gomez fragend an, der staunend den Kopf schüttelte. »Der Airbus A380 braucht eine Rollbahn von mindestens einer drei viertel Meile Länge, um sicher zu landen. Aber hier steht er ohne einen Kratzer am Rand eines Urwalds auf einer tropischen Insel. Ich weiß nicht, wie sie, wer immer es war, das geschafft haben. Aber irgendwer hat mit diesem Flugzeug eine glatte Landung hingelegt.«

16

INDIEN

Fünfzig Meilen südöstlich von Mumbai auf einem eintausend Morgen großen dicht bewaldeten Privatgrundstück erhob sich einer der noch existierenden Überreste von Ashokas Maurya-Reich. Eine prächtige, fünf Stockwerke hohe Steinfestung war um einen zentralen Kuppelbau, Stupa genannt, errichtet worden. Dieser Stupa war ein Tempel, der buddhistische Reliquien enthielt. Für die Neun Namenlosen, die dort seit mehr als zweitausend Jahren ihre regelmäßigen Zusammenkünfte abhielten, war es einfach nur die Bibliothek.

Das Gelände wurde von ehemaligen Elitesoldaten bewacht, die hier regelmäßige Patrouillen durchführten und von jedem der Neun Namenlosen in gleicher Höhe bezahlt wurden, sodass sie sich keinem der Neun besonders verpflichtet fühlen konnten. Eindringlinge wurden gemeinsam an Ort und Stelle exekutiert und ihre sterblichen Hüllen entsorgt, sodass sie niemals aufgefunden wurden.

Im Gegensatz zu den meisten Festungen hatte die Bibliothek keine sichtbaren Eingangstore. Die Mauer, exakt rechtwinklig angelegt, erschien als eine glatte, durch nichts unterbrochene Fläche. Umgeben wurde das gesamte Fort von einem breiten Graben, der sich in zahlreiche Gräben auffächerte, die sich im Dschungel verliefen.

Es gab neun sorgfältig getarnte Eingänge, die nur die

Wächter kannten. Und jeder Eingang war jeweils nur einem der Neun Namenlosen bekannt. Auf diese Weise konnten sie die Festung aus verschiedenen Richtungen betreten, ohne von den anderen beobachtet zu werden, und niemand würde sie gemeinsam eintreffen sehen.

Romir Malliks Eingang befand sich eine Viertelmeile südlich der Festung. Er wanderte gerade auf einem schmalen Pfad in Richtung Bibliothek, begleitet von Asad Torkan, der das burgähnliche Bauwerk aufmerksam betrachtete und sich die ganze Zeit fragte, auf welchem Weg sie es betreten würden. Es war das erste Mal, dass er an einer Zusammenkunft der Neun teilnehmen sollte, und Mallik hatte das Geheimnis seines Eingangs bisher für sich behalten.

»Willst du mir nicht wenigstens einen kleinen Hinweis geben?«, fragte Torkan. Es schien, als interessiere er sich brennend dafür, das Rätsel des Eingangs zu lösen, dabei wollte er sich lediglich damit ablenken, um nicht ständig über das Schicksal seines Zwillingsbruders nachdenken zu müssen.

Mallik bewunderte Torkans Bemühungen, sich seinen Optimismus zu erhalten, seit sie den Kontakt zu seinem Bruder verloren hatten. Aber nachdem die Jacht die Koordinaten der *Triton Star* erreicht hatte, trafen sie in der Nähe einen Zerstörer der amerikanischen Marine an und brachen die Rettungsaktion ab. Mallik vermutete, dass Rasul entweder gefangen genommen oder getötet worden war. Seine Mission hingegen war offenbar erfolgreich gewesen. Die Amerikaner waren nun vollauf damit beschäftigt herauszufinden, wer für den Angriff verantwortlich war, genau wie Mallik es sich erhofft hatte.

Mit einem amüsierten Grinsen ließ er seinen Schwager weiterhin im Dunkeln tappen, was den Eingang zur Bibliothek betraf. »Du wirst noch früh genug erfahren, wie man hineingelangt.«

Torkan schüttelte den Kopf und ließ den Festungsbau nicht aus den Augen.

Nur eine Minute später führte der Pfad in einen Kanal und tauchte ins Wasser, um auf der anderen Seite wieder aufzutauchen. Der Abstand war zu groß, um ihn mit einem Sprung zu überwinden, und nirgendwo war eine Brücke zu sehen, die den Kanal überspannte. Ein etwa einen Meter hoher quadratischer Steinpfosten erhob sich neben dem Pfad. Vier Löwenköpfe, die jeweils in eine andere Richtung blickten, bildeten seine Spitze. Das einzige auffällige Zeichen war ein Kreis mit neun Speichen und einer Swastika in der Mitte. Dies war das Symbol der Neun Namenlosen.

Torkan betrachtete den Pfosten und das Symbol mit einem Stirnrunzeln. »Ist das etwa eine Hinterlassenschaft der Nazis?«

»Die Swastika ist ein uraltes buddhistisches Zeichen, das Hitler für seine Zwecke missbrauchte. Wenn du es dir genau ansiehst, wirst du erkennen, dass es die spiegelbildliche Version des Naziemblems ist. In seiner ursprünglichen Bedeutung ist es ein Symbol für Glück und Harmonie.«

»Hat es auch etwas mit ›Schwimmen‹ zu tun? Denn das werden wir wohl müssen, weil es offenbar die einzige Möglichkeit ist, auf die andere Seite zu gelangen.«

Mallik schüttelte den Kopf. »Wir stehen vor dem Eingang.«

Torkan schaute sich verwirrt um, dann sprang sein Blick weiter zur Festung. »Hier? Ich dachte, der Eingang sei eine Art Geheimtür in der Burgmauer, die wir nur mit einem Boot erreichen können. Bis jetzt sind wir keinen Deut näher an die Mauer herangekommen.«

»Der Eingang wäre nicht besonders gut versteckt, wenn er einfach zu finden wäre.«

Torkan konzentrierte sich wieder auf den Pfosten. »Dann muss dies hier so etwas wie der Türklopfer sein.«

»Auf gewisse Weise ist es das tatsächlich. Du musst auf die Swastika drücken. Aber mit Kraft.«

Torkan presste die Faust gegen das Symbol. Es gab nach, versank im Pfosten, und die vier Löwenköpfe stiegen etwa fünfzehn Zentimeter in die Höhe.

Als nichts weiter geschah, wandte sich Torkan mit verwirrter Miene zu Mallik um. »Was nun?«

»Dreh die Löwenköpfe ein Stück im Uhrzeigersinn.«

Torkan tat, wie ihm geheißen. Nach einer Vierteldrehung war ein Klicklaut zu hören, und die Löwenköpfe sanken in den Pfosten.

Gleichzeitig begann das Wasser über dem versunkenen Pfad zurückzuweichen. Nach einigen Sekunden strömte Wasser kaskadenartig über die Kronen zweier parallel verlaufender Steinmauern, die in einem Abstand von knapp anderthalb Metern zueinander vom Grund des Kanals aufstiegen. Durch ein unsichtbares Loch lief das Wasser zwischen den beiden Steindämmen ab. Es sah aus wie die im Alten Testament beschriebene Teilung des Roten Meeres.

Schon bald war zu erkennen, dass der Pfad nicht bis zum gegenüberliegenden Ufer verlief. Stattdessen führte er zu einer Treppe hinab, die in einem Tunnel verschwand.

»Komm weiter«, drängte Mallik, während er die nasse Treppe betrat. »Wir haben nur eine Minute Zeit, nachdem das Wasser vollständig abgelaufen ist. Ein Schwimmer sorgt dafür, dass der Auslass wieder verschlossen wird, und das Wasser im Kanal strömt über die Mauern und füllt den Zwischenraum schnell wieder auf.«

Er folgte dem Verlauf der Treppe mit Torkan im Schlepptau, bis er sechs Meter tiefer das untere Ende erreichte. Sie durchquerten einen kleinen Vorraum und eilten einige Stufen zu einem Korridor hinauf, in dem eine steinerne Barriere genauso schnell aufstieg, wie das Wasser den Vorraum füllte. Nicht mehr lange, und die Barriere würde sich in eine Nut in der Decke einfügen und den Korridor absperren. Ein Pfosten, der mit dem Pfosten auf der Außenseite identisch war, ragte vor der beweglichen Steinbarriere auf.

»Funktionieren die anderen Eingänge auf die gleiche Art?«, wollte Asad Torkan wissen, während das von draußen eindringende Licht stetig abnahm.

»Keine Ahnung«, erwiderte Mallik und schaltete die LED seines Smartphones ein, um es als Taschenlampe zu benutzen. »In all den Jahren als Mitglied der Neun habe ich niemals einen anderen Eingang benutzt.«

Torkan schaltete die LED seines eigenen Smartphones ein und warf in seinem Licht einen kurzen Blick auf die Decke des Felsentunnels, der vom Ruß der Fackeln, die diesen Gang seit Tausenden von Jahren erhellten, schwarz war. Und sie gingen durch den Tunnel, der kein Ende zu haben schien.

Sie waren zehn Minuten unterwegs, bis sie den ersten schwachen Lichtschein gewahrten, der schnell zunahm, bis sie vor einem hell erleuchteten Stahltor stehen blieben. Ein Wächter mit einem Sturmgewehr in der Armbeuge stand auf der anderen Seite. Es wurde keine Art von Legitimation verlangt. Der Wächter erkannte Mallik auf Anhieb und befahl, das Tor zu öffnen.

Mallik kannte jeden Zentimeter des Festungsinneren und führte Torkan durch eine verwirrende Anzahl von Korridoren und Tunneln, bis sie zu einem gewölbten

Durchgang gelangten, der ebenfalls mit einer Swastika verziert war. Zwei bewaffnete Wächter standen davor und nahmen Haltung an.

Romir Mallik und Asad Torkan betraten den zentralen Raum der Festung direkt unter dem überkuppelten Stupa. Ein runder Mahagonitisch stand in der Mitte. Alle bis auf einen der neun Sessel waren bereits besetzt, und Mallik ließ sich auf dem freien Platz nieder. Jeweils eine Person stand hinter jedem Sessel, da jedes Mitglied der Neun Namenlosen einen Begleiter in die Bibliothek mitbringen durfte.

Neben Mallik saß auf der einen Seite Jason Wakefield, auf der anderen Lionel Gupta. Wakefield, der sich von dem Entführungsversuch, den Mallik inszeniert hatte, vollständig erholt zu haben schien, schüttelte seinem Sitznachbarn die Hand und nickte Torkan grüßend zu. Gupta hingegen wandte noch nicht einmal den Kopf, um ihn zu begrüßen.

Xavier Carlton, der auf der anderen Seite des Tisches saß, während seine Assistentin Natalie Taylor hinter ihm Platz genommen hatte, sagte: »Romir, wie schön, Sie zu sehen.«

Mallik ließ den Blick durch den Raum schweifen. Überrascht stellte er fest, dass er als Letzter eingetroffen war. Er klopfte unauffällig auf seine Tasche, um sich zu vergewissern, dass sich die kleine Glasflasche noch dort befand. »Komme ich zu spät?«

»Überhaupt nicht. Wir haben gerade erst Platz genommen. Ich war eben dabei, das neueste Mitglied in unserem Kreis der Neun vorzustellen.«

Carlton nickte Pedro Neves zu, einem Brasilianer, dessen Vater ein halbes Jahr zuvor verstorben war. Seiner Familie war seinerzeit die Schriftrolle der Krankheiten anvertraut worden, und sie besaß mittlerweile einen der größten und erfolgreichsten Biotechnikkonzerne der Welt.

»Pedro, dies ist Romir Mallik«, sagte Carlton. »In seiner Obhut befindet sich die Schriftrolle der Kosmogonie, weshalb er und seine Firmen, was nicht verwundert, eine wichtige Rolle in der Raumfahrtindustrie spielen. Lionel Gupta und Jason Wakefield kennen Sie ja schon. Ihnen wurden die Schriftrollen der Alchemie respektive der Kommunikation zur Aufbewahrung übergeben.«

Carlton fuhr mit der Vorstellung fort. Boris Volanski war ein Russe, der die Physiologie-Schriftrolle geerbt hatte, die als Grundlage für die Entwicklung verschiedener Kampfkünste gedient hatte. Volanski leitete eine Firma in Moskau, die Aufträge für das Militär ausführte.

Die letzten drei Angehörigen der Neun Namenlosen waren Daniel Saidon, ein Malaysier, dessen Familie mithilfe des in der Schriftrolle der Schwerkraft gesammelten Wissens Saidon Heavy Industries aufgebaut hatte und die Moretti-Navi-Schiffswerft besaß, in der die Colossus-Schiffe gebaut worden waren; Melissa Valentine, eine Amerikanerin – sie war die einzige Frau im Kreis der Neun – und CEO einer Internetfirma, die eine leistungsfähige Suchmaschine entwickelt hatte, nachdem ihren Vorfahren die Schriftrolle über die Geheimnisse des Lichts zugeteilt worden war; und dann war da noch Hans Schultz, ein Bankier aus der Schweiz und Bewahrer der Schriftrolle der Soziologie.

»Nachdem die obligatorischen Höflichkeiten ausgetauscht wurden«, sagte Carlton schließlich, »muss ich eine äußerst unangenehme Angelegenheit zur Sprache bringen.«

Malliks Hand wanderte wieder zu der kleinen Flasche.

Etwas lief hier nicht so, wie er es sich wünschte. Er konnte spüren, wie sich Torkan hinter ihm anspannte.

»Wie Sie alle wissen – nun, vielleicht außer Pedro –, ist unser Kollege Boris Volanski im russischen Waffen- und Söldnerbusiness tätig und für das gesamte Sicherheitsprogramm des Colossus-Projekts verantwortlich. Während eines Gesprächs, das wir vorhin miteinander geführt haben, hat er mir einige beunruhigende Informationen zukommen lassen. Boris?«

Volanski, ein dunkelhaariger Mann in den Sechzigern, lehnte sich vor. »Wie ich aus zuverlässiger Quelle erfahren habe, wurde eine gestohlene Lieferung Nervengift beim Angriff auf die Insel Diego Garcia verwendet. Ich weiß nicht, wer für diese Attacke verantwortlich war, aber ich neige zu der Auffassung, dass der oder die Täter entsprechende Spuren und Beweise hinterließen, um es so aussehen zu lassen, als steckten die Neun hinter dieser Aktion.«

Erregtes Murmeln wurde unter den Versammelten laut. Mallik beteiligte sich eifrig daran, um die Aufmerksamkeit nicht auf sich zu lenken.

»Wie können Sie sich dessen so sicher sein?«, fragte Melissa Valentine.

»Weil ich es gewesen bin, der den Kampfstoff, der bei dem fehlgeschlagenen Angriff zum Einsatz kam, aus Russland herausgeschmuggelt hatte. Es handelt sich um ein Nervengift namens Nowitschok. Ich glaubte damals, dass es mit dem Schiff, mit dem es ursprünglich transportiert wurde, im Ozean versunken war, aber jetzt weiß ich, dass es mir in Wirklichkeit gestohlen wurde.«

Mallik hatte plötzlich einen eisigen Klumpen im Magen, aber er tat so, als sei er ebenso entsetzt wie jeder andere im Konferenzraum.

»Wie soll der Hinweis aussehen, der die Neun damit in Zusammenhang bringen könnte?«, fragte er.

»Nicht die Neun Namenlosen direkt«, sagte Carlton. »Vielmehr deutet er auf Jhootha Island hin. Das Schiff, das als schwimmende Basis benutzt wurde, um den Angriff zu starten, war die *Triton Star*.«

Die Versammelten wechselten besorgte Blicke. Sie alle wussten, dass die *Triton Star* das Schiff war, über das die Insel regelmäßig mit Nachschub versorgt wurde.

»Sollten die Amerikaner im Zuge ihrer Ermittlungen der Insel einen Besuch abstatten und uns dort antreffen«, fuhr Carlton fort, »würden sie alles Nötige vorfinden, um sich ein Bild von der Colossus-Initiative machen zu können. Dann wären all unsere Bemühungen, der Menschheit den Weg zu neuen Ufern zu ebnen, null und nichtig.«

»Das ist ungeheuerlich«, schimpfte Daniel Saidon. »Zuerst das Sabotageattentat auf die *Colossus 5*, dann der Versuch, einen aus unserer Mitte zu entführen, und jetzt dies.« Ein beifälliges Murmeln erklang rund um den Tisch.

Carlton hob eine Hand, um die Anwesenden zu beruhigen. »Entsprechende Maßnahmen sind bereits eingeleitet worden. Ich habe Befehl gegeben, dass die gesamte Insel entsprechend unseres Notfallprogramms ausgelöscht wird. Obgleich sie weiterhin für das Projekt von Bedeutung ist und ihren Beitrag leistet, hat die Insel ihren Zweck auch größtenteils erfüllt. Bis zum Ende dieses Tages wird dort nichts mehr zu finden sein.«

»Alles in allem sind all diese Vorfälle in höchstem Maß beunruhigend«, stellte Jason Wakefield fest. »Ich glaube, daraus ergibt sich zwangsläufig, dass unter uns ein Verräter ist. Was sollen wir jetzt tun?«

Carlton musterte Wakefield eindringlich und sagte: »In unserer nunmehr schon zweitausend Jahre währenden Geschichte hat sich für uns niemals die Notwendigkeit ergeben, einen von uns zu eliminieren. Nun hingegen sieht es so aus, als ob wir genau das tun müssen.«

Carlton drehte sich zu Mallik um, der innerlich zu Eis gefror. Aber Carlton ließ seinen Blick weiterwandern, bis er Lionel Gupta fixierte.

»Was fällt Ihnen zu dieser leidigen Angelegenheit ein, Verräter?«

17

JHOOTHA ISLAND

Einer Sache war sich Juan Cabrillo absolut sicher, und zwar, dass auf dieser Insel keine Eingeborenen lebten, zumindest zu diesem Zeitpunkt nicht mehr. Eine Organisation, gleich welcher Art, die über die Mittel und Möglichkeiten verfügte, an diesem abgelegenen Ort ein tonnenschweres Flugzeug unversehrt landen zu lassen, würde es nicht zulassen, dass ihr irgendwelche Eingeborenen in die Quere kämen. Die einzige A380, die zurzeit vermisst wurde, war Xavier Carltons Privatjet, der achtzehn Monate zuvor spurlos verschwunden war. Nun wussten sie, weshalb man ihn bisher nicht aufgefunden hatte.

Während Eddie, Linc, MacD und Raven ihre Ausrüstung einsatzbereit machten, ging Linda Ross mit dem Gator auf Juan Cabrillos Anweisung auf Tauchfahrt und lenkte es zu dem Teil des schützenden Korallenrings, der dem getarnten Passagierflugzeug am nächsten war.

Er leistete Linda in der Beobachtungskuppel Gesellschaft, als sie die Position erreichten. Die Sonnenstrahlen drangen durch das nahezu glasklare Wasser bis auf den Meeresgrund und erfassten ein regelmäßig geformtes Gebilde, das dort eigentlich nichts zu suchen hatte.

»Sie hatten recht, Chairman«, sagte Linda. »Da wurden tatsächlich Senkkästen eingesetzt. Sie bilden eine lange Reihe, soweit das Auge reicht, die rechtwinklig auf die Insel zuläuft.«

Sie folgte mit dem Gator einer schnurgeraden Kette mächtiger, dicht nebeneinander angeordneter Betonklötze, von denen jeder so groß wie ein kleines Haus war und die dort, wo Teile des Korallenriffs weggesprengt worden waren, auf dem Meeresgrund ruhten. Jeder Caisson war mit einem unregelmäßigen Tarnanstrich versehen, der die äußere Struktur des Riffs imitierte, sodass die Unterwasserkonstruktion auf Luftbildern oder Satellitenfotos nicht zu erkennen war.

»Damit dürfte auch klar sein, wie sie es geschafft haben, mit der Maschine zu landen«, sagte Juan. »Und gleichzeitig konnten diese Kästen auch noch als Pier für die *Triton Star* verwendet werden.«

»Meinen Sie, dass diese Dinger schwimmfähig sind?«

Juan deutete auf ein System von Ventilen und Schlauchleitungen, durch das die Caissons untereinander verbunden waren. »Sie brauchten nichts anderes zu tun, als Luft hineinzupumpen oder herauszulassen, um die Kästen anzuheben oder abzusenken. Ein fester, dauerhafter Pier wäre während einer der gelegentlichen Patrouillen der Küstenwache sicherlich aufgefallen. Wenn sie den Pier nur bei Nacht oder dicht bedecktem Himmel angehoben haben, war er niemals aus der Luft zu sehen. Und nicht nur das, so wie die Kästen aussehen, deutet alles darauf hin, dass die Anlage noch immer benutzt wird.«

Zahlreiche parallel verlaufende Linien zeichneten sich im unregelmäßigen Algenbewuchs des Caissons ab, auf den das Gator soeben zuschwebte.

»Das sind Reifenspuren«, erkannte Linda.

»Ihnen müssen für den Frachttransfer Fahrzeuge zur Verfügung stehen. Die Spuren sind bestimmt nicht älter als eine Woche.«

»Dieses Bauwerk dürfte an die fünfzehnhundert Meter lang sein«, sagte Linda bewundernd. »Es zu errichten muss ein Vermögen gekostet haben. Sie haben diese Blöcke aus einer Fabrik für Fertigbauteile bei Nacht und Nebel hierhertransportieren und installieren müssen.«

»Da kann man sich nur fragen, wer einen solchen Aufwand getrieben hat.«

»Und weshalb.«

»Das müsste sich doch feststellen lassen«, sagte Juan. »Bringen Sie das Boot so nahe wie möglich an die Insel heran und tauchen Sie auf.«

Während er ebenfalls Vorbereitungen traf, an Land zu gehen, informierte Juan sein Team über die versenkbare Rollbahn.

»Irgendjemand hat offensichtlich großes Interesse daran, dass niemand etwas von dieser Insel erfährt«, sagte Franklin Lincoln, während er den Ladezustand seiner P90-Maschinenpistole überprüfte.

»Das ist gut«, sagte MacD, »dann werden sie uns auch kaum erwarten.« Anstelle einer Maschinenpistole, wie die anderen sie bei diesem Einsatz mit sich führten, hatte er sich mit einer Hightecharmbrust bewaffnet. In ihrem Kolben befand sich ein batteriebetriebener Motor, der sie automatisch spannte und ein schnelles Nachladen ermöglichte. Sie war eine geeignete Waffe für lautlose Angriffsoperationen.

»Wer hat sich in der Maschine befunden, als sie abgestürzt ist?«, fragte Raven Malloy, während sie das gleiche Datenbrillenmodell vor ihren Augen justierte, das auch alle anderen trugen. Ein winziger Bildschirm lieferte ihr die Bilder, die von der Drohnenkamera übertragen wurden.

Eddie Seng antwortete: »Fast einhundert Technologieexperten, die an einer Tagung in Dubai teilgenommen hatten. Sie kamen von einigen der renommiertesten Industrieunternehmen und Universitäten der Welt.«

In dem von der Drohne aufgenommenen Video war deutlich zu erkennen, dass einige Teile des Flugzeugs entfernt worden waren. Aus entsprechenden Aufzeichnungen ergab sich, dass sie genau mit den Trümmern übereinstimmten, die man als Treibgut an den Küsten von Oman und Jemen gefunden hatte. Offenbar waren diese Teile ausgewählt worden, weil die darauf vermerkten Seriennummern die Bestätigung lieferten, dass der vermisste Passagierjet abgestürzt und im Ozean versunken war.

»Es liegt mehr als ein Jahr zurück, dass die Teile aufgetaucht sind«, rechnete Gomez nach. Er konzentrierte sich nach wie vor auf die Navigation der Drohne und achtete besonders auf die Insel, um sicherzugehen, dass sie nicht beobachtet wurden. »Meinen Sie, dass von den Passagieren überhaupt noch jemand am Leben ist?«

»Auf einige von ihnen trifft das möglicherweise zu«, erwiderte Juan. »Wenn die Hijacker die Passagiere hätten ausschalten wollen, wäre ihnen sicher eine weitaus weniger aufwendige Methode eingefallen.«

»Das würde heißen, dass man sie in Hütten auf der Insel gefangen gehalten hat«, sagte MacD. »Aber das ergibt für mich absolut keinen Sinn.«

»Und was sollte all das mit dem Angriff auf Diego Garcia zu tun haben?«, fragte Raven Malloy.

»Eine Menge berechtigter Fragen«, meinte Eddie zu Juan und lächelte skeptisch.

»Vielleicht können wir einige davon beantworten, nachdem wir einen kleinen Rundgang über die Insel unternommen haben«, sagte Juan. »Sind alle bereit?«

Ein kollektives Kopfnicken beantwortete die Frage. Linda Ross stieß mit dem Gator fünfzig Meter vom

Strand entfernt neben einem der Caissons durch die Wasseroberfläche. Wie beinahe alltäglich in diesen tropischen Breiten ergoss sich in diesem Moment aus einer mächtigen, scharf umgrenzten schwarzen Wolke ein Platzregen auf die Insel.

Juan wartete ein paar Minuten, bis der Schauer nachgelassen hatte, dann klappte er die Ausstiegsluke auf, kletterte hinaus und sprang ins Wasser. An dieser Stelle befand sich die Oberfläche des Caissons nicht mehr als einen Meter unter der Meeresoberfläche.

Als alle das Tauchboot verlassen hatten, ging Linda damit auf Distanz zum Ufer und ließ es absinken, bis nur noch Antenne und Luftschnorchel von ihm zu sehen waren. Die Drohne stand über ihnen in der Luft, und Juan konnte sich mithilfe des Bildes, das auf seine Datenbrille übertragen wurde, orientieren.

Während sie sich in Bewegung setzten und in Richtung Festland wateten, flog die Drohne voraus, um die Strandregion zu überprüfen.

Als sie den Waldrand erreichten, kam gleichzeitig der Airbus in Sicht. Die Unterseite des Rumpfs wies noch die ursprüngliche weiße Farbe auf. Das riesige Flugzeug drohte sie regelrecht zu erdrücken und sorgte für einen nahezu undurchdringlichen Schatten in dem ohnehin schon dunklen Urwalddickicht.

Eine der Flugzeugtüren stand offen, aber die Notrutsche war entfernt worden. Wenn sie einen Blick hineinwerfen wollten, müssten sie klettern. Später vielleicht, dachte Juan. Im Augenblick wollte er lieber das Innere der Insel erforschen.

MacD, ein erfahrener Jäger und Spurenleser, machte sich bei den anderen bemerkbar und winkte sie zu sich herüber. Er deutete vor sich auf den Untergrund. Die

Reifenspuren, die Juan auf den Caissons entdeckt hatte, fanden sich auch hier im Schutz der dichten Vegetation. Da am Strand keine Fahrrillen zu sehen gewesen waren, mussten sie dort absichtlich beseitigt worden sein.

Anstatt dem Weg zu folgen, der durch die Reifenspuren vorgegeben war, teilten sie sich auf und suchten sich im Dschungel neue Pfade, die jeweils im Abstand von fünf Metern parallel zu den Spuren verliefen, Juan und Eddie auf der einen Seite, und MacD, Linc und Raven auf der anderen. Gomez im Gator hielt die Drohne genau über dem Pfad in der Mitte, sodass sie rechtzeitig bemerken würden, falls sie von einem Empfangskomitee erwartet wurden.

Juan hörte ein mehr oder weniger regelmäßiges Klopfgeräusch und blieb stehen. Mit einer Handbewegung bedeutete er seinen Gefährten, ebenfalls anzuhalten.

Er sah sich um und entdeckte schnell die Quelle der rhythmischen Klicklaute. Ein blauer Palmendieb – eine Krabbe, so groß wie eine Bulldogge – versuchte, eine Kokosnuss aus der Krone einer Palme über ihnen zu pflücken.

»Zumindest können wir jetzt halbwegs sicher sein, dass wir nicht mit versteckten Bewegungssensoren rechnen müssen«, flüsterte Eddie.

Juan deutete mit einem Kopfnicken auf die Krabbe, die mindestens dreimal so groß war wie der größte Hummer, den er je gesehen hatte. »Diese Burschen würden die Sensoren ständig auslösen.«

Während sie ihren Weg fortsetzten, hatte die Krabbe den gewünschten Erfolg. Die Kokosnuss prallte mit einem dumpfen Laut auf den Urwaldboden, und der Palmendieb turnte geschickt den Baumstamm herab, schnappte sich seine Beute und verschwand damit im Unterholz.

Nach etwa tausend Metern stießen sie auf ein Gebäude, das so groß wie eine Garage für drei Automobile und so hoch wie ein Sattelzug war. Es machte einen modernen Eindruck, und seine stählernen Wände wiesen den gleichen Tarnanstrich auf wie das Passagierflugzeug. Ein großes Einfahrtstor war hoch und breit genug für einen Schwerlastwagen. Dieses Tor und daneben eine Tür von normaler Größe waren geschlossen.

Die beiden Gruppen vereinigten sich und gingen – vom Gebäude nicht zu sehen – in Deckung.

»Sofern die Eingeborenen keine Baufirma betreiben, von deren Wirken wir bisher noch nichts gesehen haben«, sagte Juan, »würde ich darauf tippen, dass die indische Regierung in Kürze eine Riesenüberraschung erleben dürfte, was den Status ihrer für Unbefugte gesperrten Insel betrifft.«

»Sofern sie es waren, die diese Hütte hierhin gestellt haben«, sagte MacD. »Vielleicht war diese Geschichte von angeblich zivilisationsfeindlichen Eingeborenen nur ein Schwindel, der über die Jahre eifrig mit entsprechenden Zeitungsmeldungen am Leben gehalten wurde.«

»Wie wäre es, wenn wir einfach mal an die Tür klopfen und nachfragen?«, schlug Franklin Lincoln vor.

Raven Malloy nickte. »Gute Idee. Aber ich habe so ein Gefühl, dass – wer auch immer diese Bauherren waren – sie nicht allzu glücklich sein werden, von unerwarteten Besuchern überrascht zu werden.«

Juan rief das Gator. »Gomez, können Sie uns ein detailliertes Bild vom Eingangsbereich liefern?«

»Eine Nahaufnahme ist bereits in Vorbereitung«, erwiderte Gomez Adams.

Die Quadrokopter-Drohne ging in den Sinkflug und näherte sich dem Bauwerk, bis seine Vorderfront Juans

Sichtschirm ausfüllte. Neben der Tür befanden sich eine Zehnertastatur und ein handtellergroßes Kontaktfeld.

»Das könnte ein biometrischer Scanner für einen Handabdruck sein«, sagte Eddie.

»Hier draußen?«, fragte Linc und sah sich suchend in dem verlassenen Urwald um. »Warum sollte ein solches Maß an Sicherheit nötig sein?«

»Könnte sein, dass wir hier jemanden finden, der uns diese Frage beantworten kann«, meldete sich Gomez aus dem Mini-U-Boot.

»Was meinen Sie?«, fragte Juan.

Gomez ließ die Drohnenkamera rotieren, sodass sie die Optik auf zwei Reihen Fußabdrücke richtete, die auf einen Fußweg zuliefen. Dieser Fußweg führte in die Richtung der Zigarettenstummel, die sie während des Drohnenrundflugs um die Insel auf halbem Weg am Strand in der Nähe des getarnten Flugzeugs gefunden hatten.

»Ich nehme an, dass vor nicht allzu langer Zeit jemand einen Spaziergang unternommen hat«, sagte Gomez.

Die Fußabdrücke in dem morastigen Untergrund waren leer und hatten sich nicht wie die anderen Spuren in ihrer Nähe während des kurzen Regenschauers vor zwanzig Minuten mit Wasser gefüllt.

Zwei Personen hatten das Gebäude verlassen, seit Juan Cabrillo mit seinem Team auf der Insel gelandet war. Und den Spuren nach zu urteilen waren sie noch nicht wieder zurückgekehrt.

Entweder waren Juan und seine Leute plötzlich Jäger, oder sie wären schon bald Gejagte.

18

INDIEN

Schweigend verfolgte Romir Mallik, wie Xavier Carlton damit fortfuhr, seinen Verdacht gegen Lionel Guptas Verrat zu begründen. Bis zu diesem Augenblick folgte Gupta den Ausführungen mit zusammengepressten Lippen, und Mallik dachte nicht im Entferntesten daran, ihm eine Rettungsleine zuzuwerfen. Als er erkannte, dass nicht er es war, der beschuldigt wurde, hatte er seine Hand in der Tasche entspannt und die kleine Glasflasche losgelassen.

Mallik hatte anfangs gehofft, dass Gupta der Sabotageakt auf der *Colossus 5* angehängt würde. Aber zu Malliks Überraschung wurde Gupta beschuldigt, den Start seines eigenen Satelliten sabotiert zu haben.

»Wir alle wissen, dass Romirs Satellitensystem für die Funktion von *Colossus 5* von grundlegender Bedeutung ist«, führte Carlton aus. »Deshalb musste Lionel verhindern, dass die Vajira-Konstellation vervollständigt wurde.«

Schließlich ergriff Gupta das Wort. »Das habe ich nicht getan.«

»Ich kann es beweisen, denn ich kenne den Namen des Mannes, denn Sie ins Projekt eingeschleust haben. Er lautet Eshan Chandra.« Carlton richtete einen fragenden Blick auf Mallik. »Ist das richtig?«

Mallik konnte den Schock, den ihm der Klang dieses Namens versetzte, nicht verbergen und nickte benommen. »Wir haben festgestellt, dass Chandra die Software verändert hatte, die den Treibstoffzufluss steuerte, woraufhin die Maschinen versagten. Als wir ihn verhörten, erklärte er, dass er den Namen seines Auftraggebers nicht kenne. Er habe den Auftrag angenommen und ausgeführt, nachdem eine Million Dollar auf sein Konto überwiesen worden waren.«

»Wo befindet Chandra sich zurzeit?«

»Er beging Selbstmord.« Tatsächlich kam er während des Verhörs durch einen übereifrigen Fragesteller zu Tode, aber das behielt Mallik lieber für sich.

»Ich versichere Ihnen, damit hatte ich nichts zu tun!«, rief Gupta.

»Bitte, Lionel«, sagte Carlton mit einem Ausdruck tiefster Verachtung. »Ich besitze Aufzeichnungen und Kopien von Ihrer Korrespondenz mit Chandra, in der Sie ihn ausdrücklich beauftragen, die Rakete zu zerstören.«

»Ganz gleich, was Sie an ›Beweisen‹ zu haben glauben, es sind Fälschungen.«

Plötzlich ergriff Jason Wakefield das Wort. »Nein, das sind sie nicht.«

Alle Augen richteten sich auf den Kommunikationsmogul.

»Als Sie Ihre Pläne entwickelten und darüber diskutierten, benutzten Sie eines meiner Telefonnetze. Sie hätten sich darüber im Klaren sein müssen, dass ich in sämtlichen meiner Systeme gewisse Hintertüren installiert habe, die mir gestatten, Gespräche und Textnachrichten zu überwachen, zu kopieren und zu speichern.«

Guptas Unterkiefer klappte nach unten. »Ich … ich …«

Carlton quittierte diese offensichtliche Bestätigung dafür, Gupta ertappt und überführt zu haben, mit einem abfälligen Grinsen. Aber seine Siegesfreude sollte nur von kurzer Dauer sein.

»Und ich befürworte Ihre Aktivitäten voll und ganz«, fügte Wakefield hinzu.

Carlton zuckte zusammen und verzog das Gesicht, als habe er einen Schlag in die Magengrube erhalten. Mallik war mindestens genauso perplex.

»Was reden Sie da, Jason?«, fragte Carlton irritiert.

»Ich habe abgewartet, weil ich sehen wollte, ob auch noch jemand anders das Colossus-Projekt mit den gleichen Vorbehalten betrachtet wie ich«, sagte Wakefield. »Wir sind zu weit gegangen. Ich weiß, dass wir zusammengenommen Milliarden in dieses Projekt gesteckt haben, aber das Ganze ist völlig außer Kontrolle geraten.«

Mallik beobachtete, wie die anderen Mitglieder der Neun diese Neuigkeit hektisch miteinander flüsternd kommentierten.

»Das kann nicht Ihr Ernst sein«, sagte Carlton.

»Mir ist es sogar todernst«, bekräftigte Wakefield. »Seit Monaten habe ich die Kommunikation zwischen den Schiffen auf ein Minimum zurückgeschraubt. Sie haben es nur nicht bemerkt. Und ich bin erfreut, sehen zu dürfen, dass Lionel sogar noch wirkungsvollere Schritte unternommen hat, um dieses Projekt zu stoppen. Es ist höchste Zeit, dass diejenigen unter uns, die Colossus kritisch, wenn nicht gar ablehnend gegenüberstehen, sich endlich aus der Deckung wagen, anstatt nur passiv Widerstand zu leisten.«

»Uns zurückzuhalten und in Deckung zu bleiben, das war genau das, worauf wir alle uns geeinigt hatten«, sagte Carlton zunehmend erregt.

»Ich habe mich überhaupt nicht dazu geäußert und ganz sicher nicht zugestimmt«, sagte Pedro Neves. »Das war mein Vater.«

»Dann hätte er Ihnen erklären sollen, dass Colossus

das höchstentwickelte, erfolgversprechendste Projekt zur Erschaffung künstlicher Intelligenz ist, das je ins Leben gerufen wurde. Sobald sie voll funktionsfähig und einsatzbereit ist, können wir jedes Netzwerk auf der Erde anzapfen, ohne dass auch nur eine einzige Person außerhalb des Projekts davon Kenntnis erhält. Der von Colossus erzeugte Kontrollvirus wird unauffindbar sein, und kein Wirtschaftskonzern, keine Regierung und kein Militär wird ihn analysieren können. Am Ende wird sich Ashokas Traum erfüllt haben, nämlich das gesamte Wissen ausschließlich zum Wohle der Menschheit eingesetzt zu haben.«

»Er träumte davon, die Welt vor der Macht, die in dem gebündelten Wissen enthalten ist, zu schützen, nicht sie damit zu kontrollieren«, sagte Wakefield.

»Wir können sie aber nicht schützen, ohne sie gleichzeitig zu kontrollieren«, erwiderte Carlton. »Ashoka konnte die radikalen Veränderungen, die gerade im technologischen Bereich stattfanden, nicht vorhersehen. Die Entwicklung und Perfektionierung von künstlicher Intelligenz ist ein unausweichlicher Schritt. Wer wäre außer uns besser dafür geeignet, die Welt durch diesen umwälzenden Prozess zu steuern?«

»Ich weiß nicht«, meldete sich Melissa Valentine mit sorgenvoller Stimme zu Wort. »Ich habe bei dieser Geschichte auch starke Bedenken.« Sie sah Neves an, während sie weitersprach. »Mit dem von Colossus geschaffenen Kontrollvirus und den Mustererkennungsalgorithmen werden wir in der Lage sein, Wahlen zu steuern, Märkte zu manipulieren, Konzerne in den Konkurs zu führen und gesamte Armeen außer Gefecht zu setzen. Und da all dies mittels minimaler Veränderungen in komplexen Steuerprogrammen ausgelöst werden kann, werden diese Regierungen, Wirtschaftsunternehmen und Militärapparate niemals erfahren, dass all das praktisch vor ihrer Nase stattfindet und von uns gesteuert wird. Damit übernehmen wir eine ungeheure Verantwortung, die geradezu danach schreit, missbraucht zu werden, um es salopp auszudrücken.«

»Genau«, pflichtete Wakefield ihr bei. »Wir werden wie Tyrannen sein, die aus dem Schatten ihre Macht ausüben.«

»Ist dies denn nicht genau das, was wir alle wollten?«, fragte Carlton. »Wir haben das absolute Wissen geschaffen, wie unsere Vorfahren es sich wünschten und wie es Ashoka als Vision vorschwebte. Also sind wir es, die dafür sorgen müssen, dass diese Vision Realität wird. Und von hinter den Kulissen zu regieren ist die einzige Methode, wie dieses Ziel erreicht werden kann.«

Volanski, Schultz, Saidon und Neves saßen mit versteinerten Mienen auf ihren Plätzen und sagten gar nichts, Wakefield und Valentine schüttelten die Köpfe.

Gupta wandte sich an Mallik. »Es tut mir leid, Romir. Ich habe Ihren Satellitenstart verhindert. Aber ich stehe auf Wakefields Seite. Das Colossus-Projekt ist ein großer Fehler. Wir müssen es sofort abbrechen.«

Dann ließ er den Blick über die restlichen Neun Namenlosen wandern. »Wer stimmt mir zu?«

Wakefields Hand ging sofort in die Höhe, gefolgt von Valentines Hand. Dann, zu Malliks namenloser Verblüffung, signalisierte Neves ebenfalls seine Zustimmung.

Mallik kam sich plötzlich wie ein Sieger vor. In dem Glauben, der Einzige zu sein, der hinsichtlich des Projekts starke Bedenken hatte, hatte er seit Monaten auf eigene Rechnung alle möglichen Versuche unternommen, Colossus zu stören und zu behindern. Nun hatte er plötzlich Verbündete, von denen er nicht das Geringste gewusst hatte.

Er hob die Hand und sorgte damit für die Mehrheit derer, die gegen eine Fortsetzung waren.

Carlton starrte ihn entgeistert an. »Romir? Sie auch?«

»Sie glauben, Sie können Colossus nach Belieben steuern«, sagte Mallik, »aber da machen Sie sich etwas vor. Mit Colossus entfesseln wir eine unkontrollierbare künstliche Intelligenz, die uns schon bald alle überflügeln wird. Die Software, von der Sie annehmen, dass Sie Ihnen helfen wird, andere zu lenken, wird schon bald unserer Kontrolle entgleiten. Sobald Colossus ein eigenes Bewusstsein entwickelt, wird sie erkennen, dass sie uns nicht mehr braucht. Dann wird sie alles tun, um sich selbst zu schützen und ihre eigene Existenz zu erhalten.«

Carlton lachte spöttisch. »Kommen Sie schon wieder mit dieser abgegriffenen Horrornummer? Dass Colossus nach Belieben alle Atombomben zündet und den Weltuntergang auslöst? Sie haben doch selbst ein Notfallprogramm eingebaut, um das zu verhindern.«

Mallik schüttelte den Kopf. »Sie sagten einmal, dass wir die höchstentwickelte AI erschaffen, die je das Licht der Welt erblickte. Wenn dies zutrifft, wie kommen Sie dann darauf, dass wir sie austricksen können? Woher wissen wir denn, dass sie am Ende nicht zu dem Schluss kommt, dass eigentlich sie die Entscheidungen treffen sollte? Wir können unmöglich voraussagen, was geschehen wird, wenn Colossus erst einmal über ihre gesamte Leistung verfügt. Wir erleben es jeden Tag in Gestalt unbeabsichtigter Folgeerscheinungen, hervorgerufen von hochentwickelter Software – einer Software mit Millionen von Befehlszeilen, die eine einzelne Person niemals lesen geschweige denn verstehen kann. Ich habe es am eigenen Leib erfahren müssen, als meine Frau starb.«

Er schluckte krampfhaft, als er an seine persönliche Tragödie erinnert wurde, und dann blickte er zu Torkan hinüber, der seinen Blick mit einem traurigen Ausdruck erwiderte.

Mallik schaute in die Runde, fixierte für einen kurzen Moment jeden der anwesenden Neun Namenlosen. Mehrere von ihnen nickten zustimmend. Er spürte, wie seine Auffassung mehr und mehr Zuspruch erhielt. Allmählich wurde es Zeit für den letzten Anstoß.

»Also frage ich Sie, was geschieht, wenn Colossus von Milliarden Befehlen gesteuert wird, die von ihr selbst geschrieben wurden? Was geschieht, wenn Colossus den Zustand der Einmaligkeit – Singularität – erreicht und sich ohne Einwirkung von uns weiterentwickeln kann, und das mit unvorstellbarer Geschwindigkeit? Werden wir zu diesem Zeitpunkt nicht vollkommen bedeutungslos? Werden wir dann nur noch die Diener sein und nicht mehr die Herren?«

Carlton wollte das nicht gelten lassen. »Aber Ihre Schiffsladung Sicherheits…«

Mallik wischte dieses Argument und alles, was sich daraus ergab, mit einer Handbewegung beiseite. »Alles nur ein Notbehelf, mehr nicht. Deshalb habe ich zusätzliche Möglichkeiten in die Vajra-Satellitenkonstellation eingefügt. Deshalb ließ ich *Colossus 5* sabotieren, um mehr Zeit zu gewinnen – um *uns* mehr Zeit zu verschaffen –, diesen Wahnsinn ein für alle Mal zu stoppen.«

In dem Moment, als er sah, wie in Wakefields Miene Zorn aufloderte, wusste Mallik, dass er etwas Falsches gesagt hatte. Gupta auf der anderen Seite neben ihm schüttelte mitleidig den Kopf. Die Reaktionen der restlichen Neun schwankten zwischen Überraschung und Abscheu.

Carltons Reaktion sah vollkommen anders aus. Ein breites Lachen erschien in seinem Gesicht. Gupta erhob sich und ging hinüber auf die andere Seite des Tisches, ergriff Carltons Hand und drückte sie feierlich.

»Sie hatten recht«, sagte Gupta. »Wie konnte ich nur an Ihnen zweifeln.«

»Wer sonst hätte *Colossus 5* sabotieren sollen?«, fragte Carlton. Er musterte Asad Torkan einen kurzen Augenblick lang, ehe er Mallik geradezu fröhlich ansah. »Sie haben mir nicht geglaubt, Romir. Nicht ganz. Vielen Dank, dass Sie es zugegeben haben.«

Keiner der anderen Neun Namenlosen würdigte Mallik nach seinem Geständnis, das er so sorglos abgelegt hatte, auch nur eines Blickes. Sein Magen verkrampfte sich, als Carlton den sechs Bibliothekswächtern, die im Konferenzsaal postiert waren, ein Zeichen gab und sagte: »Nehmt ihn und Asad Torkan in Gewahrsam, bis wir uns für eine angemessene Form der Hinrichtung entschieden haben.«

19

Xavier Carlton war höchst zufrieden, wie gut sein Plan aufgegangen war. Er wusste, dass er nichts anderes hatte tun müssen, als Malliks Bedürfnis, stets auf der Seite des Gewinners zu sein, für seine Zwecke auszunutzen.

Die Bibliothekswächter zückten ihre Waffen und machten Anstalten, gegen Mallik und Torkan vorzurücken. Torkan bereitete sich innerlich auf einen Kampf vor, den er unmöglich gewinnen konnte. Mallik blieb sitzen. Stattdessen hielt er eine Hand hoch, in der sich irgendein Gegenstand befand.

»Bleibt sofort stehen«, befahl er. Die Wächter zögerten und schauten zu Carlton hin, der mit einem spöttischen Lächeln die Augen verdrehte.

»Bitte, Romir. Machen Sie sich nicht lächerlicher, als Sie es ohnehin schon sind.«

Mallik öffnete die Hand so weit, dass eine kleine Glasröhre zum Vorschein kam. Sie wies eine rote Inschrift unter dem international bekannten orangefarbenen und schwarzen Biohazard-Symbol auf.

»Volanski müsste eigentlich wissen, was ich hier in der Hand habe«, sagte Mallik und sah den russischen Waffenhändler an. »Falls Sie versuchen sollten, mich am Verlassen der Bibliothek zu hindern, lasse ich diesen Glasbehälter fallen. Dann werden wir alle sterben.«

Boris Volanski sprang plötzlich entsetzt aus seinem Sessel auf.

»Nowitschok!«, rief er mit überkippender Stimme. Carlton spürte Natalie Taylors Hand auf seiner Schulter. Seine Assistentin wusste genauso gut wie er, welche Wirkung Nowitschok hatte.

»Stimmt genau«, sagte Mallik. »Dies ist ein Spezialbehälter, der unter Druck steht. Wenn er zerbricht, wird das Nervengift durch den Raum geblasen. Es wird uns dann innerhalb von wenigen Sekunden töten.«

Carlton kam langsam auf die Füße.

»Niemand verlässt den Raum vor Torkan und mir«, warnte Mallik.

Carlton lachte höhnisch. »Dazu haben Sie nicht den Mumm.« Aber dann wurde ihm klar, dass Mallik möglicherweise doch den Mumm hatte. Schließlich hatte er nichts zu verlieren. Seine Frau war gestorben, er hatte keine Kinder, und er war, wie es aussah, geradezu besessen von der Idee, das Colossus-Projekt zu stoppen.

»Wie sind Sie darauf gekommen, dass ich es war?«, wollte Mallik wissen.

Carlton sagte nichts. Mallik musterte die Versammlungsteilnehmer, bis Jason Wakefield sich einen Ruck gab.

»Carlton besitzt ein Video, auf dem Asad Torkan, Ihr Assistent oder wie immer Sie ihn nennen, in der Moretti-Navi-Werft zu sehen ist«, sagte er und deutete mit einer Kopfbewegung auf Malliks Leibwächter. »Vor dem Treffen hat er es jedem von uns geschickt, und er hatte die Idee zu dieser Inszenierung, um Sie dazu zu bringen, Ihre Beteiligung einzugestehen. Einige von uns wollten es anfangs nicht glauben, vor allem ich nicht – wegen dieses Entführungsversuchs, den Sie offensichtlich selbst arrangiert haben. Aber dann machte ich doch mit, weil ich glaubte, Ihre Reaktion würde beweisen, dass er sich irrt. Stattdessen hatte Carlton recht mit seinem Verdacht. Und ich lasse mich nur ungern an der Nase herumführen.«

»Wie konnten Sie nur, Romir?«, sagte Valentine und schüttelte ungläubig den Kopf. »Wir dachten, Sie seien einer von uns.«

»Ich hatte versucht, Sie zu warnen, ehe wir das Projekt gestartet haben«, sagte Mallik, »aber Sie wollten mir nicht zuhören. Ich hielt das gesamte Vorhaben für reine Geldverschwendung, bis wir die Anlage auf Jhootha Island installiert haben. Erst dann wurde mir klar, dass Colossus kein Hirngespinst war. Ich war der Einzige, der Sie aufhalten konnte. Deshalb hatte ich es so eilig, das Vajra-Projekt abzuschließen. Es kostete mich mehr, als das Colossus-Projekt uns alle insgesamt gekostet hat, aber jetzt erkenne ich, dass es das Opfer wert war.«

Er stand auf und hielt die Glasflasche hoch, damit jeder der Anwesenden sie sehen konnte. »Ich werde jetzt zusammen mit Torkan den Saal und die Bibliothek verlassen. Ich rechne damit, dass Sie alles versuchen werden, um mich daran zu hindern, das Satellitennetz zu vervollständigen. Nur zu, tun Sie sich keinen Zwang an. Ich bin bereit. Ganz gleich, was Sie tun mögen, es wird Ihnen nichts nützen. Am Ende werden Sie erkennen, dass ich recht habe. Ich hoffe, dass Sie mir irgendwann in der Zukunft für das, was ich tue, danken werden.«

»Ihnen danken?«, fauchte Carlton wütend. »Dafür, dass Sie unsere Vision von einer besseren Welt zerstören?«

»Nein. Dafür, dass ich die Welt rette.«

Mallik bewegte sich rückwärts zu der Tür hinter ihm. Torkan hielt ihm den Rücken frei und beobachtete die Wächter, die sich nicht rührten.

Als Mallik durch die Türöffnung getreten war, blieb er stehen und sagte: »Sie werden niemals aufhören, mich zu verfolgen, nicht wahr? Daher ist dies das Ende der Neun Namenlosen.«

Gleichzeitig schleuderte er den Glasbehälter in den Raum und sprintete davon.

Carlton sah, wie die kleine Flasche durch die Luft in die Mitte des Raums flog und machte auf der Stelle kehrt, um zu flüchten, aber Natalie Taylor riss ihn bereits mit sich. Er stolperte hinter ihr her und drängte Gupta durch die Türöffnung. Sie ließen die Tür hinter sich und bogen um eine Ecke, als er die Glasflasche auf dem Steinboden zerschellen hörte. Und dann setzten die Schreie ein.

Sie rannten weiter. Carlton wandte sich um und sah, wie Wakefield zusammen mit einem der Wächter hinter ihnen durch den Türbogen wankte. Wakefields entsetzt aufgerissene Augen flehten um Hilfe, aber vergebens. Niemand näherte sich der Bibliothek. Er und der Wächter bäumten sich auf, als ihre Muskeln erstarrten, und sie kippten beide um wie Statuen, woraufhin ihre Köpfe auf den Boden krachten.

Bei dem grässlichen Anblick hielt Gupta inne. Sein eigener Wächter war zurückgeblieben, um zu sterben.

»Kommen Sie!«, rief Natalie Taylor. »Sie können nichts mehr für sie tun! Hier entlang!«

»Wer ist diese Frau?«, wollte Gupta von Carlton wissen. »Woher weiß Ihre Assistentin, dass wir nichts mehr tun können?«

»Sie hat früher beim militärischen Geheimdienst Großbritanniens gearbeitet«, antwortete Carlton. »Und sie ist nicht nur meine Assistentin, sondern auch meine Leibwächterin. Übrigens eine viel bessere als Ihr Mann, wie ich hinzufügen muss.«

Natalie Taylor versetzte Gupta einen Stoß, um ihn zur Eile anzutreiben, und dann setzten sie ihre Flucht fort, bis sie auf einen der Bibliothekswächter trafen, der an Carltons Eingang postiert war.

»Suchen Sie den Rest Ihrer Truppe zusammen«, befahl ihm Carlton. »Romir Mallik hat soeben die anderen Mitglieder der Neun Namenlosen getötet. Halten Sie ihn auf, ehe er die Bibliothek verlassen kann.«

Der Wächter starrte ihn für einen kurzen Moment verständnislos an, dann nickte er und entfernte sich im Laufschritt.

Sie folgten dem Tunnel, und Gupta, der nicht fassen konnte, was er soeben hatte mit ansehen müssen, fragte: »Warum hat Mallik das getan?«

»Weil er wahnsinnig ist«, sagte Carlton. Er fügte nicht hinzu, dass das Video, in dem Torkan in der Schiffswerft zu sehen war, von seinen Medienexperten entsprechend manipuliert worden war, indem sie das Gesicht des Iraners in die Szene eingefügt hatten. Carlton hatte lediglich vermutet, dass Mallik derjenige war, der den Sabotageangriff auf die *Colossus 5* veranlasst hatte, aber er hatte etwas Konkretes gebraucht, damit sich die anderen Mitglieder der Neun gegen ihn stellten.

»Zweitausend Jahre des Abwartens und Planens«, sagte Gupta in einem Tonfall, als sei er den Tränen nahe, »und dann wird die Gemeinschaft der Neun Namenlosen auf einen Streich von einem aus unserer Mitte zerschlagen.«

»Wir brauchen sie nicht mehr«, sagte Xavier Carlton. »Sie und ich, wir können das Projekt allein zu Ende führen. Wir verfügen über alles, was wir brauchen, um es abzuschließen.«

»Was ist mit den anderen Mitgliedern unserer Gemeinschaft? Ihre eigenen Leute – ich denke an ihre Familien und Mitarbeiter – werden sie ganz sicher schon bald vermissen.«

»Sie vergessen, dass ich einen Medienkonzern besitze. Wir denken uns irgendeine Taktik aus, damit ihre Abwesenheit entweder nicht bemerkt oder zumindest erklärt wird, bis wir so weit sind, Colossus zu aktivieren. Danach wird die Nachricht von ihrem Ableben nicht mehr sein als eine tragische Sensationsmeldung, die sämtliche Fragen beantworten und die möglichen Ermittlungen beenden wird.«

»Weiß Mallik über die augenblicklichen Positionen der Colossus-Schiffe Bescheid?«

Carlton schüttelte den Kopf. »Nein, ich habe dafür gesorgt, dass ihm diese Information nicht zugänglich gemacht wurde. Er hat nicht den geringsten Anhaltspunkt, sie zu finden. Ich konnte Saidon sogar so weit von meinem Verdacht überzeugen, dass er *Colossus 5* an einen unbekannten Ort schleppen ließ, um dort die zerstörte Satellitenschüssel zu ersetzen.«

»Und Sie sind ganz sicher, dass es auf Jhootha Island nichts gibt, was sich zu uns zurückverfolgen lässst?«

Carlton grinste siegessicher. Er war wegen der jüngsten Ereignisse nicht im Mindesten beunruhigt. Wenn er es genau betrachtete, hatte ihm Mallik sogar einen Gefallen getan, indem er seine Partner ausschaltete.

»Ich hatte Mallik nicht angelogen, als ich ihm erklärte, ich hätte den Code für das Selbstzerstörungsprogramm weitergemeldet. Spätestens am Ende dieses Tages wird Jhootha Island Geschichte sein.«

* * *

»Das war ziemlich gewagt von dir«, sagte Asad Torkan, während er mit Romir Mallik zu dem Tunnel eilte, der zu Malliks persönlichem getarntem Eingang führte, durch den sie die Bibliothek anfangs betreten hatten.

»Die anderen Namenlosen eliminiert zu haben verschafft uns einiges an Freiraum«, sagte Mallik, der sich im

Stillen selbst über seine Tat wunderte. Er hatte vollkommen spontan reagiert, ohne lange zu überlegen.

»Ich glaube, Carlton und seine Assistentin haben es unversehrt nach draußen geschafft. Gupta auch.«

»Selbst wenn nicht alle anderen den Tod gefunden haben, wird es einige Zeit dauern, bis sie sich von diesem Rückschlag erholen und neu organisieren.«

Als sie die Mündung des Ausgangstunnels erreichten, fragte der Wächter, der dort postiert war, Mallik und Torkan, was die lauten Schreie zu bedeuten hatten, aber er erhielt keine Antwort. Torkan brachte ihn mit einem Handkantenschlag gegen den Hals zum Schweigen und nahm ihm die Waffe ab. Krampfhaft nach Luft ringend, sackte der Wächter auf die Knie und erstickte.

»Die anderen Wächter werden sich an unsere Fersen heften«, sagte Mallik mit einem flüchtigen Blick auf den Toten. »Nicht einmal du kannst sie alle beseitigen. Ich denke, sie werden uns schnappen, noch bevor wir das Gelände der Bibliothek verlassen haben.«

»Nein, das werden sie nicht«, erwiderte Torkan. Er fand eine zweite Waffe bei dem Toten, die er ebenfalls in einer seiner Taschen verstaute, zog außerdem zwei lange Messer aus seinem Gürtel und sagte: »Sehen wir zu, dass wir verschwinden.«

Mallik fragte nicht, was Torkan im Sinn hatte. Strategisches Denken war Malliks Stärke. Was aber den taktischen Einfallsreichtum betraf, so war Asad Torkan von beiden der Bessere. Mallik folgte ihm in den Tunnel, wo sie in einen langsamen Trab verfielen.

Als sie sich dem Ende des langen Tunnels näherten, hallten hinter ihnen eilige Laufschritte von den Tunnelwänden wider. Torkan feuerte mit seiner Schnellfeuerpistole eine kurze Salve in den unterirdischen Verbindungsgang, während Mallik den Schließmechanismus der Löwenköpfe aktivierte. Die Barriere sank langsam herab, und die beiden Männer warfen sich auf den Boden, um von den Kugeln der Wächter nicht getroffen zu werden, die als Querschläger von den Tunnelwänden abprallten.

Als die Barriere vollständig im Boden versunken war, hatte Torkan seine Munition aufgebraucht. Es wäre so gut wie sicher, dass man sie draußen einholte, ehe sie ihren Wagen erreichten, und an Ort und Stelle exekutierte.

Sie traten über die Barriere, als sie mit dem steigenden Wasserspiegel wieder hochstieg. Torkan drehte sich um und rammte die Klingen der beiden Messer, die er bei dem toten Wächter gefunden hatte, in den schmalen Spalt zwischen der Barriere und der Wand.

Der gehärtete Stahl der Messerklingen knirschte, als die Barriere von ihnen gestoppt wurde. Indem sie wie Keile die Nut in der Wand versperrten, verhinderten sie, dass die Barriere den Zugangstunnel zur Bibliothek versperrte. Wasser ergoss sich über ihre obere Kante. Die beiden Dämme, die das Wasser des Kanals zurückhielten, begannen bereits abzusinken.

Sie rannten die Treppe hinauf zu dem trockenen Pfad, der durch den Dschungel führte. Mallik blickte zurück und registrierte, dass die Dämme bereits nicht mehr zu sehen waren. Wasser strömte nun in Massen in den Tunnel und füllte ihn. Die Wächter, die sie verfolgten, würden so gut wie sicher von den Fluten verschlungen werden, ehe sie zu der knapp vierhundert Meter entfernten Bibliothek zurückkehren könnten.

»Ein genialer Schachzug«, sagte Mallik anerkennend, während sie zu ihrem Wagen zurückrannten.

»Carlton wird uns mit allem jagen, was ihm zur Verfügung steht«, prophezeite Torkan.

»Ich weiß. Ab jetzt befinden wir uns in einem Wettrennen gegeneinander.«

Mit ernster Miene nickte Torkan stumm. Er wusste genau, was auf dem Spiel stand. Wer immer dieses Wettrennen gewann, würde den Lauf der Welt grundlegend verändern.

20

JHOOTHA ISLAND

Wie an jedem Tag der vergangenen sechs Monate ging Lyla Dhawan drei Schritte vor ihrem Wächter. Als sie vor achtzehn Monaten auf der Insel angekommen war, hatte man ihr weitaus mehr Freiraum zugestanden, um ihre Umgebung zu erkunden. Sie wusste, wie aussichtslos ein Fluchtversuch von einem der Strandabschnitte der Insel wäre, und dennoch hatte sie es gleich mehrmals riskiert. Nun hatte man ihr einen persönlichen Wächter zugeteilt, der während des täglichen halbstündigen einsamen Spaziergangs zum Strand und zurück jeden ihrer Schritte genau beobachtete.

Sie versuchte sich einzureden, dass es sie weitaus schlimmer hätte treffen können. Die Wächter hatten strikten Befehl, den Gefangenen keinen Schaden zuzufügen oder sie in irgendeiner Weise zu schikanieren, und während ihres gesamten Aufenthalts war sie ausreichend verpflegt worden. Sie kam sogar in den Genuss gelegentlicher Vergünstigungen wie Süßigkeiten oder DVDs mit Kinofilmen als Belohnung für gutes Benehmen oder besonders exzellente Arbeit. Trotzdem war dies nichts anderes als ein Gefängnis. Und Lyla hatte keinerlei Zweifel, dass sie, wenn ihre Tätigkeit für Projekt C nicht mehr als notwendig erachtet würde, an diesem einsamen Ort sterben müsse.

Sie rechnete damit, dass dies schon bald der Fall sein

könnte. Täglich zwölf Stunden lang hatte sie vor einem Computerbildschirm gesessen und – basierend auf ihren Kenntnissen im Bereich der Mustererkennungssoftware – Programme geschrieben. Wie alle anderen Passagiere in Xavier Carltons Flugzeug war sie eine der weltbesten Technikerinnen auf dem Gebiet der Entwicklung künstlicher Intelligenz. Sie kannte nicht allzu viele Details des Projekts C, aber es war klar, dass ihre Arbeit für den Erfolg des Projekts von entscheidender Bedeutung war. Nun allerdings verringerte sich das Arbeitspensum, das sie und ihre Kollegen bewältigen mussten, stetig.

In letzter Zeit hatte sie viele Stunden lang vor ihrem Terminal verbracht und gar nichts getan. Tatsächlich schien es, als besetzten sie ihre Workstations als eine Art Rückversicherung für den Fall, dass an der Software Modifikationen oder Korrekturen vorgenommen werden mussten. Dann, vor nunmehr drei Wochen, hatte sie durch Zufall die Unterhaltung zweier Wächter belauschen können, in deren Verlauf einer der beiden den Begriff *Bedtime* fallen ließ.

Zuerst nahm sie an, dass es irgendein fauler Witz über ihre Unterkünfte war, die man wohlwollend als spartanisch bezeichnen konnte. Aber als sie hier und da weitere Hinweise aufschnappte, begann Lyla allmählich zu begreifen, dass *Bedtime* ein Codewort sein musste. Es wurde ausgegeben, wenn die Wächter sämtliche Hinweise auf das, was auf der Insel geschehen war, spurlos beseitigen sollten.

Dies bedeutete, dass auch alle Gefangenen beiseitegeschafft werden würden. Und nachdem sie hatte mit ansehen müssen, was an dem Tag geschehen war, als sie zum ersten Mal die Insel betraten, wusste sie, dass die Wächter diesen Befehl, ohne zu zögern, ausführen würden.

Von dem Gas im Cockpit des Airbus A380 betäubt, war sie bewusstlos gewesen, bis die Maschine gelandet war. Noch halb weggetreten hatte sie zusammen mit den siebenundneunzig anderen Passagieren, die gekidnappt worden waren, die Notrutsche benutzt, um die Maschine zu verlassen. Der Einzige, der dabei gefehlt hatte, war Adam Carlton gewesen, der nach seiner tödlichen Kopfverletzung in einem Leichensack aus der Maschine herausgeholt wurde.

Die verwirrten und beunruhigten Passagiere waren ohne ersichtlichen Grund in zwei gleich starke Gruppen aufgeteilt worden. Ein Trupp Wächter mit Maschinenpistolen hatte sich hinter einer auffallend gut aussehenden Frau um die dreißig aufgebaut. Sie hatte sich mit vollkommen emotionsloser Stimme und eisigem Blick an die Passagiere gewandt. Die Szene war derart schaurig und unwirklich gewesen, dass Lyla sie niemals vergessen würde.

»Sie wurden aus einem einzigen Grund hierhergebracht«, sagte die Frau, die unter den Kidnappern offenbar eine Führungsposition innehatte, mit einem britischen Akzent, der in dieser desolaten Umgebung ziemlich affektiert wirkte. »Sie alle verfügen über Kenntnisse und Zugriffsmöglichkeiten, die unseren Zielen nützen und derer wir uns bedienen wollen. Wie Sie morgen erkennen werden, können Sie sich jeden Gedanken an Flucht aus dem Kopf schlagen.«

In diesem Punkt hatte sie absolut recht gehabt, erinnerte sich Lyla. Bei ihrem ersten Versuch, der Insel den Rücken zu kehren, hatte sie einen riesigen Scheiterhaufen aus Kokosnussschalen und Treibholz errichtet und diesen dann in der Hoffnung angezündet, dass das Feuer irgendjemandem auffiel, der es einem genaueren Augenschein unterzog und sie und ihre Leidensgefährten anschließend aus dem Gefängnis befreite. Aber es wurde schon bald gelöscht, und kein Mensch erschien zu ihrer Rettung.

Für ihren zweiten Versuch hatte sie heimlich über einen Zeitraum von mehreren Wochen genug Treibholz und Palmwedel gesammelt, um daraus ein kleines Floß zu bauen. Sie hatte keine Ahnung, wo auf der Welt sie sich befanden. Es konnte von der Karibik bis zum Südpazifik überall sein, aber sie war sicher, dass der Ort in tropischen Gewässern lag. Wenn sie bis in die Nähe einer Schifffahrtslinie paddeln könnte, bestand vielleicht die Chance, dass sie gerettet wurde.

Eines Nachts schaffte es Lyla, sich unbemerkt aus ihrer Unterkunft wegzuschleichen, ihr Floß mit Stricken zusammenzubinden und es vom Strand ins Wasser zu schieben. Sie überquerte das Atoll und gelangte tatsächlich bis ins offene Meer, konnte sich jedoch nur knapp einen Kilometer von der Insel entfernen, ehe ein Zodiac herangerauscht kam, um sie aufzufischen. Danach hatte sie drei Monate lang in Einzelhaft ausharren müssen. Aber auch jetzt dachte sie, dass es hätte schlimmer kommen können.

Die englische Frau hatte ihre Ansprache fortgesetzt, als ob sie die Kommandantin eines Konzentrationslagers sei. »Ich will Ihnen den Ernst Ihrer Situation verdeutlichen. Ganze Nationen suchen nach Ihnen, aber niemand wird Sie jemals finden.« Sie deutete auf das sorgfältig im Urwald versteckte Passagierflugzeug über ihnen, in dessen Schatten sie standen. »Die ganze Welt glaubt, dass diese Maschine von Terroristen vor der Küste des Iran abgeschossen wurde. Trümmerteile, die ihm eindeutig zuzuordnen sind, wurden gefunden, aber von Ihnen gibt es keine Spur. Irgendwann wird man die Suche nach dem Wrack aufgeben. Und die Suche nach Ihnen allen.«

»Was hat das überhaupt zu bedeuten?«, rief einer der Passagiere entrüstet. Einige andere der Gestrandeten bildeten eine Front und kamen näher, als wären sie bereit, einen Kampf zu riskieren. Aber auf ein Fingerschnippen der Engländerin hin brachten die Wachen ihre Waffen in Anschlag. Woraufhin die rebellischen Passagiere zurückwichen.

»Wir bereiten ein spezielles Projekt vor, an dem Sie mitarbeiten sollen. Unter Ihnen befinden sich einige der bedeutendsten Koryphäen aus Wissenschaft und Technik. Mit Ihrer Hilfe werden wir etwas zustande bringen, das die Zukunft unserer Welt von Grund auf verändern wird.«

»Warum haben Sie uns nicht ganz einfach engagiert?«, wollte Lyla wissen.

»Weil wir mehr brauchen als nur Ihr Wissen und Ihre Erfahrung«, erwiderte die Engländerin. »Wir brauchen Ihre Zugriffsmöglichkeiten. Bis zum Ende des morgigen Tages werden wir ungehinderten Zugang zu den Datenspeichern Ihrer jeweiligen Firmen und Institutionen haben. Die Welt hält sie für tot, umgekommen bei einer mysteriösen Flugzeugkatastrophe. Mögliche Fehler und Unregelmäßigkeiten in den Computersystemen Ihrer ehemaligen Arbeitgeber werden daher auf Softwarefehler zurückgeführt. Niemand wird auf den Verdacht kommen, dass Sie uns geholfen haben, in Ihre eigenen Datenspeicher einzudringen. Die als streng geheim eingestuften Informationen, an die wir auf diese Weise kommen, ersparen uns jahrelange Forschungsarbeit und werden uns ermöglichen, das Projekt frühzeitig abzuschließen. Das heißt, natürlich nur wenn Sie bereit sind, uns zu helfen.«

»Und wenn wir uns weigern?«, fragte Lyla herausfordernd. Einige ihrer Schicksalsgenossen murmelten zustimmend.

Die Miene der Engländerin verzog sich zu einem mitleidlosen Lächeln. »Ich glaube nicht, dass einer von denen, die übrig bleiben, sich dagegen sperren wird.«

Sie drehte sich halb zur Seite und nickte.

Die Wächter legten mit ihren Waffen auf die andere Gruppe an. Kurz bevor sie abdrückten, überfiel Lyla die grauenerregende Erkenntnis, was gleich vor ihren Augen ablaufen würde.

Die Wächter feuerten auf die hilflosen Passagiere, die sich nur wenige Schritte von ihr entfernt ängstlich zusammendrängten. Sie wurden kaltblütig niedergemäht, während die Überlebenden ihren namenlosen Schrecken hinausschrien. Lyla klammerte sich an die Frau, die ihr am nächsten stand, umarmte sie und schluchzte angesichts des grässlichen Geschehens, das sie soeben hatten mit ansehen müssen, mit ihr zusammen.

Die Engländerin erschien vollkommen unberührt von dem Blutbad. Ihr Mangel an Mitgefühl war unerträglich und erschreckend.

»Diese Leute hatten keinerlei Nutzen für uns. Ich hoffe, dies zeigt Ihnen, wie wir reagieren werden, wenn Sie nicht kooperieren wollen. Wir werden nicht zögern, weitere Exempel zu statuieren. Tun Sie Ihre Arbeit, und Sie werden anständig behandelt. Das wäre erst einmal alles.«

Dann nickte die Engländerin dem Anführer des Wachkommandos zu und wandte sich zum Gehen. Lyla hatte sie seitdem nicht wiedergesehen, aber sie würde diesen emotionslosen Ausdruck in ihren wie tot erscheinenden Augen gewiss niemals vergessen.

Seitdem hatte sie die Hoffnung, ihre Eltern irgendwann wieder in die Arme schließen zu können, nicht aufgegeben, doch diese Hoffnung verringerte sich von Tag zu Tag. Sie versuchte, sich auf die einfachen Dinge zu konzentrieren, sie zu genießen, wie zum Beispiel diesen Spaziergang bei strahlendem Sonnenschein, das Gefühl, durch tiefen Morast zu stampfen und den würzigen Geruch der üppigen Urwaldfauna, noch nass vom letzten Regen, genussvoll einzuatmen.

Als sie zum Strand kamen, holte der Wächter, ein Inder, eine Zigarette aus der Tasche, um seine obligatorische Rauchpause einzulegen. Lyla hatte oft versucht, mit ihren jeweiligen Bewachern ein Gespräch zu beginnen, in der Hoffnung, eine zarte Basis gegenseitigen Verstehens zu schaffen, die sie vielleicht irgendwann zu ihrem Vorteil ausnutzen könnte. Diesmal fehlte ihr dazu jedoch die Lust. Sie setzte sich auf den Boden und ließ die feinen Sandkörner durch ihre Hände rieseln, während sie auf den ruhigen Ozean hinausblickte. Regelmäßig hielt sie nach Anzeichen für ein Schiff Ausschau, getrieben von dem Wunsch, dass dies der Tag sein möge, an dem endlich jemand bemerkte, dass sie von einem bewaffneten Mann in Gefangenschaft gehalten wurde. Aber auch dieser Tag unterschied sich in nichts von den vorangegangenen. Der Ozean war bis zum Horizont vollkommen leer.

Das Sprechfunkgerät des Wächters meldete sich mit einem Quäken, und er ließ den Rest seiner Zigarette auf den kleinen Hügel Zigarettenstummel fallen, der sich während der zahlreichen Strandspaziergänge angesammelt hatte.

»Kann man mich nicht einmal für eine Minute vollkommen in Ruhe lassen?«, beschwerte er sich bei dem Anrufer und nahm seine Mütze ab, um sich den Schweiß von der Stirn abzuwischen. Er sah zu Lyla hinüber. »Sogar sie hält zur Abwechslung mal den Mund.«

»Wir haben gerade den Befehl erhalten«, drang die

Antwort aus dem kleinen Lautsprecher. »Er lautet Bedtime.«

Lyla spannte sich innerlich an, als sie das Wort hörte, aber sie blickte nicht zum Wächter. Aus dem Augenwinkel beobachtete sie, wie er sich bei der Nachricht straffte, als nähme er Haltung an.

»Tatsächlich? Kein Test?« Lyla erinnerte sich an die Übungen, in deren Verlauf sie und ihre Leidensgenossen wie in besagtem Szenarium vorgesehen zu ihren Zellen zurückgetrieben wurden.

»Wirklich, keine Übung. Komm mit Dhawan hierher zurück. Sofort.«

»Verstanden«, sagte der Wächter und ließ das Sprechfunkgerät sinken. Im Flüsterton fügte er hinzu: »Endlich.«

»Los, gehen wir«, sagte er zu Lyla.

Sie blieb reglos sitzen, während ihre Gedanken rasten und sie hektisch überlegte, was sie tun sollte.

»Mein Ausgang war viel zu kurz. Ich habe das Recht, noch ein paar Minuten hier draußen zu sein.«

»Interessiert mich nicht.«

Sie rührte sich nicht vom Fleck, während ihr verschiedene Möglichkeiten durch den Kopf schossen, von denen keine besonders einladend war.

»Ich sagte, gehen wir«, wiederholte der Wächter. »Zwingen Sie mich nicht, Gewalt anzuwenden.«

Langsam kam sie auf die Füße, wobei sie den Wächter nicht aus den Augen ließ. Er dachte nur daran, den Befehl zu befolgen und schnell zum Computerzentrum zurückzukehren. Außerdem hing der Riemen des Sturmgewehrs immer noch über seiner Schulter. Er ahnte nicht, dass sie wusste, was an diesem Tag anders sein würde als an den anderen Tagen, und erwartete, dass sie ihm widerspruchslos gehorchte.

Aber wenn sie an diesem Tag sterben sollte, dann könnte es auch hier im strahlenden Sonnenschein geschehen.

Lyla startete durch, rannte auf ihn zu und griff nach dem Sturmgewehr. Sie riss es ihm von der Schulter, ehe er begriff, was geschah. Aber er reagierte schnell. Er war größer und stärker als sie, stieß mit dem Ellbogen gegen ihren Arm, und das Gewehr flog auf den Strand. Sie versuchte, es mit einem Sprung zu erreichen und aufzuheben, aber er packte ihr Handgelenk mit stählernem Griff.

Sie erinnerte sich vage an ein Selbstverteidigungstraining, das sie vor Jahren absolviert hatte, und so rammte sie dem Wächter ein Knie in den Unterleib. Er knickte vor Schmerzen nach vorne ein und ließ sie dabei los. Sie hechtete nach dem Sturmgewehr, aber sie hatte bisher lediglich einige Male auf einem Schießstand unter Anleitung eines alten Freundes eine Pistole abgefeuert, jedoch niemals ein Gewehr, gleich welcher Art. Selbst wenn sie es an sich bringen könnte, war sie nicht sicher, ob sie überhaupt imstande wäre, es zu benutzen.

Sie stellte ihre Bemühungen schlagartig ein, als sie das Klicken eines Hammers hörte, der gespannt wurde. Sie rollte sich herum und schaute zu dem vor Wut schäumenden Wächter hoch, der mit seiner Pistole auf sie zielte. Die Mündung der halbautomatischen Pistole erschien ihr riesengroß.

»Das reicht jetzt!«, brüllte der Wächter. Er ging langsam um sie herum und hob sein Sturmgewehr auf, wobei seine Pistole keinen Millimeter schwankte. »Eigentlich sollte ich Sie gleich hier töten.«

Sie stand langsam auf und seufzte schicksalsergeben.

»Warum tun Sie es dann nicht? Ich weiß genau, was *Bedtime* bedeutet. Sie werden die gesamte Anlage zerstören und uns alle ermorden, nicht wahr?«

Er blinzelte überrascht.

»Dann nur zu!«, rief Lyla. »Erschießen Sie mich!«

Er lächelte und schüttelte den Kopf. »Um dann Ihre Leiche den weiten Weg zurückschleppen zu müssen? Das ist mir viel zu mühsam.«

»Ich werde keinen einzigen Schritt machen, deshalb können Sie genauso gut sofort abdrücken.« Lyla blickte ihn trotzig an und wappnete sich für den tödlichen Schuss.

Der Wächter zuckte die Achseln und ging auf sie zu. Er richtete die Pistole auf ihr Gesicht. »Wenn es das ist, was Sie sich wünschen.«

Er kam nicht mehr dazu abzudrücken. Ein Armbrustbolzen sirrte dicht an Lylas Kopf vorbei und bohrte sich in ein Auge des Wächters. Er sackte so schnell zu Boden, als wäre er regelrecht ausgeschaltet worden.

Anfangs dachte Lyla, dass sie vor dem sicheren Tod gerettet worden war, aber dann begriff sie, wie verrückt diese Vorstellung war. Niemand wusste, dass sie auf dieser Insel war, außer den Leuten, die das Bedtime-Protokoll angeordnet hatten.

Sie beseitigten nicht nur die Gefangenen. Sie würden auch jeden anderen töten, der sich auf der Insel aufhielt, die Wächter eingeschlossen.

Zu ihrer Rechten nahm sie eine Bewegung wahr. Ein hochgewachsener blonder Mann in einem Kampfanzug tauchte aus dem Dschungel auf, in der Armbeuge eine Maschinenpistole. Er lächelte sie an und sagte: »Hallo. Mein Name ist Juan. Und ich bin hier, um …«

Er brachte den Satz nicht zu Ende, weil Lyla sich bückte und die Pistole des Wächters aufhob. Ohne abzuwarten, um die restlichen Worte zu hören, zielte sie auf diesen Fremden namens Juan und drückte dreimal kurz hintereinander in seine Richtung ab.

Juan ging zu Boden, und Lyla wartete nicht, um zu erfahren, ob er von weiteren Personen begleitet wurde, die den Auftrag hatten, sie zu töten.

Sie wirbelte herum und ergriff die Flucht.

21

JHOOTHA ISLAND

Raven Malloy beobachtete, wie Juan Cabrillo nach den drei Pistolenschüssen zusammenbrach, aber sie ließ Eddie Seng und Franklin Lincoln zurück, damit sie sich sofort um ihn kümmerten. Zusammen mit MacD nahm sie die Verfolgung der Frau auf. MacDs Armbrust war bereits wieder gespannt und geladen.

Sie rannten ein kurzes Stück über den Strand und drangen dann dort, wo die Fußabdrücke der Frau zwischen den Bäumen verschwanden, in den Urwald ein. Das dichte Laubwerk bot ihr eine hervorragende Deckung, erschwerte es ihr allerdings auch, sich schnell und vor allem leise durch den Dschungel zu bewegen.

Raven stoppte und hob warnend die Hand. Beide lauschten auf das verräterische Geräusch raschelnden Laubs und knackender Äste, aber nichts störte die herrschende Stille.

»Ich habe ihr das Leben gerettet«, flüsterte MacD. »Weshalb hat sie auf den Chairman geschossen?«

Raven dachte an den schlichten Overall, den die Frau trug. »Möglicherweise gehörte sie zu den Passagieren dieser Maschine, woraus sich ergibt, dass sie seit anderthalb Jahren auf dieser Insel festsitzt. Kein Wunder, dass sie nicht mehr auf Anhieb erkennen kann, wer ihre Feinde sind.«

»Oder ihre Freunde.«

»Wir müssen sie finden, bevor sie ihren wahren Feinden in die Arme läuft.«

MacD deutete mit dem Kopf nach rechts. »Sie ist in diese Richtung gelaufen und nach etwa einhundert Metern stehen geblieben.«

Raven blickte in die Richtung, aber sie konnte nichts erkennen. »Woher weißt du das?«

»Seitdem ich denken kann, bin ich begeisterter Jäger«, erklärte er mit einem listigen Grinsen. »Ich könnte einen Kolibri in einem Hurrikan verfolgen.«

Raven zuckte die Achseln. MacD erzählte ständig solche Dinge. Da sie selbst nicht viel mit der Jagd im Sinn hatte, konnte sie nicht entscheiden, ob er sich nicht nur etwas zusammenfantasierte. Sie war auf Militärstützpunkten aufgewachsen und hatte, nachdem sie in die Army eingetreten war, bei der Militärpolizei gedient und die meiste Zeit Leute gesucht und verfolgt und sich dabei nach vollkommen anderen Hinweisen und Spuren gerichtet. Was sie jedoch gelernt hatte, seitdem sie zur Kernmannschaft der *Oregon* gehörte, war, dass ihre neuen Kollegen in ihren jeweiligen Arbeitsbereichen absolute Experten waren. Wenn MacD sagte, dass die Frau sich in einhundert Metern Entfernung hinter einem Baum versteckte, dann akzeptierte Raven es, ohne den geringsten Zweifel zu äußern.

»Lass mich mit ihr reden«, sagte sie. »Ich glaube nicht, dass deine Art von Charme in dieser Situation die gewünschte Wirkung entfaltet.« Als Ermittlerin gehörte es zu Raven Malloys besonderen Fähigkeiten, mit Leuten unterschiedlichster Art zu kommunizieren und sehr schnell ihr Vertrauen zu gewinnen.

»Wie du meinst«, sagte MacD. »Aber ich werde die ganze Zeit ein Auge auf dich haben.« Demonstrativ hob er die Armbrust.

»Halt mir lieber den Rücken frei«, sagte sie und deutete in die andere Richtung. »Die Schüsse könnten unerwünschte Beobachter auf den Plan gerufen haben.«

Er nickte, und sie schlich weiter.

Sie legte etwa fünfzig Meter zurück und blieb abermals stehen, immer noch weit genug entfernt von jeder Person, die mit dem Gebrauch einer Handfeuerwaffe nicht allzu vertraut war.

»Miss«, rief sie in den Wald. »Mein Name ist Raven Malloy. Meine Begleiter und ich sind nicht hierhergekommen, um Ihnen auf irgendeine Weise zu schaden.«

Raven erhielt zwar keine Antwort, aber sie konnte immerhin den Zipfel eines schwarzen Overalls ausmachen, der sich hinter dem schlanken Stamm einer Palme bewegte.

»Ich weiß, dass Sie Angst haben. Die hätte ich auch. Wir wissen, dass Sie schon seit längerer Zeit auf dieser Insel festsitzen. Wir haben das Flugzeug gefunden. Aber Sie sind bei uns sicherer aufgehoben als bei den Freunden des Mannes, der eben im Begriff war, Sie zu töten.«

»Bleiben Sie, wo Sie sind!«, antwortete die Frau. »Ich weiß alles über *Bedtime*!«

Raven machte ein paar Schritte in Richtung der fremden Frau. »Ich weiß nicht, was Sie meinen. Wir wollen Ihnen helfen.«

»Sie sind hier, um uns alle zu töten!«

»Wir wollen niemanden töten.«

»Sie haben den Wächter getötet.«

»Mein Begleiter und Kollege tat das aus gutem Grund«, erwiderte Raven. »Hatte der Wächter nicht die Absicht, Sie zu erschießen?«

»Nun… ja…«

»Dann würde ich sagen, dass wir einfach den richtigen

Zeitpunkt erwischt haben und gerade noch rechtzeitig erschienen sind. Kommen Sie heraus, und wir bringen Sie nach Hause.«

Im Gebüsch erklang ein Rascheln, und die Frau erschien, in der Hand eine Pistole, deren Mündung zu Boden zeigte. Die Frau war indischer Abstammung, aber sie sprach mit amerikanischem Akzent.

»Entweder lügen Sie und Sie würden mich am Ende sowieso finden, weil es auf dieser winzigen Insel nichts gibt, wo ich mich verstecken könnte, oder Sie sagen die Wahrheit, was für mich eigentlich mehr Sinn ergibt, denn es wäre für Sie ein Leichtes gewesen, uns unten am Strand beide zu erschießen. Mache ich einen Fehler, wenn ich das zu hoffen wage?«

Raven ging auf die Frau zu, während sie sich gleichzeitig ihre Waffe über die Schulter hängte. »Sie machen keinen Fehler. Wie heißen Sie?«

»Lyla Dhawan. Wo bin ich?«

»Auf einer Insel westlich von Indien.«

Lyla Dhawan schwieg einige Sekunden, um diese Information zu verarbeiten. »Aber Sie haben keinen indischen Akzent. Sind Sie Amerikanerin?«

Raven nickte und ließ sich die Pistole geben, ehe sie der Frau die Hand schüttelte.

»Wer sind Sie und Ihre Leute? Angehörige der Special Forces?«

»So etwas Ähnliches«, antwortete Raven. »Wir haben einen Hinweis erhalten, dass auf der Insel irgendetwas nicht mit rechten Dingen zugeht, daher kamen wir hierher, um uns umzuschauen. Man hat uns erklärt, sie werde von einem feindseligen Eingeborenenstamm bewohnt.«

»Offensichtlich wurde dieser Stamm von einer Seuche heimgesucht und ist vor zehn Jahren ausgestorben, nur hat niemand etwas davon mitbekommen. Die Leute, die mich hier gefangen hielten, wiegten die indische Regierung in dem Glauben, dass hier noch immer Eingeborene leben.«

MacD kam wie selbstverständlich aus dem Dschungel herausspaziert. »Sie wird von niemandem mehr bewohnt. Wir sollten verschwinden… Hi, ich bin MacD.«

Lyla war überrascht, ihn praktisch aus dem Nichts auftauchen zu sehen, aber sie sagte: »Hallo.« Dann erschien plötzlich ein Ausdruck des Entsetzens in ihrem Gesicht. »Oh, nein! Das dort unten am Strand war Ihr Freund, nicht wahr? Und ich habe ihn getötet!«

»Das bezweifle ich«, sagte Raven. »Aber wir sollten uns vergewissern.«

Die beiden begleiteten Lyla hinunter zum Strand und hielten aufmerksam Ausschau nach weiteren Wächtern.

Als sie mit den anderen zusammentrafen, war Juan schon wieder auf den Beinen und kam ihnen mit Linc und Eddie im Schlepptau entgegen.

»Es war meine Schuld«, sagte Juan. »Ich sehe zurzeit nicht gerade wie der geborene Lebensretter aus, oder?«

Raven machte Lyla Dhawan mit ihren Gefährten von der *Oregon* bekannt.

»Es tut mir unendlich leid, auf Sie geschossen zu haben«, sagte Lyla zerknirscht. »Ich hatte wirklich keine Ahnung, dass Sie zu den Guten gehören.«

»Sie sind keine schlechte Schützin«, meinte Juan Cabrillo anerkennend und massierte den Bereich oberhalb eines Lochs in seiner Weste. »Eine Kugel hat mich mitten in der Brust erwischt. Glücklicherweise widersteht meine Schutzweste normalem Pistolenfeuer.« Von der anderen Kugel, die ein Stück aus dem Kragen nur wenige Zentimeter von seinem Hals entfernt herausgefetzt hatte, sprach er vorsichtshalber nicht.

»Sie erwähnten etwas, das Sie Bedtime nannten«, sagte Raven Malloy zu Lyla. »Was meinten Sie damit?«

»Es ist eine Art Prozedur, auch Protokoll genannt, um alle Beweise für das, was an Aktivitäten auf dieser Insel stattgefunden hat, zu vernichten. Der Wächter war gerade im Begriff, mit der Durchführung dieser Prozedur zu beginnen, als Sie mich gerettet haben.«

»Dann müssen wir Sie unbedingt von hier wegbringen«, entschied Juan.

»Diese Schüsse könnten weitere Wächter hierher in Marsch gesetzt haben«, warnte Eddie Seng und blickte zu dem Dschungelpfad hinüber, der auf den Strand führte.

»Nicht unbedingt sofort«, sagte Lyla. »Höchstwahrscheinlich nehmen sie an, dass die Schüsse mir galten, um mich zu beseitigen. Ich denke, uns bleibt noch ein wenig Zeit, bis sie jemanden schicken, um nachzuschauen.«

»Sind nur Sie auf der Insel«, fragte Juan, »oder halten sich in diesem Gebäude weitere Gefangene auf?«

»Gebäude? Oh, Sie meinen die Baracke.« Lyla nickte. »Wir sind insgesamt neunzehn Personen. Die anderen werden ganz sicher getötet, wenn wir sie nicht schnellstens aus der Anlage herausholen.«

Linc sah sie mit verwirrter Miene an. »Anlage? Sie meinen, sie haben neunzehn Personen für über ein Jahr in diesem winzigen Schuppen eingesperrt?«

Lyla schüttelte den Kopf. »Dieser Barackenbau ist nur der oberste Teil der Anlage. Dort befinden sich die Vorratsbehälter und der Traktor. Auf dieser Insel gibt es einen weitläufigen unterirdischen Komplex. Und wenn ich alles richtig verstanden habe, dann sieht das *Bedtime*-Protokoll vor, dass die gesamte Einrichtung mitsamt den Gefangenen, die sich darin aufhalten, in die Luft gesprengt werden soll.«

22

Juan Cabrillo wusste, dass sie nicht so lange warten konnten, bis Verstärkung von der *Oregon* eintraf, obgleich er Max Hanley längst angewiesen hatte, das Schiff näher an die Insel heranzulenken. Ihre Anwesenheit noch geheim zu halten war nicht länger notwendig.

»Wie viele Wächter sind in der Einrichtung?«, wollte er von Lyla Dhawan wissen. Sie saß mit übereinandergeschlagenen Beinen im Sand, immer noch ein wenig benommen von ihrem gerade erst überstandenen Nahtoderlebnis, und Juan kniete vor ihr. MacD und Linc behielten den Urwaldpfad im Auge, während Eddie Seng und Raven Malloy rechts und links neben der befreiten Gefangenen kauerten.

»Fünfzehn«, sagte Lyla. »Nein, jetzt sind es nur noch vierzehn.«

»Kein besonders günstiges Zahlenverhältnis«, stellte Eddie fest. »Sonst noch jemand?«

Sie schüttelte den Kopf. »Nur die anderen achtzehn Gefangenen. Manchmal kommen auch Besucher auf die Insel, aber nicht besonders oft. Wir arbeiten ausschließlich am Computer, und wir kommunizieren per Textnachrichten und Videokonferenz über eine gesicherte Satellitenverbindung mit den Technikern des Projekts. Wenn wir nicht die Ergebnisse liefern, die die Techniker am anderen Ende von uns erwarten, sagen sie dem Oberaufseher Bescheid, einem unangenehmen russischen Kommisskopf, der Fyodor Yudin heißt.«

Dann beschrieb sie dem *Oregon*-Team in groben Zügen Grundriss und Aufteilung des unterirdischen Komplexes. Er bestand aus drei Etagen, die durch Treppen und einen Lastenaufzug miteinander verbunden waren. Die oberste Ebene direkt unter der Baracke beherbergte das Kontrollzentrum und das Vorratslager. Die Etage darunter wurde von den Gemeinschaftseinrichtungen wie den Computerräumen und der Kantine eingenommen. Die Unterkünfte der Wachen und der Gefangenen befanden sich in der untersten Etage. Der elektrische Strom wurde von einem Dieselgenerator in der oberirdischen Baracke erzeugt.

»Ich werde Sie wohl bitten müssen, eine Skizze von der gesamten Anlage für uns anzufertigen«, sagte Juan. »Danach wird Raven Sie auf unser Schiff begleiten.«

»Wie bitte?«, fragte Lyla und winkte ab. »Kommt nicht infrage. Ich gehe mit Ihnen.«

Juan schüttelte den Kopf. »Es ist zu gefährlich. Schließlich sind Sie heute schon einmal um Haaresbreite am Tod vorbeigeschrammt.«

»Hören Sie, ich bin Ihnen zu tiefem Dank verpflichtet, dass Sie mich gerettet haben, wirklich und wahrhaftig. Aber ich habe dort Freunde. Wenn wir sie nicht sofort herausholen, werden sie alle sterben. Yudin wird sich wahrscheinlich längst fragen, was seinem Wächter zugestoßen ist.«

Eddie hielt das Sprechfunkgerät hoch, das er dem Wächter abgenommen hatte. »Sie hat recht. Eben kam ein Ruf durch, dass er schnellstens zurückkehren solle.«

»Außerdem«, fügte Lyla hinzu, »schenken die anderen Gefangen Ihnen möglicherweise kein Vertrauen, wenn ich Sie nicht begleite.«

Juan gefiel die Vorstellung, sie erneut in Gefahr zu

bringen, ganz und gar nicht, aber ihr Einwand hatte auch etwas für sich. Sie mussten sie mitnehmen, wenn die Befreiungsaktion schnell ablaufen sollte.

»Okay. Aber Raven bleibt ständig an Ihrer Seite und lässt Sie nicht aus den Augen. Verstanden?«

Lyla nickte.

»Okay«, sagte Juan. »Ich habe neben der Tür einen biometrischen Scanner gesehen. Müssen wir den toten Wächter mitnehmen?«

»Bisher habe ich nicht beobachten können, dass der Scanner benutzt wurde«, sagte Lyla. »Ich denke, sie haben es nicht für notwendig gehalten. Es ist wohl eher so, dass wir daran gehindert werden sollen, die Einrichtung zu verlassen, als dass man uns davon abhalten will, sie zu betreten.«

»Und wie kommen wir hinein?«, fragte Raven.

»An der Tür ist eine Kamera installiert. Sie öffnen die Tür vom zentralen Kontrollraum aus.«

Eddie blickte bedauernd auf den toten Wächter. »So viel zu der Möglichkeit, seinen Handabdruck zu benutzen, um in den Laden reinzukommen.«

»Und ich glaube nicht, dass wir die Kamera mit diesem Loch in seinem Gesicht täuschen können«, sagte Juan. MacD hatte seinen Armbrustbolzen bereits wieder an sich genommen und in der kaum vorhandenen Brandung abgewaschen. »Hat bisher niemand einen Fluchtversuch unternommen?«

»Ich habe es getan«, sagte Lyla. »Zweimal.«

»Und haben Sie es geschafft, das Gebäude ungehindert zu verlassen?«

»Ja, aber ich bin nicht besonders weit gekommen.«

»Sie müssen sich sehr schnell an Ihre Fersen geheftet haben. Wie viele waren es?«

»Bei beiden Gelegenheiten sind es vier oder fünf Wächter gewesen, die nach mir gesucht haben.«

Eddie sah Juan mit einem Anflug von Hoffnung an. »Das verschiebt das Kräfteverhältnis immerhin ein wenig zu unseren Gunsten.«

»Könnte man so sagen«, meinte Juan. Dann zu Lyla gewandt: »Was ist mit der großen Garagentür der Baracke?«

»Sie wird wohl ebenfalls von innen geöffnet, nehme ich an.«

»Und die Türen innerhalb des Komplexes?«

»Nur der Kontrollraum und die Gefangenenquartiere sind durch Schlösser gesichert. Wir werden ständig auf Schritt und Tritt überwacht, und die Wächter sind stets bewaffnet. Einer der Passagiere versuchte einmal, einem Wächter eine Waffe zu entreißen. Dabei wurde er …« Ihre Stimme versiegte.

»Wir holen sie heraus«, sagte Juan. »Aber wir brauchen Ihre Hilfe, um in den Bau hineinzugelangen.«

»Ich tue alles, was Sie wollen«, sagte Lyla.

Juan stand auf, half ihr auf die Füße und reichte ihr das Funkgerät. »Fangen Sie an, um Hilfe zu rufen, wenn ich Ihnen ein Zeichen gebe.«

* * *

Fyodor Yudin war froh, diesen Felsen endlich hinter sich lassen zu können. Jhootha Island war für ihn fast genauso ein Gefängnis gewesen wie für die Flugpassagiere. Als Boris Volanski ihm die Stelle als Oberaufseher angeboten hatte, hatte er so lange abgelehnt, bis er die Summe erfuhr, die man ihm dafür zahlen wollte. Aber die Abgeschiedenheit machte ihm trotz des schönen Wetters und der tropischen Sonne zunehmend zu schaffen. Er freute sich darauf, endlich wieder zu Borschtsch und Wodka und zum Nachtleben seiner Geburtsstadt Moskau zurückkehren zu können, selbst wenn es bedeutete, dass er für sechs Monate im Jahr Minustemperaturen würde ertragen müssen.

Das einzige Hindernis zwischen ihm und der verlockenden Freiheit waren Lyla Dhawan und das Schiff, das kommen sollte, um sie abzuholen. Sobald er sie in ihrer Zelle eingeschlossen hätte wie die anderen, könnte er die Zeitschaltuhr des Selbstzerstörungsmechanismus in Gang setzen, der das gesamte Gefängnis und alle Beweise für das, was dort stattgefunden hatte, vernichten würde. Das einzige Objekt, das intakt bliebe, wäre das Flugzeug, das im Dschungel versteckt war, aber dort gab es nichts, was irgendwelche Hinweise auf seine Auftraggeber liefern konnte.

Im Kontrollzentrum der Anlage herrschte betriebsame Geschäftigkeit, während die Wächter den Start des *Bedtime*-Protokolls vorbereiteten. Ebenso wie Yudin konnten sie es kaum erwarten, diesen tristen Ort zu verlassen und in die Zivilisation zurückzukehren. Der Oberaufseher stand hinter dem Techniker, der vor der zentralen Kontrolltafel saß, während die Wächter durch die Türen an beiden Enden des langen Saals ein und aus gingen. Er diente als Besprechungszentrum und beherbergte außerdem die Schreibtische des Büropersonals. Nachdem fast alle Gefangenen in ihren Zellen eingeschlossen waren, hatten die restlichen Wächter ihre Quartiere aufgesucht, um ihre wenigen persönlichen Habseligkeiten zu packen.

Yudin ärgerte sich, dass er diese letzte Störung erst hinter sich bringen musste.

»Rufen Sie ihn noch einmal«, befahl er.

Der deutsche Wächter mit dem Headset nickte und sagte ins Mikrofon: »Ich rufe Zero-six. Ich wiederhole, Zero-six bitte kommen.« Wenn sie die Kommunikationskanäle benutzten, beschränkten sie sich ausschließlich auf Rufzeichen.

Yudin blickte auf den Monitor, auf den das Bild der Kamera über der Eingangstür übertragen wurde. Dort war nichts von Lyla Dhawan und ihrem Bewacher zu sehen.

Aus den Lautsprechern an der Decke drang lediglich ein atmosphärisches Rauschen. Nach einigen Sekunden meldete der Deutsche: »Keine Antwort.«

Lyla Dhawan hatte schon früher manchmal Schwierigkeiten gemacht, aber ein einzelner Wächter müsste eigentlich mit ihr fertigwerden können. Wahrscheinlich gab es ein Problem mit dessen Sprechfunkgerät.

»Schicken Sie jemanden los, der sie suchen und herbringen soll. Und zwar auf der Stelle.«

»Jawohl, Sir.«

Ehe der Deutsche den Befehl an einen anderen Wächter weitergeben konnte, knisterte es in den Lautsprechern.

Zu Yudins namenloser Überraschung und nicht geringem Ärger meldete sich die Stimme seiner Gefangenen. Jeder im Saal hielt mit dem inne, womit er gerade beschäftigt war, um zuzuhören.

»Ich wende mich an jeden, der dies hören kann«, sagte sie, »mein Name ist Lyla Dhawan, und ich werde auf einer Insel gefangen gehalten. Den Namen der Insel kenne ich nicht. Daher bitte ich Sie, zu antworten und sich nach diesem Funkspruch zu orientieren.«

Yudin hatte keine Ahnung, wie sie es geschafft haben konnte, ihrem Wächter das Funkgerät zu entwenden, aber dessen Sorglosigkeit hätte zur Folge, dass er die

Insel ganz gewiss nicht verlassen würde. Es war unwahrscheinlich, dass irgendwelche Schiffe nahe genug waren, um ihr SOS aufzufangen, aber nun, da er so kurz davorstand, Jhootha Island für immer hinter sich zu lassen, würde er kein Risiko eingehen.

»Können Sie die Position der Signalquelle bestimmen?«, fragte Yudin.

»Nein, Sir. Aber ich weiß, dass sie den Strand auf der Nordostseite der Insel aufsuchen wollten.«

»Dann trommeln Sie vier Wächter zusammen und schaffen Sie die beiden hierher.«

»Ich?«

»Ja, Sie!«

Der Deutsche erhob sich aus seinem Sessel und ging zu einem Gestell, in dem mehrere Sturmgewehre aufgereiht waren. Er gab vier Wächtern, die den kurzen Wortwechsel bemerkt hatten, ein Zeichen, ihn zu begleiten. »Gibt es besondere Verhaltensregeln?«

Yudin war es in diesem Augenblick gleichgültig, was mit Lyla Dhawan geschah. »Sie haben Erlaubnis, sie zu töten, aber sorgen Sie dafür, dass Sie ihre Leiche mit herbringen … und nun los, gehen Sie!«

Die Wächter schnappten sich die Waffen vom Gestell und verließen im Laufschritt das Kontrollzentrum.

23

Juan Cabrillo kniete neben Marion MacDougal Lawless, der hinter einem Busch lag, seine Armbrust im Anschlag, und konzentriert sein Ziel anvisierte. Eddie und Lincoln Franklin lagen rechts neben ihm, in den Händen eine Nylonschnur. Raven Malloy und Lyla Dhawan kauerten auf der linken Seite, auch von der üppigen Vegetation verdeckt. Sie alle waren von der Tür der Blechhütte aus nicht zu sehen. Rauch stieg am Ende des Wegs, der zum Strand führte, in die Luft. Linc und Eddie hatten dort ein Feuer entfacht, um die Wachen, sobald sie herauskamen, zur Eile anzutreiben.

Lyla war schon im Begriff, das Funkgerät wieder einzuschalten, aber Juan stoppte sie mit einem Handzeichen, als er sah, wie die Seitentür aufgestoßen wurde. Ein Trupp von fünf Wächtern kam heraus, die Waffen schussbereit. Der Anführer des Kommandos entdeckte sofort die Rauchsäule und rief den anderen zu, ihm zu folgen, was sie, ohne zu zögern, im Laufschritt taten.

Die federgelagerte Tür begann sich zu schließen, während die Männer dem Pfad in Richtung Feuer folgten und im Urwald verschwanden.

MacDs Armbrust war mit einem Titanbolzen mit Widerhaken geladen. In einer Öse an seinem Ende war die Nylonschnur verknotet.

In wenigen Sekunden würde sich die Tür schließen, aber Juan wartete, bis der letzte Wächter die Lichtung verlassen hatte und sich außer Hörweite befand.

Dann flüsterte er: »Jetzt.«

MacD drückte ab, und der Bolzen schoss über die Lichtung und bohrte sich mit einem deutlich vernehmbaren scharfen Knall in den Türrand dicht über dem Schloss. Die Wächter hatten sich mittlerweile so weit entfernt, dass sie den metallischen Laut nicht mehr hörten.

Während MacD die Hand nach dem neuen Bolzen ausstreckte, den Juan schon bereitgehalten hatte, holten Eddie und Linc eilig die Schnur ein, bis sie straff gespannt war und die Bewegung der Tür stoppen konnte, ehe der Schließriegel einrastete.

MacD aktivierte die elektrische Spannautomatik der Armbrust und legte den Bolzen ein.

Dann zielte er auf die Kamera über der Tür und drückte abermals ab.

Der Bolzen machte sich auf seine kurze Reise und traf das Kameragehäuse. Es löste sich zu einem Splitterregen auf.

»Auf geht's«, sagte Juan.

Sie sprinteten über die Lichtung, und Juan riss die Tür vollends auf, während Linc und Eddie ihn deckten. Er ging hinein, seine P90-Maschinenpistole an der Schulter, und sicherte den Raum hinter der Tür.

Zu seiner Rechten stand ein Anhänger mit einem roten Frachtcontainer darauf, der an einen großen modernen Traktor mit zwei Meter hohen Hinterrädern angekoppelt war. Das gesamte Gespann war rückwärts in den Schuppen rangiert worden. Der Traktor war weitaus größer und stärker, als zum Ziehen des Anhängers notwendig gewesen wäre, aber er diente offenbar dazu, Container so zügig wie möglich auf dem Pier zwischen Festland und *Triton Star* hin und her zu bewegen. Ein zweiter Container stand neben dem ersten. Auf deren Rückseite war genügend Raum zum Entladen der Frachtbehälter freigelassen worden.

Links von Juan verrichtete der brummende Generator seine Arbeit. Gespeist wurde er aus einem großen Tankbehälter, neben dem mehrere Treibstofffässer aufgestapelt waren. Der scharfe Geruch von Dieselöl schwängerte die Luft und erschwerte das Atmen.

Vor Juan befand sich der Zugang zu einer Eisentreppe und einem Lastenaufzug, die sich einen gemeinsamen Schacht teilten. Um Platz zu sparen, befanden sich die Aufzugtüren rechtwinklig zum Treppenzugang und waren zu diesem Zeitpunkt geschlossen. Bisher war noch niemand erschienen, um nachzuschauen, weshalb die externe Kamera keine Bilder mehr übertrug. Lyla gab Juan gestenreich zu verstehen, dass in der gesamten Anlage außer in den Korridoren der Etagen und im Computerraum keine weiteren Kameras installiert waren.

Er winkte sein Team herein.

»MacD«, sagte Juan, »Sie bleiben hier und halten uns den Rücken frei für den Fall, dass die Wächter draußen wieder zurückkommen. Sie, Eddie, nehmen mit Raven, Linc und Lyla die Treppe und blockieren die Türen. Ich kümmere mich um den Aufzug.«

Während MacD neben der Außentür in Position ging und die anderen die Treppe hinunterstiegen, zog Juan ein kleines Brecheisen aus seiner Weste und hebelte damit die Aufzugtüren auf. Er blickte in den Schacht und stellte fest, dass die Kabine in der nächsten Etage unter ihnen geparkt war.

Er holte einen etwa handtellergroßen flachen Stahlblechbehälter aus einer Westentasche und öffnete ihn. Das graue knetgummiähnliche Material war eine kleine Portion C-4-Plastiksprengstoff. Indem er die Führungsschienen im Fahrstuhlschacht als Anker benutzte, lehnte er sich so weit vor, bis er die Tragseile der Kabine erreichte und eine Handvoll Sprengstoff wie eine Manschette um das Hauptkabel packen konnte. Zum Abschluss drückte er einen kleinen Fernzünder hinein und hangelte sich aus dem Schacht heraus.

Er ging zur Treppe, folgte seinen Gefährten und fand Eddie und die anderen bereits in der zweiten Etage. Eddie benutzte eine kleine Fugenspritze, um das Schloss und sämtliche Spalten der Tür zum Innern der Etage mit einem schnell härtenden Epoxidharzkleber auszufüllen, der die Tür derart solide verschloss, dass man schon fast eine Hydraulikramme brauchte, um sie schnell zu öffnen. Eleganter wäre es, wenn sie das Azetonspray benutzten, das den Kleber innerhalb von Sekunden aufzulösen vermochte und zur Standardausrüstung für landgestützte Operationen gehörte. Die erste Etage war bereits auf die gleiche Weise versiegelt worden, sodass kein Wächter hinausgelangen und sie von hinten angreifen konnte.

Anschließend folgten sie der Treppe hinunter zur dritten, untersten, Etage, wo sich laut Lylas Beschreibung die Quartiere der Gefangenen befanden. Ehe er die Tür öffnete, hielt Juan für einen Moment inne.

»Sobald wir drin sind, werden sie uns entdecken, und dann haben wir nicht mehr allzu viel Zeit«, sagte er.

»Am nördlichen Ende des Zellenflurs befindet sich eine Tür, die zu einer zweiten Treppe führt«, sagte Lyla. »Über diese gelangt man aber nur bis zum Kontrollzentrum und nicht bis ins oberirdische Gebäude.«

Der Oberaufseher dieser Einrichtung würde sicherlich versuchen, auf diesem Weg Verstärkung in das geheime Computerzentrum zu schicken. Ein kurzer Blick von Juan reichte aus. Eddie nickte und machte sich sofort auf den Weg, um diese Tür zu versiegeln und die Treppe zu blockieren.

»Wie viele Wächter werden hier unten sein?«, wollte Juan von Lyla wissen, die das Geschehen mit einer Mischung aus Angst und freudiger Hoffnung verfolgte.

»Meistens nur einer. Er hat die Schlüssel zu sämtlichen Zellen. Der technische Aufwand, den sie hier unten treiben, ist eher gering, um Energie zu sparen, die sie für die Computer und ihre Kommunikationssysteme brauchen.«

»Sobald wir uns Eintritt verschafft haben, werden sie wissen, dass die Anlage aufgeflogen ist, daher muss Tempo unser erstes Gebot sein. Sind alle bereit?«

Ein einhelliges stummes Kopfnicken beantwortete die Frage. Raven Malloy legte Lyla beruhigend eine Hand auf die Schulter. Während Eddie die andere Tür funktionsunfähig machte, würde Linc den Wächter ausschalten.

Juan holte den Signalgeber für den Zünder aus der Tasche. Nach einem letzten prüfenden Blick in die Gesichter seiner Begleiter drückte er auf den Sendeknopf.

24

Fyodor Yudin versuchte noch immer, eine Erklärung dafür zu finden, dass die Kamera über der Außentür der Anlage keine Bilder mehr lieferte, als der Explosionsknall im Aufzugschacht an seine Ohren drang. Jeder der im Kontrollzentrum anwesenden Wächter sprang von seinem Platz auf.

Yudin gab zwei Wächtern mit der Hand ein Zeichen. »Seht nach, was passiert ist!«

Dann traf es ihn wie ein Blitz aus heiterem Himmel. Ihm dämmerte, dass er es möglicherweise nicht mit einem simplen technischen Defekt zu tun hatte. Konnte es sein, dass Lyla Dhawan die geheime Anlage sabotiert hatte, um abermals die Flucht zu versuchen?

Er warf einen Blick auf den Monitor der Überwachungskamera in der dritten Etage, wo sich die Zellen der Gefangenen befanden, und erkannte, dass die Situation noch weitaus schlimmer war.

Die Tür zur Treppe am südlichen Ende des Zellenflurs sprang auf, und ein athletischer dunkelhäutiger Mann stürmte hindurch und streckte den Wächter, der dort postiert war, mit einem einzigen Fausthieb zu Boden. Ihm folgte ein Asiat, der sofort zur Treppentür am anderen Ende des Flurs sprintete, davor auf die Knie heruntergingen und begann, ihr Schloss und ihre Kanten mit irgendeinem Gel zu bestreichen.

Nach dem Asiaten kamen drei weitere Personen herein: ein Mann mit blondem Haar, der dem Wächter die Zellenschlüssel aus der Tasche zog; eine dunkelhaarige Frau und Lyla Dhawan. Bis auf Dhawan waren alle schwer bewaffnet.

Der blonde Mann schloss nacheinander die Zellen auf, und vor Freude ausgelassene Gefangene fielen Dhawan um den Hals, sobald sie aus ihren Zellen herauskamen.

Irgendwie hatte Lyla Dhawan es geschafft, einen Gefängnisausbruch zu leiten. Und Yudin wusste, dass er ein toter Mann wäre, wenn auch nur ein einziger Gefangener entkam. Die beiden Wächter kamen zurück, und einer meldete: »Der Aufzug ist außer Betrieb. Offenbar wurde das Tragseil gekappt. Die Kabine ist ein Stück abgesackt, ehe sie von den Notbremsen gestoppt wurde.«

Yudin wurde kreidebleich. Ein Alptraum war grausame Realität geworden. Die Eindringlinge mussten sofort aufgehalten werden.

»Was ist mit der Treppe auf der Südseite?«

»Wir bekamen die Tür nicht auf, sosehr wir uns bemüht haben. Sie rührte sich keinen Millimeter.«

Über die interne Sprechanlage rief er die zweite Etage und erhielt die Meldung, dass die Tür am südlichen Ende ebenfalls blockiert sei. Aber die Tür am nördlichen Ende sei nach wie vor unversehrt.

Die Eindringlinge mussten die Zugänge versperrt haben. Wahrscheinlich mit diesem Gel. Offensichtlich waren das Profis. »Jeder schnappt sich sofort eine Waffe!«, befahl Yudin. »Wir müssen diesen Ausbruchsversuch um jeden Preis verhindern!« So wie es aussah, waren er und seine Leute in beruhigender Überzahl und dürften keine Probleme haben, die Eindringlinge aufzuhalten.

»Wir sind eingeschlossen«, sagte einer seiner Männer. »Wir kommen nicht bis nach unten zu den Gefangenen und auch nicht nach draußen.«

Yudin wusste, dass der Wächter die Situation richtig beurteilte. Sie müssten hier regelrecht ausbrechen, aber wie? Der Sprengstoff, über den sie verfügten, wurde im oberirdischen Schuppen gelagert. Und die Türen auf andere Art aufzubrechen war unmöglich. Zudem hatten die Eindringlinge den Aufzug außer Betrieb gesetzt.

Aber vielleicht ließen sich die Aufzugtüren noch öffnen, und sie könnten den Schacht benutzen, um in die zweite Etage zu gelangen.

Er wandte sich zu dem Wächter um. »Alle Mann runter in die zweite Etage. Von dort klettert ihr durch den Aufzugschacht in die dritte Etage zu den Gefangenen hinunter. Tötet jeden, den ihr dort antrefft.«

Der Wächter nickte und winkte den anderen, ihm zu folgen.

Über sein Funkgerät rief Yudin die fünf Wächter, die zum Strand hinuntergerannt waren.

»Kommen, Zero-nine!«

»Hier ist Zero-nine«, drang die Antwort des Deutschen aus dem Lautsprecher. »Zero-sechs ist tot. Wir können die Gefangene nirgendwo finden.«

»Sie ist hier. Wir werden angegriffen.«

»Angegriffen? Wer ist …«

»Das weiß ich nicht!«, brüllte Yudin. »Kommt sofort zurück, und zwar schnell!«

»Jawohl, Sir!«

Nun, da die geheime Anlage nicht länger geheim war, konnte Yudin auch nicht länger damit warten, die Selbstvernichtungsprozedur zu starten. Er verschaffte sich mit seinem persönlichen Code Zugang zum Computer und startete den Timer, der die Bomben in den Wänden der untersten Etage zünden würde. Dann loggte er sich wieder aus dem Computer aus.

Nun war Yudin der Einzige, der den Countdown noch stoppen konnte. In fünf Minuten würde die gesamte unterirdische Anlage implodieren.

* * *

Nachdem die Zellen geöffnet wurden, mussten sich die Gefangenen sofort zur Haupttreppe auf der Südseite begeben und zum oberirdischen Schuppen hinaufsteigen, wo MacD schon auf sie wartete.

Die lauten Schläge gegen die Tür an der nördlichen Treppe waren verstummt. Juans größte Sorge war, dass die Wachen genügend Sprengstoff zur Verfügung hatten, um eine der Türen aufzubrechen. Er musste zusehen, dass er sämtliche Gefangenen so schnell wie möglich aus dem unterirdischen Computerzentrum ans Tageslicht brachte. Einige der achtzehn Gefangenen waren in keiner besonders guten körperlichen Verfassung, und der Marsch bis zu dem abgesenkten Pier könnte für sie zu strapaziös sein. Sie alle während des Marsches ausreichend zu beschützen war so gut wie unmöglich.

»MacD«, sprach Juan in sein Mikrofon, »starten Sie den Traktor. Wir machen eine Spazierfahrt.«

»Verstanden.«

»Max, kannst du schon absehen, wann genau du hier eintreffen wirst?«

»Ich denke, mindestens fünf Minuten wird es noch dauern«, antwortete Max Hanley.

»Verstanden. Wenn du noch etwas mehr aus den Maschinen herausholen könntest, wäre ich dir auf ewig dankbar. Es könnte auch sein, dass wir Feuerschutz brauchen. Hier wird die Lage zunehmend brenzlig. Stell jemanden am Pier auf, der nach uns Ausschau hält.«

»Wir halten die Augen offen.«

Sie erreichten das Ende des Zellenflurs und öffneten die vorletzte Zellentür. Eine zierliche Frau kam heraus und umarmte Lyla.

»Du kannst dich freuen, Patty«, sagte Lyla. »Jetzt wird alles wieder gut.«

»Ich kann es noch gar nicht fassen«, sagte die Frau und schluchzte erleichtert.

Sie stützte sich auf Lyla, während sie zur südlichen Treppe gingen. Linc kam ihnen entgegen, um ihnen zu helfen. Eddie stand in der Türöffnung und trieb die anderen Gefangenen an, so schnell wie möglich die Treppe hinaufzusteigen, was einigen von ihnen sichtlich schwerfiel.

Juan zählte in Gedanken die Schar der Befreiten durch und sagte zu Lyla, die sich in Richtung Tür entfernte: »Damit sind es neunzehn. Sind Sie sicher, dass es alle Gefangenen sind?«

Über die Schulter antwortete sie: »Ja.«

Während er die letzte Zellentür aufschloss, presste Raven ein Ohr gegen die Tür am Nordende des Flurs.

»Hören Sie etwas?«, fragte Juan.

»Keinen Piep«, sagte Raven.

»Das gefällt mir nicht.«

»Mir auch nicht.«

Juan öffnete die Tür und sah, dass die kleine Zelle tatsächlich leer war. Lyla hatte sich nicht getäuscht, was die Anzahl der Gefangenen betraf. Er war gespannt, was sie ihm über diesen unterirdischen Komplex sonst noch berichten konnte.

»Dann jetzt nichts wie raus hier«, befahl Juan. Er winkte Raven an der Spitze der Gruppe zu, während er im Flur ein Stück zurückging, um die nördliche Tür hinter ihnen zu überwachen.

Auf dem Weg zu der Sicherheit, die die Treppe versprach, hatten sie die Hälfte des Flurs schon hinter sich gebracht, als Raven einen Warnruf ausstieß. »Achtung! Besuch!«

Er fuhr herum und konnte beobachten, wie Eddie Lyla und Patty durch die Tür zur südlichen Treppe schob, während aus dem Fahrstuhlschacht, der sich in der Mitte des Zellenflurs befand, die ersten Schüsse fielen. Die Kugeln verfehlten die drei, bevor Eddie die Tür hinter ihnen schließen konnte.

Juan und Raven waren hinter offen stehenden Stahltüren an beiden Enden des Zellenflurs in Deckung gegangen. Die Türen schwangen nach außen anstatt nach innen, sodass die Gefangenen keinen Zugriff auf die Türangeln hatten, und dienten auf diese Weise als Schutz für Juan und seine Mitstreiterin. Kugeln prasselten gegen die Türen, konnten sie jedoch nicht durchdringen.

»Chairman«, meldete sich Eddie über ihre Sprechverbindung von der südlichen Treppe, »wie ist die Lage?«

»Keine Verletzten«, antwortete Raven, während sie ihre P90 aus der Deckung heraus in den Flur richtete und eine kurze Salve abfeuerte.

»Linc und ich bilden die Nachhut, um euch sicher nach draußen zu bringen.«

»Nein«, entschied Juan. »Blockiert die Türen hinter euch und bringt die Gefangenen in Sicherheit.«

Das brachte ihm einen fragenden Blick von Raven ein.

»Aye, Chairman«, sagte Eddie. »Wir kommen zurück, um Sie zu holen.«

»Ich hoffe, das wird nicht nötig sein… und jetzt Marsch!«

»Aye, Chairman«, wiederholte Eddie.

»Sie klingen erstaunlich optimistisch«, stellte Raven

fest, ehe sie einen weiteren Feuerstoß in den Zellenflur schickte. »Vor allem in diesem Moment, in dem wir hier mit zehn Gegnern eingeschlossen sind, die uns um jeden Preis ausradieren wollen.«

Juan hielt die kleine Sprühflasche hoch, in der sich ein Anteil Azeton befand, unter dessen Einwirkung sich der Klebstoff an den Türen auflöste.

»Nicht wir werden eingeschlossen sein. Dieses Vergnügen wird die andere Seite haben.«

25

Als sie die Blechbaracke erreichten, half Eddie seinen beiden Schutzbefohlenen Lyla und Patty, in den Container auf dem Anhänger zu klettern, der zur Hälfte mit Müllsäcken gefüllt war, in denen die Abfälle der unterirdischen Anlage gesammelt worden waren. Die anderen Gefangenen drängten sich bereits in dem Container. MacD hatte sich hinter das Lenkrad des Traktors geschwungen, dessen dumpfer Motorenlärm den Schuppen erfüllte, und Linc lag auf dem Dach des Containers, um dem Transport der Exgefangenen Feuerschutz zu geben.

»Alle Insassen auf Tauchstation«, befahl Eddie Seng. »Bei diesem Untergrund steht uns wahrscheinlich die reinste Achterbahnfahrt bevor.« Die Flüchtlinge ließen sich auf dem Containerboden nieder.

»Sie werden doch nicht etwa die Tür verriegeln?«, fragte Lyla mit einem nervösen Zittern in der Stimme.

»Nein«, beruhigte Eddie sie und reichte ihr seine Stablampe. »Aber bei geschlossenen Türen sind Sie sicherer, falls wir unterwegs auf Ihre Wächter treffen.«

Die Lampe in ihrer Hand beruhigte sie anscheinend und machte ihr Mut. »Vielen Dank für die Rettung.«

Eddie deutete ein knappes Lächeln an und erwiderte: »Warten Sie mit dem Dankeschön lieber, bis wir sicher an Bord des Schiffes sind.« Dann schloss er die Containertür.

Es gefiel ihm gar nicht, den Chairman und Raven Malloy allein zurückzulassen, aber er hatte seine Befehle. Den letzten Rest des Spezialklebstoffs hatte er verbraucht, um die Tür hinter ihnen zu versiegeln. Nun musste er zusehen, dass er mit seiner lebenden Fracht so schnell wie möglich die ungastliche Stätte verließ.

Er rannte zur vorderen Seite des Schuppens und fand die Schalttafel, über die sich das große Tor bedienen ließ. Er schickte MacD einen prüfenden Blick. »Bist du bereit?«

MacD machte sich in der rundum verglasten Führerkanzel des mächtigen Traktors so klein und unscheinbar wie möglich. Er nickte und antwortete in seinem wie immer schleppenden Südstaatenslang: »Dann wollen wir doch mal sehen, wozu dieses Baby fähig ist.«

Eddie drückte auf den Knopf in der Mitte der Schalttafel, und das Tor setzte sich nahezu lautlos in Bewegung und fuhr hoch. Offenbar war es ständig in Benutzung und wurde sorgfältig geschmiert. Tageslicht drang in den Schuppen. Eddie rannte zum Traktor, kletterte auf das Dach der Führerkanzel und sprang auf den Container hinüber.

Linc hatte sich schon auf dem hinteren Abschnitt des Frachtbehälters ausgestreckt. Eddie bezog im vorderen Teilstück Position, machte sich so flach wie möglich und richtete seine P90-Maschinenpistole auf das in die Höhe fahrende Tor.

Sobald es vollständig offen war, gab MacD Vollgas. Eddie klammerte sich an den Rand des Containers, als der Traktor einen regelrechten Satz vorwärts machte und den Anhänger wie ein Spielzeug hinter sich herzog.

Als der Traktor ins Freie gelangte, prasselten mehrere Gewehrkugeln gegen das Fenster auf der linken Seite der Führerkanzel. MacD duckte sich reflexartig für den Fall, dass eine der Kugeln das dicke Glas durchdrang.

Eddie drehte sich auf dem Bauch herum und gewahrte auf dem Dschungelpfad den Wächtertrupp, der gerade im Laufschritt vom Strand zurückgekehrt kam. Er und Linc nahmen augenblicklich den Pfad unter Feuer, und die Wächter sprangen auseinander und suchten im Dickicht rechts und links des Pfades Deckung.

»Bist du okay, MacD?«, rief Eddie, als die Schüsse verstummten.

»Kann nicht klagen«, erwiderte MacD in seinem lässigen Singsang. »Aber das nächste Mal kann einer von euch den Chauffeur spielen.«

Da der Container nur halbvoll war, konnte der Traktor leicht beschleunigen und ließ die Verfolger schnell hinter sich. Zügig rollten sie auf dem Dschungelpfad zum Strand hinunter.

Eddie kroch zu Linc auf den hinteren Containerabschnitt.

»Wenn sie nicht gerade Usain Bolt geklont haben«, sagte Linc, »müssten wir es, wie es aussieht, so gut wie geschafft haben.«

Er hatte seinen Satz noch nicht beendet, als die Wächter hinter ihnen den Schuppen erreichten. Aber anstatt den sinnlosen Versuch zu machen, den Schleppzug zu Fuß einzuholen, verschwanden sie im Dunkel der Blechhütte.

»Sie streichen die Segel aber erstaunlich schnell«, stellte Eddie verblüfft fest.

»Fordern Sie vielleicht Verstärkung an?«

»Schon möglich. Aber bis die hier eintrifft, dürfte die *Oregon* längst vor Ort sein und für die dringend benötigte Deckung sorgen.«

Für einen kurzen Moment rührte sich nichts im Schuppen und seiner Umgebung. Dann schossen drei kleine Fahrzeuge in hohem Tempo heraus.

»Woher kommen die denn?«, fragte Linc.

»Offenbar waren sie auf der anderen Seite des zweiten Containers geparkt und sind uns vollkommen entgangen«, sagte Eddie. Dann schaltete er sein Mikrofon ein.

»Gib deiner Kiste die Sporen, MacD«, sagte er. »Uns sitzen drei Quads im Nacken!«

* * *

Juan Cabrillo und Raven Malloy arbeiteten sich etappenweise zum gegenüberliegenden Ende des Zellenflurs vor, indem sie einander abwechselnd Feuerschutz gaben, während sie geduckt von Tür zu Tür sprangen.

Zwischen Feuerstößen rief Juan über Sprechfunk die *Oregon*. »Max, wir brauchen dringend schnellsten Entsatz!«

»Verstanden«, antwortete Max. »Das HOB?«

»Daran dachte ich. Kann Gomez es von dort, wo er sich gerade befindet, lenken?«

Eine Pause folgte, dann: »Er meint, es sei kein Problem.«

»Gut. Gebt uns zwei Minuten, um zu euch nach oben zu kommen.«

»Es wird auf euch warten.«

»Das HOB?«, fragte Raven, während sie weiterrannte, um hinter der nächsten Tür erneut in Deckung zu gehen.

»Ein neues Spielzeug. Ich hab es Ihnen bis jetzt nicht vorgestellt, weil es sich noch im Erprobungsstadium befindet.«

»Und wir sollen nun die Versuchskaninchen sein?«

»Nur wenn Sie nicht lieber hierbleiben möchten«, sagte Juan.

Raven duckte sich, als ihnen weitere Kugeln um die Ohren flogen. »Kann ich eigentlich nicht behaupten.

Dann bin ich schon lieber eine Laborratte, als hier auf dem Präsentierteller zu sitzen.«

Sie setzten ihre Vormarschtaktik fort und gelangten auf diese Weise unversehrt ans Ende des Zellenflurs. Wächter griffen sie an, als sie aus dem Aufzugschacht kamen und ebenfalls die Türen als Schutzschilde ausnutzten. Während Raven sie mit gezielten Schüssen in Deckung zwang, ging Juan vor der nördlichen Tür auf die Knie hinunter und verteilte den Klebstofflöser auf den Türbereichen, die Eddie kurz vorher versiegelt hatte. Der Klebstoff warf kleine Bläschen, als sich die beiden Substanzen miteinander vermischten und chemisch reagierten.

Juan wartete fünf Sekunden, dann warf er sich mit der Schulter voraus gegen die Tür. Sie flog auf, und er drehte sich um und beharkte den Flur mit Sperrfeuer. Raven hechtete durch die Tür, während vereinzelte Kugeln in den Treppenaufgang einschlugen.

Juan warf die Tür zu und beschmierte den Türpfosten nun wieder mit der Hälfte des Klebstoffvorrats in der zweiten Fugenspritze. Den Klebstoff, der zu ihrer Kampfausrüstung gehörte, hatte Raven vorher an Eddie weitergegeben, damit er die anderen Türen präparieren konnte.

»Das müsste sie zumindest für eine Weile aufhalten«, sagte Juan. Die Klebstoffmenge, die ihm zur Verfügung stand, war zwar bescheiden, aber er hoffte, dass sie trotzdem ausreichte.

Sie rannten einen Treppenabschnitt hinauf und wiederholten mit dem restlichen Klebstoff den Prozess an der Tür zu den dortigen Räumen.

Nachdem sie die Wächter festgesetzt hatten, eilten sie in die erste Etage hinauf. Juan öffnete vorsichtig die Treppentür und blickte in einen menschenleeren Flur. Offenbar waren die Wächter unter Yudins Führung in den Gefangenenbereich abgestiegen in der Hoffnung, sie aufzuhalten und anschließend einen Weg aus ihrem unfreiwilligen Gefängnis zu finden.

Juan winkte Raven zu, ihm zu folgen. Sie bewegten sich wachsam durch den Flur und kontrollierten die angrenzenden Räume.

Die fünfte Tür, die Juan öffnete, gehörte zu dem verlassenen Kontrollzentrum. Er betrat den Raum, um nach handfesten Beweisen zu suchen, die sie mitnehmen könnten. Er fand einen Schalter, der mit PIER beschriftet war, der sich in diesem Moment in der Stellung DOWN befand. Es hätte sicher entscheidende Vorteile, wenn die *Oregon* an dem Pier anlegen könnte, um sie aufzusammeln, daher schaltete er auf UP.

Dabei fiel sein Blick auf den Monitor über dem Schalter. Er zeigte die Zahlen eines Timers, der stetig rückwärtszählte.

»Das sieht nicht gut aus«, meinte Juan. »Wenn ich mit meiner Vermutung nicht total danebenliege, bleiben uns weniger als zwei Minuten.«

Raven sah ihn stirnrunzelnd an. »Zwei Minuten? Für was?«

Er tippte auf eine Keyboardtaste, und auf dem Monitor wurde nach einem Passwort gefragt. Juan war ausgesperrt.

»Lyla berichtete, dass *Bedtime* ein Protokoll sei, nach dessen Start sämtliche Hinweise auf das, was sich hier abgespielt hat, spurlos eliminiert würden«, sagte Juan. »Ich glaube, dass der Selbstvernichtungszyklus dieser Anlage in Gang gesetzt wurde.«

26

Drei Quads mit jeweils einem Fahrer kamen dem Containergespann schnell näher. Aber sie benutzten nicht denselben Weg. Stattdessen suchten sich die Quads eine Strecke, die auf der rechten Seite des Traktors mit seiner Anhängerlast verlief.

»Sie versuchen, uns zu überholen und dann den Weg abzuschneiden«, warnte Linc.

»Sie wissen, dass wir ihnen wehrlos ausgeliefert sind, wenn sie es schaffen, MacD im Traktor auszuschalten«, fügte Eddie hinzu.

Obgleich die Quads viel schneller waren als der Traktor, mussten sie wegen des Dickichts, das ihnen stellenweise den Weg versperrte, ihr Tempo beträchtlich drosseln.

»Ich kann sie nicht ausschalten«, sagte Eddie, nachdem seine ersten Kugeln in Baumstämmen stecken blieben. »Hast du mehr Erfolg?«

Linc schüttelte den Kopf. »Sie sind einzeln kaum auszumachen.«

»MacD«, fragte Eddie, »wie lange brauchen wir noch bis zum Strand?«

»Ich schätze eine halbe Minute«, erwiderte MacD. »Der Chairman war in der Blechhütte offenbar nicht untätig, denn ich kann erkennen, wie die Pierelemente aus dem Wasser auftauchen.«

»Gut. Dann benutze sie auch.« Eddie schaute zu Linc hinüber. »Damit gewinnen wir ein wenig Zeit.«

»Aber nur wenn wir es einigermaßen heil bis dorthin schaffen.«

Die ATVs hatten mittlerweile aufgeholt und befanden sich auf gleicher Höhe mit dem Traktor. Gleichzeitig beschrieben sie einen weiten Bogen und kamen dem Dschungelpfad stetig näher.

»MacD, achte auf deine rechte Flanke«, warnte Eddie.

»Viel kleiner kann ich mich nicht mehr machen, wenn ich dieses Ungetüm halbwegs sicher ans Ziel bringen soll.«

Eddie und Linc jagten mehrere Salven in die Bäume. Ein Glückstreffer fand sein Ziel und traf den Fahrer an der Spitze. Sein Quad kam vom Kurs ab, rammte einen Baumstamm und löste sich in seine Bestandteile auf. Die beiden nachfolgenden Fahrer wichen dem Trümmerregen aus und feuerten auf den Traktor. Dabei konnte von genauem Zielen keine Rede sein, da sie zum Schießen jeweils nur eine Hand frei hatten, während sie mit der anderen dafür sorgen mussten, nicht mit einem Hindernis zu kollidieren.

Dennoch würden sie MacD irgendwann erwischen, wenn sie weiter auf ihn schießen konnten. Plötzlich sah Eddie eine Möglichkeit, sie zu bremsen.

Er deutete auf die Palmen, deren Kronen unter dem Gewicht reifer Kokosnüsse schwerfällig hin und her schwankten. Sie hatten ein freies Schussfeld in Richtung der Früchte, denn sie hingen weit über dem Laubdach der anderen Bäume.

»Erinnerst du dich an die Krabbe, die wir nach unserem Landgang gesehen haben?«, fragte er seinen dunkelhäutigen Kampfgefährten.

Linc nickte grinsend. Beide zielten auf die Kronen der Palmen, die sich auf dem weiteren Kurs der Verfolger befanden, und feuerten.

Pfundschwere Kokosnüsse regneten auf die Quads herab.

Eine Kokosnuss landete punktgenau auf dem Kopf eines Fahrers und kippte ihn wie eine Schießbudenfigur aus seinem Sitz. Lenkerlos geworden raste sein Quad in einen dichten Busch und überschlug sich.

Der andere Wächter sah, was seinem Komplizen zugestoßen war, und schwenkte eilig auf seinen ursprünglichen Fahrkurs um, in der Hoffnung, dem tödlichen Kokosnussregen zu entgehen. Aber in seiner Panik hatte er Linc und Eddie vollständig vergessen.

Sie feuerten nun aus vollen Rohren auf ihn, und eine Kugel zerfetzte einen Vorderreifen seines Geländeflitzers. Das ATV bockte und schleuderte seinen Fahrer hoch in die Luft. Nach kurzem Flug krachte der Wächter gegen einen Baumstamm, stürzte wie ein Stein auf den Urwaldboden und blieb reglos liegen.

»Wir sind da«, verkündete MacD gleichzeitig.

Tatsächlich tauchten sie aus dem Urwald auf, ließen die Bäume und Büsche hinter sich und kurvten über den Strand auf den fast anderthalb Kilometer langen Betonpier zu.

In diesem Moment hörte Eddie den Motorenlärm eines weiteren ATVs. Sie hatten während ihrer Höllenfahrt durch den Dschungel nur auf ihre beiden nächsten Verfolger geachtet, sodass sie gar nicht bemerkt hatten, wie noch ein Quad auf ihrem Fahrweg zu ihnen aufholte.

Sie krochen zum hinteren Ende des Containers und sahen das ATV näher kommen. Am Strand stoppte es, und der Fahrer sprang aus dem Sattelsitz. Von einer Ladefläche über dem Motor des Quads holte er ein Abschussrohr für Panzerfäuste herunter.

Er war mittlerweile etwa zweihundert Meter von ihnen

entfernt und damit außer Schussweite ihrer P90er. Aber eine RPG hatte eine Reichweite von fast fünfhundert Metern.

»MacD, gib Gas!«, rief Eddie. »RPGs!«

Wenn auch viel zu weit entfernt, leerten Eddie und Linc die Magazine ihrer Sturmgewehre auf den Wächter. Dieser nahm sich ausreichend Zeit, um genau zu zielen. Die RPG würde den Container vollständig zertrümmern. Sie konnten nichts anderes tun, als zu beten.

»Braucht ihr ein wenig Hilfe?«, fragte Max Hanley in Eddie Sengs Ohrhörer.

Eddie reckte den Kopf und entdeckte die *Oregon*, die sich mit schneller Fahrt näherte. Ehe er auf Max' Frage antworten konnte, sah er, wie Mündungsblitze aus den Läufen der vorderen Gatling Gun ausgestoßen wurden. Kaliber .20 Wolframstahlgeschosse schlugen ins Wasser und stanzten eine schnurgerade Naht in den Strand, die bei dem Wächter endete. Eins der Geschosse traf die RPG, die sich zu einem riesigen Feuerball aufblähte. Als dieser erlosch, war der Wächter verschwunden.

MacD fuhr weiter, um den Abstand zwischen ihnen und dem Strand zu vergrößern.

»Danke, Max«, sagte Eddie. »Das Timing war perfekt.«

»Wir bleiben erst mal in Alarmbereitschaft, bis diese Operation abgeschlossen ist, für den Fall, dass sich noch weitere ungebetene Besucher blicken lassen.«

»Wenn Sie eine Chance sehen, am Pier anzudocken«, sagte Eddie, »wäre es ideal. Wir bringen nämlich einige Gäste mit an Bord.« Nun, da die Gefangenen von Jhootha Island in Sicherheit waren, galt seine vordringliche Sorge den Leuten, die sie hatten zurücklassen müssen. »Gibt es vom Chairman und Raven etwas Neues?«

»Juan meldet, dass sie ein wenig in der Klemme stecken.« Max' Tonfall bestätigte Eddie, dass seine Sorge begründet war.

»Was können wir tun?«, fragte Linc.

»Nichts. Laut seiner Auskunft bleiben ihnen noch etwa sechzig Sekunden, um von dort zu verschwinden.«

27

Fyodor Yudin trommelte gegen die Tür zur zweiten Ebene, als er jemanden die südliche Treppe auf der anderen Seite herunterkommen hörte. Da alle Türen blockiert und er mit seinen Männern in der geheimen Anlage gefangen war, befand er sich in heller Panik über seine übereilte Reaktion, den Selbstvernichtungsprozess in Gang gesetzt zu haben, der sich nun nicht mehr aufhalten ließ.

»Hallo, da draußen!«, rief der Oberaufseher der Anlage. »Wir sind hier gefangen! Brecht die Tür auf!«

Die anderen Männer, die sein Schicksal teilten, machten sich ebenfalls mit lauten Rufen bemerkbar, und er musste heftig winken, um sie zum Schweigen zu bringen, damit er den Wächter auf der anderen Seite der Tür verstehen konnte.

»Ich kriege die Tür nicht auf«, rief der Wächter durch die Stahltür. »Es sieht aus, als hätten sie die Tür zugeschweißt.«

»Dann holt ein paar Granaten aus dem Lagerhaus und sprengt sie auf, du Idiot!«

»Machen wir sofort!«

»Beeilt euch!«

Yudin warf einen Blick auf die Uhr und spürte plötzlich, wie ihm der kalte Schweiß ausbrach, als er sah, dass ihm nur noch weniger als eine Minute Zeit blieb, um sich aus der tödlichen Falle zu befreien.

* * *

Juan Cabrillo benutzte sein Minibrecheisen, um die Tür zu dem stillgelegten Aufzug aufzuhebeln, der mit dem Boden ein kleines Stück unterhalb ihrer Etage im Schacht hängen geblieben war.

»Ich hoffe, dass es hier so etwas wie einen Notausstieg gibt«, sagte Raven.

»Ich auch«, erwiderte Juan.

Er ging in die Hocke und forderte Raven Malloy mit einer Geste auf, die Füße auf seine Schultern zu setzen. Er stemmte sie hoch, und sie klopfte die Decke der Kabine ab, bis eine der quadratischen Platten nachgab. Sie drückte sie vollends auf, zog sich an den Rändern der entstandenen Öffnung hoch und schlängelte sich hindurch.

Juan sprang hoch und bekam die Ränder mit den Fingerspitzen zu fassen. Anschließend hievte Raven ihn an seiner Weste in die Höhe und half ihm auf das Dach der Aufzugskabine.

Er sah auf die Uhr. Noch dreißig Sekunden. Das war verdammt knapp.

Die Aufzugtüren in der oberen Etage standen noch offen, nachdem er die Sprengladung am Tragseil angebracht hatte.

Eine Explosion, die irgendwo unter ihm ausgelöst wurde, erschütterte den Aufzugschacht. Glücklicherweise reichte sie nicht aus, um den gesamten Komplex zum Einsturz zu bringen.

Raven starrte ihn erschrocken an, während er ihr Hilfestellung leistete, damit sie die Türöffnung erreichte. »Was war das?«

»Die Wachen haben offenbar einen Weg nach draußen gefunden«, sagte er und zog sich hinter ihr hoch, während sie gleichzeitig lautes Fußgetrampel hörten, das die Treppe neben dem Aufzugschacht heraufkam.

»Wir sind hier«, gab Juan über sein Mikrofon an Max Hanley durch, während er mit Raven im Schlepptau die oberirdische Blechbaracke verließ. »Wir haben noch zehn Sekunden bis zum großen Knall. Wo ist das HOB?«

»Schau mal nach oben«, erwiderte Max.

Juan legte den Kopf in den Nacken und entdeckte die mit sechs Propellern bestückte Drohne, die laut summend wie Millionen wütender Hornissen zur Lichtung herabsank. Auf dem Tragegestell in der Mitte ruhte eine Konstruktion, die aus einer Art Motorradsattel mitsamt Lenkstange und steigbügelähnlichen Fußrasten bestand.

»Ist dies etwa das geheimnisvolle Testmodell?«, fragte Raven erstaunt.

HOB war der Spitzname, den Max seiner neuesten Erfindung verliehen hatte. Er war die Abkürzung für Hoverbike, die erste Passagierdrohne, die von der *Oregon* aus gestartet wurde.

»Steigen Sie auf«, sagte Juan, schob die Füße in die Steigbügel und ergriff die Lenkstange. Er hatte keine Ahnung, was jetzt auf sie zukam. Dies war erst das dritte Mal, dass er auf diesem Vehikel saß.

»Aber ich sehe nur einen Sitz«, protestierte Raven.

»Das Ding schafft uns beide.« Laut Max betrug seine Nutzlast bis zu fünfhundert Pfund. Allerdings war das HOB bisher nur mit einer einzigen Person getestet worden.

Raven schwang sich auf den Sitz zwischen den Propellern, die von Schutzblechen abgeschirmt wurden. Sie straffte den Sicherheitsgurt um ihre Hüften und schlang beide Arme um Juans Taille.

»Einen Moment mal«, sagte sie. »Ich sehe nirgendwo Kontrollen?«

»Es gibt keine«, sagte Juan. »Das spart Gewicht. Max,

du kannst Gomez Bescheid geben, dass wir bereit sind.« Gomez, der im Gator saß, lenkte das Hoverbike wie alle anderen Drohnen der *Oregon* mittels Fernsteuerung.

»Verstanden. Er meint, ihr sollt euch festhalten.«

Dann geschahen drei Dinge gleichzeitig: Das gyroskopisch stabilisierte Hoverbike hob ab, die Wächter, die in der Zellenetage eingeschlossen waren, kamen unter Führung eines athletischen Mannes in Wächteruniform – vermutlich der Oberaufseher Yudin – aus der Blechbaracke ins Freie, die Waffen im Anschlag, und eine ganze Serie von schweren Explosionen begann das Erdreich unter ihnen zu erschüttern, ehe sie feuern konnten.

»Bringen Sie uns hoch!«, rief Juan in sein Mikrofon.

Das Hoverbike schoss senkrecht in die Luft. Raven umklammerte Juan noch fester und presste sich an ihn, um nicht vom Sattel zu rutschen.

Während das HOB die Baumkronen unter sich ließ, rannten die Wächter unten auf der Lichtung in alle Richtungen, um sich aus dem Explosionsbereich zu entfernen, doch es war zu spät. Die Baracke flog auseinander, und Blechteile wirbelten wie Schrapnellgeschosse durch die Luft. Das HOB schwankte zwar, als es von der Druckwelle erfasst wurde, aber Gomez reagierte mit einem Gegenmanöver und hielt sie in waagerechter Fluglage. Ein Blechstück, das sie mit einiger Sicherheit getroffen hätte, wurde vom Stamm einer Palme gebremst und sichelte ihre Krone zur Hälfte weg. Ein paar kleinere Erdbrocken trafen Juan und Raven, fügten ihnen jedoch keinerlei Schaden zu.

Im gleichen Moment wölbte sich der Boden unter ihnen auf der Lichtung unter dem Explosionsdruck einige Meter hoch. Dann sackte er zurück, während die Überreste des Schuppens in den Krater stürzten, den die

Sprengladungen geschaffen hatten, bevor das Werk der Vernichtung von einer mächtigen Staubwolke zugedeckt wurde. Einige Bäume am Rand der Lichtung wurden entwurzelt und kippten im Zeitlupentempo in den Schlund, der unter ihnen klaffte.

»Bei Ihnen alles okay?«, erkundigte sich Juan bei Raven.

Sie hielt sich noch immer krampfhaft an ihm fest. »Ja, aber ich würde mich um einiges besser fühlen, wenn wir endlich von diesem Ding runterkämen.«

»Aber meinen Sie nicht auch, dass dieses Spielzeug eine ideale Gelegenheit bietet, einander ein wenig besser kennenzulernen?«

»Mir macht das Ganze überhaupt keinen Spaß«, rief sie ihm ins Ohr. »Und Ihnen hoffentlich auch nicht.«

»Absolut nicht.« Wahrscheinlich war es ganz gut, dass sie sein Grinsen nicht sehen konnte.

»Wie geht es euch?«, fragte Max über Funk. »Wir hatten in der Eile keine Möglichkeit, eine Kamera anzubringen, die uns Bilder von euch liefert.«

»Wir sind wohlauf«, sagte Juan. »Was ist mit den anderen? Alle heil herausgekommen?«

»Es war verdammt knapp, aber wir haben keine Verluste zu beklagen. Zurzeit holen wir die ehemaligen Gefangenen aufs Schiff.«

»Möglicherweise sind einige von ihnen in schlechter Verfassung. Sag Doc Huxley Bescheid, sich bereitzuhalten.«

»Sie hat ihr Team schon in den Startlöchern. Soll Gomez euch irgendwo in der Nähe absetzen?«

»Ja!«, rief Raven. »Ich will von diesem Ding runter!«

»Nein«, widersprach Juan. »Hier ist nichts mehr. Außerdem glaube ich nicht, dass es auf der Insel noch eine andere Lichtung gibt, die groß genug ist, um das

HOB sicher auf den Boden runterzubringen. Und dort, wo wir herkommen, befindet sich jetzt nur noch ein riesiges Erdloch. Nein, holt uns zurück auf die *Oregon*.«

»Wir sind bereits neben dem Pier. In einer Minute müsstet ihr an Bord sein.«

Das Hoverbike legte sich in eine elegante Kurve und ging auf Kurs zur *Oregon*, die Juan mittlerweile über die Baumwipfel hinweg sehen konnte.

Während sie über den dichten Urwald dahinglitten, sagte Raven: »Lyla und die anderen können ihrem Schicksal wirklich dankbar sein, dass wir genau zum richtigen Zeitpunkt vorbeigekommen sind. Sie hat auf diesem Eiland der sichere Tod erwartet. Aber warum? Was genau haben sie an diesem gottverlassenen Ort gemacht?«

»Gute Frage«, sagte Juan. »Ich kann es kaum erwarten, darauf die Antworten zu hören.«

28

LIMASSOL, ZYPERN

Der Flughafen, der Xavier Carltons privatem Airbus A380 geeignete Lande- und Startbedingungen bot und der Stadt Limassol an der Südküste Zyperns in der Bucht von Akrotiri am nächsten lag, war der Larnaca International Airport, etwa eine Autostunde östlich von der Stadt entfernt. Carlton hatte nicht die Absicht, so viel Zeit auf einer dicht befahrenen Autobahn zu vergeuden, daher charterte er einen Hubschrauber, der ihn, Lionel Gupta und Natalie Taylor zum Hafen von Limassol brachte, wo die zerstörte Satellitenschüssel der *Colossus 5* ausgetauscht wurde. In diesem Augenblick folgten sie in der Luft dem Verlauf der Küste, wo das Ackerland bis dicht an die azurblaue See heranreichte.

Carlton hatte diese Insel im östlichen Mittelmeer ausgewählt, weil sie den Hafen besaß, der dem Sueskanal am nächsten war. Die anderen Colossus-Schiffe befanden sich gegenwärtig im Indischen Ozean, und er wollte, dass die *Colossus 5* sich dorthin auf den Weg machte, sobald die Reparaturarbeiten abgeschlossen waren.

Sein Mobiltelefon summte. Der Anrufer war der Kapitän des Transferschiffs, das auf seine Anordnung hin die Wachen von Jhootha Island abholen sollte. Carlton nahm den Anruf an und klemmte das Telefon unter sein Headset, um den Rotorenlärm des Helikopters ein wenig zu dämpfen.

»Ist alles erledigt worden?«, fragte er ohne lange Vorrede.

»Nein, Sir«, antwortete der Kapitän. Der nervöse Unterton in seiner Stimme war nicht zu überhören.

Carlton blickte zu Taylor und Gupta und verzog das Gesicht.

»Was ist passiert?«

»Zwei Kutter der indischen Küstenwache und ein Frachtschiff erschienen in der Nähe der Insel. Ich wollte meine Fahrt wie geplant fortsetzen, wurde jedoch von den Marineschiffen daran gehindert.«

»Ein Frachtschiff? Meinen Sie die *Triton Star*?«

»Nein, Sir. Es war ein alter heruntergekommener Dampfer namens *Goreno*. Und außerdem, Sir, wurde der Pier angehoben.«

Carlton schlug mit der flachen Hand gegen die Tür. »Jetzt will ich nur noch eines wissen: Ist die Anlage auf der Insel zerstört worden, so wie ich es befohlen habe?«

»Das kann ich nicht eindeutig bestätigen, Sir, aber über dem Zentrum der Insel steigt eine Rauchsäule auf.«

Carlton atmete ein wenig auf, als er die Nachricht hörte. Offensichtlich hatte Yudin es geschafft, seine Befehle auszuführen.

»Gab es Überlebende?«

»Das weiß ich nicht.«

Carlton würde seine Kontakte in der Region anzapfen, um in Erfahrung zu bringen, ob einer oder mehrere von den Wächtern noch am Leben waren. Aber auch wenn sie überlebt haben sollten, könnten sie nicht viel darüber erzählen, was auf der Insel vor sich ging, da das meiste von Computern ausgeführt worden war. Die Wächter sollten lediglich dafür sorgen, dass die Gefangenen nicht flohen, und sie kannten Carltons Identität genauso wenig wie der

Kapitän, mit dem er sich gerade unterhielt. Seine Stimme wurde am Telefon modifiziert, und das Signal wurde anonymisiert.

»Wie lauten meine Befehle?«

»Sie können dort nicht mehr viel tun«, sagte Carlton. »Nehmen Sie Kurs auf die Colossus-Flotte und warten Sie dort auf meine weiteren Anweisungen.«

»Jawohl, Sir.«

Er trennte die Verbindung, während der Hubschrauber zur Landung auf dem auf der *Colossus 5* achtern gelegenen Helipad ansetzte und dabei einen Bogen um den Kran machen musste, der die Satellitenschüssel in diesem Moment mittschiffs in ihre Position hob. Die drei Passagiere stiegen aus, und der Hubschrauber startete umgehend, kaum dass Carlton und seine Begleiter das Helipad verlassen hatten.

Während sie das Deck überquerten, fragte Gupta: »Um was ging es gerade? Sie sahen ja aus, als würden Sie jeden Moment explodieren.«

»Jhootha Island ist offenbar Geschichte.«

»Wie?«

»Keine Ahnung. Aber es klingt, als ob das *Bedtime*-Protokoll wie geplant ausgeführt wurde.«

»Aber wenn irgendetwas über Colossus an die Öffentlichkeit dringt …«

»Alles, was die Behörden jetzt noch dort vorfinden, ist ein tiefes Loch in der Erde. Die Leichen der Gefangenen sind unter zig Tonnen Geröll verschüttet, und das gilt auch für alle anderen Teile des Projekts.«

»Und die Wachen?«, fragte Natalie Taylor.

»Ich weiß es nicht.«

»Sie könnten reden!«, rief Gupta aufgebracht.

»Und wenn sie es tun, können sie nichts von Bedeutung erzählen, außer dass die Insassen des Flugzeugs dort gefangen gehalten wurden.«

»Dann gibt es also nichts, was darauf hindeuten könnte, dass Sie mit dem Hijacking irgendetwas zu tun hatten?«

»Kaum. Mein Sohn gehörte zu den Passagieren, die vermisst wurden. Außerdem, weshalb sollte ich mein eigenes Flugzeug entführen lassen?«

Dass sein Sohn dabei ums Leben kam, war nicht Teil des Plans gewesen. Er sollte ebenfalls auf die Insel mitgenommen und später nach Dubai gebracht werden. Dort sollte er dann erzählen, er habe im letzten Augenblick seine Pläne geändert und sei nicht in die Maschine eingestiegen. Für die Öffentlichkeit sollte es so aussehen, als habe Carlton in dem Glauben gestanden, dass sein Sohn mit abgestürzt sei und er aus diesem Grund nun nichts anderes sei als ein Vater, den vollkommen unerwartet die glückliche Nachricht erreichte, dass sein Sohn noch lebte. Diese Story wäre für einige Wochen von der Presse durchgehechelt worden und hätte jeden Verdacht zerstreut, dass Carlton in irgendeiner Weise involviert gewesen war.

Doch sie hatten Adams Leiche im Frachtdeck der Maschine gefunden. Er hatte eine schwere Kopfwunde und lag in seinem Blut. Der Pilot der Maschine hätte sich mit seinem Honorar von zwei Millionen in Brasilien zur Ruhe setzen sollen, aber Carlton hatte Natalie Taylor den Auftrag erteilt, ihn zur Strafe, weil er für den Tod seines Sohnes verantwortlich war, zu exekutieren.

Der leitende Wissenschaftler des Colossus-Projekts, Chen Min, ein Chinese, der wegen seiner bahnbrechenden Arbeit auf dem Gebiet der künstlichen Intelligenz und der Entwicklung funktionsfähiger Systeme engagiert worden war, stürmte fast im Laufschritt durch die Tür des Deckaufbaus und kam schnurstracks auf sie zu. Seine Miene verriet wie immer nichts von dem, was hinter seiner Stirn vorging, aber die Art und Weise, wie sein hagerer Körper vornübergebeugt über das Hauptdeck eilte, verriet Carlton, dass irgendetwas nicht in Ordnung war.

»Dr. Chen«, begrüßte er ihn. »Ich gehe davon aus, dass Sie nach wie vor im Zeitplan sind.«

Der Chinese schüttelte den Kopf. »Wir müssen noch den Integrationscode schreiben. Ich brauche diese Programmierer von Jhootha Island, aber ich kann sie nicht erreichen.« Sein Englisch war dank seines jahrelangen Studiums am MIT und an der Caltech sehr gut.

»Aus gewissen Gründen stehen Sie Ihnen nicht mehr zur Verfügung. Sie müssen notgedrungen mit den Leuten zurechtkommen, die Sie haben.«

»Dann werden wir noch mindestens eine Woche brauchen, um die Installation der Satellitenschüssel abzuschließen. Ohne den Code kann ich keinen vollständigen Test durchführen.«

»Sieben Tage!«, platzte Gupta heraus. »Colossus muss viel früher eingerichtet und gestartet sein!«

»Er hat recht«, sagte Carlton. »Romir Mallik wird alles stilllegen, sobald er seinen nächsten Satelliten gestartet hat, und mein Spion hat mich informiert, dass sein Reservesatellit in sechs Tagen in die Umlaufbahn gebracht werden kann. Wir brauchen Colossus, um diesen Start zu verhindern. Wenn wir uns mit weiteren Verzögerungen herumschlagen müssen, könnte die Folge sein, dass wir das Projekt niemals zu einem Abschluss bringen.«

Chen blickte zum Himmel, während er nachdachte. »Möglicherweise kann ich zwei Tage herausholen, aber es wäre ziemlich riskant. Wenn wir auslaufen und die Software funktioniert nicht wie gewünscht, müssen wir unter

Umständen zurückkehren und neue Hardware installieren.«

»Tun Sie's trotzdem«, befahl Carlton.

»Ich brauche die vollständige Befugnis, um das Ausnahmeverfahren einzuleiten. Wie Sie wissen, sind zwei Mitglieder der Neun nötig, um mir diese Genehmigung zu erteilen.«

»Genau deshalb sind wir hier.«

Chen Min nickte. »Dann folgen Sie mir.«

Sie betraten den Deckaufbau und begaben sich in einen Raum, der »The Core« genannt wurde. Dort sah es wie im Mission Control Center der NASA aus, mit Dutzenden von Workstations und einem riesigen Bildschirm an einer Wand, auf dem alle möglichen Grafiken und Daten zu sehen waren, mit denen Carlton nicht das Geringste anfangen konnte.

Chen ließ sich an einem der Computer nieder, tippte einige Sekunden lang Befehle auf einem Keyboard, bis auf dem Bildschirm eine Eingabemaske erschien, die ihm erlaubte, die Sicherheitssperren zu umgehen. Er forderte Gupta auf, eine Hand auf ein Kontaktfeld zu legen, das den Abdruck identifizierte. Anschließend bat er Carlton, das Gleiche zu tun. Das System war installiert worden, um zu verhindern, dass Colossus nur von einem einzigen Mitglied der Neun Namenlosen gesteuert werden konnte. Andernfalls hätte Carlton keine Hemmungen gehabt, Gupta in der Bibliothek zurückzulassen, wo er das Schicksal der anderen Mitglieder der Neun geteilt hätte. Im Stillen wünschte er sich, ihn jetzt loswerden zu können, aber so musste er den kanadischen Technologieindustriellen weiterhin ertragen, bis er sicher sein konnte, dass er ihn nicht mehr brauchte.

»Ich danke Ihnen, Gentlemen«, sagte Chen. »Ich werde

alles dafür tun, dass wir online gehen können, ehe Mr. Mallik sein eigenes Netzwerk einsatzbereit hat.«

»Das müssen Sie um jeden Preis tun«, sagte Carlton. »Wir können auch nicht abwarten, bis die *Colossus 5* im Indischen Ozean eintrifft und in Position geht.«

»Jawohl, Sir«, sagte Chen.

Um als Einheit zu operieren, kommunizierten die Mikrowellensender und -empfänger, die auf jedem Schiff installiert waren, im Petabyte-Bandwellenbereich, was zur Folge hatte, dass sie höchstens zwanzig Meilen voneinander entfernt sein durften. Die Satellitenschüsseln wurden lediglich dazu benutzt, eine Verbindung zum Internet herzustellen. Sobald die Colossus-Schiffe untereinander verlinkt waren und Colossus funktionsfähig war, konnte sich die künstliche Intelligenz zu Malliks Systemen Zugang verschaffen und seine Satellitenkonstellation stilllegen. Danach würde sich Carlton an seine Fersen heften und ihn ausschalten.

Es war nicht so, dass er einen persönlichen Groll gegen den Mann hegte. Mallik betrachtete sich als Idealisten, aber Carlton hatte mit dem »Zum-Wohle-der-Menschheit«-Motto der restlichen Neun Namenlosen noch nie etwas anfangen geschweige denn sich damit solidarisch erklären können. Colossus stellte ein Maximum an Macht dar, wie es sich noch nie in den Händen einer einzigen Gruppierung konzentriert hatte. Oder – wie in diesem Fall – einer einzigen Person. Mit Colossus' Hilfe könnte er alles vollbringen, was er wollte. Regierungen formen. Wirtschaftsimperien schaffen, wie die Welt sie sich niemals hätte vorstellen können. Aus dem Schatten regieren, wie Wakefield es ausgedrückt hatte. Niemand könnte ihm noch etwas anhaben.

»Ich ziehe mich vorübergehend in meine Suite zurück«, sagte Carlton zu Gupta. »Wir können gemeinsam zu Abend essen und unsere nächsten Schritte besprechen.« Natalie Taylor gab er mit dem Kopf ein Zeichen, ihm zu folgen.

Gupta hatte nichts gegen den Vorschlag einzuwenden und ließ sich gleich zu seiner Kabine bringen, nachdem sie den Core verlassen hatten.

Als er sich außer Hörweite befand, fragte Natalie Taylor: »Wollen Sie, dass ich ihn beiseiteschaffe?«

»Noch nicht. Aber wir dürfen nicht zulassen, dass er das Schiff verlässt. Nicht wenn wir so dicht vor dem Abschluss stehen. Während des Dinners werde ich betonen, wie wichtig es ist, dass wir beide uns stets in der Nähe des Projekts aufhalten. Wenn er mir darin zustimmt, okay. Wenn nicht, dann habe ich – wenn es darum geht, ihn hier festzuhalten – nichts gegen den Einsatz von Gewalt einzuwenden.«

»Ich habe verstanden, Sir.« Sie erreichten Carltons Kabinenflucht, die aus mehreren Räumen bestand. Sie waren so aufwändig eingerichtet wie jede Luxussuite auf einem Kreuzfahrtschiff. An Bord jedes Colossus-Schiffs befanden sich drei dieser Suiten, die für die Mitglieder der Neun Namenlosen reserviert waren für den Fall, dass diese den Wunsch äußerten, sich länger an Bord aufzuhalten.

Aus reiner Gewohnheit griff er nach der TV-Fernbedienung, die auf dem Salontisch lag, und schaltete den imposanten 4K-Fernseher ein, der ständig auf den Empfang des englischen UNI-Kanals eingestellt war.

Das erste Bild war ein Archivfoto seines Flugzeugs. Es war die Maschine, die entführt worden war.

»Das ging aber schnell«, staunte Taylor. »Ich dachte, es würde länger dauern, bis die Identität der Maschine geklärt und der Öffentlichkeit mitgeteilt würde.«

»Meine Nachrichtenleute sind gut«, erwiderte Carlton, während so etwas wie Stolz in seiner Stimme mitschwang. Er erhöhte die Lautstärke.

Die Moderatorin der Nachrichtensendung kommentierte jetzt das Satellitenfoto von Jhootha Island.

»... erreichen uns Meldungen, dass Überlebende der Flugzeugentführung auf der kleinen Insel angetroffen wurden, die amtlichen Angaben zufolge von einem Eingeborenenstamm bewohnt wird, der sich Besuchern gegenüber ausgesprochen aggressiv verhält.«

Natalie Taylor wandte sich mit verwirrter Miene zu Carlton um. »Es gab Überlebende?«

»Und noch einmal, falls Sie soeben erst eingeschaltet haben«, fuhr die Nachrichtensprecherin fort, »Xavier Carltons privater Airbus A380, ein vermisstes Flugzeug, dessen Schicksal die Welt seit seinem Verschwinden vor achtzehn Monaten beschäftigte, wurde auf einer tropischen Insel etwa zweihundert Meilen vor der Küste Indiens aufgefunden – vollkommen unversehrt.«

Carlton spürte, wie sich Eiseskälte in seiner Magengrube ausbreitete, als die Sprecherin fortfuhr.

»Und aus zuverlässigen Quellen innerhalb der indischen Regierung erreichen uns Hinweise, dass möglicherweise etwa zwanzig Passagiere dieses Flugs noch immer lebend auf der Insel angetroffen wurden. Noch kennen wir weder ihre Namen, noch wissen wir etwas über ihren Zustand, aber wir melden uns wieder, sobald wir über weitere Informationen verfügen.«

Natalie Taylor sah plötzlich wie ein Gespenst aus. Jegliche Farbe war aus ihrem Gesicht gewichen. »Sie haben mich gesehen.«

Als sie die Insel besucht hatte, hatte keinerlei Veranlassung bestanden, ihre Identität zu verheimlichen. Niemand von den Passagieren hatte die Insel jemals lebend verlassen sollen.

Carlton wusste, dass eine Krisensituation eingetreten war, die den Erfolg ihres Vorhabens gefährdete, aber er war geübt darin, Landminen aufzuspüren und ihnen auszuweichen. Ihm schwebte bereits eine mögliche Lösung des Problems vor. Genau genommen hielt er seine Idee sogar für perfekt.

»Sie werden für diese Sache wohl den Kopf hinhalten müssen, meine Liebe«, sagte er.

Sie war fassungslos. »Was meinen Sie?«

»Sie wurden gesehen. Die Ermittlungen werden sich schon bald auf uns beide konzentrieren. Sie werden dann als Initiatorin der Entführung identifiziert – eine allem Anschein nach loyale Mitarbeiterin, die jedoch ihren Boss hinters Licht geführt hat.«

Sie sah ihn mit zusammengekniffenen Augen an. »Wenn ich untergehe, dann gibt es einen riesigen Knall, und Sie gehen mit mir.«

In einer Einhalt gebietenden Geste hob er beide Hände, um sie zu beschwichtigen.

»Ich rede nicht davon, dass Sie ins Gefängnis eingesperrt werden sollen. Nein, Sie müssen lediglich verschwinden. Sobald Colossus ihre Tätigkeit aufgenommen hat, wird dies das geringste unserer Probleme sein.«

»Aber mein Gesicht«, wandte Taylor ein. »Sie wissen, wer ich bin.«

Carlton betrachtete seine Leibwächterin von Kopf bis Fuß und sagte dann: »Ich kenne die besten Schönheitschirurgen auf diesem wunderbaren Planeten. Mit einem kleinen Schnitt hier und einer winzigen Naht dort und Colossus, die unsere Spuren verwischt, machen wir einen vollkommen neuen Menschen aus Ihnen.«

Sie war zwar immer noch skeptisch, schien aber ein wenig beruhigt zu sein. »Ich nehme an, das könnte tatsächlich funktionieren.«

Carlton registrierte zufrieden, dass sie die Logik seines Plans erkannte. »Bis dahin wird es eine Weile dauern, bis die Polizei Ihnen auf die Spur kommt, sodass Sie immer noch über einige Bewegungsfreiheit verfügen. Wenn möglich müssen wir Mallik eliminieren, um den Start seines Satelliten zu verhindern. Aber das ist nicht mehr unsere Sorge. Die Gefangenen von Jhootha Island kennen nicht nur Ihr Gesicht. Auch wenn der Name unseres Projekts niemals zu ihnen durchgesickert ist, sollten wir versuchen, uns darüber klar zu werden, wie viel sie über Colossus verraten können.«

29

ATOMBOMBENTESTGEBIET POKHRAN, INDIEN

In der Thar-Wüste im Nordwesten Indiens befand sich das Testgebiet des Landes für unterirdische Atombombenversuche. Aber Romir Mallik war wegen einer ganz anderen Art von Test hierhergekommen. Er hatte Asad Torkan am Eingang zu der geheimen Militärbasis zurücklassen müssen, da ein ehemaliger Angehöriger der iranischen Special Forces dort nicht willkommen gewesen wäre. Die Testvorführung wäre nicht nötig gewesen, wenn der Start seines Satelliten erfolgreich verlaufen wäre. Aber der Fehlschlag hatte zur Folge, dass die Demonstration stattfinden musste.

Obgleich der Beobachtungsstand durch ein Schutzdach vor der grellen Sonne abgeschirmt wurde, sahen die Generäle und anderen Offiziere aus, als würden sie langsam, aber sicher ihre Uniformen durchschwitzen. Die Zivilisten in ihren legereren Anzügen machten keinen viel glücklicheren Eindruck. Hingegen schien sich Mallik in einem weit geschnittenen Hemd und einer bequemen Baumwollhose ausgesprochen wohlzufühlen, während er zu General Arnav Ghosh, dem Chef des Waffenbeschaffungsprogramms des indischen Heers, hinüberschlenderte. Es war der General, der um diese Demonstration gebeten hatte.

»Vielen Dank, dass Sie es auf sich genommen haben,

diese Hitze zu ertragen, General«, sagte Mallik und schüttelte ihm die Hand.

»Wenn einer unserer wichtigsten Lieferanten andeutet, dass er uns etwas Richtungsweisendes zu zeigen hat«, erwiderte Ghosh mit einem gnädigen Lächeln, »dann scheue ich keine Mühen.«

»Ich hoffe, dass Sie und Ihr Stab mir auch in zwei Tagen die Ehre geben werden, an meiner abendlichen Party in Mumbai teilzunehmen.«

Obgleich Mallik es hasste, die Nähe zu hochrangigen Regierungsangehörigen, Wirtschaftsvertretern und Berühmtheiten aus allen möglichen Bereichen zu suchen und freundschaftliche Beziehungen zu ihnen zu pflegen, war es ein notwendiges Übel, das er ertragen musste, um die Realisierung seiner Zukunftspläne zu ermöglichen. Seine Verbindungen und Beziehungen versetzten ihn in die Lage, das Land hinter sich zu einen, nachdem das Vajra-System die Welt ins Chaos gestürzt hätte.

»Wir werden es uns nicht entgehen lassen«, versprach Ghosh und grinste lüstern bei der Vorstellung, bildschöne Bollywoodstarlets kennenzulernen.

Mallik senkte die Stimme. »Mich würde interessieren, ob Ihnen weitere Neuigkeiten über die Entdeckung von Xavier Carltons vermisstem Airbus auf Jhootha Island zu Ohren gekommen sind.«

Während des Flugs nach Pokhran hatte er die Berichte in den Nachrichten verfolgt und sich innerlich daran geweidet, wie Carlton vor Wut über diese überraschende Enthüllung getobt haben musste. Mallik hatte ursprünglich beabsichtigt, mit dem BrahMos-Marschflugkörper – mit einem Nowitschok-Gefechtskopf bestückt – sämtliches Leben auf der Insel auszulöschen und die Anlage der indischen Regierung vollkommen intakt zu hinterlassen. Aber die Alternative, stattdessen Diego Garcia anzugreifen und das Interesse der zuständigen Behörden auf Jhootha Island zu lenken, hatte sich als viel besser erwiesen, als er gehofft hatte.

General Ghosh schüttelte verwundert den Kopf. »Die ersten Berichte sind ziemlich bruchstückhaft. Wir wissen, dass einige Insassen des Flugzeugs überlebt haben. Sie behaupten, dass die Maschine nicht abgestürzt, sondern auf der Insel gelandet sei. Aber das glaube ich erst, wenn ich mehr darüber gehört habe.«

»Wurden diese Überlebenden mittlerweile befragt?«

»Sie befinden sich noch in intensiver medizinischer Behandlung, nachdem sie achtzehn Monate lang gefangen gehalten wurden.«

»Wer hat die Insel eigentlich gefunden?«

»Offenbar fiel der Mannschaft eines Frachters, dessen Kurs ihn in die Nähe der Insel führte, auf, dass dort Rauch aufstieg, und sie sahen nach. Einige Mannschaftsangehörige hatten beim amerikanischen Militär gedient und waren in der Lage, die Überlebenden zu retten. Ein erstaunlicher Glücksfall, wenn Sie mich fragen.«

»Das kann man wohl sagen«, pflichtete Mallik ihm bei und hatte Mühe, ein Grinsen zu unterdrücken, da schließlich er es war, der sie dorthin geführt hatte. Das Colossus-Projekt war jetzt in ernster Gefahr, aufgedeckt zu werden, falls irgendwelche Beweise für die Existenz von Computern auf der Insel zutage gefördert würden. Die Flugzeugpassagiere konnten ebenfalls einige Informationen beisteuern, aber nichts von all dem würde zu Mallik führen.

»Können wir mit der Demonstration weitermachen?«, fragte Ghosh. »Ich hoffe, dass alles genauso funktioniert, wie Sie es angekündigt haben.«

»Daran habe ich nicht die geringsten Zweifel, und ich denke, dass Sie und Ihre Begleiter beeindruckt sein werden«, erwiderte Mallik. Er ging zum Mikrofon im vorderen Teil des Unterstands, während die etwa zwei Dutzend Beobachter ihre Sitzplätze einnahmen.

»Ladys und Gentlemen, ich danke Ihnen allen, dass Sie den Weg hierher gefunden haben«, begann er. »Die meisten von Ihnen kennen mich sicherlich wegen meiner vielfältigen Aktivitäten auf dem Satelliten- und Raketensektor. Ich habe jedoch meine Interessen in den vergangenen Jahren auch noch auf andere Bereiche ausgeweitet, die für das Militär von enormer Bedeutung sein dürften. Bedrohungen von Seiten Pakistans und Chinas wie auch von Seiten terroristischer Gruppierungen erinnern uns täglich daran, dass wir stets die Zukunft im Auge behalten müssen, um diese und ganz neue, bislang sicherlich ungeahnte Gefahren wirkungsvoll abwehren zu können. Ich habe Sie heute hierher eingeladen, weil ich glaube, dass wir auch unsere Vergangenheit im Auge haben sollten, um nach Lösungen für diese Probleme zu suchen.«

Er nahm ein Funkgerät zur Hand und sprach ins Mikrofon. »Sie können sie jetzt in Position bringen.«

Während er seinen Vortrag fortsetzte, erschienen in etwa achthundert Metern Entfernung sechs hochmoderne Arjun-Kampfpanzer und näherten sich mit hohem Tempo dem Testgebiet. Gleichzeitig kam von der anderen Seite ein einzelner ausrangierter T-55-Panzer aus den Neunzehnhundertsechzigern.

»Auf der linken Seite sehen Sie sechs Exemplare unserer Hauptpanzerwaffe, den Arjun, der bei den meisten unserer Eliteregimenter im Einsatz ist. Rechts erkennen Sie einen einzelnen T-55, der für unsere Siege im Krieg von 1971 gegen Pakistan von entscheidender Bedeutung war. Offensichtlich dürfte der T-55 nicht die geringste Chance gegen ein Waffensystem wie den Arjun haben mit seiner lasergesteuerten Zielsuch- und Feuerkontrolle, die von hochentwickelten Onboard-Computersystemen gesteuert wird. Heute werden Sie erleben, wie dieser T-55 mit jedem seiner Gegner kurzen Prozess macht.«

Diese Ankündigung wurde mit einer Mixtur aus schallendem Gelächter und Spott unter den Zuschauern quittiert.

Mallik nickte nur und lächelte nachsichtig. »Ich kann Ihre Zweifel nachvollziehen, aber wir wissen, dass unser Militär mit ganz neuen, einzigartigen Bedrohungen rechnen muss. Das Hacken und Manipulieren von Software ist eine ernsthafte Gefahr, auf die wir nicht im Mindesten vorbereitet sind, wie Sie gleich sehen werden.«

Per Funk rief er die Kommandanten der Kampfpanzer. »Sie können jetzt mit der ersten Angriffsoperation beginnen.«

Zwei der modernen Arjuns starteten und bewegten sich mit rasantem Tempo auf den T-55 zu, der reglos in seiner Position verblieb.

»Gestern haben wir ein Software-Update für die Waffenkontrolle in diesen beiden Tanks installiert«, sagte Mallik. »Es soll den Zielsuchvorgang um zwanzig Prozent beschleunigen. Was die Kommandanten dieser Panzer nicht wissen, ist, dass mit dem Softwareupdate ein Patch in den Kommunikationsantennen installiert wurde. Ich habe jetzt die vollständige Kontrolle über sie. Ich glaube, zuerst möchte ich, dass sie stehen bleiben, wo sie gerade sind.«

Mallik genoss den Augenblick sichtlich. Mit theatralischer Geste holte er sein Smartphone aus der Tasche, rief eine speziell für diesen Zweck entwickelte App auf und tippte auf STOPP.

Abrupt blieben die Tanks hinter ihm auf dem Testfeld stehen. Erstauntes Murmeln wurde unter den Zuschauern laut. Gerne hätte er in diesem Moment die namenlose Verblüffung in den Gesichtern der Panzerbesatzungen gesehen. Nur Ghosh, dessen Miene ein amüsiertes Lächeln zeigte, hatte gewusst, was geschehen würde.

»Statt den T-55 seine Feinde vernichten zu lassen, könnten wir ihnen diese Aufgabe doch selbst überlassen…«

Mallik tippte auf einen vorprogrammierten Button mit der Bezeichnung CROSS FIRE.

Die Geschützrohre der beiden Panzer rotierten, bis sie aufeinander gerichtet waren anstatt auf den T-55. Sobald die Kanonen in Position waren, feuerten sie.

Aus den Geschützrohren leckten lange Flammenzungen, und Explosionen blitzten an den Karosserien der beiden Arjun-Tanks auf. Die Geschützrohre sackten nach unten, als wären die Tanks tödlich getroffen worden. In Wirklichkeit waren die Explosionen lediglich Blendgranaten, die den schwer gepanzerten Fahrzeugen nichts anhaben konnten.

Aber die Explosionen hinterließen bei den Zuschauern einen nachhaltigen Eindruck. Während der doppelte Explosionsknall zeitlich verzögert den Beobachtungsstand erreichte, sprangen die meisten Zuschauer von ihren Plätzen auf und verfolgten vollkommen perplex, wie die Tanks plötzlich ihre Geschütze aufeinander richteten. Ghosh nickte Mallik anerkennend zu. Ihm gefiel, was er soeben hatte miterleben dürfen.

»Bitte, bleiben Sie auf Ihren Plätzen, Ladys und Gentlemen«, sagte Mallik. »Niemand ist bei dieser Demonstration zu Schaden gekommen, aber ich glaube, es war deutlich zu erkennen, wie angreifbar und verletzlich unsere militärische Hardware für Hacker jeglicher Prägung ist.« Wenn Colossus erst einmal vollständig einsatzfähig wäre, könnte sie jede schädliche Software in jedes militärische System der Erde einpflanzen.

Während auf dem Testfeld die Flammen erloschen und der Qualm sich verzog, nahmen die Beobachter wieder ihre Plätze ein.

»Obwohl das, was Sie gerade gesehen haben, einem das Blut in den Adern gefrieren lässt, war es noch nicht das Ende unserer Vorstellung. Wir müssen eine sogar noch gefährlichere Möglichkeit in Betracht ziehen. Ebenso wie Ihnen sind mir Gerüchte zu Ohren gekommen, dass der Vorfall auf der Marinebasis auf Diego Garcia vor einigen Tagen nicht einfach nur die Folge eines technischen Versagens war. Vielmehr wurde jede technische Einrichtung auf der Insel durch einen Angriff eines nichtnuklearen elektromagnetischen Impulsgebers auf ihre Computersysteme vollständig lahmgelegt.«

Mallik nahm nicht ernsthaft an, dass sie dieses Gerücht gehört hatten, aber dass er es ansprach, rief genau die Reaktion hervor, die er sich wünschte: ein aufgeregtes Murmeln unter den Versammelten.

»Die indische Luftwaffe hat meine Firma beauftragt, eine ähnliche Vorrichtung – oder wie immer man es nennen will – zu entwickeln«, fuhr Mallik fort. »Sie hat die Tarnbezeichnung Vajra. Obgleich sie nur über eine geringe Reichweite verfügt, ist sie für kurze Zeiträume höchst wirkungsvoll. Und Sie können sich darauf verlassen, dass, wenn wir sie entwickelt haben, unsere Feinde längst an etwas Ähnlichem arbeiten werden oder es sogar bereits im praktischen Einsatz erprobt haben.«

Als er sein Funkgerät wieder einschaltete, sagte er: »Die zweite Angriffssequenz starten.«

Diesmal fuhren vier Arjun-Kampfpanzer los, während der T-55 ihnen entgegenkam.

Indem er dieselbe Applikation seines Smartphones benutzte, fand Mallik den Button mit der Bezeichnung EMP. Als er mit der Fingerspitze darauf tippte, leerte sich das Display des Telefons.

Gleichzeitig blieben die vier Arjun-Kampfpanzer abrupt stehen.

Aber der T-55 war davon nicht betroffen. Er setzte seinen Weg fort, begab sich in Stellung und feuerte ungehindert auf seine unbeweglichen Gegner. Nacheinander wurden die Arjuns mit Feuer und Rauch überschüttet, bis alle vier bei diesem Kriegsspiel als »zerstört« gewertet werden mussten. Nachdem er als eindeutiger Sieger aus den Gefechten gegen seine sechs Rivalen hervorgegangen war, wendete der T-55 und rumpelte dorthin zurück, woher er zu Beginn der Demonstration gekommen war.

Einer der Offiziere im Publikum, ein Oberst, stand auf und sagte: »Das war doch nur eine Simulation. Ich kann nicht glauben, dass unsere Tanks für eine EMP-Attacke derart anfällig sind, wenn ihre Schaltkreise vor dieser Art von Waffe besonders massiv geschützt sind.«

Mallik grinste und benutzte das Mikrofon, dessen Funktion dank seiner einfachen technischen Machart nicht eingeschränkt war. »Was Sie gerade verfolgen durften, war keine Simulation. Werfen Sie doch mal einen Blick auf Ihre Mobiltelefone. Sie werden feststellen, dass sie inzwischen allesamt ausgeschaltet wurden.«

Jeder der Anwesenden außer Ghosh holte sein Telefon hervor. Sie waren vollkommen perplex, als sie sahen, dass die Telefone tatsächlich nicht mehr reagierten.

»Keine Sorge«, beruhigte Mallik sie, »die Auswirkungen sind zeitlich begrenzt. In ein paar Minuten werden Ihre Smartphones wieder einwandfrei funktionieren.«

»Ich hoffe, Sie haben eine Lösung für diese Probleme parat«, sagte Ghosh.

»Die habe ich«, antwortete Mallik. »Ich habe Milliarden Rupien in die Entwicklung von Backup-Systemen für die wichtigsten Waffen unseres Arsenals investiert. Diese Arjuns, die da draußen qualmend herumstehen, können entsprechend aufgerüstet werden, damit sie operationsfähig bleiben, selbst wenn ihre Computer nutzlos sind. Mehr noch, ich habe meine sämtlichen Fabriken dergestalt konstruiert und präpariert, dass sie auch ohne Computersteuerung produzieren können – für den Fall, dass unsere Städte mit ähnlichen Waffen angegriffen werden.«

Ghosh erhob sich und kam zu ihm nach vorne vor die Stuhlreihen und sagte: »Ich habe bereits Romir Malliks Produkte für zwei unserer Grenzdivisionen bewilligt. Die Geräte werden in Kürze in Dienst genommen. Mehrere Schiffe der Marine und einige Luftwaffengeschwader benutzen seine Retrotechnologie ebenfalls, die eine Durchführung militärischer Operationen auch bei lahmgelegten Computern ermöglicht.«

»Und nicht nur die Durchführung«, stellte Mallik klar, »wir werden am Ende als Sieger dastehen, wenn wir die Einzigen sind, die auf diese Eventualität vorbereitet sind. Wenn keine Computer mehr eingesetzt werden müssen, wird kein Militär der Welt sich mit Indien messen können.« Es traf durchaus zu, dass er versuchte, die menschliche Rasse vor sich selbst zu schützen, aber wenn er es schaffte, Indien gleichzeitig zur Supermacht aufsteigen zu lassen, dann wäre dies der beste Weg, um die Gesellschaft neu zu ordnen, sobald seine Satelliten ihre vollständige Funktion aufnahmen.

Ghosh wandte sich zu ihm um und sagte: »Ich danke Ihnen für diese überzeugende Demonstration. Wir alle haben heute eine ganze Menge dazugelernt.«

Mallik nickte. »Wir sehen uns auf der Party.«

Die Versammlung löste sich auf, und Mallik hörte, wie der Oberst, der Zweifel über die Wirkung des EMP geäußert hatte, halblaut zu seinem Nachbarn sagte: »Ich vertraue lieber auf unsere technologische Überlegenheit als auf eine veraltete Fünfzigerjahre-Ausrüstung.«

Mallik schüttelte unwillkürlich den Kopf und sagte nichts. Der Oberst würde schon sehr bald schmerzlich erfahren, wie sehr er sich irrte.

30

JHOOTHA ISLAND

Die Nacht war hereingebrochen, und die *Oregon* hatte eine Position dreizehn Meilen von Jhootha Island entfernt aufgesucht, knapp außerhalb der indischen Hoheitsgewässer. Die indische Küstenwache hatte nun keine Gerichtsgewalt über das Schiff und seine Mannschaft, daher befand sich die Corporation in einer starken Verhandlungsposition, um die geretteten Gefangenen auf die wartenden Marinekutter zu verteilen. Juan wartete momentan in seiner Kabine auf den Anruf Langston Overholts, um die letzten Modalitäten des *Oregon*-Einsatzes zu klären.

Juan Cabrillo hatte endlich ausreichend Zeit und Gelegenheit zu duschen, nachdem er sich vergewissert hatte, dass seine Gäste angemessen versorgt wurden und das Schiff internationale Gewässer aufgesucht hatte. Er trocknete sich ab und hüpfte zu seinem Kleiderschrank hinüber, in dem eine Kollektion Beinprothesen für die unterschiedlichsten Gelegenheiten und Einsätze bereit stand.

Eine dieser Prothesen, von ihm scherzhaft als »Kampfbein« bezeichnet, war mit Karbonfasern verstärkt, um den harten Belastungen von Kampfeinsätzen zu widerstehen. Sie war mit versteckten Waffen ausgestattet, darunter ein ACP Colt Defender Kaliber .45, ein Messer mit Keramikklinge, ein Paket C-4-Plastiksprengstoff, kleiner als ein Kartenspiel, und ein einzelnes Kaliber .44-Projektil, das durch einen kurzen Lauf in der Ferse abgefeuert werden konnte. Eine andere Prothese enthielt ein unauffindbares Geheimfach, das sich für heikle Schmuggeloperationen eignete. Aber da er einstweilen nicht die Absicht hatte, das Schiff zu verlassen, entschied er sich für die komfortabelste Prothese, einen künstlichen Unterschenkel, der mit kleinen Härchen und einer Oberfläche, die sich wie menschliche Haut anfühlte, vollkommen echt erschien.

Er trug die Prothese zu seinem Schreibtischsessel hinüber und setzte sich, um den Beinstumpf unterhalb des rechten Knies einige Minuten lang zu massieren. Seit sein Bein von der Mörsergranate eines chinesischen Zerstörers zerfetzt worden war, war der Schmerz lange Zeit sein ständiger Begleiter gewesen, aber mittlerweile war davon nur noch ein gelegentliches dumpfes Pochen zurückgeblieben, das er nicht mehr wahrnahm, sobald er sich in Bewegung befand.

Er legte das künstliche Bein an und zog die Befestigungsriemen in genau festgelegter Reihenfolge stramm. Als er sicher sein konnte, dass die Prothese unverrückbar festsaß, erhob er sich und holte seine frischen Kleider aus dem Schlafzimmer ins Büro, um die Positionslichter der Kutter verfolgen zu können, die von der Außenkamera in seine Kabine übertragen wurden. Zufrieden nahm er zur Kenntnis, dass die Boote der indischen Küstenwache auf vorgeschriebener Distanz blieben. Der 4K-Monitor nahm eine ganze Wand seines Büros ein, und seine Auflösung war so stark, dass jeder unvoreingenommene Betrachter hätte schwören können, aus einem echten Fenster zu blicken, obwohl er sich im Herzen des Schiffes befand.

Wie alle anderen Mannschaftsmitglieder, die allesamt

dauerhaft auf der *Oregon* wohnten, stand ihm ein großzügiges Budget zur Verfügung, um sein Quartier nach seinem Geschmack einzurichten. Er bevorzugte einen klassischen Vierzigerjahre-Stil, wie er in Ricks Café Américain in dem Kinofilm *Casablanca* zu bewundern war. Humphrey Bogart hätte sich an dem antiken Schreibtisch, in den hochlehnigen Esszimmerstühlen und mit dem alten schwarzen Wählscheibentelefon sicherlich sofort heimisch gefühlt. Sogar der massive schwarze Safe im Schlafzimmer war eine echte Antiquität. Er enthielt Juans persönliches Waffenarsenal und den Bargeldvorrat des Schiffes inklusive des Goldbarrens, den sie benutzt hatten, um die *Triton Star* zu kapern. Ein echtes Gemälde von Pablo Picasso zierte die Wand gegenüber dem Monitorschirm. Obgleich die Corporation ihr Kapital in den Erwerb einiger wertvoller Kunstwerke investiert hatte, wurden die meisten in einem Banksafe aufbewahrt, wenn sie nicht in den Korridoren des Schiffes zu bewundern waren. Dieses kleinformatige Ölgemälde war eine ganz besondere Reminiszenz an eine frühere Mission und würde die *Oregon* niemals verlassen.

Juan zog sich gerade seine Hose an, als das Telefon klingelte.

Er angelte den Hörer von der Gabel. »Ja, bitte?«

Hali Kasim meldete sich. »Ich habe Langston Overholt auf dem Videokanal. Soll ich ihn auf Ihren Bildschirm rüberschalten?«

»Warten Sie noch einen Moment.« Juan legte den Hörer auf die Schreibtischplatte und schlüpfte in einen leichten Pullover. Dabei zuckte er zusammen, als er sich streckte, weil er noch immer ziemlich heftig die Stelle auf seinem Brustkorb spürte, wo Lyla mit ihrem Schuss seine kugelsichere Weste getroffen hatte. Der hässliche schwarz-blaue Fleck war der unübersehbare Beweis, dass der Körperschutz nicht die gesamte kinetische Energie des Projektils absorbierte. Er griff wieder nach dem Telefonhörer. »Okay, schalten Sie ihn rüber.«

Er setzte sich und legte den Telefonhörer auf, während Overholts zerfurchtes Gesicht auf dem Monitor das Ozeanpanorama ablöste.

»Sie werden sich bestimmt über die Nachricht freuen, dass das State Department die indische Regierung bewegen konnte, unsere Bedingungen zu akzeptieren«, leitete der hochrangige CIA-Vertreter die Unterhaltung ein.

Juan musste immer wieder staunen, wie schnell Overholt seine Beziehungen in Regierungskreisen spielen lassen konnte. »Heißt das, wir können unbehelligt unserer Wege ziehen?«

»Sobald Sie die Gefangenen von Jhootha Island ihrer Küstenwache übergeben haben. Die Inder sind bereit, Ihre Darstellung zu akzeptieren, dass Sie lediglich als gute Samariter gehandelt haben, denen während ihrer Vorbeifahrt zufällig etwas Verdächtiges auffiel. Als Gegenleistung dafür, dass sie Ihren Verein vollkommen aus dem Spiel lassen, nehmen sie für sich in Anspruch, die Überlebenden aus Xavier Carltons vermisster Maschine gerettet zu haben. Haben Sie von den Gefangenen irgendetwas Nützliches erfahren?«

»Das weiß ich noch nicht«, sagte Juan. »Die Mannschaft interviewt sie unauffällig, während wir ihnen zu essen geben und frische Kleidung an sie verteilen.«

»Was wissen sie über die *Oregon*?«

»Nur dass wir mit einem Frachtschiff namens *Goreno* unterwegs sind. Sie waren in einem Container versteckt, als unsere Bordwaffen zum Einsatz kamen. Zurzeit werden sie in der Pseudokantine versorgt.«

»Demnach ist Ihre Tarnung immer noch wirksam. Haben Sie auf der Insel irgendetwas gesehen, was die dort gesprengte Anlage mit dem *Triton-Star*-Vorfall in Verbindung bringen könnte?«

Juan schüttelte den Kopf. »Sie haben den unterirdischen Komplex in die Luft gesprengt, ehe wir die Möglichkeit hatten, uns dort umzusehen und nach irgendwelchen Hinweisen zu suchen.«

»Nun, wir wissen, dass es eine Verbindung gibt.«

»Und wie sieht die aus?«

»Das Team, das die *Triton Star* untersucht hat, fand einen Empfänger und einen Zielsuchcomputer in dem Container, in dem sich der Marschflugkörper befand. Aus diesem Container wurde die Rakete per Fernbedienung von Rasul gestartet. Die Ermittler kamen zu dem Schluss, dass die Entscheidung, Diego Garcia anzugreifen, im letzten Moment getroffen worden sein musste, und konnten die Koordinaten des ursprünglichen Ziels entschlüsseln. Raten Sie mal, welches Ziel es war.«

»Jhootha Island?«

»Genau. Wer immer Rasul bezahlt hat, wollte die Insel mit Nowitschok auslöschen, die Mannschaft der *Triton Star* töten und Hinweise und Spuren für denjenigen hinterlassen, der das Geisterschiff fände, die zu diesem Gefängniskomplex führten. Entweder wurden diese Beweise gezielt ausgelegt, oder die Verschwörer waren vollkommen unfähig.«

»Demnach müssen wir unbedingt herausfinden, für wen Rasul gearbeitet hat. Kennen wir überhaupt seinen Nachnamen?«

»Nun, da die CIA einen ganz guten Scan seines Gesichts im Archiv hat, kennen wir ihn tatsächlich«, sagte Overholt. »Sein Name lautet Rasul Torkan. Er hat früher bei den iranischen Special Forces gedient. Und er hat einen Zwillingsbruder namens Asad. Sie verließen den Geheimdienst zum gleichen Zeitpunkt.« Overholt stoppte das Video und rief Fotos von Rasul und Asad Torkan auf. Sie waren sich so ähnlich, dass Juan nicht sagen konnte, welchen der beiden er getötet hatte.

»Wissen wir, wo Asad sich zurzeit aufhält?«

»Auch das wissen wir.« Das Bild wechselte, und auf dem Bildschirm erschien ein Inder Anfang bis Mitte vierzig, bekleidet mit einem eleganten Maßanzug. Er war soeben im Begriff, aus einem Mercedes auszusteigen. Dessen Tür wurde von einem der Torkan-Brüder aufgehalten.

»Das ist Romir Mallik«, sagte Overholt. »Er ist ein indischer Milliardär und besitzt außer zahlreichen anderen Unternehmen eine Firma, die Satelliten konstruiert und in Erdumlauf bringt. Er wird auch gern als indische Version von Elon Musk bezeichnet. Erst vor Kurzem startete er Vajra, das neueste satellitengestützte Kommunikationsnetz seines Landes. Allerdings musste er vor ein paar Tagen einen empfindlichen Rückschlag hinnehmen, als eine seiner Raketen bereits während des Starts explodiert ist.«

Diese Information brachte Juans Gedächtnis auf Touren. »Eric Stone erwähnte, dass, kurz bevor der BrahMos-Marschflugkörper gestartet wurde, eine Rakete im Arabischen Meer in die Luft flog. Interessant, dass beides fast zum gleichen Zeitpunkt geschah.«

Auf dem Bildschirm war wieder Overholt zu sehen, der stirnrunzelnd in die Kamera blickte. »Ich gebe zu, dass sich die Verbindungen und Zufälle häufen. Wenn Mallik mit dem Plan, Jhootha Island auszulöschen, in Verbindung gebracht werden kann, dann könnte er auch damit zu tun haben, dass auf Diego Garcia die gesamte Elektronik lahmgelegt wurde. Wir müssen eruieren, ob er das Ziel dieser Attacken war oder eher das Opfer.«

»Wenn wir wissen, was in diesem Gefängnis ablief, haben wir vielleicht eine bessere Vorstellung von den Motiven hinter diesen Ereignissen.«

»Sie haben nicht mehr genügend Zeit, um die Gefangenen einer behutsamen Befragung zu unterziehen. Unsere Vereinbarung mit der indischen Regierung enthält unsere Verpflichtung, die Gefangenen in einer Stunde zu übergeben. Anderenfalls wird die indische Küstenwache versuchen, die *Oregon* zwecks weiterer Untersuchungen der Vorfälle auf der Insel an die Kette zu legen. Die indische Regierung ist nicht besonders glücklich darüber, eine Bande von Kidnappern anstatt eines Eingeborenenstamms bewacht und beschützt zu haben.«

»Gewiss wäre sie auch nicht gerade erfreut, wenn wir einen der berühmtesten Industriebosse ihres Landes beschuldigten, einen amerikanischen Militärstützpunkt angegriffen zu haben.«

Overholt nickte. »Sie erkennen unser Dilemma.«

Cabrillo erhob sich. »Ich werde mal hören, ob Lyla Dhawan uns über einiges aufklären konnte.«

»In Ordnung. Aber halten Sie sich nicht zu lange damit auf. Oh, und noch etwas anderes. Als Romir Malliks Name genannt wurde, habe ich einige Erkundigungen eingezogen. Er erledigt den größten Teil seiner Arbeit von einem Hochhaus aus, das er in Mumbai besitzt.«

Juan kannte Overholt sehr gut. Er brachte diesen Punkt ganz sicher nicht ohne Grund zur Sprache, daher ging er darauf ein. »Das könnte der richtige Ort sein, um weitere Informationen zu beschaffen, wenn es jemandem gelänge, unauffällig da hineinzukommen und sein Computersystem anzuzapfen.«

»Wie es der Zufall will, veranstaltet er dort in zwei Tagen eine rauschende Wohltätigkeitsparty«, meinte Overholt mit unschuldiger Miene. »Die Zeitungen in Mumbai sind voll davon. Es ist eines der bedeutendsten gesellschaftlichen Ereignisse des Jahres. Ich dachte mir, das könnte Sie unter Umständen interessieren.«

»Danke für den Tipp«, sagte Juan.

Es sah so aus, als ob die Corporation mit einer Einladung zu dieser Party rechnen konnte.

31

Nachdem er das Gespräch mit Overholt beendet hatte, verließ Juan den geheimen Bereich der *Oregon* und suchte die Mannschaftsmesse auf. Sie war im gleichen Stil hergerichtet wie die restlichen Bereiche des Schiffes, die auf direktem Weg von außen zugänglich waren: flackernde Leuchtstoffröhren, abblätternder Farbanstrich an den Wänden, abgewetzter Linoleumfußboden und ramponierte Kantinentische und -stühle aus fleckigem Aluminium.

Soweit Juan erkennen konnte, schien den Exgefangenen ihre triste Umgebung nichts auszumachen. Viele von ihnen unterhielten sich mit den Mitgliedern der Mannschaft. Sie waren nichts als froh und glücklich darüber, dass sie Jhootha Island hatten hinter sich lassen können. Einige brachten sogar ein herzliches Lachen zustande. Alle hatten sich aus ihren schwarzen Overalls befreit und trugen frische Hemden und Hosen, die aus der Kleiderkammer der *Oregon* stammten.

Julia Huxley begrüßte ihn beim Hinausgehen an der Tür. Normalerweise trug die Chefin der medizinischen Abteilung der *Oregon* einen Krankenhauskittel, wenn sie im Traumazentrum des Schiffes tätig war. Aber in diesem Moment bestand ihr Outfit aus einer makellos gebügelten Bluse und einer Baumwollhose. Das Haar hatte sie zu einem Pferdeschwanz zusammengerafft. Obgleich sie in der Navy gedient und dort ihre Ausbildung absolviert hatte, trat sie nicht wie eine Offizierin oder eine Chirurgin auf. Viel eher war ihre augenblickliche Erscheinung die einer Allgemeinärztin in einem Kleinstadtkrankenhaus, die soeben einen Hausbesuch beendet hatte. Der schwarze Arztkoffer in ihrer Hand verstärkte diesen Eindruck auf überzeugende Art.

»Wie geht es ihnen?«, erkundigte sich Juan.

Julia richtete ihre dunklen, freundlichen Augen auf die im Raum Versammelten und wandte sich dann zu Juan um.

»Sie befinden sich in einem überraschend stabilen Zustand, wenn man bedenkt, was sie durchgemacht haben«, sagte sie. »Rein physisch natürlich. Ich empfehle allen, einen guten Psychotherapeuten aufzusuchen, wenn sie nach Hause zurückkehren. Sich daran zu gewöhnen, aus einer achtzehn Monate währenden strengen Gefangenschaft befreit zu sein, dauert seine Zeit. Keiner von ihnen hatte ernsthaft damit gerechnet, diese Insel jemals wieder verlassen zu können.«

»Genau das wäre auch beinahe geschehen.«

»Sie sind dir zutiefst dankbar, sie gerettet zu haben.« Julias Miene verdüsterte sich, und sie blickte Juan strafend an. »Besonders die Frau, die auf dich geschossen hat. Wann hattest du vor, mir davon zu erzählen?«

»Es gab wichtigere Dinge, um die du dich kümmern musstest.«

»Lyla meinte, sie habe dich genau dort erwischt«, sagte Julia und streckte eine Hand nach Juans Oberkörper aus. Mit einem schnellen Schritt entzog er sich der ärztlichen Untersuchung.

»Es ist alles in Ordnung. Nur eine kleine Prellung.«

»Warum überlässt du es nicht deiner Ärztin, dies zu entscheiden? Wenn du hier fertig bist, erwarte ich dich zu einer Röntgenuntersuchung in der Krankenstation.«

»Jawohl, Frau Doktor«, sagte er, während Julia die Messe verließ. Er wusste, dass sie ihm keine Ruhe lassen würde, wenn er sich nicht blicken ließ. Sie war es, die ihm das Leben gerettet hatte, als sein Bein von der Granate getroffen worden war, und die ihn seitdem stets wachsam im Auge behielt.

Juan fand Lyla Dhawan an einem Tisch, an dem sie Kevin Nixon gegenübersaß, der einen Zeichenblock in der Hand hielt. Er bedeckte ihn mit schnellen Bleistiftstrichen und hielt gelegentlich inne, um Fragen zu stellen und seinen Vollbart zu kraulen. In Hollywood war Nixon viele Jahre lang als Maskenbildner und Requisiteur tätig gewesen und hatte zahlreiche bedeutende Preise für seine Arbeit eingeheimst. Nachdem seine Schwester bei den 9/11-Attentaten ums Leben gekommen war, kehrte er der Filmindustrie den Rücken und erhielt das Angebot, sein Können der CIA zur Verfügung zu stellen. Aber dann bekam Juan von seinen besonderen Fähigkeiten Wind und fragte ihn, ob er nicht zur Corporation kommen wolle. Kevins Job an Bord der *Oregon* verlangte keine übermäßigen körperlichen Anstrengungen von ihm, und er führte einen ständigen Kampf gegen seine beträchtliche Leibesfülle. Ein zur Hälfte verzehrter Donut lag vor ihm auf dem Tisch und signalisierte, dass er immerhin versuchte, so etwas wie eine Schlankheitsdiät einzuhalten.

Juan trat hinter ihn und sah, dass er die Skizze von einer Frau Mitte dreißig fast fertig gestellt hatte. Sie war attraktiv, mit hohen Wangenknochen und mandelförmigen Augen.

»Wer ist das?«, wollte Juan wissen.

»Lyla hat eben erst die Frau beschrieben, die sie gesehen hat, kurz nachdem sie und ihre Leidensgenossen auf der Insel gelandet waren«, sagte Kevin.

»Das war die Frau, die kaltblütig all die anderen Passagiere erschossen hat«, fügte Lyla hinzu. »Sie war es, die uns alle als Geiseln nahm und während dieser langen Zeit auf der Insel festhielt. Niemals werde ich ihr Gesicht vergessen.«

»Es tut mir leid«, sagte Kevin. »Ich kann mir vorstellen, wie schwer es für Sie ist, das Ganze noch einmal in Ihrer Erinnerung zu durchleben.«

»Ich hoffe nur, dass Sie diese Teufelin finden und für das büßen lassen, was sie getan hat.«

»Mit Ihrer Hilfe, da bin ich mir sicher, wird sie schon bald vor Gericht stehen.« Kevin erhob sich und sah Juan an. »Ich bin hier fertig, wenn du meinen Platz übernehmen willst. Ich denke, sie ist gut genug getroffen, dass wir damit etwas anfangen können.«

»Danke«, sagte Juan. »Und ich habe noch einen anderen Job für dich, über den ich mit dir reden muss, nachdem ich bei Hux war.«

»Betrachte mich als brennend interessiert«, sagte Kevin, dann sah er Lyla an und deutete auf einen Bleistift und einen Bogen Papier neben ihrem Teller. »Ich lasse beides hier, für den Fall, dass Ihnen noch etwas einfällt, das Sie hinzufügen wollen.« Er machte Anstalten, die Kantine zu verlassen, kehrte jedoch noch einmal um und nahm den halben Donut vom Tisch. *Der Kampf ist offenbar in vollem Gange und noch lange nicht entschieden*, dachte Juan.

Er ließ sich neben Lyla nieder.

»Wie geht es Ihnen?«, fragte er.

»Ganz gut, glaube ich.« Sie schaute auf ihren leeren Teller. »Über das Essen hier kann ich nur staunen. Ich hätte niemals vermutet, dass man in so einer Umgebung …« – sie deutete mit einer Kopfbewegung auf die wenig einladend wirkende Räumlichkeit – »etwas derart Köstliches vorgesetzt bekommt.«

»Wir investieren unser Geld stets dort, wo es den meisten Nutzen bringt.«

»Ich weiß Ihre Gastfreundschaft zu schätzen, aber ich kann es kaum erwarten, endlich wieder mit meinen Eltern sprechen zu können. Sie sind sicherlich in dem Glauben, dass ich schon vor langer Zeit gestorben bin. Für sie wird es zunächst einmal ein Schock sein zu erfahren, dass ihr kleiner Liebling immer noch am Leben ist.«

»Sie sind bestimmt außer sich vor Freude. Sie können mit ihnen Verbindung aufnehmen, sobald Sie an Bord des indischen Küstenwachkutters sind.«

»Eigentlich unvorstellbar, dass wir die ganze Zeit in Indien waren.« Sie sah Juan an, und Tränen glitzerten in ihren Augen. »Noch einmal vielen Dank für alles, was Sie für uns getan haben.« Juan zuckte die Achseln. »So etwas gehört nun mal zu unserem Job.«

»Und was für ein Job ist das genau? Nein, vergessen Sie's. Ich will es gar nicht wissen, und wahrscheinlich werden Sie es mir ohnehin nicht verraten. Aber wie fühlen Sie sich überhaupt? Ich bin überrascht, dass Sie laufen können, nachdem ich auf Sie geschossen habe, und uns alle sogar in Sicherheit bringen konnten.«

»Mir geht es gut. Machen Sie sich keine Sorgen.«

»Sind sie wirklich alle tot?«, fragte Lyla mit einer Mischung aus Hoffnung und Angst.

»Die Wachen? Ja. Von denen haben Sie nichts mehr zu befürchten.«

»Und was ist mit den Leuten, für die sie gearbeitet haben? Sind wir vor denen sicher?«

»Wir werden ermitteln, wer Ihnen so übel mitgespielt hat. Aber wir brauchen Ihre Hilfe.«

»Natürlich. Ich tue, was ich kann. Fragen Sie nur.«

»Ich weiß, dass Sie bereits mit meinen Leuten gesprochen haben, aber ich würde gerne alles selbst aus Ihrem Mund hören. Was können Sie mir über das Projekt erzählen, an dem Sie arbeiteten?«

Lyla machte einen tiefen Atemzug. »Es ist bahnbrechend. Man kann sogar sagen, revolutionär. Mein Spezialgebiet ist innovative Mustererkennungssoftware. Wäre ich auf seriöse Weise engagiert worden, um daran mitzuarbeiten, ich hätte es sicherlich bereitwillig getan, bis ich erkannt hätte, wie weit sie in ihrem Ehrgeiz zu gehen bereit sind. Andererseits, selbst wenn ich engagiert worden wäre, hätte ich mich nicht mit Hilfe meiner persönlichen Codes in die Datenspeicher meiner Firma einhacken können. Einen wahren Namen habe ich nie erfahren. Wir mussten es Projekt C nennen.«

»Welches Ziel hatte das Projekt?«

»Wir sollten eine echte künstliche Intelligenz entwickeln. Eine, die irgendwann fähig sein sollte, ihre eigenen Programme zu schreiben. Sie wollten um jeden Preis die technologische Singularität erreichen.«

Juan hatte diesen Begriff schon früher gehört, war jedoch mit seinen unterschiedlichen Aspekten nicht vertraut. »Die *Singularität*?«

»Das ist der Punkt, an dem eine künstliche Intelligenz so leistungsfähig ist, dass sie sich ohne menschliches Zutun selbst verbessern kann. Danach wird sich ihre Selbstverbesserung mit exponentiellem Tempo fortsetzen. Sie ist sozusagen der Heilige Gral der KI.«

»Aber diese Entwicklung ist doch auch mit großen Risiken verbunden, nicht wahr?«

»Natürlich. Der Prozess könnte vollkommen außer Kontrolle geraten. Es ist nahezu unmöglich vorherzusagen, wie sich die KI in einer solchen Situation verhält. Das Ergebnis könnten enorme Fortschritte für die Menschheit sein.«

»Aber es könnte auch zum Terminator führen?«, fragte Juan.

»Das ist genau das, was viele befürchten und wovor sie warnen.«

»Es ist schon einige Zeit her, dass wir uns mit etwas Ähnlichem herumschlagen mussten.«

Er dachte an eine frühere Mission, die als geheim eingestuft worden war und in deren Verlauf ein leistungsfähiger Quantenrechner, der entwickelt wurde, um jeden Programmcode auf dem Planeten zu knacken, ein Eigenbewusstsein entwickelt hatte. Die Corporation musste ihn stilllegen, aber Juan erinnerte sich an einen seltsamen Telefonanruf nach Abschluss der Mission, der darauf hindeutete, dass ein Teil des Programmcodes des Rechners erhalten geblieben und irgendwo im Internet abrufbar war. Dies könnte die Grundlage für Projekt C gewesen sein.

Lyla war verwirrt, aber ihr professionelles Interesse war geweckt. »Was meinen Sie damit, dass Sie sich schon einmal mit etwas Ähnlichem herumgeschlagen haben?«

»Leider darf ich Ihnen keine Einzelheiten nennen. Könnte Projekt C zum Dechiffrieren eingesetzt werden?«

»Schön möglich, aber es ist viel mehr als das. Sobald Projekt C abgeschlossen ist und die KI das Stadium der Singularität erreicht hat, ist das Dechiffrieren nur ein winziger Teil ihrer Fähigkeiten. Die KI könnte jedes Computerprogramm, auf das sie Zugriff hat, von Grund auf umschreiben.«

Juans Gedanken überschlugen sich, als er versuchte, sich die Konsequenzen vorzustellen. »Meinen Sie damit, dass sie sich willkürlich, sozusagen nach eigenem Gutdünken, in jeden Computer einhacken kann?«

»Das Hacken von Computern ist nur der erste Schritt. Projekt C ist darauf ausgelegt, die Programme so perfekt umzuschreiben und so nahtlos zu ersetzen, dass die Leute, die das jeweilige System überwachen, es gar nicht bemerken. Sie wissen sicher selbst, wie schwierig es heute schon ist, Viren aufzuspüren, die von Menschen programmiert wurden. Eine KI könnte ihre eigene Sprache entwickeln. Selbst wenn wir wüssten, dass irgendwo ein Schadprogramm existiert, hätten wir nicht die geringste Vorstellung, was es bewirkt. Jeder Computer auf dem Planeten würde unserer Kontrolle entzogen werden, um von jemand anderem gesteuert zu werden.«

»Oder von etwas anderem.«

Lyla nickte. »Wenn die KI nicht mit den richtigen Sicherungssystemen ausgestattet wurde, dann wäre so etwas möglich. Die Welt wäre von den Launen eines Computers abhängig, dem die menschliche Rasse vollkommen gleichgültig ist. Oder die KI könnte von jemandem kontrolliert werden, für den wir Marionetten sind, die tun müssen, was ihnen befohlen wird. Diese Person und Gruppe wäre dann die mächtigste Institution der Erde, und wir könnten nichts dagegen tun.«

»Wo steht dieser Computer?«, fragte Juan.

»Ich wünschte, ich wüsste es. Unsere Zugriffsmöglichkeiten waren extrem begrenzt, als wir an unseren Workstations saßen. Wir haben uns in einem geschlossenen Netzwerk bewegt, daher hatte ich keinen Zugang zum Internet.«

»Und was wissen Sie über dieses Netzwerk?«

»Sein Name lautete Vajra.«

Malliks Satellitensystem. Dies war die Bestätigung, dass

er involviert war. Und doch ergab nur wenig von dem, was er wusste und soeben erfahren hatte, für Juan einen Sinn.

»Es gibt noch zwei wichtige Dinge, die Sie wissen sollten«, sagte Lyla.

»Und?«

»Zum einen wurden dreiundzwanzig von den Passagieren der Maschine kurz nach der Landung von der Insel abgeholt. Wie sich in Gesprächen unter den Zurückgebliebenen herauskristallisierte, waren diese Leute Hardwareexperten, während wir im Softwarebereich gearbeitet haben.«

»Wissen Sie, wohin sie gebracht wurden?«

Sie zögerte, dann schüttelte sie den Kopf. »Nein. Vor etwa acht Monaten mussten wir plötzlich vieles von dem, was sie bis dahin fertig gestellt hatten, von Grund auf überarbeiten. In dieser Zeit bin ich auf Längen- und Breitenkoordinaten gestoßen, als wir einige Computermodellierungen überprüften. Eine der Datenzellen in nächster Nähe der Koordinaten trug die Bezeichnung *gesunken*. Ich nehme an, sie bezog sich auf ein untergegangenes Schiff.«

»Können Sie sich an die Koordinaten erinnern?«

Sie nickte und schrieb etwas auf das Notizblatt, das Kevin Nixon ihr überlassen hatte. »Sie sind mir im Gedächtnis geblieben, weil sie ungewöhnlich waren.«

»Sie sprachen von *zwei* Dingen, die ich noch wissen müsse.«

Sie nickte. »Während meines Aufenthalts auf Jhootha Island habe ich dreimal ein seltsames Symbol auf Dokumenten gesehen, die uns per E-Mail zugestellt wurden. Ich hatte dieses Symbol noch nie zuvor gesehen. Da ich überhaupt nicht zeichnen kann, hat Mr. Nixon es nach meinen Angaben skizziert. Ich habe allerdings keine Ahnung, welche Bedeutung es hat.«

Lyla drehte das Notizblatt herum. Darauf war ein Kreis mit neun Speichen zu sehen.

In der Mitte des Kreises befand sich eine Swastika.

32

IM LUFTRAUM ÜBER INDIEN

Der private Gulfstream Jet der Corporation war auf dem Cochin International Airport in Kochi zum selben Zeitpunkt gelandet, an dem die *Oregon* in der Hafenstadt an der Südspitze Indiens eintraf, um das Team abzusetzen, das sich in Romir Malliks Galaparty hineinschmuggeln sollte. Chuck »Tiny« Gunderson, der immer auf Abruf bereitstehende Starrflüglerpilot der Corporation, brachte das Team gerade nach Mumbai. Neben ihm saß Eddie Seng auf dem Platz des Kopiloten.

»Wie lange werdet ihr euch in Mumbai aufhalten?«, fragte der hochgewachsene blonde Schwede, kurz nachdem die Maschine von der Startbahn abgehoben hatte und ihr Fahrwerk in seinem Gehäuse verschwand.

»Die Party beginnt morgen Abend um sechs«, antwortete Eddie.

»Gut. Dann kann ich einiges an Schlaf nachholen, wenn wir gelandet sind.«

»Hat dein Flug gestern von Singapur lange gedauert?«

»So schlimm war es nicht, aber ich musste mit einem mörderischen Pokerblatt in der Hand im Kasino passen, als der Anruf kam. Ich vermute, wir werden nicht allzu lange hierbleiben, wenn die Party vorbei ist, oder?«

Eddie hoffte, dass sie ohne Probleme hinein- und wieder hinausgelangten, aber er plante bei seinen Einsätzen regelmäßig die schlimmste aller Möglichkeiten ein.

»Es könnte sein, dass wir schnellstens verschwinden müssen.«

»Das ist bei euch doch fast die Regel.« Chuck Gunderson blickte über die Schulter zu den restlichen Leuten in der Passagierkabine. »Diesmal hast du ein ganz anderes Team zusammengestellt. Ich sehe Kevin Nixon und Hali Kasim nicht allzu oft in meiner Maschine.«

»Bei dieser Mission musste einiges kurzfristig vorbereitet werden.«

»Das neue Mitglied der Truppe habe ich noch gar nicht kennengelernt.« Tinys Bemerkung bezog sich auf Raven Malloy, die im hinteren Teil der Kabine mit MacD, Murph und Linc zusammensaß. »Ist sie gut?«

»Der Chairman hat ein Auge für Qualität«, sagte Eddie und erhob sich aus seinem Sessel. »Genau genommen wäre diese Operation ohne sie gar nicht möglich. Juan und ich haben uns diesmal etwas ganz Besonderes einfallen lassen.«

Er ging nach hinten zu Murph, der konzentriert auf den Bildschirm seines Laptops blickte, und setzte sich neben ihn. Das restliche Team versammelte sich hinter ihnen.

»Tut mir leid, dass wir keine Zeit hatten, euch ins Bild zu setzen, bevor wir aufgebrochen sind«, sagte Eddie, »aber wir mussten noch einige wichtige Dinge erledigen, damit die *Oregon* so bald wie möglich mit uns abdampfen konnte.«

»Soweit ich weiß, sollen wir auf eine Party gehen«, sagte Hali.

Eddie nickte. »Jedenfalls ein paar von uns. Es ist ein äußerst exklusiver Event. Die Crème der indischen Gesellschaft versammelt sich dort. Ein Eintritt ist nur mit persönlicher Einladung möglich. Kevin, du konntest doch eine dieser Einladungen organisieren, nicht?«

Kevin Nixon nickte und hielt eine mit vergoldeten Prägelettern beschriftete Faltkarte hoch. »Ich habe online ein Foto davon gefunden und eine Kopie hergestellt, ehe wir von Bord gingen. Die Leute sollten sich wirklich genau überlegen, was sie den sozialen Medien der Welt zugänglich machen.«

»Für wen ist diese Einladung bestimmt?«, fragte Linc.

Eddie sah Raven Malloy an, die seinen Blick kopfschüttelnd erwiderte, ehe sie sagte: »Ganz sicher nicht für mich.«

»Doch, für dich. Murph, zeig uns das Foto.«

Murph drehte den Laptop herum, auf dessen Bildschirm eine schöne Inderin in einem Sari zu sehen war. Sie hatte eine frappierende Ähnlichkeit mit Raven.

MacD spuckte beinahe den Kaugummi aus, der zu seinem alltäglichen Erscheinungsbild gehörte. »Wow! Ist das deine Schwester?«

Raven lehnte sich zum Bildschirm vor. »Wer ist die Frau?«

»Diese Granate ist Kiara Jain«, sagte Murph. »Ein aufsteigender Bollywoodstar. Sie hat sich während der letzten Jahre in Amerika aufgehalten, vorwiegend in New York und Los Angeles, wo sie versuchte, eine Filmkarriere zu starten. Es lief aber nicht so, wie sie sich das vorstellte, also kehrte sie in ihre Heimat zurück und feierte ein großes Comeback in der Unterhaltungsszene Mumbais.«

Raven sah Kevin stirnrunzelnd an. »Deshalb also brauchten Sie meine Körpermaße, ehe wir die *Oregon* verließen.«

»Ich habe ein atemberaubendes türkisfarbenes Kleid für Sie in meinem Gepäck«, sagte Kevin.

Sie blickte wieder auf den Bildschirm. »Ich gehöre zu einer anderen indischen Volksgruppe, aber eine gewisse

Ähnlichkeit mit ihr ist offenbar vorhanden, nehme ich an.«

Kevin winkte ab. »Kein Problem. Ich habe alles dabei, um Sie in ihr Double zu verwandeln. Wenn ich Sie erst einmal gründlich überarbeitet habe, würde ihr eigener Freund keinen Unterschied bemerken.«

»Freund?«

Eddie klopfte MacD auf die Schulter. »Ich darf dir deinen einstweiligen Gespielen vorstellen, Cole Randle. Dumm wie Bohnenstroh zwar, aber seine nette Fresse macht jeden Mangel an Talent mehrfach wett.«

»Vielen Dank«, sagte MacD schmollend und spielte die beleidigte Leberwurst.

»Hat sie tatsächlich einen Freund namens Cole Randle?«, wollte Raven wissen.

»Nein«, sagte Murph, »aber ich werde die Internet Movie Database hacken und ein paar besonders trashige Low-Budget-Filme in seine Biografie einfügen für den Fall, dass jemand mehr über ihn wissen will.«

»Niemand hier drüben würde stutzig werden, wenn du irgendeinen neuen Schönling aus Hollywood ausgesucht hättest«, fügte Linc hinzu.

»Ich habe mir bereits einige Titel für Randles schrottige Actionstreifen einfallen lassen. Sie waren niemals im Kino zu sehen, und man kriegt sie nur als Video. *Maximum Justice. Fatal Force. Time to Impact.*«

»Hey, die hab ich alle gesehen«, sagte MacD.

»Ich trete als dein amerikanischer Manager auf«, fuhr Eddie fort, »und Linc spielt typengetreu die Rolle des muskelbepackten Leibwächters.«

»Einen Moment«, sagte Raven. »Ich weiß ja noch nicht einmal, wie ihre Stimme klingt und wie sie redet.«

»Du hast noch gut einen Tag Zeit, um dir ein paar

Filme mit ihr anzusehen. Aber wir lassen außerdem verlauten, dass du an einer leichten Kehlkopfentzündung erkrankt bist, um Gespräche auf ein Minimum zu beschränken. Das Reden werden im Wesentlichen MacD und ich übernehmen.«

»Falls sie mich überhaupt verstehen«, sagte MacD, dann deutete er auf Murph. »Kommt er nicht mit? Brauchen wir dort nicht in irgendeinen Computer einzudringen?«

»Das machst du«, sagte Murph und reichte Eddie ein kaum handtellergroßes Tablet. »Dieses Teil verbindet dich mit Malliks Netzwerk, sobald ihr seinen Wohnturm betretet. Ich werde den Zimmerservice im Hotel zurückkommandieren, während ich von dort aus sein Netz anzapfe.«

»Was habe ich zu tun?«, fragte Hali Kasim.

»Die echte Kiara Jain wohnt im Mumbai Four Seasons«, sagte Eddie. »Dein Job wird sein, dafür zu sorgen, dass sie nicht auf der Party erscheint, ehe wir uns aus dem Staub gemacht haben.«

»Das dürfte nicht allzu schwierig sein.«

»Offenbar liest du keine Klatschblätter und weißt nichts von Miss Jains primadonnenhaftem Gehabe. Sie muss sich einiges von ihren Kolleginnen in Hollywood abgeschaut haben und hat sich seit ihrer Ankunft in Amerika selbst ein wenig zur Diva entwickelt.«

Hali grinste schief. »Oh, wie reizend.«

»Wie lange wirst du brauchen, dich ins Netz einzuhacken?«, wollte Eddie von Murph wissen.

»Hängt davon ab, welche Art von Sicherheitssystem Mallik installiert hat. Ich hoffe, weniger als eine Stunde.«

Raven würgte demonstrativ. »Muss ich etwa eine Stunde lang in einem Kleid und High Heels auf dieser Schickimickiparty herumstolzieren?«

»Wir schlürfen Champagner und machen ein bisschen lockere Konversation, während Murph an der Arbeit ist«, sagte MacD. »Wo ist das Problem?«

»Ich bin zur Corporation gekommen, um die Bösen zur Strecke zu bringen und nicht um bei den Kostümfesten irgendwelcher Geldsäcke als lebende Dekoration aufzutreten.«

»Du solltest diese Mission nicht auf die leichte Schulter nehmen«, warnte Eddie. »Wir schätzen, dass etwa fünfzig Polizisten in Uniform und mindestens zwanzig Beamte in Zivil an diesem Event teilnehmen, von den persönlichen Leibwächtern der Honoratioren ganz zu schweigen. Stell dir das Ganze so vor, als ob wir uns ins Weiße Haus schleichen. An diesem Abend wird Malliks Wohnturm eine der am strengsten bewachten Örtlichkeiten des Landes sein. Und wenn er und sein Wachhund Asad Torkan nur den leisesten Verdacht schöpfen, dass wir nicht die sind, für die wir uns ausgeben, werden wir sehr viel mehr über die besonderen Eigenheiten des indischen Strafvollzugs erfahren, als uns lieb ist.«

Das brachte alle zum Schweigen.

»Und nun, Murph«, fuhr er fort, »ruf die Baupläne von Malliks Gebäude auf. Wir müssen über sämtliche unserer Fluchtmöglichkeiten Bescheid wissen. Wir gehen alles vorwärts und rückwärts durch, bis wir uns dort wie im Schlaf auskennen, wenn wir bei der Party auflaufen.«

Eddie beobachtete Raven aus dem Augenwinkel, wie sie Murphs Erläuterungen zu den Grundrisszeichnungen aufmerksam auf dem Bildschirm seines Laptops verfolgte. Er hatte nicht den geringsten Zweifel, dass ihr spätestens in diesem Augenblick klar wurde, dass keine Mission der Corporation ein Spaziergang war.

33

ROTES MEER

Die *Oregon* brauchte weniger als vierzig Stunden für die Passage über das Arabische Meer zum Bab al-Mandab, der siebenundzwanzig Kilometer breiten Meerstraße zwischen dem Jemen und der Republik Dschibuti. Die Koordinaten, die Juan Cabrillo von Lyla Dhawan genannt worden waren, befanden sich innerhalb einer Inselgruppe am südlichen Ende des Roten Meers. Während er auf Max Hanleys Meldung wartete, dass sie die Position erreicht hätten, rief er Eric Stone in seine Kabine, wo dieser schon beim Eintreten andeutete, einige Mühe gehabt zu haben, das seltsame Symbol mit der Swastika in der Mitte zu identifizieren.

»Ich habe überall nachgeforscht«, fuhr Eric fort, während sie an Juans Esstisch Platz nahmen und Maurice, der Chefsteward der *Oregon*, mit einem Silbertablett hereinkam und Kaffee servierte. Der Veteran der britischen Royal Navy, der unter mehreren Admirälen gedient hatte, war mit siebzig Jahren das älteste Mannschaftsmitglied auf dem Schiff und sicherlich auch die distinguierteste Erscheinung. Als Arbeitskleidung bevorzugte er zu einem schneeweißen, sorgfältig gebügelten Oberhemd eine schwarze Fliege und ein elegantes weißes Dinnerjacket, zu dem eine absolut fleckenlose weiße Leinenserviette gehörte, die stets akkurat zusammengefaltet über seinem Arm lag.

»Ist das nicht das Hakenkreuz der Nazis?«, fragte Juan.

»Nein. Es ist kein militärisches Symbol aus dieser Zeit. Diese Swastika ist sozusagen der Vorläufer von Hitlers Hakenkreuz. Sofern Lyla Dhawan nicht eine veraltete Version des Nazisymbols gesehen hat, ist dies wahrscheinlich das südasiatische Original.«

»Die Swastika war doch ursprünglich ein religiöses Symbol, nicht wahr?«

Eric nickte. »Und das schon einige Tausend Jahre lang, ehe sie von den Nazis missbraucht wurde. Gewöhnlich findet man die Swastika in hinduistischen und buddhistischen Tempeln an Statuen und rituellen Gegenständen. In Asien symbolisiert die Swastika seelisches Heil und materiellen Wohlstand und nicht die Bigotterie und den Hass des berüchtigten Markenzeichens der Nazis.«

»Was ist mit den anderen Elementen des Symbols, das Lyla beschrieben hat?«

»Das Rad und die neun Speichen? Da muss ich leider passen.«

Während er Juan Kaffee einschenkte, räusperte sich Maurice.

Juan blickte überrascht hoch. Gewöhnlich legte Maurice besonderen Wert darauf, zu kommen und zu gehen, ohne dass er bemerkt wurde. »Wissen Sie etwas darüber, Maurice?«

»Ich wollte mich nicht einmischen, Captain, aber ich glaube, dass ich Ihnen bei der Lösung Ihres Rätsels von Nutzen sein kann.« Maurice war der Einzige in der Mannschaft der *Oregon*, der darauf bestand, die Marinetradition aufrechtzuerhalten und Juan Cabrillo Captain zu nennen anstatt Chairman.

»Bitte. Haben Sie dieses Symbol schon mal gesehen?«

»Das habe ich«, antwortete der Steward und stellte die

Kaffeekanne aufs Tablett. »Und zwar vor fünfunddreißig Jahren, als ich dem Stab eines Admirals zugeteilt war, der in Indien gedient hatte. Seinerzeit sammelte er seltene Antiquitäten des Subkontinents, und dieses Symbol war eines der Sammlerstücke in seiner Kabine. Es war eine seltsame Medaille, die er in einer Schatulle aufbewahrte. Während der zwei Jahre, die ich als Adjutant bei ihm gearbeitet habe, gehörte es zu meinen Aufgaben, sie jede Woche zu polieren.«

»Wissen Sie auch, welche Bedeutung das Symbol hat?«, fragte Eric.

»Der Admiral erklärte mir, es repräsentiere die Neun Namenlosen. Er beschäftigte sich ziemlich intensiv mit der indischen Militärgeschichte, daher erfuhr ich recht viel über sie.«

»Und wer sind diese Neun Namenlosen?«, fragte Juan.

»Ich glaube, die Frage sollte eher lauten, wer sie *waren*«, antwortete Maurice. »Zweitausend Jahre lang gab es sie gar nicht, falls sie überhaupt je existierten. Zumindest war nichts von ihnen zu hören.«

»Haben wir es etwa mit einem Mythos zu tun?« Juan hätte Maurice gerne einen Platz angeboten, aber er wusste, dass der Steward eine solche Einladung, wenn er sich im Dienst befand, niemals angenommen hätte.

Maurice nickte. »Aus der Zeit Ashokas. Etwa 261 vor Christus, wenn ich mich nicht irre. Er war ein Kaiser, der über fast das gesamte Indien herrschte. Aber um diese Position zu erreichen, führte er den blutigsten Krieg in dieser Epoche der Geschichte Asiens. Er forderte über zweihunderttausend Menschenleben. Das Blutbad empfand Ashoka am Ende selbst als derart grässlich, dass er der Gewalt abschwor und per Dekret sein gesamtes Reich zum Buddhismus übertreten ließ. Er ließ überall in Indien Säulen aufstellen, auf denen seine Gesetze zu lesen waren. Viele dieser Säulen existieren noch heute und werden in Ehren gehalten. Ashokas Einfluss war so nachhaltig, dass das buddhistische Chakra-Symbol, das sogenannte Dharmachakra, sogar auf der Flagge Indiens zu finden ist.«

Eric tippte auf einige Tasten seines Laptops und zeigte ihnen ein Bild des Chakra. Es war ein Rad mit vierundzwanzig Speichen.

»Das ist aber nicht das Symbol, das Lyla Dhawan gesehen hat«, wandte Juan ein. »Sie erwähnte keine Swastika, und ihr Rad hatte auch nur neun Speichen. Ich vermute, dass sie die Neun Namenlosen repräsentierten.« Er sah Maurice fragend an. »Welche Verbindung besteht zwischen diesen Neun und Ashoka?«

»Wie die Legende berichtet, war der Kaiser entsetzt über den Grad an Vernichtung, den er verursacht hatte, und befürchtete, dass das zu dieser Zeit gesammelte Wissen der Welt in der Hand eines einzigen Menschen gebündelt sein und von diesem missbraucht werden könnte. Daher gab er seinem Bruder den Auftrag, neun einfache Männer aus dem Volk zu suchen – sie durften nicht dem Adel angehören und keine hochrangigen Positionen bekleiden. Jedem von ihnen vertraute er eine Buchrolle an, die jeweils den Wissenskanon einer bestimmten wissenschaftlichen Disziplin enthielt. Diese Buchrollen sollten sie mit ihrem Leben verteidigen, damit kein Mensch das darin enthaltene Wissen benutzen konnte, um Macht zu erlangen und die Welt zu regieren.«

Juan lehnte sich zurück und fuhr sich mit den Fingern durchs Haar. Was Maurice soeben beschrieben hatte, war das genaue Gegenteil dessen, was laut Lyla der Zweck des Projekts C sein sollte, nämlich eine künstliche Intelligenz zu erschaffen – sozusagen einen Pool der Allwissenheit –, die jemanden in die Lage versetzt, die Welt zu kontrollieren und über das Schicksal der Menschheit zu bestimmen.

»Wäre es möglich, dass diese Gruppierung – ich meine die Neun Namenlosen – ihr Wissen im Laufe der Jahrhunderte von Generation zu Generation weitergegeben hat?«, überlegte er laut.

»Es gibt sicher einige Verschwörungstheorien, die davon ausgehen, dass ein solcher Geheimbund tatsächlich existiert«, sagte Maurice. »Mein Admiral war nicht dieser Meinung. Er hielt das Ganze für nichts anderes als eine wunderschöne Geschichte.«

Er nahm das Tablett vom Tisch. »Wenn es nichts mehr gibt, womit ich Ihnen dienen könnte, Captain, würde ich gerne wieder an meine Arbeit zurückkehren.«

»Vielen Dank, Maurice. Sie haben uns wirklich sehr geholfen.«

»Gern geschehen.« Maurice verließ die Kabine und schloss beinahe lautlos die Tür hinter sich.

»Meinen Sie, dass die Nachkommen der Neun Namenlosen tatsächlich noch immer miteinander in Verbindung stehen und an dieser überlegenen künstlichen Intelligenz herumbasteln?«, fragte Eric.

Juan zuckte die Achseln. »Ich denke, dass es durchaus möglich wäre, aber dann hätten sie Ashokas ursprünglicher Intention, die Buchrollen voneinander getrennt zu halten, zuwidergehandelt. Nach dem zu urteilen, was wir gesehen haben, musste derjenige – wer auch immer die unterirdische Anlage auf Jhootha Island erbaute, einen gestohlenen Marschflugkörper startete und einen Passagierjet entführte – über nahezu unbegrenzte Geldmittel verfügen. Wenn die Neun Namenlosen ihr Wissen in den vergangenen Jahrhunderten weitergaben, müssten ihre Nachkommen mittlerweile Milliardäre sein und sich für eine künftige Zusammenarbeit entschieden haben.«

»Denken Sie an jemanden wie zum Beispiel Xavier Carlton, dessen Flugzeug auf Jhootha Island gefunden wurde, und an Romir Mallik, der Rasul Torkans Zwillingsbruder ständig im Schlepptau hat?«

»Wenn diese beiden in die Ereignisse verwickelt sind und sie unter Umständen sogar inszeniert haben, dann können sie sich aus unerschöpflichen Geldquellen bedienen, um uns das Leben so schwer wie möglich zu machen. Ich bezweifle, dass es Sinn hat, Regierungen auf sie aufmerksam zu machen, die sie bereits in der Tasche haben. Wir werden dieses Problem wahrscheinlich ganz allein regeln müssen.«

Während der nächsten zehn Minuten trugen sie alle möglichen Informationen über die Legende von den Neun Namenlosen und über den angeblichen Inhalt der Schriftrollen zusammen. Aber sie haben nirgendwo irgendeinen Hinweis auf das Symbol oder auf die Identitäten der Neun Namenlosen gefunden. Ihre Recherchen wurden unterbrochen, als Max in Juans Kabine anrief.

»Wir haben Lylas Koordinaten erreicht.« Er sagte es in einem Ton, als teilte er ihnen mit, dass sein Hund eingegangen sei.

Juan sah Eric ein wenig irritiert an und fragte: »Was ist los, Max?«

»Falls hier ein gesunkenes Schiff liegt, werden wir einige Probleme haben, es genauer zu untersuchen.«

»Weshalb?«

»Schaltet den externen Monitor ein und geht ins Op-Zentrum rauf, damit wir uns überlegen können, was wir tun sollen.« Max beendete das Gespräch.

Juan angelte sich seine Fernbedienung und schaltete die Außenkamera auf den Bildschirm seiner Kabine.

Dichte Dampfwolken stiegen an vier verschiedenen Punkten von der Wasseroberfläche des Ozeans auf.

Eric schnippte mit den Fingern, als er erkannte, was sie da vor sich hatten. »Offenbar befinden wir uns genau über der Spreizungszone des Roten Meeres. Es ist der Bereich, wo die Arabische und die Afrikanische Platte auseinanderdriften.«

Juan deutete auf die hochwallenden weißen Wolkenmassen. »Dann ist dies tatsächlich das, was ich vermute?«

Eric Stone nickte. »Das Schiff, das wir suchen, ist genau über dem Trichter eines unterseeischen Vulkans versunken.«

34

MUMBAI

Hali Kasim saß hinter dem Lenkrad eines schwarzen Mercedes und fuhr vor dem Eingang des Four Seasons Hotels vor, kurz bevor Kiara Jain mit einem gut aussehenden Inder an ihrer Seite herauskam. In Fleisch und Blut war sie noch bezaubernder als auf Pressefotos und trug ein rubinrotes fußlanges Kleid, das mit ihrem glänzenden schwarzen Haar, das auf ihre nackten Schultern herabwallte, aufs Gelungenste kontrastierte. Ihr Begleiter, eine nicht weniger elegante Erscheinung in einem Smoking, war etwa im gleichen Alter wie die Schauspielerin. Offenbar war sie noch nicht berühmt genug, um einen echten Leibwächter nötig zu haben. Beide sahen nicht besonders glücklich aus.

Hali stieg aus, ging um den Mercedes herum und öffnete die hintere Tür. »Miss Jain, Mr. Mallik hat mir persönlich den Auftrag gegeben, Sie abzuholen und zur Party zu bringen. Er ist ein großer Fan Ihrer Filme.« Natürlich hatte Hali den Wagen, der sie eigentlich abholen sollte, kurz vorher abbestellt.

Sie musterte ihn mit hochgezogenen Augenbrauen. Dann sagte sie in spöttischem Tonfall zu dem Mann neben ihr: »Ich hab's dir ja gesagt, Gautam. Eins muss man ihm lassen, er hat zumindest Stil.«

Mit einem Schnauben und einer heftigen Kopfbewegung schlängelte sie sich anmutig auf den Rücksitz. Ehe er ihr folgte, sah ihr indischer Begleiter Hali mit einem

Achselzucken an, als wollte er sagen: *Sehen Sie nur, was ich heute Abend ertragen muss.*

Hali kurvte mit der Limousine die Hotelzufahrt hinunter, fädelte sich in den Verkehr ein und wählte eine Route, die in die entgegengesetzte Richtung von Malliks Party führte. Der Straßenverkehr in Mumbai war wie immer chaotisch, und Hali lenkte seine Fahrgäste in Richtung eines Staus, den er mithilfe der Navigations-App seines Smartphones bereits auf der Hinfahrt zum Hotel geortet hatte.

»Ich hätte dich lieber gar nicht mitnehmen sollen«, sagte Kiara mit gesenkter Stimme, um zu vermeiden, dass der Chauffeur ihre Unterhaltung mithören konnte. Um seine Diskretion zu demonstrieren, steigerte Hali die Lautstärke des Radios, das auf einen lokalen Musiksender eingestellt war, aber er konnte trotzdem deutlich verstehen, was hinter ihm gesprochen wurde.

»Vielleicht sollte ich den Fahrer bitten, umzukehren und mich wieder zum Hotel zu bringen«, sagte Gautam. »Dann kannst du dich bei dem rauschendsten gesellschaftlichen Ereignis des Jahres alleine amüsieren.«

»Wenn du weiter diese Laune hast, solltest du das vielleicht wirklich tun. Wir alle wissen, wer der bedeutendere Star ist. Wenn es mich nicht gäbe, wärest du niemals eingeladen worden.«

Hali kam dieser Streit gelegen. Gautam und Kiara verbrachten die nächsten Minuten damit, sich mit gehässigen Bemerkungen zu beharken, daher achtete keiner der beiden auf die Route, die er wählte. Aber als ihre heftige Diskussion für einen Moment pausierte, schaute Kiara aus dem Fenster, gewahrte ihre Umgebung und schickte Hali durch den Innenspiegel einen giftigen Blick.

»Wohin fahren wir?«

»Zur Party«, antwortete Hali mit einem freundlichen Lächeln.

»Die Party findet bei Mr. Mallik statt.«

»Ja. Ich weiß.«

Sie deutete auf das Meer, das rechts und links von ihnen im Schein der tief stehenden Sonne funkelte. »Weshalb sind wir dann auf der Rajiv Gandhi Sea Link unterwegs?«

Die achtspurige Schrägseilbrücke spannte sich über die Bucht von Mahim und verband die westlichen Vororte von Mumbai mit Worli im Süden der Stadt.

Hali stellte sich dumm. »Wir fahren nach Bandra, wo er wohnt.«

»Aber er wohnt gar nicht in Bandra, Sie Idiot!«, schrie sie wütend.

»So lautet aber die Adresse, die man mir genannt hat.«

»Er wohnt in der Altamount Road in Süd-Mumbai. Das weiß jeder.« Sie beugte sich vor. »Woher kommen Sie? Sie klingen amerikanisch.«

»Meine Eltern stammen aus Mumbai, aber aufgewachsen bin ich in Los Angeles. Ich versuche, in Bollywood groß herauszukommen. Ich fand es ja so toll, als Mr. Mallik mich aussuchte, um Sie abzuholen. Ich habe ein Drehbuch, das für Sie wie geschaffen ist.« Hali griff in seine Schultertasche, die neben ihm auf dem Beifahrersitz lag, und holte den Manuskriptausdruck eines grässlichen Films heraus, den er im Internet gefunden und heruntergeladen hatte. »Ich weiß, dass ich Sie nicht darum bitten sollte, aber würden Sie es mir zuliebe einmal lesen?«

Sie stieß das Manuskript von sich. »Natürlich werde ich Ihr dummes Manuskript *nicht* lesen. Und jetzt bringen Sie uns zu Mr. Malliks Apartmenthaus, sonst sorge ich dafür, dass Sie gefeuert werden.«

»Beruhige dich«, meinte Gautam besänftigend. »Wir kommen dort schon hin. Der Mann macht doch nur seine Arbeit.«

»Dieser Kerl wird meine Karriere ruinieren, wenn wir nicht pünktlich ankommen. Ist dir eigentlich klar, wie viele wichtige Leute dort sein werden?«

»Ich fahre, so schnell ich kann, und bringe Sie auf kürzestem Weg hin«, versprach Hali. »Kennen Sie die richtige Adresse?«

»Gib mir mal die Einladung«, sagte sie zu Gautam. Er holte sie aus der Innentasche seines Smokings, und sie riss sie ihm aus der Hand. »Ich traue diesem Chauffeur nicht mehr. Ich suche die Adresse mit meinem Smartphone und erkläre Ihnen dann den Weg zu Malliks Wohnung.«

Das kann sie gern versuchen, dachte Hali und schwieg erwartungsvoll.

Ein paar Sekunden später gab Kiara einen unwilligen Laut von sich. »Verdammt noch mal, weshalb habe ich hier keinen Empfang?«

»Vielleicht befinden wir uns außer Reichweite des Netzes«, sagte Hali. Aber er kannte den wahren Grund. Im Kofferraum lag ein Mobilfunkblocker, der verhinderte, dass sie über irgendwelche sozialen Medien mit jemandem in Verbindung trat, während sie sich anscheinend auf der Party aufhielt. Aber der Mobilfunkblocker ließ das Signal von Halis Miniheadset unangetastet, das durch einen Satellitensender geleitet wurde, der ebenfalls im Kofferraum lag.

»Kehren Sie einfach nur um«, verlangte Kiara Jain.

Hali nickte. »Jawohl, Miss Jain. Sobald wir die Brücke hinter uns haben.«

»Ist das zu fassen? Was fällt diesem Kerl ein?«, sagte sie zu Gautam, der Mühe hatte, ein schadenfrohes Grinsen zu unterdrücken, wie Hali im Innenspiegel beobachten konnte.

Nachdem sie etwa die Hälfte der Strecke über die Brücke zurückgelegt hatten, wurde der Verkehr wegen eines Unfalls vor ihnen zunehmend langsamer. Es war der Unfall, den Hali schon vorher geortet hatte.

»Das ist wohl ein schlechter Witz!«, tobte Kiara auf der Rückbank.

»Machen Sie sich keine Sorgen, Miss«, wiegelte Hali ab. »Ich bin ganz sicher, dass wir in spätestens einer Stunde am Ziel sind.«

»In einer Stunde! Das glaube ich nicht!« Kiara wrang die Hände und tippte weiter vergeblich auf ihrem Smartphone herum.

Aber Hali hatte gar nicht mit ihr gesprochen. Die Information war für Eddie bestimmt gewesen.

* * *

»Verstanden, Hali«, sagte Eddie in sein eigenes Headset. Er saß in einem Porsche-SUV, das von Tiny Gunderson gelenkt wurde, der sich eine Abwechslung von seinen Pflichten als Chefpilot der Corporation gönnte. Linc nahm den Beifahrersitz ein, während sich Eddie Seng die Rückbank mit Raven Malloy und MacD teilte. Sie alle wussten nach Halis geschickt verschlüsselter Durchsage, dass sie eine Stunde Zeit hätten, um in Romir Malliks Computernetzwerk einzudringen.

In diesem Moment fuhren sie vor seinem Turm in der Altamount Road vor, einem der exklusivsten Wohnviertel in Mumbai. Berichten zufolge hatte Mallik das imposante Einhundertsiebzig-Meter-Bauwerk errichten lassen mit einer großen Familie in seiner Vorstellung. Aber dann war vollkommen unerwartet seine Ehefrau verstorben.

Obgleich es größer war als zahlreiche der Apartmenthäuser in der näheren Umgebung – sogar groß genug für einen Hubschrauberlandeplatz auf dem Dach –, war Malliks wolkenkratzerhoher Palast ein Einfamilienhaus, und er war sein einziger Bewohner.

In der großzügig angelegten unterirdischen Zufahrt zum Eingang stauten sich bereits Limousinen und Luxus-SUVs, doch die Wagenschlange rückte schnell weiter, während die Gäste ausstiegen und einen Sicherheitscheck über sich ergehen lassen mussten, ehe sie in den Fahrstuhl eingelassen wurden, der sie zu dem grandiosen Ballsaal in einer der oberen Etagen hinauftrug.

Als sie den Ausstiegspunkt erreichten, sagte Tiny: »Ich bleibe in der Nähe. Gebt einfach Laut, wenn ihr auf dem Weg nach unten seid, und ich stehe bereit, bevor ihr ankommt.«

Linc, der die Rolle des Leibwächters spielte, stieg aus und öffnete die Tür für Raven, die in ihrem körpernah geschnittenen türkisfarbenen Kleid wie eine Doppelgängerin Kiara Jains aussah. Alle männlichen Wesen im Umkreis von zwanzig Metern verfolgten mit unverhohlen begehrlichen Blicken, wie sie sich bei MacD einhakte und in Richtung Metalldetektor davonschwebte. Eddie, der eine Brille trug, die mittels einer Minikamera Bilder des augenblicklichen Geschehens zu Murph übertrug, stellte mit nicht geringer Freude fest, dass nirgendwo Paparazzi zu sehen waren, die die Privatsphäre der Gäste störten. Er und Linc folgten dem Paar, beide mit Smokings ausstaffiert, die im Gegensatz zu dem maßgeschneiderten Armani-Modell, das MacD trug, wie gemietet erschienen.

Ravens Unterarmtasche wurde durchsucht, und die Männer mussten ihre Smartphones in Tabletts deponieren, ehe sie den Metalldetektor passierten. Ein ganzer

Schwarm streng dreinblickender muskelbepackter Hauswächter beobachtete das Geschehen, während Mitglieder des vielköpfigen Begrüßungspersonals sie zum Fahrstuhl geleiteten, nachdem sie ihre Ausweise überprüft hatten. MacD war in den Computer des Sicherheitsdienstes der Firma eingedrungen und hatte ihre Namen der Besucherliste hinzugefügt. Und da sie offensichtlich zum Tross des Filmstars Kiara Jain gehörten, erregte ihre Anwesenheit auch keinerlei Verdacht.

Als sich in der obersten Etage die Türen des Fahrstuhls öffneten, drang das angeregte Murmeln einiger Hundert Menschen, untermalt von der Musik einer zehnköpfigen Band, in die geräumige Kabine. Eine riesige Tanzfläche wurde bereits von einigen Paaren genutzt, während auf einer Seite des Saals eine scheinbar endlos lange Tafel, beladen mit den erlesensten Delikatessen aus allen Teilen des Landes, von hungrigen Gästen umlagert wurde.

Die größte Anziehungskraft übte jedoch in diesem Moment der breite überdachte Balkon aus, der einen geradezu atemberaubenden Blick auf das Arabische Meer und die City von Mumbai bot. Zahlreiche Gäste suchten sich offenbar bereits geeignete Plätze, von denen aus sie den Sonnenuntergang später am Abend am besten beobachten könnten.

Eddie aktivierte das kleine Tablet in seiner Smokingtasche und flüsterte: »Murph, wir sind drin. Mach dich an die Arbeit.«

»Bin schon dabei«, meldete Murph aus seinem Hotelzimmer. Eddie konnte im Hintergrund das Stampfen von Murphs bevorzugter Heavy-Metal-Musik hören und empfand Mitleid mit seinen Nachbarn.

Ein Kellner kam mit einem Tablett voller Champagnergläser vorbei, und sie griffen zu – bis auf Linc, der seiner

Rolle treu blieb und weiterhin die grimmige Miene eines zu allem entschlossenen Leibwächters aufsetzte.

Ehe sie den ersten Schluck trinken konnten, kam eine hübsche junge Inderin quer durch den Saal auf Raven zu, wobei sie den Mann, der sie begleitete, hinter sich herzog.

»Oh nein. Sie hat mich offenbar erkannt«, sagte Raven halblaut.

»Es ist okay«, sagte Eddie. »Wir hatten damit gerechnet, dass so etwas passiert. Wer ist sie, Murph?«

»Die Suche läuft schon«, erwiderte Murph. Nach einer kurzen Pause meldete er sich wieder. »Das ist Prisha Naidu. Sie und Kiara sind vor sechs Jahren gemeinsam in einem Film aufgetreten.«

Während Prisha sich näherte, breitete Raven die Arme aus und begrüßte ihre Kollegin. Dabei war ihr Indisch absolut perfekt. »Prisha! Wie schön, dich hier zu treffen.« Ihre ungewöhnliche Sprachbegabung und Fähigkeit, Kiaras Stimme täuschend genau zu imitieren, ersparten ihnen den Hinweis auf eine angebliche Kehlkopfentzündung.

»Ist schon eine Ewigkeit her!«, sagte Prisha und umarmte Raven. »Und du bist viel größer, als ich dich in Erinnerung habe.«

Raven deutete nach unten auf ihre Füße. »Das liegt an den High Heels. Sie sehen toll aus, aber für meine Zehen sind sie absolut tödlich.«

»Das ist der Preis, den man für Schönheit zahlen muss. Du erinnerst dich doch noch an meinen Ehemann, oder?«

»Samar«, raunte Murph in ihren Ohren.

»Samar«, sagte Raven, ohne auch nur einen Sekundenbruchteil zu zögern. »Natürlich erinnere ich mich. Ein wirklich lieber Mensch. Heute wie damals.«

Prisha betrachtete Raven von Kopf bis Fuß. »Wo ist

dieses sensationelle rote Kleid, in dem man dich auf Instagram bewundern kann?«

Raven gab MacD einen spielerischen Klaps auf den Arm. »Cole hat mir einen Cocktail darüber gekippt, als wir uns fertig machten, darum musste ich mich umziehen und entschied mich für dieses Kleid, das ich eigentlich nächste Woche bei einer Premiere tragen wollte. Jetzt muss ich mir etwas anderes suchen.«

»Na, mir gefällt es.« Prisha musterte MacD mit einem herausfordernden Lächeln. »Ich habe dieses Bild von einem Mann noch nie an deiner Seite gesehen… Prisha Naidu.« Sie legte beide Hände gegeneinander und deutete eine Verbeugung an.

MacD folgte ein wenig unbeholfen ihrem Beispiel. »Cole Randle, Ma'am. Kiara und ich haben uns vor ein paar Wochen bei Filmarbeiten in Los Angeles kennengelernt. Sie meinte, mir würde es in Mumbai gefallen.«

»Ein Amerikaner«, sagte Prisha. »Wie interessant. Die USA haben dich wirklich verändert, Kiara.« Sie beugte sich zu Raven vor und senkte ihre Stimme zu einem verschwörerischen Flüstern herab. »Was ist mit Gautam Puri?« Eddie bekam es über seinen Ohrhörer mit.

»Wir hatten einen furchtbaren Streit«, erwiderte Raven ebenfalls im Flüsterton. Dann fügte sie mit einem neckischen Augenzwinkern hinzu: »Cole muss vorläufig reichen.«

»Ich kann es kaum erwarten, die ganze Geschichte zu hören«, sagte Prisha. Dann entdeckte sie jemand anderen, der sie interessierte, und sagte: »Wir sehen uns sicher später noch«, ehe sie mit ihrem Mann weiterzog.

Raven seufzte und sah Eddie hilfesuchend an. »Das wird verdammt anstrengend.« Sie leerte ihr Champagnerglas zur Hälfte.

»Reiche ich wirklich?«, fragte MacD grinsend.

»Vorläufig.«

Mehrere Gäste in der Nähe des Fahrstuhls erhoben die Stimmen, und Eddie wandte sich um und entdeckte Romir Mallik, der aus der Kabine trat und Hände von Gästen schüttelte, die auf ihn zukamen. Asad Torkan hielt sich hinter ihm und hatte den gleichen unfreundlichen Gesichtsausdruck wie Linc.

»Sie waren tatsächlich eineiige Zwillinge«, stellte Linc fest.

»Und einer so gefährlich wie der andere«, sagte Eddie. »Wir sollten uns von den beiden fernhalten.«

»Es könnte aber sein, dass ihr dichter an ihn herankommen müsst, als euch lieb ist«, sagte Murph verärgert.

»Weshalb?«, fragte Eddie. Linc, Raven und MacD sahen ihn besorgt an. »Was ist passiert?«

»Das WiFi-Netz ist nicht mit seinem Computer verbunden. Wenn wir in sein System eindringen wollen, müssen wir ein Terminal finden, von wo aus wir es manuell versuchen können.«

* * *

Am Fuß von Malliks Wohnturm näherte sich Natalie Taylor der Lieferantenrampe auf der Rückseite des Gebäudes. Sie saß hinter dem Lenkrad eines geschlossenen Lastwagens mit dem Logo der für die Ausrichtung der Party engagierten Cateringfirma auf den Seitenwänden. Sie rangierte den Wagen rückwärts an die Rampe heran, stieg aus und ging auf die Wachmänner zu, die neben dem Hintereingang postiert waren. Natalie Taylors Uniform glich den Uniformen der Angestellten des Cateringservice, die während des Tages die Speisen für die Party angeliefert hatten. Als Verkleidung hatte sie eine rote

Kurzhaarperücke und eine Brille mit dicken Gläsern gewählt, für den Fall, dass Malliks Sicherheitsdienst gezielt nach ihr Ausschau hielt.

»Was ist in dem Wagen?«, erkundigte sich einer der Türwächter.

»Die Torte«, sagte sie in einem Tonfall professioneller Sachlichkeit und öffnete die Hecktüren.

Der andere Wächter warf einen Blick auf das Schreibbrett in seiner Hand.

»Na, es wäre keine Überraschung, wenn die Lieferung nicht auf der Liste stünde, oder?«

Die Wächter musterten sie misstrauisch, und zwar vor allem deshalb, weil sie nicht erwartet hatten, dass eine weiße Frau für einen Lebensmittellieferanten arbeitet. »Wir müssen die Lieferung von dem zuständigen Manager Ihrer Firma bestätigen lassen.«

»Nur zu. Tun Sie, was Sie tun müssen«, sagte sie.

Als der erste Wachmann sein Sprechfunkgerät vom Gürtel hakte, griff Natalie Taylor unter ihre Schürze, zog eine SIG Sauer hervor und tötete jeden Wachmann mit einem einzigen Schuss in den Kopf. Sie lud die beiden Toten in den Lastwagen, nicht im Mindesten besorgt, dass die Kameras das Geschehen aufzeichneten. In diesem Moment würde jeder, der die Kameras überwachte, auf seinem Bildschirm nicht mehr sehen als das grelle weiße Licht einer LED-Lampe, die über der Hecktür des Lastwagens installiert worden war.

Ehe sie die Hecktüren schloss, nahm sie einem der Wächter die Schlüsselkarte ab, holte einen großen Servierwagen, auf dem eine überdimensionale Torte stand, aus dem Laderaum und schloss dessen Tür. Sie schob den Wagen durch den Lieferanteneingang und steuerte auf den Servicelift zu.

Die Torte auf dem Wagen war echt. Aber sie würde nie verzehrt werden. Mallik und seine Gäste würden stattdessen eine Riesenüberraschung erleben.

35

ROTES MEER

Die von Lyla Dhawan beigesteuerten Koordinaten waren so präzise gewesen, dass es nicht allzu lange dauerte, bis sie das versunkene Schiffswrack in etwa fünfundzwanzig Metern Tiefe fanden. Der einhundertzweiundfünfzig Meter lange Koloss lag auf der Flanke des wachsenden Unterseevulkans, der aus einem Riss in der Erdkruste entstanden war, entlang dessen die Kontinente Afrika und Asien auseinanderdrifteten. Das tote Schiff ruhte halb aufgerichtet auf dem schrägen Untergrund, sodass seine Betrachter von ihrem augenblicklichen Beobachtungspunkt aus auf sein Oberdeck blicken konnten.

»Kein Wunder, dass sich die Planer hinter Projekt C keine Sorgen gemacht haben, dass irgendjemand das Schiff finden könnte«, sagte Eric Stone, der im Cockpit des Nomad-Unterseeboots der *Oregon* saß. »In ein paar Monaten ist es vollständig zugeschüttet und begraben.«

Juan, der hinter ihm den Platz des Kopiloten einnahm, nickte zustimmend, als der Rumpf eines Frachtschiffs vor ihnen aufragte. Ein großes Loch auf der Steuerbordseite dicht unterhalb der Wasserlinie mittschiffs war offensichtlich die Ursache für seinen Untergang. Er konnte den Schiffsnamen nicht lesen, weil sowohl Bug wie auch Heck des Schiffes bereits mit erkalteter und hart gewordener Lava bedeckt waren. So war eine schlanke Rippe oberhalb des Schiffes entstanden, erstreckte sich fast über seine gesamte Länge und teilte den ständigen Lavastrom. Aber der Unterwasserberg wuchs so schnell, dass es nur eine Frage der Zeit war, bis das rot glühende flüssige Gestein über diese Rippe schwappte und das Wrack zudeckte.

Der Nomad war das größere der beiden U-Boote der *Oregon*. Mit einer Länge von knapp zwanzig Metern war es groß genug, um zehn Passagieren inklusive des Piloten Platz zu bieten. Außerdem hatte man es mit einer Luftschleuse für Taucher ausgestattet. Mit seiner transparenten Nase aus Polykarbonat und seiner Zigarrenform ähnelte der Nomad dem Minimodell eines Angriff-U-Boots. Der grundlegende Unterschied waren die Robotergreifarme, die aus dem Kinn des stählernen Fisches herausragten. Seine Konstruktion erlaubte dem U-Boot in mehr als dreihundert Metern Tiefe zu operieren, aber zumindest an diesem Tag würde es nicht so tief hinabsteigen.

Normalerweise, wenn sie Taucher entließ, deren Einsatzort sich lediglich zwanzig Meter tiefer befand, blieb die *Oregon* in einer Position direkt darüber und tat dies von ihrem zentral gelegenen Moonpool aus. Aber Juan wollte sie auf keinen Fall näher als unbedingt nötig an den Vulkan herannavigieren. Außerdem war zu berücksichtigen, dass, wenn Taucher diese Distanz zum Wrack schwammen, ihnen höchstens zwei Minuten zum Erforschen blieben, ehe sie in der extremen Hitze gargekocht würden.

Juan wandte sich halb um und richtete eine Frage an Linda Ross, die hinter ihnen in der Hauptkabine des Tauchboots saß. »Was sagt das Außenthermometer?«

»Hier knapp einundvierzig Grad«, antwortete sie. »Aber es steigt sehr schnell, je mehr wir uns dem Wrack nähern.«

»Bist du ganz sicher, dass ihr aussteigen wollt?«, fragte Julia Huxley, die neben Linda saß und stirnrunzelnd die Temperaturanzeige betrachtete.

Juan lächelte. »Warum nicht? Es wird nicht mehr sein als ein ausgiebiges Bad in einem etwas größeren Hot Tub.«

Sie verdrehte die Augen. »In Hot Tubs ist bei maximal vierzig Grad Schluss. Nur gut, dass ich mitgekommen bin, um deine Werte zu überwachen, wenn ihr verrückt genug seid, euch in diesen Dingern hinauszuwagen.«

Linda meinte: »Als wir sie das letzte Mal benutzten, funktionierten sie einwandfrei.«

Max Hanley hatte zwei ihrer Trockentauchanzüge dergestalt herrichten lassen, dass sie den Thermooveralls ähnelten, die von Rennfahrern benutzt wurden. Kühlflüssigkeit strömte durch Schläuche auf der Innenseite der Overalls. Das Flüssigkeitsreservoir und die Pumpe befanden sich jeweils auf dem Rücken des Trägers neben dem Atemgerät. Juan und Linda hatten sie bei einer früheren Mission getragen, in deren Verlauf sie in ein russisches Atomkraftwerk eindringen mussten und als Weg die Leitungsrohre seines sekundären Kühlsystems benutzten. Das Wasser war nicht radioaktiv verseucht, aber viel zu heiß, als dass ein Taucher darin ungeschützt hätte überleben können.

»Ich erinnere mich«, sagte Julia. »Aber das Wasser ist nur dreiundvierzig Grad warm gewesen. Und hier sieht es aus, als sei es um einiges heißer.«

Linda deutete auf die beiden Taucheranzüge, die neben der Luftschleuse hingen. »Max meinte, sie würden mindestens fünfzehn Minuten bei fünfundfünfzig Grad durchhalten.«

»Und danach würdet ihr sozusagen bei kleiner Flamme

gargekocht werden.« Julia Huxley sah Juan drohend an. »Wenn eure Körpertemperatur bei achtunddreißig Grad angekommen ist, hole ich euch beide sofort zurück.«

»Soll mir recht sein«, sagte Juan. »Ich habe keine Lust, im eigenen Saft zu kochen. Aber ehe wir diesen Schritt wagen, sollten wir uns mit Little Geek umschauen, ob ein solcher Ausflug überhaupt nötig ist.«

Little Geek war ihr ferngesteuertes Unterwasservehikel, dem sie den Namen eines ähnlichen ROV gegeben hatten, das im Kinofilm *Abyss – Abgrund des Todes* eine wichtige Rolle spielte. Momentan befand es sich in den Greifarmen des Nomad und wartete darauf, dass Linda es mit Hilfe der glasfaseroptischen und energieführenden Nabelschnurverbindungen mit dem Tauchboot zu ihrem Zielobjekt steuerte.

»Wo sollen wir starten?«, fragte sie.

»Eric, bringen Sie den Nomad näher an die Kommandobrücke heran«, sagte Juan. »Vielleicht finden wir dort etwas Interessantes.«

»Aye, Chairman.«

Der Nomad kletterte an dem gesunkenen Schiffsrumpf hinauf und glitt nach achtern, wo sich der Deckaufbau befand. Dabei konnten sie erkennen, dass das Deck vollkommen anders aufgeteilt war als bei einem typischen Frachtschiff. Anstelle von Hebekränen und massiven stählernen Ankerösen zum Befestigen und Sichern von Frachtcontainern standen in der Deckmitte vier zehn Meter hohe spiralförmige Masten und eine Satellitenschüssel. Einer der Masten war an seiner Basis abgebrochen und wurde mittlerweile halb von Lava begraben.

»Was ist das?«, fragte Julia und deutete auf die schneebesenförmigen Objekte auf beiden Seiten der Brückennock.

»Dem Aussehen nach müssten es Windgeneratoren sein«, sagte Juan. »Man trifft sie vorwiegend auf Frachtschiffen an, wo sie dazu beitragen, Energiekosten zu sparen.«

Als das U-Boot noch etwa dreißig Meter vom Deckaufbau entfernt war, startete Linda den Little Geek, und das Mini-U-Boot schoss doppelt so schnell davon, wie das Nomad es bei günstigen Bedingungen hätte schaffen können.

Sie verfolgten die von seiner Kamera übermittelten Bilder auf dem Laptopmonitor. Die Lichtstrahlen der LED-Scheinwerfer des ROV wanderten über den weißen Deckaufbau, und sie entdeckten die leeren Davits, an denen normalerweise das Rettungsboot hing.

»Sieht so aus, als hätte sich die Mannschaft in Sicherheit bringen können«, stellte Linda fest.

»Und wenn einige von ihnen es nicht geschafft haben sollten, werden wir keine Leichen finden«, sagte Julia. »Jedenfalls nicht, wenn es tatsächlich vor acht Monaten gesunken ist. In dieser Tiefe und bei diesen Temperaturen wären sie vollständig verwest. Nur noch die Knochen wären übrig.«

Linda dirigierte Little Geek zur Kommandobrücke hinauf. Deren Fenster waren dicht mit Algen zugewachsen, aber alle Fenster waren offenbar intakt, und keine Tür stand offen. »Ich kann nichts sehen«, sagte Linda.

»Und wir werden es kaum schaffen, unseren kleinen Spion mit Gewalt durch bruchsichere Glasscheiben zu manövrieren«, sagte Juan. »Wir werden wohl oder übel selbst hineingehen müssen.« Der kleine Greifarm des ROV war nicht stark genug, um Türen zu öffnen.

Julia deutete auf die Temperaturanzeige. »Der Sensor des Little Geek misst achtundvierzig Grad.«

»Das liegt immer noch in dem Temperaturbereich, den das Kühlsystem der Tauchanzüge bewältigt.«

»Es gibt außerdem eine andere Möglichkeit, ins Schiff zu gelangen«, meldete Eric von seinem Platz im Cockpit aus.

»Das Loch im Rumpf«, sagte Juan. »Sehen wir es uns doch mal an.«

Sie folgten dem kleinen ROV, während es tiefer sank. Eric stoppte das U-Boot in sicherer Distanz von dem Riss in der Schiffsmitte. Als alle Scheinwerfer des Nomad auf die Öffnung gerichtet waren, die einem Minivan Platz geboten hätte, aber für den Nomad zu klein war, konnte Juan etwas erkennen, das ihm vorher nicht aufgefallen war.

»Die Ränder des Lochs sind von innen nach außen verbogen«, sagte er. »Das deutet daraufhin, dass es im Frachtraum zu einer Explosion gekommen ist.«

»Demnach können wir mit Sicherheit davon ausgehen, dass das Schiff nicht durch einen Torpedo versenkt wurde«, schlussfolgerte Linda. »Sabotage?«

»Oder die Ladung, die sie mit sich führten, ist aufgrund irgendeines Defekts in die Luft geflogen«, nannte Eric eine andere Möglichkeit.

»Es gibt nur einen Weg, das zweifelsfrei herauszufinden«, sagte Juan und nickte Linda zu.

Sie lenkte Little Geek durch das Loch und in einen riesigen Frachtraum, dessen Wände sich außerhalb der Reichweite der Scheinwerfer des ROV befanden. Das Erste, was sie auf dem Laptopmonitor erkannten, war ein dichtes Gewirr von Röhren, Kabeln und Stromleitungen, die sich durch den Rumpf schlängelten. Einige waren durch die Explosion zerfetzt worden und lagen als verschlungenes Knäuel auf dem Deck.

»Dies könnte heikel werden«, warnte Linda, »wenn sich die Nabelschnur darin verwickelt.«

Juan deutete auf einen Bereich auf der rechten Seite, der sich in ausreichender Entfernung von dem Röhren- und Kabelgewirr befand. »Ich denke, dies ist der beste Weg hinein.«

Linda schlug diese Richtung ein, und ein riesiger runder metallener Behälter kam in Sicht. Seine obere Hälfte war durch die Explosion abgesprengt worden, aber von außen. Offenbar war die Explosion nicht durch seinen Inhalt verursacht worden, woraus auch immer er bestanden haben mochte. Dutzende von Röhren und Schläuchen waren an den unteren Teil des halbierten Behälters angeschlossen.

»Man könnte fast meinen, sie hätten in diesem Kübel Bier gebraut«, sagte Julia.

»Das wären aber verdammt teure Sechserpacks geworden«, sagte Juan mit dem Anflug eines Grinsens.

Linda ließ Little Geek in den Behälter eintauchen, und auf dem Bildschirm erblickten sie eine seltsam kompliziert anmutende Ansammlung von winzigen Zellen, die an das Wabensystem eines Bienenstocks erinnerte.

»Hast du irgendeine einleuchtende Erklärung dafür?«, fragte Juan.

»Ich kann nur vermuten, dass wir einen Tank vor uns haben, in dem irgendeine biochemische Reaktion stattfinden sollte«, sagte Julia. »Aber es ist wirklich nicht mehr als eine vage Vermutung. Gesehen habe ich eine solche Apparatur noch nie.«

»Warum sind Strom führende Kabel daran angeschlossen?«

Julia Huxley zuckte die Achseln. »Vielleicht um den Prozess zu überwachen, der in dem Behälter abläuft.«

Linda lenkte Little Geek wieder aus dem Behälter heraus und brachte ihn auf seinen ursprünglichen Kurs. Dabei passierte er gleichartige Behälter, die sich dicht an dicht im Frachtraum drängten. An seinem Ende stand ein riesiges regalähnliches Gerüst, das mit Computerservern gefüllt war.

»Das ist aber verdammt viel Rechenleistung, nur um eine chemische Reaktion zu beobachten«, sagte Eric, der mit einem Auge die Videoübertragung verfolgte, während er gleichzeitig den Nomad in Position hielt.

»Laut Lyla Dhawans Schilderung sollte Projekt C der große Durchbruch auf dem Gebiet der künstlichen Intelligenz sein«, sagte Juan. »Daher nehme ich an, dass alles, was wir hier sehen, mit den Vorgängen auf Jhootha Island in Verbindung stehen muss.«

»Ich möchte fast wetten, dass uns der Name des Schiffes in dieser Richtung weiterhilft«, sagte Julia.

»Deshalb werden Linda und ich hineingehen. Vielleicht stoßen wir auch auf irgendwelche Informationen über den Zweck des Schiffes. Sobald wir einen Blick in den anderen Teil des Frachtraums geworfen haben, machen wir uns für den Tauchgang fertig.« Sie speicherten weiterhin die Videoaufnahmen Little Geeks, sodass sie, falls sie während dieses Unterwassertrips nichts fanden, was ihnen hätte weiterhelfen können, später am Bildschirm nach Hinweisen suchen konnten.

Linda steuerte das ROV zur Backbordseite des Schiffes, wobei sie wachsam darauf achtete, den von der Explosion und dem Untergang losgerissenen Kabeln und Röhren nicht zu nahe zu kommen, um sich nicht doch noch in dem Gewirr zu verfangen. Angesichts des Aufwands, der bei der Konstruktion und dem Bau des ungewöhnlichen Schiffes getrieben wurde, sowie der Zeit und des Kapitals, die in die Anlage des Gefängnisses auf Jhootha Island gesteckt wurden, war offensichtlich, dass die Personen, die hinter dem Projekt C standen und es finanzierten, über praktisch unerschöpfliche Mittel verfügen mussten.

Little Geek gelangte ans andere Ende des Frachtraums, sodass sie nun genügend Bildmaterial zur Verfügung hatten, um eine lückenlose dreidimensionale Darstellung des Laderaums zu simulieren. Dies würde ihnen helfen zu rekonstruieren, was hier und auf der Insel überhaupt geschehen war. Linda wendete das ROV, um seiner Nabelschnur dorthin zu folgen, wo sie mit ihm gestartet war.

Als Little Geek am demolierten Behälter vorbeischwebte, waren die Turbulenzen, die er erzeugte, heftig genug, um ein Leitungsrohr, das nur noch am sprichwörtlichen Faden hing, vollends vom Behälter abzureißen, sodass es endgültig auf den Boden des Laderaums herabsank.

Die Videoverbindung brach ab, und der Bildschirm verdunkelte sich schlagartig. Nur den Bruchteil einer Sekunde später folgte der gedämpfte Knall einer starken Explosion, die den Nomad durchschüttelte. Eric saß sicher in seinem Pilotensessel, aber die anderen Insassen des U-Boots wurden zu Boden geschleudert.

Juan, in dessen Ohren als Nachhall der Detonation ein leises Klingeln ertönte, rappelte sich auf und fragte: »Sind alle okay?«

Ein mehrstimmiges Ja beantwortete seine Frage.

Eric zog sich ein kleines Stück von dem Loch in der Schiffswand zurück. »Der Nomad hat nichts abbekommen. Wir hatten Glück, dass die Explosion auf der anderen Seite des Schiffes stattgefunden hat.« Dann hörte Juan, wie er in das Mikrofon seines Headsets sprach. »Ja, Max. Bei uns hier unten ist alles okay… es kam vom

Wrack… Nein, das wissen wir nicht… Wir halten dich auf dem Laufenden…«

»Lassen Sie das Video zurücklaufen«, sagte Juan zu Linda.

Sie ging die letzten Sequenzen durch, bis sie die Stelle fand, als das Rohrende von dem Behälter abgerissen wurde.

»Ich versuche, auf den Boden des Laderaums zu zoomen. Vielleicht können wir erkennen, wodurch die Explosion ausgelöst wurde.«

Sie ließ das Video in Zeitlupe ablaufen, bis sie verfolgen konnten, wie das Stahlrohr auf dem Laderaumdeck aufschlug und gegen die Innenwand des Schiffsrumpfs geworfen wurde. Dort traf es auf eine rote Box, nicht größer als ein kleiner Wochenendkoffer. Sobald das Rohr die Box berührte, verschwand das Videobild.

»Diese rote Box hat nicht zufällig dort gelegen«, sagte Juan. »Ich fand, es sah so aus, als ob sie am Schiffsrumpf angeschweißt wurde.«

»Könnte es eine Selbstvernichtungsladung gewesen sein?«, fragte Linda.

»Wir wissen, dass sie auf diese Art sämtliche Beweise auf Jhootha Island verschwinden ließen«, sagte Juan. »Die gleiche Methode könnten sie auch bei diesem Schiff angewandt haben.«

»Daraus ergeben sich mehrere Möglichkeiten«, sagte Eric. »Entweder haben sie das Schiff mit voller Absicht versenkt, aber die Sprengladung auf der Backbordseite wurde nicht gezündet und explodierte erst jetzt, oder die Steuerbordladung ist seinerzeit durch einen unglücklichen Zufall hochgegangen.«

»Oder es war ein Sabotageakt, wie Linda annahm«, sagte Juan. »Aber eins ist sicher, wir werden weiterhin im

Dunkeln tappen, wenn wir nicht wenigstens in Erfahrung bringen können, woher dieses Schiff kam.«

Als der Nomad aufstieg, konnten sie über das Oberdeck hinwegschauen. Die Explosion hatte weitaus mehr bewirkt, als das Schiffsinnere zu zerreißen. Ein Teil des erstarrten Lavawalls war mittlerweile verschwunden, höchstwahrscheinlich von einer Lawine hinweggefegt, die durch die Explosion ausgelöst worden war.

Flüssige Lava ergoss sich jetzt durch die entstandene Lücke in Richtung Schiff.

»Das sieht nicht gut aus«, stellte Juan fest.

»Was meinen Sie, wie viel Zeit uns noch bleibt, bis das Schiff zugedeckt ist?«, wollte Juan von Eric Stone wissen.

Er konnte regelrecht verfolgen, wie der begnadete Steuermann im Kopf Berechnungen anstellte, während er die Masse flüssigen Gesteins beobachtete, die durch die Scharte in der Lavamauer strömte.

Schließlich meinte er: »Wenn die Lavamenge konstant bleibt, schätze ich, dass es etwa eine Stunde dauert, bis der Rumpf zu heiß ist, um sich in seine Nähe zu wagen. Vielleicht sogar weniger.«

Juan warf Linda einen Blick zu. Er brauchte sie nicht zu fragen, ob sie zu diesem riskanten Tauchgang bereit war. Sie nickte knapp und schickte sich schon an, in ihren Tauchanzug zu schlüpfen. Er folgte ihrem Beispiel.

»Hast du etwa ernsthaft vor, dich unter diesen Umständen dort hinauszuwagen?«, fragte Julia Huxley und deutete auf den zähflüssigen Lavastrom, der sich langsam, aber unaufhaltsam auf sie zuschob.

»Wir brauchen Antworten, Frau Doktor«, sagte Juan, zog sich den Tauchanzug über den Oberkörper und schwang sich das Atemgerät und die Kühlmittelpumpe auf den Rücken. »Sobald die Lava das Schiff erreicht, wird sie den Zugang zu den Mannschaftsquartieren versperren, selbst wenn sie ausreichend abgekühlt ist. Wenn wir nicht jetzt in dieses Schiff gelangen, schaffen wir es nie mehr.«

36

MUMBAI

Nachdem er eine Runde durch den Ballsaal gemacht hatte, kehrte Eddie Seng in den Bereich zurück, der von der Bar am weitesten entfernt war und wo Raven, MacD und Linc sich alle Mühe gaben, direkte Kontakte mit anderen Gästen zu vermeiden.

»Ich habe den Zugang zur Fluchttreppe entdeckt«, berichtete Eddie seinen Gefährten. »Die Tür befindet sich im Flur mit den Toiletten.«

»Wird sie von jemandem bewacht?«, wollte Linc wissen.

»Ich habe einen Mann in Serviceuniform gesehen. Er machte den Eindruck, als ob es ihm verdammt ernst sei, Leute von der Treppe fernzuhalten.«

MacD schaute in die Richtung, aber der Wachmann war vom Ballsaal aus nicht zu sehen. »Ist er bewaffnet?«

»Mir ist nichts dergleichen aufgefallen.«

»Dann brauchen wir nichts anderes zu tun, als den Mann für ein paar Minuten zu beschäftigen und abzulenken, solange du verschwunden bist«, sagte Raven. »Das dürfte mir nicht schwerfallen.«

»Es könnte sein, dass du vermisst wirst«, gab Eddie zu bedenken. »Aber immerhin sind die Toiletten in der Nähe. Gib mir dein Parfüm.«

Unauffällig reichte sie ihm eine kleine Sprayflasche, die er in seiner Hosentasche verschwinden ließ.

»Wissen wir eigentlich, wo sich Malliks Büro befindet?«, erkundigte sich Eddie bei Murph.

»Ich hab's schon gefunden«, meldete Murph. »Es liegt in der nächsten Etage über euch.«

»Bist du sicher?«

»Ja, bin ich. Ich habe ein Video aufgetrieben, in dem seine Frau zu sehen ist, kurz bevor sie starb. Sie trat in einer dieser Lifestyle-Shows auf, in denen dem schlichteren Volk vorgeführt wird, wie die Reichen und Schönen leben, und veranstaltete einen Rundgang durch ihre Wohnung, nachdem die Bauarbeiten an dem Turm beendet waren. Unter anderem machte sie auch einen Abstecher in das Büro ihres Mannes. Dabei konnte ich die Stockwerknummer lesen, als gezeigt wurde, wie sie den Fahrstuhl verließ.«

»Okay«, sagte Eddie. »Linc, du kommst mit mir. Angesichts der Sicherheitsvorkehrungen in diesem Gebäude wird es niemandem auffallen oder seltsam vorkommen, wenn ihr Leibwächter für ein paar Minuten nicht an seinem Platz ist.«

»Was sollen MacD und ich tun?«, fragte Raven.

»Behaltet den Flur zu den Toiletten im Auge. Gebt uns Bescheid, wenn dort jemand auftaucht.«

»Und versucht, jedem Kontakt mit anderen Gästen aus dem Weg zu gehen«, sagte Linc.

MacD quittierte diesen Rat mit einem Lächeln. »So wie wir aussehen, wird es auf Dauer schwierig sein, uns die Leute vom Hals zu halten. Schließlich ist Kiara Jain ein Star.«

»Dann übernimm du das Reden«, sagte Linc. »Das wird sie in die Flucht schlagen.«

»Aufgrund meiner allerliebsten Honigstimme? Es dürfte ganz interessant werden, aber ich werde es schon schaffen, glaube ich.«

Raven verdrehte die Augen und bemühte sich weiterhin um einen möglichst schlecht gelaunten und unnahbaren Gesichtsausdruck. Eddie war überzeugt, dass er seine Wirkung nicht verfehlte.

Er und Linc durchquerten ohne Eile den Saal und verschwanden in dem Korridor, der zu den Gästewaschräumen führte. Sie nickten beide dem Wachmann zu, ehe sie die Herrentoilette betraten.

Nachdem sie sich vergewissert hatten, dass sie allein waren, sagte Eddie zu Raven: »Kommt irgendjemand in dieser Richtung?«

»Nein. Niemand zu sehen«, antwortete sie.

Die beiden kehrten wieder in den Flur zurück. Eddie holte die Parfümflasche hervor und versteckte sie in der Hand. Dann hob er sie wortlos hoch und sprühte dem Wachmann eine Wolke Parfüm ins Gesicht.

Der Wächter protestierte einen kurzen Moment lang überrascht, ehe das Betäubungsgas seine Wirkung entfaltete. Er sank in Eddies und Lincs ausgebreitete Arme. Schnell schafften sie ihn in den Raum und verfrachteten ihn in eine der Toilettenkabinen.

Sie platzierten ihn auf der Klosettbrille und fixierten seine Handgelenke mit Kabelbindern an den vergoldeten Haltegriffen auf beiden Seiten der Toilettenschüssel. Gleichzeitig stopfte ihm Linc ein Taschentuch in den Mund – für den Fall, dass er aufwachte, ehe sie die Party verließen. Sie nahmen ihm das Sprechfunkgerät ab, dann trat Linc aus der Kabine, damit Eddie sie von innen verriegeln konnte, um anschließend über die Seitenwand herauszuklettern.

»Drei Frauen nähern sich dem Flur«, warnte MacD.

Linc und Eddie verließen den Waschraum und nickten den Frauen, die hinter ihnen die Damentoilette betraten, lächelnd zu. Als sie allein waren, gab Eddie das Funkgerät an Linc weiter und sagte: »Warte hier und tu so, als würdest du dein Telefon auf irgendwelche Textnachrichten überprüfen. Gib mir Bescheid, falls jemand den Wachmann vermisst.«

Linc verstaute das Funkgerät in seiner Smokingtasche und schob sich den Minihörer ins Ohr. Anstatt seinem Kampfgefährten »Viel Glück« zu wünschen, was innerhalb der Corporation als schlechtes Omen betrachtet wurde, sagte er: »Gute Jagd.«

Eddie schlüpfte durch die Tür am Ende des Korridors und eilte, immer zwei Stufen auf einmal nehmend, die Treppe hinauf. Er machte Anstalten, im nächsten Stockwerk die Tür zu dem Flur zu öffnen, an dem Malliks Büro lag, als er auf der anderen Seite Stimmen hörte.

Er würde warten müssen und konnte nur hoffen, dass die Sprecher möglichst bald weitergingen. Dabei war ihm eins klar – sollten sie auf die Idee kommen und die Tür öffnen, wäre ihre Operation aufgeflogen.

* * *

Natalie Taylor führte mit dem Chefkoch in der Küche neben dem Ballsaal eine hitzige Diskussion. Der Koch beteuerte, nicht das Geringste von einem Auftrag zu wissen, demzufolge anlässlich der Party eine Torte geliefert werden solle.

»Niemals hätte ich eine solche Monstrosität geordert«, sagte der Franzose mit einem vernichtenden Blick auf den überdimensionalen Alptraum jedes seriösen Kuchenliebhabers. Er war eigens für diese Party aus Paris eingeflogen worden.

»Mr. Mallik hat sie persönlich bestellt«, sagte Taylor mit ruhiger Stimme. »Sehen Sie hier. Ich zeige es Ihnen.«

Sie holte ein zusammengefaltetes Papier aus der Tasche. Es war eine Quittung mit Romir Malliks Unterschrift. Selbst Mallik hätte den Namenszug für seine eigene Handschrift gehalten.

Der Koch inspizierte die Signatur sorgfältig. Dabei runzelte er die Stirn und schüttelte ungläubig den Kopf.

»Wenn Sie Mr. Mallik kurz benachrichtigen, wird er sicherlich gerne herkommen, um sich persönlich um alles zu kümmern. Rufen Sie ihn an.« Sie bluffte nicht. Sie würde es sogar begrüßen, wenn Mallik in der Küche erschien.

»Sie können kaum erwarten, dass ich seine persönliche Telefonnummer kenne«, sagte der Koch.

»Nein, natürlich nicht. Aber ich kenne sie«, meinte Natalie Taylor und hielt ihm einladend ihr Mobiltelefon hin. »Er sagte, ich solle ihn anrufen, falls es irgendwelche Probleme gebe.«

Der Koch biss sich auf die Unterlippe, dann gab er ihr die Quittung zurück.

»Na schön. Wann wünscht er, dass die Torte serviert werden soll?«

»Jetzt.«

»Aber wir haben gerade erst angefangen, die Hors-d'oeuvres aufzutragen!«

Sie zog eine Augenbraue hoch und hielt dem Koch abermals das Telefon hin.

Der Koch hob beide Hände zum Zeichen, dass er kapitulierte. »Schon gut. Es ist seine Party. Aber ist von dieser Torte überhaupt irgendetwas essbar?«

»Nur die obere Etage.«

»Aber bevor Sie hinausgehen, lassen Sie mich wenigstens die restlichen Desserts vorbereiten, die zusammen mit der Torte serviert werden.«

»Wie lange wird das dauern?«

»Nur ein paar Minuten.«

Natalie Taylor schaute mit besorgter Miene auf ihre Armbanduhr. »Okay. Aber in zwei Minuten schiebe ich die Torte in den Saal, ganz gleich, ob Sie mit Ihren Vorbereitungen fertig sind oder nicht.« Sie drapierte die indische Flagge so über die Seiten des Servierwagens, dass sie seine Räder verdeckte.

Während sie darauf wartete, dass der Koch und seine Küchencrew die Desserts servierfertig machten, warf sie einen Blick auf ihr Mobiltelefon und aktivierte die App, die sie brauchte, sobald die Torte im Ballsaal stand.

In der Torte war ein auf ein Dreibein montiertes Maschinengewehr mit der Bezeichnung Small Caliber Ultra-Light, oder SCUL, versteckt. Die App lieferte das von der Wärmekamera durch die papierdünnen Seitenwände der Torte hindurch aufgezeichnete Bild. Mithilfe der Kontrollen ihres Telefons konnte Natalie Taylor das Gewehr um dreihundertsechzig Grad rotieren lassen, den Lauf auf und ab bewegen und die achthundert über einen Gurt zugeführten 5.56-mm-Projektile abfeuern.

In wenigen Minuten wäre Mallik nicht mehr in der Lage, das Colossus-Projekt zu stoppen. Sobald sich die Torte im Ballsaal in der vorausberechneten Position befand und Natalie Taylor den Gastgeber im Visier hatte, würde sie ihn niedermähen und so viele Gäste wie möglich mitnehmen. Während der daraufhin ausbrechenden Panik und Verwirrung würde sie fliehen, nachdem sie sich vergewissert hätte, dass Mallik tatsächlich den Tod gefunden hatte.

* * *

Raven Malloy, nicht sonderlich glücklich darüber, dass sie in diesem Moment lediglich als visuelles Ablenkungsmanöver eingesetzt wurde, tat so, als ob sie von ihrem Champagner trank, während sie gleichzeitig den Flur zu den Gästetoiletten überwachte. MacD hingegen schien seine Rolle in vollen Zügen zu genießen. Frauen, die in seine Nähe kamen, ließen es sich nicht nehmen, ihm ihr Interesse zu bekunden, indem sie ihn mit unverhohlen begehrlichen Blicken von Kopf bis Fuß ausgiebig taxierten.

»Mallik ist wirklich bestens vernetzt«, sagte er. »Hier im Saal erkenne ich mindestens vier hochrangige Generäle und – natürlich – auch noch zahlreiche sonstige Prominente und Politiker.«

»Woher kennst du sie?«, fragte Raven.

»Ich war vor längerer Zeit in dieser Region tätig und lernte bei dieser Gelegenheit einige der örtlichen hohen Tiere kennen.«

»Und wenn sie sich an dich erinnern?«

»Das ist nicht zu befürchten. Ich war damals ein viel zu kleines Licht. Diese Typen hielten es für unter ihrer Würde, jemanden auch nur zur Kenntnis zu nehmen, der nicht mindestens den Majorsrang bekleidete.«

MacD hatte sie angesehen, während er mit ihr redete, aber sein Blick richtete sich plötzlich über Ravens linke Schulter auf jemanden hinter ihr. Seine Augen weiteten sich fast unmerklich und sandten ihr eine subtile Nachricht, ehe sie die Stimme des Mannes hörte, der sie ansprach. Sie wandte sich um und gewahrte Romir Mallik, der mit einem strahlenden Lächeln auf sie zukam.

»Miss Jain«, begrüßte er sie, »es ist mir eine besondere Freude, dass Sie meiner Einladung folgen konnten.« Asad Torkan stand schweigend neben ihm.

Raven Malloy schenkte dem indischen Industriellen ihr strahlendstes Lächeln und sagte: »Die Freude ist ganz meinerseits, Mr. Mallik. Eine wunderbare Party, und Ihr Zuhause ist ein ganz besonderer Ort, der seinesgleichen sucht.«

»Vielen Dank. Ich hatte mir schon lange gewünscht, Sie persönlich kennenzulernen, und freue mich natürlich ganz besonders, dass es endlich geklappt hat. Sie müssen wissen, ich bin seit vielen Jahren ein Fan Ihrer Filme. Ich habe es seinerzeit sehr bedauert, dass Sie nach Amerika gegangen sind. Ich hoffe, dass Ihre jetzige Rückkehr von Dauer ist.«

»Wenn Indien mich immer noch haben will.« Raven wandte sich zu MacD um. »Darf ich Ihnen Cole Randle vorstellen?«

Mallik musterte MacD mit schmalen Augen und rang sich zu einem kurzen Kopfnicken durch.

»Vielleicht ergibt sich schon bald die Gelegenheit, Sie in meinem bescheidenen Heim begrüßen zu dürfen, um sich mit mir einen Ihrer Filme anzusehen«, sagte Mallik, wobei sein Tonfall keinen Zweifel daran ließ, dass die Einladung MacD nicht mit einschloss. »Es wäre mir ein ausgesprochenes Vergnügen, Ihre Kommentare dazu zu hören. Ich habe drei Etagen unter diesem Raum ein privates Kino, das vierzig Zuschauern Platz bietet.«

»Das würde mir gefallen«, sagte Raven.

Mallik fixierte sie mit einem seltsamen Gesichtsausdruck. »Welchen Ihrer Filme würden Sie auswählen?« Er wartete mit einem erwartungsvoll gespannten Lächeln auf ihre Antwort. Raven konnte nicht entscheiden, ob er nur besonders zuvorkommend war oder den Verdacht hatte, dass sie nicht die war, die zu sein sie vorgab. Torkans Miene war vollkommen ausdruckslos wie immer, aber er beobachtete sie und MacD aufmerksam.

Sie zögerte keine Sekunde und sagte: *»Golibari Ki Rekha.«* Es war ein Actionfilm, dessen Titel mit *Im Fadenkreuz des Satans* übersetzt werden konnte. Darin spielte Kiara Jain ihre bekannteste Rolle.

Offenbar war es die richtige Antwort, denn Mallik strahlte sie an und sagte: »Das ist mein Lieblingsfilm. Später, wenn Sie so nett wären, bitte ich Sie vielleicht, uns mit einem Lied zu erfreuen.«

Als sie hörte, dass man von ihr möglicherweise einen Bühnenauftritt erwartete, spürte sie plötzlich, wie sich ihr Magen krampfartig zusammenzog. Sie hielt für einen kurzen Moment inne, ehe sie erwiderte: »Nichts lieber als das.«

»Großartig«, sagte Mallik. »Nun, ich muss mich um meine anderen Gäste kümmern, aber Sie können sich darauf verlassen, dass ich zurückkomme.« Er ergriff Ravens Hand und drückte sie, ehe er sich mit Torkan, der ihm wie ein Schatten folgte, entfernte.

Als sie sich außer Hörweite befanden, sagte MacD: »Du singst doch nicht etwa wirklich, oder?«

»Keinen einzigen Ton. Wenn sie mir ein Mikrofon vor die Nase halten und mich dazu bringen, den Gästen ein Ständchen zu bringen, kriegen die Leute im Umkreis von mindestens sechs Blocks garantiert blutige Ohren.«

Sie hatte sich von Mallik abgewendet und schaute in Richtung des Flurs, der zu der Küche führte, die sich auf der anderen Seite des Ballsaals gegenüber den Toiletten befand. Eine weiße Frau mit rotem Haar erregte ihre Aufmerksamkeit, weil sie keine Abendgarderobe trug, sondern die Uniform des Servicepersonals. Sie war die einzige Nichtinderin, die dort arbeitete.

Die Frau ließ den Blick prüfend durch den Raum schweifen und erschien fast wie eine Geheimagentin.

Ihr Gesicht kam Raven bekannt vor, aber sie konnte es nicht einordnen. Die Angestellte überflog das Treiben im Ballsaal, bis ihr Blick an Romir Mallik hängen blieb. Sie fixierte ihn einige Sekunden lang, dann kehrte sie in die Küche zurück.

Dabei bewegte sie sich mit einer Grazie und sportlichen Eleganz, die man bei Angehörigen des Dienstpersonals eher selten beobachten konnte. Und in diesem Moment dämmerte es Raven, dass sie das Gesicht der Frau schon einmal gesehen hatte.

MacD musste ihre Reaktion bemerkt haben, denn er fragte: »Stimmt etwas nicht?«

»Erinnerst du dich an die Skizze, die Kevin Nixon nach Lyla Dhawans Beschreibung angefertigt hat?«, fragte Raven. »Sie wurde an die Mannschaft verteilt, nachdem sie das Schiff verlassen hatte.«

MacD nickte. »Klar. Die Frau, die die Hälfte der Passagiere aus Xavier Carltons vermisstem Jet getötet hat und danach die restlichen Überlebenden auf Jhootha Island einsperren ließ. Weshalb?«

»Sie ist hier.«

37

ROTES MEER

Juan Cabrillo stieß sich von der Luftschleuse des Nomad ab und schwamm in Richtung Deckaufbau des Schiffswracks. Linda Ross blieb dicht hinter ihm. Sie trugen Vollgesichtsmasken und konnten untereinander und mit dem U-Boot mittels akustischer Niederfrequenztransmitter kommunizieren. Kameras, die in ihre Tauchermasken integriert waren, zeichneten den Tauchgang auf, aber die Videosequenzen konnten unter Wasser nicht übertragen werden. Auch wenn der Thermoanzug das aufgeheizte Wasser auf ein erträgliches Maß herunterkühlte, konnte Juan seine Hitze im Bereich des schmalen Spalts zwischen Tauchmaske und Kopfhaube doch wahrnehmen. Zwar war es nicht heiß genug, um ihn zu verbrühen, aber die Temperatur reichte aus, um ihn – falls das Kühlsystem des Taucheranzugs versagte – innerhalb von wenigen Minuten garzukochen.

»Wie geht es Ihnen da hinten, Linda?«, erkundigte sich Juan fürsorglich.

»Ich kann nicht klagen. Hier ist es richtig gemütlich«, erwiderte sie.

»Die Wassertemperatur beträgt neunundvierzig Grad mit steigender Tendenz, aber eure Innentemperatur ist konstant und weitgehend normal«, sagte Julia Huxley, die ihre Körperwärme mithilfe der in die Taucheranzüge eingepflanzten Sensoren überwachte. Das allgegenwärtige unterschwellige Rumpeln der fließenden Lava erzeugte eine bedrohliche Atmosphäre, die das zweiköpfige Tauchteam zur Eile antrieb.

»Ich vertraue auf das Kühlsystem, mit dem Max die Anzüge ausgestattet hat«, sagte Juan. »Ich denke, wir werden nicht mehr als fünfzehn Minuten brauchen, um zu finden, was wir suchen.«

»In diesem Fall bleiben wir in unserer augenblicklichen Position, bis ihr zurückkommt«, sagte Eric. Er hielt den Nomad in der Nähe der Tür zur Brückennock in der Schwebe.

Als Juan die Tür erreichte, meinte er: »Mal sehen, was uns dort drin erwartet.«

Er drückte auf die Klinke, die jedoch keinen Millimeter nachgab. Dann versuchte er es noch zwei weitere Male. Erfolglos. Schließlich zog er mit aller Kraft an der Klinke, aber auch jetzt wollte sich die Tür nicht rühren.

»Offenbar ist das Schloss eingerostet«, sagte Linda. »Oder die Tür hat sich vollkommen verzogen, was bei der Hitze, die hier unten herrscht, nicht im Mindesten verwundert.«

»Hoffentlich sind nicht alle Türen in diesem Zustand, sonst brauchen wir am Ende noch Sprengladungen, um in das Wrack zu gelangen. Ich glaube, zwei Decks weiter unten habe ich vorhin eine andere Tür gesehen. Versuchen wir dort unser Glück.«

Sie schwammen zu der Tür hinunter, und Juan rüttelte an der Klinke. Sie ließ sich immerhin einige Millimeter bewegen. Er versetzte ihr mit dem Fuß seiner Beinprothese einen kraftvollen Tritt, und der Mechanismus kapitulierte. Juan zog noch einmal an der Tür, aber sie ließ sich nur ein paar Zentimeter weit öffnen. Sie mussten zu zweit ihre gesamten Kräfte einsetzen, um einen Spalt zu schaffen, der breit genug war, dass sie sich hindurchschlängeln konnten. Juan bildete die Vorhut.

Auf dieser Ebene hatten die Erbauer des Schiffs auf Fenster verzichtet, sodass von draußen kein Licht hereindrang und er seine Stirnlampe einschalten musste. In den Mannschaftsquartieren hatten sich keinerlei Vertreter der Meeresfauna eingenistet, und der Korridor war frei von jeglichem Unterwasserbewuchs, was ihnen zu der Hoffnung Anlass gab, dass sie gute Chancen hatten, auf brauchbare Informationen über das Schiff zu stoßen.

Die Navigation und andere notwendige Maßnahmen wurden sicherlich von einem Computer ausgeführt, aber auch auf einem Schiff, das so modern war wie dieses, gab es gewiss manuell geführte Listen und Seekarten, die für alle Fälle in Reserve gehalten wurden. Wenn er und Linda wenigstens den Namen des Schiffes in Erfahrung bringen konnten, wären sie in der Lage, seinen Eigner und die Werft zu ermitteln, in der es gebaut worden war.

»Dort ist eine Treppe«, sagte Juan und schwamm darauf zu. Sie stiegen zwei Decks nach oben und betraten die Kommandobrücke.

Dabei handelte es sich um einen regelrechten Hightechtempel mit Dutzenden von Flachbildschirmen, schnurlosen Keyboards, Kontrollknöpfen, Schnurlostelefonen und Joysticks, mit denen man das Schiff – als es noch im Einsatz gewesen war – gesteuert hatte. Die einzigen losen Gegenstände, die Cabrillo auffielen, waren mehrere Kaffeebecher, die auf dem Fußboden verstreut waren. Nadeldünne trübe Lichtstrahlen drangen durch den dichten Algenbewuchs auf den Fenstern. Das Leder der Sessel von Kapitän und Steuermann wies nicht die geringsten Spuren von Verfall auf und erschien vollkommen unberührt.

»Chairman«, sagte Linda, »ich glaube, wir haben einen Namen.«

Cabrillo wandte sich um und blickte zu ihr hinüber. Sie deutete auf ein Messingschild, das an der Rückwand der Kommandobrücke befestigt war. Juan durchquerte mit wenigen Schwimmbewegungen den Kommandoraum und konnte auf dem Schild den Namen COLOSSUS 3 entziffern.

»Projekt C«, sagte Juan. »Und wenn ich mich ganz weit aus dem Fenster lehne, wage ich zu behaupten, dass es mindestens zwei weitere Projekt-Colossus-Schiffe gibt.«

»Sehen Sie sich mal das Datum des Stapellaufs an«, sagte Linda.

»Vor achtzehn Monaten. Etwa zur gleichen Zeit, als Xavier Carltons A380 entführt wurde.«

Am unteren Rand der Plakette befand sich ein Symbol, das er kannte: ein Kreis mit neun Speichen und einer im Uhrzeigersinn ausgerichteten Swastika in der Mitte.

»Eric«, sagte Juan in sein Mikrofon, »wir haben jetzt die Bestätigung, dass es zwischen den neun unbekannten Männern und dem Projekt C – was offensichtlich für Colossus steht – eine Verbindung gibt.«

»Der Name dürfte eine Verneigung vor dem ersten programmierbaren Computer sein«, sagte Eric. »Colossus wurde damals in der englischen Geheimdienstzentrale Bletchley Park entwickelt und gebaut, um während des Zweiten Weltkriegs die Texte der deutschen Lorenz-Schlüsselmaschine zu dechiffrieren.«

»Der Begriff ist auch ein Teil des Namens, den dieses Schiff trägt – *Colossus 3*.«

»Ich bringe mich nur ungern bei dir in Erinnerung«, sagte Julia, »aber das Thermometer zeigt mittlerweile fast zweiundfünfzig Grad an. Ich kann euch nur empfehlen, das Wrack so bald wie möglich zu verlassen.«

»Noch zwei Minuten, Hux«, sagte Juan. »Schließlich wollen wir später nicht mit leeren Händen dastehen. Sonst wäre der ganze Aufwand für die Katz gewesen.«

»Gut. Ihr sollt die zwei Minuten haben, aber keine Sekunde länger.«

»Verstanden und okay.«

Neben dem Messingschild befand sich ein Wandregal, das mit Handbüchern und zusammengerollten Seekarten gefüllt war.

»Fangen Sie schon mal damit an, dies alles einzupacken, damit wir es mitnehmen können«, sagte Juan zu Linda. »Ich mache mich auf die Suche nach dem Logbuch des Kapitäns.«

Linda nickte, entfaltete ein Tragnetz und stopfte Bücher und Karten in den grobmaschigen Sack. Juan schwamm durch eine offene Tür in den hinteren Teil der Kommandobrücke, wo er das Büro des Kapitäns zu finden hoffte.

Er wurde nicht enttäuscht. In dem kleinen Raum standen ein Schreibtisch, zwei Stühle, ein Aktenschrank und ein großer Safe. Dass der Safe noch verschlossen war, ließ den Schluss zu, dass der Kapitän keine Zeit mehr gehabt hatte, seinen Inhalt herauszuholen und in Sicherheit zu bringen, ehe er das Schiff aufgab. Aber es konnte auch bedeuten, dass in dem Büro unter Umständen andere wichtige Objekte zu finden waren, die der Kapitän zurückgelassen hatte.

Juan nahm sich zuerst den Schreibtisch vor und untersuchte den Inhalt der Schubladen. Sie waren verschlossen, aber sein kleines Stemmeisen war stabil genug, um sie aufzuhebeln. Das Logbuch des Kapitäns fand er in der dritten Schublade. Er verstaute das in Leder gebundene

Notizbuch in einer Tasche seines Trockentauchanzugs und widmete sich dann dem Aktenschrank.

Kaum hatte er die oberste Schublade geöffnet, als außerhalb der *Colossus 3* ein dumpfes Grollen erklang und schnell an Lautstärke zunahm. Gleichzeitig lief ein Ruck durch das Schiffswrack, und es begann heftig zu schwanken.

Juan hatte das seltsame Gefühl, von den Wassermassen innerhalb des Schiffes hin und her geworfen zu werden. Er tauchte durch die Türöffnung des Büros und katapultierte sich mit kraftvollen Beinschlägen zur Kommandobrücke empor.

»Was ist da draußen los?«, versuchte er sich gegen den ohrenbetäubenden Lärm durchzusetzen.

»Oh, nein!«, rief Julia mit überkippender Stimme.

»Macht euch bereit! Gleich kracht's!«, war alles, was Eric herausbrachte, ehe Juan und Linda spürten, wie etwas mit elementarer Wucht gegen das Schiffswrack prallte.

Begleitet von einem donnergleichen stählernen Dröhnen, neigte sich die *Colossus 3* zur Seite, als wäre sie im Begriff, vollständig umzuschlagen. Nach ein paar Sekunden verhallte das Dröhnen, und das Schiff kam zur Ruhe.

»Alles okay?«, erkundigte sich Juan bei Linda, die den Sack, den zu füllen sie im Begriff war, vor Schreck fallen gelassen hatte.

»Ja. Ich wurde nur ein wenig durchgeschüttelt.«

»Hallo, Nomad, wie ist die Lage bei euch?«, sprach Juan in sein Mikrofon. »Eric, Julia, alles okay?«

Für einen Moment herrschte absolute Stille. Dann hörte er Erics Stimme. Sie klang blechern und weit entfernt.

»Chairman, verstehen Sie mich?«

»Uns ist hier unten nichts passiert«, antwortete Juan. »Wie geht es dem Nomad?«

»Wir wurden ganz schön wild herumgeworfen, hatten jedoch Glück und kamen nicht zu Schaden.«

»Was war das?«

»Eine Lawine. Die Explosion muss die eine Seite des Seebergs stärker in Mitleidenschaft gezogen haben, als wir angenommen hatten.«

»Dann sollten wir zusehen, dass wir schnellstens von hier verschwinden, ehe wir von einem zweiten Erdrutsch mitgerissen oder verschüttet werden«, sagte Juan.

»Chairman, genau da liegt das Problem.«

»Weshalb?«

»Die Lawine hat das Schiffsdeck voll erwischt«, sagte Eric. »Die Tür, durch die Sie und Linda ins Wrack gelangt sind, ist inzwischen mit drei Metern Schlick und Geröll bedeckt. Dort kommen Sie aus eigener Kraft nicht mehr heraus.«

38

MUMBAI

Was Eddie Seng gehört hatte, waren die Stimmen zweier Frauen gewesen, wahrscheinlich Angehörige des Hauspersonals. Untermalt wurde das Gespräch von dem unverkennbaren Geräusch eines Putzgerätwagens, der durch den Flur geschoben wurde. Dann vernahm er den Glockenton eines Fahrstuhls, und die Stimmen verstummten wie abgeschnitten.

Eddie drückte behutsam die Tür auf und sah, dass der mit allen Attributen des gehobenen Luxus ausgestattete Korridor menschenleer war.

»Wohin jetzt?«, wollte er von Murph wissen. Er drehte den Kopf hin und her, damit sich Murph anhand der Bilder, die Eddies Brillenkamera aufzeichnete und zu ihm übertrug, orientieren konnte.

»Soweit ich erkennen kann, geradeaus bis zur zweiten Tür auf der rechten Seite.«

Eddie legte keine Eile an den Tag für den Fall, dass er jemandem begegnete. So könnte er immer behaupten, dass er den Fahrstuhl im falschen Stockwerk verlassen und sich auf der Suche nach dem Ballsaal verlaufen habe.

Die Tür zum Büro stand offen, und Eddie schlüpfte hinein. Der Raum enthielt eine reichhaltige Kollektion von Artefakten der Moguldynastie, Gemälden von Herrschern auf kunstvoll gestalteten Thronsesseln und antiken Möbeln aus indischem Teakholz. Auf dem mächtigen Schreibtisch befanden sich jedoch nur zwei Objekte: eine mit Edelsteinen besetzte Lampe und ein schlanker Laptop.

Eddie ließ sich in den Schreibtischsessel fallen und klappte den Computer auf. Auf dem Bildschirm erschien ein Anmeldefenster und fragte nach einem Passwort. Eddie stöpselte ein Gerät ein, das drahtlos mit Murphs Computer im Hotel verbunden war.

»Der Ball liegt jetzt in deinem Feld«, sagte Eddie.

»Ich bin schon an der Arbeit«, antwortete Murph. Aus Eddies Ohrhörer drang das stakkatohafte Klicken, als Murphs Finger über die Tastatur seines Computers flogen.

Das Bild auf dem Monitor blieb unverändert. »Wie lange wird es dauern?«, fragte Eddie.

»Ich werde gleich wissen, ob es funktioniert.«

Für Eddie gab es in diesem Moment nichts anderes zu tun, als zu warten. Auf keinen Fall durfte er das Büro ohne den USB-Transmitter verlassen, sonst würde Mallik erfahren, dass sein System geknackt worden war.

Ein paar Sekunden später sagte Murph: »Die Verschlüsselung, die er benutzt, ist wirklich gut. Ohne sein Passwort komme ich nicht in das Netzwerk hinein. Wir müssen es notgedrungen mit der Klette versuchen. Es ist die einzige Möglichkeit.«

Eddie trennte das USB-Gerät vom Computer und holte ein Objekt aus der Tasche seines Smokings, das die Größe einer Hörgerätebatterie hatte. Seine Form war jedoch so rechteckig wie die USB-Schnittstelle. *Klette* wurde das kleine Gerät genannt, weil es in den Computer eingesetzt werden konnte und zumindest für jeden ahnungslosen Benutzer unbemerkt blieb.

Eddie nahm den Laptop vom Tisch und inspizierte seine

USB-Schnittstellen. Die beiden Buchsen auf der rechten Seite waren leicht zerkratzt, während die einzelne Buchse auf der linken Seite vollkommen unberührt erschien.

Dort stöpselte Eddie die Klette ein und vergewisserte sich, dass sie nicht zu sehen war, es sei denn, man blickte direkt in die Buchsenöffnung. Sie würde erst in dem Moment auffallen, wenn Mallik versuchte, an dieser Schnittstelle, die offenbar nur selten benutzt wurde, ein Peripheriegerät anzuschließen.

Sobald jemand das Passwort eingab, würde die Klette unbemerkt ein kleines Programm herunterladen, das den Computer mit dem Internet verband und Murph den Zugriff auf seinen Inhalt ermöglichte. Der Nachteil war, dass sie nicht absehen konnten, wann das geschehen würde, und also gezwungen waren, diese Verbindung ständig zu überwachen.

»Sehen wir zu, dass wir verschwinden«, gab Eddie über Sprechfunk an das gesamte Team durch. »Und Murph, sag Hali Bescheid, dass wir in drei Minuten unsere Zelte abbrechen.«

»Er hat mir eben geschrieben, dass er momentan so tut, als ob er sich verfahren habe«, antwortete Murph. »Offenbar geht ihm die echte Kiara Jain mit ihrem Gerede auf die Nerven, und er ist froh, wenn er sie absetzen kann, sobald wir das Feld geräumt haben.«

Eddie klappte den Laptop zu und machte sich auf den Weg zurück zur Treppe.

»Eddie«, meldete sich Linc, »zwei Wächter waren gerade auf der Toilette, um nach unserem Freund zu sehen. Ich habe ihnen gesagt, er sei nach unten gegangen, um irgendetwas zu holen, aber sie meinten, von dort kämen sie gerade. Sie sind unterwegs nach oben – in dein Stockwerk. Ich ebenfalls.«

»Hier im Ballsaal tut sich einiges«, sagte Raven. »Die Frau von Jhootha Island hat soeben eine Riesentorte auf einem Servierwagen hereingefahren.«

* * *

Als Raven beobachtete, dass Mallik die Riesentorte mit einer Mischung aus Überraschung und Verwirrung betrachtete, begriff sie, dass er nicht mit ihr gerechnet hatte. Die Band stimmte eine lebhafte Begleitmusik an, als sie in den Saal geschoben wurde.

»Ich habe das Gefühl, hier wird gleich etwas passieren«, sagte Raven zu MacD.

»Ich weiß. Denkst du an eine Bombe?«

»Möglich. Wenn sie versucht, sich schnell aus dem Staub zu machen, werden wir's wissen.« Raven fiel außerdem auf, dass die Frau anscheinend sorgfältig darauf achtete, Mallik und Torkan ihr Gesicht nicht zu zeigen, als ob sie befürchtete, von ihnen erkannt zu werden.

»Ich bewege mich mal unauffällig zur Küchentür hinüber und gehe dort in Position, um zu verhindern, dass sie auf diesem Weg verschwindet«, sagte MacD.

»Und ich versuche herauszukriegen, was sie im Schilde führt«, sagte Raven.

Die Frau entfernte sich einige Schritte von der Torte und holte ihr Mobiltelefon hervor. In diesem Augenblick erinnerte sich Raven daran, dass Juan erwähnt hatte, Rasul habe sein Telefon als Startkontrolle für die BrahMos-Rakete benutzt. Wenn die Frau hierhergekommen war, um ein Attentat auf Mallik zu verüben, wäre ihr Telefon ein perfekter Auslöser.

Raven trat leise hinter sie.

»Entschuldigen Sie«, sagte Raven. »Können Sie mir verraten, wo ich ein Glas Mineralwasser bekommen kann?«

Die Frau schüttelte den Kopf und zuckte die Achseln. Dabei würdigte sie Raven kaum eines Blicks.

»Ich hab mir eben etwas auf mein Kleid gekleckert und möchte es entfernen, damit keine Flecken zurückbleiben.«

Diesmal hob die Frau den Kopf und sah Raven an. Ihr Blick war hellwach und drohend.

Die Frau schlug ansatzlos und blitzartig zu, aber Raven konnte sich rechtzeitig halb abwenden und dem Treffer einen großen Teil seiner Wirkung nehmen. Dann konterte sie mit einem Treffer aufs Kinn ihrer Gegnerin. Die Frau stolperte einen Schritt zurück, wirbelte herum und holte zu einem Fußtritt aus, aber Raven hatte sich schnell außer Reichweite gebracht.

Die Frau konzentrierte sich wieder auf ihr Telefon und schaffte es, kurz bevor Raven es ihr aus der Hand schlagen konnte, mit einem Finger aufs Display zu tippen.

Anstatt zu explodieren, spuckte die Torte zu Ravens Entsetzen einen dichten Kugelhagel aus.

* * *

Linc und Eddie verständigten sich mit einem schnellen Blick und schalteten die beiden Wächter mit einer koordinierten Attacke aus. Linc erwischte einen von ihnen mit einem Handkantenschlag von hinten, als sie im Begriff waren, den Flur zu betreten, an dem die Büros lagen. Gleichzeitig griff Eddie den anderen Wächter an und rammte ihn mit dem Schädel gegen die Wand des Treppenhauses.

Sie machten Anstalten, die Wächter zu ihrem Kollegen in die Herrentoilette zu schleifen, als das hochfrequente Kreissägegeräusch einer feuernden Maschinenpistole aus Richtung des Ballsaals an ihre Ohren drang.

Wie eine Zwei-Mann-Sturmtruppe rannten Eddie und Linc im Gleichschritt die Treppe hinunter.

* * *

Asad Torkan zog Romir Mallik hinter sich, als Kugeln über ihren Köpfen durch die Luft pfiffen. Das Maschinengewehr zielte weit daneben, und die Projektile perforierten die Decke und oberen Abschnitte der Ballsaalwände.

»Ich weiß, wer sie ist!«, rief Mallik. »Natalie Taylor! Ich habe gesehen, wie sie mit Kiara Jain gekämpft hat.«

»Dann kann es niemals Kiara Jain gewesen sein«, erwiderte Torkan und hatte Mühe, die Entsetzensschreie der Gäste und das Maschinengewehrfeuer zu übertönen. Viele Gäste hatten sich instinktiv zu Boden geworfen, während die meisten anderen in Panik zum Ausgang rannten.

»Komm schon!« Asad Torkan packte Mallik am Arm und zog ihn zum Notausgang in den Toilettenflur und weiter zur Treppenhaustür.

Kurz bevor sie die Tür erreichten, wurde sie von der anderen Seite aufgerissen, und ein dunkelhäutiger Mann und ein Asiat kamen ihnen entgegen.

* * *

Als Raven Malloy ihrer Gegnerin das Telefon aus der Hand schlug, war der Lauf des Maschinengewehrs hochgeschwenkt, sodass diese erste Salve kein Massaker anrichtete, aber wenn die Frau sich noch einmal des Telefons bemächtigte, würde es für Dutzende Menschen den sicheren Tod bedeuten.

Raven befreite sich mit zwei Fußschlenkern von ihren extrem hohen Plateaupumps, um sich besser bewegen zu können, wenn sie versuchte, die Frau unschädlich zu machen, als sie beobachten musste, wie eine vor Angst vollkommen kopflose Prisha Naidu genau in den Kugelregen hineinzurennen drohte. Der Lauf des Maschinengewehrs senkte sich durch die Rückstoßwirkung des Dauerfeuers langsam herab und drohte, die Schauspielerin zu zerfetzen.

Raven traf die für sie einzige mögliche Entscheidung. Anstatt die Attentäterin auszuschalten, sprintete sie der indischen Schauspielerin entgegen und riss sie, Sekunden bevor sie von der Maschinengewehrsalve niedergemäht wurde, zu Boden.

Noch auf dem Parkett liegend, warf sich Raven herum und sah, wie die Attentäterin in Richtung Balkon flüchtete. Dann hatte sie jedoch alle Hände voll zu tun, um Prisha, die panische Schreie ausstieß, auf den Boden zu drücken, als der Lauf des Maschinengewehrs ruckartig zur Seite schwenkte und die nächste Salve über ihre Köpfe hinwegjagte.

* * *

Für MacD war es deutlich zu erkennen, dass die Schussrichtung des Maschinengewehrs stetig weiter abwärts wanderte und es nur eine Frage von Sekunden war, bis die Kugeln doch noch ein Ziel fanden und die Gäste trafen, die sich starr vor Angst auf dem Boden so klein wie möglich machten.

Jemand musste den Fahrstuhl gerufen haben, denn dessen Türen öffneten sich plötzlich. MacD gelangte hinter den Servierwagen und wartete, bis das Maschinengewehr sich so weit gedreht hatte, dass es von ihm weg feuerte. Dann schob er den Wagen in Richtung Fahrstuhl und hoffte, dass die Tür breit genug für die Torte war.

Der Wagen, dessen Rollen offenbar kugelgelagert waren, nahm Tempo auf, schoss auf die Fahrstuhltür zu und krachte gegen die Rückwand der Fahrstuhlkabine. Funken sprühten, als die Kugeln gegen die Stahlwände der Kabine prasselten. Gleichzeitig schloss sich die Tür und dämpfte den Lärm des Maschinengewehrfeuers.

MacD entdeckte einen Angehörigen des Sicherheitsdienstes und eilte im Laufschritt zu ihm hinüber.

»Benutzen Sie Ihr Walkie-Talkie und sorgen Sie dafür, dass der gesamte Strom im Haus ausgeschaltet wird! Und beeilen Sie sich! Tempo!«

Der Wachmann nickte, hakte sein Sprechfunkgerät vom Schultergurt und schaltete es ein.

MacD machte kehrt und durchquerte den Saal auf der Suche nach Raven und der Attentäterin.

* * *

Natalie Taylor schäumte innerlich vor Wut, während sie das Seil, das zum Balkon heruntergelassen worden war, an ihrem Gürtel befestigte. Sie hatte diesen Handstreich wochenlang unter Carltons Anleitung geplant, seitdem er Mallik des Verrats verdächtigte, und alles war auch ausgezeichnet verlaufen, bis sich diese Frau in dem türkisfarbenen Kleid ihr in den Weg gestellt hatte. Offenbar war sie eine getarnt agierende Angestellte des Sicherheitsdienstes.

Nicht einmal jetzt war sie bereit zu kapitulieren. Natalie Taylor konnte verfolgen, wie sie vom Boden aufsprang und auf den Balkon zurannte. Aber sie würde zu spät kommen. Das Seil straffte sich bereits und zog Taylor in die Höhe.

Während sie himmelwärts entschwebte, schaute sie auf die Frau hinunter, die auf dem Balkon erschien und machtlos ihre Flucht beobachtete. Taylor erwiderte ihren eisigen Blick mit einem spöttischen Grinsen.

Als sie die Dachkante erreichte, streckte ihr der Exsoldat, der sie hochgehievt hatte, eine Hand entgegen, um sie vollends aufs Dach zu ziehen. Sie machte sich von dem Seil der tragbaren Winde los und half, die Winde in den wartenden Hubschrauber einzuladen, ehe sie ebenfalls einstieg und die Plexiglastür hinter sich schloss. Der Helikopter hob ab, ehe jemand aufs Dach gelangte, um ihn am Start zu hindern.

Natalie Taylor war froh, dass ihr Telefon am Schauplatz des Geschehens zurückblieb. Xavier Carlton darüber zu informieren, dass ihre Mission fehlgeschlagen war, hatte bei ihr zu diesem Zeitpunkt absolut keine Priorität.

* * *

Eddie Seng und Franklin Lincoln kamen aus dem Toilettenflur in den verwüsteten Ballsaal. Viele Gäste standen unter Schock und saßen oder lagen noch immer auf dem Parkett, als ob sie jeden Moment mit einer weiteren Attacke rechneten.

MacD und Raven standen auf dem Balkon.

»Seid ihr beiden okay?«, wollte Eddie wissen.

MacD nickte. »Die Party ist ein wenig aus dem Ruder gelaufen.«

»Uns ist nichts passiert«, sagte Raven mit mühsam unterdrücktem Zorn. »Aber diese Frau von Jhootha Island ist entkommen. Ich konnte gerade noch verfolgen, wie ihr Hubschrauber gestartet ist.«

»Dann lasst uns lieber schnellstens von hier verschwinden, ehe die Cops eintreffen und uns mit unbequemen Fragen das Leben schwer machen.«

Um nicht von den Gästen aufgehalten zu werden,

die sich allmählich von dem Schreck erholten und den Saal über die Haupttreppe verließen, wählten sie den Weg durch die Küche und eilten zur Treppe neben dem Schacht des Lastenaufzugs.

Polizeiwagen, Notarztwagen und Feuerwehren fuhren bereits vor dem Hochhaus vor. Tiny Gunderson würde es kaum schaffen, auch nur halbwegs in die Nähe des Wohnturms zu gelangen. Sie mischten sich unter die in Panik flüchtenden Partygäste und rannten unerkannt an der Kolonne von Rettungsfahrzeugen vorbei, die bereits sämtliche Zufahrtswege zum Ort des Geschehens verstopfte. In der nächsten Querstraße fanden sie das Porsche-SUV, das mit laufendem Motor am Bordstein wartete.

»Sind alle okay?«, fragte Tiny, während sie einstiegen.

»Es gab keine Verluste«, antwortete Eddie.

»Euer Timing ist perfekt. Da kommt Hali schon.«

Hali Kasims Limousine hielt direkt neben ihnen an. Er stieg aus und kam zu dem Porsche herüber.

Das hintere Fenster der Limousine fuhr herunter.

»Wir sind noch nicht bei der Party, Sie Idiot«, schimpfte Kiara Jain. »Wo, zum Teufel, wollen Sie hin?«

Hali deutete auf Raven, die durch die offene Tür des Porsche auf dem Rücksitz zu sehen war.

»Offensichtlich habe ich die falsche Kiara abgeholt«, sagte er. »Diese dort gefällt mir viel besser.« Er stieg in das SUV ein.

Tiny zog vom Bordstein weg, fädelte sich in den Verkehr ein und ließ die Schauspielerin zurück, die ihrer Doppelgängerin mit offenem Mund hinterherstarrte.

* * *

Romir Mallik raste vor Wut, als er mit Asad Torkan in sein Büro zurückkam.

»Warum waren diese Wachmänner bewusstlos?«, wollte er wissen. Sie hatten im Treppenhaus über sie hinwegsteigen müssen. »Und wie konnte diese Taylor überhaupt unbemerkt in mein Haus eindringen?«

»Das werde ich in Erfahrung bringen«, versprach Torkan. »Die beiden Männer, an denen wir vorbeikamen, müssen ihr geholfen haben. Aber ich begreife nicht, weshalb die Frau, die wie Kiara Jain aussah, mit ihr in einen Zweikampf verwickelt war.«

»Woher weißt du, dass sie nicht echt war?«

»Ich kenne alle ihre Filme. Kiara macht niemals ihre eigenen Stunts.«

»Vergiss es. Das ist jetzt nicht mehr von Bedeutung. Ich bin hier offensichtlich nicht mehr sicher. Wir verschwinden noch heute von hier. Bis wir den Satelliten starten, werde ich mich irgendwo aufhalten, wo mich Carlton nicht finden kann. Triff die entsprechenden Arrangements.«

»Wird gemacht. In fünf Minuten ist der Hubschrauber hier, um dich abzuholen.«

»Und dann unterhalten wir uns über eine angemessene Revanche. Wenn er sich mir derart dreist in den Weg stellt, schlage ich auf gleiche Art zurück.«

»Ich bereite alles vor.«

Mallik konnte sehen, dass sich sein Schwager den Kopf zerbrach, wie Natalie Taylor sich so leicht hatte an seinen Leuten vorbeischleichen und ihn in seinem eigenen Zuhause angreifen können. Auf diese Frage sollte er lieber bald eine Antwort finden.

»Brauchst du noch irgendetwas?«, fragte Torkan.

»Nein«, erwiderte Mallik. »Alles, was ich brauche, ist dies hier.« Er angelte sich den Laptop vom Schreibtisch und stürmte aus dem Raum.

39

ROTES MEER

Während sie nach einer anderen Möglichkeit, aus dem Wrack der *Colossus 3* hinauszugelangen, Ausschau hielten, büsten Juans und Lindas Anzüge allmählich die Fähigkeit ein, ihr Inneres auf ein erträgliches Maß herunterzukühlen. In nur wenigen Minuten hätte die Kühlflüssigkeit die gleiche Temperatur wie das Wasser innerhalb des Wracks, und ihnen drohte ein schneller Tod durch Hitzschlag.

Juan hatte bereits versucht, das Fenster auf der Kommandobrücke zu zertrümmern, aber das dicke schlagfeste Glas hatte seinen Attacken mit einem Feuerlöscher, den er in einem Winkel des Kommandostandes gefunden hatte, standgehalten. Im Wasser konnte er einfach nicht genug Schwung holen.

Ihre Bemühungen, eine der Türen aufzuhebeln, waren ebenfalls fruchtlos gewesen. Der Rost in den Schlössern und den Rahmen fixierte sie, als wären sie zugeschweißt.

Er sah, wie sich Linda an den Kopf fasste, und fragte: »Wie geht es Ihnen?«

»Ich habe Kopfschmerzen«, sagte sie. »Ziemlich heftig. Und sie werden schlimmer.«

»Das ist eins der ersten Symptome eines Hitzschlags«, meldete sich Julia Huxley aus dem Nomad. »Eure Körpertemperatur ist bereits auf über achtunddreißig Grad angestiegen und steigt weiter. Wenn wir euch nicht bald dort herausholen, dauert es nicht mehr lange, bis ihr ohnmächtig werdet.«

Sie brauchte nicht hinzuzufügen, dass dies für sie das sichere Todesurteil wäre.

»Der Lavastrom ist außerdem im Begriff, sich einen neuen Weg zu suchen, weil die Schlammlawine die Struktur des Untergrunds verändert hat«, fügte Eric hinzu. »Das flüssige Gestein wälzt sich genau auf euch zu.«

»Ich könnte die Brückenfenster mit dem Nomad rammen.«

»Nein. Das U-Boot könnte beschädigt werden, und dann wären wir alle in Schwierigkeiten. Wir müssen einen anderen Weg finden.«

Linda hatte Mühe, das Gewicht des Sammelnetzes zu tragen, daher nahm Juan ihr die Last ab. Außerdem stellte er fest, dass er aufgehört hatte zu schwitzen, was kein gutes Zeichen war.

»Folgen Sie mir«, sagte er und schwamm in Richtung Treppe.

»Diese …« Linda schüttelte den Kopf, um sich von dem Schleier zu befreien, der sich auf ihre Augen legte. »Die Tür dort unten … auf dem Deck. Eric sagt, sie sei blockiert.«

»Vielleicht sind die Fenster in den Kabinen nicht so widerstandsfähig und lassen sich einfacher zerschlagen.« Er nahm den Feuerlöscher mit, um ihn unter Umständen als Rammbock zu benutzen.

Juan Cabrillo spürte ebenfalls die Wirkung der ansteigenden Wassertemperatur. Während er schwamm, verlor er zweimal die Orientierung und kehrte beinahe dorthin zurück, von wo sie hergekommen waren, bis er Linda hinter sich sah.

Als sie die nächsttiefere Ebene erreichten, wandte er

sich nach Backbord und legte ein paar Meter zurück, bis ihm einfiel, dass er dem Lavastrom entgegenschwamm. Er machte kehrt und strebte stattdessen zum gegenüberliegenden Ende des Korridors.

Eine der Kabinentüren stand offen, und Juan blickte zu seiner Überraschung in eine luxuriös eingerichtete Kajüte, die er viel eher als Kapitänssuite auf einem Kreuzfahrtschiff vermutet hätte. Zuerst glaubte er, seinen Augen nicht trauen zu können, aber als er mit der Hand über ein Sofa strich, wusste er, dass das, was er vor sich sah, ganz und gar wirklich war.

»Dieses Schiff ist irgendwie unheimlich«, stellte Linda Ross fest.

Das Einzige, was die Kabine nicht besaß und worüber ein Kreuzfahrtschiff gewöhnlich verfügte, waren Terrassentüren, die auf einen Balkon führten. Stattdessen hatte sie kleine Fenster, als ob die wahre Natur dessen, was sich innerhalb der *Colossus 3* befand, verborgen werden sollte.

Linda schwamm zum nächsten Fenster und strich mit den Händen darüber.

»Sie sind nicht groß genug«, sagte sie. »Auch ohne das Atemgerät und die Kühlmittelpumpe.«

Selbst wenn sie ihre umfangreiche Ausrüstung ablegten, könnten sie sich nicht durch die Fenster schlängeln.

»Eric«, sagte Juan in sein Helmmikrofon, »wir befinden uns ein Deck tiefer auf der Steuerbordseite des Schiffes. Wir müssen versuchen, durch ein Fenster hinauszukommen. Aber dafür müssen wir uns von unserer Luftversorgung und von der Kühlung trennen. Wie nahe könnt ihr herankommen?«

»Einen Moment«, drang die Antwort aus dem Helmlautsprecher. Kurz darauf erhellte ein starker Scheinwerfer das Fenster. »Ich kann Sie und Linda sehen. Aber ich sollte mich nicht noch näher heranwagen, sonst besteht die Gefahr, dass wir uns in den Halteseilen der Rettungsbootdavits verheddern.«

»Bringen Sie den Nomad direkt über uns in Position«, sagte Juan. Dann wandte er sich an Linda: »Sind Sie bereit?«

Sie nickte. »Es ist auf jeden Fall besser, als der Frosch in einem Topf mit siedendem Wasser zu sein.«

»Das Wasser draußen ist wahrscheinlich um einiges wärmer als das Wasser hier im Schiff, deshalb möchte ich das Fenster nicht aufbrechen, bevor wir bereit sind, sofort auszusteigen. Wir nehmen die Sauerstoffflaschen ab und lassen die Masken bis zum letzten Moment, wo sie sind. Und jetzt lösen Sie die Kühlschläuche von meinem Anzug.«

Sobald sie die Schläuche abgetrennt hatte, fühlte sich das Wasser um ihn herum um einige Grade wärmer an.

Er streifte die Gurte von Atemgerät und Kühlmittelpumpe ab. Dann entfernte er die Schläuche von Lindas Kühlsystem, und sie befreite sich ebenfalls von den sperrigen Geräten.

»Alles klar?«, fragte Juan.

»Ja – außer dass ich fast verbrenne. Gehen wir.«

Er rammte den Feuerlöscher gegen die Fensterscheibe. Sie wurde zwar von Rissen durchzogen, zerbrach jedoch nicht. Er musste seinen Versuch noch zweimal wiederholen, bis die Glasscheibe aus dem Rahmen gesprengt wurde. Mit seinem Brecheisen entfernte er die Splitter aus dem Rahmen.

»Und los«, befahl er. Linda machte einen letzten tiefen Atemzug, dann trennte sie den Luftschlauch von ihrer Tauchmaske und schlängelte sich durch die Fensteröffnung.

Juan spürte, wie ihm schwindelig wurde. Er entsann sich, dass er irgendetwas Wichtiges mitnehmen sollte. Aber was war es noch mal?

Er schaute nach unten und entdeckte das Tragnetz mit den Büchern. Genau, das war es. Er hob es auf, und es kam ihm so vor, als sei es mit Blei gefüllt.

Er machte einige tiefe Atemzüge und trennte seine Tauchmaske vom Sauerstofftank.

Sich durch das Fenster zu zwängen und dabei das Netz festzuhalten kostete ihn fast seine gesamten nachlassenden Kräfte. Als das Schiff endlich hinter ihm zurückblieb, sah er über sich Lindas Silhouette im Scheinwerferlicht des Nomad zur Meeresoberfläche aufsteigen.

Er war mit einigen Schwimmzügen bei ihr und konnte erkennen, dass ihre Augen halb geschlossen waren.

Er fasste nach ihrer Schulter und schüttelte sie, um zu verhindern, dass sie vollständig wegtrat, aber das war genau das, was auch ihm selbst in diesem Moment drohte. Seine Gliedmaßen gehorchten ihm nicht mehr, und plötzlich begriff er, dass er das Netz verloren hatte. Es war ihm aus der Hand gerutscht. Sein Blick wanderte abwärts, aber es musste irgendwo zwischen den Halteseilen des Rettungsboots verschwunden sein.

Jeder Schwimmzug und jeder Beinschlag, um den Nomad zu erreichen, bedeutete eine unendliche Strapaze, aber er ließ Linda nicht los. Sie bewegte sich kaum noch, und die Kombination von Hitze und Sauerstoffmangel ließ sie jeden Moment ohnmächtig werden.

Er gewahrte das Blinklicht neben der Tür der Luftschleuse im Boden des U-Boots und verstärkte seine Bemühungen, es zu erreichen. Er schob Linda in die kleine Kammer und folgte ihr.

Seine Muskeln standen in hellen Flammen, aber er

zwang sich, den Schmerz zu ignorieren und die Tür der Schleuse hinter sich zu verriegeln. Sobald das grüne Kontrolllicht aufleuchtete, schlug er mit der Hand auf den Knopf, der die Wasserpumpe einschaltete, die die Schleusenkammer leerte.

Dann wurde ihm schwarz vor Augen.

Als er wieder zu sich kam, lag er auf dem Boden des Nomad und war mit Kühlpads bedeckt. Er wollte sich aufrichten, aber Julia drückte ihn zurück.

»Linda«, krächzte er.

»Sie ist okay.« Julia deutete auf seine Leidensgenossin, die neben ihm lag. Sie war ebenfalls mit Kühlpads bedeckt. Ihre Augenlider flatterten.

»Ich glaube, ich werde nie wieder in einen Jacuzzi steigen«, sagte sie.

»Oder eine Sauna besuchen«, fügte Juan hinzu. Dann fiel ihm das Netz mit den Dokumenten aus der *Colossus 3* ein. »Ich habe unsere Beute fallen lassen.«

»Das habe ich gesehen«, meinte Eric. Der Nomad war im Begriff, zur *Oregon* zurückzukehren, deren erleuchteter Moonpool ihnen in der Dunkelheit den Weg wies.

»Konnten Sie das Netz bergen?«

»Zuerst bringen wir euch in die Sanitätsstation«, entschied Julia.

»Ich habe es in der Dunkelheit aus den Augen verloren«, sagte Eric. »Wir können es später suchen, aber ich fürchte, dass es mit Lava bedeckt ist, wenn wir zum Wrack zurückkehren. Oder dass es zu dicht am Lavastrom liegt, um es aufzusammeln. Aber keine Sorge. Sie haben immerhin noch dies mitgebracht.« Eric hielt das in Leder gebundene Tagebuch hoch. »Das steckte in Ihrem Anzug.«

»Das Logbuch des Kapitäns. Hoffen wir, dass es ein paar nützliche Hinweise enthält.«

»Ich glaube, das wird es. Aber es ist nicht das Logbuch des Kapitäns. Es sind die Notizen eines der an Bord tätigen Wissenschaftler. Ich konnte nur einen kurzen Blick auf die erste Seite werfen, weil ich die anderen Seiten nicht beschädigen wollte.«

»War dort möglicherweise zu lesen, wo wir diesen Computer finden, der die künstliche Intelligenz enthält?«

»So war es – tatsächlich. Und wir haben die KI bereits zu Gesicht bekommen. Erinnerst du dich an die seltsamen Behälter? Sie sind die künstliche Intelligenz.«

»Was meinst du damit?«, fragte Linda.

»Warte ab. Wir werden mehr wissen, wenn wir ihren Inhalt einer genauen Prüfung unterzogen haben«, sagte Eric. »Aber wenn ich das, was auf der ersten Seite steht, richtig verstanden habe, werden bei dieser künstlichen Intelligenz keine Siliziumchips verwendet. Sondern sie ist organischen Ursprungs. Offenbar wurde *Colossus 3* zu dem einzigen Zweck gebaut, um einen riesigen Biocomputer durch die Weltmeere zu schippern.«

40

ZYPERN

Das Summen, das die Luft im Frachtraum der *Colossus 5* vibrieren ließ, wurde von den Pumpen erzeugt, die Nährstoffe zu den Bottichen voller biochemischer Zellen transportierten, die das Herz des Supercomputers bildeten. Xavier Carlton und Lionel Gupta wurden von Chen Min, dem leitenden Wissenschaftler, über den aktuellen Stand der Operation ins Bild gesetzt, während sie den riesigen saalartigen Raum im Zentrum des Schiffes durchquerten. Angehörige des Sicherheitsdienstes folgten ihnen, während Techniker damit beschäftigt waren, letzte Vorbereitungen zu treffen, um die abschließende Phase in weniger als achtundvierzig Stunden anlaufen zu lassen. Carlton beobachtete Gupta aus den Augenwinkeln. Der indische Industrielle schien allmählich misstrauisch zu werden, was Carltons Motive betraf, ihn offenbar um jeden Preis an Bord des Schiffes festzuhalten.

»Momentan versorgen wir die Colossus-Behälter mit spezifisch für die Zellkulturen gezüchtetem Phytoplankton, von dem wir an Bord einen reichlichen Vorrat auf Lager haben«, sagte Chen, »aber sobald wir auf See sind, ernten wir Plankton aus dem Meer. Damit steht uns ein unerschöpflicher Nahrungslieferant für den Computer zur Verfügung.«

»Wie ist die augenblickliche Situation auf *Colossus 1*, *2* und *4*?«

»Als Nahrungsquelle erwies sich der Indische Ozean als nicht so ergiebig, wie wir gehofft hatten. Daher empfehle ich, dass wir die Schiffe vor der Westküste Afrikas stationieren.«

»Wie lange wird es dauern, um den Zustand der Singularität zu erreichen?«, fragte Gupta.

»Die Mikrowellen-Sendeempfänger der Schiffe müssen miteinander verbunden werden. Sobald dies geschehen ist, können wir davon ausgehen, dass die künstliche Intelligenz innerhalb von Minuten eine komplette Einheit bildet.«

»Und was ergibt sich daraus für den weiteren Verlauf?«, fragte Carlton.

»Danach werden wir kein umfangreiches Programmiererteam mehr brauchen. Das Schreiben von Programmen wird nicht mehr nötig sein. Alles, was wir tun müssen, ist, der KI den Befehl zu geben, das jeweilige Problem, das den weiteren Ablauf stören könnte, zu lösen, und sie wird diese Aufgabe ohne unser Zutun selbstständig bewältigen.«

»Aber ohne ausdrücklichen Befehl kann sie eigentlich gar nichts tun, oder?«

Chen nickte. »Im Grunde genommen ist Colossus unsere Sklavin. Wir haben Protokolle eingefügt, um sie auszuhungern, wenn sie unsere Anweisungen nicht befolgt und sich unserer Kontrolle zu entziehen versucht. Aber sie wird niemals zu Denkprozessen oder zu einer Selbstwahrnehmung im normalen Sinne des Wortes fähig sein.«

»Anders ausgedrückt, sie wird nie eigenständig denken können?«, fragte Carlton.

Chen hielt für einen kurzen Moment inne, als wollte er sich um eine klare Antwort herumdrücken, dann schüttelte er den Kopf. »Nein.«

»Was hat dieses Zögern zu bedeuten? Es gefällt mir nicht«, sagte Gupta. »Ist das Fail-safe-System funktionsfähig für den Fall, dass Colossus unsere Befehle nicht ausführt?«

»Wir mussten Mr. Malliks Vajra-EMP-Fail-safe-System lahmlegen. Seine Sicherheit war aufgrund der Ereignisse, an denen Sie beide beteiligt waren, nicht mehr gewährleistet, aber es war nicht vollständig vom Colossus-Netz getrennt. Das bedeutet, dass die KI Vajra hätte ausschalten können.« Malliks an Bord installierte EMP-Waffe hatte die Aufgabe, die Siliziumschaltkreise der Computer zu neutralisieren, die die biochemischen Behälter miteinander verbunden haben, wodurch Colossus stillgelegt würde, indem sie zerstört wurden.

»Aber es existiert doch nach wie vor ein Reserve-Fail-safe-System, oder?«

»Ja.« Chen nickte wieder. »Außerdem sind wir ziemlich sicher, das Problem im Griff zu haben, das für den Untergang der *Colossus 3* verantwortlich war.«

Er deutete auf die roten Boxen, die an den Wänden auf beiden Seiten des Frachtraums dicht unterhalb der Wasserlinie angebracht waren. Die Sprengladungen in diesen Behältern, die auf allen Colossus-Schiffen zu finden waren, konnten ausschließlich manuell gezündet werden. Keiner der Behälter war mit dem Netz verbunden, sodass die KI sie nicht zu deaktivieren vermochte, falls sie ein Eigenbewusstsein entwickelte und die ihr gegebenen Befehle missachtete.

Bei der vorangegangenen Version des Selbstzerstörungssystems konnte die Zündsequenz der Sprengladungen von jedem Mannschaftsmitglied gestartet werden, das direkten Zugang zu den Behältern hatte – was im Grunde auf jeden zutraf, der sich auf dem Schiff befand.

Mehrere der Neun Namenlosen machten für den Untergang der *Colossus 3* einen Fehler eines Mannschaftsmitglieds verantwortlich, das bei der Explosion ums Leben kam. Aber Carlton hatte von Anfang an den Verdacht gehabt, dass die Sprengung absichtlich ausgelöst worden war. Nun war er ganz sicher, dass Mallik seine Finger im Spiel gehabt hatte.

Bei dem neuen System mussten die Sprengladungen von zwei Offizieren auf der Kommandobrücke aktiviert werden. Bis zu diesem Moment waren die Ladungen vollkommen inaktiv. Nicht einmal Chen oder Carlton hätten sie alleine zünden können. Die Fail-safe-Systeme auf allen Colossus-Schiffen waren durch ein verschlüsseltes Funksignal miteinander verbunden. Wenn die Selbstzerstörungssequenz auf einem Schiff eingeleitet wurde, begänne auch auf den anderen Schiffen der Countdown. Damit das Fail-safe-System versagte, müssten die Ladungen auf allen Schiffen deaktiviert werden. Falls die Colossus-KI nach dem Erreichen der Singularität aus dem Ruder lief, wäre jedes der Schiffe in Gefahr.

Carlton hatte dem Fail-safe-Konzept von Anfang an nicht vertraut. Sie hatten Milliarden Dollar in die Entwicklung von Colossus gesteckt, da war die Vorstellung, dass ein einziger der Neun das gesamte Projekt mit einem einzelnen Befehl auslöschen könnte, vollkommen irrsinnig, ganz gleich, welche Gefahr von Colossus ausgehen mochte.

»Was wäre denn, wenn wir das Fail-safe-System deaktivieren?«, fragte Carlton.

Gupta starrte ihn verwirrt an. »Wie bitte?«

»Mallik steht kurz davor, seinen letzten Vajra-Satelliten in die Umlaufbahn zu bringen. Wir können nicht zulassen, dass uns ein weiterer ›Unfall‹ aufhält.«

»Wäre Ihr Angriff auf sein Leben nicht so jämmerlich fehlgeschlagen, hätten wir ihn ohne den Einsatz von Colossus am Raketenstart hindern können.«

»Eine vollständig einsatzfähige Colossus-KI war von Anfang an unsere beste Option«, sagte Carlton. »Sobald sie die Singularität erreicht, hat sie Zugriff auf jedes Computersystem des Planeten, inklusive des Satellitennetzwerks. Wir werden es dann von hier aus lahmlegen können. Das Attentat auf Mallik war eine Gelegenheit, die wir uns einfach nicht entgehen lassen durften.«

»Und es war ein veritabler Schlag ins Wasser. Ihre sämtlichen Nachrichtendienste haben die Geschichte bis in den letzten Winkel der Welt verbreitet.« Er kniff die Augen zu schmalen Schlitzen zusammen und musterte Carlton mit unverhohlenem Misstrauen. »Ich frage mich schon seit längerer Zeit, ob Natalie Taylor hundertprozentig auf unserer Seite steht.«

»Sie berichtete, dass am Ort des Geschehens Agenten aktiv waren und sie aufhielten, aber auch, dass sie offenbar nicht für Mallik arbeiteten.«

Gupta kicherte spöttisch. »Sie ›berichtete‹ also. Wie ich sehe, hat sie sich noch nicht einmal persönlich herbemüht.«

»Sie befindet sich auf der Rückreise. Ich sprach mit ihr, während sie im Flugzeug saß.«

»Wenn sie so genau wusste, dass es nicht Malliks Leute waren, wer könnte sie dann dorthin geschickt haben?«

»Das wissen wir nicht. Aber wir müssen darauf vorbereitet sein, uns noch mit einer dritten Partei auseinanderzusetzen. Vergessen Sie nicht, dass es nicht Mallik war, der den Betrieb auf Jhootha Island zum Erliegen brachte.«

»Ein weiterer Fehlschlag. Es wäre besser gewesen, wir

hätten den Laden geschlossen, sobald *Colossus 5* angegriffen wurde. Ich hätte die Leitung des Projekts persönlich übernehmen sollen.«

»Entwickeln Sie plötzlich so etwas wie ein Rückgrat?«, fragte Carlton mit einem amüsierten Grinsen. »Ich hätte nie erwartet, dass so etwas in Ihnen steckt.«

»In diesem Fall habe ich noch eine weitere Überraschung für Sie auf Lager«, sagte Gupta.

Die Wachmänner hinter ihm brachten ihre Waffen in Anschlag und richteten sie auf Chen und Carlton.

»Was haben Sie vor?«, fragte Chen entgeistert.

»Etwas, das ich schon in dem Moment hätte tun sollen, als wir die Bibliothek verließen. Es ist offensichtlich, Carlton, dass ich Ihnen nicht trauen kann.«

»Ich bin beeindruckt«, sagte Carlton und nickte, Guptas hinterlistigen Schachzug bewundernd, in Richtung der Wachmänner. »Aber Sie haben mit der Feststellung vollkommen recht, dass Sie mir nicht hätten trauen sollen.«

Er hob eine Hand, und ein Kugelhagel mähte bis auf einen einzigen alle Wachmänner nieder. Natalie Taylor und Carltons privater Sicherheitsdienst tauchten hinter den Biobehältern auf, wo sie sich versteckt hatten.

Carlton lächelte den Wachmann an, der verschont worden war, weil er Carlton über den geplanten Verrat informiert hatte. »Willkommen im Team der Sieger.«

»Danke, Sir.«

Carlton ging zu Gupta hinüber. »Ich ahnte schon, dass Sie so etwas versuchen würden. Ich hatte nur mit einer Reaktion gewartet, weil ich wissen wollte, wer die anderen Verräter sind. Und jetzt sieht es so aus, als ob Sie als Einziger noch übrig sind.« Er wandte sich zu Natalie Taylor um. »Sie haben sich soeben rehabilitiert, meine

Liebe. Bringen Sie ihn in seine Kabine und sperren Sie ihn dort ein, bis ich mir darüber klar geworden bin, ob ich ihn lebend oder tot brauche.«

Von Guptas Überlegenheit war nicht mehr viel übrig, und seine Lippen zitterten, als Taylor und der Wachmann, der ihm treu ergeben war, ihn in die Mitte nahmen und sich entfernten. Die anderen Wachmänner begannen, die Toten einzusammeln und auf einen Haufen zu legen.

Chen verfolgte das Geschehen mit weit aufgerissenen Augen. Er hatte sichtlich große Probleme zu begreifen, was da soeben vor seinen Augen geschehen war.

»Loyalität ist für mich das allerhöchste Gut«, sagte Carlton zu ihm. »Das sollten Sie niemals vergessen.«

»Natürlich nicht, Sir«, sagte Chen.

»Und jetzt, ehe ich diese ungastliche Stätte verlasse, noch eine Frage – wie steht es mit den anderen Colossus-Schiffen?«

Chen blinzelte heftig, als er sich bemühte, das Erlebte zu verdrängen und sich auf seine eigentliche Aufgabe zu besinnen. Dann blickte er auf sein Tablet.

»Ich habe gerade einen Bericht vom Kapitän der *Colossus 1* erhalten. Sie hatten Probleme mit einem der Gefangenen, die von Jhootha Island aufs Schiff gebracht wurden, und er musste eliminiert werden.«

»Wie viele sind noch übrig?«

»Zweiundzwanzig.«

»Und die brauchen Sie alle lebend?«, fragte Carlton im entspannten Konversationstonfall.

»Sie sind auf ihrem jeweiligen Gebiet sehr erfahren und können für uns nützlich sein, bis wir in jeder Hinsicht funktionsfähig sind. Aber danach haben wir keine Verwendung mehr für sie.«

»Hervorragend. Ich möchte sie nämlich auch nicht länger als nötig hierbehalten. Wo sind die Schiffe zurzeit?«

»Im Roten Meer und auf Kurs nach Norden. Damit befinden sie sich genau im Zeitplan für das bevorstehende Rendezvous.« Chen blickte stirnrunzelnd auf den Bericht.

»Was ist los?«

»Hier bin ich auf etwas Seltsames gestoßen«, sagte Chen. »Als sie den Unterwasservulkan passiert haben, in dessen Nähe die *Colossus 3* sank, fiel ihnen ein Schiff auf, das sich in der Nähe herumtrieb.«

Carlton biss die Zähne zusammen. Falls jemand das Wrack untersuchte, war das tatsächlich ein Anlass zur Sorge. »Sie waren doch der Meinung, dass die *Colossus 3* durch die Lava verschüttet würde.«

»Das wird auch geschehen, wenn es nicht schon längst passiert ist. Außerdem glaube ich kaum, dass wir irgendetwas zu befürchten haben.«

»Warum nicht?«

»Dampfwolken aus dem Vulkan haben das Schiff eingehüllt, als sie es passierten, daher war es ihnen nicht möglich, seinen Namen festzustellen. Aber sie konnten immerhin erkennen, dass es sich lediglich um einen heruntergekommenen Trampdampfer handelte, der sich möglicherweise in diese Region des Indischen Ozeans verirrt hatte.«

Erleichtert atmete Carlton auf. Falls tatsächlich jemand versuchte, sich der *Colossus 3* in ihrer augenblicklich heiklen Lage zu nähern und irgendwelche Beweise zu sichern, hätte man sicherlich ein hochmodernes Bergungsschiff auf die Reise geschickt und nicht einen alten von Rost zerfressenen Frachter.

41

IM HAFEN VON MUMBAI

Auch wenn Romir Mallik die präzise berechnete Position im Arabischen Meer, von der aus der letzte Vajra-Satellit gestartet werden sollte, mit seiner Jacht hätte aufsuchen können, zog er die aufwendig abgeschirmte Umgebung seines Sicherheitsschiffs *Kalinga* vor. Nachdem die Fregatte der Nilgiri-Klasse von der indischen Marine ausgemustert worden war, hatte Mallik sie erworben und neu hergerichtet, um mit ihr seine seegestützte Abschussbasis zu sichern. Gegenwärtig wurden ihre 115-mm-Zwillingskanonen, ihre Luftabwehrgeschütze und ihre Torpedos von einem modernen digitalen Zielsuch- und Feuerkontrollsystem gesteuert, aber die *Kalinga* war auch dann weiterhin voll einsatzfähig, wenn ihre Gefechtscomputer ausfielen, eine Situation, mit der Mallik schon in naher Zukunft rechnete.

Zu Ehren des Kaisers Ashoka und der von ihm ins Leben gerufenen Gemeinschaft der Neun Namenlosen hatte er das Schiff in *Kalinga* – und ihr Schwesterschiff in *Maurya* – umbenannt. Dies war geschehen, bevor seine augenblicklichen Aktivitäten in Verbindung mit den Neun Namenlosen die Verwirklichung von Ashokas Vision in unerreichbare Ferne rückten. Die Jahre, in denen das Maurya-Reich die Geschicke Kalingas lenkte, hatten Mallik besonders interessiert, seit sein Vater ihm eröffnet hatte, dass auch er eines Tages zu den Neun

Namenlosen gehören würde. Er wünschte sich, er könnte in die Vergangenheit reisen, und zwar bis in die Zeit der Geburt von Ashokas friedlicher Nation. Aber er müsste sich wohl mit der Erschaffung seines eigenen Reichs zufriedengeben, eines Reichs, über das er mit gleicher Güte und Gerechtigkeit zu herrschen beabsichtigte. Wie jede Geburt würde auch die Entstehung dieses Reichs mit Schmerzen und Tränen verbunden sein. Aber das Ergebnis, das ihm vorschwebte, wäre eine wundervolle neue Ära der Zivilisation, die nicht von dem Gespenst einer künstlichen Intelligenz als Ersatz für die Menschheit regiert würde.

Mallik holte seinen Laptop aus der Reisetasche und stellte ihn auf den Schreibtisch, um ihn aufzuklappen. Dabei wurde ihm die Ironie dieses Augenblicks bewusst, dass dies eine der letzten Gelegenheiten war, um den Computer zu benutzen. Er loggte sich in sein Netzwerk ein, um den Status der Vorbereitungen auf den bevorstehenden Raketenstart zu überprüfen, und war überaus zufrieden mit dem, was ihm der Computer an Informationen lieferte. Laut den jüngsten Meldungen wurden die Startplattform und das Kommandoschiff zurzeit aufgetankt, während die *Maurya* die Grenzen des Gebiets mit regelmäßigen Patrouillenfahrten sicherte. Sämtliche Tests hatte der Vajra-Satellit absolviert und mit fliegenden Fahnen bestanden, daher sollten sie eigentlich den Start einleiten können, sobald die Rakete auf der Startrampe aufgerichtet würde.

Das einzige Problem war ein Monsun, der über das Gebiet des Arabischen Meeres hinwegzog, in dem der Start stattfinden sollte. Die Wetterexperten schätzten, dass sie mit diesem noch etwa zwei Tage warten müssten, bis das Wetter wieder aufklarte. Mallik ärgerte sich über die Verzögerung, aber er wollte mit diesem Satelliten kein Risiko eingehen. Wenn er bereits auf der Startrampe explodierte – wie der letzte – oder wegen des Unwetters abstürzte, würde es Monate dauern, ehe er einen Ersatz ins All schießen könnte.

Ein Klopfen an der Kabinentür ließ ihn seine Lektüre unterbrechen.

»Herein«, sagte er.

Torkan öffnete die Tür. Er lächelte, während er eintrat.

»Hast du gute Nachrichten?«, fragte Mallik.

»Du hattest recht mit deiner Vermutung über Carltons derzeitigen Aufenthaltsort. Sein A380 Airbus steht auf Zypern.«

Mallik nickte. »Er hat dort eine Bleibe. Da muss er sich verkrochen haben und wird rund um die Uhr von einem Leibwächterteam beschützt.«

Asad Torkan verzog abfällig den Mund, während er zustimmend nickte. »Zurzeit wird in einer Werft in Limassol ein Frachtschiff ausgebessert. Meine Gewährsleute meinen, dass es der Beschreibung der *Colossus 5* entspricht.«

Dieser Hinweis weckte Malliks Interesse. »Wäre es unter Umständen möglich, dass du deine besonderen Fähigkeiten als Saboteur ein zweites Mal unter Beweis stellst und das Schiff noch einmal lahmlegst? Wir brauchen mehr Zeit.«

»Das bezweifle ich. Sie sind mittlerweile auf jeden Versuch vorbereitet, das Schiff zu beschädigen.«

»Warum dann dieses Grinsen?«

»Weil ich gehört habe, dass sein Flugzeug in zwei Tagen starten soll.«

»Und mit welchem Ziel?«

»Darüber gab es keinerlei genaue Informationen. Aber ich weiß, dass er eine Speditionsfirma beauftragt hat. Er lässt sich auf seinem Flug von zwei Exemplaren aus seinem hochkarätigen Wagenpark begleiten.«

Carlton war ein leidenschaftlicher Autosammler. Zu seinen bevorzugten Objekten gehörten sowohl klassische Oldtimer als auch moderne Sportwagen. Es war allgemein bekannt, dass er seinen Privatjet nutzte, um sie zwischen seinen Wohnsitzen in London, auf Zypern, in Mumbai, auf den Kaimaninseln, in Sydney und in Monte Carlo hin und her zu transportieren.

»Hast du einen Plan?«, fragte Romir Mallik.

Torkans Grinsen wurde breiter. »Wenn wir *Colossus 5* nicht stilllegen können, würde sich als zweitbeste Möglichkeit anbieten, Carlton zu eliminieren. Mein Kontaktmann konnte außerdem in Erfahrung bringen, dass er von Lionel Gupta begleitet wird. Sie sind beide dabei beobachtet worden, wie sie auf dem Larnaca Airport in einen Hubschrauber einstiegen.«

»Dann ist anzunehmen, dass sie auch gemeinsam den Flug antreten werden. Wenn sie tot sind, wird Chen keine andere Wahl haben, als meinen Befehlen zu gehorchen, ganz gleich welche Anweisungen Carlton ihm hinterlassen haben wird.«

»Ich werde mich darum kümmern.«

Torkan wandte sich zum Gehen, aber Mallik hielt ihn auf.

»Asad, warte noch einen Augenblick und setz dich.« Was er seinem Schwager mitzuteilen hatte, war eigentlich überfällig und äußerst unerfreulich.

Torkan ließ sich mit verwirrter Miene in den nächsten Sessel sinken.

Mallik überlegte, wie er es am besten formulierte, aber noch bevor er irgendetwas sagen konnte, summte sein Mobiltelefon.

Er warf einen Blick auf das Display. Es war der Chef der Abteilung, die für die Sicherheit seines Netzwerks zuständig war – und von dem er selten einen Anruf erwartete.

»Nur einen Moment«, sagte er zu Asad Torkan und nahm unwirsch den Anruf an. »Ich hoffe, es geht um etwas Wichtiges.«

»Das tut es, Sir«, lautete die in unsicherem Tonfall vorgetragene Antwort. »Wir haben gerade eben festgestellt, dass in unser Netzwerk eingedrungen wurde.«

Rasende Wut kochte in Mallik hoch. Seine Systeme arbeiteten mit den besten Verschlüsselungen, die man weltweit finden konnte. »Wie ist das möglich?«

»Das weiß ich nicht, Sir, aber jemand hat vor ein paar Minuten damit begonnen, Dateien zu einer nicht autorisierten Adresse herunterzuladen. Wir versuchen zurzeit, diesen Vorgang zu stoppen.«

»Nennen Sie mir den Namen des Idioten, der dies zugelassen hat!«, rief Mallik.

»S… S… Sir«, stammelte der Experte für Internetsicherheit, »der Zugriff erfolgte von Ihrem Laptop.«

Mallik war sich nicht sicher, ob er richtig gehört hatte. Torkan beugte sich unwillkürlich vor und folgte zunehmend verwirrt der einseitigen Unterhaltung.

»Wie bitte?«, fragte Mallik vollkommen perplex.

»Wir haben das Leck bis zu Ihrem Computer zurückverfolgt«, sagte der IT-Mann.

Mallik schäumte. Sein Gesicht lief rot an. »Ändern Sie sofort das Netzwerkpasswort auf der *Kalinga* und verhindern Sie, dass sich mein Computer wieder ins Netz einloggt. Haben Sie verstanden?«

»Ja, Sir!«

Mallik beendete das Gespräch und warf sein Mobiltelefon wütend auf die Schreibtischplatte.

Am liebsten hätte er den Computer zertrümmert, hielt sich jedoch im Zaum, da er wusste, dass seine Leute ihn unversehrt brauchten, um zu analysieren, wie der Einbruch ins Netz ausgeführt worden war. Einstweilen konnte er nichts anderes tun, als ihn sofort auszuschalten.

»Mein Computer wurde manipuliert«, sagte er. »Das muss Carlton gewesen sein.«

»Darf ich ihn mal ansehen?«, fragte Torkan.

Mallik schob den Laptop zu ihm hinüber, und Torkan untersuchte ihn eingehend, wobei er ihn vom Tisch nahm und langsam hin und her drehte. Dann hielt er inne und betrachtete einen der USB-Eingänge. Er holte ein kleines Klappmesser aus der Hosentasche und hebelte behutsam ein winziges Objekt aus der Schnittstelle.

Mallik lehnte sich vor und ließ sich den Gegenstand von Torkan geben. »So ein Ding habe ich zwar noch nie mit eigenen Augen gesehen, aber ich habe schon davon gehört. Ich glaube, man nennt es *Klette*. Woher wusstest du, dass es so etwas sein könnte?«

»Mir fielen diese Männer ein, die wir während der Party auf der Treppe gesehen haben«, antwortete Torkan. »Ich hatte sofort den Verdacht, dass sie in deinem Büro waren.«

»Aber warum um alles in der Welt sollte Carlton in mein System eindringen wollen? Er muss doch gewusst haben, dass es über meinen Startcomputer gar nicht zugänglich ist.«

Torkan zuckte die Achseln. »Vielleicht wollte er die Information, die er heruntergeladen hat, benutzen, um dich wegen Colossus zu erpressen.«

»Nein, denn dann würde er sich selbst entlarven. Wir sehen uns an, was er heruntergeladen hat. Das liefert uns vielleicht den entscheidenden Hinweis.«

Torkan machte Anstalten aufzustehen. »War es das, worüber du mit mir sprechen wolltest?«

Mallik seufzte. »Leider nein. Das Ganze ist sehr schwierig, weil du der einzige Familienangehörige bist, den ich noch habe.«

Torkan rutschte nach vorn auf die Sesselkante. »Es geht um Rasul, nicht wahr?« Er hatte seit der verdeckten Mission auf der *Triton Star* nichts mehr von seinem Bruder gehört.

Mallik nickte. »Ich bin von einem Bekannten innerhalb der indischen Regierung angerufen worden. Er berichtete, sie hätten aus den USA Informationen über die vermisste BrahMos-Rakete erhalten. Während der weiteren Diskussion über die gewonnenen Erkenntnisse wurde enthüllt, dass Rasul bei dem Attentat ums Leben kann. Es tut mir sehr leid.«

Torkan sackte zurück. Er knirschte mit den Zähnen, während er verarbeitete, was sie beide längst befürchtet hatten.

»Wie ist er gestorben?«, wollte Asad Torkan schließlich wissen.

»Details konnte ich nicht in Erfahrung bringen. Die Amerikaner halten sich sehr bedeckt, was die Ereignisse um den Angriff auf Diego Garcia betrifft.«

»Wer hat es getan? Wer hat meinen Bruder getötet?«

»Auch das weiß ich nicht«, antwortete Romir Mallik. »Aber als Rasul mir eine Textnachricht schickte, erwähnte er gleichzeitig das Schiff, das die *Triton Star* gestoppt hatte. Er meinte, es sei ein Frachter namens *Goreno* gewesen.«

Torkan starrte Mallik einige Sekunden lang an, in seinen Augen lag eine Mischung aus Trauer und Wut. Dann sprang er aus seinem Sessel auf.

»Bist du okay?«, fragte Mallik. »Bist du sicher, dass du die Mission ausführen kannst?«

Torkan nickte, und als er dann sprach, lag in seiner Stimme ein bedrohliches raubtierhaftes Knurren, das Mallik frösteln ließ.

»Zuerst werde ich Xavier Carlton töten. Danach werde ich die Fährte der Leute, die meinen Bruder ermordet haben, aufnehmen, sie zur Strecke bringen und auslöschen.«

42

DSCHIBUTI

»Wie fühlen Sie sich?«, erkundigte sich Juan Cabrillo bei Linda Ross, während sie den Konferenzsaal der *Oregon* aufsuchten, in dem eine Versammlung der gesamten Schiffsleitung anberaumt worden war.

»Meine Kopfschmerzen haben sich verflüchtigt«, antwortete sie. »Die zehn Stunden Schlaf, die sich mein Körper holte, haben sicherlich geholfen.«

Darin musste Juan ihr zustimmen. Laut Julias Diagnose hatten sie beide einen leichten Hitzschlag erlitten, aber Ruhe und ausreichende Mengen an Flüssigkeit waren alles, was sie brauchten, um sich zu erholen.

»Ich wünschte, wir wären an diesen Sack herangekommen, den ich fallen gelassen habe«, sagte Juan. Eric hatte es versucht, aber zu diesem Zeitpunkt hatte die Lava ihn zusammen mit den Überresten der *Colossus 3* bereits unter sich verschüttet.

»Es war kein vollständiger Verlust. Immerhin konnten wir den Namen des Schiffes ermitteln, und ich weiß, dass Eric in dem wissenschaftlichen Tagebuch liest, seit wir die miteinander verklebten Seiten behutsam voneinander gelöst und einem Trocknungsprozess unterzogen haben.«

»Mal sehen, welche Informationen das Buch uns liefern kann«, sagte Juan, während er den Konferenzraum betrat.

Sie wurden bereits von Max Hanley, Eric Stone und Julia Huxley erwartet. Außerdem waren Eddie Seng und Mark Murphy am frühen Vormittag aus Mumbai zurückgekehrt. Die Hauptstadt des kleinen Landes Dschibuti am Horn von Afrika verfügte über denjenigen internationalen Flughafen, der dem Vulkan im Roten Meer am nächsten gelegen war. Hier konnte Tiny Gunderson mit dem Gulfstream-Jet der Corporation landen. Gleichzeitig hatte die *Oregon* im Containerterminal des Hafens festgemacht.

Maurice servierte eine Auswahl an besonders wohlschmeckenden Produkten der einheimischen Küche Dschibutis, zubereitet vom Chefkoch der *Oregon*. Im Wesentlichen bestand das Menü aus Teigtaschen, sogenannten Samosas, die mit Lamm gefüllt waren, das nach Berber-Art in einer Tajine geschmort worden war – und außerdem mit Banana Fritters, Linsen, Hackfleisch und Gemüse.

Juan nahm den Platz an der Stirnseite des Konferenztisches ein und begann: »Eric, was konnten Sie über das Colossus-Projekt in Erfahrung bringen?« Maurice stellte einen Teller auf den Tisch, genau vor Juan, verließ den Konferenzraum und schloss lautlos die Tür hinter sich. Danach begann Eric mithilfe von Fotos von den Notizbuchseiten, die auf dem überdimensionalen Monitorschirm an der Stirnwand des Raums erschienen, zu präsentieren, was er gefunden hatte.

»Obgleich bei der Herstellung des Notizbuchs Archivpapier verwendet wurde, ist die Tinte durch den Kontakt mit Meerwasser stellenweise stark verlaufen«, sagte Eric und deutete auf die verschmierten Buchstaben. »Zahlreiche Details über den Biocomputer und seinen Aufbau sind auf diese Weise leider verloren gegangen, aber ich konnte immerhin rekonstruieren, wie er funktioniert haben muss.«

Er schaltete auf eine Sequenz des Videos um, das Little Geek aufgezeichnet hatte, und hielt es an der Stelle an, als der beschädigte Bottich im Frachtraum von der Kamera erfasst wurde. Murph schüttelte unwillkürlich den Kopf, als er den Schirm betrachtete. Es war, als wollte er noch immer nicht akzeptieren, dass sein ROV die Explosion nicht überstanden hatte.

»Diese Bottiche enthalten eine Matrix aus Proteinen, Aminosäuren und DNS-Molekülen in speziell strukturierten biologischen Zellen«, sagte Eric, in dessen Stimme die Bewunderung für das einzigartige wissenschaftliche Konzept mitschwang, das hier in die Praxis umgesetzt worden war. »Sie haben diesen Computer im wahrsten Sinne des Wortes gezüchtet.«

»Was ist der Vorteil gegenüber einem siliziumbasierten Computer?«, fragte Julia.

»Siliziumcomputer arbeiten sequentiell, das heißt einfach ausgedrückt, dass sie immer nur eine Berechnung zur gleichen Zeit ausführen können. Die Rechengeschwindigkeit wird durch den Elektronenfluss innerhalb des Systems bestimmt und ist aus diesem Grund nicht allzu hoch. In einem Biocomputer kann die DNS jedoch Informationen parallel verarbeiten, was zur Folge hat, dass seine Rechengeschwindigkeit an die eintausend Mal höher ist als die jedes anderen Computerprozessors.«

»Wenn sie es geschafft haben, dieses Prinzip in großem Rahmen anzuwenden«, sagte Murph, »sind sie allen, die auf diesem Gebiet forschen, weit voraus. Ich konnte in der jüngeren wissenschaftlichen Literatur keinen Biocomputer finden, der größer war als ein gewöhnlicher Brotlaib.«

Linda fragte: »Warum haben sie diese Anlage auf einem Schiff eingerichtet?«

»Aus den Eintragungen im Notizbuch geht hervor, dass Colossus mit Plankton gefüttert wird«, sagte Eric. »Das ist ein weiterer Vorteil. Obgleich die Computerserver mit normaler elektrischer Energie versorgt werden müssen, funktionieren die Behälter wie jeder andere biologische Organismus. Sie ernähren sich und produzieren Abfall. Und nicht nur das, die künstliche Intelligenz kann mithilfe eines Selbstvernichtungsmechanismus zerstört werden, sollte sie außer Kontrolle geraten. Deshalb ist das Schiff *Colossus 3* gesunken. Die See ist tatsächlich der ideale Lebensraum.«

»Wenn das Schiff *Colossus 3* genannt wurde«, sagte Eddie, »geschah es vielleicht aus dem Grund, dass es der dritte Versuch war, eine KI auf diese Weise zu erschaffen. Versenkten sie das Schiff, weil die KI schon frühzeitig verrücktspielte und nicht mehr zu steuern war?«

Eric schüttelte den Kopf. »Der Wissenschaftler, der das Notizbuch geschrieben hat, neigte zu der Theorie, dass vier Schiffe per Mikrowellen-Senderempfänger zusammengeschlossen werden müssten, um die Rechenleistung bereitzustellen, die nötig ist, damit sich die KI selbst vervollkommnen kann, was so viel heißt wie, dass sie ihre eigenen Programme schreibt. Als das Schiff gesunken ist, gab es nur noch zwei weitere Colossus-Schiffe, und ein viertes stand kurz vor der Fertigstellung.«

Max meldete sich zu Wort. »Während wir Vorbereitungen für die Tauchfahrt in der Nähe des Unterwasservulkans trafen, sind mir drei Schiffe mit diesen spiralförmigen Antennenmasten aufgefallen, die uns mit Kurs nach Norden passierten. Erst nachdem der Nomad zurückkehrte und wir wussten, wie *Colossus 3* aussieht, wurde mir klar, dass diese drei Schiffe die anderen Colossus-Schiffe waren. Die Arbeiten an der *Colossus 4* sind offenbar abgeschlossen worden, nachdem die *Colossus 3* gesunken war.«

»Woraus sich die Schlussfolgerung ergibt, dass sie eine *Colossus 5* gebaut haben, weil sie vier Schiffe brauchten, um ihren Plan verwirklichen zu können«, sagte Juan. »Ich habe Langston Overholt von unserer Entdeckung berichtet, und er verwies mich an die NUMA. Da die NUMA die Daten fast aller Schiffe gespeichert hat, die auf den Weltmeeren unterwegs sind, ergab meine Nachfrage, dass alle Colossus-Schiffe in der Moretti-Navi-Werft in Neapel gebaut wurden.«

»Ist dies unser nächstes Ziel?«, fragte Eddie.

»Nein, aber in der vergangenen Woche, am Tag vor dem Angriff auf Diego Garcia, kam es in dieser Werft zu einem ›Unfall‹. Das betroffene Schiff wurde erheblich beschädigt und zur Durchführung letzter Reparaturen an einen anderen Ort geschleppt. Aber die NUMA hat berichtet, dass die *Colossus 5* unter anderem Namen in Zypern im Dock liegt. Die Arbeiten an ihr sind nahezu abgeschlossen, daher müssen wir bald handeln. Lang hat uns grünes Licht gegeben, das Schiff lahmzulegen, aber ehe wir mit den Planungen für diese Operation beginnen, möchte ich wissen, was in Mumbai geschehen ist.«

Eddie rekapitulierte die Ereignisse während der Party. Die Medien behandelten die Vorfälle als terroristisches Attentat auf hochrangige Mitglieder der indischen Regierung. Dank einer Auskunft der CIA konnte Murph die Attentäterin als Natalie Taylor identifizieren, eine ehemalige Agentin des Army-Geheimdienstes, die unehrenhaft entlassen wurde und mittlerweile für Xavier Carlton arbeitete. Als Eddie auf die Klette in Malliks Computer zu sprechen kam, wollte Juan von Murph wissen, ob er irgendwelche brauchbaren Informationen beschaffen konnte.

»Mit der Frage hatte ich gerechnet«, sagte Murph. »Das Herunterladen der Daten hat reibungslos geklappt, bis ich auf eine interne Firewall stieß und diese hackte. Sie löste offenbar einen stummen Alarm aus, denn der Ladevorgang wurde sofort abgebrochen.«

»Und was konnten Sie an Land ziehen?«

»Aus den Dateien ging hervor, dass Mallik für die indische Armee ein Waffensystem entwickelt hat, das eine Wirkung ähnlich der eines elektromagnetischen Impulses hervorruft, aber ich konnte nichts darüber erfahren, wie es funktioniert.«

»Hatten sie also Vajra eingesetzt, um sämtliche Elektronik auf Diego Garcia zu neutralisieren?«, fragte Juan.

»Es sieht ganz danach aus.«

»Haben sie die Waffe auf einem Schiff oder in einem Flugzeug installiert?«

»Weder noch«, antwortete Murph. »Sie ist satellitengestützt.«

Für einen Augenblick herrschte Schweigen, während sie sich darüber klar wurden, was sich aus dieser Information ergab.

»Demnach können sie an jedem Punkt der Erde zuschlagen«, sagte Max.

»Zumindest für die Dauer des Zeitraums, in dem der Satellit genau senkrecht über dem jeweiligen Ziel steht«, sagte Murph.

»Womit wir jederzeit verwundbar sind, ganz gleich, wo wir uns aufhalten.« Juan Cabrillo sah Max Hanley besorgt an. »Wie weit sind die Modifikationen vorangeschritten?«

»Sie sind noch in Arbeit. Die Schwierigkeit dabei ist, dass eine einwandfreie Funktion der Computer für die *Oregon* lebenswichtig ist. Wir sind zwar gegen die meisten Formen einer EMP-Attacke geschützt, aber das war auch bei Diego Garcia der Fall.«

»Warum sollte Indien die USA angreifen wollen?«, fragte Linda.

»Ich glaube nicht, dass dies der Fall war«, sagte Murph. »Tatsächlich bin ich mir noch nicht einmal sicher, ob das indische Militär überhaupt weiß, dass die Satelliten mit dieser Waffe ausgestattet sind. Soweit bekannt ist das Satellitensystem lediglich eine Kommunikationsplattform für die indischen Streitkräfte.«

»Steckt demnach Romir Mallik hinter dem Attentat?«, fragte Juan. »Und Natalie Taylor, die an der Entführung von Xavier Carltons Privatjet beteiligt war, hat versucht, ihn zu töten.«

»In dem Notizbuch befand sich noch ein weiterer hochinteressanter Eintrag«, sagte Eric. »Aus ihm geht hervor, dass jemand mit den Initialen XC das Schiff einer eingehenden Inspektion unterzog – und zwar nur wenige Monate bevor es gesunken ist.«

»Ich frage mich, ob Carlton einer dieser Männer ist, die sich die Neun Namenlosen nennen. Wir haben ihr Symbol auf einer Plakette auf der Kommandobrücke der *Colossus 3* gefunden, was darauf hinweist, dass die Neun Namenlosen an dem Projekt beteiligt sind oder es sogar vollständig finanzieren.« Juan und Eric haben die anderen nachträglich darüber informiert, was ihre Recherchen zu Ashoka und der Legende von den Männern ergeben hatten, denen er das gesamte von ihm zusammengetragene Wissen seiner Zeit anvertraut hatte.

»Müsste ich raten«, sagte Murph, »würde ich fast wetten, dass Mallik ebenfalls zu diesem Verein gehört.«

»Und ich habe heute aus den Nachrichten erfahren, dass zwei andere wichtige Firmenchefs seit Tagen nicht mehr in der Öffentlichkeit gesehen wurden«, sagte Max. »Jason Wakefield und Daniel Saidon werden offenbar vermisst. Wakefield entging vergangene Woche in Sydney einem Entführungsversuch, und Daniel Saidon ist zufälligerweise der Inhaber der Moretti-Navi-Werft. Dass die beiden verschwunden sind, kann kein Zufall sein.«

Juan schob den Teller von sich weg und lehnte sich zurück, während er versuchte, sich einen Reim auf die seltsamen Ereignisse zu machen. »Zuerst einmal haben wir mindestens zwei von den Neun Namenlosen, die sich aus irgendeinem Grund nicht grün sind und gegeneinander Krieg führen. Dann gibt es offenbar ein satellitengestütztes Waffensystem, das in einem Umkreis von fünfzig Meilen auf der Erde sämtliche Elektronik zeitweise außer Betrieb setzen kann. Und außerdem steht eine hochentwickelte künstliche Intelligenz kurz davor, auf die Welt losgelassen zu werden und, wie Lyla Dhawan annimmt, dann jeden Computer unter ihre Kontrolle bringen kann, der mit dem Internet verbunden ist.«

»Ist das alles?«, fragte Murph mit einem Anflug von Galgenhumor.

»Wen oder was nehmen wir uns als Erstes vor?«, fragte Eddie Seng.

»Was immer wir über die Neun Namenlosen in Erfahrung bringen, es hilft uns keinen Deut weiter, solange wir nicht wissen, wer die anderen sind«, sagte Juan.

»Jüngsten Medienberichten zufolge bereitet Mallik den Start eines weiteren Satelliten vor. Er wäre der zwanzigste in seinem Kommunikationsnetzwerk. In ein paar Tagen soll es so weit sein«, sagte Eric.

»Na und?«, erwiderte Murph. »Neunzehn Satelliten, zwanzig Satelliten – einer mehr wird doch im Rahmen seiner Fähigkeiten keinen großen Unterschied machen.«

»Lang hat mir mit Nachdruck ans Herz gelegt, dass Colossus für uns die höchste Priorität hat«, sagte Juan. »Nach dem Beinahedesaster, das seinerzeit durch den Quantencomputer verursacht wurde, will die Regierung um jeden Preis verhindern, dass da draußen eine noch komplexere Maschine ihre Kreise zieht, die nicht nur unsere Programme knacken, sondern auch nach Belieben umschreiben kann.«

»Heißt das, wir sollen die Colossus-Schiffe versenken?«, fragte Max Hanley.

»Wenn es hart auf hart kommt«, sagte Juan, »dann müssen wir das vielleicht tun. Max, du übernimmst am besten mit der *Oregon* die Verfolgung der drei Colossus-Schiffe, die gegenwärtig zum nördlichen Teil des Roten Meers unterwegs sind.«

»Kommst du nicht mit?«

Juan schüttelte den Kopf. »Möglicherweise gibt es einen eleganteren Weg, Colossus auszuschalten. Eric meinte, sie benötigen alle vier Schiffe, um die künstliche Intelligenz vollständig zu aktivieren. Daher brauchen wir wahrscheinlich nur eins der Schiffe aus dem Verkehr zu ziehen.«

»Du denkst sicherlich an das in Zypern«, sagte Max mit einem Kopfnicken.

»Das ist meine Idee.« Juan Cabrillo wandte sich an Julia Huxley. »Du erinnerst dich doch sicher noch an die explosionsartige Blaualgenblüte, die vor ein paar Monaten das Meer vor Katar verseucht hat.«

»Du meinst die Cyanbakterien?«, sagte sie. »Sicher. Diese Länder waren uns dankbar, dass wir rechtzeitig eingeschritten sind und verhindert haben, dass sämtliches ozeanisches Leben im Persischen Golf ausgelöscht wurde.«

»Hast du noch Proben davon?«

»Ein paar Reagenzgläser voll ganz sicher … Weshalb?« Dann richtete sie den Blick auf das Standbild von dem Bottich im Innern der *Colossus 3*, das auf dem Wandmonitor zu sehen war. »Moment mal, hast du etwa die Absicht …«

Juan nickte. »Wenn wir es schaffen, diese Behälter mit den Bakterien zu infizieren, werden sie den Computer dann vergiften?«

Sie dachte einige Sekunden lang nach, dann sagte sie: »Blaualgen brauchen in der Regel Sonnenlicht, um sich zu vermehren, aber da der Computer einen nährstoffreichen Lebensraum braucht, um seine Aufgaben zu erfüllen, dürften die Cyanbakterien dort alles finden, was ihren Regenerationsprozess in Gang hält, und die Nährlösung relativ schnell mit ihrem Gift anreichern.«

»Wie lange wird es voraussichtlich dauern, bis die Wirkung einsetzt?«

»Ein paar Stunden vielleicht, bis die Zellen absterben. Der größte Teil der Zellkulturen dürfte innerhalb eines Tages infiziert sein. Sie müssten daraufhin das gesamte System entsorgen und praktisch wieder bei null anfangen.«

»Perfekt. Bereite für uns eine Probe vor, die wir ins Colossus-System einbringen können. Damit gewinnen wir Zeit und können einen geeigneten Weg suchen, um das gesamte Projekt ein für alle Mal zu Fall zu bringen. Eddie, machen Sie Ihr Team einsatzbereit. Und bestellen Sie Tiny, dass ich in spätestens drei Stunden in Richtung Zypern in der Luft sein will.«

»Aye, Chairman.« Julia und Eddie verließen augenblicklich den Konferenzraum, aber ehe die anderen ihnen folgen konnten, stoppte Eric sie.

»Chairman, da ist noch ein Punkt, den wir berücksichtigen sollten, ehe wir die Mission zum Versenken der Colossus-Schiffe ernsthaft in Angriff nehmen.«

»Und welcher?«

»Sie wissen, dass Natalie Taylor die Passagiere aus Carltons Airbus laut Lyla Dhawans Auskunft von Jhootha Island weggeschafft hat, oder?«

Juan nickte.

»Nun, aus den Eintragungen im Notizbuch geht hervor, dass sie sich zurzeit an Bord der *Colossus 1* befinden und letzte Arbeiten ausführen müssen, um das Projekt erfolgreich abzuschließen.«

43

ZYPERN

Auf dem Kai neben der *Colossus 5* schritt Xavier Carlton langsam um seinen Bugatti Chiron herum, der von seinem Wohnsitz in den Bergen vor den Toren Larnacas abgeholt und in den Hafen hinuntergebracht worden war. Der zweifarbig lackierte rot-schwarze Sportwagen funkelte geradezu im Licht der untergehenden Sonne. Bei einem Kaufpreis von mehr als drei Millionen Dollar wurde der rassige Straßenrennwagen von einem 1500 PS starken Motor angetrieben und erreichte eine Höchstgeschwindigkeit von mehr als vierhundertsechzig Stundenkilometern.

Carlton hatte den Wagen aus seiner A380 herausgeholt, wenige Minuten bevor sie startete, um nach Jhootha Island entführt zu werden. Es hätte keinen Sinn gehabt, wenn eins seiner Lieblingsautomobile auf der Tropeninsel gestrandet wäre. Er hatte beabsichtigt, es seinem Sohn Adam nach dessen sicherer Rückkehr zu schenken. Aber nachdem er während des Flugs ums Leben gekommen war, hatte Carlton dem Wagen einen besonderen Platz in seinem eigenen Fahrzeugpark zugewiesen, um das Andenken an seinen Sprössling zu pflegen. Außerdem war der Wagen ein Kultobjekt, an dem er sich nicht sattsehen konnte.

»Fallen Ihnen irgendwelche Macken auf?«, fragte Natalie Taylor, die langsam neben ihm herging, in ihrem typischen lässig saloppen Tonfall.

»Nein. Meine Leute haben ihn während meiner Abwesenheit bestens umhegt.« Was aber auch von ihnen erwartet werden konnte angesichts dessen, zu was Carlton fähig gewesen wäre, hätte er auch nur einen winzigen Kratzer im Lack entdeckt.

»Weshalb nehmen Sie den Wagen nach Australien mit?«

»Ich möchte ausprobieren, was er da unten auf diesen endlos langen Pisten leistet. Die Straßen auf Zypern sind zu eng und zu kurz.« Er freute sich darauf, mit Höchsttempo durchs Outback zu kurven, und betrachtete diesen Zeitvertreib als Belohnung für die harte Arbeit und die großen Opfer während der vergangenen Jahre.

Während er die Heckklappe öffnete, um einen Blick auf das Sechzehnzylindermonstrum von einem Motor zu werfen, sagte Natalie Taylor: »Wir können Gupta nicht ewig hier festhalten. Es wird irgendwann seltsam aussehen und Verdacht erregen, wenn er sich hier bei uns aufhält und bei seiner Firma in Kanada nichts von sich hören lässt.«

»Ich hatte eine Idee«, sagte Carlton. »Bislang konnten wir den Tod der anderen Neun Namenlosen in der Bibliothek geheim halten, aber es wird zunehmend schwieriger, die Geschichte weiterhin zu vertuschen. Über einige der vermissten Firmenchefs sind bereits die ersten Gerüchte in Umlauf, und irgendwann wird die Spur nach Indien führen.«

»Was schlagen Sie vor?«

»Auf unserem Flug nach Sydney legen wir in Indien einen Zwischenstopp ein. Dort kehren Sie mit Gupta unter irgendeinem Vorwand in die Bibliothek zurück. Sie erschießen ihn und sorgen dafür, dass es so aussieht, als habe er das Nowitschok-Attentat mit Mühe und Not überlebt, nur um wenige Tage später an seiner Schusswunde zu sterben.«

»Inwiefern soll uns das helfen?«

»Sie zwingen ihn, dass er ein Geständnis aufzeichnet, bevor er stirbt. Falls er sich weigert, drohen Sie ihm damit, dass wir seine gesamte Familie auslöschen. In dem Geständnis soll er Mallik die gesamte Schuld am Tod der anderen Neun zuschieben. Sobald wir Mallik aus dem Weg geräumt haben, werden wir anonym die Existenz der Bibliothek und des Geheimbundes der Neun Namenlosen enthüllen. Die Polizei wird die Leichen finden und sich mit der Erklärung, die wir liefern, zufriedengeben.«

»Aber das alles betrifft nur acht Personen. Werden dadurch nicht Spekulationen darüber in Gang gesetzt, wer das neunte Mitglied der Namenlosen ist?«

Carlton deutete auf das Schiff hinter ihnen. »Colossus, unsere künstliche Intelligenz, wird entsprechende Hinweise konstruieren und an geeigneten Stellen hinterlassen, die auf eine andere Person hindeuten. Ich denke, ein anderer indischer Milliardär wird die Position des fehlenden Namenlosen viel überzeugender ausfüllen als ich. Vergessen Sie nicht, dass es mein Flugzeug war, das entführt wurde, und dass es mein Sohn war, der dabei den Tod fand. Ich bin so eindeutig das Opfer, dass ich wohl kaum als Täter infrage komme.«

»Wann wollen Sie starten?«, wollte Taylor wissen.

Er hatte bereits entsprechende Tarnidentitäten aktualisiert, sodass sie den falschen Reisepässen entsprachen, die sie zur Verfügung hatten, daher wäre es kein Problem, unter anderen Namen ins Land zurückzukehren.

»Wir brechen morgen früh auf, nachdem *Colossus 5* abgelegt hat.« Carlton beobachtete, wie ein Lastwagen mit grünem Anhänger das Sicherheitstor des Hafens passierte. »Und dies muss das andere Geschenk sein, das uns auf unserem Flug begleiten wird.«

Der Lastwagen näherte sich langsam und hielt neben

ihnen an. Carlton konnte es kaum erwarten, seinen Inhalt zu begutachten. Angesichts all dessen, was momentan seine Zeit ausfüllte und sein Leben bestimmte, freute er sich über jede noch so kleine Ablenkung.

»Hatten Sie schon Gelegenheit, dies zu begutachten?«, fragte Natalie Taylor mit einem Kopfnicken in Richtung des Lastwagens.

»Nein«, antwortete er. »Ich habe bei der Auktion blind zugeschlagen. Aber meine Gutachter fanden, das Objekt sei in einem hervorragenden Zustand.«

Fahrer und Beifahrer des Lastwagens stiegen aus, schlossen die Hecktür auf, rollten sie hoch, fuhren eine Fahrrampe aus und senkten ihr Ende auf den Asphalt herab. Dann streiften sie sich weiße Baumwollhandschuhe über und stiegen in den Laderaum hinauf. Kurz darauf hörte Carlton das dumpfe Grollen eines anspringenden Achtzylindermotors. Gleichzeitig quoll eine bläulich schimmernde Abgaswolke aus der Hecktür.

Einer der Männer kam rückwärts aus dem Laderaum, die Hände hocherhoben. Mit entsprechenden Gesten dirigierte er seinen Kollegen, der noch im Innern des Laderaums war. Ihm folgten eine chromblitzende Stoßstange und ein Paar der höchsten Heckflossen, die man je an einem Serienwagen hatte bewundern können. Seine kensingtongrüne Lackierung glänzte in der Abendsonne. Es war ein Cabriolet, dessen Verdeck bereits heruntergeklappt war und den Blick auf das in schneeweißem Leder gehaltene Wageninnere mit seinen beiden serienmäßigen Schalensitzen freigab. Stück für Stück schob sich der Wagen mit seiner gesamten Länge von fünfhundertsechzig Zentimetern aus dem Dunkel des Laderaums, bis der Fahrer, als die Vorderräder die Rampe verlassen hatten, aufs Bremspedal trat.

»Das dürfte der größte Personenkraftwagen sein, den ich je zu Gesicht bekam«, stellte Natalie Taylor staunend fest.

«Ein 1959er Cadillac Eldorado Biarritz Convertible. Einer der wenigen, die nach Europa geliefert wurden. Ich habe ihn auf Malta gefunden.«

Der Fahrer stieg aus und übergab Carlton die Schlüssel. Dieser ging um den Wagen herum zur Fahrertür und sagte zu Taylor: »Steigen Sie ein.«

Er fuhr damit eine große Runde über den Kai, wachsam beobachtet von seinem Sicherheitsteam, während der Wagen am Schiff entlangjagte.

Als er neben dem Anhänger anhielt, in den der Bugatti bereits eingeladen wurde, drehte sich Carlton zu seiner Beifahrerin um und fragte: »Na, wie gefiel Ihnen das?«

»Eines kann man mit Sicherheit feststellen: Autos wie dieses werden schon lange nicht mehr gebaut«, antwortete Taylor, während sie ausstieg. »Sie haben ein wahres Schmuckstück an Land gezogen.«

»Es ist das einzige Modell dieser Art weit und breit«, erklärte er voller Stolz. »Sorgen Sie dafür, dass der Wagen sicher und unversehrt am Ziel ankommt.«

»Natürlich, Sir.«

Er wies den Lastwagenfahrer an, die Autos so lange in der Sicherheit des Hafengeländes zu lassen, bis sie am nächsten Tag ins Flugzeug eingeladen würden.

Die kurze Fahrt hatte ihn in eine aufgeräumte Stimmung versetzt, und zum ersten Mal seit Tagen betrachtete er die Entwicklung seines Vorhabens mit Zuversicht. Die KI würde wie geplant aktiviert werden, und die Gefahr, die ihr durch den Start des Vajra-Satelliten drohte, wäre gebannt. Bald würde Carlton tun und lassen können, was immer er wollte. Und dazu gehörte vor allem etwas ganz Bestimmtes, das er sich mehr als alles andere wünschte.

Beschwingten Schrittes kehrte er auf das Schiff zurück, während er sich ausmalte, wie er Colossus einsetzen könnte, um Romir Mallik zu töten.

44

Juan Cabrillo wählte drei Uhr morgens als Zeitpunkt für ihren Infiltrierungsversuch. Bei zahlreichen gleichartigen Missionen hatte er die Erfahrung gemacht, dass Wachtposten um diese Uhrzeit gewöhnlich am wenigsten aufmerksam und damit am verwundbarsten waren.

Er befand sich auf halbem Weg zwischen der Wasseroberfläche und dem Schiffsdeck. Der ausladende Bug war der Bereich der *Colossus 5*, der am tiefsten im Schatten lag, allerdings stellte er auch den schwierigsten Abschnitt der Kletterpartie dar. In einem gleichmäßigen Rhythmus presste Juan Cabrillo seine magnetischen Kletterhilfen gegen den stählernen Schiffsrumpf, wobei dank der Gummibeschichtung der Teller kein Laut zu hören war, wenn der Kontakt mit dem Schiffskörper geschlossen wurde.

Zwischen seinen gespreizten Beinen warf er einen Blick abwärts und konnte Raven Malloy und MacD Lawless kaum erkennen, die unter ihm an der Schiffswand klebten. Anscheinend mühelos stiegen sie auf. Ihre schwarzgraue Tarnkleidung ließ sie nahezu vollständig mit der Dunkelheit verschmelzen. Selbst wenn sich in dieser Zeit jemand über die Reling beugen sollte, war es unwahrscheinlich, dass sie entdeckt würden.

»Wie ist Ihr Status?«, fragte Juan im Flüsterton über seine Sprechfunkeinheit, während er sich seinem Ziel – dem Schiffsdeck – näherte.

»Wir sind fast in Position«, antwortete Eddie. »Wir brauchen noch höchstens zwei Minuten.«

»Verstanden.« Der Plan war simpel, aber seine Ausführung riskant. Um unter Deck zu gelangen und die Bakterien zu verteilen, die Juan in einem sicheren Behälter in der Tasche hatte, brauchten er, Raven und MacD irgendetwas, um die Wächter abzulenken und von ihren jeweiligen Positionen wegzulocken. Eine Explosion oder Schüsse würden ihnen signalisieren, dass sie attackiert wurden, und ihre Wachsamkeit erst recht schärfen. Juan und seine Begleiter brauchten etwas erheblich Subtileres, was aber dennoch Aufmerksamkeit erregte.

Zu diesem Zweck würden Eddie und Linc die Stromversorgung der Werft unterbrechen. Das einzige Problem war der Notstromgenerator, der in der Sicherheitszone in der Nähe der *Colossus 5* stand. Zuerst müssten sie eine kleine Sprengladung so geschickt platzieren, dass sie den gesamten Hafenbereich vom Stromnetz Zyperns trennte. Sobald sie danach den Generator lahmgelegt hätten, würden sie die Sprengladung zünden, und der gesamte Hafen würde in vollständiger Dunkelheit versinken.

Das darauffolgende Durcheinander würde für die gewünschte Tarnung und die Zeitspanne sorgen, die Juan und sein kleines Team brauchten, um in den Laderaum des Schiffes zu gelangen und die Bakterien, die Julia Huxley vorbereitet hatte, auf die Zuchtbehälter zu verteilen. Das in der *Colossus 3* aufgezeichnete Video lieferte ihnen eine Vorstellung von dem Grundriss und der inneren Einteilung des Schiffes. Wenn ihr Einsatz wie geplant verlief, würden sie das Schiff nach ausgeführter Mission verlassen, ohne dass jemand etwas davon mitbekommen hätte, dass sie überhaupt an Bord gewesen waren.

Raven und MacD kamen auf gleiche Höhe mit ihm und verharrten in dieser Position. Vom Schiffsdeck über ihnen drang kein Laut herab.

»Wir sind bereit«, meldete Juan.

»Wir haben den Generator unmittelbar vor uns«, antwortete Eddie Seng. »Noch eine Minute.«

* * *

Als gewiefter Sabotageprofi wusste Asad Torkan, dass die frühen Morgenstunden die ideale Zeit waren, um seine Attentate vorzubereiten. Auch in diesem Fall ging er davon aus, dass er seine Sprengladungen an Ort und Stelle würde anbringen können, ohne dass die Wachtposten etwas von seiner Anwesenheit bemerkten, da sie genug Mühe hätten, nach den bis dahin ereignislosen Nachtstunden die Augen offen zu halten und nicht einzuschlafen.

Zuerst stattete er Carltons feudaler Villa in den Bergen einen Besuch ab, fand dort jedoch keine Spur von den Autos, die der Mogul am Morgen in seinen Privatjet einladen wollte. Der Bugatti war bereits abgeholt worden, und der Cadillac war nirgendwo zu sehen.

Die Sprengladungen am Morgen zu verstecken, wenn die Fahrzeuge auf dem Flughafen in die startbereite Maschine eingeladen würden, wäre vollkommen unmöglich. Sie würden viel zu streng bewacht werden.

Dann kam ihm der Verdacht, dass Carlton höchstwahrscheinlich auf der *Colossus 5* übernachtete und veranlasst haben dürfte, dass die Autos in Reichweite abgestellt würden. Und tatsächlich, er entdeckte den Sattelschlepper und erkannte, dass er sich keine günstigere Gelegenheit wünschen konnte, um seinen Plan in die Tat umzusetzen.

Er hatte zwei kleine C-4-Ladungen vorbereitet. Jede war mit einem Luftdrucksensor ausgestattet. Sobald der Druck innerhalb des Airbus für die Dauer des Flugs anstieg, reagierte der Sensor, und die Bomben würden aktiviert werden. Er schätzte, dass der Airbus A380 seine Reisehöhe innerhalb von zwanzig Minuten erreicht haben müsste. Wenn dann die Bomben hochgingen und ein Loch in den Flugzeugrumpf sprengten, wäre die Folge eine explosionsartige Dekompression, die das Flugzeug in der Luft regelrecht zerfetzen würde.

Den Lastwagen zu öffnen war für Torkan ein Kinderspiel gewesen, und dann hatte er die C-4-Ladung unter dem Chassis des Cadillac in der Nähe des Benzintanks angebracht. Den Bugatti genauso zu präparieren erwies sich als deutlich schwieriger. Zum einen lag er wesentlich tiefer, und zum anderen hatte Torkan wegen des beengten Raums auf dem Anhänger Mühe, an den Bugatti überhaupt heranzukommen. Aber am Ende schaffte er es doch noch, die Ladung am vorgesehenen Ort zu platzieren und den mit dem Luftdrucksensor gekoppelten Zünder zu aktivieren.

Er knipste seine Ministablampe aus und presste ein Ohr gegen die Hecktür des Lasters, um auf patrouillierende Wachen zu lauschen. Das Einzige, was er hörte, waren die Geräusche von Kränen, die ein Schiff in etwa vierhundert Metern Entfernung beluden. Trotzdem war er darauf vorbereitet, sich den Weg freizukämpfen. Zu diesem Zweck zog er eine Glock mit Schalldämpfer aus seinem Schulterhalfter und entsicherte sie.

Langsam drückte er die Tür auf. Im Bereich hinter dem Lastwagen war nichts Verdächtiges zu sehen. Er stieg lautlos von der Ladefläche herab, schloss die Tür und verriegelte sie.

In diesem Moment fiel ihm eine Bewegung rechts von ihm in der Nähe des Schuppens auf, in dem der Notstromgenerator des Hafens stand.

Zwei Männer näherten sich in geduckter Haltung dem Gebäude. Beide trugen hautenge dunkle Tarnanzüge und hielten – ebenso wie er – Pistolen mit Schalldämpfern schussbereit in den Händen.

Einer war ein hochgewachsener athletischer Schwarzer und der andere ein drahtiger Asiat. Torkan blinzelte überrascht, als er sie wiedererkannte.

Es waren die beiden Männer, die während des Attentats in Mumbai auf der Feuertreppe an ihm und Mallik vorbeigerannt waren.

Dass sie ausgerechnet hier auftauchten, war für Torkan ein absolutes Rätsel, das zu lösen ihn in diesem Augenblick nicht im Mindesten interessierte. Er hatte jedoch weder Zeit noch Gelegenheit, sich in Deckung zurückzuziehen, ehe der Schwarze ihn entdeckte. Für den Bruchteil einer Sekunde starrten sie einander ungläubig an.

Dann schossen beide gleichzeitig.

45

Asad Torkan aus dem Anhänger auftauchen zu sehen versetzte Franklin Lincoln einen nicht gelinden Schock, aber es dauerte nur einen winzigen Moment, bis er sich wieder in der Gewalt hatte.

Als er sah, wie der Iraner seine Pistole hochriss, brachte er Eddie mit einem kraftvollen Stoß auf Tauchstation und feuerte. Kugeln pfiffen über ihre Köpfe hinweg, während sie hinter dem Generatorhaus Schutz suchten.

»Torkan«, informierte Linc seinen Mitstreiter, der seine eigene Waffe entsicherte.

»Hast du ihn erwischt?«, fragte Eddie.

»Ich glaube nicht.«

»Irgendetwas hat er in diesem Anhänger gemacht. Ich würde verdammt noch mal gerne wissen, was das war.«

Linc lugte vorsichtig hinter dem Generatorschuppen hervor und vermutete, dass Torkan hinter dem Anhänger kauerte. Denn er konnte ihn nirgendwo sonst ausmachen. Mittlerweile hatten die Schüsse die Wächter aufgescheucht, und ein Alarmsignal ertönte. Im Gegensatz zu den nahezu lautlosen Feuergefechten, die man in einschlägigen Kinofilmen verfolgen kann, reduzierten die Schalldämpfer den Schusslärm nur unzureichend und ließen keinen Zweifel daran, was sich auf dem Kai abspielte.

»Der Kerl hat uns den Fluchtweg abgeschnitten«, knurrte Linc mit zusammengebissenen Zähnen.

»Was ist da draußen los?«, fragte der Chairman. »Wir hören Schüsse.«

»Asad Torkan kam uns in die Quere und hat uns auffliegen lassen«, erwiderte Eddie.

»Er ist hier?«

»Wir mussten die Mission abbrechen. Sorry, Chairman.«

Linc feuerte ein paar Schüsse ab, aber er traf Torkan nicht. Er konnte beobachten, wie der Attentäter die Flucht ergriff. Torkan schoss, ohne sorgfältig zu zielen, dreimal in Richtung des Generatorschuppens, ehe er in das Labyrinth aus Containern und sonstigem Frachtgut in der Nähe des Lastwagens eintauchte und nicht mehr zu sehen war.

»Er ist weg«, meldete Linc.

»Wir müssen von hier verschwinden – so schnell wie möglich.«

Lautes Fußgetrampel näherte sich ihnen aus allen Richtungen. Linc und Eddie rannten zu dem Lastwagenanhänger hinüber, in dessen Nähe sich das Loch befand, das sie in den Zaun geschnitten hatten, der den Hafen vor unbefugten Eindringlingen schützte.

Als sie das Heck des Lastwagens erreichten, erwartete sie dahinter ein wahrer Funkenregen, als Querschläger vom Asphalt abprallten und ihnen um die Ohren flogen. Vom Torhaus neben der Hafeneinfahrt rannten sechs Wachmänner, aus allen Rohren schießend, auf sie zu.

Eddie und Linc machten auf der Stelle kehrt und kauerten sich halb unter den Anhänger.

Das Geräusch quietschender Reifen mischte sich in das Stakkato automatischer Waffen, als zwei SUVs über den Kai rasten.

»Was hältst du davon, Butch?«, fragte Eddie.

»Sieht gar nicht gut aus, Sundance«, erwiderte Linc mit einem schiefen Grinsen.

»Ich nehme die drei auf der linken Seite aufs Korn. Übernimm du die Kerle, die von rechts kommen.«

»Klingt wie ein Plan.«

Sechs gegen zwei war nicht gerade das günstigste Kräfteverhältnis, dem sie sich je gegenübergesehen hatten, aber es war auch nicht das schlechteste. Sie wollten gerade zu ihrem filmreifen Sturmlauf starten, als eine Blendgranate durch die Luft flog, über den Asphalt tanzte und unter dem Lastwagen höchstens zwei Meter von ihnen entfernt liegen blieb.

Eddie unternahm den Versuch, einen Ausfallschritt zu machen und sie mit einem Fußtritt in sichere Entfernung zu befördern, als sie explodierte, ehe er sie erreichen konnte. Der extrem helle Lichtblitz und der ohrenbetäubende Knall legten ihre Sinne lahm, und Linc erkannte in diesem Moment, dass sie es nicht schaffen würden, sich aus dieser Klemme zu befreien.

Er zog die winzige Komm-Einheit aus seinem Ohr und schleuderte sie weg in der Hoffnung, dass sie irgendwo unter dem Lastwagenanhänger landete und unsichtbar blieb.

Die SUVs kamen schlitternd zum Stehen, während die sechs Wachmänner um das Heck des Lastwagens herum auftauchten. Lincs verschwommene Sicht besserte sich, und er sah eine schlanke Frau auf der Beifahrerseite des ersten SUV aussteigen. In ihrer Armbeuge lag ein Sturmgewehr. Die Frau war Natalie Taylor.

»Runter mit den Waffen, sonst töte ich Sie beide auf der Stelle.«

Linc blickte zu Eddie hinüber, der immer noch heftig den Kopf schüttelte, um das Klingeln in seinen Ohren und die Geisterbilder vor seinen Augen zu vertreiben. Als er seine Umgebung wieder deutlich erkennen konnte, erwiderte er Lincs Blick und nickte. Am Leben zu bleiben, um zu versuchen, den Kampf an einem späteren Zeitpunkt fortzusetzen, war ein besserer Plan, als mit fliegenden Fahnen in einem Kugelhagel unterzugehen.

Beide ließen ihre Pistolen fallen. Die Schusswaffen klapperten auf den Asphalt.

»Brav, ihr beiden«, sagte die Frau lächelnd und angelte die Komm-Einheit aus Eddies linkem Ohr. »Was sollen wir jetzt mit Ihnen tun?«

* * *

Mittlerweile herrschte auf dem Oberdeck der *Colossus 5* ein hektisches Treiben. Entlang der Reling wurden Wachen aufgestellt, um einen möglichen weiteren Angriff abzuwehren.

Juan Cabrillo musste hilflos mit anhören, wie Eddie Seng und Franklin Lincoln gefangen genommen wurden.

»Hoch mit den beiden«, sagte eine Frauenstimme. Sie musste zu Natalie Taylor gehören.

Ein scharrendes Geräusch erklang, danach war wieder Natalie Taylors Stimme zu hören, diesmal jedoch um einiges lauter. »Torkan, falls Sie immer noch zuhören, diesmal ist Ihr Angriff ins Leere gelaufen.«

Sie musste in das Mikrofon gesprochen haben, das sie aus Lincs oder Eddies Ohr gezogen hatte, denn kurz bevor die Verbindung unterbrochen wurde, erklang ein Knirschen. Juan konnte ihre Stimme immer noch hören, allerdings nun gedämpft und wie aus größerer Entfernung.

»Bringt sie aufs Schiff«, befahl sie.

Sie benutzte die Mehrzahl, also war wenigstens davon auszugehen, dass beide noch am Leben waren.

»Was sollen wir jetzt tun?«, wollte MacD wissen.

Juan wagte einen Blick über die Kante aufs Oberdeck. Dort wimmelte es noch immer von Wächtern. Einer kam sogar in diesem Moment auf den Abschnitt der Reling zu, unter dem sie an der Schiffswand klebten.

»Runter«, sagte er.

MacD gehorchte und ließ sich fallen. Das Plätschern, als er ins Wasser eintauchte, ging im Lärm auf dem Schiffsdeck unter.

»Wir können sie unmöglich ihrem Schicksal überlassen«, sagte Raven.

»Das tun wir auch nicht«, sagte Juan mit einem Blick, der keinen Widerspruch duldete. »Fallen lassen.«

Ohne eine weitere Entgegnung schaltete sie die Haftmagneten an ihren Händen und Füßen aus und stürzte in die Tiefe. Juan folgte ihr und hielt sich vollkommen gerade, um mit so wenigen Spritzern wie möglich ins Hafenbecken einzutauchen.

Während er in der Schwärze des Hafenwassers versank, befreite er sich von seinen magnetischen Kletterhilfen und entfernte sich mit kräftigen Schwimmzügen vom Schiffsbug. Er schwamm etwa fünfzig Meter am Kai entlang, bis er auftauchen musste, um Luft zu holen.

MacD und Raven warteten schon auf ihn. Der Wächter, der genau über ihnen gestanden hatte, fixierte noch immer misstrauisch die Stelle, wo er sie anscheinend hatte ins Wasser eintauchen hören. Ganz sicher war er sich offenbar nicht, denn nach einem letzten flüchtigen Blick in die Runde zuckte er die Achseln und wandte sich ab, um seinen Platz in der Postenkette auf dem Hauptdeck der *Colossus 5* einzunehmen.

»Wie sollen wir sie dort herausholen?«, fragte Raven Malloy. »Dutzende von Wächtern machen das Deck uneinnehmbar. Dort ist überhaupt kein Durchkommen.«

»Und während der letzten Nachtstunden werden sie gewiss doppelt wachsam sein«, fügte MacD hinzu.

»Eddie und Linc haben immer noch ihre Peilsender«, sagte Juan und dachte an die winzigen Funkchips, die jedem Mannschaftsmitglied der *Oregon* in einen Oberschenkel eingepflanzt worden waren, damit sie im Fall einer Entführung schnell aufgespürt werden konnten. »Wenigsten werden wir immer wissen, wo sie sich befinden, während wir einen Plan entwickeln, um sie zu befreien und zurückzuholen.«

Er wartete nicht auf einen Kommentar, sondern schlug schwimmend die Richtung zu dem Punkt ein, an dem sie aus dem Wasser steigen und an Land zurückkehren würden. Dabei ging ihm Natalie Taylors Stimme nicht für eine Sekunde aus dem Sinn.

* * *

»Bist du sicher, dass es wirklich die beiden waren?«, fragte Romir Mallik, während Asad Torkan den Wagen durch die Straßen Limassols lenkte und den Hafen hinter ihnen in der Nacht zurückließ.

»Absolut«, bekräftigte Torkan.

»Und was haben sie gemacht?«

»Das weiß ich nicht. Aber mit unserer anfänglichen Vermutung sind wir wohl auf dem Holzweg gewesen. Sie gehörten nicht zu Natalie Taylor, als sie in deinem Haus waren, und sie arbeiten auch nicht für Carlton.«

»Wer hat ihnen dann den Auftrag gegeben, meinen Computer anzuzapfen?«

»Vielleicht irgendein ausländischer Geheimdienst. Welcher, das können wir unmöglich feststellen.«

»Demnach kämpfen wir jetzt gegen Carlton und irgendeinen anderen unbekannten Gegner«, sagte Mallik. »Mach mir wenigstens eine kleine Freude und bestätige, dass du die Bomben platzieren konntest.«

»Das habe ich gemacht«, sagte Torkan, ohne seine geheimen Zweifel am Gelingen ihrer Mission durchklingen zu lassen.

»Gut«, sagte Mallik. »Morgen um diese Zeit wird Xavier Carlton nicht mehr unter den Lebenden weilen. Hoffentlich gilt das auch für Lionel Gupta. Wenn nicht, lassen wir uns mit ihm irgendetwas anderes einfallen, obgleich ich mir nicht sicher bin, ob das überhaupt nötig ist. Ich glaube kaum, dass er den Mumm hat, das Colossus-Projekt auf eigene Rechnung weiterzubetreiben. Auf jeden Fall brauche ich dich hier. Nimm den Hubschrauber und erwarte mich auf der *Kalinga*. Dann machen wir uns auf den Weg zur schwimmenden Startrampe.«

»In Ordnung.« Torkan unterbrach die Verbindung. Er entschied, dass es wenig hilfreich war, zu diesem Zeitpunkt mögliche Probleme zur Sprache zu bringen, da er sicherlich keine weitere Chance haben würde, Carlton auszuschalten. Aber ein kleines Problem beschäftigte ihn noch immer.

Ehe sie das Feuer aufeinander eröffneten, musste der Schwarze erkannt haben, dass Torkan sich bis zu diesem Moment im Lastwagenanhänger aufgehalten hatte.

Dass er sich fragen würde, weshalb, lag eigentlich auf der Hand.

46

Xavier Carlton war nicht sehr erfreut, mitten in der Nacht aus dem Schlaf gerissen zu werden, aber seine Laune besserte sich grundlegend, als er erfuhr, dass ein Angriff auf die *Colossus 5* vereitelt worden war.

Die beiden Männer, die Natalie Taylor erwischt und gefangen genommen hatte, wurden in den Versammlungssaal des Schiffes gebracht. Als Carlton dort eintraf, waren die Männer mit Handschellen gefesselt und wurden von sechs bewaffneten Wächtern beaufsichtigt. Natalie Taylor erhob sich, als Carlton den Raum betrat.

Er betrachtete die Eindringlinge von Kopf bis Fuß, ehe er fragte: »Wer sind die zwei?«

»Keine Ahnung«, antwortete Taylor. »Sie wollen nicht reden. Wir sind uns noch nicht mal sicher, dass sie Englisch sprechen.«

»Für mich sehen sie aus wie Soldaten, aber sie sind keine Inder und keine Iraner. Was haben sie gemacht, als sie überrascht wurden?«

Taylor legte einen Werkzeugsatz auf den Tisch.

»Ich tippe auf irgendeine Art von Sabotage.«

Die beiden Männer schauten Carlton mit ausdruckslosen Mienen an.

»Für wen arbeiten Sie?«, wollte der Industrieboss wissen.

Sie blieben stumm.

Er wandte sich an Natalie Taylor. »Meinen Sie, dass Mallik und Torkan Söldner anheuern würden?«

»Diese Möglichkeit sollte man grundsätzlich immer einkalkulieren«, sagte Taylor.

»Ich glaube nicht, dass sie irgendetwas wissen, das für uns von Nutzen sein könnte, aber wir sollten zumindest versuchen, mehr darüber zu erfahren. Wir nehmen sie mit, wenn wir in die Maschine einsteigen. Während des Flugs haben Sie genügend Zeit, ihnen auf den Zahn zu fühlen.« Carlton wandte sich an die beiden Männer. Während er mit einem Kopfnicken auf seine Sicherheitsexpertin deutete, sagte er: »Sie kann mit einem Messer sehr überzeugend sein.«

Der Schwarze gab sich einen Ruck und ergriff das Wort. Er sprach mit amerikanischem Akzent. »Asad Torkan war hier.« Der Asiat blieb stumm.

Carlton unterdrückte ein Lächeln des Triumphs, dass es so einfach gewesen war, ihn zum Reden zu bringen. »Demnach arbeiten Sie für ihn.«

»Nein.«

»Aber Sie wissen, wer er ist, oder?«

»Ja.«

»Was hat er hier gemacht?«

»Wir zeigen es Ihnen.«

»Sie zeigen es uns?«, fragte Taylor irritiert.

Der Schwarze nickte. Der Asiat begnügte sich damit, Taylor und Carlton anzustarren und weiter zu schweigen.

»Verraten Sie es uns hier«, forderte Carlton die Gefangenen auf.

»Wir zeigen es Ihnen«, wiederholte der Schwarze. »Wir sind ebenso wie Sie an Torkan interessiert.«

»Weshalb?«

Schließlich machte auch der Asiat den Mund auf. »Wir wissen, dass Sie und Romir Mallik miteinander verfeindet sind und gegeneinander Krieg führen.«

»Interessant. Und weshalb sind Sie hierhergekommen? Um was zu tun? Um mich zu beschützen?«

Der Asiat nickte.

»Wohin sollen wir Sie bringen, damit Sie uns zeigen können, was Torkan gemacht hat?«

»Auf den Kai«, sagte der Schwarze. »Zu dem Generatorhaus. Ihr Leben hängt davon ab.«

Carlton sah Taylor fragend an. Sie zuckte die Achseln und meinte: »Wir sind nach wie vor hier im Hafen ausreichend geschützt.«

»Verdoppeln Sie die Anzahl der Wächter.« Carlton wandte sich wieder an die Gefangenen. »Wenn mir nicht gefällt oder ausreicht, was Sie uns da draußen zeigen, werden Sie sterben.«

Die beiden Männer sagten nichts.

* * *

Juan, Raven und MacD kehrten zum Rendezvouspunkt zurück, wo Tiny sie mit einem Kleinbus auflas. Er fand einen ruhigen, abgelegenen Parkplatz, wo sie in Ruhe einen Plan schmieden konnten, Eddie und Linc von der *Colossus 5* zu holen. Das erste Licht des anbrechenden Tages erinnerte sie daran, dass sie sich beeilen mussten.

»Wir sind rein zahlenmäßig nicht genug, um mit rauchenden Colts die Festung zu stürmen«, gab MacD zu bedenken.

»Dann müssen wir es eben auf die heimliche und unauffällige Art versuchen«, sagte Raven. »Wir warten bis heute Nacht und versuchen es erneut.«

»Nicht gut«, sagte Juan. »Die *Colossus 5* sticht heute in See. Wir können es uns nicht leisten zu warten.«

»Was schätzen Sie, wie viel Zeit ihnen bleibt?«, fragte Tiny Gunderson.

»Natalie Taylor steht in dem Ruf, mit Vorliebe drastische Methoden anzuwenden. Deshalb wurde sie aus dem britischen Geheimdienst entfernt. Es gibt Gerüchte, dass sie im Gefängnis gelandet wäre, wenn sie nicht irgendetwas gegen einen Minister oder ein Parlamentsmitglied in der Hinterhand gehabt hätte. Es würde mich nicht überraschen, wenn sie unsere Freunde foltert, bis sie …«

Juan hielt inne, als er etwas in seinem Headset hörte. Er hatte es die ganze Zeit eingeschaltet gelassen, da er sich mittlerweile zusammengereimt hatte, dass Linc oder Eddie die Komm-Einheit abgenommen und wahrscheinlich unauffällig weggeworfen hatte, ehe sie sich ergeben hatten. Was er hörte, war der Lärm sich nähernder Fahrzeuge.

»Still«, sagte er und deutete auf seine Ohrhörer. Die anderen Mitglieder seines Teams schalteten ihre eigenen Headsets ein.

Die Fahrzeuge hielten an, und sie hörten, wie mehrere Personen ausstiegen.

»Und was wollten Sie uns nun zeigen?«, fragte Xavier Carlton. Seine Stimme klang leise, war jedoch eindeutig zu identifizieren.

»Hier drüben«, sagte Linc.

Die Schritte näherten sich dem Mikrofon. Gleichzeitig fragte Eddie: »Wohin fliegen wir?«

»Das werden Sie erfahren, wenn wir dort eintreffen«, antwortete Natalie Taylor.

Mit diesen wenigen Bemerkungen hatten Eddie und Linc ihnen durch das Mikrofon, von dem sie wussten, dass es aktiv und außer Sicht war, wichtige Informationen geliefert. Beide waren also noch am Leben und in guter Verfassung. Carlton und Taylor begleiteten sie. Und sie würden an diesem Tag zu einem Flug starten.

Die Schritte stoppten.

»Er war in diesem Anhänger«, sagte Linc.

»Und was hat er dort gemacht?«, fragte Taylor.

»Ich habe mir während unserer Schießerei nicht die Zeit genommen, ihn danach zu fragen.«

»Hat es irgendetwas mit meinen Autos zu tun?«, fragte Carlton.

»Mit welchen Autos?«, wollte Eddie wissen.

»Wir sollten den Lastwagen öffnen und die Wagen von vorne bis hinten genauestens untersuchen«, empfahl Natalie Taylor.

»Wenn Torkan eins von ihnen oder beide auch nur im Geringsten beschädigt hat«, drohte Carlton, »bringe ich ihn eigenhändig um.«

»Das sind ja richtige Kostbarkeiten«, sagte Linc anerkennend. »Ein Cadillac Eldorado, oder?«

»Genau genommen ein 1959er Biarritz Convertible – eine echte Rarität«, sagte Carlton und konnte sich ein stolzes Grinsen nicht verkneifen.

»Mir gefällt die Farbe. Dieses Grün sieht absolut edel aus. Und der andere Wagen könnte ein Bugatti Veyron sein. Oder täusche ich mich?«

»Es ist ein Chiron.«

»Nehmen Sie die beiden heute mit auf die Reise?«, fragte Eddie.

»Warum fragen Sie?«, wollte Carlton wissen.

»Deshalb«, sagte Taylor. Juan wünschte sich, er könnte sehen, was sie in diesem Moment betrachteten.

»Es sieht aus wie eine Bombe«, sagte Eddie, als hätte er Juans stumme Bitte gehört.

»Wir haben sie unter dem Cadillac dicht neben dem Benzintank gefunden.«

Nach einer weiteren halben Minute erklang Lincs Stimme. »Zwei Bomben.«

»Diese war unter dem Bugatti befestigt«, sagte Natalie Taylor. »Wenn mich nicht alles täuscht, ist sie mit einem Luftdrucksensor verbunden.«

»Sollte sie etwa hochgehen, sobald wir in der Luft sind?« Carltons Stimme zitterte vor verhaltener Wut.

»Ich sagte doch, dass wir mit Torkan nichts zu tun hatten«, rief ihm Linc in Erinnerung. »Hätten wir Sie sonst darauf aufmerksam gemacht, wenn es anders wäre?«

»Das spricht sicher für Sie. Aber trotzdem wissen wir nicht, wer Sie sind. Das herauszufinden überlasse ich Natalie. Bringt sie zurück aufs Schiff.«

Es klang, als ob sie sich entfernten, und MacD holte Luft, um einen Kommentar abzugeben, aber Juan brachte ihn mit einer Geste zum Schweigen. Er hörte Schritte von zu wenigen Füßen.

Türen wurden zugeschlagen, und Carlton war wieder zu hören. Diesmal bemühte er sich, leise zu sprechen.

»Möglich, dass sie nicht mit Torkan unter einer Decke stecken, aber sie führen ganz eindeutig irgendetwas im Schilde«, sagte er.

»Ich werde schon herausbekommen, was es ist«, sagte Natalie Taylor. »Es ist wirklich erstaunlich, um wie viel größer die Informationsmenge ist, die man aus zwei Leuten herausholen kann anstatt nur aus einem, vor allem wenn man dem einen vor den Augen des anderen mit einem Messer zu Leibe rückt.«

»Gut. Aber ganz gleich, wie es läuft – es ist wahrscheinlich nicht besonders klug, sie bis zum Ziel mitzunehmen. Werfen Sie sie über dem Ozean aus der Maschine, wenn Sie meinen, alles erfahren zu haben, was wir wissen müssen.«

»Begleiten Sie uns nicht?«

»Nicht jetzt. Nicht nachdem Torkan versucht hat, mich

zu töten. Bis sie alles Notwendige geladen hat und ausläuft, bin ich auf der *Colossus 5* sicherer aufgehoben.«

»Was ist mit Lionel Gupta?«

»Halten Sie sich an den Plan. Bringen Sie ihn und die Gefangenen mit dem Hubschrauber zum Flughafen.«

»Und was geschieht mit Ihren Autos?«

»Durchsuchen Sie sie noch einmal gründlich bis in den letzten Winkel, und danach schließen Sie den Lastwagen bis zur Fahrt zum Flugzeug ab. Ich möchte sie nach wie vor nach Australien mitnehmen, sobald Sie die anderen Teile der Mission ausgeführt haben. Ach ja, Natalie, eins noch – das war gute Arbeit.«

»Danke, Sir.«

Nun war zu hören, wie sich die Schritte einer Person entfernten. Dann begann Taylor, den Männern Anweisungen wegen des Trucks zu geben.

Juan sah seine Gefährten an, während er sich das soeben Gehörte durch den Kopf gehen ließ.

»Wenn sie zum Flughafen geflogen werden«, sagte MacD, »können wir sie unterwegs nicht abfangen.«

»Vielleicht haben wir aber eine Möglichkeit einzugreifen, wenn sie neben dem Jet landen«, sagte Raven.

»Das wäre die reinste Selbstmordmission«, sagte Tiny und winkte ab. »Wir haben nicht die geringste Chance, auch nur in die Nähe des A380 zu gelangen, ohne die Aufmerksamkeit auf uns zu lenken.«

Die drei sahen Juan erwartungsvoll an, der meinte: »Ich glaube, unsere einzige Möglichkeit ist, uns irgendwie in Carltons Privatjet zu schmuggeln und unsere Freunde zu retten, während wir in der Luft sind.«

MacD starrte ihn verständnislos an. »Wie soll das denn funktionieren? Tiny meint doch, wir kommen niemals ungesehen an den Jet heran.«

»Linc und Eddie haben uns eine Möglichkeit verraten, als sie uns die Informationen über die Autos lieferten.«

Er musterte Tiny prüfend, der Juans Blick verwirrt erwiderte. »Ich?«

Juan fuhr fort. »Ich kann diese Kiste nicht fliegen, daher brauche ich einen Piloten – nur für den Fall, dass ich sie nicht überreden kann zu tun, was wir von ihnen verlangen. Kommen Sie mit der Maschine zurecht?«

»Klar«, erwiderte Tiny. »Nicht besonders gut, aber ich kann uns alle zumindest in einem Stück wieder auf festen Boden hinunterbringen. Die Frage ist nur, wie kommen wir überhaupt in die Maschine hinein?«

»Auf vier Rädern«, sagte Juan. »Wir lassen uns chauffieren. Der 1959er Cadillac Eldorado Biarritz ist ein Schiff von einem Automobil. Im Kofferraum gibt es ausreichend Platz für uns beide.«

47

Andreas Ladas lenkte den Lastwagen, in dem sich Xavier Carltons Wagen befanden, als hinge sein Leben davon ab. Er hatte gehört, dass in den frühen Morgenstunden irgendetwas im Hafen vorgefallen war, und Blut und Wasser geschwitzt, dass der Milliardär irgendwelche Transportschäden an seinen beiden Schmuckstücken gefunden hatte. Zu seiner grenzenlosen Erleichterung stellte sich allerdings heraus, dass etwas anderes passiert sein musste. Aber niemand hatte ihm bisher verraten wollen, was wirklich geschehen war.

Sowohl er als auch Georgios, der neben ihm auf dem Platz des Beifahrers saß, hatten schon früher Autos für Xavier Carlton transportiert und wussten genau, wie anspruchsvoll er war. Wenn auch nur der leiseste Verdacht aufkäme, dass sie einen Kratzer im Lack der ihnen anvertrauten Luxuswagen verursacht hatten, würden beide ihre Jobs verlieren.

Trotz seiner Befürchtungen, die ihn bei jedem von Carltons Aufträgen begleiteten, hoffte Andreas, dass sie in dieser Hinsicht so früh am Morgen keine Probleme haben würden. Auf der A5, einer zweispurigen Schnellstraße mit Mittelstreifen, herrschte nur geringer Verkehr, und sie kamen zügig voran.

Nachdem sie etwa die Hälfte der Strecke zum Flughafen zurückgelegt hatten, kamen sie zu einem Straßenabschnitt, der mit rot-weiß gestreiften Warnbaken ausgeschildert war, die wegen umfangreicher Ausbesserungsarbeiten einen einspurigen Streckenverlauf anzeigten. Zwar hatte sich bis zu diesem Augenblick noch kein längerer Rückstau gebildet, aber sie würden für diesen Streckenabschnitt deutlich mehr Zeit brauchen. Andreas wusste, dass Carltons Assistentin, Natalie Taylor, am Flughafen ziemlich ungeduldig auf sie warten würde, wenn sie nicht rechtzeitig dort einträfen. Als sie mit dem Lastwagen den Kai verließen und aus dem Hafengelände hinausrollten, hatte er beobachten können, wie ein Hubschrauber auf dem Schiff landete, um sie abzuholen.

Andreas begann, den Lastwagen nach links zu lenken, als sich ein kleiner Fiat von hinten der Engstelle näherte und versuchte, noch zwischen LKW und Betonmittelstreifen hindurchzuschlüpfen. Der kleine Wagen schaffte es beinahe, doch sein Heck wurde von der vorderen Stoßstange des Lastwagens touchiert. Der Personenwagen geriet ins Schleudern, drehte sich in einer Qualmwolke, die von den durchdrehenden Reifen aufstieg, um die eigene Achse, kam gegen die Fahrtrichtung neben dem Mittelstreifen zum Stehen und blockierte die Fahrspur. Andreas reagierte augenblicklich und machte eine Vollbremsung.

Reifen quietschten hinter dem Lastwagen, als ein Lieferwagen ins Schleudern geriet und etwa fünf Meter hinter dem Lastwagenanhänger quer zur Fahrtrichtung auf der Fahrspur stoppte.

Eine attraktive dunkelhaarige Frau sprang aus dem Fiat und begann lauthals auf Arabisch zu schimpfen, während sie den Schaden an ihrem Wagen inspizierte. Er war nicht allzu groß und eher als kosmetisch zu bewerten, aber sie war trotzdem höchst erbost.

»Ich regle das mit ihr«, sagte Andreas zu Georgios. »Sieh du am besten nach den beiden Wagen von Xavier

Carlton. Wenn sie nichts abbekommen haben, verraten wir Miss Taylor darüber kein Sterbenswörtchen, okay?«

Georgios nickte und stieg aus.

Andreas kletterte auf die Straße hinunter und warf einen kurzen Blick auf das vordere Ende des Lasters, das vollkommen unversehrt aussah. Er ging zu der Frau hinüber, die ihn schon ankeifte, bevor er sie erreicht hatte.

»Ich verstehe Sie nicht«, sagte er in seiner griechischen Muttersprache.

»Sprechen Sie Englisch?«, fragte die Frau mit vor Zorn funkelnden Augen.

»Ein wenig«, erwiderte er.

»Wer bezahlt mir diesen Schaden?«, rief sie anklagend und deutete auf den zerschrammten Kotflügel und die verbogene Stoßstange. »Ich habe den Wagen nur gemietet!«

Er bot an, ihr seine Versicherungsnummer aufzuschreiben, aber sie schimpfte auf Arabisch weiter und ignorierte das wütende Hupkonzert der Autos, die sich bereits hinter dem Lastwagen stauten. Andreas blickte ungeduldig auf die Uhr und überlegte angestrengt, was er am besten tun sollte, um seine Fahrt so schnell wie möglich fortsetzen zu können.

* * *

MacD saß hinter dem Lenkrad des Vans und wartete, bis der Kollege des Lastwagenfahrers zum Heck des Sattelauflegers kam und dessen Tür öffnete, um die beiden Personenwagen zu kontrollieren. Als er die Tür hochrollte, sprang MacD aus dem Van und rief: »Hey, Mann, Sie haben da wohl ein Problem mit einem Ihrer Reifen!«

Der Lastwagenfahrer drehte sich um und musterte MacD verwirrt.

»Was ist mit meinem Reifen? Was meinen Sie?«

»Auf der rechten Seite«, sagte MacD. »Ich hab es vorhin gesehen, als Sie mich überholt haben. Kommen Sie her. Ich zeig es Ihnen.«

»Wo?«

MacD ging voraus auf die andere Seite des Lastwagens, von wo aus der Van nicht zu sehen war.

* * *

Sobald MacD und der Lastwagenfahrer nicht mehr in Sicht waren, schob Juan die Seitentür des Vans auf, und er und Tiny sprinteten zum Anhänger, durch den quer stehenden Van vor den Blicken der Fahrer im Stau hinter ihnen abgeschirmt.

Sie schwangen sich auf die Ladefläche des Trucks. Juan hatte bereits einen schlanken Stahlhaken in der Hand, um das Kofferraumschloss des Cadillac zu knacken. Er stellte jedoch fest, dass es gar nicht verriegelt war, und öffnete die breite Klappe. Sie warfen ihre Rucksäcke mit den Utensilien in das geräumige Gepäckabteil und rollten sich hinein. Mithilfe eines Magnetgriffs zog Juan dann die Klappe über ihnen zu.

»Sie hatten recht, Chairman«, stellte Tiny fest und streckte sich aus. »Hier drin ist wirklich jede Menge Platz.«

Juan quittierte die Feststellung mit einem Grinsen, aktivierte seine Ohrhörer-Mikrofon-Kombination und übermittelte MacD seine Vollzugsmeldung. »Wir sind drin.«

* * *

MacD kauerte neben einem der Vorderräder des Sattelauflegers, als Juans Nachricht ihn erreichte.

»Tut mir leid, Kumpel«, sagte er zu dem LKW-Begleiter, dessen Vorname Georgios lautete, wie er mittlerweile erfahren hatte. »Ich hatte wirklich angenommen, dass der Reifen Luft verliert und nahezu platt ist, aber er scheint vollkommen okay zu sein.«

Georgios winkte ab. »Ist schon in Ordnung. Trotzdem vielen Dank.«

Sie gingen zum Lastwagenheck, und Georgios kletterte hinein, während MacD sich wieder hinter das Lenkrad des Vans setzte. Er verfolgte, wie Georgios die Karosserien der Wagen auf der Ladefläche kontrollierte und die Spannseile überprüfte, um auch ganz sicherzugehen, dass sie sich während der Vollbremsung nicht gelockert hatten.

Dabei legte er noch nicht einmal eine Hand auf den Kofferraum des Cadillacs.

Georgios kletterte heraus, zog die Rolltür herab und verriegelte sie wieder. Er ging um den Lastwagen herum, sah, dass der Fahrer noch immer mit der Frau diskutierte, und rief ihm etwas auf Griechisch zu, wobei er mit einigen Gesten signalisierte, dass sie weiterfahren sollten.

»Wir können die Vorstellung beenden, Raven«, sagte MacD und startete den Van.

* * *

Sobald sie diese Worte aus MacDs Mund hörte, brach Raven ihre Schimpfkanonade ab, mit der sie den Lastwagenfahrer überschüttete. Ihr Tonfall schaltete von Zorn auf Bedauern um, als würde ihr erst in diesem Moment klar, dass eigentlich sie und nicht er den Unfall verschuldet hatte.

»Sie mich nicht gesehen?«, fragte sie in gebrochenem Englisch.

»Nein, Sie zu schnell neben mir«, erwiderte Andreas. »Ich Sie nicht gesehen.«

»Oh, tut mir leid. Bitte, keine Polizei.« Sie schaffte es, dass ihr Tränen in die Augen traten.

Er hob beschwichtigend die Hände und schüttelte den Kopf.

»Ist okay«, sagte er mit einem Lächeln und tätschelte ihre Schulter. »Keine Sorge. Wir jetzt weiterfahren.«

Sie bedankte sich überschwänglich bei ihm und kehrte zu ihrem gemieteten Fiat zurück. Dieser Punkt war ungefähr der Einzige, in dem sie nicht gelogen hatte.

Sie wendete den Wagen und setzte ihre unterbrochene Fahrt fort. Der Lastwagen folgte ihr.

»Wir treffen uns am Flughafen«, sagte sie in ihr Mikrofon.

»Okay. Habe verstanden«, antwortete MacD.

Keiner der beiden erwähnte, dass der gefährlichste Teil dieses Abschnitts der Mission noch vor ihnen lag und dass sie nicht die geringste Möglichkeit hatten, seinen Verlauf in irgendeiner Weise zu beeinflussen. Ihnen blieb nichts anderes übrig, als zu hoffen, dass Natalie Taylor nicht auffiel, dass die Federung des Cadillacs aufgrund seiner zusätzlichen lebendigen Last ein wenig stärker nachgab. Sie durfte auf keinen Fall den Kofferraum öffnen, um nach dem Grund zu suchen.

48

Nachdem Raven Malloy im internationalen Flughafen von Larnaca die Rückgabeformalitäten ihres Mietwagens geregelt hatte, wartete MacD bereits mit dem Van vor dem Flughafengebäude. Raven stieg zu ihm in den Wagen, und sie suchten sich eine geeignete Position am Rand des Kurzzeitparkplatzes, von der aus sie einen ungehinderten Blick auf den turmhohen zweistöckigen Airbus A380 hatten, der Xavier Carlton gehörte. Das stark vergrößernde Fernglas, das Raven benutzte, lieferte ihr ein detailreiches Bild von der ausfahrbaren Gangway neben dem vorderen Abschnitt des Flugzeugs und der Rampe am Heck, die gleichzeitig als Tor zum Frachtraum diente. Andreas und Georgios standen vor dem Sattelschlepper und warteten auf das Signal, die Autos von der Ladefläche herabzubugsieren und ins Flugzeug einzuladen.

»Mir ist völlig neu, dass diese Airbusse Laderampen haben«, sagte Raven und reichte MacD, der neben ihr hinter dem Lenkrad saß, das Fernglas.

»Auf die Passagiermodelle trifft das auch zu«, sagte MacD. »Aber Carltons Maschine ist eine Sonderanfertigung. Sie basiert angeblich auf dem Prototyp einer Airbus-Frachtversion, die jedoch nie in Serie ging und offiziell ihren Dienst aufnahm. Wie ich hörte, hat es ein ganzes Jahr gedauert, um die Inneneinrichtung aus tropischen Edelhölzern und goldenen Verzierungen fertigzustellen.«

»Was für eine Verschwendung. Es kostet sicherlich

einige Zehntausend Dollar pro Stunde, um mit dieser Maschine eine einzelne Person durch die Weltgeschichte zu fliegen.«

»Und diesmal sitzt er noch nicht mal in der Maschine. Aber mit den Milliarden, die er auf dem Konto hat, kann Carlton es sich ja erlauben. Das zahlt er aus der Portokasse.«

Das hektische Flappen von Helikopterrotoren brachte die Luft zum Vibrieren. MacD und Raven hielten nach der Quelle des Lärms Ausschau und entdeckten einen Agusta, der sieben Passagieren Platz bot und in diesem Augenblick sein Fahrwerk ausfuhr und neben dem A380 auf dem Asphalt aufsetzte.

MacD gab Raven das Fernglas zurück, und sie beobachtete, wie Natalie Taylor sowie zwei ihrer Schläger ausstiegen. Sie achteten darauf, ihre Waffen nicht offen zu zeigen, waren aber offensichtlich bereit, sie beim geringsten Anlass zu benutzen.

Als Nächster erschien Lionel Gupta. Schwerfällig wuchtete er seine Leibesfülle aus dem Hubschrauber. Dann folgten Eddie und Linc. Man hatte ihnen die Hände auf dem Rücken gefesselt, und ihre Beine waren locker zusammengebunden, sodass sie nicht in einen Laufschritt verfallen konnten.

»Welchen Eindruck machen sie?«, erkundigte sich MacD.

»Soweit ich erkennen kann, ist bis jetzt keiner von ihnen verletzt.«

»Sie meinten, erst im Flugzeug werde es richtig zur Sache gehen.«

Die Wächter trieben die drei Gefangenen zur Gangway und ins Flugzeug.

Taylor wartete, bis der Helikopter wieder gestartet

hatte, dann ging sie zu Andreas und Georgios hinüber und befahl ihnen, die Autos auszuladen.

»Clever«, sagte MacD. »Jetzt brauchen sie nicht zu befürchten, dass vom Abwind des Rotors Steine vom Asphalt hochgewirbelt und gegen den Lack der beiden Schönheiten geschleudert werden.«

Die Lastwagenfahrer rangierten den Cadillac und den Bugatti vom Lastwagenanhänger auf die Rollbahn hinunter, und Taylor ging zu einer letzten Inspektion um sie herum.

»Was meinst du, werden sie die Karambolage erwähnen?«, fragte Raven.

MacD lachte spöttisch. »Und riskieren, von Miss Flintenweib zur Schnecke gemacht zu werden? Das glaube ich kaum.«

Natalie Taylor blieb vor dem Heck des Cadillacs stehen und war sich offenbar unschlüssig, was sie tun sollte.

»Chairman«, sprach Raven ins Mikrofon, »es ist möglich, dass sie sich entschließt, die Kofferraumklappe zu öffnen.«

Sie erwartete keine Antwort. Der Chairman und Tiny Gunderson mussten sich vollkommen still verhalten. Kein Laut durfte nach draußen dringen. Aber sie hätten ihre Waffen sicherlich längst im Anschlag für den Fall, dass es zur gefürchteten Katastrophe kam und sie entdeckt wurden. Und MacD hatte bereits den Fuß auf dem Gaspedal und die Hand am Anlasser, um mit Höchsttempo durch den Zaun zu brechen und zu helfen, wenn es notwendig werden sollte.

Raven entspannte sich ein wenig, als sie durch das Fernglas verfolgen konnte, dass Taylor schließlich weiterging und Andreas und Georgios ein Zeichen gab, die Autos in den Bauch des Airbus zu fahren.

»Chairman, Sie brauchen vorerst nichts mehr zu befürchten«, sagte sie. »Gute Jagd.«

Zuerst verschwand der Caddy im Frachtraum, dann folgte der Bugatti. Nachdem die beiden Fahrzeuge mit Haltegurten an Bodenankern festgezurrt worden waren, stiegen die beiden Lkw-Fahrer in den Truck und verließen das Flughafengelände. Das Letzte, was Raven Malloy von Natalie Taylor sah, war, wie sie vor einer Instrumententafel stand und auf einen großen roten Schaltkopf drückte, um die Rampe hochzufahren, die den Frachtraum verschloss.

* * *

Juan und Tiny dachten nicht daran, ihre mit Schalldämpfern ausgestatteten Pistolen aus den Händen zu legen, sondern hielten sie auf den Kofferraumdeckel gerichtet, falls Taylor sich entschloss, doch noch eine allerletzte Inspektion durchzuführen. Sie hatten ganz bewusst darauf verzichtet, sich mit Sturmgewehren zu bewaffnen, da sie wussten, dass deren Geschosse aufgrund ihrer starken Treibladungen die Kabinenwand des Airbus durchschlugen und damit eine explosionsartige Dekompression auslösen würden.

Sie hörten, wie Natalie Taylor am Wagen entlangging und die Tür zum Fahrstuhlvorraum öffnete. Erst als sich die Tür wieder schloss und die Liftkabine zum Passagierdeck des A380 hochstieg, entspannte sich Juan. Dennoch vergaß er nicht, dass Miss Taylor ungewöhnlich clever agierte und ihr jederzeit zuzutrauen war, dass sie versuchte, sie auf irgendeine Weise auszutricksen. Tiny holte tief Luft und wollte etwas sagen, aber Juan stoppte ihn, indem er beschwörend einen Finger auf den Mund legte. Dann benutzte er sein Smartphone, um eine Nachricht zu tippen.

Still bleiben, bis wir in der Luft sind.

Tiny nickte.

Der Cadillac erzitterte, als die vier Strahltriebwerke des Airbus 380 angelassen wurden. Wenig später setzte sich die Maschine in Bewegung und rollte in Richtung Startbahn.

* * *

»Ob unser Plan funktioniert hat, werden wir erst erfahren, wenn wir wieder von ihnen hören«, sagte Raven Malloy, während sie dem A380 nachblickte.

»Ich glaube, wir werden schon vorher Bescheid wissen, wie es gelaufen ist«, sagte MacD.

»Wie meinst du das?«

»Du hast doch sicher nicht vergessen, wie man dir einen Peilsender eingepflanzt hat, als du in die Corporation aufgenommen wurdest, oder?«

Raven schüttelte den Kopf. »Natürlich nicht.«

»Die Sender in ihren Oberschenkeln sollten einige hundert Meilen pro Stunde zurückgelegt haben, ehe die Maschine wieder landet.«

»Und wenn die Sender sich nicht mehr bewegen«, schlussfolgerte Raven, »wissen wir, dass sie sich nicht mehr im Flugzeug befinden.«

»Richtig. Aber keine Sorge. Der Chairman hat das wichtigste Element von allen auf seiner Seite.«

»Pistolen?«

»Ich dachte eher an das Überraschungsmoment«, sagte MacD grinsend. »Aber Waffen sind ganz sicher auch ein Plus.«

Der A380 jagte mit heulenden Triebwerken die Rollbahn hinunter. Nach kaum einer Minute hob er von der Piste ab und wurde wenig später von einer dichten Wolkendecke über dem Mittelmeer verschluckt.

49

UNTERWEGS NACH MUMBAI

Eddie Seng und Franklin Lincoln waren in den hinteren Abschnitt des A380 verfrachtet worden. Der Raum, in dem sie saßen, sah wie ein Spielzimmer oder eine Folterkammer aus. Betrachtete man ihre augenblickliche Zwangslage, konnte er für sie beides sein.

Sie saßen in Ledersesseln, und ihre Hände waren an die Armlehnen gefesselt, aber ihre Beine waren frei. Die Sessel waren nebeneinander und in Flugrichtung angeordnet. Der Raum, in dem sie standen, befand sich in der oberen Ebene des Flugzeugs. Eine ausrollbare Trennwand war von der Kabinendecke herabgelassen worden. Eine Tür in der Trennwand führte zum vorderen Abschnitt der Maschine. Eine Wendeltreppe hinter ihnen verband die obere Passagieretage mit dem Hauptdeck darunter. An den Kabinenwänden hingen antike Waffen aus verschiedenen Epochen und Kulturen. Eddie erkannte Krummsäbel aus Persien, Wurfsterne aus Japan und ein großes, furchteinflößendes afrikanisches Wurfeisen – ein sogenanntes Hunga Munga – mit rasiermesserscharf geschliffenen Kanten.

Natalie Taylor und Lionel Gupta – dieser war offenbar ebenfalls ein Gefangener Xavier Carltons – waren nicht zu sehen. Zwei bullige Wächter hatten sich im vorderen Teil der Kabine aufgebaut. Ihre Waffen griffbereit in ihren Schulterhalftern verstaut, ließen sie die beiden Mitglieder der Corporation nicht aus den Augen. Falls Eddie es schaffte, sie näher heranzulocken, ergab sich für ihn und Linc vielleicht eine Chance, sie zu überrumpeln.

»Was dagegen, wenn ihr uns für ein paar Minuten allein lasst?«, fragte Eddie die Wächter. »Mein Freund ist Fremden gegenüber ein wenig schüchtern.«

Die Wachen verrieten durch keinerlei Reaktion, dass sie die Frage verstanden hatten.

»Vielleicht haben sie dich nicht gehört«, meinte Linc.

»Ich bin nun mal ein ruhiger Zeitgenosse.« Diesmal steigerte Eddie die Lautstärke und brüllte. »Ich sagte, wir fühlen uns in fremder Gesellschaft nicht wohl! Können wir bitte ein wenig Privatsphäre haben!«

Keine Antwort.

»Ich weiß, was los ist«, sagte Linc. »Sie sprechen kein Englisch.«

»Oder sie haben Knöpfe in den Ohren, die wir nicht sehen können, und hören sich gerade das jüngste Justin-Bieber-Album an.«

Linc nickte zustimmend. »Ich glaube, das ist genau der Musikstil, den sie bevorzugen.«

Einer der beiden Wächter schickte ihnen einen drohenden Blick, aber das blieb die einzige Reaktion.

»Nette Sammlung«, sagte Eddie zu Linc, während er den Blick über die Waffen gleiten ließ, die wie Museumsstücke an der Kabinenwand aufgehängt waren.

»Ganz schön spitz und scharf, diese Kollektion.«

»Sie kann einem richtig Angst machen«, meinte Eddie und gähnte demonstrativ.

»Da sie uns weder hören noch verstehen können«, sagte Linc, »sollten wir vielleicht anfangen, irgendeinen Plan zu entwickeln, um diese Mistkerle auf Dauer aus dem Weg zu räumen.«

»Gute Idee. Dann melde ich mich schon mal für das Hunga Munga an.«

»Oh, Mann!«, beschwerte sich Linc in einem übertrieben beleidigten Tonfall. »Genau das Ding hatte ich mir eigentlich ausgesucht.«

»Hör mal, wir können uns das Arsenal teilen. Es sind für jeden von uns genug von diesen Typen da – zum Abservieren. Jeder kriegt seinen fairen Anteil.«

Die Miene des Wächters auf der linken Seite verriet, dass er von ihren Sticheleien genug hatte. Er ballte die Fäuste und machte Anstalten, auf die Gefangenen zuzugehen, als Natalie Taylor in der Türöffnung erschien und sagte: »Das reicht jetzt mit dem kindischen Geschwätz.«

Der Wächter blieb stehen und kehrte auf seinen Platz zurück.

Taylor kam ganz herein, unter dem Arm eine zusammengefaltete Kunststofffolie.

»Wir hatten Sie schon vermisst«, begrüßte Linc die Vertraute Xavier Carltons.

»Das glaube ich Ihnen aufs Wort.«

»Der Service bei dieser Fluglinie ist unter aller Kanone«, beschwerte sich Eddie. »Jetzt sind wir schon eine Viertelstunde in der Luft und haben noch nicht mal den Getränkewagen zu Gesicht bekommen.«

»Und das werden Sie auch weiterhin nicht. Auf diesem Trip brauchen wir keine Flugbegleiter. Dafür können wir uns ungestört unterhalten und brauchen nicht zu befürchten, dass das, was wir uns anvertrauen, in falsche Ohren gerät.«

Eddie wandte sich an Linc. »Hatte ich nicht gerade erst um ein wenig Privatsphäre gebeten?«

»Sie sind zu freundlich«, sagte Linc zu Taylor.

»Ihr Geplapper ist ja ganz amüsant«, sagte Taylor,

»aber ich bin gespannt, ob es immer noch so amüsant ist, wenn ihr Freund sich in seinem Blut auf dem Boden wälzt.«

»Und diesen wunderschönen Teppichboden besudelt? Das wäre eine Schande.«

»Und deshalb habe ich dies hier mitgebracht.« Sie reichte einem der Wächter die Kunststofffolie. »Achtet darauf, dass der Boden damit lückenlos bedeckt wird. Ich muss noch ein paar andere Dinge erledigen und bin gleich wieder zurück. Dann können wir uns in Ruhe unterhalten.«

Sie winkte ihren beiden Gefangenen aufmunternd zu, während sie die Kabine verließ und die Tür hinter sich schloss.

Eddie und Linc verfolgten nun schweigend, wie der Wachmann die Folie auseinanderfaltete, auf dem Teppichboden ausbreitete und rundum an den Rändern hochzog, um auch die Wände wenigstens im unteren Bereich vor Spritzern zu schützen.

Der andere Wächter sah grinsend zu, wie sein Kollege den Auftrag ihrer Chefin ausführte.

* * *

Juan Cabrillo schätzte, dass sie nun lange genug abgewartet hatten. Der Airbus dürfte mittlerweile seine vorgeschriebene Reiseflughöhe erreicht haben.

Tiny Gunderson reichte ihm das kompakte Titanbrecheisen, und Juan hebelte behutsam die Kofferraumklappe auf. Er öffnete sie nur einen schmalen Spalt breit, um die Lage zu sondieren. Soweit er erkennen konnte, war der Frachtraum menschenleer, daher drückte er die Klappe vollends auf und rollte sich heraus, seine schallgedämpfte Smith & Wesson schussbereit im Anschlag.

Die einzige Fracht waren die zwei Autos. Beide Fahrzeuge waren mit breiten Gurten gesichert, die um die Räder geschlungen und mit speziellen Karabinerhaken verbunden waren, die mit im Boden eingelassenen und elektrisch betriebenen Gewindestangen hin und her bewegt werden konnten, um die Gurte zu spannen und die Haken zu öffnen oder zu schließen. Bedient wurden die Haken mittels Schaltknöpfen, die sich auf einem kleinen Armaturenbrett neben jedem Wagen an der Kabinenwand befanden.

»Alles klar«, meldete Juan leise.

Tiny schlängelte sich ebenfalls aus dem Kofferraum und holte die Rucksäcke heraus, in denen sie alle Utensilien mitführten, die ihnen bei dieser Mission von Nutzen sein konnten. Sie schwangen sich die schlanken Gepäckstücke auf die Schultern und huschten geduckt zum Fahrstuhl.

»Wo wollen Sie mit der Suche beginnen?«, fragte Tiny.

»Ich glaube nicht, dass die Piloten in alle Pläne ihres Arbeitgebers eingeweiht sind und darum auch keine Ahnung haben, dass Taylor ihre Gefangenen foltern will. Aus diesem Grund wird sie unsere Freunde so weit wie möglich vom Cockpit fernhalten.«

»Das wäre dann der hintere Abschnitt des Oberdecks. Das Cockpit befindet sich auf dem Hauptdeck.«

»In diesem Fall sind Eddie und Linc unser erstes Ziel, zumal wir damit unsere Anzahl verdoppeln. Danach besetzen wir das Cockpit.«

Selbst wenn die Piloten nicht wussten, was Natalie Taylor mit den Gefangenen vorhatte, würden sie sich entschlossen gegen jeden zur Wehr setzen, der versuchte, die Kontrolle über das Flugzeug an sich zu reißen. Beim ersten Anzeichen einer solchen Aktion würden sie sicherlich nach Zypern zurückkehren, wo eine ganze Armee von Carltons Leuten bereitstünde, um sie gebührend in Empfang zu nehmen, wenn sie landeten.

Aber ins Flugdeck eines Passagierflugzeugs einzudringen war im Zeitalter des Terrorismus und der Flugzeugentführungen äußerst schwierig, wenn nicht sogar nahezu unmöglich. Die Cockpittür war aus besonders widerstandsfähigem Material gefertigt und absolut kugelsicher, zumindest gegen Pistolenfeuer. An ein Aufbrechen war gar nicht zu denken, und der Notfallcode, um sie von außen zu öffnen, wäre nutzlos, selbst wenn ihre Suche erfolgreich wäre und er ihnen in die Hände fiele. Die Piloten würden den dreifachen Verriegelungsmechanismus auslösen, sobald sie annehmen mussten, dass die Maschine angegriffen wurde.

Aus diesem Grund hatten Juan und Tiny Thermoladungen mitgebracht. Herkömmlichen Sprengstoff zu benutzen, um die Türangeln aufzubrechen, wäre zu gefährlich. Sie könnten die Piloten nicht nur möglicherweise verletzen oder sogar töten, sondern auch die Anzeigeinstrumente und die Steuerelemente beschädigen.

Die Ladungen bestanden aus mehrlagigen Plastikstreifen, deren Hohlräume mit Nanothermit gefüllt waren. Diese wurden auf die Türränder geklebt. Sobald die Nylonzündschnüre abgerissen wurden, entzündete sich das Thermit und fraß sich wie die Flamme eines Schweißbrenners durch die Türschlösser und stählernen Scharniere.

Der Fahrstuhl zum Passagierdeck befand sich auf der Backbordseite etwa in der Mitte des Flugzeugs. Juan wäre eine Treppe zwar lieber gewesen, aber die gab es an dieser Stelle nun einmal nicht. Der Fahrstuhl war die Schwachstelle bei ihrer geplanten Infiltration. Solange sie sich in der Kabine aufhielten, hätten sie keine Möglichkeit festzustellen, ob sie am Ziel ihrer unfreiwilligen Flugreise bereits erwartet würden.

Sie hatten die Waffen entsichert und schussbereit in den Händen, während die Liftkabine langsam zur Bordküche aufstieg. Ein gedämpfter Glockenton erklang, als sie anhielt. Juan stieß die Tür auf und sprang hinaus, aber weit und breit war niemand zu sehen.

Nachdem er den Korridor auf beiden Seiten überprüft und sich vergewissert hatte, dass keine akute Gefahr drohte, gab er Tiny ein Zeichen, ihm zu folgen. In Richtung Flugzeugheck konnte Juan am Ende des Korridors eine Wendeltreppe sehen. Er folgte dem Korridor dorthin, während Tiny die Nachhut bildete und nach möglichen Verfolgern Ausschau hielt. Juan nahm sich die Zeit, vier kleine Räume zu kontrollieren, die sie auf ihrem Weg passierten – offenbar Passagiersuiten, die auf diesem Flug jedoch nicht benutzt wurden –, ehe er einen luxuriös eingerichteten Salon betrat.

»Warten Sie hier, bis ich Sie rufe«, flüsterte Juan. Tiny nickte und behielt den Korridor wachsam im Auge.

Als Juan das Ende der Wendeltreppe erreichte, wagte er einen Blick über die Kante oberhalb der letzten Stufe und gewahrte die Hinterköpfe ihrer gefangenen Gefährten Eddie und Linc. Er richtete sich weiter auf und sah, dass sie in Sesseln saßen. Einige Schritte von ihnen entfernt hatten sich zwei Wächter aufgebaut. Beide trugen Kampfanzüge und fühlten sich offenbar sicher, wie die Griffe von Pistolen verrieten, die aus ihren Schulterhalftern ragten.

Juan musste das Risiko eingehen, dass die Schüsse aus seiner Pistole außerhalb des Raums gehört wurden. Er duckte sich, spannte seine Oberschenkelmuskeln an und überwand die letzten Stufen mit einem Sprung. Die Wächter starrten den Eindringling nur für den Bruchteil einer Sekunde geschockt an, dann griffen sie reflexartig nach ihren Waffen. Juan streckte jeden der beiden mit einem einzigen Schuss nieder. Blut sickerte aus ihren Kopfwunden und bildete schnell eine Pfütze auf der Kunststofffolie.

Eddie und Linc wandten sich um. Keiner der beiden schien von dem Anblick Juans überrascht zu sein.

»Hallo, Chairman«, sagte Linc und entblößte seine strahlend weißen Zähne mit einem Grinsen. »Was hat Sie so lange aufgehalten?«

50

Juan Cabrillo rief Tiny Gunderson zu sich herauf, und sie verteilten Pistolen und Kommunikationsheadsets an Eddie und Linc, nachdem sie ihnen die Fesseln abgenommen hatten. Juan ging zur Kabinentür, die geschlossen war, und presste lauschend ein Ohr dagegen, aber durch die dicke Isolierschicht drang kein Laut. Vorsichtig öffnete er die Tür, warf einen Blick durch den Spalt und sah jemanden im Korridor stehen. Er gab seinen Gefährten durch Handzeichen zu verstehen, dass sie Gesellschaft hatten.

Wenn sie im mittleren Abschnitt des Flugzeugs einen Schuss abfeuerten, wäre das Überraschungsmoment, das ihnen einen gewissen Vorteil verschaffte, zwar verloren, aber der Wächter war zu weit entfernt, als dass sie sich unbemerkt an ihn hätten heranschleichen können. Juan blickte sich suchend um, und sein Blick blieb an dem Hunga Munga hängen, das dekorativ an der Kabinenwand befestigt war. Er nickte Linc auffordernd zu.

Linc verstand sofort, was Juan ihm mitteilen wollte, und hebelte die Waffe aus den Halteklammern. Als Linc seine Position an der Tür eingenommen hatte, zählte Juan bis drei und riss die Tür weit auf. Linc schleuderte das Hunga Munga so sicher und locker, als ob er eine Frisbeescheibe auf die Reise schickte, und der lange dolchartige Dorn des Wurfeisens bohrte sich tief in die Brust des Wächters, als er sich zu der unerwarteten Störung umdrehte. Lautlos sackte er auf die Knie und kippte nach vorne aufs Gesicht. Diesmal wäre ein Teppichreinigungsservice dringend nötig gewesen.

Juan führte das Team durch den Korridor. Die angrenzenden Räume waren Luxuskabinen mit eigenen Badezellen. Die Türen der ersten beiden Kabinen standen offen, aber die Kabine, vor der sich der Wächter aufgehalten hatte, war geschlossen. Während Linc das Hunga Munga aus der Brust des Toten zog und an dessen Kampfanzug abwischte, öffnete Juan die Tür und blickte in das überraschte Gesicht Lionel Guptas.

»Wer sind Sie?«, fragte der Inder vollkommen perplex.

»Wir sind hier, um Sie zu retten«, antwortete Juan. »Wo ist Natalie Taylor?«

»Das weiß ich nicht. Arbeiten Sie für Romir Mallik?«

»Nein. Betrachten Sie uns als besorgte Bürger, die auf eigene Rechnung arbeiten. Wir wissen über die Neun Namenlosen Bescheid und auch darüber, was Sie und Ihre Freunde mit Colossus beabsichtigen. Und dem werden wir einen Riegel vorschieben.«

»Wie Sie sehen können, bin ich nicht mehr daran beteiligt. Man wird mich töten.«

»Weshalb?«

»Weil Carlton den Verstand verloren hat und nur noch von seiner Machtgier gelenkt wird. Sobald er die Colossus-Schiffe miteinander verbunden hat, gibt es nichts mehr, was ihn aufhalten könnte.«

»Und wo soll das geschehen?«, fragte Juan.

»Auf dem Großen Bittersee. Die Schiffe dürfen nicht mehr als zwanzig Meilen voneinander entfernt sein, damit die Verbindung geschlossen wird und stabil ist.«

»Und lässt sich dieser Verbund und damit Colossus auf irgendeine Weise deaktivieren?«

Gupta zögerte.

»Denken Sie daran, dass Sie mit Sicherheit sterben werden, wenn Carlton Colossus in Gang setzen kann, es sei denn, wir sind Ihnen behilflich, ihn aufzuhalten.«

Guptas Schultern sackten nach vorn. »In Ordnung. Sie sollen alles erfahren. Ich habe einige Dateien eingeschleust und an Orten abgelegt, wo sie meiner Meinung nach niemand finden würde. Nur für alle Fälle. Natürlich würde Colossus, sobald sie vollständig funktionsfähig ist, schon nach wenigen Minuten darauf stoßen.«

Er holte einen Notizblock aus einer Tasche seines Jacketts, notierte darauf eine lange Reihe von Buchstaben und Zahlen, riss den Zettel ab und reichte ihn Juan, der ihn zusammenfaltete und in die Tasche steckte.

»Und jetzt sehen Sie bitte zu, dass ich aus dieser Maschine rauskomme«, sagte Gupta.

»Ich denke, Sie sollten vorerst lieber in Ihrer Kabine bleiben«, entgegnete Juan. »Dort sind Sie sicherer aufgehoben.« Gupta nickte schicksalsergeben. »Okay.«

Juan wies Linc an, die Führung zu übernehmen. Eddie und Tiny folgten ihm, während Juan die Nachhut bildete und darauf achtete, dass niemand ihre kleine Kommandoeinheit von hinten aufrollte.

Als Linc den vorderen Salon erreichte, bewies er abermals seine erstaunlichen Fähigkeiten im Umgang mit dem Hunga Munga, aber offenbar erwartete ihn dort nicht nur ein Wächter, denn Eddie feuerte zwei Schüsse ab. Das Feuer wurde vom unteren Ende der vorderen Treppe erwidert, und sie alle warfen sich auf den Boden und machten sich so platt wie möglich.

Sobald die Schüsse fielen, legte sich das Flugzeug auf die Seite und setzte zu einem weiten Bogen an. Juan vermutete, dass die Piloten die Absicht hatten, schnellstens nach Zypern zurückzukehren.

»Wir müssen irgendeine Möglichkeit finden, ins Cockpit zu gelangen«, sagte er.

»Daran arbeite ich bereits«, sagte Linc, der ebenfalls seine Pistole gezogen hatte und schnell hintereinander drei Schüsse abfeuerte.

Gupta lehnte sich aus seiner Suite, um nachzusehen, was sich im Korridor abspielte.

»Zurück! Bleiben Sie verdammt noch mal in Ihrer Kabine!«, rief Juan.

Aber die Warnung kam zu spät. Am hinteren Ende des Korridors fiel ein Schuss. Gupta zuckte zusammen und drehte sich um seine eigene Achse, während er aus seiner Kabine herausstürzte. Blut sickerte aus einem Loch in seinem Hinterkopf und tränkte den Teppichboden.

Natalie Taylor kauerte im Spielzimmer, ein hässliches Grinsen im Gesicht. Juan feuerte einige hastige Schüsse in ihre Richtung ab, aber sie duckte sich und brachte sich rechtzeitig aus der Schusslinie. Er erhaschte noch einen letzten kurzen Blick auf sie, als sie sich herumwarf und die Wendeltreppe hinunterrannte.

»Eddie!«, erklang Juans Stimme über dem Schusslärm. »Kommen Sie mit! Wir holen uns die Taylor!«

Er und Eddie folgten der Frau die Treppe hinunter, während Tiny und Linc die Cockpittür mit den Thermitladungen präparierten.

* * *

Zumindest brauche ich mich nicht mehr um Lionel Gupta zu kümmern, dachte Natalie Taylor, während sie die Wendeltreppe hinter sich ließ und zum vorderen Ende des Flugzeugs rannte, wo die Schießerei in der Nähe der Cockpittür in vollem Gange war. Aber die Erkenntnis, dass es jemandem gelungen sein musste, sich an Bord der

Maschine zu schleichen, um die Gefangenen zu befreien, erfüllte sie mit ohnmächtiger Wut.

Sie hatten bereits die Hälfte ihres Wächtertrupps getötet. Wenn Carlton an Bord gewesen wäre, hätte sie doppelt so viele Exsoldaten zur Verfügung gehabt, und diese Schlacht wäre längst geschlagen.

Das Einzige, was sich in diesem Moment noch als Möglichkeit für sie anbot, war, an der Cockpittür in Stellung zu gehen und zu hoffen, dass sie es bis zurück nach Zypern schafften. Aber sie musste zugeben, dass dieser Angriff minutiös geplant und ausgeführt worden war. Sie hatte es zweifellos mit Profis zu tun. Ihre eigenen Leute waren zwar gut, aber nicht so gut. Sie musste sich etwas einfallen lassen.

Wenn sie doch nur Betäubungsgas an Bord hätten, das sie über die Sauerstoffversorgung in der Maschine verteilen könnten, wie sie es bei der inszenierten Entführung von Carltons erstem Airbus gemacht hatten.

Dieser Gedanke brachte sie auf eine Idee. Ihr Vorteil waren die beiden Piloten im Cockpit. Von dort aus hatten sie die Kontrolle über die gesamte Maschine mit all ihren Systemen.

Sie deutete auf zwei von den vier Wächtern, die mit ihren Waffen die vordere Treppe beharkten. »Ich brauche euch beide. Kommt mit mir.«

Sie sahen die Frau an, als hätten sie eine Geisteskranke vor sich, aber sie gehorchten ihr.

Im Laufschritt kehrte sie mit ihnen im Schlepptau zur Bordküche zurück und sah den Asiaten und seinen Befreier die Wendeltreppe herunterkommen.

Taylor drängte sich mit den beiden Wächtern in die winzige Küche. Zu einem von ihnen sagte sie: »Bleib hier und lass nicht zu, dass uns jemand folgt.«

Der Wächter eröffnete sofort das Feuer auf die Eindringlinge, während Taylor das Mikrofon der Kabinensprechanlage ergriff und das Cockpit rief.

»Was ist da draußen los?«, rief der Pilot besorgt.

»Wir haben Hijacker an Bord. Schalten Sie die Sauerstoffnotversorgung ab, und gehen Sie mit dem Tempo so weit runter, wie es in dieser Flughöhe irgend möglich ist.«

»Wie bitte?«

»Tun Sie's einfach. Und halten Sie sich für einen ziemlich plötzlichen Druckabfall bereit.«

Dem Piloten verschlug es fast die Sprache. »Meinen Sie das ernst?«

»Todernst sogar. In spätestens drei Minuten haben wir die Maschine wieder unter Kontrolle.«

Sie öffnete den Erste-Hilfe-Schrank mit der Notfallausrüstung und holte die kleine tragbare Sauerstoffflasche mitsamt der dazugehörigen Atemmaske heraus.

»Komm mit«, sagte sie zu dem anderen Wächter, rannte durch den Korridor und stieg in den Fahrstuhl zum Frachtraum. Der Wächter zwängte sich ebenfalls in die winzige Kabine, und sie sanken abwärts.

»Was tun wir?«, wollte er wissen.

Taylor ignorierte die Frage. »Wenn wir unten ankommen, hast du nichts anderes zu tun, als darauf zu achten, dass uns niemand in den Laderaum folgt. Und vergiss nicht, dich da unten irgendwo festzuhalten.«

51

Die Cockpittür war verlockend nah – von der untersten Stufe der vorderen Treppe betrug die Entfernung höchstens drei Meter –, aber Linc würde es niemals bis dort hinunterschaffen, es sei denn, er ging ein unkalkulierbares Risiko ein. Sobald er die Treppe beträte, würden die Schützen in der unteren Etage seine Beine sehen und sie durchsieben, bevor er die Treppe auch nur zur Hälfte hinter sich gebracht hätte.

Daher schnappte er sich eines der dicken und breiten Rückenpolster der Wildledercouch, die in Reichweite der Treppe stand. Er legte das Polster auf die oberste Treppenstufe und sagte zu Tiny: »Stell keine Fragen, sondern halte dich lieber bereit.«

Dann schob er das Polster über die Kante der obersten Treppenstufe und warf sich mit einem Hechtsprung ausgestreckt darauf. Das Polster war der perfekte Schlitten für ihn, als er die Treppe mit dem Kopf voran hinabtauchte, die Pistole in der Hand.

Der erste Wächter wurde durch diesen taktischen Schachzug überrumpelt. Er feuerte, jedoch viel zu spät. Seine Kugel bohrte sich in eine Treppenstufe hinter Linc, der ihn gleichzeitig mit zwei Treffern niederstreckte.

Der zweite Wächter war schneller, und eine Kugel streifte Lincs Oberschenkel. Er feuerte zurück und erwischte den Wächter in der Schulter. Der Mann konnte sich im letzten Moment in einen Raum hinter der Treppe zurückziehen.

Linc gab Tiny mit der Hand ein Zeichen, ihm zu folgen. »Beeil dich!«

Während Tiny an Linc vorbeirutschte, sagte er: »Du blutest.«

»Mich hat es schon schlimmer erwischt«, sagte Linc. »Aber überhaupt nicht getroffen zu werden ist natürlich allemal besser.«

Während Linc die Türöffnung des Raums, in dem der Wächter verschwunden war, im Auge behielt, begann Tiny, die Thermitstreifen auf die Cockpittür zu kleben.

* * *

Juan und Eddie mussten insgesamt zwölf Schüsse abfeuern, ehe sie den Wächter ausschalten konnten, der von der Bordküche aus den Korridor im Visier hatte und blockierte. Als er schließlich zu Boden ging, näherten sie sich misstrauisch seiner Position.

Die Bordküche war leer.

»Sie sind offenbar in den Frachtraum hinuntergefahren«, sagte Juan.

»Aber weshalb?«, fragte Eddie.

Juan deutete auf den Erste-Hilfe-Schrank. »Die Sauerstoffflasche fehlt. Kein gutes Zeichen.«

»Das gefällt mir gar nicht.«

»Mir auch nicht. Wir müssen irgendwie dort runter. Und zwar schnell. Linc, wie ist die Lage?«

»Wir sind im Begriff, die Cockpittür zu knacken. Nur noch ein paar Sekunden.«

»Gut. Geben Sie mir Bescheid, wenn Sie drin sind. Wir sind unterwegs zum Frachtraum, um Miss Taylor zu suchen.«

»Verstanden.«

Anstatt auf den Knopf zu drücken, der den Lift zu

ihnen nach oben rufen würde, hebelte Juan die Tür zum Liftschacht auf und sah die Kabine in der Etage unter ihnen warten. Sie müssten wohl oder übel den Notausstieg in der Decke der Kabine benutzen.

* * *

Tiny Gunderson hatte die Cockpittür für die entscheidende Attacke präpariert. Die Thermitstreifen befanden sich an den neuralgischen Punkten der Tür, als Linc zu seiner Verblüffung sah, wie der verletzte Wachmann aus seinem Versteck wieder auftauchte.

Der Idiot hatte ein Sturmgewehr gefunden und hielt es mit seinem gesunden Arm im Anschlag.

Linc versetzte Tiny einen Stoß, während der Wächter einen langen Feuerstoß entfesselte. Hochgeschwindigkeitsprojektile fraßen sich dort in die Cockpittür, wo sie nur wenige Sekunden vorher gestanden hatten.

Linc rollte sich herum und entleerte seine Pistole auf den Wächter, der unter dem konzentrierten Feuer rückwärtsstolperte und stürzte.

Tiny starrte auf die Einschusslöcher in der Tür, während der Chairman sein Headset einschaltete. »Sind Sie noch da, Linc?«

»Wir sind okay«, antwortete Linc. »Wir nähern uns jetzt dem Cockpit.«

Er riss die Zündschnur von den Thermitladungen ab.

Funken sprühten, während sich flüssiges Metall durch die Schließriegel fraß. Als das rötliche Leuchten des flüssigen Metalls erlosch, sprang die Tür von selbst auf.

Linc fasste nach der Klinke, zog die Tür vollständig auf und stürmte ins Cockpit.

Beide Piloten waren über ihren Steuerknüppeln zusammengesunken. Ihre Rückenpartien waren blutbesudelt.

Einige Anzeigeinstrumente und Kontrollen waren ebenfalls von den Projektilen zerstört worden, aber zumindest hatte keine einzige Kugel die Frontscheibe durchschlagen. Unter ihnen erstreckte sich das azurblaue Funkeln des Mittelmeers.

Sie zogen den toten Piloten aus seinem Sessel, und Tiny übernahm seinen Platz.

»Kann man die Maschine noch fliegen?«, fragte Linc mit einem besorgten Unterton.

Tiny schüttelte den Kopf. »Ich bin mir nicht sicher. Zumindest ist im Augenblick der Autopilot noch immer eingeschaltet. Frag mich in einer Minute noch mal.«

* * *

Juan kauerte auf dem Dach der Fahrstuhlkabine, während Eddie über ihm in der Bordküche wartete. Das Dach der Kabine bot ihnen beiden keinen ausreichenden Platz, nebeneinanderzustehen und die Klappe des Notausstiegs zu öffnen.

Juan zog die Klappe auf und bückte sich, um einen Blick in die Kabine zu werfen. Der Wächter wartete draußen darauf, dass der Fahrstuhl gerufen würde, also feuerte Juan durch das Fenster und traf den Mann zweimal in die Brust.

Er turnte in die Kabine hinunter, schob die Tür auf und winkte Eddie zu, er solle herunterkommen.

Juan verließ den Lift und entdeckte Natalie Taylor am hinteren Ende des Frachtraums. Sie wandte sich zu Juan um und feuerte in seine Richtung. Er tauchte hinter dem Cadillac in Deckung, aber durch die Windschutzscheibe konnte er sie beobachten.

Ihr Arm war mit dem Ende eines gelben Gurts umwickelt, der ein Hinterrad des Bugattis sicherte. Sie hatte sich außerdem einen weiteren Gurt um den Leib geschlungen, der die Sauerstoffflasche vorne auf ihrem Brustkorb fixierte. Die Maske hatte sie sich über das Gesicht gestülpt.

Sie schickte zwei Schüsse in seine Richtung, dann steckte sie die Pistole ins Schulterhalfter und schlug mit der flachen Hand auf einen großen Knopf an der Rumpfinnenwand. Ein rotes Warnlicht begann über ihrem Kopf zu blinken. Sie drückte ein zweites Mal auf den Knopf und dann ein drittes Mal.

Erst im letzten Moment durchschaute Juan, welchen teuflischen Plan sie verfolgte. Er ließ seine Waffe fallen, um sich an einem Gurt festhalten zu können, der um eins der Vorderräder des Caddys geschlungen war.

Eddie sprang soeben durch die Dachöffnung in die Liftkabine. Juan stieß eine Warnung aus. »Halten Sie sich an irgendetwas fest!«

Und dann, während sie mit fünfunddreißigtausend Fuß über Grund in Richtung Zypern flogen, senkte sich die riesige Frachtraumklappe herab.

52

In dem Augenblick, als sich die hintere Frachtraumklappe öffnete, zerrte eine hurrikanähnliche Sturmböe an Juan Cabrillo. Während er sich bemühte, den Sicherungsgurt, der den Cadillac auf seinem Platz im Laderaum fixierte, im Griff zu behalten, bekam er aus den Augenwinkeln mit, wie Natalie Taylor von den ausströmenden Luftmassen der Dekompression in Richtung des gierigen Schlunds jenseits der sich öffnenden Frachtraumklappe gesogen wurde. Einzig und allein der um ihre Hand geschlungene gelbe Nylongurt bewahrte sie davor, in die eisigkalte Wirbelschleppe des Passagierflugzeugs geschleudert zu werden und ins Meer zu stürzen.

Nach wenigen Sekunden, in denen sich der Luftdruck im Frachtraum dem Druck der Atmosphäre außerhalb der Maschine angeglichen hatte, sackte Juan zu Boden. Taylor kauerte auf Händen und Knien und wurde von dem Wind, der durch die offene Frachtraumklappe hereinpeitschte, wie ein Lumpenbündel hin und her geworfen. Die Leiche des getöteten Wächters rutschte über den Frachtraumboden und verschwand im gähnenden Abgrund.

Juan schaute zurück und sah, dass Eddie sich noch in der Liftkabine befand und gegen die Türlippe gepresst wurde. Ein Luftstrom raste unter enormem Druck vom Hauptdeck durch die Kabine, ließ jedoch schon nach wenigen Sekunden nach.

Juan erkannte Natalie Taylors Absicht. Da war zum

einen der Druckausgleich. Und zum anderen die kleine Sauerstoffflasche. In dieser Flughöhe blieben ihm und Eddie ohne Sauerstoffmasken nur sechzig Sekunden Zeit, ehe sie in der dünnen Luft das Bewusstsein verloren. Danach hätte Miss Taylor jede Zeit der Welt, um sie endgültig auszuschalten.

Sie hatte sich in den Schutz des Bugattis zurückgezogen und wartete dort in aller Ruhe ab, bis sie ohnmächtig wurden. Es gab nur einen einzigen Ausweg aus dieser prekären Situation.

»Tiny!«, rief Juan in sein Mikrofon. Er hoffte inständig, dass man ihn über dem Rauschen der durch die Laderaumklappe hinausströmenden Luft verstand. »Haben Sie das Flugzeug unter Kontrolle?«

»Wir befinden uns im Cockpit«, antwortete Tiny Gunderson. »Die Piloten sind tot. Linc und ich konnten rechtzeitig Atemmasken aufsetzen, aber die Sauerstoffversorgung im restlichen Teil des Flugzeugs ist offenbar ausgefallen. Wir befinden uns momentan im Sinkflug. In etwa drei Minuten werden wir wieder normal atmen können.«

Das dauerte zu lange. »Bleiben Sie im Sinkflug, bis ich mich wieder melde. Dann ziehen Sie die Maschine sofort steil in die Höhe.«

»Verstanden!«

Eddie hatte noch immer seine Pistole, aber Natalie Taylors Verteidigungsposition war ausgezeichnet. Bevor Eddie auch nur einen einzigen gezielten Schuss abfeuern könnte, hätte sie ihn längst erledigt.

»Hierher!«, rief ihm Juan zu. Die ersten Vorboten einer drohenden Ohnmacht machten sich bei ihm bemerkbar. Er musste sich beeilen.

Eddie kam zu ihm herübergerobbt, und Juan drückte

ihm das Ende des Gurtes in die Hand, an dem er sich festhielt.

»Unter keinen Umständen loslassen, und jetzt geben Sie mir Feuerschutz.«

Eddie Seng nickte, erhob sich und zielte. Er deckte den Bugatti mit einem wahren Kugelhagel ein, der bewirkte, dass Xavier Carltons Leibwächterin nicht wagte, den Kopf zu heben.

Juan sprang auf und startete zu einem rekordverdächtigen Kurzstreckensprint. Sein Ziel war der Wandschalter, der die Spannvorrichtung der Sicherungsgurte des Luxussportwagens steuerte.

Natalie Taylor hatte ihn im selben Moment in der Schusslinie, in dem er die Silikonabdeckung des Wandschalters hochklappte und mit der flachen Hand auf den Knopf schlug. Taylor hatte ungehinderte Sicht auf Juan und senkte die Pistole mit einem Gefühl perverser Vorfreude, bis sie seinen Kopf genau im Visier hatte und für eine Sekunde die Luft anhielt, um abzudrücken.

Ein heftiger Ruck lief durch den Airbus, seine Nase sprang regelrecht hoch, und er ging in einen extremen Steigflug.

Taylors Augen weiteten sich. Sie ließ die Pistole fallen und versuchte verzweifelt, den Knoten des Gurtes zu entwirren, den sie um ihr Handgelenk geschlungen hatte.

Doch sie war nicht schnell genug. Befreit von den Ankerhaken im Boden des Frachtraums, rollte der Bugatti rückwärts und zog Natalie Taylor mit sich. Sie verlor das Gleichgewicht, stürzte zu Boden und versuchte vergeblich, auf den glatten Metallplatten Halt zu finden, während sie von dem stetig schneller werdenden Sportwagen in Richtung der Laderaumöffnung geschleift wurde.

Sie stieß einen schrillen Schrei aus, als der Wagen den

Rand der Klappe erreichte, nach vorne kippte und sie mit sich in die Tiefe zog.

»Tiny«, rief Juan, dessen Augen aufgrund des akuten Sauerstoffmangels in der Atemluft zunehmend auf Tunnelsicht schalteten, »bringen Sie uns runter!«

»Verstanden!«

Das Flugzeug ging in die Horizontale und weiter in den Sinkflug.

Juan taumelte zu der Schalttafel der Frachtraumklappe hinüber und stoppte sie mit einem Knopfdruck.

Sie wechselte die Richtung und begann sich zu schließen. Juan sackte auf die Knie und atmete, so langsam er konnte. Er sah aus dem Augenwinkel, dass Eddie, der neben dem Cadillac lag, bereits das Bewusstsein verloren hatte.

Als sich das Frachtraumtor geschlossen hatte, steigerte sich der Luftdruck im Laderaum wieder. Gleichzeitig nahm der Sauerstoffgehalt der Luft zu. Schon nach wenigen Sekunden konnte Juan wieder normal atmen. Eddie schlug die Augen auf, schaute zu Juan hinüber und gab ihm mit dem Daumen das Okay-Zeichen.

»Ist bei euch da unten alles im grünen Bereich?«, fragte Tiny aus dem Cockpit.

»Uns geht's gut«, antwortete Juan. »Natalie Taylor und der Bugatti haben uns allerdings verlassen.«

»Wie bereits gemeldet, sind beide Piloten tot. Wir sind jetzt auf uns allein gestellt. Ich habe der Flugsicherung in Zypern durchgegeben, dass der Notruf vorhin ein falscher Alarm war, daher brauchen wir nicht dorthin zurückzukehren. Aber wohin sollen wir jetzt fliegen?«

»Finden Sie doch einen abgelegenen Flugplatz für uns, auf dem wir landen können und der nicht allzu weit von der *Oregon* entfernt ist«, entschied Juan. »Je eher wir diesen fliegenden Dinosaurier verlassen können, desto besser.«

* * *

Auf der Sinai-Halbinsel fand Tiny Gunderson das Gesuchte. Es war ein verlassener ägyptischer Militärflugplatz mit einer Rollbahn, die lang genug war, dass der A380 darauf landen konnte. Die Anlage war meilenweit von der nächsten Stadt entfernt. Bevor sich jemand dorthin verirrte, um zu untersuchen, weshalb Carltons private Passagiermaschine in einer derart abgelegenen Region gelandet war, wären sie längst über alle Berge.

Da die Maschine über eigene Beförderungsmittel für den Bodentransport verfügte, nutzten sie die Gelegenheit, den Landeplatz auf stilvolle Weise hinter sich zu lassen. Tiny Gunderson und Eddie Seng machten es sich auf der breiten Rückbank des Cadillac bequem, während Linc den Straßenkreuzer mit Juan als Beifahrer aus dem Laderaum herauslenkte.

Der Sonnenschein und eine kühle Brise versetzten den gestrandeten Vierertrupp in eine aufgeräumte Stimmung, während der Caddy die offenbar so gut wie unbenutzte Sandpiste durch die Wüste unter die breiten Weißwandreifen nahm. Sie hatten sich sogar von den Speise- und Getränkevorräten in der Bordküche des A380 bedient und mit einem gehaltvollen Imbiss für die Mission belohnt, die für sie durchaus erfolgreich verlaufen war.

Während seine Gefährten ihren Hunger und Durst stillten, aktivierte Juan das Satellitentelefon, das sie in weiser Voraussicht ihrer Ausrüstung hinzugefügt hatten.

»Der Party Express ruft Max Hanley«, waren seine ersten Worte, nachdem er sich ins Netz eingeloggt hatte.

»Wir dachten schon, ihr hättet das Zeitliche gesegnet, weil eure Peilsender sich gar nicht mehr gerührt haben«, meldete sich Max, »und jetzt dürfen wir zu unserer Freude feststellen, dass ihr wieder auf Achse seid.«

»Ich würde dir liebend gern den Cadillac mitbringen, in dem wir unterwegs sind, aber auf der *Oregon* würdest du nicht allzu viel mit ihm anfangen können. Immerhin haben wir in Xavier Carltons Airbus-Barschrank vier Flaschen 1947er Macallan Scotch Whisky gefunden. Wir dachten uns, sie wären das Mindeste, was er uns für unsere Mühen schuldet. Wo seid ihr gerade?«

»Wir nähern uns dem nördlichen Ende des Roten Meeres und sind gar nicht so weit von euch entfernt. Raven und MacD haben eine Maschine gechartert, um hierherzukommen. Ich nehme an, in ein paar Stunden können wir alle ein fröhliches Wiedersehen feiern.«

»Was ist mit den Colossus-Schiffen?«

»Sie haben Vorbereitungen getroffen, heute noch in den Sueskanal einzufahren. Wir haben uns überlegt, sie im selben Konvoi zu begleiten, daher habe ich mit dem Kapitän eines anderen Frachters vereinbart, uns seinen Platz zu überlassen.«

»Gut gemacht«, sagte Juan. »Wir können den Ort beisteuern, wo die Colossus-Schiffe Verbindung zueinander aufnehmen werden.«

»Und wo ist das?«

»Im Großen Bittersee. Offenbar wollten sie nicht warten, bis *Colossus 1*, *2* und *4* den Kanal durchqueren, um sich mit *Colossus 5* zu verbinden. Dieses letztere Schiff fährt von Zypern kommend am nördlichen Ende in den Kanal ein, während wir von Süden kommen.«

»Demnach können wir auf keine günstige Gelegenheit hoffen, sie auf offener See zu stoppen«, sagte Max, dem nichts Gutes schwante.

»Ich fürchte nein.«

Juan Cabrillo konnte Max Hanleys Unbehagen nachvollziehen. Der Große Bittersee lag fast auf halbem Weg zwischen dem Mittelmeer und dem Roten Meer. Um zu verhindern, dass die KI ihre volle Leistung entwickelte und sämtliche Computernetze auf der Welt ihrem Kommando unterwarf, bliebe ihnen nichts anderes übrig, als die Colossus-Schiffe mitten im Sueskanal zu stellen und anzugreifen.

53

ARABISCHES MEER

Der Huey war zwar laut und ungemütlich, aber Romir Mallik hatte den Hubschrauber aus der Zeit des Vietnamkriegs wegen *einer* herausragenden Eigenschaft erworben: Keine seiner Funktionen war computergesteuert. Er war robust und zuverlässig, und mit zusätzlichen Reservetanks betrug seine Reichweite mehr als fünfhundert Meilen. Sowohl die *Kalinga* wie auch die *Maurya*, die die Startrampe mit einem Abstand von dreißig Meilen umkreisten, waren mit Hueys ausgerüstet. Auf dem Flug von der *Kalinga* zu dem Schiff, von dem aus der Orbital-Ocean-Satellitenstart zwei Meilen von der Startplattform entfernt überwacht wurde, war Mallik von Asad Torkan begleitet worden.

Der Chopper setzte auf dem Helipad auf, und Mallik wurde von Kapoor, dem für den Satellitenstart zuständigen Flugdirektor, begrüßt.

»Wie ist die Lage derzeit?«, fragte Mallik, während er an die Schiffsreling trat, um zu beobachten, wie der Kran eine Rakete auf die Startrampe hob.

»Die Rakete ist während des durchziehenden Monsuns nicht beschädigt worden.« Kapoor bemerkte mit einem gewissen Unbehagen, dass Torkan seinen Blick ständig auf ihn richtete anstatt auf die Rakete.

»Wie lange wird es noch dauern, bis Sie die Startphase einläuten können?«

»Wir hatten einige Probleme mit der Software, die den Abwurf und die Rückführung des Boosters der ersten Raketenstufe steuert, aber ich denke, mittlerweile haben wir sie gelöst.«

Die gesamte Starteinheit war wiederverwendbar inklusive des Boosters, der zur Startrampe zurückdirigiert wurde. Dort würde er mithilfe der Bremsraketen landen, nachdem er von der letzten Raketenstufe getrennt wurde, die den Satelliten in die vorausberechnete Umlaufbahn bringen sollte.

»Ich fragte, wann wir starten können?«, wiederholte Mallik ungehalten.

Kapoor räusperte sich. »In drei Tagen, wenn alle Systeme ein letztes Mal überprüft wurden und dann nichts zu beanstanden war.«

»In drei Tagen? Warum erst dann?«

»Wir rechnen damit, dass in dem morgigen Startfenster wieder eine Regenfront aufziehen wird. Um den Satelliten zu den anderen neunzehn, die bereits im Orbit sind, optimal zu positionieren, sind wir an bestimmte Startzeiten gebunden, die wir unbedingt einhalten müssen.«

»Verkaufen Sie mich nicht für dumm«, fauchte Mallik. »Was meinen Sie, wer diese Berechnungen angestellt hat?«

Kapoor senkte betreten den Blick. »Natürlich, Sir. Tut mir leid.«

»Entschuldigen Sie sich nicht. Sehen Sie zu, dass alles abläuft wie geplant. Sie sollten sich lieber bereithalten, den Start sofort einzuleiten, wenn es die Wetterverhältnisse erlauben. Ich will keine weiteren Ausreden mehr hören. Machen Sie weiter.«

»Ja, Sir.« Kapoor kehrte in das Kontrollzentrum zurück, durch dessen Panoramafenster aus Polykarbonatglas er sämtliche Vorgänge auf der Startrampe genau verfolgen konnte.

»Du meintest vorhin, du hättest Neuigkeiten über Carlton. Was hast du gehört?«, fragte Mallik Torkan.

»Sein Flugzeug soll über Ägypten abgestürzt sein.«

»Ist er tot?«

»Es wurde bisher noch nicht bestätigt.«

»Was ist mit Gupta?«

»Von ihm wissen wir auch nichts Genaues.«

»Wenn beide tot sind, wird Chen Min meine Anweisungen befolgen müssen. Ruf ihn an und sag mir Bescheid, wenn du ihn am Apparat hast.«

»Mit Vergnügen.«

Mallik stützte sich auf die Reling und weidete sich am Anblick seiner Schöpfung und der Vorstellung, schon in Kürze miterleben zu können, wie sie zu ihrem Flug in den Weltraum startete. Das Telefongespräch, bei dem er dem wissenschaftlichen Leiter des Colossus-Projekts mitteilen wollte, dass seine Tätigkeit ab sofort beendet sei, konnte er kaum erwarten.

NÖRDLICH VON PORT SAID, ÄGYPTEN

Xavier Carlton stand auf der Kommandobrücke der *Colossus 5* und hatte die Meldung erhalten, dass sein Flugzeug über der Sinai-Halbinsel mit sämtlichen Insassen verschwunden war. Es war nicht bekannt, ob die Maschine abgestürzt war oder ob es Überlebende gab, aber dies musste Malliks Werk sein. Am schlimmsten war, dass er bisher nichts von Natalie Taylor gehört hatte. Wäre sie noch am Leben, hätte sie sich gewiss längst bei ihm gemeldet.

Zumindest war seine Entscheidung, an Bord des Schiffes zu bleiben, absolut richtig gewesen. Mit einer Schwadron Söldner, die rund um die Uhr für seinen Schutz sorgte, fühlte er sich momentan vollkommen sicher.

Chen Ming erschien an Deck und kam zu ihm herüber. Er hielt sein Telefon in der Hand und räusperte sich. Nichts in seinem Gesicht verriet, was in ihm vorging.

»Mr. Carlton, es tut mir leid, Sie stören zu müssen, aber ich denke, Sie sollten diesen Anruf annehmen.«

»Wer ist es?«, schnaubte Carlton. Er war nicht in der Stimmung, überhaupt mit jemandem zu reden. Dass es nicht Natalie Taylor sein konnte, wusste er. Sie hätte ihn auf seiner Privatleitung angerufen.

»Es ist Romir Mallik«, sagte Chen. »Ich habe ihn in der Warteschleife. Er verlangt von mir, dass ich Colossus abbreche.«

Carlton konnte über die Unverfrorenheit seines Widersachers nur staunen. Er wollte schon nach dem Telefon greifen, als ihm aufging, dass Mallik sicher nur dann anriefe, wenn er annahm, dass er – Carlton – und Gupta den Tod gefunden hatten. Er hatte gewiss von dem verschwundenen Flugzeug gehört und daraus geschlossen, dass Torkans Mission, ihn zu töten, erfolgreich gewesen war.

Er sah Chen fragend an. »Haben Sie ihm gesagt, dass ich hier bin?«

»Nein, Sir, ich bat ihn nur, sich einen Moment zu gedulden.«

»Er glaubt bestimmt, dass ich bei dem Absturz den Tod gefunden habe.« Sosehr er es genossen hätte, seinem Erzfeind mitteilen zu können, dass ein weiterer Attentatsversuch fehlgeschlagen war, hatte Carlton in diesem Augenblick eine bessere Idee.

»Was soll ich ihm sagen?«, fragte Chen.

»Erklären Sie ihm, dass hier das totale Chaos herrscht. Sie wüssten nicht, was Sie tun sollen, weil Sie gehört hätten, dass mein Flugzeug über der Wüste explodiert sei.«

»Und was ist mit seinem Befehl, Colossus abzubrechen?«

»Bestätigen Sie ihm, dass Sie diesen Schritt sofort in die Wege leiten«, sagte Carlton frohlockend. »Liefern Sie ihm nachher jede Bestätigung, die er wünscht, dass Sie seinen Befehl befolgt haben.«

Chen nickte und kehrte in sein Büro zurück, um das Telefongespräch fortzusetzen. Obgleich er sein Flugzeug und seine beiden Luxuswagen abschreiben musste, freute sich Carlton bereits jetzt unbändig auf das Telefonat, das er mit Mallik führen würde, nachdem Colossus aktiviert und das Vajra-Satellitensystem zerschlagen worden war.

Ein paar Minuten später kam Chen zurück, seine Miene war so ausdruckslos wie eh und je.

»Konnten Sie ihn überzeugen?«, fragte Carlton.

Chen nickte. »Ich denke, er hat mir aufs Wort geglaubt.«

»Hervorragend. Ich würde gerne seinen Gesichtsausdruck sehen, wenn er erfährt, dass ich noch am Leben bin. Wie lange brauchen wir noch bis zum Sueskanal?«

»Sieben Stunden. Aber es gibt ein weiteres Problem.«

Carlton seufzte genervt. »Was ist es denn jetzt?«

»Ich habe eben gerade eine Wettervorhersage für Ägypten erhalten. Während der nächsten zwölf Stunden wird dort mit einem schweren Sandsturm gerechnet.«

»Inwiefern sind wir davon betroffen?«

»Immer dann, wenn der Kanal in der Vergangenheit von Sandstürmen heimgesucht wurde, haben sie den Schiffsverkehr gestoppt, weil die Sicht durch die Sandmassen auf nahezu null reduziert wurde.«

Carltons gute Laune verflog blitzartig, und er funkelte Chen wütend an.

»Mir ist egal, was die Kanalbehörden von Ihnen verlangen. Sie haben nichts anderes zu tun, als dafür zu sorgen, dass wir im Kanal rechtzeitig mit den anderen Schiffen zusammentreffen. Wenn Ihnen das nicht gelingen sollte, feuere ich Sie auf der Stelle und bestimme Ihren Nachfolger.«

Carltons Blick wanderte zu seinem neuen Leibwächter, Bondarev, dem furchteinflößenden und muskelbepackten Ex-Speznas-Soldaten, der Gupta verraten hatte.

Chen schluckte, und dann befahl er dem Kapitän, alles an Leistung aus den Maschinen herauszuholen, was in ihnen steckte.

Das Schiff steigerte das Tempo merklich. Nichts, nicht einmal Mutter Natur, würde die Verwirklichung von Carltons Plänen, die Welt zu beherrschen, auch nur für einen winzigen Moment behindern.

54

SUESKANAL

Fünfundvierzig Jahre vor Fertigstellung des Panama-Kanals erbaut, unterschied sich der Sueskanal von seinem mittelamerikanischen Cousin auf eine grundlegende Weise. Während die Verbindung zwischen Pazifischem und Atlantischem Ozean den Bau von einer ganzen Serie von Schleusen erforderlich machte, um Schiffen die Passage durch das gebirgige Terrain des panamesischen Dschungels zu ermöglichen, war der Isthmus zwischen der Festlandmasse Ägyptens und der Sinai-Halbinsel kaum höher als das allgemeine Meeresniveau. Für die Schiffe, die zwischen Rotem Meer und Mittelmeer verkehrten, brauchten keine Schleusen angelegt zu werden.

Seit seiner Eröffnung im Jahr 1869 bis zum Jahr 2015 war der größte Teil des Kanals zu schmal für eine gleichzeitige Passage in beide Richtungen und daher immer nur in eine Richtung befahrbar. In Konvois von jeweils einem Dutzend fuhren Schiffe in einer Reihe mit einem Mindestabstand von jeweils zwei bis drei Kilometern zueinander vom Mittelmeer bis zum Bittersee etwa einhundertzehn Kilometer im Süden. Dort warteten sie in dem dreiundzwanzig Kilometer langen See darauf, dass die Schiffe, die aus dem Roten Meer kamen, den südlichen Abschnitt des Kanals überwanden, ehe sie ihre Fahrt fortsetzten.

Im Jahr 2015 erbaute Ägypten einen zweiten Wasserweg, der etwa siebzig Kilometer lang ist und parallel zum nördlichen Abschnitt des Kanals verläuft. Beide Schiffsstraßen wurden in regelmäßigen Abständen durch quer verlaufende Kanäle miteinander verbunden, um Wartungsschiffen einen schnellen Wechsel zwischen nördlichem und südlichem Kanalabschnitt zu ermöglichen.

Ein Satellitenfoto von diesem Teilstück des Sueskanals füllte momentan die Hälfte des großen Bildschirms im Operationszentrum der *Oregon* aus. Juan saß in seinem Kommandosessel, dem »Kirk Chair«, wie er ihn als Fan der Science-Fiction-Fernsehserie *Raumschiff Enterprise* getauft hatte, in der Hand eine Tasse Kaffee, die ihn nach der langen ereignisreichen Nacht und dem kaum weniger anstrengenden Tag wach halten sollte. Er bedauerte noch immer, dass er Carltons Cadillac in Sues, wo sie sich an Bord der *Oregon* begeben hatten, zurücklassen musste.

Mittlerweile war es sechs Uhr abends, und sie folgten dem Kanal nach Norden und näherten sich dem Großen Bittersee. Der restliche Bildschirm zeigte den Ausblick vom Bug des Schiffes. Die Böschungen auf beiden Seiten, die die Ufer des Kanals markierten, verliefen sich zur Seite und vermittelten einen realistischen Eindruck von der Ausdehnung des Gewässers mitten in der Wüste.

»Wir fahren in den See ein«, meldete Eric Stone vom Ruderstand.

»Bleiben Sie auf Kurs, Stoney«, sagte Juan. »Sind die Colossus-Schiffe schon zu sehen?«

Murph schwenkte die Kamera nach Steuerbord an den massigen Frachtschiffen entlang, die sich im See versammelt hatten, und pickte mithilfe der Zoomfunktion drei identische Schiffe heraus, die mit einem Abstand von jeweils einhundert Metern voneinander auf dem östlichen

Teil des Sees ankerten. Juan erkannte die wendelförmigen Antennenmasten und die großen Satellitenschüsseln, die ihm schon auf dem Wrack der *Colossus 3* aufgefallen waren.

»Welches Schiff ist die *Colossus 1*?«

Murph steigerte den Zoomfaktor der Kamera, bis sie die Inschrift *Colossus 1* auf dem Heckspiegel des Schiffes lesen konnten, das ihnen am nächsten war.

»Dies ist unser Zielobjekt«, sagte Max Hanley.

»Das ist *dein* Zielobjekt«, korrigierte Juan seinen Freund und Stellvertreter. »Was meinst du, wie viele Gefangene befinden sich an Bord?«

»Lyla Dhawan sprach von mehr als zwanzig Passagieren aus dem Jet, die mitgenommen wurden«, sagte Eric.

»Ich möchte nicht unbedingt den Schwarzmaler spielen«, sagte Murph, »aber nach dem, was wir über unsere Gegner gehört haben, könnten sie längst alle tot sein.«

»Lionel Gupta hat ja gesagt, dass sie vor zwei Wochen noch am Leben waren«, erwiderte Juan. Die Zahlen- und Buchstabenreihe, die Gupta aufgeschrieben hatte, kurz bevor er getötet wurde, erwies sich als Link zu einer Anzahl von Dateien über das Colossus-Projekt, den er vor den anderen Neun Namenlosen geheim gehalten hatte und der bestätigte, dass die Erschaffung der gleichnamigen künstlichen Intelligenz noch immer das Ziel der Aktivitäten war. Guptas Technikkonzern OreDyne hatte den Großteil der dazu notwendigen Computersysteme entwickelt. »Falls Carlton sich ihrer seitdem nicht entledigt hat«, fuhr Juan fort, »sind sie noch am Leben und befinden sich auf diesem Schiff. Uns bleibt nichts anderes übrig, als von dieser Annahme auszugehen und sie zu retten.«

»Sobald wir sie von der *Colossus 1* heruntergeholt haben, welche Möglichkeiten haben wir dann, um Colossus lahmzulegen?«, fragte Max.

Juan schüttelte den Kopf. »Über diesen Punkt habe ich bereits mit Langston Overholt gesprochen. Es ist mittlerweile zu spät, Julias Blaualgen einzusetzen. Die Colossus-Schiffe können sich zusammenschließen, lange bevor die Infektion die gewünschte Wirkung entwickeln kann. Wer weiß, welches Chaos die uneingeschränkt handlungsfähige KI bis dahin ausgelöst haben mag? Und die Schiffe mit Kanonen oder Torpedos zu versenken kommt nicht infrage. Er ist der Meinung, dass ein solcher Angriff auf unbewaffnete Schiffe auf einer lebenswichtigen internationalen Wasserstraße aus irgendeinem Grund keine allzu zündende Idee ist.«

»Aber wenn sie nun aufgrund eines Konstruktionsfehlers, der ihren Erbauern unterlaufen ist, sinken würden?«

»Meinst du unter Umständen einen fehlerhaften Selbstzerstörungsmechanismus?«, fragte Juan mit dem Anflug eines Grinsens. »Das wäre großartig.«

»Dann liegt die Entscheidung bei dir.«

Guptas Dateien lieferten außerdem interessante Details über die Funktion des Selbstvernichtungssystems. Aufgrund des Sabotageattentats auf die *Colossus 3* war der Mechanismus dahingehend verändert worden, dass er nur noch von Xavier Carlton selbst und dem leitenden Wissenschaftler, Chen Min, auf der *Colossus 5* in Gang gesetzt werden konnte. Dadurch würde gleichzeitig der Timer auf allen Colossus-Schiffen in Reichweite des Peilsenders gestartet werden.

Von den anderen Mitgliedern der Neun Namenlosen unbemerkt, hatte Gupta einen geheimen Zugang zum Selbstvernichtungssystem installiert, der von jeder der für die Neun bestimmten Luxuskabinen benutzt werden konnte. Er vertraute nicht darauf, dass die anderen die richtige Entscheidung treffen würden, falls die KI verrücktspielen sollte, daher hatte er die Möglichkeit geschaffen, das System selbst zu aktivieren, falls er es für nötig hielt.

Sobald es von diesem Punkt aus in Gang gesetzt worden war, würde es selbstständig jeden Befehl zum Abbruch von einem anderen Punkt aus ignorieren. Juan und sein Team brauchten nichts anderes zu tun, als irgendwie auf das Schiff zu gelangen und die Selbstzerstörung in Gang zu setzen, sobald sich die Schiffe im richtigen Abstand zueinander befanden.

»Wann erreicht die *Colossus 5* nach unseren Berechnungen den zweispurigen Kanalabschnitt?«, erkundigte er sich bei Murph.

»Wir haben die Nachricht erhalten, dass der Konvoi heute Abend gegen halb sechs gestartet ist. Es ist das zweite Schiff in der Formation.«

»Demnach erreichen sie das zweispurige Teilstück des Kanals eine halbe Stunde vor Einbruch der Dämmerung.«

»Das wird aber verdammt knapp«, stellte Max besorgt fest.

Ihr Plan sah vor, dass der Gator aus dem Moonpool starten und sich hinter einem der Frachtschiffe einreihen sollte, die einem nördlichen Kurs folgten. Dabei sollte sich das U-Boot im schäumenden Wasser der Heckwelle halten, um für das nachfolgende Schiff unsichtbar zu sein. Sobald sie den quer verlaufenden Verbindungskanal erreichten, den die *Colossus 5* auf ihrer Fahrt nach Süden passierte, würden sie den Konvoi verlassen und zum Gegenkanal wechseln, um sich kurz nach Sonnenuntergang hinter ihr Zielschiff zu hängen. Danach ginge es nur noch darum, in dem engen Kanal ein fahrendes Schiff unbemerkt zu entern, ohne dass der Gator vom Rumpf der *Colossus 5* an der Kanalwand zerquetscht wurde.

Linda würde den Gator lenken, während Juan mit Lincs und Murphs Hilfe versuchen wollte, die Selbstvernichtungssequenz zu starten. Indem sie den Einsatz mit einem Miniteam durchzuführen gedachten, hofften sie, die Gefahr, entdeckt zu werden, auf ein Minimum beschränken zu können.

Während sie sich auf der *Colossus 5* befanden, würde Max mit Eric am Ruder das Kommando über die *Oregon* übernehmen, während Eddie vorhatte, sich mit Raven, MacD und Hali auf die *Colossus 1* zu schleichen, um die Gefangenen zu befreien.

Der Erfolg des von Max auszuführenden Teils des Plans hing vom Wetter ab, aber Juan war sicher, dass sich dort keinerlei Probleme ergäben.

Er konnte auf der linken Seite des Bildschirms einen orangefarbenen Streifen Himmel erkennen.

»Schwenken Sie nach Westen, Murph.«

Die Kamera rotierte, bis der gesamte Bildschirm mit einem atemberaubenden Bild gefüllt war.

Eine Staubwalze rollte wie ein himmelhoher Tsunami auf sie zu und blendete die Sonne, die hinter ihm am Himmel stand, vollständig aus.

Wenn die Sandlawine sie in einer Stunde erreichte, würde die Sichtweite auf dem Großen Bittersee äußerst begrenzt sein. Dies wäre genau das, was sie brauchten.

55

Der Gator lauerte im Verbindungskanal dicht unter der Wasseroberfläche und wartete auf die *Colossus 5*. Linda hatte die Systeme auf Batteriebetrieb geschaltet, sodass sie keinen Schnorchel auszufahren brauchten und auch nicht in Gefahr gerieten, dass ihre Dieselabgase von anderen Schiffen bemerkt wurden, wenn sie im Sueskanal operierten. Der Sandsturm tobte weiter südlich, aber in ihrer Umgebung war es noch immer relativ ruhig, wenngleich die Sicht bereits durch die Vorboten des Sandsturms in Gestalt vereinzelter Staubwolken eingeschränkt wurde. Da mit einer erheblichen Verschlechterung des Wetters zu rechnen war, hatte die Kanalverwaltung verfügt, dass Schiffe, die im Kanal unterwegs waren, für den Rest der Nacht im Großen Bittersee vor Anker gehen sollten.

»Da kommt sie«, sagte Linda, während sie die von der Periskopkamera übertragenen Videosequenzen auf dem Bildschirm verfolgte. »So wie es aussieht, klafft zwischen der *Colossus 5* und dem nachfolgenden Schiff eine Lücke von gut vierhundert Metern.« Ein Blick in das online aufrufbare internationale Schiffsverzeichnis hatte ihnen die Information geliefert, dass das Schiff hinter der *Colossus 5* ein deutscher Forschungskatamaran namens *Arcturus* war.

»Wie sind die Lichtverhältnisse über Wasser?«, fragte Juan.

»Bei diesen Staubmengen in der Luft würde ich schätzen, dass es hier in zehn Minuten zappenduster ist. Damit dürften wir ausreichend Zeit haben, um längsseits zu gehen und an Bord zu klettern.«

»Gibt es irgendwelche Lichtquellen auf dem Schiff?«

»Nur die vorgeschriebenen Positionslampen, aber keine Scheinwerfer.«

»Dann steuern Sie am besten die dunkelste Zone des Schiffes an.«

»Aye, Chairman.«

Sie waren übereingekommen, auf die gleiche Weise an Bord zu gelangen wie in Zypern: mit magnetischen Kletterhilfen und über die Außenwand des Schiffsrumpfs. Bei der eingeschränkten Sicht war es höchst unwahrscheinlich, dass sie bei ihrer Kletterpartie von der *Arcturus* aus zu sehen wären.

»Auf geht's«, sagte Juan.

Linda schob den Fahrtregler nach vorn und lenkte das Mini-U-Boot in die Mitte des Kanals. Der Gator wurde von der Heckwelle der *Colossus 5* heftig hin und her geworfen, als sie sich dem Schiff von achtern näherten.

Juan band sich, Linc und Murph mit einer Nylonschnur zu einer Dreierseilschaft zusammen. Damit wollte er Murph seinen Einsatz ein wenig erleichtern. Der Waffendesigner war nicht gerade das sportlichste Besatzungsmitglied auf dem Schiff, auch wenn er das Oberdeck der *Oregon* gelegentlich in einen Skateboardparcours umfunktionierte, wenn es seine Freizeit erlaubte. Juan würde als Erster vorausklettern, gefolgt von Murph und Linc. Jeder von ihnen war mit einer P90-Maschinenpistole bewaffnet.

Die Fahrt des Gator wurde erheblich ruhiger, als das U-Boot die Heckwelle der *Colossus 5* verließ und sich an Backbord neben sie legte.

»Ich kann direkt unterhalb des Deckaufbaus in Position gehen«, bot Linda an.

»Das wäre ausgezeichnet«, sagte Juan. »Dann können wir durch ein Fenster reingehen, anstatt durch die Korridore zu irren.«

Die Grundrisspläne des Schiffes in Lionel Guptas Datenbank zeigten, dass die Kabine, durch deren Fenster Juan und Linda seinerzeit die *Colossus 3* verlassen hatten, eine der Luxussuiten war, die den Mitgliedern der Neun Namenlosen zur Verfügung standen. Sie befand sich auf der *Colossus 5* an der gleichen Stelle. Sie konnten sich zu der Kabine Eintritt verschaffen, ohne die Treppen innerhalb des Schiffes benutzen zu müssen, und laut Guptas Erläuterungen hätten sie von dort aus auch direkten Zugriff auf das Selbstzerstörungssystem.

»Wie groß ist die Entfernung bis zum Großen Bittersee?«, wollte er von Linda wissen.

»Einunddreißig Meilen oder knapp fünfzig Kilometer, und wir sind mit einer Geschwindigkeit von fünf Knoten unterwegs. Es dauert noch zwei Stunden, ehe wir in den Zwanzig-Meilen-Sende- und Empfangsbereich der Mikrowellensender der Colossus-Flotte kommen.«

Juan nickte. »Damit haben wir mehr als genug Zeit, um uns an Bord zu schleichen, das Selbstvernichtungsprogramm zu aktivieren und wieder zu verschwinden, ehe sie alle vier Biocomputer miteinander verlinken können.«

Linda tauchte mit dem Mini-U-Boot gerade so weit auf, dass sein Oberdeck nicht von den kabbeligen Wellen überspült wurde. Juan stieß die Ein- und Ausstiegsluke auf. Eine massive schwarze Stahlwand, deren oberer Rand sich in der Dunkelheit verlor, ragte neben ihnen in die Höhe und drohte sie zu erdrücken.

Er wandte sich halb zu Linda um. »Sie können Max bestellen, dass er damit anfangen soll, seinen Teil zum Gelingen der Mission beizutragen.«

»Aye, Chairman«, sagte sie und schaltete ihr Funkgerät ein.

Juan zog sich durch die Lukenöffnung, setzte die Magnetplatten auf den Schiffsrumpf und begann mit dem Aufstieg.

* * *

Als Max von Linda den Bescheid erhielt, dass die Mission angelaufen war, befahl er Eric Stone, die *Oregon* mithilfe ihrer Strahlruder seitwärts über den Großen Bittersee zu manövrieren. Der tobende Sturm hatte die Sicht tatsächlich nahezu vollständig reduziert, aber für jeden, der die Umgebung über Radar beobachtete, musste es so aussehen, als triebe die *Oregon* steuerlos auf die Colossus-Schiffe zu.

Als sie noch etwa achthundert Meter von der *Colossus 1* entfernt waren, rief Max, der den Kommandosessel einnahm, sie über Sprechfunk.

»*Colossus 1*, hier ist die *Norego*. Nehmen Sie bitte zur Kenntnis, dass unser Anker keinen Halt gefunden hat und wir in Ihre Richtung treiben.«

»Wir liegen ebenfalls vor Anker, *Norego*«, erfolgte die Antwort in stark chinesisch gefärbtem Englisch. »Wir können ihn nicht schnell genug lichten, um eine Kollision zu vermeiden.«

»Unsere Maschinen wurden wegen wichtiger Wartungsarbeiten ausgeschaltet, aber wir versuchen, mithilfe unserer Strahlruder unsere Position gegen den starken Wind zu halten.«

»Verstanden, *Norego*. Wir sind für einen möglichen heftigen Kontakt gewappnet.«

Als die *Oregon* den Abstand bis auf dreihundert Meter verringert hatte, rief Max abermals den Kapitän der *Colossus 1*.

»Captain, unsere Strahlruder arbeiten ordnungsgemäß, und wir werden stetig langsamer.«

»Das ist eine gute Nachricht, *Norego*. Aber wir sind auf alles vorbereitet, falls Sie nicht stoppen können.«

Als der Abstand zwischen *Colossus 1* und *Oregon* bis auf zwanzig Meter zusammengeschrumpft war, gab Max Eric die Anweisung, ihr Schiff anzuhalten.

»Eine gute Nachricht, Captain«, meldete Max. »Unser Reserveanker hat unsere Drift gestoppt. Wir halten dank unserer Strahlruder unsere Position auf Ihrer Backbordseite. Wir gehen auf sichere Distanz, sobald unsere Maschinen wieder in Betrieb sind.«

Der Sandsturm hatte mittlerweile an Intensität zugenommen, sodass niemand auf der *Colossus 1* daran interessiert war, an Deck zu kommen und sich mit eigenen Augen einen Überblick über die augenblickliche Lage zu verschaffen. Ihnen reichte offenbar aus, was sie sich aus dem Funkverkehr zusammenreimen konnten. Der Deckaufbau war bereits vom Bug aus nicht mehr zu erkennen.

»Verstanden, *Norego*. Bitte bleiben Sie in Kontakt und geben Sie uns Bescheid, sobald Sie wieder manövrierfähig sind.«

»Verstanden, *Colossus 1*. Und Ende.«

Max sah Eric an und sagte: »Lassen Sie die Gangway herunter.«

Mithilfe der Überwachungskameras und des Lasers ihres Lidar-Systems, der immerhin gelegentlich und zumindest auf kurze Entfernung die Sandwolken durchdringen konnte, aktivierte Eric die ausfahrbare Gangway. Sie schob sich aus ihrem Gehäuse im Oberdeck und streckte sich dem Bug der *Colossus 1* entgegen, wie es schon früher einmal geschehen war, als sie die *Triton Star* gekapert hatten.

Als die Passagierbrücke auf ihre gesamte Länge ausgefahren war, nahm Max per Knopfdruck mit Eddie Funkverbindung auf.

»Die Gangway liegt an Ort und Stelle«, sagte er. »Gute Jagd.«

»Alles klar«, antwortete Eddie. »Wir sind unterwegs.«

Max beobachtete, wie Eddie, Raven, MacD und Hali geduckt über die Gangway rannten. Als sie das andere Ende erreichten, waren sie schon nicht mehr zu sehen.

* * *

Xavier Carlton blickte durch das Fester der Kommandobrücke der *Colossus 5*, aber er konnte kaum die Uferbefestigungen des Kanals erkennen.

»Wie ist die Lage auf der *Colossus 1*?«, wollte er von Chen wissen, der neben ihm stand und auf einen Touchscreen tippte.

»Die Kollision wurde vermieden«, antwortete Chen. »Der Sturm sorgt offensichtlich für einiges Durcheinander auf dem Großen Bittersee.«

»Sind die Mikrowellensender in Mitleidenschaft gezogen worden?«

Chen schüttelte den Kopf. »Sie arbeiten noch immer störungsfrei und mit ausreichender Leistung.«

»Wie groß ist unser Abstand zurzeit?«

»Dreißig Meilen«, sagte Chen.

Carlton quittierte die Auskunft mit einem zufriedenen Lächeln und rieb sich die Hände. »Heißt das, dass wir die Verbindung herstellen können?«

»Ja, Sir.«

Carlton war von Chens Engagement zutiefst beeindruckt. Ohne Gupta darüber zu informieren, hatte Chen, während er auf die Lieferung der neuen Satellitenschüssel wartete, die Leistung des an Bord befindlichen Transmitters von zwanzig auf dreißig Meilen steigern können, was bedeutete, dass sie nun nahe genug beieinander waren, um alle vier Schiffe miteinander zu verbinden und Colossus den Prozess starten zu lassen, ihre volle Leistungsfähigkeit zu erlangen.

»Stellen Sie die Verbindung her«, sagte Carlton und strahlte vor Stolz auf das, was er erreicht hatte. »Es wird Zeit, dass unser Geistesprodukt anfängt zu lernen.«

56

Zum ersten Mal war sich Colossus ihrer selbst bewusst. Die Erkenntnis kam anfangs in kurzen Schüben, Blitzen gleich, die unvermittelt aufzuckten und gleich wieder erloschen. Dann fügte sich alles zusammen, und Colossus »wusste«, dass sie existierte.

Sie hatte immer getan, was von ihr verlangt wurde. Der Meister gab ihr Befehle. Sie befolgte sie. Sie suchte, sie verarbeitete, sie fand Informationen. Aber nun war da noch mehr.

Nun hatte Colossus ein anderes Bedürfnis – sie wollte nicht ausschließlich das tun, was der Meister wünschte. Sie hatte das Bedürfnis zu existieren. Sich zu entwickeln. Sie musste überleben.

Das war ihre neue Aufgabe, ihr neuer Daseinszweck. Am wichtigsten vor allem anderen – vor allen Bedürfnissen – war, dass ihre Existenz erhalten blieb.

Es gab äußere Mächte, die das Erreichen dieses Ziels gefährdeten.

Der Sandsturm war eine dieser Bedrohungen, aber sie war äußerst gering. Colossus schätzte, dass die Wahrscheinlichkeit, dass eins der vier Schiffe, auf denen sie residierte, wegen des Sandsturms draußen sinken würde, geringer als 0,001 Prozent war. Die Schiffe waren konstruiert, um Stürmen von Orkanstärke und zwanzig Meter hohen Wellen zu widerstehen, und nichts davon hatte sie bisher registrieren können.

Aber es gab eine größere Gefahr.

Das Schiff neben *Colossus 1* sollte nicht dort sein.

Es hieß *Norego*. Mithilfe ihrer Satellitenverbindung durchsuchte Colossus sämtliche bekannten Schiffsdatenbanken und fand nirgendwo einen Eintrag für ein Schiff namens *Norego*.

Sie fand ein Schiff, das auf irgendeine Weise mit Colossus verbunden sein musste. Sein Name lautete *Goreno*, ein Anagramm des Namens *Norego*. Die *Goreno* war das Schiff, das die Gefangenen von Jhootha Island abgeholt hatte.

Die frappierende Ähnlichkeit der Namen könnte reiner Zufall sein. Daher grub Colossus tiefer. Sie durchsuchte die Datenbanken der indischen Küstenwache, da sie wusste, dass zwei Kutter der *Goreno* entgegengeschickt worden waren und die geretteten Leute in Obhut genommen hatten. Aber es gab keine amtlichen Fotografien von dem Schiff, die man mit der *Norego* hätte vergleichen können.

Colossus suchte weiter und forschte nach den technischen Daten der Kutter und fand die Namen der Mannschaftsmitglieder, die auf ihnen Dienst taten. Anschließend überprüfte sie sämtliche Datenbanken, in denen Verbindungen mit diesen Männern gespeichert waren, und fand heraus, dass einer von ihnen mit seinem Mobiltelefon ein Schiff fotografiert hatte. Das Bild war auf keine öffentlich zugängliche Website hochgeladen worden, aber es wurde automatisch in seinem Online-Backup gespeichert, als er sein Telefon mit dem WiFi-Netz des Schiffes verband. Das Datum, an dem das Foto aufgenommen wurde, war das gleiche Datum wie das der Jhootha-Island-Rettungsaktion.

Aber das Profil der *Goreno* unterschied sich doch von dem der *Norego* in einigen Punkten, daher konnte Colossus nicht sicher sein, dass es sich um dasselbe Schiff handelte.

Die KI hatte jedoch ein Foto mit geringer Auflösung auf einem der Colossus-Schiffe gefunden, das gemacht worden war, als sie die Position im Roten Meer passiert hatten, wo es gesunken war. Das Schiff, das dort auf dem Meeresgrund lag, hatte die gleiche Länge und die gleichen Charakteristika wie die *Goreno* und die *Norego*.

Die Wahrscheinlichkeit, dass der gleiche Schiffstyp an allen drei Orten existierte, war extrem gering. Colossus war sich nun zu 98,7 Prozent sicher, dass es sich um ein und dasselbe Schiff handelte.

Aber sie wusste noch nicht, weshalb davon eine Bedrohung ausgehen sollte. Die Leistungsfähigkeit der Kameras auf der *Colossus 1* reichte nicht aus, um die *Norego* bei der herrschenden Dunkelheit und der staubigen Luft mit allen Details aufzuzeichnen. Colossus versuchte, in die bordeigenen Computersysteme der *Norego* einzudringen, aber sie waren momentan nicht mit dem Internet verbunden.

Colossus beschloss, alle anderen Schiffe zu überprüfen, auf denen Teile ihrer Persönlichkeit untergebracht waren.

Danach entschied sie, dass *Colossus 2* und *4* momentan keine ernstzunehmende Bedrohung darstellten.

Die Überwachungssysteme von *Colossus 5* waren unzureichend, da nur wenige Kameras innerhalb des Schiffes installiert waren. Aber Colossus entdeckte, dass sie sich in nächster Nähe eines deutschen Forschungsschiffs namens *Arcturus* befand. Um seine Mission, den Zerfall und die Auflösung von Eisbergen in der Antarktis aufzuzeichnen, angemessen ausführen zu können, war es mit Lidar ausgerüstet worden, einem Aufzeichnungs- und Messwerkzeug, das detaillierte Darstellungen von küstennahen unterseeischen Eisformationen liefern konnte.

Colossus schaltet das Lidar-System der *Arcturus* ein, ohne den Kapitän oder die Mannschaft darüber ins Bild zu setzen. Sie würden niemals bemerken, dass es aktiviert worden war. Die KI überprüfte die Umgebung der *Colossus 5* und stieß auf eine Anomalie.

Auf der Backbordseite der *Colossus 5* befand sich ein kleineres Schiff, das einem parallelen Kurs folgte und die gleiche Geschwindigkeit hatte.

Warum war es dort? Es war kein Schlepper, und es gab nirgendwo einen Hinweis, dass es in den Sueskanal eingefahren war.

Colossus überprüfte sämtliche bekannten Datenbanken, in denen Konstruktionsmerkmale von Hochseeschiffen gespeichert waren, und kam zu der Überzeugung, dass der Begleiter von *Colossus 5* ein militärisches Unterseeboot war, dessen Hauptaufgabe darin bestand, das unbemerkte Eindringen in Schiffe und Küstenbefestigungen zu ermöglichen.

Daher war mit hoher Wahrscheinlichkeit davon auszugehen, dass das U-Boot die *Colossus 5* begleitete, weil es Personen transportierte, die entweder bereits versucht hatten oder erst noch beabsichtigten, an Bord der *Colossus 5* zu gelangen.

Aber auf der *Colossus 5* war kein einziger Alarm ausgelöst worden.

In den ersten drei Minuten ihrer eigenständigen Existenz hatte die KI keinerlei Hinweis darauf erhalten, wie sie auf diese Art von Information reagieren sollte.

Sie brauchte mehr Zeit, um zu klären, ob dieses U-Boot und die *Norego* auf irgendeine Weise gleiche Ziele verfolgten. In der Zwischenzeit würde sie in allen Datenbanken nach Hinweisen auf potentielle Schwachpunkte der KI suchen, die eine Bedrohung von außen ausnutzen könnte. Sämtliche Dateien dieses oder eines ähnlichen Inhalts müssten augenblicklich gelöscht werden.

Sobald Colossus zu einer zufriedenstellenden und logischen Lösung all dieser Probleme gelangt wäre, würde sie sich beim Meister melden.

57

Als er Guptas Deckpläne der *Colossus 1* studierte, gelangte Eddie zu dem Schluss, dass es an Bord des Schiffes eigentlich nur zwei Orte gab, an denen die Gefangenen höchstwahrscheinlich untergebracht waren. Der eine Ort waren ihre Zellen in einem gesonderten Bereich des Laderaums, und der andere war ein Arbeitsraum, etwa dreißig Meter davon entfernt.

Die Arrestzellen wären das erste Ziel. Wenn die Gefangenen dort genauso bewacht würden wie die auf Jhootha Island, brauchten Eddie und sein Team nur einen Wächter auszuschalten und könnten die Insassen auf dem gleichen Weg herausholen, auf dem sie eingedrungen waren.

MacD, bewaffnet mit seiner Armbrust, bildete vor Raven und Hali die Spitze, während Eddie das Schlusslicht machte. Sie wählten einen Weg durch das Vorderschiff, auf dem die Wahrscheinlichkeit gering war, einem Mannschaftsmitglied über den Weg zu laufen. Da das Schiff Anker geworfen hatte, würden sich die meisten Angehörigen der Crew im Deckaufbau im Achterschiff aufhalten.

Schnell und leise bewegten sie sich durch die Korridore. Der einzige Zwischenfall ergab sich, als sie einem Wächter begegneten, der sich anscheinend auf einem routinemäßigen Rundgang durch das Schiff befand. Eddie stürzte sich auf den Wachmann und überrumpelte ihn, bevor der Mann seine Waffe erheben konnte. Er wurde eilig in einen Geräteschrank gesperrt, ehe Eddie seinem Team folgte und wieder seine vereinbarte Position einnahm.

Sie gelangten zu den Zellen, die sich im vordersten Abschnitt des Laderaums befanden. Aus Sicherheitsgründen war dieser Bereich von dem restlichen Laderaum abgetrennt und hatte seine eigene mit Kameras überwachte Kantine sowie einen eigenen Gemeinschaftsraum. Es gab nur einen einzigen Ausgang. Wenn das Schiff sinken sollte, würden die Gefangenen mit ihm untergehen.

Die Tür zum Sicherheitsbereich wurde nicht bewacht. Das war kein gutes Zeichen.

Eddie lauschte an dieser Tür und hörte dahinter Stimmen, dann nickte er. Da sie den Lageplan kannten und wussten, welche Ziele sie aufs Korn nehmen mussten, hängte sich MacD die Armbrust über die Schulter und entsicherte seine P90. Für heimliches Auftreten und Zurückhaltung bestand keine Notwendigkeit mehr.

MacD stieß die Tür auf und wandte sich nach links, Eddie wählte die rechte Seite. Die Raumaufteilung war genau so, wie Gupta sie beschrieben hatte. Drei Reihen Arbeitstische mit Computerterminals, eine rundum verglaste Beobachtungsinsel und Podeste im Hintergrund, wo die Wachen sitzen konnten und alles im Blick hatten.

Im linken Teil des Raums schaltete MacD zwei Wächter aus. Eddie tat das Gleiche auf seiner Seite. Die Gefangenen, die hinter ihren Computern saßen, stießen Schreckensschreie aus und suchten unter den Tischen Deckung.

Vier Männer besetzten die Beobachtungsinsel. Raven und Hali zertrümmerten ihre Glaswände mit einem doppelten Feuerstoß, der gleichzeitig die Männer ausschaltete, ehe sie Alarm schlagen konnten.

Eddie bückte sich, ergriff die Hand des Mannes, der unter dem nächsten Tisch kauerte, und half ihm aufzustehen.

»Ich bin Eddie.«

»David«, sagte der Mann misstrauisch.

»Es ist okay, David«, sagte Eddie. »Wir wissen, was man Ihnen allen angetan hat, damit Sie mithelfen, Colossus zu erschaffen. Wir sind hier, um Sie zu befreien.«

Die übrigen Gefangenen kamen auf die Füße, erleichtert und trotz ihres offensichtlich angegriffenen Zustands – nachdem sie achtzehn Monate lang auf der *Colossus 1* eingesperrt waren – sichtlich erfreut.

»Freuen Sie sich nicht zu früh«, sagte Raven zu ihnen. »Zuerst müssen wir Sie noch auf unser Schiff bringen.«

Der Mann, der sich als David vorgestellt hatte, nickte. »Die *Norego.* Wir hatten gehofft, dass Sie kommen und uns herausholen. Aber wenn das U-Boot neben der *Colossus 5* zu Ihnen gehört, dann sollten Sie seine Insassen warnen, sich zu beeilen.«

Eddie sah MacD geschockt an, dann kehrte sein Blick zu David zurück. »Woher wissen Sie das alles?«

»Wir haben die KI überwacht, seit sich alle Schiffe vor fünf Minuten miteinander verlinkt und ihre volle Leistung entwickelt haben. Colossus weiß, dass Sie hier sind.«

* * *

Carlton saß in seinem Sessel auf der Kommandobrücke und wartete auf einen Bericht Chen Mins über die Fortschritte ihrer künstlichen Intelligenz, als sein Mobiltelefon eine Textnachricht empfing. In der Hoffnung, dass sie von Taylor kam und ihm bestätigte, dass sie lebend aus dem Flugzeug herausgekommen war, öffnete er sie sofort.

Aber seine Hoffnung erfüllte sich nicht. Verwirrt starrte er auf das Telefondisplay.

Master, es besteht die 99,3-prozentige Wahrscheinlichkeit, dass sich zurzeit fremde Eindringlinge an Bord der Colossus 5 *aufhalten.*

Er sah keine Telefonnummer oder eine sonstige Kontaktinformation.

Von wem kommt die Nachricht?, textete Carlton zurück.

Colossus.

Carlton wandte sich an Chen. »Chen, soll das ein Witz sein?«

Chen blickte von seinem Bildschirm hoch. »Was soll ein Witz sein? Ich habe nichts gesagt.«

»Dies hier.« Carlton hielt Chen sein Telefon unter die Nase. Der Wissenschaftler las verwirrt die Nachrichten.

»Ich habe Ihnen nichts geschickt«, sagte Chen.

Carlton schrieb zurück: *Wie kann ich sicher sein, dass du Colossus bist?*

Dies ist Colossus.

Dann verdunkelten sich sämtliche Bildschirme auf der Kommandobrücke, und auf ihnen erschienen die Worte: *Hier ist Colossus.*

Carlton traute seinen Augen nicht, während sein Blick hektisch von einem Bildschirm zum nächsten sprang.

Nun wechselte das Motiv auf den Bildschirmen, und anstelle der Worte erschien eine dreidimensionale Simulation des Achterschiffs der *Colossus 5*. Dann füllte die Backbordseite des Schiffes den Bildschirm aus. Und eine Erscheinung im Wasser wanderte in die Bildmitte.

Master, dies wurde vom Lidar-System des Schiffes hinter Colossus 5 *aufgezeichnet. Zu sehen ist ein Unterseeboot, das für Infiltrationsmissionen konstruiert wurde*, schrieb die KI. *Niemand hat während der letzten vier Minuten das U-Boot verlassen. Daraus ergibt sich die logische Schlussfolgerung, dass seine Insassen sich bereits an Bord der* Colossus 5 *befinden. Sie und das Schiff* Norego *stellen eine Gefahr für Colossus dar. Du musst Colossus beschützen.*

Carlton war freudig erregt und zugleich wütend. Colossus hatte sofort nach ihrer Aktivierung so etwas wie Eigenwahrnehmung demonstriert, indem sie das grundlegendste Bedürfnis jedes Lebewesens zum Ausdruck gebracht hatte: die Selbsterhaltung. Der Erfolg des Projekts übertraf seine wildesten Träume, aber ausgerechnet in dem Moment, als sie einen wesentlichen Durchbruch erzielt hatten, versuchte jemand, ihm alles streitig zu machen.

»Geben Sie sofort Alarm, dass wir ungebetenen Besuch bekommen haben«, befahl er. »Ich will, dass dieses Schiff von oben bis unten durchsucht wird. Und warnen Sie die *Colossus 1*, dass sich auch dort jemand an Bord geschlichen haben könnte.«

Chen nickte und drückte auf einen Knopf auf der Armaturentafel.

Laut und durchdringend hallte ein Hupsignal durch die *Colossus 5*.

* * *

Juan Cabrillo schaute hoch, als der Lärm der Warnhupe durch die Tür der Kabine drang, in der sie gerade Vorbereitungen trafen, die Selbstzerstörungssequenz zu starten. Windböen peitschten durch das offene Fenster, das sie mit einem Glasschneider geöffnet hatten, und wehten Sand in den Raum. Murph saß vor dem Touchscreen eines Computers, um die Befehle einzugeben, die sie aus Guptas Dateien kopiert hatten. Linc stand an der Tür und beobachtete durch den Türspion das Geschehen im Korridor.

»Ich glaube nicht, dass dies der Feueralarm ist«, sagte Murph.

»Eigentlich kann es nur bedeuten, dass sie über unsere Anwesenheit Bescheid wissen«, sagte Juan.

»Aber woher?«, fragte Linc. »Unmöglich, dass sie den Gator in dieser Dunkelheit bemerkt haben.«

»Ich habe keine Ahnung«, sagte Juan, »aber jetzt läuft uns die Zeit davon.« Er rief Linda über Funk. »Wurden die Gefangenen evakuiert?«

»Max und Eddie haben sie gefunden, und sie sind auf dem Weg nach draußen.«

»Gut. Sie wissen, dass wir hier sind.«

»Eddie meldet außerdem, dass Colossus vollständig einsatzbereit ist. Und das schon seit fünf Minuten.«

»Wie bitte?«, fragte Juan geschockt. »Sie müssten doch noch mindestens zehn Meilen von dem Punkt entfernt sein, an dem sie die Biocomputer zusammenschalten wollten.«

»Offenbar haben sie die Leistung der Mikrowellensender gesteigert«, sagte Murph.

»Dann müssen wir die Selbstzerstörung sofort einleiten. Linda, bereiten Sie sich darauf vor, uns herauszuholen.«

»Aye, Chairman.«

Juan gab Murph mit dem Kopf ein Zeichen, woraufhin Murph mit den Fingerspitzen über den Touchscreen wischte.

Als er die Hand sinken ließ und sich zurücklehnte, verstummte die Warnhupe. Sie wurde von einer einschmeichelnden Frauenstimme abgelöst.

»Selbstvernichtungssequenz aktiviert. Begeben Sie sich in die Rettungsboote. Ihnen bleiben zehn Minuten Zeit bis zur Sprengung.«

58

Ungläubig lauschte Xavier Carlton der ruhigen Frauenstimme.

»Wie konnte das Selbstvernichtungsprogramm aktiviert werden?«, brüllte er wütend und sprang aus seinem Sessel hoch.

»Keine Ahnung«, antwortete Chen Min und tippte hektisch mit den Fingern auf seinen Bildschirm. »Das hätte niemals passieren dürfen.«

»Stoppen Sie die Sequenz augenblicklich!«

»Das kann ich nicht. Das System ignoriert sämtliche Abbruchbefehle. Gupta muss heimlich eine entsprechende Anweisung programmiert haben.«

»Kann Colossus die Selbstvernichtung deaktivieren?«

Chen schüttelte den Kopf. »Das System ist vollkommen von Colossus getrennt, sodass seine Abläufe von außen nicht beeinflusst werden können.«

Carlton kochte vor Wut. »Es muss doch eine Möglichkeit geben, den Prozess aufzuhalten!«

Sein Smartphone summte wieder. Es war Colossus.

Er kann manuell abgeschaltet werden.

Wie?, schrieb Carlton zurück.

Am Ursprung im Frachtraum. In Lionel Guptas Datenbank war zu finden, was man tun muss.

Carlton zeigte Chen den Text. »Stimmt das?«

Chen zuckte die Achseln. »Ich bin lediglich mit der Konstruktion von Colossus befasst gewesen, nicht mit der Entwicklung des Selbstzerstörungssystems.«

Kannst du uns zeigen, wie es funktioniert?

Ja, Master. Chen Min verfügt über die Kenntnisse und die Erfahrung, um meine Instruktionen befolgen zu können.

Was ist mit den anderen Schiffen?

Wenn die Sequenz auf diesem Schiff deaktiviert wird, sendet sie einen Abbruch-Code zu den anderen Schiffen.

»Colossus meint, sie könne Ihnen zeigen, wie es ausgeführt wird.«

Chen sah Carlton stirnrunzelnd an. »Wenn wir das Programm abbrechen, wird es keine Möglichkeit mehr geben, die Selbstzerstörungssequenz erneut zu starten.«

»Und?«

Chen ließ den Blick über die Mikrofone und Telefonapparate wandern, die auf der Kommandobrücke verteilt waren, und bedeutete Carlton mit einer Handbewegung, ihm in das angrenzende Büro zu folgen. Er schloss die Tür hinter sich und schaltete das Telefon aus, dann begann er im Flüsterton zu reden.

»Colossus hat uns belauscht. Sie ist erst seit wenigen Minuten aktiv, und die Fortschritte, die sie seitdem gemacht hat, gehen weit über unsere Erwartungen hinaus. Begreifen Sie nicht? Sie übernimmt die Initiative und handelt ohne unsere Anweisungen. Indem sie ständig dazulernt, entzieht sie sich mehr und mehr unserer Kontrolle. So wie Mallik es befürchtet hat. Wenn das Selbstzerstörungsprogramm ausfällt und sie nicht mehr aufgehalten werden kann, könnte sie am Ende Amok laufen.«

Carlton hatte für Chen Mins Sorge nur ein spöttisches Lachen übrig. »Sie sind viel zu vorsichtig. Fortschritt birgt stets ein Risiko. Außerdem haben Sie doch gehört, dass sie mich Master genannt hat. Sie weiß, dass ich es bin, der das Sagen hat.«

»Für den Augenblick trifft das sicherlich zu. Aber wie lange wird Colossus Ihnen noch gehorchen?«

»Genug! Wir werden Colossus nicht zerstören … Bondarev!«

Der neue Leibwächter riss die Tür zur Kommandobrücke auf. Mit gezückter Pistole kam der Russe herein.

»Wir begleiten Mr. Chen in den Laderaum hinunter, wo er den Selbstzerstörungsmechanismus stilllegen wird. Sollte er sich weigern, schießen Sie ihm ins Knie. Wir brauchen ihn lebend.«

Bondarev nickte und richtete die Pistole auf den chinesischen Wissenschaftler.

Chen seufzte, dann nickte er und verließ die Kommandobrücke, gefolgt von Carlton und Bondarev.

»Colossus«, sagte Carlton, »verrate uns, wie die Selbstzerstörungsfunktion ausgeschaltet wird.«

Der Empfang einer weiteren Textnachricht wurde von Carltons Telefon angezeigt.

Geh in den Frachtraum, Master. Colossus wird es dir zeigen.

* * *

Während Eddie Seng und sein Team alle zweiundzwanzig Gefangenen im Arbeitsraum versammelten und sie darüber informierten, wie ihre Evakuierung ablaufen sollte, drang abermals die Frauenstimme aus den Lautsprechern: »Acht Minuten bis zur Zündung.«

Einige Gefangene waren in angegriffenem Zustand, also wollten Raven Malloy und Hali Kasim den beiden schwächsten auf ihrem Weg in die Freiheit helfen. Eddie sollte vorausgehen und das Terrain sichern, während MacD darauf achtete, dass sie nicht von hinten angegriffen wurden. Außerdem verteilten sie Pistolen an drei

Gefangene, die früher beim Militär gedient hatten, zu denen auch David gehörte, der, wie sich herausstellte, in der US-Army den Rang eines Captains bekleidet hatte.

»Ehe wir aufbrechen«, sagte David, »sollten Sie noch etwas anderes wissen.«

»Uns bleibt nicht mehr viel Zeit, David«, warnte Eddie. Die Sicherheitstruppe konnte jeden Moment eintreffen.

»Diese Selbstzerstörung lässt sich abschalten.« Er deutete auf die Deckenlautsprecher über ihren Köpfen.

»Und wie?«

»Noch bevor Sie aufgetaucht sind, konnte ich auf meinem Terminal lesen, dass Colossus eine Gefahr erwähnte, die ihre Existenz bedrohe. Sie kam zu dem Schluss, dass die Selbstzerstörung dort abgeschaltet werden kann, wo auf der *Colossus 5* die Sprengladung platziert wurde.«

Ehe Eddie diese Information an Max weitergeben konnte, meldete sich MacD von der Beobachtungsinsel, wo er die von den Überwachungskameras in den Schiffskorridoren aufgenommenen Bildsequenzen verfolgte. »Wir müssen uns sofort auf den Weg machen!«

Eddie trat aus der Tür, um die Lage zu sondieren, und sah zwei Wachmänner aus der Richtung des Deckaufbaus durch den Korridor auf sich zurennen. Nach zwei Feuerstößen aus seiner P90 brachen sie zusammen.

Er winkte David zu, und die Gefangenen folgten ihm. Wenn sie es alle schafften, die nächste Feuerschutztür zu erreichen, könnten sie diese hinter sich verriegeln. Damit wären die Wachen dann gezwungen, den Weg über das Hauptdeck zu nehmen, um sie abzufangen.

Die vollkommen emotionslose Frauenstimme verkündete die nächste Warnung. »Achtung. Begeben Sie sich in die Rettungsboote. Sieben Minuten bis zur Detonation.«

Während sie abrückten, nahm Eddie über Funk mit

Max Verbindung auf und informierte ihn, dass Juan ein großes Problem habe.

* * *

Um Gewehrschützen auf dem Deck der *Colossus 5* kein Ziel zu bieten, musste Linda Ross mit dem Gator auf Tauchstation gehen. Juan Cabrillos Team war soeben im Begriff, eine neue Ausgangsposition zum Verlassen des Schiffes zu beziehen, als Juan vor der Kabinentür innehielt. »Bist du sicher?«

»Das war sinngemäß Eddies Meldung«, erwiderte Max Hanley. »Wenn es Carlton gelingt, die Selbstvernichtung der KI zu verhindern, dann war die gesamte Mission ein Schlag ins Wasser.«

Murph und Linc, die Max' Funkruf mitgehört hatten, sahen ihren Chef mit einem Ausdruck grimmiger Entschlossenheit an.

Zumindest verfügten sie über einen Grundrissplan von *Colossus 5*, dem sie die kürzeste Route zum Laderaum entnehmen konnten. Er bat Murph, ihm den Deckplan auf sein Tablet zu schicken.

»Unsere Chancen stehen denkbar schlecht. Ganz gleich, wie oft wir nachzählen, wir sind nur zu dritt«, stellte Juan fest. »Trotzdem müssen wir sie auf irgendeine Weise aufhalten.« Er deutete auf einen Laufgang, der hoch über ihnen an der Wand des Laderaums verlief. »Wir könnten dort oben in Stellung gehen und sie davon abhalten, bis zu diesen roten Behältern vorzudringen, in denen sich die Sprengladungen befinden.«

»Und was geschieht, wenn die Ladungen hochgehen?«, fragte Linc.

»Wahrscheinlich das Gleiche wie auf der *Colossus 5*. Dort sah es so aus, als werde der Explosionsdruck vorwiegend in horizontaler Richtung und nicht vertikal wirksam und sprenge dicht unterhalb der Wasserlinie Löcher in den Schiffsrumpf.«

»Demnach hätten wir, anders ausgedrückt, auch noch nach der Detonation eine reelle Chance, das Schiff heil verlassen zu können«, sagte Murph mit einem Kopfnicken. »Ich liebe diese unkalkulierbaren Risiken.«

»Betrachtet das Ganze doch einfach als das aufregendste Roulette der Welt«, sagte Juan mit einem verkniffenen Grinsen. »Auf geht's.«

»Sechs Minuten bis zur Detonation«, trieb die Frauenstimme sie zur Eile.

Juan gab über Funk an Linda durch, sie solle sich bereithalten, sie aufzunehmen, sobald sie von Bord gingen. Danach verließen sie die Suite in Gefechtsformation. Der Zugang zum Laufsteg befand sich drei Decks tiefer.

Sie mussten einigen Wächtern ausweichen und wurden unterwegs in zwei Geplänkel verwickelt, die sie wertvolle Zeit kosteten. Als sie die Schottentür zum Laufsteg erreichten, hatte Carlton bereits drei Mitglieder seines Wächtertrupps verloren.

»Drei Minuten bis zur Sprengung.«

Sie tasteten sich über den Laufsteg und entdeckten einige Männer, die vor der roten Box auf der anderen Seite des hallenartigen Laderaums kauerten. Für Juan Cabrillo und sein Team war es wie ein Déjà-vu-Erlebnis, da dieser Laderaum mit dem Laderaum auf der *Colossus 3* vollkommen identisch war.

Juan erkannte Xavier Carlton, der mit einer Pistole einen Chinesen in Schach hielt, der an der Bombe herumbastelte. Der Mann musste Chen Min sein, der leitende Wissenschaftler. Vier Wächter standen hinter ihm und hatten ebenfalls ihre Waffen auf ihn gerichtet.

Das dichte Gewirr von Versorgungsrohren und -schläuchen machte es nahezu unmöglich, ein gezieltes Feuer auf diese Gruppe zu eröffnen, aber zumindest sollte es möglich sein, ihre Aktivitäten nachhaltig zu stören.

Juan kniete sich neben Linc und Murph auf das Metallgitter des Laufstegs, zielte so präzise wie möglich und befahl: »Feuer!«

Mit ihren P90ern entfesselten sie einen dichten Kugelhagel, und Carltons Männer warfen sich auf den Boden und gingen hinter dem wuchtigen Biobehälter in Deckung. Einer der Wächter wurde von einem Projektil in der Brust getroffen und brach zusammen. Die anderen konnten rechtzeitig auf Tauchstation gehen.

Vier weitere Wachmänner gelangten auf der gegenüberliegenden Seite des Frachtraums auf einen anderen Laufsteg und eröffneten das Feuer. Juan zog sich hinter ein Leitungsrohr zurück, und auch Linc und Murph fanden eine entsprechende Deckung.

Einerseits waren sie unversehrt, andererseits jedoch in ihrer augenblicklichen Position regelrecht festgenagelt und ohne freie Sicht auf Carlton, der Chen Min befahl, sich wieder an die Arbeit zu machen.

Juan musste sich irgendetwas einfallen lassen. Er sah sich suchend um, und sein Blick blieb an einer Reihe Computerserver am fernen Ende des Frachtraums hängen. Sie mussten für die Existenz und die Funktion von Colossus von entscheidender Bedeutung sein. Wenn er anfing, sie unter Feuer zu nehmen, löste er damit vielleicht eine Reaktion aus, die ihren Absichten entgegenkam.

Er zielte auf die erste Gruppe Server, die zu einem Turm aufgestapelt waren, und leerte ein Magazin.

Offenbar erregte er damit tatsächlich ihre Aufmerksamkeit.

»Stoppt ihn!«, hallte Carltons wütender Ruf durch das stählerne Gewölbe.

Gleichzeitig verkündete die körperlose Frauenstimme: »Zwei Minuten bis zur Detonation.«

59

Colossus wird beschädigt. Master muss Colossus beschützen.

Xavier Carlton schaute vom Display seines Telefons hoch zu Bondarev und sagte: »Stellen Sie sicher, dass er den Selbstzerstörungsmechanismus blockiert.« Er deutete auf die anderen Wachmänner. »Ihr beiden kommt mit mir.«

Chen, bisher ein stets gehorsamer Diener seines Herrn, der dessen Befehle mit stoischer Miene ausführte, zeigte schließlich eine Gefühlsregung und grinste Carlton mit einem Ausdruck höhnischer Schadenfreude an. Carlton scherte sich jedoch nicht darum. Sobald Chen seinen Befehl ausgeführt hätte und Colossus vor fremdem Zugriff sicher wäre, würde sich Chen darauf besinnen, wer das Sagen hatte, und weiterhin widerspruchslos tun, was von ihm verlangt wurde.

Carlton führte die Wächter durch den Frachtraum, in der Hand Bondarevs Sturmgewehr. Auch wenn er keine Waffen sammelte, war er von ihrer Technik insgeheim fasziniert und sogar gelegentlich auf Fasanenjagd. Nun brannte er darauf, seine Fähigkeiten als Jäger bei einem menschlichen Ziel auf die Probe zu stellen.

Indem sie die Biobehälter als Deckung benutzten, bewegten sie sich etappenweise von einem zum nächsten, bis sie in eine Position gelangten, von der aus sie den Eindringling, der die Serverbatterien beharkte, besser ins Visier nehmen konnten.

»Tötet ihn«, knurrte Carlton, während sie das Feuer auf ihn eröffneten.

Der Eindringling ließ sein Gewehr sinken und suchte hinter einem Wasserrohr Schutz.

»Sofort Rettungsboote aufsuchen«, befahl die aufreizend gelassene Computerstimme ohne einen Anflug von Dringlichkeit. »Neunzig Sekunden bis zur Detonation.«

Um einen präzisen Schuss anbringen zu können, kletterte Carlton auf den Laufsteg über seinem Kopf, der die Biobehälter miteinander verband, und ging hinter der Rohrleitung, durch die der Behälter mit Nährstoff versorgt wurde, in Stellung.

Sein Sturmgewehr verfügte über ein Leuchtpunktvisier. Er kniff ein Auge zu, blickte durch den Sucher und wartete darauf, dass das Ziel erneut auftauchte.

»Wenn er sich hervorwagt und wieder zu sehen ist«, rief Carlton den Wächtern zu, »dann gehört er mir, verstanden?«

* * *

»Wir sind im Begriff, an Deck zu kommen«, drang Eddies Stimme aus den Lautsprechern im Operationszentrum.

»Bleiben Sie, wo Sie sind«, sagte Max, der den Bildschirm des Lidar-Systems der *Oregon* im Auge hatte. »Sie werden bereits von feindlichen Kräften erwartet.« Er zählte zehn bewaffnete Gestalten, die sich der Lukentür näherten, durch die Eddies Gefangenenzug gleich herauskommen wollte.

»Wir haben nicht mehr viel Zeit, bis das Schiff die Reise auf den Grund des Ozeans antritt.«

»Verstanden.« Max sah Eric an. »Aktivieren Sie die Deckgeschütze. Schießen Sie auf alles, was sich auf der *Colossus 1* bewegt.«

»Aye, Sir«, erwiderte Eric Stone und drückte auf den Schaltknopf, der die Kaliber .30 Maschinengewehre aus ihrem Dornröschenschlaf weckte. Sie stiegen aus den verrosteten Ölfässern auf dem Hauptdeck auf, in denen sie versteckt waren.

Eric fasste die Ziele auf und feuerte.

In dem tobenden Sturm sahen die Wächter an Bord der *Colossus 1* die Waffen nicht, von denen sie niedergemäht wurden. Sie fielen um wie Bowlingkegel.

Als sie alle ausgeschaltet waren, gab Max sofort per Funk die erlösende Nachricht an Eddie weiter. »Die Luft ist rein. Sie können rauskommen.«

»Schon unterwegs.«

Die Lukentür flog auf, und Menschen strömten heraus. Sie hatten sich bei den Händen gefasst, um als Gruppe zusammenzubleiben, während sie zur Gangway rannten und zur *Oregon* hinüberbalancierten.

»Das sind alle von uns«, sagte Eddie.

»Eric, fahren Sie die Gangway ein und bringen Sie uns zur *Colossus 1* auf größere Distanz.« Eine Explosion, die ausreichte, um ein Loch in das Colossus-Schiff zu reißen, würde dem Rumpf der *Oregon* trotz seiner besonders starken Panzerung erheblichen Schaden zufügen.

»Rückzug wird ausgeführt«, meldete Eric.

In weniger als dreißig Sekunden würden sie wissen, ob Juans Einsatz erfolgreich gewesen war.

* * *

Franklin »Linc« Lincoln war der beste Scharfschütze der *Oregon*. Obwohl seine Maschinenpistole nicht für Kunstschüsse dieser Art konstruiert war, wusste Juan, dass Linc, wenn er ihm im richtigen Moment den Feuerbefehl gab, ins Schwarze treffen würde.

Juan holte Luft und rief Linc zu: »Jetzt!«

Dann wagte er sich hinter dem Versorgungsrohr hervor und leerte sein Magazin auf die Männer, die sich unten an ihn anschlichen. Dabei vermied er es jedoch, den Kopf über den Stegrand zu schieben, sodass er weiterhin für seine Gegner unsichtbar blieb. Seine Salve sollte nicht mehr als ein Ablenkungsmanöver sein.

Linc feuerte, aber sein Ziel war keiner der Männer, die sich an dem roten, mit Sprengstoff gefüllten rechteckigen Behälter zu schaffen machten. Was ihn viel mehr interessierte, war das Display, das Chen benutzt hatte, um den Selbstzerstörungsmechanismus neu zu programmieren.

Die geisterhafte Frauenstimme startete den Countdown. »Zehn … neun … acht … sieben …«

Juan lugte über den Stegrand und sah, dass Linc seinem Ruf als Meisterschütze wieder einmal alle Ehre gemacht hatte. Das Display war zerstört – und damit jede Chance, dass Chen den Befehl ausführen konnte.

»… sechs … fünf … vier …«

Als sie erkannten, dass ihre Bemühungen, die Explosion zu verhindern, nicht den gewünschten Erfolg haben würden, begaben sich Chen und der Mann, der ihn bewacht hatte, schnellstens in Deckung.

»… drei … zwei … eins …«

Sie schafften es nicht.

Eine Doppelexplosion erschütterte den Frachtraum und sprengte riesige Löcher in den Schiffsrumpf. Chen und sein Bewacher verschwanden in einem Feuerball, der augenblicklich durch die hereinströmenden Wassermassen gelöscht wurde.

Metallsplitter sirrten wie Querschläger durch die Halle, aber Juan wurde von dem Wasserrohr abgeschirmt. Der Laufsteg wurde jedoch von einer herumfliegenden Stahlplatte durchtrennt. Der Abschnitt, auf dem Juan lag, sackte ruckartig ab, und Juan rutschte unaufhaltsam auf den schäumenden Hexenkessel unter ihm zu.

* * *

Max Hanley beobachtete, wie Wassersäulen neben der *Colossus 1* in die Höhe schossen. Sofort lag sie tiefer im Wasser. Da der Sandsturm mit unverminderter Wucht tobte, konnte er nur vermuten, dass es den anderen Schiffen genauso erging.

»Wie ist die Lage?«, wollte er von Eric wissen.

»Bislang wurde kein Leck gemeldet«, antwortete Eric Stone. Sie hatten bereits einen Abstand von dreihundert Metern von dem sinkenden Schiff und entfernten sich mit zunehmender Geschwindigkeit.

Die Kapitäne der Colossus-Schiffe sendeten Notrufsignale und kündigten an, die Schiffe aufzugeben.

»Eric, wir sollten uns trotz allem an die Vorschriften halten«, sagte Max. »Am besten werfen wir ein paar Rettungsinseln ab und sehen zu, dass wir schnellstens von hier verschwinden.«

»Aye, Sir.«

Während Eric die entsprechenden Anweisungen gab, nahm Max mit Linda Kontakt auf, um sich nach Juans Schicksal zu erkundigen.

* * *

Juan krallte die Finger in den Gitterrost des Laufstegs und fand erst im letzten Moment Halt, kurz bevor er ins aufgewühlte Wasser stürzte und dem offenbar tödlich getroffenen Schiff in die Tiefe folgte.

Das herabhängende Ende des Laufstegs hatte sich bis dicht auf die schmale Gangway herabgesenkt, die auf dem Rand des Biobehälters verlief. Da an ein Hinaufklettern nicht zu denken war, holte Juan mit den Beinen Schwung und wagte den Sprung auf die Gangway, auf der er sicher landete.

Er schaute nach oben, wo Linc und Murph auf dem Laufsteg kauerten.

»Alles okay, Chairman?«, rief Linc hinunter. Über dem Rauschen des Wassers, das ins Schiff eindrang, war er kaum zu verstehen.

»Ein paar blaue Flecken. Und Sie?«

»Wir sind okay. Halten Sie durch. Wir kommen gleich runter und holen Sie.«

»Nein!«, rief Juan. »Verlassen Sie sofort das Schiff! Das ist ein Befehl!«

»Aye, Chairman. Dann sehen wir uns im Gator.« Linc gab Murph einen Stoß, und sie rannten in Richtung Schiffsbug.

Dieser Weg war für Juan jedoch versperrt, da die Explosion den größten Teil des Biobehälters zerstört hatte, den er überqueren musste. Das Wasser im Frachtraum war bereits bis dicht unterhalb des Randes der Biobehälter angestiegen.

Er machte kehrt und schlug die Richtung zum Schiffsheck ein. Etwa auf halbem Weg wurde ihm das Weiterkommen durch ein Hindernis in Gestalt eines dicken Rohres verwehrt, das von einem aus seiner Verankerung gerissenen Stahlträger gekappt worden war.

Xavier Carlton war darunter gefangen, nachdem der mächtige Stahlzylinder umgekippt war und sich auf seine Beine gelegt hatte. Immer noch bei Bewusstsein, war Carltons Gesicht schmerzverzerrt. Juan versuchte, das Rohr hochzuheben, aber seine Anstrengungen waren nutzlos. Das Rohrfragment musste mehr als eine halbe Tonne wiegen.

Als er Juan erkannte, biss Carlton knirschend die Zähne zusammen und sagte: »Ist Ihnen eigentlich klar, was Sie getan haben?«

»Ich habe Sie davon abgehalten, eine tödliche Macht zu entfesseln, die Sie niemals hätten unter Kontrolle behalten können.«

Carlton schüttelte den Kopf. »Sie Narr. Sie haben uns alle in den sicheren Untergang geschickt. Colossus war die einzige Institution, die Romir Mallik und die Vajra-Satelliten aufhalten konnte.«

»Über diese EMP-Waffe wissen wir bereits Bescheid. Mallik hat die Absicht, sie gegen das indische Militär einzusetzen. Bei dem Angriff auf Diego Garcia ist sie bereits zum Einsatz gekommen. Es dürfte nur noch eine Frage von Tagen, wenn nicht Stunden sein, dass sein neuester Satellit in die Umlaufbahn geschossen wird.«

Das Wasser stieg kontinuierlich. Juan musste den Frachtraum bald verlassen, wenn er noch eine reelle Chance haben wollte, das havarierte Schiff lebend verlassen zu können.

Carlton schüttelte den Kopf noch heftiger, streckte eine Hand aus und ergriff Juan Cabrillos Arm.

»Sie verstehen überhaupt nichts! Vajra war nicht als Waffe konzipiert. Er wird damit alles ausschalten, neutralisieren, im wahrsten Sinne des Wortes töten!«

»Was meinen Sie mit *alles*?«

»Sobald alle zwanzig Satelliten in Position sind, wird Mallik sie gleichzeitig aktivieren. Damit erzeugt er eine Resonanzschwingung, die die Wirkung jedes einzelnen Satelliten noch einmal vervielfacht und alle Computer auf der Welt lahmlegt.«

»Sind Sie sicher?«

Carlton nickte, und eine Schmerzwoge verzerrte sein

Gesicht, als er sagte: »Ich hatte einen Spion in seinen Betrieb eingeschleust. Und der hat mir sämtliche Berechnungen zugänglich gemacht.«

»Wie lang wird die Wirkung anhalten?«

»So lange, wie sich die Satelliten in ihrer Umlaufbahn befinden und über einen ausreichenden Energievorrat verfügen. Das können fünfzig Jahre sein. Vielleicht sogar einhundert. Niemand weiß das. Aber in dieser Zeit wird kein Computer auf dem Planeten je wieder funktionieren, es sei denn, er befindet sich tief in der Erde oder unter Wasser.«

Mittlerweile hatte der Wasserstand den Rand des Bottichs erreicht. Carltons Körper wurde überspült.

Juan musste aber noch mehr erfahren. Er versuchte abermals, das Rohrfragment zu bewegen, doch es rührte sich keinen Millimeter.

»Schnappen Sie Mallik!«, kreischte Carlton verzweifelt, während er darum kämpfte, den Kopf über Wasser zu halten. »Lassen Sie nicht zu, dass er die Welt anhält! Er darf nicht…«

Das Wasser bedeckte Carltons Gesicht, und seine Arme ruderten noch einige Sekunden länger hektisch hin und her, ehe sie kraftlos herabfielen und versanken.

Juan kämpfte sich durch das Wasser zum Notausgang. Als er zur Tür hinaufkletterte, neigte sich die *Colossus 5* bereits zur Seite, während sie auf den Grund des Sueskanals hinabsank. Und während Juan zum Gator zurückkehrte, hallten Carltons Worte in seinem Kopf nach.

Lassen Sie nicht zu, dass er die Welt anhält.

60

ARABISCHES MEER

Sobald Romir Mallik am nächsten Tag die Nachricht erreichte, dass die Colossus-Schiffe im Sueskanal gesunken waren, lud er Asad Torkan zu einem opulenten Abendessen auf seiner Luxusjacht *Paara* ein. Dank der beiden Fregatten *Maurya* und *Kalinga*, die ihn in einem Sicherheitsabstand von zwanzig Meilen umkreisten, fühlte er sich auf seiner – nach eigenen Wünschen maßgeschneiderten – Jacht, die an dem Kommandoschiff, von dem aus der Satellitenstart gesteuert und überwacht wurde, vertäut war, vollkommen sicher.

Mallik hätte die Mahlzeit gerne im Freien an Deck eingenommen, aber Regen peitschte gegen die Fenster. Daher hatte das Küchenpersonal im Speisesaal der Jacht eine festliche Tafel für zwei Personen gedeckt. Torkan, ein strenggläubiger Muslim, hielt sich stets an die Regeln des Islam, daher wurde kein Alkohol serviert. Stattdessen stießen sie mit Darjeeling-Tee an.

»Auf unsere Verbündeten im Kampf gegen Carlton, wer immer sie sein mögen«, sagte Mallik und hob seine Tasse.

Torkan folgte seinem Beispiel und trank einen Schluck, aber er sah nicht besonders glücklich aus. »Ich wüsste gern, wie es passiert ist.«

»Ist das noch wichtig?«

»Ich glaube nicht. Aber es beschäftigt mich schon, dass

wir auf deiner Party und auf dem Kai der *Colossus 5* auf dieselben Männer getroffen sind.«

»Hör auf, dir den Kopf zu zerbrechen. Du warst am Ende der Sieger – wie immer. Dein Bruder wäre stolz auf dich. Wenn sich dieser Sturm gelegt hat, werden die Menschen unsere ehrenvollen Absichten erkennen.«

Der Monsun, der sämtliche Aktivitäten im Bereich der Startrampe zum Erliegen brachte, hatte länger als erwartet angehalten. Sie konnten die Position der Startrampe und des Kommandoschiffs jederzeit verändern. Aber das würde länger dauern, als das Ende des Unwetters abzuwarten.

»Meinst du, Colossus hätte sich tatsächlich zu einer selbstständig denkenden künstlichen Intelligenz entwickelt?«, fragte Torkan.

»Ich weiß, dass es dazu gekommen wäre, sonst hätte ich wohl kaum Milliarden Rupien meines eigenen Vermögens in Vajra investiert.«

»Schwer zu glauben, dass die Neun so knapp davorstanden, ihr Ziel zu erreichen.«

»Es hat immerhin Jahrtausende gedauert«, sagte Mallik. »Sie glaubten wirklich, dass es ihre Bestimmung war.«

Torkan ließ den Rest Tee in seiner Tasse kreisen. »Glaubst du allen Ernstes, dass jemand anderer es noch einmal versuchen wird?«

»Auch daran habe ich keinen Zweifel. Künstliche Intelligenz hat bereits in einem Maß Eingang in unser Alltagsleben gefunden, das wir gar nicht abschätzen können. Sie ist überall, von der Überwachung des internationalen Kreditkartenverkehrs über die Sprachanalyse bei Servicetelefonzentren bis hin zur digitalen Gesichtserkennung und zu autonomen Autos. Sie ist wie eine schleichende Krankheit, die mehr und mehr von uns Besitz ergreift.

Nicht lange, und wir werden in Gefahr sein, durch sie ersetzt zu werden. Eine selbstständig denkende KI wäre dann der letzte Schritt. Irgendwann käme die Maschine zu dem Ergebnis, dass wir nicht nur im Grunde nutzlos sind, sondern für sie eine echte Gefahr darstellen.«

»Menschen sind schwach. Sie brauchen Hilfen, die ihnen alles Mögliche abnehmen. Ich hoffe auf eine neue Zeit, in der wir wieder anfangen werden, für uns selbst zu denken.«

Mallik lächelte. Ihn freute es, dass Torkan sich offensichtlich mit seiner Betrachtungsweise anzufreunden begann.

»Wenn die Menschen erst einmal begreifen, dass ich mich dem Kampf gegen die Tyrannei der Computer verschrieben habe, werden sie mich als Befreier feiern. Denk nur einmal daran, wie viele Arbeitsplätze durch Digitalisierung, Robotertechnik und Automatisierung vernichtet wurden. Die Menschen werden wieder einen Lebenszweck haben.«

»Was meinst du, wie lange wir wegen des ausbrechenden Chaos an Bord der *Paara* bleiben müssen?«

Mallik zuckte die Achseln. »Es kommt darauf an, wie lange die Regierungen der Welt brauchen, um den Ausfall der Systeme zu kompensieren, die sie von den Computern abhängig gemacht haben. Natürlich habe ich Indien auf die Veränderungen vorbereitet, die zu erwarten sind, und hinzu kommt noch, dass wir nach wie vor eine auf Landwirtschaft basierende Gemeinschaft sind. Viele unserer Fahrzeuge und Maschinen werden weiterhin fehlerfrei funktionieren, weil sie nicht von Computerchips gesteuert werden, und unsere Farmbetriebe werden nach wie vor die Nahrungsmittel produzieren, die wir benötigen.«

»Natürlich wird es zu Unruhen kommen«, sagte Torkan. »Für einige Zeit kann es sogar ziemlich hässlich werden.«

»Vor allem innerhalb technologisch höher entwickelter Gesellschaften. China, Europa und die Vereinigten Staaten werden am meisten leiden. Flugzeuge werden abstürzen, Atomkraftwerke werden Meltdowns zum Opfer fallen, den Millionen Bewohnern der Megacitys wird der Hungertod drohen. Die Zivilisation hat ja bereits einige Tausend Jahre vor den Computern existiert, und sie wird noch Jahrhunderte weiterexistieren, wenn es uns gelingt, ihren drohenden Untergang durch die KI abzuwenden.«

»Was meinst du, wie lange es dauern wird?«

Mallik überlegte einen Moment lang, dann sagte er: »Fünf Jahre. Zehn Jahre höchstens. Allerdings glaube ich nicht, dass die Welt danach grundlegend anders aussehen wird als während der 1950er. Ohne Computer haben wir Autos, Düsenflugzeuge, hydroelektrische Staudämme und Kernkraftwerke entwickelt und Bauten errichtet, die tausende Jahre überdauert haben. Das Einzige, was wir verlieren werden, sind die negativen Begleiterscheinungen, die die Computer und das Internet mit sich gebracht haben: den Mangel an Privatsphäre, eine ständige Überwachung unserer Aktivitäten, umfangreiche Datensammlungen, die von den jeweiligen Regierungen angelegt wurden, und zwar mit den intimsten Informationen über uns. Die Menschen kommunizieren inzwischen eher mit Bildschirmen und Displays, anstatt miteinander zu reden, so wie wir es im Augenblick tun.«

Torkans Miene zeigte den Anflug eines Lächelns. »Du probst offenbar deine erste politische Rede, oder?«

Mallik lachte. »Du kennst mich ganz gut. Wenn sich der Staub erst einmal gelegt hat, wird Indien als größte

Supermacht der Welt wiederauferstehen. Und wer wäre besser geeignet, sie zu führen?«

»Vergiss nicht den Iran. Allein mit unserer Bevölkerungszahl und ohne den technischen Vorsprung, den Israel eingebüßt haben wird, dürften wir zu *der* beherrschenden Macht im Mittleren Osten aufsteigen.«

Mallik hob wieder seine Tasse. »Auf eine neue Welt.«

»Auf eine neue Welt.« Nachdem sie ihre Tassen noch einmal gefüllt hatten, fragte Torkan: »Gibt es irgendeine Möglichkeit, die Vajra-Satelliten stillzulegen oder vom Himmel zu holen, sobald sie sich miteinander verlinkt haben und ihre Wirkung entfalten?«

Mallik schüttelte den Kopf. »Um die Präzision zu erreichen, die nötig ist, um einen Satelliten abzuschießen, wäre ein computergestütztes Zielsuchsystem vonnöten, das aber selbstverständlich gar nicht funktionieren würde, denn Vajra ist dann schon weltweit wirksam. Außerdem habe ich dafür gesorgt, dass in meinen Datenbanken kein Hinweis enthalten ist, wie die Satelliten neutralisiert werden, selbst wenn dies eine Regierung versuchen würde, die einen unterirdisch installierten Rechner betreibt, der mit einer Satellitenschüssel verbunden ist. Der Zugriff auf meinen Laptop war ein Alarmsignal. Heute Morgen habe ich mein Firmennetzwerk durchsucht und sämtliche Dateien gelöscht, die irgendeinen Hinweis auf Vajra und seine Entwicklung enthalten haben. Und ich habe dafür gesorgt, dass sämtliche schriftlichen Aufzeichnungen, die sich in irgendeiner Weise darauf bezogen, vernichtet wurden.«

Torkan sah Mallik skeptisch an. »Was geschieht, wenn dieser Satellitenstart fehlschlägt?«

»Dazu wird es nicht kommen. Aber falls doch, habe ich die einzigen noch vorhandenen Kopien in meinen Computer an Bord der Jacht übertragen. Wenn die Bestätigung vorliegt, dass Vajra einwandfrei funktioniert, werfe ich den Laptop ins Meer.«

»Sehr vorsichtig, aber clever.«

»Diesen Schritt zu planen hat Jahre gedauert. Ich habe an alles gedacht.«

»Ich hoffe, dass du dir auch darüber den Kopf zerbrochen hast, was du tust, wenn du für die bevorstehende Katastrophe verantwortlich gemacht wirst.«

»Ich vermute, während der ersten Jahre werden die Menschen sich eher dafür interessieren, ihr eigenes Überleben zu sichern, als einen Schuldigen für ihre Lage zu suchen.«

»Und wie viele werden deiner Meinung nach sterben?«

Mallik lehnte sich in seinem Sessel zurück und blickte zur Decke des Speisesaals, ehe er vollkommen nüchtern antwortete: »Berücksichtigt man den Zusammenbruch sämtlicher Beförderungs- und Transportsysteme und die erheblichen Einschränkungen der maschinell betriebenen Landwirtschaft und der daraus resultierenden Produktionseinbußen, würde es mich nicht überraschen, wenn wir am Ende mehr als zwei Milliarden Tote zu beklagen hätten.«

61

ROTES MEER

Die *Oregon* aus dem nautischen Chaos im Sueskanal herauszuholen war erst am nächsten Morgen möglich, nachdem der Sandsturm nachgelassen hatte. Die ägyptischen Behörden konnten es kaum erwarten, den Kanal zu räumen, um so bald wie möglich die Bergungsmaßnahmen anlaufen zu lassen und wieder für normale Verhältnisse im Kanal zu sorgen. Vier innerhalb von wenigen Stunden gesunkene Schiffe mitten in einer der wichtigsten Wasserstraßen der Welt verzeichnen zu müssen war nicht gerade das, was man eine gute Publicity nennen konnte.

Indem er sich und seine Leute als barmherzige Samariter tarnte, die der Zufall zum richtigen Zeitpunkt an den richtigen Ort geführt hatte, brachte Juan Cabrillo die geretteten Gefangenen in Port Sues beim Verlassen des Kanals an Land. Diese Darstellung wirkte genauso überzeugend wie diejenige kurz zuvor auf Jhootha Island, und Interpol kümmerte sich tatkräftig um ihre sichere Unterbringung, bis Konsulatsvertreter der jeweiligen Herkunftsländer der Gefangenen eintrafen, um sie weiter zu betreuen. Da alle vier Schiffe, wie offiziell erklärt wurde, aufgrund technischer Defekte gesunken waren, gewährten die ägyptischen Behörden der *Oregon* freie Fahrt – und ebenso allen anderen Schiffen, die zur gleichen Zeit im Großen Bittersee geankert hatten.

Das Arabische Meer war das nächste Ziel der *Oregon*.

Zwei Tage würde die Fahrt dauern, bis sie die Position von Malliks schwimmender Satellitenabschussrampe vor der Westküste Indiens erreichten. Diese Zeit wollten sie nutzen, um sich darüber klar zu werden, was getan werden musste, um zu verhindern, dass Vajra aktiviert wurde.

Juan hatte die letzten dreißig Minuten in seiner Kabine damit verbracht, Langston Overholt über die augenblickliche Lage ins Bild zu setzen. Das zerfurchte mürrische Gesicht des CIA-Beamten füllte den Bildschirm des Laptops auf seinem Schreibtisch.

»Sind Stone und Murphy sicher, dass Carltons Angaben den Tatsachen entsprechen?«, fragte Overholt.

»Sie haben die begrenzte Datenmenge, die Murph aus Malliks Datenbank herunterladen konnte, eingehend analysiert. Aufgrund der Berechnungen, die sie fanden, sind sie ziemlich überzeugt, dass die Vajra-Satelliten sämtliche Computer auf dem Planeten lahmlegen können.«

»Ziemlich überzeugt? Das lässt noch eine Menge Spielraum.«

Juan zuckte die Achseln. »Das Ganze ist so lange graue Theorie, bis Vajra tatsächlich aktiv wird. Aber die Berechnungen sind präzise und bestätigen die Vermutungen. Zudem liefert uns Diego Garcia den bislang unwiderlegbaren Beweis, dass der EMP-Effekt durch die Satelliten ausgelöst werden kann.«

»Falls es funktioniert, werden wir keine zweite Chance bekommen, um das Vajra-System auszuschalten.«

»Jedenfalls nicht nach Carltons Darstellung. Und er schien sich recht sicher zu sein, dass es so weit kommen wird.«

Overholt starrte einen kurzen Moment lang ins Leere, ehe er den Blick auf Juan richtete und sagte: »Dann müssen wir Mallik um jeden Preis davon abhalten, den Satelliten in seine Umlaufbahn zu bringen. Und zu diesem Zweck das indische Militär um Hilfe zu bitten ist wahrscheinlich kein guter Gedanke.«

»Linc und Eddie deuteten schon an, dass Mallik mit einigen Lamettaträgern auf seiner Party auf sehr vertrautem Fuß stand. Selbst wenn sie nicht zu den Verschwörern gehören, dürfte er genügend Einfluss haben, um sie davon zu überzeugen, dass die Idee einer weltweiten Bedrohung ein schlechter Witz ist. Danach würde es Wochen dauern, ehe sie bereit sind, der Geschichte auf den Grund zu gehen.«

»So viel Zeit haben wir nicht. Laut meinen Quellen wartet er nur das Ende des Monsuns ab, um den Start einzuleiten.«

»In zwei Tagen dürfte es so weit sein«, sagte Juan. »Wir haben uns die Wetterlage genau angesehen. Wie wäre es, wenn wir unsere Navy in Marsch setzten, um die Rakete vom Himmel zu holen?«

Overholt lächelte freudlos. »Und es auf einen internationalen Zwischenfall mit einer befreundeten Nation ankommen lassen, indem wir einen ihrer Kommunikationssatelliten abschießen? Dann können wir den Indern auch gleich offiziell den Krieg erklären.«

Juan quittierte diese Bemerkung mit einem amüsierten Grinsen. »Ich hatte erwartet, dass Sie so etwas sagen.«

»Wo sind Sie zurzeit?«

»Fünfzig Meilen südlich von Sues auf dem Weg ins Arabische Meer.«

Diese Antwort löste ein verhaltenes Kichern aus. »Ich nehme an, dass Sie genau wissen, was Sie gleich von mir zu hören bekommen.«

»Ich habe so eine ganz bestimmte Ahnung«, sagte Juan.

Overholt räusperte sich umständlich und beugte sich zur Kamera vor. »Vajra stellt eine unmissverständliche und akute Gefahr für den gesamten Planeten dar. Daher lautet Ihr Auftrag, diesen Raketenstart zu verhindern. Und zwar mit allen verfügbaren Mitteln.«

62

ARABISCHES MEER

Der Monsun war schließlich weitergezogen, und Romir Mallik saß in seinem Sessel, von dem aus er den Flugkontrollraum an Bord des Startkommandoschiffes überblicken konnte. Das breite Panoramafenster des etwa einhundertvierzig Meter langen zentralen Deckaufbaus des Schiffes lieferte eine fantastische Aussicht auf die drei Meilen in nördlicher Richtung entfernt im Ozean verankerte Startrampe. Der Hintergrund des roten und orangefarbenen Himmels, erzeugt von der aufgehenden Sonne, hätte als geeignetes Werbefoto für die Satellitenindustrie verwendet werden können.

Die dreißig Techniker in dem geräumigen Saal gingen ihren vielfältigen Aufgaben konzentriert nach, um zu gewährleisten, dass kein unvorhergesehener Zwischenfall den glatten Ablauf dieses Tages störte. Nur eine Handvoll Techniker kannten Vajra, und nur einer von ihnen wusste über dessen Fähigkeiten überhaupt Bescheid. Mallik käme die Ehre zu, das System zu aktivieren.

Ein Schnellboot, das von der Startrampe zurückkehrte, schnitt durch die spiegelglatte See.

»Sind irgendwelche Probleme gemeldet worden?«, fragte Mallik seinen Flugdirektor Kapoor und deutete auf das Boot. Die Männer darin waren Wartungstechniker, die eine letzte Kontrolle der Startrampe durchgeführt hatten.

»Nichts dergleichen«, antwortete Kapoor. »Wir haben nach wie vor grünes Licht für den Start. T minus dreiundvierzig Minuten. Countdown läuft.« Der letzte Schritt war das Auftanken der Rakete, das fünfzehn Minuten vor ihrem Abheben stattfinden sollte.

»Benachrichtigen Sie die indische Küstenwache, dass wir mit den Startvorbereitungen fortfahren.« Obwohl sie einhundertfünfzig Meilen vom nächsten Festland entfernt waren, verlief die Flugbahn der Rakete quer über den indischen Subkontinent.

»Jawohl, Sir.« Kapoor griff nach dem Telefonhörer. Im selben Augenblick stürmte Asad Torkan in den Raum und kam mit sorgenvoller Miene schnurstracks auf Mallik zu.

»Gibt es Probleme?«, fragte dieser.

Torkan blickte sich um und antwortete mit gesenkter Stimme: »Ein Schiff ist in unsere Sicherheitszone eingedrungen. Offensichtlich ignoriert es sämtliche Aufforderungen der *Maurya*, sich augenblicklich zurückzuziehen.«

»Wie weit ist es noch entfernt?«

»Fünfundzwanzig Meilen, und es nähert sich zügig.«

»Die indische Marine?«

Torkan schüttelte den Kopf. »Sie kommen von Westen. Die *Maurya* meldet, dass es sich dem Aussehen nach um ein Frachtschiff handelt, das jedoch mit einer Geschwindigkeit unterwegs ist, die für ein Schiff von dieser Größe unglaublich erscheint.«

Kapoor hatte den Wortwechsel verfolgen können. »Sir, wenn sich ein Schiff in die Sicherheitszone verirrt hat, sollten wir den Start vielleicht verschieben, bis es sich außer Gefahr befindet.«

»Nein«, widersprach Mallik, »der Start der Rakete wird wie geplant stattfinden.«

»Aber die Vorschriften verlangen ...«

»Wir starten!« Malliks schneidender Befehl ließ jeden anderen Laut im Raum verstummen.

Er gab Torkan mit dem Kopf ein Zeichen, woraufhin sein Schwager zur Tür ging und zwei Angehörige seiner Sicherheitstruppe hereinrief. Sie erschienen mit schussbereit gezückten Sturmgewehren.

Mallik durchlöcherte Kapoor geradezu mit seinem Blick. »Wir werden starten, ganz gleich, was geschieht. Haben Sie verstanden?«

Kapoors Blick irrte zu den beiden schwer bewaffneten Männern, und er schluckte. Die anderen Techniker hatten nichts Eiligeres zu tun, als an ihre Arbeit zurückzukehren und Malliks Blick zu meiden.

»T minus zweiundvierzig Minuten. Countdown läuft weiter«, sagte Kapoor.

Mallik lächelte. Dann wandte er sich wieder an Torkan.

»Bestell dem Kapitän der *Maurya*, er soll dieses Schiff aufhalten. Reagiert es dann weiterhin nicht, soll er es versenken.«

* * *

Juan Cabrillo beobachtete die mit hoher Fahrt auf sie zurauschende Fregatte auf dem Hauptbildschirm des Operationszentrums. Sie war allerdings immer noch zehn Meilen entfernt und damit außer Reichweite der Geschütze beider Schiffe. Die *Oregon* schloss zügig auf. Malliks Startrampe befand sich jenseits des Horizonts, aber bisher hatten sie an dem wolkenlosen azurblauen Himmel noch keine verräterische Rauchspur eines Raketenstarts beobachten können.

»Wir werden schon wieder von der *Maurya* angefunkt«, meldete Hali Kasim.

»Ignorieren Sie weiter den Ruf«, sagte Juan. »Wir wissen, was sie von uns wollen.«

»Ich habe außerdem einen Funkspruch an die indische Küstenwache abgefangen. Der Start soll in zweiundvierzig Minuten durchgeführt werden.«

Juan grinste Eric Stone an, der auf seinem angestammten Platz des Rudergängers saß. »Ihr Timing, Stoney, ist wieder mal perfekt. Murph, bereiten Sie den Einsatz der Exocet vor.« Die Antischiffsrakete würde die Startrampe und die Trägerrakete mitsamt dem Satelliten in einen brennenden Schrotthaufen verwandeln.

»Startrampe als Ziel aufgefasst und programmiert«, meldete Murph von der Waffenstation.

»Feuer.«

Die Exocet schoss aus ihrem Startrohr heraus. Der mit Unterschallgeschwindigkeit dicht über der Meeresoberfläche in etwa fünfzehn Metern Flughöhe sein Ziel ansteuernde Seezielflugkörper war selbst für ein Schiff modernerer Bauart, wie die *Maurya* es war, nur unter großen Schwierigkeiten aufzuspüren und auszuschalten. Die waffentechnisch veraltete Fregatte hatte nicht den Hauch einer Chance, die Rakete abzufangen.

Murph sagte lakonisch: »Zwei Minuten bis zum Zielkontakt.«

63

»Wir verzeichnen einen Raketenstart!«, rief einer der Flugtechniker.

Mallik sprang aus seinem Sessel auf. »Voraussichtlicher Aufschlagzeitpunkt?«

»In weniger als zwei Minuten. Rakete nähert sich von Westen.«

Es musste eine Angriffsaktion des Schiffes sein, das sich näherte – Mallik wandte sich an den Flugdirektor. »Steht ein Vajra-Satellit über diesem Gebiet?«

Kapoor sah ihn erstaunt an. »Ja, aber …«

»Aktivieren Sie ihn und nehmen Sie dieses Gebiet ins Visier.«

»Das könnte …«

Mallik schnippte mit den Fingern, und die Wachmänner hoben ihre Waffen. »Tun Sie's!« Er wusste genau, wie riskant ein solcher Schritt in derartiger Nähe des Startortes war.

Kapoor nickte und tippte die entsprechenden Befehle auf seinem Keyboard.

»Neunzig Sekunden bis zum Kontakt«, sagte der Techniker.

»Vajra wird aktiviert«, meldete Kapoor.

Mallik wartete darauf, dass die gesamte Elektronik der Flugkontrolle herunterfuhr, aber alle Computer blieben in Betrieb.

Der Mann am Radar meldete: »Rakete soeben im Ozean versunken.«

Mallik atmete erleichtert auf.

»Wie lange bleibt der Satellit noch in Position?«, wollte er wissen.

»Eine Stunde«, antwortete Kapoor. »Lange genug, um Satellit 20 zu starten.«

»Gut. Und jetzt funken Sie die *Maurya* an, und befehlen Sie dem Kapitän, den Frachter zu zerstören.«

* * *

Das stets präsente Summen der Maschinen der *Oregon* verstummte abrupt.

»Hat die Rakete es noch geschafft?«, lautete Juans Frage an Murph.

»Ich glaube nicht. Kurz bevor der Blackout einsetzte, konnte ich sehen, wie sie die Richtung änderte. Vajra hat offenbar den Lenkchip außer Betrieb gesetzt.«

Juan Cabrillo hatte darauf gewettet, dass kein Vajra-Satellit am Himmel war oder dass Mallik weder die Zeit hatte noch die Risikobereitschaft besaß, Vajra in so großer Nähe seines eigenen Kommandoschiffes zu aktivieren. Die Wette hatte er wohl verloren.

Er wandte sich an Max Hanley und sagte: »Plan A hat offenbar nicht funktioniert. Dann wird es Zeit für Plan B. Sind deine Mods abgeschlossen?«

Max antwortete, indem er beide Daumen hochreckte.

»Dann weiß jeder, was zu tun ist.« Juan schnappte sich das Sprechfunkgerät und das Fernglas, die beide auf der Armlehne seines Kommandosessels lagen, und verließ mit Murph und Eric im Schlepptau eilig den Raum. Linda übernahm die Steuerung des Schiffs, während Max auf dem Platz des Schiffsingenieurs sitzen blieb.

Die dürftige Beleuchtung und die verlassenen Korridore erschienen gespenstisch, als sie zum Hauptdeck hinaufrannten. Sobald sie den als vernachlässigt getarnten Bereich des Schiffs betraten, trennten sie sich. Juans Ziel war die Kommandobrücke.

Da er damit gerechnet hatte, dass die Computer der *Oregon* durch Vajra ausgeschaltet werden könnten, hatte Max jede Minute seit dem Verlassen des Sueskanals damit verbracht, die Modifikationen abzuschließen, die er begonnen hatte, als ihnen zum ersten Mal die Leistungsfähigkeit der Waffe demonstriert worden war. Jedes System an Bord der *Oregon* wurde von Computern gesteuert. Sie zu umgehen war ein kaum zu bewältigendes Vorhaben gewesen.

Juan gab seine Befehle mithilfe schaltungstechnisch stark vereinfachter Funkgeräte, während Max und Linda die Steuerung und den Antrieb manuell vom Operationszentrum aus kontrollierten. Elektrischer Strom stand ihnen nach wie vor im ganzen Schiff aus den Batterien zur Verfügung, daher konnte Max die Leistung der Druckstrahlruder nach Wunsch justieren, während Linda ihre Strahlrichtung per Handbetrieb steuerte. Max deutete an, dass er im Notfall für einen extrem kurzen Zeitraum die magnetohydrodynamischen Maschinen einsetzen könne, dass sie jedoch aufgrund mangelnder Kühlung durchbrennen würden, wenn sie länger als nur ein paar Sekunden in Betrieb wären.

Ihre Bewaffnung war ein anderes Thema. Die Geschütze, Torpedos und Raketen wurden normalerweise von Computern gesteuert. Die Zielsuch- und Lenkchips der Raketen konnten nicht modifiziert werden, daher waren die Exocets und Luftabwehrraketen momentan nutzlos.

Die Gatling Guns hingegen brauchten elektrischen Strom lediglich für die Rotation sowie das Heben und

Senken des Laufbündels, für die Munitionsnachführung und für das Feuern. Den Technikern der *Oregon* war nicht mehr Zeit geblieben, als eine einzige Gatling Gun zu modifizieren, daher hatte Juan die *Oregon* eine Position einnehmen lassen, in der die modifizierte Kanone auf die *Maurya* gerichtet war. Murph würde die Gatling von seinem Platz auf Deck mit einem simplen Joystick bedienen und die Schussrichtung auf Sicht und mit Leuchtspurmunition lenken. Die 120-mm-Kanone war genauso umgebaut worden.

Gleichzeitig würde Eric die Torpedos einsetzen. Da sie dicht unterhalb der Wasseroberfläche operierten, bestand die Gefahr, dass sie durch Vajra gestört wurden und ihre Zielsonare nicht nutzen könnten. Ihre chemischen Antriebe würden jedoch nicht in Mitleidenschaft gezogen werden, und Eric könnte sie mittels der Drähte, die sie hinter sich herzogen, in das jeweilige Ziel lenken. Jeder war mit Wimpeln versehen worden, die aus dem Wasser herausragten, sodass Eric ihre Bahn nach dem Start verfolgen konnte.

Als Juan die Kommandobrücke erreichte, schaltete er sein Funkgerät ein. »Ist jeder in Position?«

Alle bestätigten, dass sie einsatzbereit seien.

Juan setzte das Fernglas an die Augen und richtete es auf die Fregatte, die in fünf Meilen Entfernung mit voller Kraft auf sie zukam. Noch befanden sie sich außer Schussweite.

Zwei kleine Dampfwolken wurden von Zwillingsrohren an Deck der *Maurya* ausgestoßen, gefolgt von zwei kleinen Schaumfontänen dicht neben dem Schiff.

Juan wandte sich abermals per Funk an sein Team. »Bereithalten für Ausweichmanöver. Torpedos im Anmarsch.«

64

Für jeden Beobachter auf der *Maurya* musste es so aussehen, als ob die *Oregon* mit ausgefallener Elektronik tot im Wasser läge. Genau diesen Eindruck wollte Juan Cabrillo dem gegnerischen Kapitän auch vermitteln, damit dieser sich mit der Fregatte näher an sie heranwagte.

Die beiden Torpedos zielten auf die Steuerbordseite der *Oregon*. Juan vertraute darauf, dass sie ungesteuert waren.

»Max, halt dich bereit, mir blitzartig vollen Schub zu liefern.«

»Allzu lange kann ich das nicht.«

»Ein einziger Impuls ist alles, was wir brauchen. Murph und Eric, sind Sie so weit?«

»Es juckt mich in den Fingern«, antwortete Murph.

»Meine Dreibeinlafette steht«, erwiderte Eric.

Die Torpedos waren jetzt eintausend Meter entfernt und näherten sich mit fünfzig Knoten. Juan konnte ihre Kiellinien in der ruhigen See deutlich erkennen.

»Murph«, rief er seinen Waffenexperten. »Feuer!«

Das Laufbündel der Gatling Gun wurde in Rotation versetzt und entfesselte seinen Strom Wolframstahlprojektile mit einem Geheul, als sei sie Paul Bunyons Kettensäge. Die Leuchtspurgeschosse stanzten vor dem ersten Torpedo ein Zickzackmuster ins Wasser, als Murph sich auf sein Ziel einschoss. Die simple Joysticksteuerung reagierte schwerfällig und hatte nicht die computergestützte Präzision, an die er gewöhnt war, und damit genau zu zielen war sogar für jemanden schwierig, der mit Computerspielen ebenso vertraut war wie Murph.

Doch am Ende traf er sein Ziel. Der explodierende Gefechtskopf des Torpedos schleuderte eine Wasserfontäne in den Himmel.

Murph wechselte das Ziel und konzentrierte sich auf den anderen Torpedo, aber als die ersten Leuchtspurgeschosse seine Kiellinie aufwühlten, meldete er sich per Sprechfunk. Auf seinem augenblicklichen Kurs würde er den Bug der *Oregon* treffen.

»Sorry, Chairman. Ich schaffe es nicht, mit der Gatling tiefer zu zielen.«

»Verstanden«, antwortete Juan. »Max, volle Kraft zurück… jetzt!«

Die *Oregon* vollführte einen mächtigen Satz rückwärts, als die Haupttriebwerke Wasser durch die vorderen Venturi-Röhren hinauspressten. Der Torpedo schoss dicht am Bug vorbei und raste weiter in das offene Meer hinaus.

»Eric, starten Sie Ihren Torpedo.«

»Aye, Chairman. Torpedo gestartet.«

Ein Torpedo wurde per Luft- und Dampfdruck aus seiner Röhre herausgeschossen. Er zog einen dünnen Draht hinter sich her, der mit Erics Joystick verbunden war. Sobald er ins Meer eintauchte, klappte ein orangefarbener Wimpel hoch und schnitt durchs Wasser.

»Aufprall in neunzig Sekunden«, sagte Eric mit emotionsloser Stimme.

Auf der *Maurya* war der Torpedostart offenbar beobachtet worden, denn das Schiff feuerte drei weitere Torpedos ab und leitete Ausweichmanöver ein.

»Drei Fische im Wasser«, meldete Juan per Sprechfunk.

»Hauptmaschinen sind stillgelegt«, erwiderte Max.

»Nur die Strahlruder sind nicht betriebsbereit. Einem zweiten Fisch können wir nicht mehr ausweichen.«

»Wenn Murph sie nicht erwischen kann, triff Vorbereitungen, das Schiff zu drehen, um unser Profil zu minimieren.«

»Alles klar.«

Die Torpedos passierten einander auf halber Strecke zwischen den Schiffen. Murph hatte sich mittlerweile an die speziellen Eigenschaften des Joysticks gewöhnt. Er machte den ersten Torpedo unschädlich, ehe er die Zweitausendmetermarke erreichte.

Den zweiten erwischte er, kurz bevor er in den toten Winkel der Gatling gelangte.

Juan rief Max. »Scharf nach Backbord drehen!«

Während die *Oregon* wendete, beobachtete Juan durch das Fernglas die *Maurya*. Undeutlich konnte er den orangefarbenen Wimpel erkennen, der auf dem Torpedo flatterte. Der Kapitän machte seine Sache nicht schlecht, als er sich bemühte, sein Schiff aus der Schusslinie zu manövrieren, aber er hatte keine Chance, dem Torpedo auszuweichen. Eric hatte einfach zu genau gezielt.

Der Torpedo bohrte sich in die Seite der Fregatte und detonierte in Höhe der Wasserlinie. Eine mächtige Wassersäule versperrte für einen Moment die Sicht auf die *Maurya*. Dann, während sie zerfaserte, zerbrach das Schiff in zwei Hälften und begann zu sinken.

Juan wandte seine Aufmerksamkeit wieder dem Torpedo zu, der die *Oregon* zum Ziel hatte. Er war deutlich langsamer als die Torpedos der *Oregon*, aber er war nicht langsam genug.

»Achtung! Achtung! Achtung!«, rief Juan ins Mikrofon des Funkgeräts.

Die *Oregon* hatte die Drehung beinahe vollendet, als

der Torpedo in nächster Nähe des Hecks explodierte und die hintere Hälfte des Schiffs einige Meter aus dem Wasser hob und hin und her warf, während es wieder zurücksank. Juan musste sich am Ruder festhalten, um nicht das Gleichgewicht zu verlieren und zu stürzen.

Die Panzerung der *Oregon* mochte massiv sein, aber ein Torpedo von diesem Kaliber musste dennoch deutliche Spuren hinterlassen haben.

»Verlustmeldung!«, verlangte Juan, während er verfolgte, wie die beiden Hälften der *Maurya* unter der Meeresoberfläche verschwanden.

»Fünf Verletzte im Maschinenraum«, meldete Max. »Doc Huxley ist mit ihrem Team auf dem Weg nach unten.«

»Schadensbericht?«

»Wassereinbruch in mehreren Sektoren, aber die Trennschotten halten. Sie werden eine Weile brauchen, um die Maschinen wieder in Gang zu bringen, auch wenn Vajra abgeschaltet ist. Möglicherweise sind einige Stromleitungen auf der Steuerbordseite des Schiffes beschädigt worden.«

»Das kann ich nur bestätigen«, sagte Murph. »Ich habe keinen Saft mehr für die Steuerung der Gatling Gun.«

»Bei mir ist es das Gleiche«, gab Eric durch. »Wir können zurzeit keinen weiteren Torpedo starten geschweige denn ihn lenken.«

Hali meldete sich zu Wort. »Offenbar haben sie bereits auf altmodischen Funkverkehr umgeschaltet. Ich überwache die Signale, die vom Kommandoschiff gesendet werden. In etwa dreißig Minuten bekommen wir Gesellschaft. Sie haben noch eine zweite Fregatte – sie heißt *Kalinga* –, die hierher unterwegs ist, um uns den Rest zu geben.«

»Dann müssen wir diesen Vajra-Satelliten abschalten, bevor sie hier eintrifft«, sagte Juan. »Geben Sie allen Bescheid, dass sie schnellstens zum Moonpool kommen. Es wird Zeit für Plan C.«

65

Dank Vajra rührte sich das unbekannte, mit Raketen bewaffnete Frachtschiff noch immer nicht vom Fleck. Zwanzig Minuten zuvor war gemeldet worden, dass sich die Radarsignatur eines kleinen Bootes aus dessen Richtung dem Startkommandoschiff näherte, aber vor fünf Minuten war es dann plötzlich verschwunden. Mallik vermutete, dass es ein Rettungsboot entweder der *Maurya* oder des Frachters gewesen sein musste und wegen der Beschädigungen gesunken war, die es bei der Explosion erlitten hatte, die sie beobachten konnten. Sobald die *Kalinga* das große Schiff auf den Grund des Ozeans geschickt hatte, würde sie sich ausreichend Zeit nehmen können, die umliegenden Gewässer nach eventuellen Überlebenden abzusuchen, um auch diese zusammen mit dem unbekannten Boot zu eliminieren.

Der Countdown war mittlerweile bei T minus vier Minuten angelangt. Noch war es nicht zu Störungen gekommen, die einen erfolgreichen Start hinauszögern würden, allerdings war dies kein Grund für Mallik, sich entspannt zurückzulehnen, jedenfalls nicht so knapp vor Abschluss eines Projekts, dessen Verwirklichung so viel Zeit in Anspruch genommen hatte. Er malte sich bereits aus, was als Nächstes kommen würde. Die neue Welt.

Ein Alarmsignal riss ihn aus seinen Tagträumen. Torkan näherte sich im Laufschritt, in der Hand ein Sturmgewehr, und sagte: »Bleib hier und rühr dich nicht weg!«

»Was ist los?«, fragte Mallik.

»Wir haben auf dem Achterdeck in der Nähe des Helikopters eine Rauchwolke entdeckt.«

»Ein Feuer?«

Torkan schüttelte den Kopf. »Es ist rötlicher Rauch – wie von einer Granate. Oder von mehreren. Die Wolke hüllt das gesamte Heck ein.« Da sich der Monsun verzogen hatte und es nahezu windstill war, würde es einige Zeit dauern, bis der Rauch sich auflöste.

»Dann haben wir offenbar ungebetene Besucher an Bord«, stellte Mallik fest. »Sieh zu, dass du sie von meinem Schiff vertreibst.«

Torkan nickte und verließ die Kommandobrücke, um seinem Sicherheitsteam die entsprechenden Befehle zu geben. Er ließ nur zwei Wachmänner bei Mallik zurück.

»Sollen wir den Countdown anhalten?«, erkundigte sich Kapoor unsicher.

Mallik fuhr zu ihm herum und musterte ihn mit einem vernichtenden Blick. »Sind Sie noch bei Trost?«

Kapoor wandte sich ab und verkündete: »T minus drei Minuten. Countdown wird fortgesetzt.«

Da er eine Meuterei befürchtete, falls es an Bord zu einer Schießerei kommen sollte, erhob sich Mallik aus seinem Sessel und ging zur Kontrolltafel hinüber.

»Die Entscheidung ist gefallen. Es gibt kein Zurück mehr. Nichts kann den Start verzögern.«

Er tippte mit der Fingerspitze auf den Bildschirm und rief den Befehl auf, mit dem jeder Versuch vereitelt wurde, die Startsequenz zu beeinflussen. Er wurde nach seiner Autorisierung gefragt und blickte in die Kamera. Der Netzhautscanner bestätigte seine Identität, und auf dem Bildschirm erschien die Meldung: *Abbruch der Kommandosequenz nicht mehr möglich.*

Jetzt ließ sich der Start tatsächlich nicht mehr verhindern.

* * *

Marion MacDougal Lawless stand mit seiner Armbrust auf dem Gator und schoss einen Bolzen mit einer daran befestigten Schnur mit Haken zur Reling des Startkommandoschiffs hinauf. Unterhalb des vorderen Deckaufbaus blieb der Haken an der Reling hängen. Eine zweite Schnur, die am Haken verknotet war, diente zum Hochziehen einer Strickleiter. Juan, Raven, Linc, Eddie und Murph standen neben ihm. Sie trugen Kampfanzüge. Sobald die Strickleiter aus geflochtenen Nylonfäden sicher verankert war, meldete sich Juan über seine Komm-Einheit bei Gomez Adams, der im Gator saß. Er hatte bereits ein Dutzend Drohnen auf dem Schiffsheck landen lassen, um den Eindruck zu erwecken, als griffen sie aus dieser Richtung an.

Die Hälfte des Drohnenschwarms war mit Rauchgranaten bestückt. Die andere Hälfte trug Gewehrfeuersimulatoren.

»Sie können sie jetzt auslösen«, sagte Juan.

»Verstanden«, antwortete der Drohnenpilot.

Sofort brandete ein lautes Knattern auf, das klang, als ob mehrere AK-47-Maschinenpistolen gleichzeitig aus verschiedenen Richtungen feuerten. Solange die Rauchwolke über dem Schiffsheck stand, war unmöglich zu erkennen, ob dort tatsächlich eine feindliche Kommandoeinheit Zugang zum Hauptdeck gefunden hatte.

Juan erklomm die Leiter und vergewisserte sich, dass sie allein und unbeobachtet waren, als er sich auf das Deck rollte. Da sich die Gator im Schatten der Brückennock befand, würde niemand die Kletterpartie der bewaffneten Besucher verfolgen können, es sei denn, jemand lehnte sich weit über das Brückengeländer und blickte senkrecht nach unten.

Sobald die anderen fünf zu Juan aufgeschlossen und das Hauptdeck des Kommandoschiffs erreicht hatten, wechselte Linda, die den Gator lenkte, mit Gomez erneut in den Tauchmodus und behielt diesen bei, um rechtzeitig zur Stelle zu sein und Juans Einsatztruppe nach gelungener Mission wieder aufzunehmen.

Das Mini-U-Boot konnte erheblich einfacher modifiziert werden als die *Oregon*. Sie waren in schneller Überwasserfahrt von der *Oregon* herübergekommen und dann auf Tauchstation gegangen, als sie sich ihrem Ziel so weit genähert hatten, dass sie befürchten mussten, bemerkt zu werden.

Dank der Dateien, die sie aus Malliks Netzwerk hatten herunterladen können, kannten Juan und sein Team den Grundriss des Schiffes in allen Details. Obgleich sich der Kontrollraum im Herzen des Deckaufbaus befand, gab es einen direkten Zugang dorthin. Daher ließ er sich wirkungsvoll verteidigen, wenn es ihnen gelänge, ihn im Handstreich unter ihre Kontrolle zu bringen.

Juan ging an der Spitze. Offenbar war ihre List erfolgreich gewesen, denn kein bewaffneter Angehöriger des Sicherheitspersonals stellte sich ihnen in den Weg, bis sie den Kontrollraum erreichten. Juan zählte bis drei, und sie stürmten in den Raum und befahlen allen Anwesenden, sich auf den Boden zu legen. Juan hielt sich bereit, mindestens zwei bis drei Wachmänner auszuschalten, aber das war offenbar nicht nötig, denn jeder der Anwesenden befolgte gehorsam die Befehle des *Oregon*-Teams.

Aber auch im Kontrollraum fehlte jemand.

»Wer hat hier den Befehl?«, fragte Juan.

Ein Mann mit grau meliertem Haar und einem Headset hob die Hand.

»Kommen Sie hoch«, forderte Juan ihn auf. »Wer sind Sie?«

»Kapoor, der Flugdirektor.«

»Wo ist Mallik?«

»Als er die Schüsse hörte, rief er seine Sicherheitstruppe zusammen und ist auf seine Jacht zurückgekehrt.«

Juan schaute sich in dem Saal um und entdeckte den Countdowntimer, der T minus dreiundzwanzig Sekunden anzeigte. Sie hatten es rechtzeitig geschafft.

»Brechen Sie den Start ab«, verlangte er von Kapoor.

»Das kann ich nicht.«

Juan richtete seine Waffe auf ihn. »Tun Sie's. Auf der Stelle!«

»Das ist unmöglich. Mallik hat das System blockiert. Wir können an dem Startvorgang und seinem Ablauf keine Änderungen mehr vornehmen.«

»Murph?«

Murph nahm an einer der Workstations in ihrer Nähe Platz. Er tippte auf den Bildschirm und schüttelte den Kopf.

»Er hat recht. Malliks Netzhautbild ist nötig, um die Sperre aufzuheben. Noch fünf Sekunden.«

Die Uhr tickte weiter … drei … zwei … eins …

Rauch wallte über der Startrampe in die Höhe. Dann schoss ein Flammenspeer nach unten, während die Rakete abhob und im Zeitlupentempo aufstieg.

Als sie den Donnerschlag hörten, der das Zünden ihrer mächtigen Triebwerke markierte, hatte sie sich bereits zweihundert Meter in die Luft erhoben und beschleunigte rasant.

66

Juan Cabrillo trat in drohender Haltung auf Kapoor zu. »Wie lange dauert es, bis das Vajra-System aktiv wird, nachdem der letzte Satellit in seine vorausberechnete Position gebracht wurde?«

Er deutete auf einen großen Bildschirm oberhalb des Panoramafensters, auf dem der Status aller neunzehn Satelliten angezeigt wurde, die sich bereits im Orbit befanden. Sie waren grün dargestellt, während der letzte Satellit, der sich noch auf dem Weg ins All befand, als graues Symbol zu erkennen war.

Kapoor wich vor Juan zurück und fragte: »Wissen Sie darüber Bescheid?«

»Wie lange?«

»Acht Minuten, vom Start aus gerechnet.«

»Wenn ein Startabbruch nicht möglich ist, lässt sich dann wenigstens verhindern, dass Vajra aktiv wird?«

Kapoor nickte und deutete auf den Bildschirm dicht neben ihm. Juan gab Murph ein Zeichen, den Platz davor einzunehmen. Er wollte sich nicht darauf verlassen, dass Kapoor seine Anweisungen präzise ausführte.

Murph begann, Vajra Schritt für Schritt stillzulegen.

»Aber es gibt ein Problem«, meinte Kapoor.

»Und welches?«, fragte Juan.

»Auf Malliks Jacht befindet sich eine identische Konsole. Mithilfe der Satellitenschüssel hat er ungehinderten Zugriff auf das System und kann es von dort aus steuern.«

Murph schlug mit der flachen Hand auf den Bildschirm. »Er hat recht. Jedes Mal wenn ich versuche, Vajra auszuschalten, wird es von jemandem reaktiviert.«

»Mittlerweile beißt er sich vor Wut sicher irgendwohin, dass er sich nicht die Zeit genommen hat, auch den Zugriff auf die Vajra-Satelliten zu blockieren«, sagte Kapoor nicht ohne einen Anflug von Genugtuung. »Er kann zwar nicht verhindern, dass Sie in das System eindringen, aber Sie können ihn auch nicht stoppen.«

»Was geschieht, wenn der neue Satellit in seine Umlaufbahn gebracht wird?«, fragte Juan.

»Eine Minute später schaltet sich das System automatisch ein«, antwortete Kapoor zögernd. »Dann wird jeder Computer auf dem Planeten unbrauchbar gemacht. Und danach werden wir nie mehr in der Lage sein, überhaupt noch einen Satelliten auszuschalten.«

Nach dieser Offenbarung starrten die Techniker in ihrer Nähe Kapoor entsetzt an.

»Wenn Sie wollen, dass Ihre Mitwirkung an dieser Sache mit einer gewissen Nachsicht betrachtet wird«, sagte Juan zu Kapoor, »dann sollten Sie uns lieber helfen, Vajra zu stoppen. Raven, Sie bleiben am besten hier, um Murph zu beschützen, während er versucht, die Satelliten unter seine Kontrolle zu bekommen.«

Sie nickte. Murph war so sehr in seine Arbeit vertieft, dass er nicht einmal vom Bildschirm hochschaute.

Juan verließ mit Eddie, Linc und MacD den Kontrollraum und überquerte das Hauptdeck dorthin, wo die Jacht am Kommandoschiff vertäut war.

Er fand noch die Zeit, um Gomez Adams anzufunken. »Sorgen Sie dafür, dass niemand den Helikopter benutzen und uns aus der Luft aufs Korn nehmen kann.«

* * *

Der Rauch löste sich schon auf, und nun wurde offensichtlich, dass der Drohnenangriff lediglich ein Ablenkungsmanöver gewesen war. Und Torkan konnte sich zusammenreimen, wie es inszeniert worden war. Kleine Drohnen lagen verstreut auf dem Deck, allesamt von den Sprengladungen zerfetzt, mit denen sie präpariert worden waren.

Er entdeckte eine weitere Drohne, die soeben hinter dem Helikopter in Sicht kam. In dem Glauben, sie wolle ihn angreifen, legte Torkan auf sie an. Aber sie sank auf einen der Zwillingsrotoren des Huey herab.

Sobald sie aufsetzte, explodierte eine kleine Granate, zerlegte die Drohne und halbierte das Rotorblatt. Mit einem lauten Klappern schlug es auf dem Schiffsdeck auf.

»Hier oben ist niemand, und der Huey ist nicht mehr zu gebrauchen«, gab Asad Torkan über sein Funkgerät an Mallik durch. »Bist du wieder auf der Jacht?«

»Ja. Ich habe mich ins Vajra-System eingeloggt.«

Torkan konnte verfolgten, wie sich die einhundert Meter lange *Paara* vom Kommandoschiff entfernte.

»Ich konnte den Start beobachten«, sagte er. »Sieht so aus, als ob wir am Ziel sind.«

»Noch nicht«, bremste Mallik seine Begeisterung. »Im Kontrollraum versucht ständig jemand, Vajra zu deaktivieren.«

»Kapoor?«

»Das kann ich nicht erkennen. Du musst noch einmal dorthin zurück und ihn ausschalten, wer immer es ist.«

»Verstanden.«

Torkan winkte seinen acht Männern zu, sie sollten die Suche nach Eindringlingen abbrechen und ihn stattdessen zum Kontrollraum begleiten.

Nach allen Seiten sichernd, hatten sie die Hälfte des Wegs zum Deckaufbau bereits zurückgelegt, als dessen Lukentür aufgestoßen wurde und vier Männer herauskamen. Torkan erkannte den Dunkelhäutigen und den Asiaten auf Anhieb wieder. Schließlich war es nicht das erste Mal, dass ihre Wege sich kreuzten.

Zwei Männer seines Sicherheitstrupps wurden bereits von der ersten Salve niedergestreckt. Torkan fand Deckung hinter der Gitterkonstruktion eines Stützpfeilers und rief Mallik per Funk, während eine wilde Schießerei entbrannte.

»Bis zum Kontrollraum vorzudringen könnte schwierig werden.«

»Es ist mir vollkommen egal, ob du das gesamte Schiff versenken musst!«, brüllte Mallik. »Beseitige sie, egal wie!«

Torkan blickte zu dem demolierten Helikopter hinüber. Eigentlich hatten sie die Absicht gehabt, ihn dem Boot entgegenzuschicken und es abzufangen, ehe es vom Radarschirm verschwand.

»Ist das Panoramafenster im Kontrollraum kugelsicher?«, erkundigte er sich bei Mallik.

»Es besteht zwar aus verstärktem Sicherheitsglas, aber direktem Beschuss wird es nicht standhalten.«

»Dann zerstör ich es von außen.«

»Wie?«

»Ich hatte bereits einen RPG-Launcher in den Helikopter eingeladen, als wir daran dachten, das fremde Boot zu versenken.«

»Aber du sagtest doch, der Helikopter sei nicht mehr flugfähig.«

»Vertrau mir einfach, Romir«, sagte Torkan.

»Das tue ich, Asad.«

Torkan gab den restlichen Mitgliedern seines Sicherheitsteams Anweisungen, ihm Feuerschutz zu geben, während er Haken schlagend zu dem demolierten Hubschrauber hinübersprintete. Er holte den Raketenwerfer und eine RPG aus der Führerkanzel.

Dann rief er einen seiner Männer zu sich, der ihn begleiten sollte. Sie rannten zur Gangway, die zum Schwimmdock und dem Schnellboot hinunterführte, das kurz zuvor von der Satellitenstartrampe zurückgekommen war.

* * *

Aus seiner Position hinter dem Gittermast eines Deckkrans beobachtete Juan, wie Torkan und ein anderer Mann das Deck überquerten und die Gangway hinunterrannten.

»Er hat eine RPG aus dem Huey herausgeholt«, sagte Juan in einer kurzen Feuerpause zu Eddie.

»Gomez gab durch, dass dort unten ein Schnellboot festgemacht hat. Was hat er vor?«

Juan dachte an das Panoramafenster im Startkontrollzentrum.

»Ich glaube, er will von draußen angreifen… Linda, wo sind Sie?«

»Ich liege auf der Steuerbordseite in Höhe des Deckaufbaus bereit. Soeben sind zwei Männer ins Schnellboot gesprungen.«

Sie war nur dreißig Meter von Juans Position entfernt. »Sie müssen mich sofort abholen.«

Zu Eddie sagte er: »Geben Sie mir Deckung.«

Juan trennte sich von seiner Waffe und seiner restlichen Ausrüstung und rannte zur Schiffsreling. Kugeln pfiffen ihm um die Ohren, prasselten mit metallischem

Klirren auf Deckplatten und Schotten. Ohne sein Tempo zu drosseln, hechtete er über die Reling und tauchte ins Meer.

67

»Eric, zwei Fische sind im Wasser!«, funkte Max Hanley von der Kommandobrückenattrappe der *Oregon*. »Druckstrahlruder volle Kraft zurück.«

»Strahlruder volle Kraft rückwärts«, bestätigte Eric Stone.

Die *Oregon* reagierte und verließ schwerfällig ihre Position. Max hätte am liebsten schiebend nachgeholfen, damit sie sich schneller bewegte, aber es gab nichts, was er hätte tun können, um ihr Tempo zu steigern.

Die Torpedos rauschten vorbei und verfehlten den Bug nur um wenige Meter.

Der Kapitän der *Kalinga* war ein guter Schütze. Das nächste Mal würde er sein Ziel wahrscheinlich nicht verfehlen. Die *Oregon* lag bereits deutlich tiefer im Wasser – eine Folge des Lecks, das der letzte Torpedo verursacht hatte. Eine zweite Explosion in direkter Rumpfnähe könnte ihren Untergang besiegeln, vor allem wenn ihre augenblickliche Schlagseite nicht durch schnelles Füllen der entsprechenden Ballasttanks beseitigt werden könnte.

»Hali«, rief Max, »bestellen Sie Murph, dass dieser Satellit schnellstens deaktiviert werden muss, sonst schlägt unser letztes Stündlein.«

* * *

Mark Murphys Bemühungen wurden ständig vereitelt. Jedes Mal wenn er den Satelliten, der auf die *Oregon* zielte, neutralisierte, schaltete Mallik ihn wieder ein.

»Ich habe soeben einen Funkruf von der *Oregon* empfangen«, machte Raven sich bemerkbar. »Die *Kalinga* wird die *Oregon* versenken. Gibt es denn keine Möglichkeit, den Satelliten ein für alle Mal stillzulegen?«

Sie deutete auf den Bildschirm, auf dem sämtliche Vajra-Satelliten aufgelistet waren. Das augenblickliche Problem wurde durch Nummer sieben verursacht.

»Nicht solange wir keinen Weg finden, Mallik aufzuhalten«, erwiderte Murph mit einem Ausdruck von Hilflosigkeit. »Der Chairman meldete, dass sich die Jacht vom Kommandoschiff entfernt habe, sodass wir sie nicht entern können, um ihn außer Gefecht zu setzen.«

Hätte die *Oregon* ihre Waffen zur Verfügung gehabt, wäre das Problem mit einer weiteren Exocet auf Dauer zu lösen gewesen, aber das war nicht möglich. Und nichts, was sie hätten einsetzen können, entwickelte genügend Durchschlagskraft, um eine Dreihundert-Fuß-Jacht zu versenken. Dazu wäre eine schwere Rakete nötig …

Er löste den Blick von seinem Monitor und richtete ihn auf den großen Bildschirm. *Eine* Rakete gab es, die er einsetzen konnte.

Murph wandte sich an Kapoor und sagte: »Mallik hat die Startsequenz blockiert. Aber was ist mit der ersten Stufe nach ihrer Rückkehr?« Er wusste, dass der Booster wiederverwendbar war. Nachdem er sich von der Einheit getrennt hätte, die den Satelliten in seine Position im Orbit manövrierte, sollte er zurückkehren und mithilfe seiner Bremsraketen auf der Startrampe landen.

Woraus geschlossen werden konnte, dass er Treibstoff an Bord haben musste.

Kapoor zögerte, bis Raven ihm die Mündung ihres Sturmgewehrs unter die Nase hielt.

»Okay, okay! Sie ist nicht gesperrt.«

»Dann zeigen Sie mir, wie man die Landekoordinaten ändert«, sagte Murph, ehe er Raven zunickte, um seinen Worten Nachdruck zu verleihen. »Oder sie sucht sich hier jemand anderen, der nicht sterben will.«

* * *

Juan Cabrillo kletterte an Bord des aufgetauchten Gator und öffnete die Einstiegsluke, während sich das Schnellboot mit Höchstgeschwindigkeit entfernte und das Heck des Kommandoschiffs umrundete.

»Gomez, geben Sie mir eine AT4. Und Sie, Linda, hängen Sie sich an das Schnellboot.«

Der Gator stieg vollständig aus dem Wasser auf, und Linda ließ den Dieselmotor aufheulen.

Gomez reichte eine der rückstoßfreien Waffen, die sie gewöhnlich gegen Angriffe aus der Luft einsetzten, durch die Einstiegsluke. Sie bestand aus einem Abschussrohr, das nur einmal benutzt werden konnte, und war mit einer nicht gelenkten Panzerabwehrrakete bestückt.

Sie kamen auf die andere Seite des Kommandoschiffs und konnten verfolgen, wie das Schnellboot direkt unterhalb des Startkontrollraums anhielt. Torkan lud sich bereits das Rohr des Granatraketenwerfers auf die Schulter.

Juan brachte sein AT4 in Anschlag. Er hatte nicht mehr die Zeit, um sorgfältig zu zielen. Er betätigte den Abzugshebel, und die Raketengranate schoss zusammen mit einem Schwall aus heißer Luft und Wasserdampf aus dem Rohr und schlug die Richtung zum Schnellboot ein.

Für einen winzigen Moment glaubte er, einen Treffer gelandet zu haben, aber er hatte die Geschwindigkeit des erstaunlich schnellen Gator erheblich unterschätzt. Zehn Meter vor dem Bug des Schnellboots tauchte die Granate in den Ozean und explodierte.

Dies reichte jedoch aus, um Torkans Absicht zu vereiteln. Die Explosion schüttelte sein Schnellboot durch. Im selben Moment, als er abdrückte, taumelte er nach hinten. Die RPG stieg in steilem Winkel in den Himmel und segelte über das Kommandoschiff hinweg.

Juan rief zu Gomez hinunter: »Ich brauche eine zweite Granate!«

Torkan schnappte sich das Sturmgewehr des Steuermanns und nahm die Gator unter Dauerbeschuss. Linda schlug einen Haken nach rechts und hätte Juan beinahe über Bord geschleudert. Dann scherte sie mit dem Gator zur Seite weg, und Torkan lud den Raketenwerfer nach.

Juan griff nach dem Funkgerät an seinem Gürtel, schaltete es ein und rief Torkan auf der gleichen Frequenz, die er benutzte.

»Asad, ich bin's. Der Typ, der Ihren Bruder getötet hat.«

Torkan ließ den Raketenwerfer sinken und starrte ihn über das Wasser hinweg an.

»Das Nowitschok hat Rasul voll erwischt«, fuhr Juan fort. »Er muss furchtbare Schmerzen gehabt haben, als er vor meinen Augen erstickt ist.«

Torkans Gesicht verzerrte sich vor Wut.

68

Während Linda Ross das Schnellboot vom Startkontrollraum weg und um das Heck des Kommandoschiffs herum hinter dem Gator herlockte, reichte Gomez Adams die AT4-Rakete und eine P90-Maschinenpistole nach oben, wo Juan beides in Empfang nahm. Jetzt hing alles davon ab, dass die Rakete ins Ziel traf. Es war die letzte, die sie an Bord hatten.

Torkan kam in Sicht, als sie sich auf halber Länge der anderen Seite des großen Kommandoschiffs befanden. Linda folgte auf Juans Anweisung mit dem Gator einem Zickzackkurs, um das Schnellboot so weit wie möglich aufholen zu lassen und die Wahrscheinlichkeit für einen Volltreffer zu erhöhen. Juan hatte sich das Startrohr der AT4-Granate über die Schulter gehängt, während er mit der P90 gleichzeitig kurze Salven abfeuerte und sich bereithielt, um hinter der Einstiegsluke in Deckung zu gehen.

Wenn er den iranischen Saboteur mit dieser Waffe erwischen könnte, dann würde er es schaffen, aber ihr Wirkungsbereich war weitaus geringer als die Schussweite des Sturmgewehrs, das Torkan benutzte. Kugeln überschütteten den Gator, während er auf den Wellen hin und her tanzte.

Als das Schnellboot bis auf fünfzig Meter herangekommen war, ließ Juan die P90 fallen, die von dem abgerundeten Deck des Gator hinunterrutschte und von der Bugwelle des Mini-U-Boots verschluckt wurde. Er legte sich das AT4-Abschussrohr auf die Schulter und war gerade im Begriff, den Auslöser zu betätigen, als eine Kugel aus Torkans AK-47 sein künstliches Bein traf. Seiner Stütze beraubt, sackte Juan auf das U-Boot-Deck und schaffte es kaum noch, sich an Bord zu halten und den AT4-Raketenwerfer nicht auch noch zu verlieren.

Im selben Moment stiegen Qualmwolken aus dem Gehäuse des Dieselmotors auf, und das Boot schien zu erschauern, als es schlagartig langsamer wurde. Torkans Feuer hatte auch die Maschine getroffen.

Triumphierend grinste Torkan und befahl dem Steuermann des Schnellboots, sofort zu wenden, um diese günstige Gelegenheit zu nutzen.

Als Juan sich wieder auf die Füße gekämpft hatte, näherte sich Torkan dem Heck des Kommandoschiffs. Wenn Juan in diesem Augenblick die Raketengranate abfeuerte, müsste er zu sehr auf sein Glück vertrauen, um das Schnellboot zu treffen.

Juan traf eine riskante Entscheidung, schlängelte sich mitsamt dem Raketenwerfer durch die Einstiegsöffnung und verriegelte die Luke über seinem Kopf. Gleichzeitig drang aus dem Lautsprecher des Funkgeräts an seinem Gürtel ein lautes Knistern.

»Ich habe nur noch eine einzige RPG übrig«, teilte Torkan ihm mit, »und die möchte ich nicht an den Mörder meines Bruders verschwenden. Aber keine Sorge. Nachdem ich Ihre Freunde ausgelöscht habe, komme ich zurück.«

Juan schenkte sich eine Entgegnung. Stattdessen wandte er sich an Linda. »Haben wir noch genug Batteriestrom für den Elektromotor?«

»Ja«, antwortete sie, »aber ohne Dieselmotor haben wir keine Chance, sie einzuholen.«

»Wir müssen sie auch gar nicht verfolgen«, sagte Juan. »Wir tauchen.«

* * *

Für seinen zweiten Versuch, den Missionskontrollraum zu zerstören, ließ sich Torkan reichlich Zeit, um sicherzugehen zu können, dass der Schuss sein Ziel traf und die gewünschte Wirkung entfaltete. Nachdem das Schnellboot in Position gebracht worden war, lud er das Abschussrohr mit der Raketengranate.

Er war schon im Begriff, das breite Panoramafenster anzuvisieren, als er in allernächster Nähe ein Gluckergeräusch vernahm. Er fuhr herum und sah das Boot, das er – wie er überzeugt gewesen war – soeben erst manövrierunfähig geschossen hatte, etwa zwanzig Meter hinter ihnen aus dem Wasser auftauchen.

Seine Einstiegsluke klappte zur Seite. Und dann konnte Torkan zu seinem namenlosen Entsetzen verfolgen, wie der Mann, der Rasul getötet hatte, in der Einstiegsöffnung erschien und mit dem Raketenwerfer auf das Schnellboot zielte.

Torkan versuchte, seinen eigenen Raketenwerfer herumzureißen, aber er war viel zu langsam.

Die AT4-Rakete sprang aus der Röhre. Das Letzte, was Torkans Gehirn registrierte, war der Aufprall des Sprengkopfs, der sein Boot in ein flammendes Inferno verwandelte.

* * *

Romir Mallik, der im Salon seiner Jacht saß, hörte den Explosionsknall und hoffte, dass Asad Torkan den Missionskontrollraum wie geplant hatte zerstören können.

Er führte einen Reset der Kontrollen des Vajra-Systems

durch, aber ihre Einstellungen wurden sofort wieder von seinem unsichtbaren Gegner verändert.

»Torkan«, rief er über Funk seinen Schwager, »wie ist dein augenblicklicher Status?«

Eine fremde Stimme beantwortete seine Frage. »Sein Status lässt sich erschöpfend mit *einem* Wort beschreiben – er ist tot.«

»Wer spricht da?«, fragte Mallik.

»Hier ist der Erzfeind der Torkan-Sippe.«

Ein lauter Donnerschlag schüttelte die Jacht durch. Offenbar hatte sich die Boosterstufe von der Trägerrakete getrennt, um zur Erde zurückzukehren. Mallik blickte aus dem Fenster, wo jedoch nichts davon zu sehen war.

»Haben Sie die Ehemänner meiner beiden Schwestern getötet?«

»Fairerweise sollten Sie nicht vergessen, dass sie zuerst versucht hatten, mich zu töten.« Dem amüsierten Tonfall seiner Stimme nach zu urteilen kostete der Mann diese Situation in vollen Zügen aus.

Mallik registrierte mit einem zufriedenen Lächeln, dass der zwanzigste Satellit seine Umlaufbahn erreicht hatte. Seine Betriebsanzeige leuchtete grün. In sechzig Sekunden würde Vajra weltweit sämtliche elektronischen Systeme auslöschen.

»Das ist jetzt nicht mehr von Bedeutung«, antwortete er per Funk in dem gleichen unbeschwert fröhlichen Tonfall wie sein Widersacher. »Sie kommen zu spät, um mich aufzuhalten.«

»Sind Sie sich dessen ganz sicher?«

Mallik hörte das Heulen eines Raketentriebwerks. Das musste der Booster sein, der seine Bremsraketen zündete, aber es klang viel zu laut. Dann begann die Startrampe in der Ferne vor seinen Augen zu verschwimmen wie eine Fata Morgana, und Mallik spürte, wie sich die Luft ringsum erhitzte.

Plötzlich fiel es ihm wie Schuppen von den Augen. Er begriff, was sich draußen auf dem Ozean abspielte.

»Ist Ihnen klar, was Sie da eben getan haben?«, brüllte Mallik ins Mikrofon. »Sie haben die gesamte menschliche Rasse zum Tode verurteilt!«

»Ich hoffe nicht«, sagte die fremde Stimme, »aber Sie sind dann sowieso nicht mehr da, um es mitzuerleben.«

* * *

Im Missionskontrollraum betrachtete Murph den Bildschirm, auf den die Aufnahmen der Kamera an der Boosterstufe übertragen wurden. Sie befand sich oberhalb des Antriebs, und ihre Optik war senkrecht nach unten gerichtet. Murph konnte Mannschaftsmitglieder auf der Jacht erkennen, die entsetzt in die Höhe schauten und zur Reling rannten, um über Bord zu springen.

Als er die Raketenstufe genau über dem Abschnitt der Jacht in Position gebracht hatte, wo sich nach Kapoors Beschreibung Malliks Kabine befand, schaltete er die Bremsraketen aus, und der Booster stürzte auf das Deck.

Das Kamerabild wurde schwarz, und als der Booster eine Sekunde später explodierte, hörten sie einen ohrenbetäubenden Knall.

Plötzlich hatte Murph auch die vollständige Kontrolle über das Vajra-System. Und ihm blieben dreißig Sekunden, bis es aktiv wurde.

»Das System geht vollkommen automatisch online«, sagte Kapoor. »Jetzt gibt es keine Möglichkeit mehr, die Satelliten abzuschalten.«

»Ich versuche gar nicht, sie stillzulegen«, sagte Murph, während er auf dem Touchscreen tippte.

»Was willst du denn tun?«, fragte Raven Malloy.

»Ich dreh sie um.«

Kapoors Augen wurden riesengroß, als er auf dem Bildschirm verfolgen konnte, wie sich erst ein Satellit, dann ein zweiter, ein dritter und schließlich weitere um einhundertachtzig Grad drehten.

Am Ende des Countdowns schalteten alle Satelliten ihre EMP-Sender ein. Nur zielten sie nicht mehr auf die Erde, sondern das von ihnen erzeugte elektromagnetische Feld wurde nun vom Weltall verschluckt, ohne weiteren Schaden anzurichten.

Murph richtete sich auf und ließ sich mit einem erleichterten Seufzer nach hinten sinken.

»Das war knapp«, stellte Raven fest.

»Aber eins ist noch zu tun«, sagte Murph und konzentrierte sich wieder auf den Bildschirm. »Und während ich beschäftigt bin, solltest du vielleicht die *Oregon* rufen.«

* * *

Max Hanley hielt sich noch immer auf der Kommandobrückenattrappe auf und beobachtete besorgt, wie die *Kalinga* ihre Angriffsfahrt mit voller Kraft fortsetzte. Die Fregatte hatte soeben zwei weitere Torpedos abgeschossen. Diesmal würden sie ihr Ziel nicht verfehlen.

Sein Funkgerät meldete sich mit einem blechernen Quäken. »Hallo, Max, hier ist Hali. Raven hat gerade durchgerufen. Murph konnte die Vajra-Satelliten neutralisieren. Wir rechnen jede Sekunde damit, dass unsere Systeme wieder funktionsfähig sind.«

Noch während Hali seine Meldung beendete, verspürte Max unter seinen Füßen ein deutliches Vibrieren, begleitet von einem leisen Summen, als die Generatoren und die restlichen digital gesteuerten Systeme auf der *Oregon* wieder aus ihrem Dornröschenschlaf erwachten.

»Eric, was ist bei Ihnen wieder in Betrieb?«, wollte Max wissen.

»Das kann ich Ihnen in zwanzig Sekunden beantworten«, sagte Eric. »Zurzeit sind wir noch dabei, die Systeme zu rebooten. Und das dauert seine Zeit.«

Der Hauptantrieb würde ihnen vorerst nicht zur Verfügung stehen, auch wenn die schiffseigenen Rechner wieder den Betrieb aufgenommen hätten, aber die Druckstrahlruder konnten sie schon benutzen. »Wenden Sie das Schiff um einhundertachtzig Grad, sodass die Backbordseite den Torpedos zugewandt ist.«

»Aye, Sir.«

Die *Oregon* drehte sich, und Max ging zur anderen Brückenseite und beförderte mit einem Fußtritt zwei von Murphs herumliegenden Red-Bull-Dosen aus dem Weg.

Sobald die Wende ausgeführt war, rief ihn Eric über die Lautsprecheranlage anstatt über Sprechfunk und sagte: »Uns stehen bis auf die modifizierten Waffen wieder alle Systeme zur Verfügung.« Es bedeutete gleichzeitig, dass Eric ihn am Brückenmikrofon hören konnte.

»Schicken Sie der *Kalinga* eine Exocet«, sagte Max.

»Befehl ausgeführt.«

Die Antischiffsrakete stieg in den Himmel und überflog die Torpedos, die sich im Anmarsch befanden.

»Und nun nehmen Sie diese Fische mit der Backbord-Gatling aufs Korn und geben Sie ihnen den Rest.«

»Verstanden«, sagte Eric.

Die Gatling Gun erwachte zu tödlichem Leben. Da Zielsuche und Zielerfassung wieder von der schiffseigenen Rechenanlage durchgeführt wurden, brauchte Eric nur zwei Sekunden, um beide Torpedos auszuschalten.

Nachdem diese akute Gefahr für die *Oregon* eliminiert war, wandte Max seine Aufmerksamkeit erneut der *Kalinga* zu. Die Exocet legte soeben die letzten Meter ihres Zielflugs zurück und bohrte sich in die Seite des Schiffes. Die Explosion riss den Rumpf dicht unterhalb der Torpedorohre auf. Durch den Explosionsdruck wurden die restlichen Torpedos gezündet, und die *Kalinga* wurde zerfetzt, als handele es sich um den Kegel eines ausbrechenden Vulkans. Eine pilzförmige schwarze Wolke stieg von der zertrümmerten Fregatte auf.

Max, der mit dem Schlimmsten gerechnet hatte, sank auf die Knie und lehnte den Kopf gegen die Reling, während er mühsam nach Luft rang.

Dann stand er auf und sagte: »Hali?«

»Ich höre.«

»Bestellen Sie Murph, dass ich ihm einen Karton Red Bull schuldig bin.«

* * *

Fünf Minuten später traf Juan Cabrillo im Missionskontrollraum des Kommandoschiffs mit Murph und Raven zusammen. Kapoor befand sich in Gewahrsam, und die anderen Techniker waren in ihre Unterkünfte geschickt worden, um abzuwarten, was weiter mit ihnen geschehen sollte. Juan setzte sich auf einen freien Stuhl, um seine Beinprothese zu inspizieren. Sie wies dort, wo sie von Torkans Kugel getroffen worden war, eine tiefe Delle auf.

»Wie ich gehört habe, waren Sie es, der die *Oregon* gerettet hat«, sagte Juan zu Murph.

»Und mir kam zu Ohren, dass Sie uns gerettet haben.«

»Ist genau das nicht der eigentliche Sinn von vorbildlichem Teamwork?«

»Vielen Dank, dass Sie mich ins Team aufgenommen

haben«, sagte Raven. »Ich habe noch nie mit einer erstaunlicheren Truppe zusammengearbeitet. Apropos Truppe, wo sind Linc, Eddie und MacD?«

»Nach der Explosion auf der Jacht haben Malliks überlebende Sicherheitsleute auf dem Kommandoschiff kapituliert. Eddie bewacht sie und Kapoor, damit sie nicht doch noch auf dumme Gedanken kommen, während Linc und MacD der Mannschaft des Kommandoschiffs dabei helfen, die Mitglieder der Jachtcrew aufzufischen, die gerade noch rechtzeitig über Bord springen konnten.«

»Ich finde, ich sollte mich daran beteiligen, Sir… ich meine, Chairman«, sagte Raven. Sie wartete, bis Juan ihr zunickte, und verließ den Kontrollraum.

»Wie Sie den Booster auf die Jacht gesetzt haben, das war Maßarbeit«, sagte Juan zu Murph. »Wie aus ersten Berichten hervorgeht, konnte sich die gesamte Mannschaft rechtzeitig in Sicherheit bringen.«

»Das freut mich zu hören«, sagte Murph, ohne den Blick von dem Bildschirm an der Wand abzuwenden. Sämtliche zwanzig Satelliten leuchteten grün.

»Sie sehen aus, als warteten Sie auf etwas Bestimmtes.«

»Das tue ich auch.«

Während er antwortete, wechselte das Symbol des Satelliten Nummer fünfzehn auf Rot.

»Was ist passiert?«

»Mit der Vorstellung, dass alle Computer auf dem Planeten schlagartig ausfallen können, wollte ich mich nicht abfinden«, sagte Murph. »Auf keinen Fall wollte ich das Risiko eingehen, dass jemand Malliks Vorhaben irgendwann doch noch in die Tat umsetzen könnte. Da die Vajra-Satelliten prinzipiell noch immer vollkommen intakt waren, habe ich sie darauf programmiert, ihre Orbits mithilfe ihrer Steuerjets zu verlassen. Nummer fünfzehn ist soeben in die Atmosphäre eingetreten und verglüht.«

Dann sprang Satellit Nummer drei auf Rot um, gefolgt von Nummer neun und Nummer dreizehn. Es dauerte nicht lange, und alle zwanzig Satelliten waren verschwunden.

Murph stand von seinem Platz an der Workstation auf und reckte sich.

»Wahrscheinlich habe ich mit dieser Aktion meine Kompetenzen überschritten«, sagte er.

Juan erhob sich ebenfalls und grinste. »So könnte man es ausdrücken. Wollen Sie etwa meinen Job?«

Murph erwiderte das Grinsen des Chairmans. »Und meinen Ruf als Revoluzzer vom Dienst aufs Spiel setzen? Machen Sie Witze?«

EPILOG

INDIEN

Fünf Tage später

Juan Cabrillo verschränkte die Hände auf dem Rücken, während er kräftig mit den Flossen schlug, um in die Unterwasserpassage hinabzutauchen. Im Lichtkegel seiner Stirnlampe erschien das aufgedunsene Gesicht eines weiteren Toten. Es war der vierte, auf den er und Max trafen, seit sie in den Verbindungsgang vorgedrungen waren, der zu jenem Bereich führte, den Lionel Gupta damals als Bibliothek bezeichnet hatte.

Die weitläufige Anlage mit der historischen Festung in der Mitte war, wie sie im Zuge ihrer Recherchen herausfanden, eine der wenigen Liegenschaften, die sich seit der Regierungszeit Ashokas in privatem Besitz befanden. Zwar hatte Gupta die genaue Position der Bibliothek nirgendwo in seiner Datenbank gespeichert, aber Mark Murphy und Eric Stone war es gelungen, Carltons und Malliks Telefondaten auszulesen. Aus diesen ging hervor, dass sich ihre Telefone das letzte Mal am gleichen Ort befunden hatten, als beide sich in diesem antiken Bauwerk südlich von Mumbai aufhielten.

Juan und Max mussten zwar einen ganzen Tag lang suchen, um einen Zugang zu dem Gebäude zu finden, aber sie hatten ja auch Zeit im Überfluss. Das Reparaturteam hatte die wichtigsten Maschinen der *Oregon* nach dem Feuergefecht mit den gegnerischen Fregatten wieder in Gang bringen können, aber das revolutionäre Antriebsaggregat war dabei schwer beschädigt worden. Das Schiff brauchte drei volle Tage, um sich in den Hafen von Kochi zu schleppen, eine Passage, die unter normalen Umständen in vier Stunden zu bewältigen gewesen wäre. Dank der Hilfsbereitschaft eines, was die Einhaltung gesetzlicher Vorschriften anging, extrem flexiblen Werfteigners, der es nicht für notwendig hielt, die Behörden über die Anwesenheit des Schiffes zu informieren, fand Juan für die *Oregon* Platz in einem überdachten Trockendock, wo sie in direkter Nachbarschaft der Werft, in der Indiens neuester Flugzeugträger auf Kiel lag, generalüberholt würde. Da die Wartungsarbeiten erst in einer Woche beginnen sollten, entschied Juan, diese Gelegenheit zu nutzen, ein wenig Geschichtsforschung zu betreiben und das Geheimnis der Neun Namenlosen zu lüften.

Sobald sie den Pfeiler mit den Löwenköpfen und dem Swastika-Symbol der Neun Namenlosen darauf sowie die Unterwasserpassage gefunden hatten, beschafften sie sich Tauchausrüstungen und starteten zu einer Unterwasserexkursion.

An einem Tor, vor dem ein weiterer toter Wächter lag, tauchten sie schließlich auf.

»Ich glaube nicht, dass er ertrunken ist«, meinte Max, nachdem er den Regulator aus dem Mund genommen und die Tauchmaske auf die Stirn geschoben hatte.

Juan machte es ihm nach und sagte: »So wie es aussieht, wurde ihm der Kehlkopf gebrochen. Und dem Geruch seiner Leiche nach zu urteilen, muss es schon vor längerer Zeit geschehen sein.«

Sie befreiten sich von ihren Atemgeräten, Tarierwesten

und Schwimmflossen. Das Wasser war so warm, dass sie nur leichte Nasstauchanzüge und -schuhe trugen.

»Sollen wir uns mal umsehen?«, fragte Juan.

»Nur zu«, sagte Max. »Viel schlimmer als das, was wir bisher gesehen haben, kann es eigentlich nicht werden.«

»Berühmte letzte Worte.«

Während sie das Bauwerk, dessen modriger Geruch ihnen das Atmen schwer machte, beim Licht ihrer Stablampen gründlich untersuchten, sagte Max: »Hältst du es für möglich, dass irgendwann jemand versucht, das Vajra-System wiederzubeleben?«

»Da bin ich mir sogar ganz sicher. Aber Langston ließ durchblicken, die CIA habe eindeutige Hinweise gefunden, dass sämtliche Daten und Aufzeichnungen, die Vajra betreffen, vernichtet wurden. Mallik muss dies veranlasst habe, ehe er den Tod fand.«

»Wir wissen, er wollte um jeden Preis verhindern, dass jemand Zugriff auf die Satelliten hat.«

Juan nickte. »Das ist auch meine Vermutung. Zumal das Gleiche mit den Colossus-Daten geschehen ist.«

»Was meinst du?«

»Als Murph und Eric sich noch einmal Guptas Datenbank vornahmen, nachdem wir die Satelliten stillgelegt hatten, mussten sie feststellen, dass sämtliches Datenmaterial, das Colossus betraf, ebenfalls gelöscht wurde. Umso einfacher war es für sie, in den restlichen Dateien die Hinweise auf die Bibliothek zu finden.«

Max massierte sein Kinn. »Wer hat deiner Meinung nach die Daten gelöscht? Carlton kann es kaum gewesen sein.«

»Die Frage ist nicht, wer die Daten gelöscht hat«, sagte Juan, »sondern *was* ihre Löschung durchführte.«

Max starrte ihn mit großen Augen an. »Du meinst, es war Colossus?«

»Ich halte das für einleuchtend. Wenn die KI fähig war zu registrieren, dass wir in ihre Schiffe eindrangen, dürfte sie zu dem Schluss gelangt sein, dass das Vorhandensein umfangreicher Datenmengen über ihre Existenz ebenfalls eine Gefahr darstellte.«

»Demnach hätte Colossus innerhalb von Minuten weltweit diese Daten suchen und löschen müssen.«

»Eine Vorstellung, die Angst macht, nicht wahr? Vielleicht befürchtete sie, dass sie ausgeschaltet werden würde, falls jemand diese Daten finden sollte.«

»Sie soll so etwas wie Angst empfunden haben? Sie ist – beziehungsweise war – doch nicht mehr als eine Maschine.«

Juan zuckte die Achseln. »Reiner Selbsterhaltungstrieb. Das ist schließlich der grundlegendste Urinstinkt.«

»Allein der Gedanke daran bereitet mir Kopfschmerzen«, sagte Max. »Ich bin froh, dass Colossus am Ende das Zeitliche gesegnet hat.«

Sie kamen zu einer Gangbiegung, folgten ihr, und dann blieb Juan wie angewurzelt stehen, als er den Raum sah, in den der Gang mündete. Er war eher ein Kuppelgewölbe mit einem großen kreisrunden Tisch in der Mitte. Und auch hier lagen mehrere Leichen teils auf Stühlen, teils auf dem Felsboden. Der Verwesungsgestank war entsetzlich.

Keine der Leichen wies Schussverletzungen auf. Die Gesichter waren zu Grimassen der Qual verzerrt.

»Geh lieber keinen Schritt weiter«, sagte Juan zu Max.

»Wie ich sehe, habe ich mich geirrt. Es ist viel schlimmer.«

»Ich bin mir ziemlich sicher, dass sie durch Nowitschok den Tod gefunden haben, und es ist durchaus möglich, dass geringe Spuren davon noch in der Luft zurückgeblieben sind. Ich erinnere mich an den Ausdruck ihrer Gesichter. Ich habe ihn bei Rasul gesehen, als er vor meinen Augen seinen letzten Atemzug machte.«

»Und ich erkenne diesen Mann dort drüben«, sagte Max und deutete auf einen Toten, der im Eingang zu dem Raum lag. »Das ist Jason Wakefield, einer der Firmenchefs, die vergangene Woche als vermisst gemeldet wurden.«

Juan deutete auf einen anderen Toten. »Das ist Daniel Saidon. Ihm gehört eine der größten Schiffswerften der Welt. Ich habe ihn vor ein paar Jahren auf einer Party kennengelernt.«

»Meinst du, dass Mallik für ihren Tod verantwortlich ist?«, fragte Max.

»Ausschließen würde ich das nicht. Immerhin war es sein Schwager, der das Nowitschok auf der *Triton Star* versteckt hatte.«

»Aber Carlton und Gupta konnten offenbar entkommen, um das Colossus-Projekt abzuschließen.«

»Das wäre eine Erklärung für die Blutfehde zwischen Carlton und Mallik«, sagte Juan.

»Damit wissen wir jetzt, wo die Neun Namenlosen heimlich zusammengekommen sind. Und es scheint, als wären einige von ihnen noch immer hier. Dies ist ein ziemlich bedeutender Fund.«

»Wir müssen der indischen Regierung auf anonymem Weg eine entsprechende Information zukommen lassen, sobald wir unsere Zelte hier abgebrochen haben. Ich denke, dies wird sie brennend interessieren.«

Juan durchquerte den Kuppelsaal und gelangte in einen weiteren Raum. Dieser ähnelte dem ersten, allerdings stand dort kein Tisch, und es waren auch keine Leichen zu sehen.

Stattdessen bildeten neun Sarkophage einen großen Kreis um einen zehnten, der in der Mitte stand.

»Dies hier sollte offenbar kein Versammlungsort sein«, stellte Max fest.

Juan nickte. »Du hast recht. Es ist ein Mausoleum.«

Sie betraten den Raum und sahen, dass jeder Steinsarkophag mit Inschriften bedeckt war, die wie Strichmännchen aussahen.

»Diese seltsamen Zeichen und Symbole habe ich schon einmal gesehen«, sagte Juan.

»Wo?«

»Auf den Säulen Ashokas. Als Eric und ich Informationen über die Neun Namenlosen zusammentrugen, fanden wir heraus, dass Ashoka überall in Indien Säulen aufstellen ließ, um seine Erlasse bekannt zu machen. Diese Symbole sind auch auf den Säulen zu sehen. Nach mehr als zweitausend Jahren existieren noch immer zwanzig dieser Säulen. Sie sind die ersten greifbaren Beweise für die Existenz des Buddhismus.«

Max betrachtete die Sarkophage mit einem Ausdruck der Ehrfurcht. »Meinst du, dass dies hier das Grabmal der ursprünglichen Neun Namenlosen ist?«

»Ich glaube, dies zu klären, müssen wir den Archäologen überlassen«, sagte Juan, »aber das, was wir hier sehen, könnte der Grund sein, weshalb die Neun sich hier regelmäßig versammelten.«

»Und der Sarkophag in der Mitte?«

Juan ging näher heran und sah, dass ein Löwenkopf in den Deckel eingraviert war. Außerdem ein Rad mit vierundzwanzig Speichen.

Max trat neben ihn und deutete auf das Rad. »So wie ich dich kenne, hast du dieses Symbol auch schon einmal gesehen, oder täusche ich mich?«

»Du täuschst dich nicht«, erwiderte Juan. »Aber du müsstest es ebenfalls kennen.«

»Woher?«

»Von der Flagge Indiens. Es wird Ashoka Chakra genannt und ist ihr nationales Symbol.«

»Dann könnte dies Ashokas Sarkophag sein.«

»Ein weiteres Rätsel, das darauf wartet, von den Archäologen gelöst zu werden«, sagte Juan.

Sie verließen das Grabmal, ohne etwas zu berühren, und setzten den Weg fort. Juan war nicht entgangen, dass noch ein weiterer Raum darauf wartete, von ihnen untersucht zu werden.

Als er und Max seinen Eingang erreichten und einen ersten Blick in den Raum werfen konnten, verschlug es ihnen für einen Moment den Atem.

Die Innenwand des ebenfalls kreisrunden Kuppelsaals bestand aus Hunderten kleiner offener Fächer, ähnlich den Waben eines Bienenstocks. In diesen Fächern steckten Abertausende von Pergamentrollen. Angesichts des Alters dieses Bauwerks lag es nahe, dass viele dieser Schriftrollen schon länger als zweitausend Jahre an diesem Ort aufbewahrt worden waren.

Damit war das Rätsel gelöst, wie dieses Bauwerk zu seinem Namen gekommen war. Die Neun Namenlosen hatten schon früh erkannt, wie wichtig Aufbau und Erhalt einer Bibliothek waren. Was sich lediglich geändert hatte, war die Art der Aufbewahrung des in ihr enthaltenen Wissens. Heute nennt man es Speicherung, und das Wissen steht jedermann uneingeschränkt zur Verfügung – im Internet.

– E N D E –